栀子◎著

房产大鳄

贵州出版集团
贵州人民出版社

图书在版编目（CIP）数据

房产大鳄 / 栀子著 . —贵阳：
贵州人民出版社，2011.5（2017.7 重印）

ISBN 978-7-221-09459-9

Ⅰ.①房… Ⅱ.①栀… Ⅲ.①长篇小说—中国—当代
Ⅳ.① I247.5

中国版本图书馆 CIP 数据核字（2011）第 065980 号

房产大鳄

栀子 著

责任编辑　阎循平

贵州人民出版社

贵阳市中华北路 289 号　邮编　550004

发行热线：010-59623775　010-59623767

三河市明华印务有限公司

2017 年 7 月第 1 版第 2 次印刷

开本　710mm×1020mm　1/16

字数　430 千字　印张　22.25

定价　35.00 元

目 录

第一章　冯威龙雇用叶小篮到底想让她做什么？

一　邂　逅 / 1

二　叶小篮：和男友宋晓晨分手了 / 11

三　叶小篮：走投无路了 / 19

第二章　神秘的美艳女子到来，郑小燕被乱箭穿心

一　一个叫叶玫瑰的美艳女子和冯威龙的邂逅 / 33

二　叶玫瑰和宋晓晨的邂逅 / 37

三　叶玫瑰：色诱蒋局长？ / 41

四　冯威龙：收获的季节 / 49

五　郑小燕：在酒会上被乱箭齐射 / 52

六　宋晓晨：那么，你是谁？ / 62

七　酒会第二天晚上，小三儿进宅 / 63

八　再试揭谜底：冯威龙到底想雇叶小篮做什么？ / 72

九　冯威龙：故意给郑小燕的另一轮好看 / 73

十　叶玫瑰与叶飞舞、吕麝、小刁：谁走谁留？ / 82

十一　叶玫瑰：被蒋侮辱的夜晚及之后发生的事情 / 97

十二　风流孕事 / 109

十三　叶飞舞等众美女：被冯威龙安排围攻蒋局长 / 130

十四　叶玫瑰与冯威龙分道扬镳 / 135

第三章　叶玫瑰与冯威龙之间的商场激战

一　叶玫瑰与冯威龙：最初的商场较量 / 140

二　我对你的好，不是对你，是对你身上像她的那一部分 / 150

三　冯威龙与郑小燕的草城故事 / 152

四　叶玫瑰：遭受弥天骗局 / 166

五　叶玫瑰向冯威龙讨要公道的遭遇 / 175

六　宋晓晨为叶玫瑰报仇，叶飞舞乘机药迷冯威龙 / 185

七　我才是叶玫瑰！ / 190

第四章　郑小燕的正气歌：大厦倾覆前后

一　郑小燕与冯威龙发生了激烈冲突 / 197

二　郑小燕四面楚歌 / 204

三　郑小燕被送进疯人院的恐怖经历 / 214

四　叶飞舞拍了电视剧之后 / 224

五　叶飞舞与叶玫瑰联手对冯 / 227

六　冯威龙的公司：大厦瞬间倒塌 / 231

七　宋晓晨拥有了冯威龙的办公室和那栋画中的别墅 / 238

第五章　玫瑰别墅

一　冯威龙进了玫瑰别墅 / 241

二　郑小燕与小树的民工生涯 / 244

三　宋晓晨发现冯威龙躲在玫瑰别墅里 / 254

四　小树被接进了玫瑰别墅 / 256

五　冯威龙被锁在了玫瑰别墅里 / 267

六　郑小燕进了玫瑰别墅当保姆 / 271

七　各种惊天真相纷纷被揭穿 / 274

八　郑小燕被叶玫瑰辞退离开了玫瑰别墅 / 301

九　玫瑰别墅里：谁的尸首？ / 304

十　宋晓晨：爱人呵，我等你回家 / 310

十一　郑小燕：爱人呵，我等你回家 / 335

十二　大结局 / 348

第一章 冯威龙雇用叶小篮到底想让她做什么？

一 邂逅

整座城市处于狂风暴雨的肆虐之中。

路上的雨水已汇成了小河。

怒吼的风，使一栋栋高耸入云的建筑物有被连根拔起的可能。一声雷电兀地炸响，将天空劈出了一条蛇形的裂纹。

同时，这道闪电瞬间映亮了一个女人惨白的脸。此刻，四十多岁、面相柔弱善良、神情憔悴的郑小燕正伏在一栋约三十层高楼的阳台上。她朝楼下看去，顿时感到一阵头晕目眩。

"妈妈，你又要跳楼啦？不要！！！"

背后忽然传来一个小男孩惊恐万状的尖叫。

……

此刻的郊外，风雨更加凶猛。

路边的树疯狂地摇摆着，有些枝条啪啪地断了，叶子也纷纷凋落。

一条宽阔的大河奔腾汹涌着向前，向前……

风雨中一个吃力地骑着自行车前行的身影渐行渐近，是三十岁左右、相貌平平的叶小篮。只见她戴着副又土气又老气的黑框眼镜，头发扎成发辫后用黑卡子胡乱别在头上。此时，她已被淋成了落汤鸡，前面的自行车篮里放着一小株被塑料袋包裹着的玫瑰，枝上开着一朵猩红色的花。

忽然，因路滑自行车歪了几下，女人整个人重重地摔倒在了水泥地上，倒过来的自行车又一下子砸在了她的身上。

她从自行车下面爬出来，几次挣扎着欲站起身来，但都失败了。脚疼痛难忍，是崴了脚了。

碰破的皮肤流出的血和雨水混在一起，向低处淌着。

而暴雨依然瓢泼般下着，泼在她的身上，似乎永远也没有停歇的时候。她瘫在地上，抱住自己瑟瑟发抖的双腿，陷在那种叫天天不应、喊地地不灵的茫然无助里。

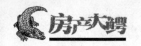

"谁来帮帮我呀？"她对着一片雨雾哭喊，但回答她的，只有哗哗的雨声。

有车从前面开过来，她惊喜地向人家招手呼救，但没有人理她，车驶过时溅起的脏水哗地泼了她一身。

也不知过了多久，雨水不落在她身上了，一双黑色的男式皮鞋像两只小船泊在她跟前。她抬起头，一把雨伞撑起在她的上方，一个高大魁梧的身影站在她面前，几乎将她罩住了——

"同志，请问需要帮忙吗？"

那个几乎是自天而降般的男人摘下墨镜，用天籁般温和的声音问。两道剑眉，深邃如炬的双目。铺天盖地的阳光似乎兀然来临，时光在这一刻定格。她产生了一种强烈的震撼感，这是个怎样的男人？像一头雄狮。

"我的脚崴了，站不起来了。"她带着哭腔说。

男人二话没说，便将她抱了起来，快步走向停在旁边的一辆小轿车。

被他抱起的一刻，她陶醉得几乎眩晕过去，像紧贴着大地一样踏实，如靠着火炉一样温暖，她愿这一刻永远停住。

将女人放进车的副驾驶座上后，男人又将她的自行车和花放进车的后备箱里。

车内，女人打了个寒战。他将自己的黑风衣脱下来给女人道："穿上吧，不然非感冒不可。"

她瑟缩在他宽大的风衣里，那种感觉，很暖。

"谢谢您。我叫叶小篮，到郊区的花市上买了一株玫瑰，结果遇到了这场暴雨。"她说。

"跑那么远的路就为了那一小株花？"他笑她，摇摇头，又问，"做什么工作的？"

"在一家少儿杂志社做编辑。"她答。

"是吗？怪不得有点小资。是学中文的吧？学中文的女人一般都很多情。"他又笑。

"是学幼教的，幼教专业的本科。"她羞涩道，"您呢？"

男人递过去一张名片。

叶小篮看罢名片后惊叫道："您就是著名的大庇天下寒士房地产公司的董事长冯威龙先生？那本写您的人生经历的报告文学《传奇人生》我看了不知多少遍，对您崇拜得五体投地，可我刚才竟然没认出您来！那么一位高高在上的传奇人物——"叶小篮激动得身体微微颤抖，眼里闪出一种异样的神采看着对方。她很快意识到了自己的失态，赶紧低下头去，怕被男人看穿了心事的样子。

"那些文人净瞎吹，别听他们的。怎么，对房地产业感兴趣？"他一下来了兴致。

"当然，这个全民谈房的年代，谁对房地产业不感兴趣？如果不是对这一行业这么关注，怎么会知道您冯董事长的鼎鼎大名呢？"叶小篮笑说。

"说得也是。"冯威龙淡淡地笑了笑道，继续开车。用一只手开，姿势有一种说不出的洒脱。脸上刀削斧刻般的棱角，在这一刻变得分外柔和。

"将后背放低些，这样舒服。"男人说话的语调水一样绵甜，并将座椅给她调了调。

"是个这么细腻的男人，伸手可触，可人不是我的，我只能得到他偶尔掉落的一滴温柔。"她心生一阵忧伤。

车飞驶着，风吹起她的头发。"起码这一刻，他是我的。"她被罩在一团甜蜜的雾气里，时不时地低下头去，绞动着自己的双手，近乎眩晕地咀嚼着和他单独相处的时光。

他的车停在了一家医院的大门口。

"我先送你去医院处理一下。崴了脚让专业的医生一弄便给扳过来了。"他说。

过了会儿，从医院里出来的叶小篮已经能自己走路了。

"我住在离这里不远的小平房里，需要穿过一条窄胡同，车开不过去的。我自己回去便可以了，麻烦了你这么久，谢谢！"叶小篮由衷道。

"住在小平房里？"冯威龙眨眨眼睛，爽快道，"哪天我送你一套复式的单元房！"

"真的？"叶小篮难以置信地睁大了眼睛。

"你的脚真没事了？可以自己回去？"他又关切道。叶小篮点头。

"那好，我要赶去电视台接受一个采访，就不多送你了。"冯威龙说着打开了车的后备箱，将她的自行车拿出来。他看了眼，果决地将车弃到了路边的垃圾筒旁，对叶小篮说："扔了！一位这么诗情画意的女孩子骑这么辆破自行车，多煞风景！等以后有机会我送你辆车！"

叶小篮又意外地眼睛一亮。

"哦，对了，还你的外套！"叶小篮赶紧脱下来。

他无言地将风衣重新给她穿上，然后出人意料地，忽然就俯下身来吻了吻她的额头，声音异常温柔地小声道："我家里需要一个做家政的，想去时联系我！"然后恋恋不舍地转身上了自己的车，那辆黑色的小轿车噌地一下启动了，很快汇入了城市的车流中。

叶小篮整个人懵了……

事后，在发生了那么多那么多的事情之后，叶小篮一次次地回想，如果不是在那个大雨的日子里与冯威龙邂逅，她的人生会是怎样的呢？

"这和冯初次邂逅的日子，风那么大，雨那么凶，会是和他之间的某种凶兆

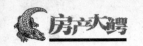

吗？"以后的日子里，叶小篮其实一直在隐隐地担心着什么。只是她的眼前，出现了一团眩目、未知的东西，她奋不顾身地想扑上去，已顾不得其他。

此时，在一套宽敞的高档公寓的客厅里，一个小学生模样的小男孩哭得抽抽搭搭的，还在紧抱住一个女人的腿不放。

这正是刚才伏在阳台上往下看的郑小燕的腿。男孩满脸泪痕、脸色苍白，明显是受了过度的惊吓。

郑小燕心疼地将小男孩搂在怀里，安慰道："好儿子，妈妈没有想跳楼，妈妈刚才只是看见外面的风雨这么大，担心你爸爸，到阳台上看看他回来了没有。"

"你都想跳过几次了！你一到阳台上去我就害怕得魂都飞了！"小男孩哭喊道。

"对不起，小树，我的好儿子，妈妈以后再也不去阳台上了，好吗？快去洗洗脸，该睡午觉了。"女人说着便去硬扳儿子抱住自己的胳膊。

"不！我不睡午觉！我睡着的时候就不能看着你了！"这个叫小树的男孩还是死死地抱住母亲的腿不放，任母亲怎么扳也扳不开。

郑小燕不知联想起了什么，泪水不停地汹涌而出，像一条流淌不尽的河。

叶小篮穿过一条窄窄的胡同，回到了自己住的平房小院。

那是个简陋不堪的只有两户人家的平房小院，像个贫民窟。院门口外有一棵枝叶繁茂的大树。

远远地便看见她的男朋友宋晓晨正冒着大雨在俩人住的那间小平房顶上盖油毡，衣服湿透了贴在身上，头发一绺绺地粘在头上。叶小篮眼睛就涩涩的，她故意没跟宋晓晨打招呼，悄悄进了小屋。

她第一个动作便是打开衣柜想把那个装冯威龙风衣的包藏在柜内一个安全的地方，但她很快发出了一声尖叫："天啊，衣柜里的衣服上都出现了黑斑点！这以后怎么穿啊！"

紧接着她发出了第二声尖叫："我的《传奇人生》都被屋顶上的漏雨淋湿了！"

叶小篮一下就崩溃般发出了第三声刺耳的尖叫："宋晓晨，你给我下来！"

叶小篮一声比一声尖利的叫声穿透了屋顶，穿过雨声，向着天空刺去。

很快，三十岁左右、文质彬彬的宋晓晨从屋顶上下来了，晃荡着两只泥手浑身湿淋淋地站在屋门口，眨着他露珠般纯净的眼睛，和颜悦色地有意逗着叶小篮消气：

"我费这么大的劲刚刚修补好的屋顶，让你的叫声又给穿出窟窿来了！"

在宋晓晨进屋之前，叶小篮已迅速地将冯威龙的风衣塞进了一个隐蔽处。

叶小篮气不打一处来，心中一场压抑太久的埋怨终于爆发了出来：

"我们怎么混得这么惨？！看看其他男人，有的辞职去开公司，有的炒股发了财，买了房子，你除了上广告公司的那个破班，业余时间开那辆破摩的，还会干什么？担心给你施加压力，我一直强装笑脸过日子，可你看看这房子，这哪是人过的日子？！"

"我不也一直在卖力地赚钱吗？可现在这房子这么贵——"宋晓晨无奈道。

叶小篮赌气扭身走出屋来，挥着镢头刨着窗外的一块坚硬的泥地，用手扒拉、拣拾着其中的小石块。忽然，她疼得嗞嗞哈哈地抽搐了一下，是小石块将手指扎破了，血一滴滴地滴在碎土上。

她忍着疼痛，将那株玫瑰花苗栽进去，然后培上土。

在灰沉沉的天空下，那朵猩红色的玫瑰花将破旧的小院映照得诗意盎然。

叶小篮环顾一眼狭窄的小院，发狠道：

"这个狭窄的小地方！只够一株玫瑰栖身，等什么时候，我要拥有一大片的玫瑰园，满园里种满猩红色的玫瑰花！"

"如果这一株玫瑰，只为你一个人开，又有什么不可呢？"宋晓晨在旁一语双关地说。

宋晓晨迟疑着又开了口："小篮，我知道这个时候又提结婚的事不是个时候，可咱将这房子维修一下，刷刷白，不就能结婚吗？这间小平房，虽然是租的，可好歹也是个能遮风避雨的家。"

叶小篮走回屋后环顾四周尖利地叫道："这间破房子哪能称得上是家？一个真正可以称为家的地方，是永远也不会有人来叫你卷铺盖走人，是窗外盛开着的玫瑰花，是满书房里的书香，是厨房里印花的洁净瓷砖——"叶小篮憧憬着，脸上浮上了一层柔和的光。

宋晓晨紧跟在后面深情地说："可在我的感觉里，爱人在的地方就是家，哪怕是一顶帐篷里，哪怕是一棵大树下。具体到咱们俩，你在哪里，哪里就是我的家。是身体的家，也是心的家。"

也不知忽然想起了什么事，叶小篮的心情兀地好起来，说："谁说我就是一辈子走霉运的命？说不定天上掉大馅饼单单就掉到了我的头上。李嘉诚不就老做慈善事业吗？"

"也说不定哪天哪个房地产商就会对我们这对可怜的无房男与大龄剩女忽发善心，白白送我们一套大房子。"宋晓晨开玩笑。

"做梦想好事！"叶小篮笑着去刮宋晓晨的鼻子。

宋晓晨反过来刮叶小篮的鼻子，笑道："说你呢！"

叶小篮走到镜子旁照了照，说道："晓晨，我原来一直很自卑，觉得自己相貌平平。我真的有那么差吗？在你的眼里，我具体是怎样的？"

"情人眼里出西施，"宋晓晨道，"在我眼里，你怎么看怎么舒服。"

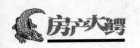
"是吗？"叶小篮对着镜子照了又照，心说，"也说不定，我这只丑小鸭，在白马王子的眼里，就是只天鹅呢？"

那个时刻，叶小篮没有想到，就是这个意念、憧憬，当然，还有更主要的，比如爱、情欲，使她原本安宁的生活变得支离破碎……

　　火车站出站口处，黑压压地潮水般往外挤的民工中，一个背着被窝卷的乡村男青年显得非常惹眼。虽然穿着破烂，但魁梧的块头和眉宇间的气度使他显得那么卓尔不群，跟身处的环境显得很不协调。这是年轻时的冯威龙……

"啪"地一下，刚才一连串的画面骤然消失。一片掌声响起，是电视台的演播大厅。

漂亮的女主持人说道：

"观众朋友们，刚才我们在大屏幕上放了一段根据大庇天下寒士房地产公司的董事长冯威龙先生真实的创业历程拍的纪录片的部分片段，里面的人物由冯总亲自出演，真是感人至深。从一个进城的农民工，到今天省内著名的房地产大腕，冯先生创出了一个人间奇迹，令我们感叹不已。这也就教育我们，没有什么是不可能的。"

观众席上热烈的掌声再次响起。

气宇轩昂、身着高档服饰的冯威龙出现在画面里，面对着镜头侃侃而谈：

"我永远也不会忘记那一天，我走出火车站口初次踏上这座城市的时候，全部家当只有口袋里的 1.2 元。我之所以能走到今天，是身处社会最底层时所受的诸多刺激给我的动力。以后，我一定要盖很多很多的房子，给那些没有房子住的人。'安得广厦千万间，大庇天下寒士俱欢颜'。"

观众席上爆发出雷鸣般的掌声。观众看他的眼神充满敬仰。

……

一栋豪华的房子内，郑小燕和儿子正坐在家中的电视前看那个电视节目。

郑小燕看着画面陷入回忆之中，对儿子幽幽地说：

"那时，我是个乡村教师，你爸爸要来风城当建筑工，也就是今天所说的民工，我便辞去教师的职务，跟他一块儿进城来了。后来你爸爸用你姥爷卖羊的几万块钱做本钱，组建了十多个人的小建筑队，'几把瓦刀，提着灰桶，流落他乡，砌砖打墙'就是我们当时的真实写照。后来你爸爸的公司兴旺后，我便离开公司又干起我小学美术老师的老本行，因为我喜欢单纯和诗情画意的生活，喜欢看孩子们天使般的笑脸，喜欢将世间的美种植进孩子们的心里，而不喜欢整天跟那些数字打交道，讨厌商场上的尔虞我诈、血腥厮杀……"

　　冯威龙做完采访步履洒脱地走出了电视台巍峨的大楼，开着车驶进了城市的车流中，最后，进了一高档社区。

　　"回来啦。"门开处，郑小燕热情地迎着他，将一杯咖啡递过去道，"威龙啊，什么时候我们回老家一趟好吗？刚才我和儿子看你的节目。感觉你接受采访时说起自己的出身，有种作秀的感觉，那段苦难的经历成了你成功人生的一种炫耀，而你似乎完全忘了当时的真实感受了。"

　　"不作秀别人怎么知道我冯威龙？咱们的房子怎么能卖得那么快？我现在接受采访都极少有时间，哪有空回老家忆苦思甜去啊？"冯威龙喝了口咖啡不以为然道。

　　郑小燕无奈地摇摇头。

　　这时，冯威龙关切地对郑小燕说："家里请个保姆吧，咱这套大房子，只打扫一遍卫生，就够你累的。"

　　"好的，谢谢！"郑小燕感动道。

　　已是黄昏，那个平房小院里，炊烟袅袅。

　　"咚咚咚！"从小院里的其中一户人家里传来砸钉子的声音。

　　原来，是叶小篮在往墙上固定一幅用镜框镶着的画，画里是一幢欧式风格的小别墅，非常美。

　　钉好后，叶小篮反复地看了又看，还好，钉得很正。

　　她开门出来，看见窗外的那株玫瑰上又有一朵新的花绽开了，惊喜地禁不住俯下身去，用脸去蹭那毛茸茸的花瓣，心中升起一种温柔的感动：

　　"这株玫瑰是否通人性呢？自知是我和它邂逅的契缘，感知我手指上的血曾滴在它的土上，所以才这般繁盛地生长着，带给我意外的喜悦。"

　　她舀来清水，小心地浇灌着那株玫瑰。

　　进屋后她又偷偷摸摸地将门关好，打开柜子，迫不及待地从包里拿出冯威龙的那件风衣来，抱在胸前，眼睛一下子变得湿润不已，道："又触着你了，我的人呵。"

　　她用手细细地触摸着，生命深处发出呼唤："这布料上有体温，也有心跳。我触摸着这件衣服，就是在触摸着他，就能吮吸到他彼时的呼吸了呀！"

　　她头俯向衣服，微眯着眼贪婪地嗅着衣服上的气味，一丝隐约的烟草味和男性气息若隐若现。也许是她自己想象的。

　　她终于克制不住内心的感觉，拿出名片，照着上面拨通了一个电话。

　　"喂？我冯威龙。你哪位？"电话里传来一个浑厚、低沉的男中音，声音充满磁性，像是海水轻轻晃动的声响。

　　叶小篮拿着手机的手微微战栗起来，激动得说不出话来。

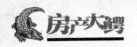

"喂？"对方又问了一声后，"啪"地挂断了电话。

叶小篮拿着手机一动不动地坐着，怔怔地发着呆，心里久久地盘旋着一些深情的话语：

"如果有一种瓶子，能把他的声音捉住该多好，想听的时候就打开晃一晃。世上有些情感，难道永远无法抵达？"

这时，外面响起了摩托车熄火的声响，天色已很晚了。叶小篮赶紧将那件衣服藏起来。

"小篮，我回来啦！"宋晓晨兴冲冲地进了屋门。

"回来啦！"叶小篮迎过去，将一大玻璃杯泡好的茉莉花茶递给男友，"喝点水吧。"

宋晓晨抬头看见了墙上的画："咦，新买了幅画？"

"什么时候能住上这样的小别墅，这辈子也就心满意足了。"叶小篮眼神迷离地看着那幅画憧憬道。

晚上，叶小篮穿着睡衣正侧躺在床上想心事，宋晓晨冲完澡后上了床把手伸过来。

"一点欲念和心情都没有。"叶小篮认真地对宋晓晨说。

然而宋晓晨并不管她："什么都依着你？你什么时候有兴致过？要等着你愿意，黄花菜都凉了！"说着兀自开始动作。

叶小篮紧扯住被子和衣服，感到烦乱极了，她觉得那是对自己身体的一种侵犯。

宋晓晨觉得被伤了面子。"你这个石女！修女！"他气恼不已地叫嚷。

"女人都这样的。"她尝试着解释。

"就你这样，别的女人肯定不是这样的！整天在床上呆得像块木头似的，所谓'在其位，谋其政'，你既然满足不了我，别怪我在外面找。"性欲未得到满足的宋晓晨像一只发情的鸭子，嗷嗷地乱叫着，一改平时的温存。

叶小篮的火腾地一下起来了，忽地坐起来，嘴角撇了撇道：

"我满足不了你？你满足我了吗？我想住在一套属于自己的哪怕再小的房子里，这要求不高吧？再说了，我们又没领结婚证，我有什么义务必须满足你？"

宋晓晨被击中了什么，一下怔住了，面红耳赤道："我已经整天累死累活的了，还能怎么样呢？这一阵子，也不知是怎么啦，你看哪里都不顺眼。"

冯家宽敞的客厅里，叶小篮低眉顺眼地站在了郑小燕的面前。

叶小篮的脸上有一种漂白剂似的白，神态忐忑，有些不敢正视郑小燕的眼睛。

郑小燕以某种优越感，对叶小篮介绍道：

　　"这复式的房子实在太大了，我一个人打扫一次卫生就累得够呛，所以才决定请个人帮忙。我们本来可以住郊区别墅的，可我们家孩子他爸说要'大隐隐于市'，故而住这闹市里的公寓。我就不明白他了，我们规矩的生意人家，有什么需要'隐'的？这个小区也是我们自己开发的，留了一套自住。"郑小燕向叶小篮介绍，多少也有显摆的意思。

　　叶小篮又惊讶又羡慕地道："这么高档的小区是你们家自己盖的？！那你们还不是想住哪套就住哪套啊？"

　　郑小燕笑道："那当然了。我们留下的这套，是小区里的楼王。不过拥有再多的房子，也只能住一套。"

　　"不过，高处不胜寒哪。"稍过了会儿，郑小燕神情黯然地发了这么句感慨。

　　"小树，过来见见阿姨，以后由她来照顾咱们三人的饮食起居。"郑小燕又喊着一个正趴在露台上拿着个望远镜眺望远处的儿子。

　　小树拿着望远镜过来了，举起望远镜对着叶小篮照了好大一会儿。从这个方位照照又从那个角度照照，最后，他手指着叶小篮语出惊人："这是颗埋进家里的定时炸弹！"

　　惊得叶小篮浑身激灵了一下。

　　这时，小树忽然指着地板上大声尖叫道：

　　"看看这些脏鞋印！像猫爪子一样！这哪是来打扫卫生的？分明是个破坏卫生的！"

　　"对不起啊，因为我从小至今住的地方都是水泥地，因而没有进门换鞋的意识，以后我一定改！"叶小篮红着脸忙不迭地赶紧道歉，慌乱地到鞋柜处找了双拖鞋换上了。

　　郑小燕给叶小篮倒了杯水："请喝水。"

　　"不许她喝咱们家的水！"小树发出尖叫。

　　叶小篮尴尬地将拿在手里的水杯放在茶几上。

　　"这孩子，今天怎么回事啊？这么没礼貌。"郑小燕训小树。

　　叶小篮坐在餐桌前开始择菜。

　　"不许你坐我们家的凳子！"小树又发出尖叫。

　　叶小篮尴尬得站也不是，坐也不是。

　　……

　　忙了一会儿，冯威龙回家来了。冯家三人在餐桌上坐下了。

　　叶小篮从包里拿出自带的那瓶矿泉水，坐在阳台的小凳上喝。喝着喝着，泪水啪嗒啪嗒地掉在地上。

　　"怎么样，做得还习惯吗？"一个温暖柔和的声音。冯威龙不知什么时候过来

了，关切地问。那是一团怎样温暖的来临，只要他在她的视野里出现，就是她生命里唯一的阳光。

很快，冯威龙从兜里掏出一叠钱来塞给叶小篮，示意了下郑小燕的方向，特务似的凑近叶小篮小声说："除了她给你的一份工资，我再额外给你一份。"

这时，叶小篮无意中瞥见小树正站在阳台门口歪着头以警觉的眼神观察着他们俩，不觉一凛。

"小篮！"忽然传来一声温柔的叫，郑小燕走过来了。

"小树，按照我刚才给你说的去做，去把阿姨的小凳搬回客厅，请阿姨跟我们一起回餐桌上吃饭，请阿姨喝水。"郑小燕厉声命令儿子。

"没事的！我在阳台上挺好的。小树还是个孩子。"叶小篮赶紧说。

"正因他是个孩子，我非要让他这么做！我要教会他，从小便懂得尊重别人。"郑小燕依然厉声道。

小树被逼无奈，只得抱起阳台上的那个小凳，对叶小篮礼貌地道："阿姨，我错了。请回餐桌上吃饭吧。"

"走，去吃饭。"郑小燕亲热地揽着叶小篮回到餐厅里的餐桌上坐了。这一刻，叶小篮有一种融入了这个家庭的感觉。

"阿姨，请喝水。"小树又端了一杯水来递给叶小篮。

"谢谢小树！"叶小篮赶紧说。

郑小燕热情地用公筷不停地给叶小篮夹着菜："小篮，多吃菜，别拘束啊！以后在这里，就像在自己家里一样！"

叶小篮心生感动，却又心虚地不敢正视郑小燕。

这时，小树却委屈地哭起来了，眼泪啪嗒啪嗒地掉出来，说道："对人讲礼貌是没错，可她是个女妖精变的！"

悦来大酒店的一楼雅间内，冯威龙正和土地局蒋局长、民工队队长沈三等几个生意场上的人在一块儿边喝边谈，聊些轻松的男人话题，气氛热烈。

"我那个老婆，穿的睡衣上都露着洞。我一次次地想啊，自己这辈子凭什么被这样一个邋遢女人占着？就因为那一张纸？人生苦短，草木一秋，眼看着这一辈子就要过去了，我老有一种说不出的惶恐感，想极力地抓住点什么。"蒋局长说。

"我那个老婆，都老娘们了，身体臃肿得像水桶，丑死了，看我看得可紧了，醋坛子跟腰一样粗！"沈三恨恨地不屑道，"那帮老娘们，没别的本事，吃起醋来，可一个个都像打翻了醋坛子般。"沈三越说越气。

"没办法，我们男人就是喜欢年轻漂亮的女人。我一见到漂亮女人就亢奋。还是冯威龙好啊，人家是土皇上，想怎么着就怎么着，酒肉穿肠过，美女床前流，不像咱们这人民公仆，什么群众影响呀、领导印象呀、作风问题呀，随便一个帽子扣下来就吃不消。"蒋局长又说。

冯威龙说：

"那个香港作家说什么来着？女人二十，像非洲，只是未经开发。女人三十，像印度，又热又成熟，又有神秘感。女人四十，像美国，技术完美——"

"女人五十，像欧洲，到处是残垣断壁。"五十多岁的蒋局长接过话茬撇了撇嘴不屑道。

"女人六十，像西伯利亚，人人知道地点，可是没有人要去！"六十三岁的沈三喝了一嘬酒高高在上地说道。

就在这时，一个穿着暴露的吊带裙、漂亮得让人眩目的年轻女孩踩着高跟鞋从大酒店的窗外袅袅婷婷地走过。女孩染了满头的黄头发，用发卡凌乱地别在头上。

"快看，是块未经开发的非洲处女地！"蒋局长喊。

男人们轰地一声都站了起来，围到窗前热辣辣地看着，漂亮女孩听见动静回过头来看，粲然一笑，但并未看清什么人。

冯威龙眼神呆呆地看着女孩，一下就被迷住了，眼珠都转不动了，下意识地说了句："真应了那'回眸一笑百媚生'的诗句了！"说罢赶紧用手机拍下了一张女孩粲然一笑的照片。

而就在这时，家中的保姆叶小篮气喘吁吁地闯了进来，说道："冯总，你的手机充电器送来了。"

叶小篮恰巧看见了刚才的一幕。"是叶飞舞！"她心里惊叫一声。

而叶飞舞并没看见叶小篮。

"啊？哦。"冯威龙心不在焉地接过了叶小篮手中的充电器，看也未看叶小篮一眼，眼睛还追随着叶飞舞。

直到叶飞舞已走远了，冯威龙还在望着她的背影痴痴地发呆，像个陷入初恋的小男孩般。

那个时候，在场的三个男人怎么也不会想到，他们以后会——栽在那个叫叶飞舞的女人手里。

二　叶小篮：和男友宋晓晨分手了

夜里，宋晓晨和叶小篮正酣睡着。

睡梦中的叶小篮忽然爆发出了一阵暴风骤雨般的激情，呼吸急促地爬到了宋晓

晨的身上，近乎疯狂地这里那里地狂吻着他。宋晓晨微眯着眼，假装睡着了，甜蜜地享受着女人的主动。

"威龙！"睡梦中的叶小篮忽然喃喃着深情地喊出了一个名字。

宋晓晨的身体一下僵硬了，忽地坐了起来，啪地按亮了床头灯，猛地将叶小篮掀到了地上。

"你把我当成别的男人的替代品了！"宋晓晨气愤不已，"快说！威龙是谁？"

头发凌乱、只穿着内衣的叶小篮坐在地上，一副还未彻底醒过来的样子，呆呆地看着宋晓晨。

宋晓晨马上去翻叶小篮的包，发现了一张名片，他看一眼名片念道："哼，冯威龙，大庇天下寒士房地产公司董事长，来头可真不小！这个男人肯定有很多房子是吧？"

他又检查她的手机，发现了一条短信："杂志社说你工作交接得不够清楚，让你再回单位一趟。"

"什么意思？"宋晓晨问。

"我，辞职了，去冯家做家政。"叶小篮老实回答。

"什么？你一个堂堂的大学生放着好好的编辑不做，去他家做保姆？这么大的事你怎么事先不跟我商量？"

"这份新工作，离咱家近。"叶小篮找着借口。

宋晓晨眼睛里像喷火似的，上前一把抓住叶小篮道：

"以后不许再去冯家了！记着了吗？这终究不是什么体面职业，你把这差事辞了。"宋晓晨警告。

"这是我自己的选择，你没有权利管我。你是我的什么人？我们又没领结婚证。"叶小篮强硬道。

宋晓晨被击中了软肋，痛苦地戴上头盔，推着摩托车离开了家，在街上风驰电掣般行驶着。

这是个大风的夜晚。叶小篮在自家的床上翻来覆去地睡不着，像一尾被煎着的鱼。

她干脆爬起来，披上外衣，走出自己的平房小院。

一个黑影在后面跟踪着她。

叶小篮来到冯家所在的小区，拿钥匙开了冯家的门进去了。

一直跟踪着她的黑影看到这一切后气愤不已地攥紧了拳头。是宋晓晨。

叶小篮进了冯家后去阳台上收着衣服，心说："怎么晾的衣服白天忘了收呢？今夜的风这么大，别给刮下去！"

叶小篮收完衣服后便掩上门离开了冯家，从冯家的楼道里出来的时候，抬头看见宋晓晨正站在楼道口，以绝望的眼神看着她。

"这个家，谁也别要啦！"宋晓晨说罢，气极地扭头开着摩托车驶进了夜雾里。

"嚓"地一声，宋晓晨的车猛地停在了路边，差点撞着一棵树。

泪水已淌满了他的脸，他脸上的肉抖动着，头俯向车把。

"房子！房子！偌大一座城市，哪里有一套属于我的小房子？房子是盛装爱情的地方，我明明知道的！一个男人，没钱没势没房子，就不能堂堂正正地活着，就无权拥有爱情和女人了吗？"

宋晓晨终于再也克制不住了，发出了嘤嘤的哭声。

一个男人压抑的哭声在寂静的夜里显得那么孤苦无助、痛彻心扉，跟都市街上的灯红酒绿形成鲜明的对照。

哭了一会儿，他摸起座位旁的一瓶白酒，仰头一口又一口地灌着。

夜深了，一个烫了一头黄发、穿着暴露、妖冶漂亮的十七八岁的年轻女孩正在路边拦出租车，过去的一辆又一辆出租车都是客满。女孩非常急的样子。宋晓晨开着摩托车过来了。

"小姐，要不要车？"宋晓晨殷勤地喊道。女孩睡眼蒙眬的样子，一双大眼睛勾人魂魄，穿着件吊带的睡裙，露着半截乳沟。

女孩上了摩托车的后座，喊了句："都市美人鱼美容院。"

"得嘞！"宋晓晨将摩托车发动了。

摩托车在街上风驰电掣般行驶着。

到了目的地，女孩下车就往里面走。

"小姐，车钱呢？"宋晓晨在后面急忙喊。

女孩转身走了回来，亲了宋晓晨的脸颊一下："这就算付了！"一圈口红痕印在了宋晓晨的脸颊上。

"小心家什拱出来感冒喽。"那女孩扑哧一下笑了，眼风往宋晓晨的裤子那里飞了一眼，小声戏言道。

宋晓晨顿觉浑身躁动起来。

在都市美人鱼美容院的一个房间里，醉眼蒙眬的宋晓晨搂抱着叶飞舞，内心喊了句"小篮"，两人发生了关系……

当宋晓晨清醒过来的时候，他揉揉惺忪的眼睛，跟前却是叶飞舞。然而，该发生的都已经发生了。

"你的后背上怎么有块胎记？"他问。

"一生下来就有。后来想过用激光打，但打不掉。"叶飞舞说。

"你跟我的女朋友，长得有些像。"他定定地看着她说，有些恍然。

"怎么，把我当成她的替身啦？"叶飞舞笑道，去泡了一杯茶过来。

"我女朋友向来给我泡茉莉花，我从不喝铁观音的。"宋晓晨往茶杯里看了一眼道。

叶飞舞坐到了他腿上，将那杯铁观音递到他唇前，撒娇道："这年代，都市人谁还喝茉莉花啊？以后，在我跟前你就得喝铁观音！"

"谢谢你，还肯搭理一个被女友抛弃和嫌弃的男人。"这一刻，宋晓晨由衷地对跟前的女孩道。

"她嫌我没房子，一直不跟我结婚，可我说，我们俩不是已经攒了六万了吗，再过个两三年，就能付得起首付了。可她，没有耐心等……"宋晓晨又给叶飞舞念叨。

当宋晓晨提到"六万"这个字眼的时候，叶飞舞的眼睛一下亮了！

黄昏，宋晓晨一只手中拎着个酒瓶子，另一只手中提着一条鱼醉醺醺地进了家门。

叶小篮正坐在桌旁看一本食谱。她显然被食谱上的什么给吸引住了，她弯着身躯，眼睛就要凑到报纸上去了。

见宋晓晨进来了，叶小篮乐道："我学会了做酸菜鱼！现在做饭的水准，都快赶上三级厨师了——尝尝，味道怎样？"说着，拿筷子夹了一块往宋晓晨的嘴里送。

"用来讨好他的菜让我试尝？"宋晓晨吐掉了那块鱼，以悲哀、怜悯的目光看着女友。忽然他冲动地上前拿起她的手，哀其不幸、怒其不争地说，"看看你这双原本白皙、纤柔的手，这双用来摆弄文字、触摸电脑键盘的手，现在粗糙成什么样了？平时怕损伤这双手的美丽，我从不舍得让你干粗活。你却——"

宋晓晨越想越伤心，叫道："快去杀鱼！你也给我做一次酸菜鱼！也给我做一次饭！自从我们同居以来，我吃过几次你给我做的饭？拿你当手心里的宝一样捧着！"

深夜的街上，宋晓晨还在开摩的。

"要摩的吗？"他问一个路边的人……

他困乏得眼睛都要闭上了，但他使劲强撑着，给自己鼓劲："再多跑会儿，早一天攒够房子首付的钱，小篮就不会被冯威龙吸引去了！"

宋晓晨疲惫不堪、情绪躁乱地开着车行驶着，忽然，迎面驶来了一辆大货车！宋晓晨躲闪不及，直冲着大货车而去——

"啊！！"宋晓晨发出一声惨叫。

摩托车倒在一边，一股黑红的血在水泥路上淌着，淌着……

医院的某病房内，床上躺着一个被绷带缠满了身体的人，纹丝不动。

叶小篮坐在床边，心疼地擦拭着眼睛。

一个护士从外面进来了，喊道："家属闪开！要推病人去做例行检查了。"护士说着，将病床上的宋晓晨从病房里推走了。

"宋晓晨呢？上次去我那儿欠的钱还没给哪。光天化日之下，想白睡本姑娘啊？"一个年轻女人泼辣的声音兀地传进来，那个声音那么熟悉。

叶小篮猛地抬起头，看见了浓妆艳抹的叶飞舞，一下怔住了，厌恶道："这个世界，真小啊。"

叶飞舞看见叶小篮在写着"宋晓晨"名字的病床边上收拾着，嘲讽道："怎么，你就是宋晓晨口口声声念叨的那个嫌他没有房子而不跟他结婚、又恋上了另外的有钱男人的未婚妻？哈，真是冤家路窄！"

"怎么，你们俩认识？"旁边一个五十岁左右的病人女家属惊讶地问。

"这是我同父异母的妹妹。是她母亲的闯入，扰乱了我一家三口正常的生活，并逼得我走投无路的母亲自杀身亡的，今儿她又——真是有什么样的母亲就有什么样的女儿啊。"叶小篮看着叶飞舞嫌恶道。

"是啊，母女俩同一个运道，总是引不住自己身边的男人。就是因为她那个黄脸婆的妈跳河死了，我爸爸从小就对她倍加疼爱，更迁怨于我和我妈。那黄脸婆的纵身一跳，反倒跳出彩儿来了！"

"你！"叶小篮恨得眼睛里都要喷出火来了，咬牙切齿地看着叶飞舞道，"总有一天，血债会用血来还！"

"是因为你那个风流成性的妈后来出去当按摩女，因从事卖淫被抓进了局子里，又因卖淫期间染的脏病而病死在了局子里，爸爸为自己当初的行为后悔不已，才从小便不喜欢你的！"叶小篮又申辩。

叶飞舞被揭了短，恼羞成怒地挑衅道："如果不知道宋晓晨跟你是什么关系，我对这个穷小子还没多大兴趣。现在既然知道了，我反倒对玩这场游戏起了兴致了！"

叶飞舞说着耀武扬威地斜坐到了宋晓晨的病床上，跷起双脚晃悠着，乳房像两只大皮球一样微微地颤动。

"怪不得最近我们日子这么窘迫，是宋晓晨被你这个吸血鬼缠上了，是吗？"叶小篮问。

叶飞舞洋洋自得道："你男朋友喜欢我，主动找我，我有什么办法？"说着拿起包里的一面小镜子对着自己照了又照，"漂亮女人，是男人一生追逐的梦想。他们像苍蝇似的追逐着我们，喜欢我们，我们有什么办法？谁让我长了一张漂亮脸蛋呢？难道让这张脸像一朵开在山谷里的花，等着岁月慢慢地枯萎？女人的美就是拿

来用的，用来从男人那里得到什么的。"

叶小篮说："难道因此你就可以无法无天，随意坑骗男人吗？你就不讲一点道德吗？"

叶飞舞不屑道："嗤！道德？只有那些情场上的失败者才会拿道德说事！那是她们唯一能搬来声援自己的东西，可怜的女人们！让男人产生不了喜欢的感觉，怨谁？"

叶飞舞又忽然俯过身来托起叶小篮的下巴，将那面小镜子往叶小篮脸前晃了晃，说道：

"看看你这张脸！你自己长得差，没魅力，能怨我吗？不是有个词叫'优胜劣汰'么？你伤感、自卑、嫉妒去吧，可你没办法，因为这是天生的！"

说罢，叶飞舞傲慢地一把推开了叶小篮。

叶小篮被推倒在地上。

"啧啧，再看这眼角，都长了皱纹了。你今年都三十二了吧，眼看就步入中年妇女的行列了，可还是个没嫁出去的老姑娘。我最喜欢的，就是这种出场，哪怕出场费廉价一点，在年长的丑女人们面前，显示自己的年轻、漂亮，那种感觉，实在是太享受了！你们嫉妒去吧，难受去吧，可你们没办法，因为你们扭转不了时间，也改变不了天生的相貌！"叶飞舞嘴里嚼着个口香糖又张狂道。

"你！"叶小篮被叶飞舞一张一合不停蠕动着的嘴里吐出来的恶言恶语气得浑身哆嗦，她站起来怒视着叶飞舞，脸色渐渐变得扭曲、狰狞，眼睛里射出一股少见的凶光，牙齿咬得越来越紧，似乎发出咯嘣咯嘣的声响。

"叶飞舞，早晚你会为今天的这些付出代价！"叶小篮气愤难抑道。

旁边的那个病人家属实在看不过了，打抱不平道："做人不能太张狂了。谁都有个年长的时候，除非她在年轻的时候便死了。"

"你这个死老太太！"叶飞舞气道，一扭身趾高气扬地走出了病房。

叶小篮抹了一把眼角的泪水，心里恨道：

"宋晓晨！这个世界上的女人那么多，你怎么偏偏去招惹叶飞舞？这个我最痛恨的女人的女儿！我和她之间，是不共戴天的！"

那天，叶小篮一手搀着腿上还缠着绷带的宋晓晨，一手拎着些零碎东西，从医院回到了那间小平房里。

叶小篮将宋晓晨搀到了床上。

过了会儿，叶小篮从外面买回了米、面、骨头之类的一大堆东西，对宋晓晨说：

"你的脚暂时还不大方便，我多买些。以后，你要好好照顾自己。不过原来也都是你自己照顾自己，还照顾我。以后，你就轻松了。有合适的，再找个好女孩。

不过，那个叫叶飞舞的，是个害人精，你以后千万别招惹她！"说着便开始收拾自己的东西。

宋晓晨一阵紧张，一瘸一拐地冲上前去按住她的衣物道："我不让你走！"

叶小篮没有停止手中的动作。

"你想抛弃我？"宋晓晨又看着叶小篮的眼睛万般留恋道。

叶小篮躲闪开宋晓晨的眼睛，扭过头再去收拾其他的衣物。

收拾完扭过头的时候，发现宋晓晨整个人坐在了她的大箱子里！

"如果你硬要离开这里，那么，把我带上！我们俩是不能分开的！"他执拗道。

叶小篮的眼里顿时有泪花闪现，手搭在男友的双肩上，看着他露珠般纯净的眼睛解释："晓晨，我并不是想离开你，我只是想离开这种日子——"她绝望地打量一眼四周，"住在这种漏雨的房子里，人一辈子怎么能这么委屈地活？这样暗无天日的困顿日子什么时候是个头？这绝对不是我想要的生活，虽然我也不知道所向往的生活具体是怎样的，但起码应该是充满激情的。我想要一种充满激情的、飞扬的人生。我的血液里，流淌着不安分的因子。"

"你说这样的话，多伤人的心。在认识冯威龙之前，你不一直安于这种生活么？"宋晓晨道，"冯威龙，就是那股使你一成不变的生活能改变的力量，是吗？"

叶小篮无言以对。

"当然，我们又没有婚姻关系，我没权利管你，"冷静下来后，宋晓晨弱弱地说，"不过，我是真爱你呵。这里虽然漏雨透风，可没有人为的伤害，我拿你当手心里的宝一样对待。"

"我小时候的那段经历是怎么也愈合不了的伤痕，当时我们一家三口挤在一间小平房里，当父亲有了外遇将外面的女人领回家后，母亲连个立足的地方都没有，只能抱着我去跳河自杀。"回想到这里，叶小篮的情绪变得更加尖锐，发狠道，"我一定要嫁一个有房子的男人！万一哪天男人靠不住了，最起码，还能指靠一套房子，在这个茫茫的世界上，好歹还有一容身之处。"说到这里，叶小篮的脸上闪过一丝异样的偏执，从宋晓晨的手里拽过自己的包走了。

"跟叶飞舞，我只是一时对你生了报复心理，才——我以后不搭理她就是了！"宋晓晨在后面追赶着解释。

叶小篮压根不听他的，已走出了小院。

宋晓晨拄着拐杖一瘸一拐地追出了小院。

那个小院通向外面，有一条又弯又窄又长的胡同。

宋晓晨抱住院门口的那棵老树冲着叶小篮离去的身影声嘶力竭地喊道：

"小篮，这条胡同你走出去容易，只怕回来难！这一步迈出去后不知会有什么风云变幻、人事变迁，那些都是我们所不能左右的，到那时，都不是现今的你我了！"

叶小篮回转身来解释道:

"其实,我去冯家,并没有明确的目的,只是受某种眩目和未知的东西的吸引,好奇那种商界和人生的奇迹,他是怎么制造出来的。我想,一个男人能够那么成功,肯定他身上有着超越其他男人的地方。我好奇的是,那一个个的人间奇迹,他是怎么造出来的。再说,也许我太渴望拥有一套安身立命的房子了,渴望得都有些病态了,便很想接近一个能造很多房子的男人。"

"我也想让你过上好日子的,可你得给我时间啊!"宋晓晨依然一瘸一拐地边追边喊,腿上的绷带处都渗出血来了。

"我已经等了你五年,我今年已经三十二岁,都长了几根白头发了!"叶小篮苦涩地说。

眼看就要走到那条胡同的尽头了,"小篮!"宋晓晨又揪心地大喊了一声,但叶小篮义无反顾地渐行渐远的背影是那么坚定,甚至不再回一下头。

眼看着叶小篮走出小胡同,上了大路边的一辆出租车,她的身影再也见不到了,宋晓晨颓丧地一下坐在路边的地上,痛楚的泪水一股股地流出来。

这时忽然下起雨来了,冲刷着他无遮掩的泪流、无遮掩的身体、还有腿上的伤口。

他挣扎着艰难地爬起来,往回家的方向走。

途中几次滑倒了,却也只能挣扎着自己爬起来。

郑智化的那首《蜗牛的家》在大雨滂沱的胡同里流淌着:

> 密密麻麻的高楼大厦
> 找不到我的家
> 在人来人往的拥挤街道
> 浪迹天涯
> 我身上背着重重的壳
> 努力往上爬
> 却永永远远跟不上
> 飞涨的房价
> 给我一个小小的家
> 蜗牛的家
> 能挡风遮雨的地方
> 不必太大
> 给我一个小小的家
> 蜗牛的家

一个属于自己温暖的

蜗牛的家

……

三　叶小篮：走投无路了

是个黑沉沉的夜晚。风打着窗帘，呼呼地飘着。

女人一个人睡在床上。

一双男人的大脚从门边一步步向那个床走近——

"噔！""噔！""噔！"沉重的脚步声在寂静的深夜里显得分外清晰。

终于走到床边上了，男人猛地掀去了床上的被子，向赤裸的女人扑去，这里那里地狂啃着女人——

趴着的女人被一波一波地猛烈撞击着，就要垂到地上的头像风中狂舞的树一样剧烈摇摆着，发出难抑的呻吟声……

"妈妈，我饿了，吃饭吧。"忽然响起小树清脆的喊声。

"啊，好的！"

楼上屋内的郑小燕受惊了般慌忙答应着，赶紧关了面前正播放着碟片的影碟机，抚着胸让自己的喘息声平复下来，然后走到门边将插着的门打开，又走到窗前拉开了窗帘，外面已近黄昏了。

她整理了下自己的头发，走出房间来到楼下的餐厅，走到餐厅的窗口处翘首往外观看着，隐隐地期盼着什么道："儿子，等爸爸回来再开饭。你爸爸怎么还不回来哪？"

此时的雨依然下着，雨水顺着冯家的玻璃窗往下淌着。

门铃响了，郑小燕惊喜过望地过去开门。却是叶小篮，头发湿湿的，带着行李，神情黯然地进了冯家的门，说道：

"小燕姐，一个外地的亲戚住到了我家，我家里没地方住了，以后就住你们家了。"

"好啊，省得来回跑了。"郑小燕说着就过去帮叶小篮接过部分行李来，又去房间帮着给叶小篮铺好了被褥。

"小篮，你男朋友是不是不乐意你来这里做家政？"郑小燕探究地看着叶小篮的脸色问。

"哦，没有啊。"叶小篮故作自然地应答。

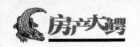

黄昏的冯家厨房里，叶小篮正在择韭菜，郑小燕走了进来，跟叶小篮一起择。

"小篮，你今年多大啦？"郑小燕问。

"三十二岁。"叶小篮答。

"我眼看就是奔五的人了。"郑小燕说。

郑小燕凑近叶小篮小声问："哎，你跟你男朋友，对那方面，有多大的兴趣？"

"我——"叶小篮不自然地笑了笑，"他整天嫌我不迎合。有句话我不好意思对他说，或许因为他长得比较瘦弱文气的缘故，我很少对他的身体产生过欲望。"

"那你这辈子可就亏着了。女人有是否性感之说，男人也是。威龙倒是不文弱，长得像个黑手党的老大一样，我们年轻时刚结婚那阵，威龙在床上，像头狮子似的，老要，烦死我了。可我那时，总觉得那种事是丑陋、不雅、肮脏的，一再地拒绝。从小受的传统教育太深了，女人都这样的，长期的精神束缚浸在骨子里了。但不管有没有兴趣，一对床上的男女，躲过去的时候终究不多。那时我就想不通了，男人真的因此能得到很大的快乐？有时看着他满头的汗，我就只想笑，不知道男人旺盛的性欲从哪儿来的。"郑小燕陷入了某种甜蜜的回忆中笑道。

叶小篮也尴尬地笑了笑。

郑小燕接着说："可你猜现在怎么着？我的欲望也不知怎的，忽地就旺盛起来了，整天身体里像有团火一样，熊熊地燃着，难道真应了那句话，女人三十如狼，四十如虎？可威龙哪，别看外表上，人到中年，气宇轩昂、魅力四射的样子，可实际上，是个芯里空，我想要都得不到了。也不知是真不行了呢，还是对年长色衰的我没欲望。唉，真应了另一句话，三十年河东，三十年河西。早知如此，年轻时干吗那么矜持，不尽情享受人生？"郑小燕一副懊悔的样子。

"所以我们晚上，基本各睡各的房间。对我来说，离火源远些，容易入睡些；而威龙呢，落得清净。"郑小燕解释。

叶小篮的某个神经莫名地跳了一下。

"所以说，你现在趁着年轻，一定要对男朋友放开些，不然到老了时后悔都来不及了。"郑小燕又一副过来人的样子教导叶小篮道。

"哦。"叶小篮脸色不自然道。

"女人这辈子，若是老琢磨这事，这个世界还不乱套啦？"郑小燕不好意思道。

"说得也是。"叶小篮说。

"一个女人，怎么能在这件事上探究过多？生活中有那么多别的，工作、家务、对孩子的培养，对男人的照顾，一个女人如果在这方面想得太多的话，我会连自己也看不起自己。"郑小燕再次强调。

"说得也是。"叶小篮说。

"不过小篮，有件事我一定要提醒你，女人生小孩可是越早越好呀，那样各方面容易恢复。像我，因为当初忙着帮威龙创业，在三十八岁高龄的时候才要的小树。自从生完孩子，我感觉自己衰老得特别快，像下坡的车一样，刹都刹不住。你这个年龄，可真该要孩子了！"郑小燕善意提醒道。

叶小篮苦笑了下："我何尝不想？只是我连自己都养成这副面黄肌瘦的样子，哪里还有心力养小孩？"

郑小燕道："我感觉你们现在的年轻人也挺矫情，我们小时候，村里穷成那样，也没见谁把结婚生小孩的事给耽搁了，我十五岁之前，一直跟父母睡一个炕头的。"

叶小篮道："那是因为当时的人们都苦，置身其中的每个人反不觉得苦了。现在贫富差异巨大，看别人都住在豪宅里，那住在租来的破平房里的人，便觉得苦得受不了了，实际上不是身体受不了了，而是人的自尊受不了了。"

"别说，你这话还真有道理，不愧是本科毕业的。"郑小燕道。

这时，冯威龙回来了。"威龙回来啦！"郑小燕惊喜地迎过去接包递鞋。看到叶小篮在，冯威龙意外地眉毛一挑："你平时这个点不都回家了吗？"

"小篮以后就住咱们家了。"郑小燕回答。

冯威龙用心听着这话，眼睛转了一下。

冯家叶小篮的房间内，叶小篮一件件地褪去了衣服，上了床，将床头灯也关了。被子是洁白如雪的，被子里纤柔白皙的她，像一尾被剥去了鳞的鱼，翻来覆去。夜深了，叶小篮房间的门悄悄地开了！一团浓重的黑影缓缓地罩了过来，竟是冯威龙！

他低头凑近床上的叶小篮，小声说："小篮，睡着了吗？"

夜色里穿着睡衣的他和他的声音是那么湿漉漉的，被剥去了身份等种种坚硬的外壳，还原成了一个本色原始的男人。此刻，这个真切的男人离赤裸着的她那么近，真的是触手可及，只隔着一层薄薄的被子。

她下意识地抓紧了被子。

因了对某种即将发生的大事情的想象，她紧张得说不出话来。她感觉着自己被子里面的身体，微微上仰着，已做好准备，随时向某种坚硬靠拢，将自己的柔软像石榴一样裂开。她克制得几乎要将自己的嘴唇都咬破了。

"你住在家里的感觉，真好。"男人声音异样地说着，俯下身来在她的额头上又吻了一下，然后没事人一样转身便走了。留下叶小篮在床上想三想四："他也在犹豫、克制？今天晚上他还会再来吗？以后的日子，到底会发生什么？"

空气中蛰伏着太过危险的什么，她听到了空气干燥得噼噼啪啪的声响，她使劲地往被子的深处蜷着，蜷得小得不能再小。月亮就在窗外挂着，能看见窗内的一切。

浓密的头发将她的身子无序地裹起来，如同发丝一样纷乱的思绪，将这个夜晚

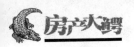

的她缠绕。

忽然，一团浓重的黑影一步急似一步地走向她！

那踏在厚地毯上的脚步，沉闷有力，似乎又寂静无声，她感觉到了那越来越急迫的喘息。她紧张得屏住了呼吸——

她猛地掀掉了被子，其实什么也没有。除了满屋的夜色，和楼道里没有关灭的灯从门缝里透进来的一线光亮。

她爬了起来，望着他的书房所在的方向，像树上一只翘首的饥渴的知了。他们之间，隔着两道墙壁，还有这之间的空气。整个黑夜幻化成了一个巨大的男体，神秘、莫测，走来走去地总是穿着一件黑色的风衣。

她仰面躺回床上，微眯起眼，向着屋顶伸展开四肢，心中喃喃着：

"靠近我，进入我，蹂躏我，抛弃我。来自你的所有强力，都碾过我。最好是在栀子花开的山坡……"

然而一夜无事，什么也没有发生。

晨光射进来的时候，叶小篮看见自己的眼圈已成了黑的。

等郑小燕、冯威龙都出去上班后，叶小篮小偷般迅疾地进了书房，头深深地俯向冯威龙的枕头，陶醉地吮吸着那枕头上的气息。

她又摊开了冯威龙的被子，撅起嘴唇，轻轻地吻着，这里那里，似乎感觉到了他肌肤的柔软。那种柔软的感觉继而漫溢到了她的全身，她整个人瘫倒在了床上，用那床被子将自己裹起来，一圈又一圈地，在床上翻滚着，疯了一样。

深夜，万籁俱寂，冯威龙的书房内，烟雾缭绕，烟雾从他开着的门缝里飘出来。

书房门又缓缓地启开了一条缝，门缝外是叶小篮一双痴痴地无言看着冯威龙的眼睛。

"他又在猛烈地抽烟，发生了什么事？他总爱猛烈地抽烟，有时真想硬把烟从他手里夺过来，捻灭。当然，我不敢。不过真想扳过他宽大的手掌，看看他的手指是否因整天浸在烟雾缭绕里而有着发黄的痕迹。"

叶小篮无声地说。

冯威龙正在电脑前坐着，痴迷地看着电脑屏幕。当叶小篮越过冯威龙宽阔的肩膀，看到他电脑屏幕上的照片时，她一下惊呆了！

屏幕上是那天冯威龙在悦来大酒店里拍的叶飞舞的照片！此刻，他一手夹着烟，另一只手一寸寸地抚摩着照片上叶飞舞的鼻子、眼睛……

这时，冯威龙又打了个电话："小刁啊，明天你到晚报上登个寻人启事，启事的内容和照片我都发进你邮箱了。"

"天啊，他也痴迷上了叶飞舞？"叶小篮顿时妒火如焚，手攥成了一个拳头，牙齿紧咬着，嘴唇都哆嗦起来，转身下楼梯回房。

"天就要塌下来啦！他这是不想让我活啦，一个郑小燕就够我受的了，他又开始痴迷叶飞舞——"一个声音在她心里盘旋着，盘旋着。

忽然，因为神思恍惚，叶小篮从楼梯上滚了下来——

"啪"，走廊里的灯兀地亮了，是郑小燕听见动静出来了。

她站在门外探究地看一眼冯威龙书房开着的门缝，又看一眼楼下，下楼扶起叶小篮问："怎么啦小篮？摔疼了没有？"

"没事，我本来想上楼问一下你们是否想吃点夜宵——"叶小篮支吾着，心虚地不敢正视郑小燕的眼睛。

街上，叶小篮买光了一家又一家报摊上登有叶飞舞的寻人启事的晚报。装报纸的，最初是叶小篮自己背着的一个大尼龙袋，后又换成了一辆三轮车，最后，换成了一辆大卡车。

笨重的大卡车晃晃荡荡地开到了郊区一偏僻处，将满身疲惫的叶小篮和一车斗报纸都卸了下来，然后扬长而去。

叶小篮拿起一张报纸看着上面的那个寻人启事，嫉妒使她的手剧烈地抖动起来，整个人都扭曲了，她恶狠狠地撕着一张又一张报纸，怎么都撕不尽，似乎越撕越多——

纸片像蝴蝶一样在大风中漫天飞舞。

过了会儿，她又干脆划着一根火柴点燃了那堆报纸，被火点燃的纸片漫天飞舞着，像杀不死的火蛇。

"哈哈！我让你找她！让你找她！"叶小篮看着那些风中飞舞的火舌吞噬着一叠叠报纸，发出阵阵快意的狞笑。火势越来越猛，似乎酝酿着一场难以遏制的灾难——

不远处的一个护林员看见了，大声惊呼："不好啦！树林那边失火啦！好像有人在故意纵火！"

四周有稀落的人向着起火的地方奔跑——

满脸黑灰、一身狼狈的叶小篮在街上走着，这家店里有人在看晚报，那家单位里有人在翻报纸。

"我现在就去找他！把我心中埋藏已久的感情倾诉给他，一分一秒也不能再耽误了，否则，就来不及了！"

叶小篮急急地走着，因一种滚烫的热望而冲动着：

"豁出去了！我爱、我喜欢一个人，这是最美好的情愫，不是什么羞耻的。发了芽的种子终究要拱出地面，至于能否在空气中成活，那是另外的事情；风必须向

花诉说，至于花是否乐意听风的絮语，那是花的事情，风一定要说！爱必须在两个人之间传达！"

那天的书房内，郑小燕发高烧躺在床上眯着眼，似睡着了。冯威龙坐在旁边正将一块热毛巾往她的额头上敷。

叶小篮不管不顾地闯进了书房来，她的身体急促地起伏着，眼神急迫而潮润地仰头看着冯威龙，心里十万火急着，不知怎样才能完全、准确地表达自己："这些日子来，我，我——"

叶小篮的神情上忽然出现了一种近乎偏执的冲动，径直拿过冯威龙的手，往自己的胸口上放！

冯威龙惊悸地看一眼郑小燕，赶紧将自己的手抽回来，小声道："叶小篮，你疯啦？"

此刻的郑小燕，似乎睡得那么香甜，浑然不知，另一个女人已在偷窥她的男人，伺机掠夺他。

"我是疯了！被你逼疯的！你已经有了郑小燕，还有我这么深爱你，就别再招惹别的女人啦！"叶小篮痛楚万分地说。

原本闭着眼的郑小燕忽然坐了起来，"啪"地一声，一巴掌扇得叶小篮趔趄了一下，顿时眼冒金星。

郑小燕的胸口剧烈地起伏着，一改平时的斯文和对人的良善，对着叶小篮的脸上又啐了一口："呸！不要脸的女人！自打你进门后，我对你不薄啊，拿你当亲妹妹般相待，谁知道你却生这样的歪心！我和威龙从小在一个村子里长大，我们俩的年龄有多大，我们之间的感情就有多久，你一个半路上杀出来的程咬金，竟然还想摘星捞月？做梦去吧你！"

郑小燕继而尖酸刻薄道：

"真没想到，我家里竟养了只白眼狼！竟敢在我眼皮底下勾引我男人！你也配！对着镜子照照你自己，相貌？气质？身份？哼，一个伺候我们一家吃喝的保姆而已！哪一点能够配得上他？竟痴心妄想——你也太自不量力！心也太大了点！"郑小燕的情绪恶劣到了极点。

"郑小燕，我会永远记着你今天给我的羞辱！"被羞辱得无地自容的叶小篮面色扭曲地喊道，她掩面转身跑了出去——

浴室内，郑小燕正在洗着澡，叶小篮给她搓着背。

像一根葱被剥去了皮，郑小燕娇柔苗条的身体白得像一尾鱼，一尾没有丝毫瑕疵的白鱼，白花花地呈现在面前。叶小篮的眼睛像被蜇了一下般，痛楚地微闭了一下："这个身体是属于他的。"她想象着，一双男人的手，冯威龙的手，在眼前的这个身体上摩挲着，这里那里，所有的角角落落，层层叠叠、密密麻麻地印满了他的手印——

叶小篮边想象着，边给郑小燕搓着背，搓着她细腻的肌肤——她的目光里渐渐射出一团烈焰来，牙齿都剧烈地哆嗦起来，手慢慢伸向郑小燕的脖子——

"我得不到的男人，她得到了。可我必须对她好，侍候她，以便离那个男人近些。这对我，是一种怎样的屈辱和艰难。"叶小篮心里想着。

郑小燕的身体兀地痉挛了一下，她转过身来，对叶小篮说："你把我弄疼了。"

"哎呀，对不起！我想搓干净些。"叶小篮慌乱地解释，慌乱地将自己的表情调成正常的状态。

"剩下的我自己洗，你先出去吧。"郑小燕说。

叶小篮出了浴室的门，脸上便恢复成了刚才痛楚得近乎扭曲的神情。

叶小篮进了厨房忙着，忽然，她抽了抽鼻子，闻到了浓浓的煤气味。"是煤气阀松动漏气了！"她心里说，忽然心怀鬼胎地眼睛一转——

"小燕姐，我出去买菜啦！"叶小篮从厨房里走出来，对着浴室里大声喊了句。

"去吧！"浴室里的郑小燕应着。

叶小篮急急地打开家门出去了。

办公室内，冯威龙正着急地在自己的包里翻来翻去，自语："我将一份资料忘在家里了。"说着便匆匆地离开了办公室，开车驶出了公司。

心事重重的叶小篮在菜市场上一家菜摊前挑着菜，她把一棵菜挑进篮里去，又心不在焉地把那棵菜拿了出来，后又将那棵菜重新放进篮里，故意磨着洋工。

她的眼前不停地交织着两种画面：郑小燕说她"真是癞蛤蟆想吃天鹅肉"时凶狠的面目，与自己初进门时，郑小燕对自己的善待。

一善一恶的两个郑小燕在叶小篮的脑子里互相对峙着，争斗着，冲突得叶小篮的脑子都要炸了般……

冯威龙开着车在路上疾驶着。

他将车停在了自家的楼外。

他从车上匆匆地下来，进了楼道的电梯间。

他从电梯间出来疾走着，将地踩得咚咚地响。

他来到了自家的门外，着急地按着门铃："叶小篮，快开门！"

门铃响了好一阵子还是没有人来开。他摸出钥匙自己打开了房门。

一进家门他便猛烈地咳嗽起来。他兀地看见了门口的地上放着郑小燕平时穿的皮鞋，挂衣架上挂着郑小燕平时穿的衣服和平时背的包。"燕子，你在家啊？"冯威龙下意识地喊，但没有回声。他的咳嗽更加剧烈起来。"不好！是煤气味！"他

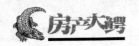

下意识地喊了声，便冲向窗口打开窗子和门。

他拿出手绢捂住嘴，这屋那屋地寻找着，一间间的屋子内都是空的。在浴室的地上，他看见了全身赤裸着的郑小燕昏躺在那里！

他怔了怔，眼神中竟闪过一丝意外的惊喜，他迟疑了下，便装作什么也未看见的样子转身离开，向外走去。

忽然，门"砰"地一声被撞开了，将正欲出门的冯威龙额头上撞了一个包。

"小燕姐！"是叶小篮，大汗淋漓地跑了进来，惊慌无比的样子，撒开腿冲进浴室喊着，"小燕姐！"

"冯总！小燕姐出事啦！"过了会儿，从浴室里传来叶小篮一声惊恐的喊叫，"快来啊！我抱不动她！"

冯威龙懊丧地跺了下脚，但还是装作焦急万分的样子，大喊了一声："燕子！你怎么啦？！"

冯威龙将郑小燕抱出来放到卧室的床上，而叶小篮，则赶紧跑进厨房将煤气阀关紧了，惊魂未定地抚着自己的胸口。

冯威龙这天回家后看到叶小篮正在弯着腰大汗淋漓地拖地，便吹胡子瞪眼的，一副看不顺眼的样子。

叶小篮见状更加卖力地表现，干脆跪到了地板上，拼命地擦啊擦啊，都把地板擦出亮光来了。

冯威龙见状更加气不顺，上前凶巴巴道："我花那么高的价钱，不是让你给我抹桌子、拖地的！这样的简单劳动，谁不会？凭什么用那么高的工资雇你？"

叶小篮吓得像老鼠见了猫般，赶紧放下拖把去看书了。

冯威龙更加气愤，气急败坏地指划道：

"我花钱雇你，不是让你把我家当图书馆、阅览室，给你免费充电的！你去动手啊！"

叶小篮赶紧放下了书，动手给他倒了一杯水递过去。

冯威龙气恼得一下夺过了她手中的水杯，吼道："我自己有手！"

"你自己看看，那个纯净水桶里，你一天就喝了那么一大截水！"冯威龙用手比划着，"你以为老板家的水就不花钱啦！"

叶小篮无所适从道："那你雇我来，到底想让我干什么？我是一个大活人，总得做点什么吧？"

"哦，我明白了，你是想让我走人是吧？我现在就走！"叶小篮恍然大悟道，这就扯掉了围裙，拿起自己的包，换鞋，将家里的钥匙交到桌上。

冯威龙上前拦住她气哼哼道：

"什么，想甩手不干？我在你身上花了那么多的工资和心思，真正的事情你还没做哪，就想溜？养条猫还知道恋旧主哪！只要你迈出这道门，我就永远也不会再搭理你！"

"你到底想让我干什么呀？！"叶小篮都快被逼疯了。

"我让你尽快动手！"冯威龙声嘶力竭地叫道。

"动手？"傻大姐叶小篮受了启发，眨眨眼睛，她忽然忆起了书上的一句话，大意是，人莫名地发脾气的话，原因是性未得到满足。于是她怯生生地走近他，动手开始给他解衬衣的扣子。

冯威龙快被气疯了，使劲捂住自己的扣子躲远她，以保护自己，然后对着叶小蓝又吼又叫道："白痴！天下头号大傻瓜！我不是说让你在我身上动手！我要是想找个情人的话，那么多貌美如花的妙龄女孩子，我要你一个满身油烟味的保姆做什么？！"

"你的意思，想让我去你单位工作？"叶小篮眼睛眨啊眨的。

"我身边的属下哪一个不精明、能干、年轻漂亮？我要你一个呆头呆脑的傻大姐干什么？！"冯威龙又气道。

叶小篮被折腾得坐也不是，站也不是，走也不是，留也不是，那一刻，她感觉自己像个无处遁形的可怜的女鬼。

那天，冯威龙在镜前精心地打盼，叶小篮感觉有些异样，待冯威龙出门后，便打了辆出租车跟踪着他。

拐来拐去的，最后，冯威龙驾车来到了悦来大酒店的门外，他从车里出来倚在车身上，看着路过的行人。

这时，酒店外负责看车的老头过来了，问道："先生，你最近每天都来这儿，是等什么人吗？"

也许是等得实在无聊吧，也或者是对陌生人没必要设防，冯威龙竟老实相告了，说道：

"是啊，我在等一个姑娘。前些日子她曾在这里经过，除了及时拍下了她一张照片，我没有她的任何联系方式，我在报上登了寻人启事也等不到她。万般无奈之下，我便来这里等。我想既然她那天在这里走过，那么，她就还有在这里出现的可能性，不是么？"

"你真是个痴情种啊。"老头笑着摇摇头走开了。

下了出租车后躲在一隐蔽处偷窥着冯威龙的叶小篮把他的一举一动看在眼里。"他还在寻找叶飞舞？"叶小篮心说，惊呆在那里，内心像有一个巨大的火炉腾地燃起来了。

她闪身离开，跌跌撞撞地走在黄昏的风里，忽然就难以自抑地搂住路旁的一棵树失声痛哭起来，顾不得街上的人们对她疑惑地看。哭了一会儿，她忽然起了一念——

叶小篮和小树在山路上走着，两个人的头上都戴了野花编制的花环，边玩边走。

冯威龙和郑小燕在后面追来了。

"我发现小树他们啦！在山上，那儿！"山下的郑小燕惊叫道。

最后，叶小篮和小树被截在了一个陡峭的山崖边，他们俩的背后是一条很深的山谷。叶小篮下意识地拽紧了小树。

冯威龙惊恐地看一眼山崖手指着叶小篮道："叶小篮！你别乱来啊！小树要是少了一根毫毛，我绝饶不了你！"他的脸上顿添了很多凶悍之气，刀削斧刻般的棱角更加鲜明。

"叶小篮，你把我的孩子怎么啦？你把他还给我！你不要一计不成，又生一计。先是勾引我的丈夫不成，又算计我的孩子。我说哪，你一个堂堂的本科生，怎么会放着体面的编辑工作不干，屈尊来做保姆，原来是别有用心！小树是年龄小，他若有十七岁的话，恐怕你连勾引他的心都有，人可以穷但志不能短！你要多少钱你说！只要你把小树还给我！"郑小燕在旁因气极而出厉语。

叶小篮惊愕不已的样子："什么？你认为我在拿小树要挟你们，想勒索钱？我只是想用这件事来分散冯总的精力，别去登什么寻人启事，别去什么悦来大酒店外守株待兔——"

冯威龙吃了一惊，恼羞成怒地指划着道："叶小篮！你气死我啦！你这个不得要领的傻大姐！非让我把话说得那么透，真正想让你做的事情你做不好，却不停地给我惹是生非！你对着镜子照照自己，争风吃醋岂能轮到你的份儿？！"

"他在这种时刻又提这句话是什么意思？他到底想让我做什么？"叶小篮极度困惑地眨眨眼睛，还是百思不得其解，瞬间松开了小树。

"小树，快到妈妈这儿来！"泪水汪汪的郑小燕见机赶紧向小树伸开双臂。

小树向郑小燕跑去。

"威龙，叶小篮绑架了我们的孩子，你快去抓她呀！"郑小燕喊。

"绑架？这能称得上绑架吗？我只是带小树出来爬爬山而已。"叶小篮听说后害怕道，下意识地往后躲着。

忽然，她踩空了。"啊！"叶小篮发出一声惊叫，滚下了山崖——

那天的山崖下，叶小篮从昏迷中醒来了。

当天晚上，宋晓晨的小屋内。"坏蛋！再让我亲一口！"叶飞舞嘻嘻哈哈地拿着宋晓晨当个玩具般亲着，而宋晓晨，像个木头人般。

一个人影躲在窗外，气得把拳头攥得紧紧的。

屋门吱呀一声开了，那个人影赶紧躲到了旁边的一个隐蔽处，是宋晓晨推开屋门出去上厕所了。

屋内，衣发凌乱的叶飞舞翻着抽屉："老说没钱，我自己找！看你到底把钱藏到哪里了。"

兀地，叶飞舞发现了一张名片，她的眼神一下子就亮了，看着那张名片自语："大庇天下寒士房地产公司的董事长冯威龙？姑奶奶还从没结识过这么大的款呢！这可是条大鱼！"

叶飞舞迫不及待地拿起手机便娇声娇气地拨电话："喂？是冯总吗？你问我是谁？等见了面你就认识我了，怎么知道的你的手机号？我无意中得到了你的一张名片。我约你喝咖啡好吗？八号晚上八点我们在红玫瑰咖啡屋见面，我手中拿着一支红玫瑰做标记。你若不去的话，我就天天去你的办公室门口站着，我想任何一个男人都抵抗不了漂亮姑娘的魅力吧？漂亮到什么程度？貂蝉在我面前羞愧，西施在我面前自卑，呵呵，跟你开个玩笑，横竖我会带给你一个惊喜的——"

躲在窗外隐蔽处的那个人影气得身体都哆嗦起来，"臭女人！"那个人影小声骂了句，是个女人的声音。

宋晓晨不知什么时候已回到了门外，他也听到了屋内叶飞舞的电话，一脚把门踹开了，怒火冲天地冲了进去。"婊子！你还真是个婊子！"屋内传来宋晓晨的斥责声——

不一会儿，宋晓晨气呼呼地从小屋里出来，驾着摩托车离开了家。

这时外屋的门吱呀呀地开了一条缝，闪身进来一个人。

来人蹑手蹑脚地摸黑寻了个馒头狼吞虎咽地吃着。

忽然传来一声喝问："哪来的小偷？！"一束手电筒的光明晃晃地刺向来人，一把举起的锤子已要砸到来人的头顶上了——

是里屋的叶飞舞听见动静出来了。

"是你？"叶飞舞过去"啪"地一声拉亮了电灯。来人是蓬头垢面、浑身直打哆嗦的叶小篮。

"不找你相好的去，回这个破地儿干什么？是被人家踹了吧？"叶飞舞往外搡着叶小篮，一下将叶小篮搡倒在了门外的地上。

"以后再也不要回这儿来了！我和宋晓晨好啦！"叶飞舞又说，门随之"砰"地一声被关上了。屋内的灯马上灭了。

是个下雨的深夜。一片苍茫的水域，水鸟在远处低低地飞着。

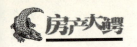

失魂落魄的叶小篮向河里一步步走去，水淹没了她的膝盖，小时候那幕刻骨铭心的场景再次在记忆里闪现：

　　小时的叶小篮被失魂落魄的母亲牵着向河里一步步走去，水淹没了她们的膝盖，小狗站在岸边一声声地向河里的母女俩发出急切的叫唤。

　　叶小篮最先恐惧起来，使劲扯住母亲的手："妈妈，我们干吗往水里去呢？狗狗在喊我们回去哪！"

　　"我们在世间没路走了。"母亲神思恍惚、伤心欲绝道。

　　"我不跟着你走！水会淹死我们的！我在电影里看过，淹死在河里的人会被鱼群啃吃得只剩下一个骨头架子，就像人吃鱼一样！"叶小篮另一只手使劲掰着母亲的手指尖叫，欲把自己那只手从母亲的手心里抽出来。

　　因叶小篮的话，母亲浑身打了一个寒战。

　　"那个家我又没法待了，你不跟着我走，哪里还有你的活路呢？"母亲说着，紧攥着叶小篮的一只手继续往水的深处走去，眼神里充满着某种偏执。

　　水越来越深了，叶小篮去咬母亲攥住自己的那只手："你是个坏妈妈！是个疯子！"

　　旁边的水里，一条大个儿的鱼一口就把一尾小鱼吞吃掉了，叶小篮的母亲一眼看见了，深受触动，她抱起叶小篮转身向岸上走去，将叶小篮放到岸上，后悔万分地说："对不起小篮，我的女儿，妈妈一个人活得苦就够了，不该让你跟妈妈做伴，也许你长大后会有好的生活，会有一个深爱你的男人。妈妈在九泉之下，也会为你祈祷的。"

　　说罢，母亲转身又走向河里，很快，水面上便什么也看不见了。

　　"妈妈！妈妈！"叶小篮站在岸边上向河里伸着小手哭喊，只是除了水声，她再也见不到妈妈了。

　　小狗也站在岸边，睁着一双痛苦的眼睛面对着河水。

　　……

回想到这里，叶小篮抹了把痛楚的泪水，往事是那么不堪回首。

　　"妈妈，我来跟你做伴了！没想到今天，女儿又重复了你的命运。"她哭喊着，一步步向河的深处走去。

　　"淹死在河里的人会被鱼群啃吃得只剩下了一个骨头架子，就像人吃鱼一样！"小时候她说的这句话兀地在耳旁再次回响起，她恐惧地再次浑身打了一个寒战。

　　"叶飞舞！是你们母女把我和母亲逼上的绝路，我就是变成鬼也要夜夜搅得你不得安宁！"

叶小篮泪水盈盈地对着远处的一片空茫咬牙切齿地大声喊着，喊声久久地回旋着。

黎明的时候，宋晓晨才疲惫地回到自己的小屋，他打开灯看见桌子上放着一张纸条，便赶紧拿起来看：

> 晓晨，我走了，到曾带走了我母亲的那条河里去，从这个世界上彻底地消失掉。感激你曾给过我的那么多的爱，而我，并没有懂得珍惜。
>
> 小篮绝笔

"小篮曾回过家？"宋晓晨的眼泪一下子汹涌而出，用衣服袖子抹了把满脸的泪水，拿起个手电筒便冲出了房门，奔出了院子。

漆黑的夜里，宋晓晨打着手电筒深一脚浅一脚地到处寻着、喊着：

"小篮？你在哪儿？"

"小篮？"

"小篮，那封遗书你只是跟我开个玩笑的。你在哪儿呀？跟我回家！"

他一次次跌倒了，再爬起来。夜色一次次地将他的喊声吞没，他跌跌撞撞的身影又在另外一个地方出现了，他手中的手电筒像一只无家可归的萤火虫，在黑夜里四处飘摇。

宋晓晨终于跑到了那条湍急的河边。天已亮了，水鸟依然在远处低低地飞着，水色一片苍茫，四野里没有一个人影。

兀地，宋晓晨发现了叶小篮遗留在河岸上的鞋子，那一双鞋子像两只小船，已被水灌满了……

"小篮！"

宋晓晨跪在河岸上抓住那双鞋，一阵阵地向苍茫的河水发出悲伤的哭喊：

"小篮，你太绝了，阴阳两隔，你让我所有的后悔都无法改正，所有的话都没有地方再说呀！"

他呜呜地哭着，痛不欲生地揪着自己的头发往泥地上撞着，撞着。

精心打扮的叶飞舞手中拿着一枝红玫瑰在街上向不远处的红玫瑰咖啡屋走去，跟往常一样，她穿着超高的高跟鞋，一步三摇，口红涂得像一朵猩红的石榴花。

路旁的霓虹灯扑朔迷离地闪烁着。

她时不时地拿出小镜子来照几下。

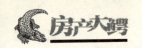

忽然，一辆车在她身旁刹住了，从车上下来了两个蒙面人，扭着叶飞舞的胳膊问："你这是去哪里？"

"红玫瑰咖啡屋啊。"叶飞舞回答。

两个蒙面人听罢不由分说地挟持着叶飞舞将她塞进了车内——

夜晚的街上，非常热闹。

都市美人鱼美容院门口的霓虹灯闪烁得尤其迷离。有女人，也有男人陆续地走进去。

一个浑身发抖、精神上好像受了什么重创的女人蜷坐在美容院旁边一个黑暗的角落里，怀里好像抱着一捆什么东西，因为她低着头，所以看不清她的容貌。

过了会儿，忽然传来"轰"的一声，都市美人鱼美容院的房子爆炸了。

很快，警车鸣着尖利的笛声在城市的街道上飞驰。

警车开到了出事地点后，一个气宇轩昂的警察从车里出来，一个当地民警迎上前去，敬礼道："李警官，这就是都市美人鱼美容院的爆炸现场。"

李警官看过去，只见一片烟雾弥漫的废墟——

那天，宋晓晨气哼哼地在街上走着："叶飞舞，你怎么说骗人就骗人，一点征兆也没有呢？"

他来到了都市美人鱼美容院，只见一片废墟，一道警戒线拉在那里，几个警察还在从废墟里往外扒拉着什么。一些人围在那里交头接耳着。

"都市美人鱼美容院呢？应该在这儿呀。"宋晓晨问其中一个人。

"就是这里啊，昨天夜里炸啦！"那人指着那片还冒着烟的废墟说。

"昨天夜里炸啦？"宋晓晨惊讶道。

"可不就炸啦，昨天夜里我还在睡梦中的时候，只听'轰'的一声巨响，把我躺的床都震抖了。我跑出来看，你猜怎么着？只见原来生意兴隆的都市美人鱼美容院已成了一片废墟，废墟上这一截胳膊那一截腿的，吓得我啊，警察根据一些迹象已经初步断定了，这是一起人为的爆炸！"那人比比划划地兴致勃勃道。

"人为的爆炸？"宋晓晨惊道，"里面的人呢？"

"一锅端，全给炸在里面了！"

"全被炸在里面啦？"宋晓晨再次惊道，"也包括叶飞舞？"

宋晓晨颓然地一屁股坐在了地上，捂着脸嘤嘤地哭起来了：

"我那被叶飞舞以合伙开美容院的名义骗去的六万块钱啊！那是我仅有的一点积蓄啊！我悔不该不听小篮的话——小篮，我很快就会给你报仇的！"

第二章 神秘的美艳女子到来，郑小燕被乱箭穿心

一 一个叫叶玫瑰的美艳女子和冯威龙的邂逅

半年后的一天，魁梧彪悍、衣冠楚楚、戴墨镜、穿黑衣，看起来像个黑手党老大的冯威龙急匆匆地从办公大楼里出来开着车驶出了门牌上写着"大庇天下寒士房地产有限公司"的公司大门。

不远处的一辆出租车见状紧跟其后，出租车后座上，是一个戴墨镜、戴假发、穿长风衣的年轻女孩。从相貌上看，酷似叶飞舞。女孩紧紧盯着冯威龙的车牌号码。

车在一个有红绿灯的路口停下了。

这时，后面那辆跟踪的出租车里的女孩迅速地摘掉墨镜、假发，并脱去风衣，下车在各个车窗前散发起售楼广告来。就要发到冯威龙的车前的时候，忽然换成了绿灯，车开走了。女孩在后面追赶起来，一头披肩长发瀑布一样飞扬。

这时，冯威龙忽然在车的后视镜里看见一个似曾相识的年轻女孩在追赶着他的车，跑得大汗淋漓。冯威龙的心怦然一动。车终于又停在了前面一个有红绿灯的路口，那女孩气喘吁吁地跑上前来，微笑着敲打着他的玻璃窗，像春天兀地来到了窗口。冯威龙摇下了车窗。

时光在这一刻停住，冯威龙怔怔地看着她，眼前兀地回想起那天在悦来大酒店外回眸一笑的那个倩影，不由得惊喜过望，内心叫着：

"是她！正所谓'众里寻她千百度，蓦然回首，那人却在灯火阑珊处'，我终于找到她了！"

"先生。"车窗外的一声喊将冯威龙从回忆中拉了回来。

"请您看看，这是秀景苑楼盘的销售广告。您若有购买意向的话，可去现场看看，这上面有我的联系方式。"那漂亮女孩用细长白皙的手指向冯威龙递进来一张花花绿绿的广告纸，声音像羽毛一样拂着人的心，撩拨得人浑身舒服。

冯威龙好奇地接过来看了一眼，亲切地对那女孩说："人能赶得上车吗？还这么傻跑。"

"我知道前面有一个红绿灯的路口，说不定您的车停在那里的时候，我就赶到了。只要有一线希望，我就要试一下。"女孩气喘吁吁地接着说，脸上闪过一丝异

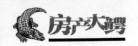

样的坚韧。

冯威龙的眼睛又是一亮，说："我们单位的销售人员如果都有这种精神，就好了。"他接着问那女孩，"你叫什么名字？想到我们公司干么？"说着，递过去一张名片。

那女孩接过名片潦草地看了一眼后便惊喜地叫道："您就是著名的大庇天下寒士房地产公司的董事长冯威龙先生？我叫叶玫瑰，若能得到进贵单位工作的机会，我会感恩不尽、拼命工作的！"那女孩激动不已。

"明天到公司去报到吧，干得好的话，很快便能提主管。"冯威龙说。

"真的？谢谢！"女孩惊喜过望，不停地弯腰致谢。

冯威龙的车缓缓向前开了。刚开了一会儿，又停下了，他摇下车窗兴致勃勃地对后面的叶玫瑰说："上车吧，跟我一块儿去看看我们的事业！"

叶玫瑰惊喜过望，紧跑几步上了车的副驾驶座。

冯威龙感到一团似曾熟悉的气息裹进了车里，他的神思一阵恍惚。

而此时，这个叫叶玫瑰的美艳女孩，情绪更是剧烈地波动着。

"你的头发，改成黑色的吧。现在的黄发，显得有风尘气息。"冯威龙道。

"啊？哦。"叶玫瑰又慌乱道。

"将后背放低些，这样舒服。"他又用水一样柔和的语调说着，将座椅给她调了调。

"住在什么地方？"冯威龙问。

"租的房子。"叶玫瑰道。

冯威龙眨眨眼睛，爽快道："哪天我送你一套复式的单元房！"

叶玫瑰沉默地看一眼跟前的男人。

"等以后有机会我送你辆车！"冯威龙又说。

叶玫瑰平静地又看了他一眼，一幕场景在她眼前闪现：

那天风雨交加的郊外路上——

"住在小平房里？"冯威龙问叶小篮，他眨眨眼睛，爽快道，"哪天我送你一套复式的单元房！再给你买辆车！"

"真的？"叶小篮难以置信地睁大了眼睛……

"哦，对了，还你的外套！"临分别时叶小篮赶紧脱下他的风衣来。

他无言地将她脱掉的风衣重新给她穿上，往她身上紧扯了扯，然后出人意料地，忽然就俯下身来吻了吻她的额头，声音异常温柔地小声道："我家里需要一个做家政的，想去时联系我！"然后恋恋不舍地转身上了自己的车……

回想到这里，叶玫瑰的眼里有泪花闪现。

"对相貌迥异的两个女人，他竟然可以说相同的话，有相同的举动。很明显，最初是冯威龙有意挑逗和诱惑了叶小篮那个单纯的女人，问题是，他为什么要诱惑她？像冯威龙这样一个城府颇深的男人，他的一举一动、一言一行都应该有强烈的目的性的。"叶玫瑰心里发出疑惑。

"怎么啦？"冯威龙关切地问。

"哦，是被风吹的。"叶玫瑰慌乱地遮掩道。

"这一刻我相信上苍的存在了。"冯威龙心潮澎湃道。

"怎么说？"叶玫瑰柔声问。

"上苍看到了我的诚心，所以让风将你送到了我的车上、我的身边。"冯威龙情绪激动道。

冯威龙开的车驶到了市郊，路过一条又窄又长的小胡同的时候，正巧遇到堵车，他们的车只得停下来，车内的叶玫瑰向那条胡同内投去复杂的眼神。这里一看就是城市贫民窟的地段，周边的房子破烂不堪。

忽然，她看见一个细高纤瘦的男青年正拎着棵白菜从大路上向小胡同里拐去，青年一看就是不久前刚受过一场重创的样子，他面色悲戚、脚步踉跄、衣衫不整、头发凌乱，一副神思恍惚的样子，走着走着，忽然就头倚着墙流起泪来了。

"晓晨！"叶玫瑰的内心像被针扎了下般无声地大喊了一声，内心陷入了某种痛楚的回忆中……

冯威龙无意中一扭头，也看见了那个失魂落魄的青年。

过了会儿，叶玫瑰睁开眼睛的时候，发现车早已驶离了那个小胡同，而自己，也早已是满脸的泪水。

但她很快反应过来，赶紧擦去泪水。

"怎么？跟刚才胡同里的那个青年，认识？"忽然传来一句问话，冯威龙的。

叶玫瑰一阵慌乱，赶紧摇头答："不认识！我刚才只是，想起了一些不快的旧事。"

"是吗？"冯威龙探究地看了一眼她的神情。

一只温厚的大手伸过来，冯威龙的，抚着她的手，安慰道："以后，什么事都有我这个保护伞罩着你，再不会让你有什么不快了！"

"听听歌，心情会好些。"他的另一只手打开了音乐的开关，那首抒情歌又流淌了出来："我和你邂逅在这浪漫的雨季……"

此时，宋晓晨已穿过小胡同来到了自家小平房的院里。

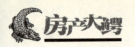

"又有一朵新的花开了！"胡子拉碴、一脸憔悴的宋晓晨蹲到自家窗外叶小篮种下的那株玫瑰花前，用脸去蹭那朵毛茸茸的花瓣。

"这朵花开是小篮托给我的话语吧？因为她手指上的血曾滴在它的土上，所以便把想对我说的话语都通过这一朵朵的花开告知我。"他心里说。

想到这里，宋晓晨瞬间泪流满面："小篮，如果你在世界的某一个地方，就是走遍天涯海角，我也要找到你！你让我所有的情感都无处流淌，所有的话语都无法对你诉说啊！"

他舀来清水，小心地浇灌着那株玫瑰。

冯威龙将车开到了郊外一块环境优美的丘陵地带前，两个人下了车，冯威龙兴致勃勃地指着一块荆棘丛生的山地对叶玫瑰说："看，这就是我新相中的一块山地！我想在这里建别墅。"

叶玫瑰环顾了下四周，大失所望的样子："这里地处偏僻，交通既不方便，配套设施又几乎没有——"

"所以销售这个环节很重要。"冯威龙说。

叶玫瑰打量了下四周，眼睛亮了亮说：

"旁边相邻的这片坡地或者也可以买下来，修建一片高尔夫球场，可以带动别墅的销售。建高尔夫球场的成本很低，只植些草皮便可以了，别墅的业主们又可以带动高尔夫球场的运营，可以双向互动。"

冯威龙听罢激动难抑地挥了挥拳："这个创意实在太好了！我原来怎么没有想到呢？"

"我隐隐约约地有一种直觉，这块地上能创出一个奇迹来！"叶玫瑰憧憬道。

"不错，我也有这种感觉，你知道我为什么决定买这块地吗？"冯威龙扭过头来，兴致勃勃道，"我第一眼看到这块地的时候，就觉着这地上泛着金光。"

"加油！"两个人异口同声地击了下掌。

"我想给设计院要求，别墅风格要这种的，你看怎样？"冯威龙掏出个小本子来，在上面飞快地涂画着，给叶玫瑰看。

"我感觉将屋顶改成这样的，会更好。"叶玫瑰又涂抹了几下，给冯威龙看。

"你对房地产业，好像有天赋？"冯威龙喜不自禁道。

"看了些这方面的书——"叶玫瑰低头小声道。

"玫瑰，是棵好苗子！跟着我好好干，会前途无量的，以后有可能会提你当总经理，会吸收你为公司股东。"冯威龙拍一下叶玫瑰的肩，目光灼灼地望着她的眼睛说。

"真的？"叶玫瑰的眼睛一下便亮了，不是简单的亮，是熊熊的烈焰，在她的心中腾地燃起。

时间已不知过了多久，直到夕阳西下了，冯威龙和叶玫瑰两个人还站在那片山地前，比比划划地商量着什么，时不时地相互对视一眼，默契地一笑。

夕阳的余晖洒在这对男女身上，远远看去，有一种惊心动魄的美。

冯威龙开着车从外面驶进自家所在的那个高档社区的时候，已是万家灯火了。

他将车开进地下停车场。

停车场的一辆车后，一双眼睛恨恨地盯着他。是宋晓晨。

冯威龙下了车，向外走去。车后的宋晓晨走出来在后面悄悄地跟踪着。

因为旁边刚好来了一辆车，宋晓晨没机会下手。

出了地下车库后，在一无人处，满怀仇恨、紧攥住一根木棍的宋晓晨刚要上前袭击冯威龙，郑小燕和儿子从楼里出来迎冯威龙了，宋晓晨只得退后躲起来，颓然地跺了下脚，内心懊恼道："这次又没得到机会！"

很快，这栋楼上三十层高处一户人家亮起了灯光。

宋晓晨仰着头望着那亮着灯光的窗口，心碎道："小篮，你在这扇窗户里到底遭受过什么，才导致了你的死？一个人，轻易就会去自杀吗？"

进了家门后，郑小燕对冯威龙道："快吃饭吧，我给你做了你最爱吃的几道菜。"

三个人坐到餐桌前。冯威龙看着桌上的丰盛菜肴道："做这么多菜，辛苦你了，要不，就再请个保姆吧。"

"啊，不！"郑小燕神经质般紧张地尖叫道。

郑小燕愧疚道："其实，为保姆叶小篮的死，我一直处于深深的自责中——"

冯威龙忽然变了脸，不快地摔了筷子，起身出去了。

"你去哪里？"郑小燕在后面乞怜地喊。

"加班！"冯威龙回答。

街上，冯威龙开着车穿过一条又一条幽深的小巷，终于进了一栋楼房的单元门内，刚一打开门，一个年轻的穿睡衣的短发女人便扑了上来，冯威龙拦腰将她抱了起来，向卧室走去——

看不清年轻女人的脸。

二 叶玫瑰和宋晓晨的邂逅

冯威龙和叶玫瑰一起从土地局办公楼里出来，冯威龙去停车场开车了。叶玫瑰站在大门外等他。

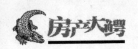

忽然，一只手猛地抓住了叶玫瑰的肩膀。"叶飞舞！"那人叫。叶玫瑰的身体颤抖了一下，纳闷地转过身来，一张美丽似妖的脸。

脸色苍白、一副病态的宋晓晨身体剧烈地抖动着，抓着叶玫瑰的胳膊叫道："叶飞舞！你这个大骗子！你没有被炸死啊？那就好！真是'踏破铁鞋无觅处，得来全不费工夫'，看你再往哪儿跑？我就说嘛，只要你在这个世上活着，我就一定要找到你！还我的钱！"

叶玫瑰这会儿看到宋晓晨，情绪起伏很大的样子。

"还你什么钱？"叶玫瑰纳闷地问。

"你装什么糊涂？我仅有的那点积蓄啊，不是让你以买门面房的说法给骗去了吗？"

"你仅有的积蓄？那你以后靠什么买房子呢？"叶玫瑰急切地问。

"你明明骗了我的钱，还问我以后靠什么买房子？真是猫哭耗子假慈悲。我生病啦，急需要钱看病，你还我的钱！"宋晓晨气道。

叶玫瑰这才意识到自己的失态，她紧张地瞅一眼地下车库的出口处，赶紧将表情调整成很冷漠的样子，对宋晓晨说：

"我叫叶玫瑰，不叫叶飞舞，压根不认识你，你认错人了！"

眼看着冯威龙的车缓缓开出了车库的出口。

叶玫瑰见状紧张万分，只得假装傲慢地用手中的女式小包打掉了宋晓晨拉扯自己的手："别碰我！"快速向冯威龙的车跑去，打开车门便跨了进去，对冯威龙说："快走！有一个认错人的醉汉！"

一处障碍物遮住了宋晓晨，冯威龙并没看清什么。

冯威龙的车很快驶远了。

宋晓晨捂住自己的胸口，踉踉跄跄地上前追赶，身体却衰弱得一下栽倒在了地上。他在地上艰难地往前爬了几步，豆大的汗珠从他的脸上往下淌着，他向叶玫瑰张开着求救的手势，而那两人乘坐的小轿车则绝尘而去。

"你们这对狗男女，把叶小篮害死了，你们俩倒在一起欢腾起来了。"宋晓晨道。

"叶飞舞！你这个吸人血的女鬼！你给我站住！"

"冯威龙，这世上的女人那么多，你怎么偏偏碰我的小篮？！"

他又嘶哑着嗓子喊。

然而那两人早已没影了。

"这个时候如果小篮在，她肯定会管我的，"宋晓晨泪水涟涟道，"可我找不着她了，再也找不着她了。"

"小篮！"宋晓晨悔恨地一下一下地往地上磕着自己的额头，"我现在才体会到。你在着，是一种怎样的暖。"

"你若现在还活着，看清姓冯的是个什么东西了吧？你还尸骨未寒，人家便又

38

结新欢了，咱们两个人，都让那对狗男女给涮了！"

宋晓晨越想越气，站起来时才发现自己正站在一片写着"开发单位：大庇天下寒士房地产公司"的楼盘前，一栋栋的高楼耀武扬威地矗立在那里。

"什么时候，我要飞到城市的上空，像一个巨人，拿一把大锯将这些楼统统锯掉，像锯树一样！咔嚓咔嚓！因为这都是冯威龙盖的！一看到这些楼盘的时候，我就会联想到他！这个人像耸立在我面前的一座山，我搬不动他，也推不开他，硬硬地夺去了我心爱的女人！"他踢着楼发泄着。

旁边巨大的广告牌上，放着冯威龙的一张巨型照片。

宋晓晨看着那个男人，严肃的、装腔作势的脸，满脸刀削斧刻般的棱角，阴险而凶恶的眼睛，宋晓晨全身的血一下就冲到了脑门上，他用拳头击一下照片的方向道："我不怕你！我要击倒你！"

只是这个青年愤世嫉俗的身影，在那一栋栋的高楼大厦，还有那幅冯威龙的巨型照片面前，显得多么单薄、矮小。后者的巨大阴影，很轻易地便将他笼罩了。

"冯威龙，你等着！我早晚得让你付出代价！"宋晓晨恨恨地攥着拳头发誓。

这时，宋晓晨忽然看见旁边报摊上的一张报纸上，正印着一则醒目的招聘启事。

"冯威龙的大庇天下寒士房地产公司在公开招聘？"宋晓晨下意识道，拿过那份报纸仔细看起来。

"小篮，我要为你复仇！"宋晓晨攥着拳头发誓。

在大庇天下寒士房地产公司高档的写字楼里，一个人事干部热情地握住宋晓晨的手：

"祝贺你宋晓晨，经过考核，你被录取为大庇天下寒士房地产公司的正式职员，担任冯威龙董事长的司机。"

"谢谢！"宋晓晨笑道。

"只是我有些好奇，你有大学本科的学历，毕业后又一直从事广告文案的工作，怎么会应聘司机这个职位呢？"人事干部问宋晓晨。

"只是太渴望进大名鼎鼎的贵公司工作了，又暂时没有其他合适的岗位——"宋晓晨解释。

"好，祝贺你梦想成真！"

转过身去的宋晓晨昂首挺胸，目光里射出一股逼人的冷气，大步流星地走向新的生活。

这天，冯威龙和叶玫瑰急匆匆地从办公大楼里走了出来，一辆车开到他俩跟前停住了。

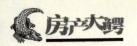

司机出来给冯威龙打开车门。叶玫瑰怔了一下。

两人上了车。"去土地局。"冯威龙吩咐宋晓晨。宋晓晨感到一股特别熟悉的气息进了车里，他的神思一阵恍惚。

车前行了。"这是我新招不久的司机。"冯威龙向叶玫瑰介绍宋晓晨。

"这是叶玫瑰。"冯威龙又向宋晓晨介绍叶玫瑰。

"贵姓？怎么称呼您？"叶玫瑰恭敬地问宋晓晨。

宋晓晨感到一阵血猛地冲上了脑门，恨得都快把牙根咬断了，拒不搭理叶玫瑰，心说："女骗子，你就装吧，别以为换个名字就能将过去的账都一笔勾销了！"

冯威龙见状在旁打圆场："这个小宋呀，见着太漂亮的女孩便紧张得说不出话来了。"

"对了小宋，结婚了吗？"冯威龙又关切地问。

宋晓晨被触到了痛处，全身的血瞬间齐往上涌，但他紧咬住嘴唇克制住，小声道："没有。"

往日里他和女友叶小篮之间的争执再次在他的耳旁响起：

"小篮，你非要无房不嫁？"宋晓晨问。

叶小篮道："嫁个有房子的男人，是我心中的坚持。耽搁到这个年龄了，再妥协，朋友们会笑话我，也许因为我是郊区人的缘故，特别渴望在这座城市里能拥有一套像样的房子，觉得那样才算是真正融入了这座大都市里，在这里扎了根。"

"不只女人，谁不想拥有一套房子呢？只是收入远远比不上房价的飞涨，"宋晓晨苦涩道，"我是农村出来的，大学毕业后分在这个大都市里，原指望能光宗耀祖，有能力回报老家的父母家人的，哪曾想毕业后好几年了，还因买不起房子而结不了婚，我父母愁得头发都白了。"

……

"刺"地一声，宋晓晨差点和一辆车撞了！

"想什么哪小宋？开车的时候走神！"冯威龙不悦道。

冯威龙又动用领导者的惯用做派："小宋，好好干，以后我在咱们的售楼小姐里看看有没有漂亮的，介绍给你。"

"谢谢董事长，我暂时不想考虑这事。"宋晓晨道。

过了会儿，冯威龙心事重重地跟叶玫瑰谈起了正事："但愿今天能堵着蒋局长。他什么意思呢？之前我们催了这么多次他就是不批西山的那块地。打他手机死活不接，送礼也不收，请他吃饭也不去，整个一针扎不透、水泼不进的铜墙铁壁。唉，这可怎么办哪？对那块地，我可是志在必得！"

"事先我给他秘书打过电话了，说他出差回来了，但今天不知是否来办公室。"叶玫瑰说。

"说起来在他身上也没少下功夫，可哪个开发商在这尊神身上不下功夫呀？都下了，就等于都没下。国家权力把这些衙门老爷滋养得……"冯威龙发牢骚。车内的空气一时间有些沉闷。

叶玫瑰用心地听着冯威龙的每一句话。

三　叶玫瑰：色诱蒋局长？

冯威龙和宋晓晨两个男人进了土管局蒋局长的办公室。

一个油光满面的中年男人正在不停地签发着文件，办公室里人来人往。

"蒋局！"冯威龙赶紧上前低头哈腰地招呼，伸出手欲和蒋局长握手。

"来了。"蒋局长冷淡道，又低头忙自己的事去了。冯威龙伸出的手干晾在空气里，只好自己耷拉回来了。气氛非常沉闷。

"蒋局，我们那块地的事？"冯威龙强装笑脸地问。

"你们这些房地产商，胃口也太大了。又想买地？买了后囤积着？几年后一倒手，多少个亿揣进自己腰包去了。肥了你们，坑了国家啊。"蒋局长面有不悦道。

蒋局长油滑机警，穿着名牌，一看就是官场上混成了泥鳅的那种男人。

"我们绝对不囤积地，买了后盖别墅。那块山地的土质不好，不能种粮食，一直荒着的，荒着也荒着，开发了还能造福人们。"冯威龙试图挽回僵局，但蒋局长再也不发一言。气氛一下僵持下来。

这时冯威龙的手机响了，他一看来电是郑小燕的，便皱了皱眉头走出房外去接："喂？"

"威龙呀，你在干吗？"手机里传来郑小燕温柔的声音。

"查岗啊？在忙工作，烦死了！"冯威龙不耐烦地急匆匆地挂断了电话，回到了局长室。

叶玫瑰这时从卫生间洗了手进来。

见到叶玫瑰的第一眼，蒋局长的眼睛里有一个大灯泡兀地亮了起来，他的身体在椅子上不自然地扭动了几下，神情一瞬间变得异样，以羞涩的目光深看了叶玫瑰一眼，局外人一眼就能看出，那是对这个女孩起化学反应的表现。而当事人自己，并不知道。

冯威龙敏锐地瞥了一眼，心中有些东西就扎了根了。

"小叶，这是蒋局长，咱们的父母官。"冯威龙赶紧给叶玫瑰递眼色。

蒋局长给叶玫瑰最突兀的感觉便是周身被一股傲慢之气罩着，她第一次感觉到，长期的职业熏染，会在人的四周形成一种场，让人心生畏惧和疏远。"哦，蒋局长您好！"叶玫瑰慌乱着，迫于形势还是赶紧上前握手。

蒋局长便握了。握了后叶玫瑰马上意识到自己的手还是湿的，会把对方的手也弄湿了，于是赶紧掏出手绢给蒋递过去："对不起蒋局长，把你的手弄湿了，擦擦吧。"

机敏的冯威龙见机赶紧出来调节气氛："这要是在古代啊，小叶你这就算是给蒋局送秋天的菠菜了。"

蒋局长扑哧一下笑了，其他在场的人也都笑了，气氛一下缓和下来。

"叶玫瑰是我们单位新招的员工。"冯威龙给蒋局长介绍。

"怎么看着眼熟呢？"蒋局长看着叶玫瑰道，"哦，我想起来了，那次在悦来大酒店，我们一帮男人都被小叶给迷住了，哈哈，让冯威龙你小子给捷足先登了。"蒋局长开玩笑。

冯威龙不为人察觉地又皱了下眉，这话在他的心里，又扎下根了。

室内的气氛变得更加融洽。

"蒋局，眼看到了下班时间了，瞧您这日理万机的，出去吃顿饭放松一下？我新发现了个地方，环境好得很。"冯威龙说，上前拉蒋局长的胳膊。

冯威龙又赶紧给叶玫瑰使眼色。

叶玫瑰上前扯住蒋局长的另一只胳膊，温柔道："走吧，蒋局！"

"青天白日之下，简直是绑架呀你们！我拿着包。"蒋局长笑得花枝乱颤。

四个人进了一环境优雅的饭庄的雅间。"小叶，挨着蒋局坐。"冯威龙安排。大家便坐下了。

"就按原来的，要那个五千的套餐怎样？"冯威龙向蒋局长请示。蒋点头。

叶玫瑰和宋晓晨瞠目结舌地对视了一眼。

蒋局长道："还请我吃饭？你们这些开发商就是一群狼，谁看见我都想啃一口，烦都烦死了。"

叶玫瑰赶紧接过话茬："谁让您是个土地爷呢，我们一看见您眼神就发绿。我们这些贫下中农倒愿意尝尝被人啃的滋味，只可惜，别人看见我们都躲着走，因为瘦得只有骨头。"

蒋局长一下被逗笑了："这姑娘！你们还瘦？没见去年的胡润富豪排行榜吗？百分之八十的都是房地产开发商。"

冯威龙见缝插针："这个小叶，怎么老是向咱们的领导们散发一些关于什么啃呀瘦呀之类的隐晦色情的语言呢，你若不是我的兵，非定你个想色诱官员的女间谍的罪。"

蒋局长扑哧一下又笑了："我手下的兵都知道，最难的就是让我笑，今天我高兴。"

菜陆续上了，大家边吃边谈。

冯威龙说："人们已经形成思维定势了，好像我们开发商都是黑心的奸商，赚了老百姓多少钱似的，可没人说我们对城市建设的贡献，开发政策未下来之前，老百姓论资排辈地死等着单位上分福利房，那日子！"

蒋局长认真道："这话倒是真的。我刚结婚时，跟丈母娘一家六口挤住在一间房里，那时花钱也找不着房子租，做梦也没想到会有今天的好日子，国家的形势和政策真是越来越好了。"

"是啊，"冯威龙应和，"若能把西山那块地的手续办下来，等别墅盖好了后，低于市场价卖给您一栋。"

蒋局长听到这话额头上的一根筋跳了一下。"是毛坯还是精装修？"他问。

"毛坯的。"冯威龙答。

"荒郊野外的，我要一套空房子干什么？砖头瓦块的，你们别拉我腐败呀。"蒋局长冷了脸。

叶玫瑰用眼神请示了冯威龙之后马上说："到时候我亲自给您精装修。"

蒋局长的眼睛一下亮了，深看了叶玫瑰一眼道："到时候再说吧。"

叶玫瑰和冯威龙相视一笑，暗自窃喜：有门！

叶玫瑰给冯威龙递了个眼色，悄悄从冯手里拿来那份需要蒋局长签字的资料放到蒋跟前，撒娇般笑道："蒋局长啊，今天这份文件您是签定了，不想签也得签！"

蒋局长和冯威龙都好奇地抬眼看着叶玫瑰。"这话怎么说？"蒋局长问。

"我们今天可是手里攥着你的小辫子，有备而来。"叶玫瑰佯装神秘地开玩笑道。

"你倒是说说看，我有什么小辫子被你们抓着了？"蒋局长来了兴趣。

"我们掌握了您跟您的小三儿之间的一切往来情节。"叶玫瑰说。

蒋局长顿时笑得眉飞色舞的："谁说我有小三儿？她是谁？你说不出来就是诈我。"

"我可不能说出她是谁来，那是侵犯隐私权。不管怎样，您若不给我们签这个字的话，我们就将您的绯闻写成一部纪实小说在报纸上连载，题目就叫《蒋局长和他的情人》，媒体为了发行量就喜欢给名人曝光。"叶玫瑰开玩笑道。

蒋局长笑得浑身乱颤，手指着叶玫瑰："哈哈，你这个姑娘呀，真可爱！"

"签不签？"叶玫瑰做撒娇状，拿起支笔塞进蒋局长的手心里，硬攥起蒋局长的手，一副强迫他往文件上签字的架势。

蒋局长兴奋得满脸泛红，天花乱坠般笑道："把我给挟持了！挟持着我签字！

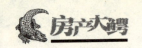

冯总你瞧瞧，你这女兵多厉害！"

冯威龙笑着凑趣："她这是挟蒋局长以分土地。"

叶玫瑰笑说："我这是学曹操，挟天子以令诸侯。"

在大家的说笑声中，蒋局长挥笔在文件上划拉了几个字。

叶玫瑰和冯威龙仔细一看，蒋局长签写的，只是合同上的日期。

蒋局长咳嗽了一声，正襟危坐，又仔细看了遍文件，严肃道：

"那这样，你们回头再给我一份详尽的策划书，我回去跟有关方面研究研究再决定。"

大家都松了一口气。

蒋局长扭过头来对冯威龙竖着大拇指笑说："冯总，说到底，还是您手下的女兵厉害！"

冯威龙接过话茬玩笑："既然你这么欣赏她，干脆让她到你那里兼职去！"

蒋局长笑道："这话可撂这了！我等着！本来嘛，那次在悦来大酒店，我也看见小叶了，见一面就应分一半。"

叶玫瑰接过话茬："强将手下无弱兵。若哪天冯总把我开除了，我就投奔您蒋局长去，在您手下，一样能被培养成房地产界的一名干将。"

原本都是些话赶话的玩笑话，但在冯威龙的心里，一句句的却都又扎了根了，他的脸色已经有些不自然。

……

临走时，叶玫瑰礼貌得体地向蒋局长伸出纤纤手指握手道别，那手指的冰凉和柔软让蒋局长一惊，那感觉刻骨铭心。当天晚上，蒋局长一夜辗转难眠，他一次次地把握过叶玫瑰手的那只手抚到脸上、胸口上，久久地。

回去的路上，冯威龙喜出望外道："玫瑰，真厉害，只几句玩笑话就比送多少礼还顶用。原来做过公关工作么？临场发挥这么好。"

"没有呀，只是看的书多些。我对今天的自己也很陌生，也许是去之前您在车上的话，激起了我不顾一切的冲劲吧。属下的潜能，都是靠老总开发出来的。"

"员工就需要这种冲劲。你先跑这块地的前期工作吧，还有银行的贷款、跑规划局、跑建委，办理规划许可证、施工许可证……都是跟这些衙门老爷们打交道，事事棘手，工作重要着哪。"冯威龙又说。

"好的，一切听冯总的安排，"叶玫瑰道，"以后出门求人的事您都让我们这些小兵干，难为您这么高的身份，平时都是被人逢迎、讨好惯了的。出去却要看那些衙门老爷们的脸色——"

冯威龙真心感动道："如果我手下的兵都像你这么体贴我，为这个企业付出再多，我也心甘。"

冯威龙看着叶玫瑰的眼睛见缝插针地教导道："人际网络是一种无形的生产力，有时会发挥超常的威力。谁若能为公司做出特殊贡献的话，我会吸收他为公司的股东。"

"宋晓晨，你今天怎么回事啊？呆头呆脑的，一句话也不说。"冯威龙想起了这茬，不满道。

不只是一句话也不说的事。在今天的场合中，宋晓晨的脸色自始至终都板得像块铁一样。

"对不起，受了些刺激。"宋晓晨答。

下了班，叶玫瑰走出了大庇天下寒士房地产公司的办公大楼，宋晓晨在后面尾随着她。

穿过一条胡同，叶玫瑰到了自己的租住处，从包里拿出钥匙打开门走进去欲关门的时候，"叶飞舞！"宋晓晨在后面气喘吁吁地大喊一声，一把抓住了叶玫瑰的手腕，跟着叶玫瑰进了门，奚落道，"你以为改了个名字就可以将过去的一切都抹去啦？还真的能改头换面、重新做人？看你今天的表现，跟过去像换了个人似的。你还我的钱！"

"你为什么来'大庇天下寒士'？"叶玫瑰避而不接宋晓晨的问话，警觉地脱口而出。

宋晓晨心虚地躲开叶玫瑰审视的眼神，道："你这话问得蹊跷，你为什么来'大庇天下寒士'？不都是打工挣口饭吃吗？"

"你把我的手弄疼了。"叶玫瑰抽回了自己的手，改成一副茫然的神情，看着宋晓晨道，"我不是说过吗？我叫叶玫瑰，不叫什么叶飞舞，你认错人了。"

叶玫瑰又从包里拿出一沓钱来，递给宋晓晨："这是我新发的工资。上次在街上遇见你，听说你需要钱看病，我就想着等发了工资后想法把钱给你。没想到我们成了同事了。既然是同事了，更得相互照应。你的身体好了吗？"叶玫瑰关切道。

宋晓晨将钱还回去："不用了，我借了其他人的钱，病已看好了。"

叶玫瑰泡了一杯茉莉花茶给宋晓晨递过去，斟酌着说："我冒昧地说几句突兀的话，以后我们在一个单位里了，希望以后这样的情形不要再发生了，免得被人说闲话。"

"另外，也请你以后尽量离我远一点。因为我是个会给人招惹麻烦、甚至带来厄运的人，总之会对你在单位的处境很不利。"叶玫瑰又说。

宋晓晨并没有用心听叶玫瑰说什么话，只是惊讶地看着那杯茉莉花茶，怔了一下，他探究地看一眼叶玫瑰，说道："也许我是真认错人了，对不起，那我告辞了。"

宋晓晨临走的时候，回头定定地看了叶玫瑰一眼，心说："她的声音和看我的眼神，怎么这么熟悉呢？"

室内，叶玫瑰忙不迭地从衣箱里找出几件衣服试穿，感觉穿那件黑色的连衣紧身套装的效果最好。她穿着那身衣服对着镜子练着表情，含情脉脉、声音娇滴滴道："蒋局长，您好！"

"一个女人成事，最好要不拘小节。怎样说寥寥的几句话，就能击中对方呢？怎样让自己，看起来大方、得体、性感，给别人留下精明、能干的印象，而又具有亲和力呢？"叶玫瑰自语地做着各种神态的操练，"所谓八面玲珑，就是这样锻炼出来的吧？一句话、一个细微的语气不对了，就可能会毁掉一份生意、一个关系。公关也是可以当做一项事业来做的。"

这天早上一上班，冯威龙便将一份资料递给了叶玫瑰，道："你去将这份策划书交给蒋局长。"

"您不去吗？"叶玫瑰问。

"你自己去。"冯威龙看着叶玫瑰的眼睛定定地说，那眼睛里分明有其他的话说，却又难以开口。

"没别的事了吧，冯总？那我走了。"

叶玫瑰刚往外走了几步，冯威龙又把她喊住了："等等。"

冯威龙脸色不自然地开了口："女孩子容易成事，但细微处是靠女孩自己掌控的。你不是容易吃亏的女孩子，我对你有这个把握。"

叶玫瑰面露尴尬。

冯威龙斟酌着继续说："对那些能做成大事的女人，人们惯常思维里，总爱怀疑这个女人跟某要害男人怎样了，其实，恰恰是一个女人的不轻易怎样，她在男人的心目中才会有分量、有价值，也更能办成事。"

叶玫瑰脸色不悦道："我是女人，在这方面不劳领导指教。"转身走了。

到了土地局的局长办公室，叶玫瑰含情脉脉、声音娇滴滴道："蒋局长，您好！"说着将策划书恭敬地给蒋局长递过去，"蒋局长您看，这是我们准备好的材料。"

蒋局长却异常地冷淡与傲慢，将材料放到一边说："我先忙完了其他的事再说。"说罢便低头忙其他事去了，不再搭理叶玫瑰，跟上次酒桌上的热情判若两人。

办公室也确实一拨又一拨的人来找蒋局长办事，连坐的地方也没了。

叶玫瑰悻悻地离开了局长办公室，在院里的一棵树荫下站了，站一会儿就去局长办公室探探头，蒋局长一直在忙着，也总有一拨又一拨的人来。叶玫瑰在树荫下站得心焦，满头的汗，拿手绢当扇子不停地给自己扇着，树上的蝉还在不停地叫。

临近中午的时候，蒋局长坐在几个陌生人的车里出去了，在车里向树荫下的叶玫瑰淡淡地挥了下手，说了声"我忙完后会联系你"算是打招呼了。明显是被什么单位的人请出去吃饭了，很可能也是房地产公司的吧，其中有一个特别妖艳的女人，在那女人面前，叶玫瑰感觉自己逊色了很多，她于是感慨，真是人外有人的。

因为单位离土地局很远，也因蒋局长这样一个大忙人难得会被堵在办公室里，叶玫瑰便去旁边的超市买了面包和矿泉水，在树荫下边吃边固执地在那里等着。

蒋局长被送回来的时候，脸上红红的，有些微的醉意。叶玫瑰见人回来了赶紧颠颠地紧跟过去，从门缝里却看见蒋局长已躺在办公室的沙发上小憩，打着雷般的鼾声，挽起一截的裤角露出腿上黑粗的毛发，叶玫瑰赶紧缩回头去，重新回到树荫下等。

……

每天差不多的情形，叶玫瑰被这样晾了十天。

第十一天的时候，直到夕阳西下，下班的人都几乎走光了之后，蒋局长才开着车出来，看见叶玫瑰一副惊讶的样子道：

"小叶，你还在这儿？就这么天天来？跑了有十来天了吧？瞧我这一阵忙的。"

叶玫瑰好比久渴的人终于逢着甘露般，跑过去，泪水几乎出来了道：

"这事我就求到您头上了。您这儿通不过，我就天天在您单位门口外坐着。我们冯总说了，如果这件事办不下来，就炒我鱿鱼。如果办下来，就给我升职、加薪。"

"他真说了给你升职？"蒋局长定定地看着叶玫瑰的眼睛道，"上车！找个地方给我好好谈谈你们的计划，我一看见长长的材料就头疼。"

蒋局长办事，讲究的，就是这押和晾。押和晾了，企业就会百般小心、讨好，这权术的妙处全都来了。

这整整十天的晾，把叶玫瑰的脾气、棱角全磨去了，她总算领教到了在蒋局长这儿办事的艰难，也真切地意识到，这"关系"两字是多么重要的一件事。人家给自己的一寸光阴、一滴水，都是通向成功的缝隙。

他是故意先晾晾她，所谓欲擒故纵，还是给她看，他被多少人求？还是他的工作真忙？外人不知道。

反正此刻坐在蒋局长的车上，叶玫瑰充满了受宠若惊的荣幸感。连闲聊时蒋局长将大手伸过来拍拍她的手的小动作，她也只能装作没事人似的默默承受，而不敢有丝毫的别意，多少也有庆幸的感觉：这蒋局长对自己有好感，就会有给自己把字签了的可能。

叶玫瑰先请蒋局长吃饭。一进大厅，叶玫瑰便将外套脱了下来，她穿了一件黑色的紧身套装，长发披散着，袅袅婷婷地从饭店的门口走向厅堂里的时候，蒋局长

就有一种眩晕的感觉，她一举手一投足，似乎将空气都搅得眩晕起来。

窗外万家灯火，扑朔迷离。蒋局长眼神迷离地看着叶玫瑰，她的黑衣，她被长长的睫毛遮着的星星般的明眸，她整个的人和身后的夜色，都和这座城市融在了一起，神秘、未知。他看不清她，她整个人都是混沌一片的，有着某种风尘感，而女人的风尘感往往对男人有着强烈的诱惑。她的阅历，她与男人相处的经验，她身上混杂着的一切，都激起他无比的好奇。

吃完了饭后蒋局长又邀请叶玫瑰去跳舞。

光线幽暗的舞厅里人影浮动。一听到悠扬的音乐，蒋局长马上像换了个人，脱掉外套，身体像风中的枝条般扭动了起来，伸过一只厚实的手来，一把便将叶玫瑰揽过来旋进了舞池，那么强有力的臂膀和大手。

一股栀子花的香味使她整个人像一团气息被拥在他的怀里，他体会到了什么叫柔若无骨，她凌乱的发丝老是拂痒他的脸。

来了一支抒情而缠绵的曲子，蒋局长拥紧了叶玫瑰，缓缓地移动着身体，享受着音乐和眼前的时光。

他用一个手指头在叶玫瑰的手心里挠了挠，凑到叶玫瑰的耳边小声道："上次，你可是挑逗我了，今天晚上，会不会兑现？"

叶玫瑰蓦地感到一阵紧张，低下头老实交代："不会。"

"为什么？"蒋局长坏笑着，"担心我不够温存，还是不够暴力？"

"男女之间，所有的价值和吸引来自于它的禁和忌，一旦不禁不忌了，就会丧失掉所有的美感，像说话和握手一样正常了。凭您的实力，女人们一般都无力拒绝您。若我同样无力，就跟其他女人混在一起了，不出半年，您可能连我的模样都记不起来了。只有拒绝，才能在您心中留下印象和念想。"叶玫瑰说。

"既然不会兑现，为什么还要挑逗我？"

叶玫瑰又低下头老实交代："话语是不上税的。"

"那是暂时不上税呢还是永远？"蒋局长认真地问。

叶玫瑰将这个敏感的话题绕开，目光灼灼地看着蒋局长说："我就喜欢结识有劲道的男人。"

蒋局长的双眉一挑："我也喜欢能跟我过上招的聪明女孩打交道。"

"冯总真说了，如果这件事办下来，就给你升职、加薪？"蒋局长定定地看着叶玫瑰的眼睛道。

叶玫瑰一个劲地猛点头。

蒋局长一下恢复了正常，身体离叶玫瑰远了些，转到光线明亮的地方去："你的文件呢？我签。"蒋局长说着便停了舞、松开舞伴，一副现场办公的架势，三下五除二地便把字签了。

叶玫瑰喜出望外地看着他，就这么简单？

两个人走出酒店的时候，已是夜色阑珊，一阵清凉的夜风吹来，叶玫瑰微微打了个寒战，蒋局长就势一下攥起了她的手，抚揉着："我给你暖一暖？"这就往自己的唇上吻，完全失控的举止。叶玫瑰微微地抖了一下，往后抽，蒋局长硬是不放。"我得走了。"叶玫瑰说。

见叶玫瑰的脸色瞬时有变，蒋局长才松了手。蒋局长揉了揉眼睛，叶玫瑰一闪就不见了，像一团捕捉不住的风。他久久地怔在那里，他破坏了这个夜晚了吗？

回去后久久地无眠，某种激动人心的东西，一下子落进了蒋局长的生命里。

四　冯威龙：收获的季节

第二天，叶玫瑰兴奋异常地拿着那份签好了字的文件显摆给冯威龙看："签了！"

"签了？哎呀，玫瑰，你还真有两下子，硬是把蒋局长这块骨头给啃下来了！好！万里长征开始了第一步，下一步的工作可以开始了！你是不知道，房地产开发从拿地到清盘，中间要敲近一百五十个政府部门的章，哪一个关口上卡我们一下，就够我难受几天的，要是每道关都卡我，能活活地把我掐死！以后这对外的一摊事，就主要交给你去办了！漂亮女孩出去办事，好办些。"冯威龙兴奋道，又马上给蒋局长打了个电话，"蒋局，大恩不言谢！我有情后补。"

蒋局在电话里说："不过我这可是看叶玫瑰的面子，这姑娘，实诚！你可不许委屈着她啊！"

"有您罩着她，我哪敢呀？"冯威龙赶紧接茬，但放下电话后脸色便马上不好看了。

夜很深了，叶玫瑰和冯威龙两个人还一起在办公室内加班做一个策划方案。

后来，冯威龙累得趴在桌子上就睡着了。

叶玫瑰坐在一边温柔地看着他，心说："有时候真想掰开看看，这个脑子里到底装了多少东西。这么一个大摊子，所有的压力都他一个人扛，我应该帮他分担。"
……

第二天早晨，冯威龙醒来的时候，最初感觉到了一团柔软的气息，睁开眼时看见了叶玫瑰的额角，一瞬间恍然不知自己置身何处。

"醒啦？我已给你准备好了早点，快点吃吧。"叶玫瑰粲然一笑说，但难掩神色的疲惫。

"你没有回去休息么？"冯威龙问。

"没有。我就在你旁边彻夜未眠地守了你一夜，就这么静静地看着你。"叶玫瑰说。

"玫瑰。"冯威龙神情异样地喊了声，伸手将叶玫瑰额头的一绺头发撩到她耳后去，空气骤然有些紧张。

叶玫瑰赶紧看了眼腕上的手表，匆匆道："时间不早了，我得准备上班去了。"说罢打开门自己走了。

留下冯威龙一个人待在办公室里，若有所失的样子。

西山莺墅开始奠基动工那天，冯威龙、叶玫瑰、宋晓晨等都来了工地现场。

冯威龙忽然有点内急，便问沈三："厕所在哪儿？"

"临时厕所还未来得及盖哪，这荒郊野外的，又都是些大老爷们家，都随地解决了。"沈三笑道。

"那可不行！必须尽快盖起来。"冯威龙说着，便往远处的一隐蔽处走去。

挖掘机在挖基础，工人们在清理现场，清一色的男人，只有叶玫瑰一个女性。今天的她穿了一身宽松的运动装，戴着安全帽，说不出的英姿飒爽。

冯威龙小解后回到了自己车的后座上躺着小憩，大家都没有发现他回来。

沈三跑到叶玫瑰跟前，眼神呆呆地看着她道："我不是在做梦吧？美女，你怎么来这里了？"

说着，沈三的手就在叶玫瑰的身上偷偷划拉了一把，甚至划拉到了叶玫瑰的臀部。

"干什么呀你？"叶玫瑰气恼得脸都青了，伸手就给了沈三一巴掌，"再敢往我身上乱伸你的脏爪子，小心我拿斧子剁了它！"

沈三捂着被扇疼的脸，恼羞成怒道："装什么假正经！"

叶玫瑰脸色扭曲着回到了车的副座上，气呼呼地坐在那里喘粗气，自己骂着："臭男人！身为一个男人，如果没有地位、才识等实惠的东西的话，起码朴实也行，一个人总得有什么撑着。瞧这个烂德行，也不知哪来的底气，敢动姑奶奶，全不想想自己，又有什么可吸引女人的？难道仅仅因为自己是个男人么？"叶玫瑰越说越气。

这个时候，忽然有一只手从后面伸了过来，攥住了叶玫瑰的手，吓了她一跳，这会儿才看清是冯威龙的。他看到、听到了刚才发生的一切。

他什么也不说，只是无声地将她柔软的手放在自己的唇上深情地吻着，吻着。

她的身体像雕塑般一动也动不了了。

西山莺墅开盘日，售楼处还没有开门，门外排队的已是黑压压的一长溜，一条长龙般延伸到看不到的街角去了。有拿着矿泉水瓶子的，有啃着干面包的，有旁边放着临时小床的，明显是半夜里便起来排队的。

冯威龙戴着墨镜坐在不远处的车里暗中观察着这阵势，感慨了一句："中国人，真有钱啊！这不是买大白菜，这是买别墅啊！邪了门了！"

他拿过手机给叶玫瑰打电话："玫瑰，通知售楼人员，再把单价上涨五千！"

此时，叶玫瑰正在大门紧关的售楼处里，她拿着手机站在窗边面露惊讶地接着冯威龙的电话："眼看就开大门卖了，再上涨五千？"

"涨！"冯威龙在车里发狠道，"人们的心理就是这样，买涨不买跌，越涨得快越能激起他们的恐慌心理，抢购心理。况且，馒头在我们手里，我们想卖多少就卖多少，一切由市场的供需关系决定。"

"好的！冯总，我明白怎么做了。"叶玫瑰在售楼处里接受了命令，面孔严肃地转身便对一个工作人员交代着。

一个写着"单价每平方米比原来上涨五千"的小牌子从售楼处的大门缝里伸了出来，挂在了门上。

结果引发了排队人员的一轮地震般的躁动：

"怎么？又涨啦！一眨眼的工夫便涨了五千？"

一个人在打电话："大哥，快来买吧！不然又不知涨成什么价了！"

另一个人也在打电话："妈，亏了我有远见半夜里便来排队了，不然可能抢不到了！你不知那场面——"

"你这个人！怎么夹塞呀？排队去！"

……

一阵噼啪的鞭炮之后，售楼处的大门终于开了！人们往里挤啊搡啊——

半天之后，售楼处已是人散屋空。只剩下了本单位的部分工作人员在忙着收尾工作。

地上扔满了空矿泉水瓶子和旧报纸，几个环卫工在打扫卫生。

冯威龙站在售楼处看着自己的战场，内心里狂喊着一个声音："这意味着，我因这个项目而赚了个金钵满盈，一夜暴富了！"

他强按捺住自己，免得失态，但还是兴奋难抑地对旁边的叶玫瑰说："这是'大庇天下寒士'有史以来打得最漂亮的一仗！其中你功不可没。"他看她的眼神里充满的感情几乎能滴出水来。

叶玫瑰的脸一红，羞涩地躲过他的眼睛。

"哦，对了，你雇的那些排队的，都用小钱打发了么？"冯威龙小声问叶玫瑰。

"都打发了。哼，这些能买得起别墅的，有几个是辛苦工作的工薪阶层？很多人的钱可能都来自灰色收入吧？所以宰他们一下，也没什么羞愧和自责的。"叶玫

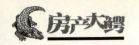

瑰小声说。

"你个鬼机灵！"冯威龙表面上这么赞着叶玫瑰，内心里却警觉道，"那么，对那盖得起这整片别墅的人呢？她是否更会生痛宰一刀的心？"

冯威龙暂时把这个念头埋在心底，转身挥起手对工作人员们叫道：

"今天晚上，我要在悦来大酒家大宴群臣，全体员工要一醉方休！狂欢一场！"

"好啊！"员工们哗哗地拍着手，一片欢乐的海洋。

冯威龙又凑到叶玫瑰跟前小声说："今天晚上，我有一个惊喜要送给你！"

叶玫瑰的大眼睛眨啊眨的。

五　郑小燕：在酒会上被乱箭齐射

郑小燕正在办公室里备课，冯威龙来电话了：

"燕子呀，今天晚上六点公司在悦来大酒店举办庆祝西山莺墅的酒会，你也来参加吧，大家都辛苦一场，你这个老板娘，总要说句客套话表示一下。再者，你整天待在单纯的校园里，也不跟社会接触，怪闷的，出来散散心吧，平时我也很少有时间陪你。"

"好的，威龙！"郑小燕欣喜地答应道，转身便跟主任请假，"主任，孩子他爸单位上今天有个重要的场合，务必让我这个老板娘讲几句话，我想早回去准备一下，免得给他丢脸。"

女主任马上答应了："好，快去吧，你平时很少请假。真羡慕你嫁了个好老公，又有本事，对你又好。"

郑小燕喜不自禁地离开学校，先去逛了商场，反复挑选着，买了套颜色鲜艳些的新衣服和一双平时从不穿的高跟鞋，又买了支平时很少用的口红，去理发店整理了下头发。

在家中穿戴一新的郑小燕，对着镜子往脸上一道又一道地抹着化妆品，抹啊抹啊，抹得脸上都有些发青了，看起来有些近似唱老戏的人的脸，她最后给自己涂上了口红，自我感觉不错地走出了家门。

"大庇天下寒士房地产公司庆功酒会"的牌子分明立在悦来大酒店的门口，但酒店大厅里，空荡荡的。郑小燕明白自己来得早了些，她往这里那里地探头探脑着。平时她很少涉足这种场合。

"你找谁？"一个年轻女人迎过来热情地问。一张美女蛇般尖尖的小脸，穿着花色斑斓而暗淡的衣服，全身上下无一处细节不用心。郑小燕的眼前一亮。

"我找冯威龙董事长。"郑小燕回答。

"你是？"那女人探究地看了她一眼问道。

"我是……冯总的……爱人。"郑小燕支支吾吾地不自然道，一团红晕在她的脸颊上掠过。

那女人异样地看了郑小燕一眼。

"哦，是董事长夫人啊，我叫吕麝，是单位宣传部的，"年轻女人指了指胸前挂着的一个工作牌，热情道，"我带你去！"

郑小燕的心中又是一暖。

两个人在走廊里拐了几个弯后，"呶，董事长暂在这里休息了。"吕麝伸着猩红的长指甲指了指一个门上的门牌号道。

这一刻的吕麝人虽在说话，但见不到她的眼睛，细小的眼珠在眼皮后躲着藏着的，不知转到了什么地方去，还有精心修饰过的长指甲，涂了红红的蔻丹，郑小燕留意地深看了一眼。

"如果他不在外间的话，里间还有一间休息室。"吕麝贴近郑小燕小声说，那神情看起来有些鬼祟。

也说不清什么缘由的，郑小燕没有敲门，兀自推门进去了。

外间里，空荡荡的果然没有人。但像是一种感应般，郑小燕莫名其妙地感到了一种紧张，紧闭的里间里，似乎蛰伏着什么。她一步步走向里间那扇关着的小门，一下推开了。

里面两个原本离得很近的人，兀地分开了。

冯威龙的脸瞬时红成了一块布般，"你怎么来这里啦？"他慌乱道，那么地不自然。他对郑小燕说话那样温柔，似乎以此来掩盖他的不自然。

另一个是个二十多岁的女人，颇有姿色，气质也好，两只大大的眼睛里像是蓄着两汪清水，不能晃，一晃就能溢出来，眼神里透出一种跟年龄不相符的老练。

"这是我们单位的叶玫瑰，是女强人，是我工作上最得力的助手。"冯威龙分别介绍，"这是我爱人，郑小燕。"

两个女人相看的瞬间像被灼了一下。

"这女人看我的眼神，怎么有些熟悉呢？而且充满了敌意。"郑小燕心说。

"你好！"叶玫瑰大方地向郑小燕伸出手来。

郑小燕只得将手伸过去相握。那么柔软的一只小手。

叶玫瑰穿了件低胸的毛衣，露着白皙的脖颈，软质的毛线衬出她形状娇好的乳房，继而让人联想起什么，双腕上戴着一对翠绿晶莹的玉镯，将原本白皙的手腕衬得更加圆润。是个精致的女人，每一个细节上也都一丝不苟。

"酒会待会儿才开始，我们谈些工作上的事情。"冯威龙对郑小燕解释。

这时，又一个看起来很精干的二十六七岁的短发女人进了屋，手里端着一杯热

腾腾的咖啡，用一双充满敌意的目光狠狠地剜了郑小燕一眼，那眼神里的恶意让郑小燕不寒而栗。女人转脸对着冯威龙的时候，马上换上了一脸灿烂的媚笑，娇声娇气道："冯总，你的咖啡来了。"

"好，放这儿吧。"冯威龙也笑道，又转身向郑小燕介绍，"这是小刁，我的助理。"

"小刁，你去看看酒会安排得怎么样了，我们很快就去。"冯威龙对小刁说着，偷偷摸了把小刁的手，就在郑小燕的眼皮底下。那双鬼鬼祟祟的迅速抽走的手，他自认为谁都发现不了，其实不只郑小燕，叶玫瑰也发现了。

小刁顿时心花怒放，是那一摸所起的效应么？她乐颠颠地跑出去了。

郑小燕的脑袋嗡地一声，就要炸了："他想干什么？原来那个跟他有暧昧的助理刚走，这又来了一个？"

走廊里，一双脚在轻轻地迈向他们房间的门口。

三个人推门出来的时候，碰着了一个人，"哎呦！"一个人摔倒在了地上。是吕麝。

很明显，吕麝刚才耳朵贴在门上在偷听什么。

"吕麝，我们快去吧，该开始了。"冯威龙喊着。

吕麝一副受宠若惊的样子。

大家热热闹闹一块儿往外走着，这时迎面走过来一个夹着黑色人造革包的男人，说道："我也来凑个热闹。"

却是沈三。

冯威龙的脸色瞬间阴沉下来，但还是调整了自己，说道："沈三，一块儿吃饭去吧。"

沈三赶紧上前，看着冯威龙的脸色说："冯总，今天我来，是专门买单的。"

冯威龙的脸色瞬间变晴了，说："好吧，买就买，你小子这些年跟着我，没少捞油水。"

"哪里，冯总您吃肉，我跟着您喝点残汤。"沈三忙不迭道。

大家都笑了。

悦来大酒店的大堂内，灯火辉煌，济济一堂。

冯威龙在主席台上讲话："承蒙各位鼎力相助，西山莺墅项目取得了可喜可贺的业绩，成为公司里程碑式的开发项目！"

台下一片掌声。

"公司能发展到今天，多亏我的夫人郑小燕女士最初和我携手共创天下。现在虽然她不再管理公司事务，但她一直贤淑持家，为我解决了后顾之忧。现在请夫人上台讲话！"

冯威龙讲到这句的时候，郑小燕感动得泪水盈满了眼眶，她走上台时还哽咽着："多亏在座的各位对威龙的鼎力相助，才有公司今日的辉煌。我在此谢谢大家啦！"说罢朝着台下深鞠一躬。

台下的叶玫瑰嘴角撇过一丝酸意。

"在此我还要宣布一个决定，叶玫瑰同志自从进单位以来，兢兢业业、不辞辛苦，表现出类拔萃，为西山莺墅项目作出了令人瞩目的贡献，我决定，提拔她为公司的副总经理，希望她再接再厉，为公司再创佳绩！"

冯威龙说罢带头鼓起了掌，员工们一片掌声。

小刁、吕麝等几个女员工在各自的角落里嫉妒得咬牙切齿。

"呸，什么为公司不辞辛苦，是跟老总在床上不辞辛苦吧？"小刁心里骂道。

"我宣布庆祝酒会现在正式开始！"冯威龙又道。

掌声又起，音乐响起来了。

冯威龙先请郑小燕跳第一支舞，一副琴瑟和谐的样子。

叶玫瑰拿起一块水果吃，吃了一口："怎么这么酸呢？"便扔了。

旁边的吕麝撇了撇嘴，心里说："是水果酸啊还是人酸啊？"

这时，宋晓晨端着杯啤酒走过来了。

吕麝不合时宜地开了句玩笑："宋晓晨，看你今天穿得西装革履的，真像个老板。"

这时，刚好那支舞停了，冯威龙在旁听见了吕麝的玩笑话，忽然扔过去一句不屑的话："老板是阿猫阿狗也能当的吗？这年代不三不四的人也想开公司。"

宋晓晨被羞辱得整个人像个炸药包一样几乎炸掉，但他使劲地按捺住自己，内心恨道：

"俗话说，'花无百日红，人无千日盛'。姓冯的，你也别太张狂了，谁说我就是久居人下的命？"

叶玫瑰在旁也看见了这一细节，她的心揪了一下，向宋晓晨投去心疼的一瞥，无声地说道：

"晓晨，等着我！等我拥有足够的能力，就可以保护你，不让你在人前遭受伤害。"

第二首抒情舒缓的舞曲开始了。身着黑西装的冯威龙走向叶玫瑰，很绅士地弯腰做了一个请的姿势。

身穿黑色裸肩晚礼服的叶玫瑰站起身来，两人开始翩翩起舞。

她曼妙的身体轻柔地在他的怀中旋转。她浓密的长睫毛后的那双眼睛，黑夜一样迷蒙。冯威龙深情款款地看着怀中的叶玫瑰说：

"明白今天为什么我把这场盛宴安排在这里了吧？我就是在这家酒店里看见

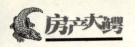

的你。我是有意安排这个场合，让全体员工都为我们俩的重逢庆祝。"

叶玫瑰听到这里，恨得紧咬住牙关，但佯装笑脸一副含情脉脉的样子迎合着冯威龙。

就在这个时候，一个浓妆艳抹的年轻女孩辨认着悦来大酒店门口牌子上的那行字：

"大庇天下寒士房地产公司庆功酒会？我正好想找这单位，结识那个叫冯威龙的老总呢！"女孩念着而后走进了酒店的门内。是消失了一段时间的叶飞舞又出现了！依然是那头染得耀眼的黄头发。

叶飞舞正巧看见了叶玫瑰和冯威龙深情相拥而舞的这一幕，一下呆住了！她身不由己地分开众人向一头漆黑的披肩长发的叶玫瑰走去——

当叶飞舞来到跟前的时候，叶玫瑰的舞一下便停住了，冯威龙也停了，全场都停了！

"叶飞舞？她怎么又出现啦？！"叶玫瑰脸上的笑容瞬间便不见了，像一盏骤然关闭的灯，内心里惊慌地喊了一句，"真是冤家路窄！"

宋晓晨兀然见到她俩的时候，瞬间也愣住了，似乎不明白眼前究竟发生了什么。

"你是谁？怎么长得和我这么像？"叶飞舞惊骇地上前一把扯住了叶玫瑰的披肩问。

"我……我叫叶玫瑰，是这家公司的副总，请放尊重些！"叶玫瑰将自己的披肩扯回来，傲慢道，尽力先从气势上把对方压下去。

冯威龙眼睛亮了亮，好奇地打量着这两个女人，玩笑道："竟然有长得这么像的人？"

"您是？一看您的气质就像个当大老板的！"叶飞舞好奇地先跟冯威龙打招呼。

"哦，是吗？"冯威龙笑得花枝乱颤，"在下冯威龙。"

叶飞舞的眼睛腾地一下就亮了，一副诌媚的笑脸目光灼灼地望着冯威龙道："您就是冯总？大名鼎鼎的冯威龙董事长？我早就想结识您，结果出了意外，被耽搁了，我是来应聘的。我叫叶飞舞。"

"哦，是吗？"冯威龙笑道，"这个人招了。就安排在叶玫瑰的下属部门吧，适当的时候，可以做叶副总的替身。"

"谢谢冯总！"叶飞舞惊喜地忙不迭地点头道谢。

叶玫瑰听到这里，恨得要把牙齿咬碎了。

"我能冒昧地请冯总跳一支舞吗？"叶飞舞大胆邀请。

"这个——我和叶副总只跳了一半，这得问问叶副总，她是否同意将我转让。"冯威龙开玩笑，扭过头问叶玫瑰道。

"你们跳吧。"脸色铁青着的叶玫瑰转身离开舞池向座位走去。她趔趄了一下，差点摔倒。

叶玫瑰坐在座位上，恨得把拳头攥得咯嘣嘣地响。

和冯威龙跳着舞的叶飞舞忽然看见了宋晓晨也在今天的场合上，瞬间也愣住了，心虚气短地往冯威龙的怀里偎了又偎，藏了又藏，似乎眼前的这堵墙能为她遮挡些什么，冯威龙显出一副志得意满、自我感觉良好的样子。

正餐开始了，郑小燕、叶玫瑰、叶飞舞、小刁、吕麝、宋晓晨、沈三等跟着冯威龙进了酒店的一高档雅间。

在落座之前，叶飞舞先把包放下去了一趟卫生间，沈三也紧跟着去了。

"这个沈三，见到漂亮女孩就挪不动步了。"冯威龙在后面打趣他。

沈三紧跟着叶飞舞进了洗手间，将自己的名片递给叶飞舞搭讪道："你一进门的时候，我还以为是仙女下凡了哪。我叫沈三，以后我们工作上说不定会打着交道的，先认识一下。"

叶飞舞看了眼名片后眼睛一下亮了："你是个民工头啊？听说民工头都有钱得很！"

沈三听罢乐滋滋的，拍一下自己怀里的人造革黑皮包显摆道："那是自然，咱别看乡土出身，但就是不差钱！"

沈三凑到叶飞舞跟前色迷迷道："美女，哪天我单独请你吃饭？"说着，伸手在叶飞舞的臀部上揩了一把。

叶飞舞乐滋滋的，像什么也没感觉到一样说："有空再说吧。"便进了女卫生间。

沈三得到了鼓励，高兴得晕了一样，心里说："别看这俩女人相貌一样，做派却是一个天上一个地下，还是这个好，随和，对我亲。"

雅间内，冯威龙示意郑小燕和叶玫瑰分坐在自己的两边。"想点什么菜？"他体贴地问叶玫瑰。其他女人的脸色都不好看。

这时，吕麝过来拉郑小燕的胳膊，神神秘秘地向她招手。也怪了，吕麝走路的时候，一点声响也没有，忽然就在人的身旁出现，女鬼一样。

郑小燕只得跟着吕麝来到了雅间外走廊上的一拐角处。

"什么事啊？"郑小燕问。

"你刚才进去时，冯董事长在做什么？"吕麝鬼鬼祟祟地问。

"这太不正常了，太反常了，这绝不该是一个下属过问的话题。只有一个解释，她对威龙的细微，对威龙和其他女人间的细微倍感兴趣。莫不是，威龙与吕麝之间也有什么事？"郑小燕的心里又是咯噔一下。

"我没注意。"郑小燕面露不悦地扭头回雅间了。

叶飞舞回到雅间的时候，将沈三的名片塞进了小包的里层，很用心的样子。冯

威龙深深地看了一眼。

回到雅间后郑小燕的脸色更难看了：叶飞舞已抢占了自己的位子，跟冯威龙挨着坐了。自己的碗筷也已被挪了位置。郑小燕只得随便找了个位置坐了。

出人意料的，叶飞舞竟然在这时脱下了外套，露出了曲线优美的短小内衣，一身白皙的肉被紧绷绷地裹在精致的内衣里，争着抢着往外拱。空气凝滞了一小会儿，大家都静默了。

叶飞舞坐在冯威龙的身边，小声跟他嘀咕着："冯总，我来单位后，具体干些什么呢？"

冯威龙问："你今年多大啊？"

"十八岁。"叶飞舞洋洋自得道。

"才十八岁？还是花骨朵时期哪！真好！年轻就意味着以后的发展有众多的可能性，先到售楼处试用一段时间再说。年轻人好好干！在我手底下会前途无量的。"冯威龙拍拍叶飞舞的肩激励她。

如果是同性之间领导对下属的这一拍，再正常不过，但此时此地，敏感的空气里便酿出了些许无形的小虫子，在跟冯威龙有瓜葛的其他女人眼里、心里。

就在这时，郑小燕无意中发现了一个细节：叶飞舞在桌子底下去蹭冯威龙的腿！

郑小燕的脑子又嗡地一声，整个人一下子虚了——

而叶玫瑰，同样看见了这一细节，嫉妒得想一把将桌子掀了！但毕竟不能，只能压抑着，脸色难看至极。

这时，小刁阴阳怪调而又傲慢狂妄地冲着叶飞舞开腔了："有什么事跟我说！冯总工作太忙，一些针头线脑的事不能让他操心，找我这个助理便可以了！"明显看出已因叶飞舞对冯威龙的巴结而不悦。

刚来的叶飞舞也不是个善茬，同样怪声怪调道："是吗？你有这么大本事？还真看不出！"

郑小燕坐在那里浑身难受，一句话也说不出来，空气中有一种无形的压迫感。

大家说话间，叶飞舞啪啪地嗑着瓜子，瓜子壳嗑了她脚下一地。

酒桌上说话的缝隙里塞满了让人烦躁的咔叽咔叽的声音，像是老鼠在啃吃粮食。可在郑小燕听来，却像那几个女人如大老鼠般暗地里啃吃着冯威龙的吞噬声。

郑小燕产生了一种强烈的惶恐感，这一个个的女人都如狼似虎，欲鲸吞冯威龙，或者是，已瓜分了他？

包括叶玫瑰，也有这种感觉。

冯威龙的一绺头发搭在了额上。

叶玫瑰转身伸手便帮他将这绺头发撩了起来，又给他整了整歪了的领带，柔声说道："瞧这衬衣领子都皱了——"再拍拍他的肩，娇嗔道，"少喝点酒，脸都红成了一块布了。"

在大庭广众，众目睽睽之下。

叶玫瑰急火攻心地要向四周围攻的女人们显摆亦或表明"他是我的"，或者是"他已经有了我，你们就别——"

这一举动非但没有让冯威龙觉得暴露了他俩的私情，对他影响不好，恰恰相反，反让冯威龙浑身处于一种莫名的亢奋中，脸上泛着桃花般的晕泽，眼睛闪闪发亮地流露出荣耀和自豪。

毕竟，叶玫瑰是在场的女人中最漂亮的一个。虽然其他的女人也各有千秋。

在符合社会准则的道德伦理背后，还滋生着另外一种理论：对权色交易是不齿的，但作为男人，能占有到漂亮的女人，不是一种自豪么？女人中那些能傍上有权有钱的，不是女人堆中姿色出众又会行事么？贪官是遭人唾弃的，但那有条件能贪到手的，在事发之前，在亲戚朋友们面前，不总是有着隐隐的显摆么？

饭桌上一瞬间变得鸦雀无声，但又分明有一根火药的线头已被燃着了，空气中发出滋滋的声响，泛着浓浓的火药味。

最先失态的是叶飞舞，虽然她现在跟冯威龙之间还什么都没有，仅因为她坐在冯威龙的座位旁边，仅因为冯威龙对她肩膀上的一拍，就好像她对这位董事长已经拥有了某种占有权似的。她对叶玫瑰的妒恨像一团火般腾地燃了起来，且丝毫也不遮掩地当场便发泄了出来："哎呀，你的头发都分叉了！"

即便叶玫瑰根本不搭理她，她还是张牙舞爪地东一耙子西一扫把地出口伤人："你的脸色看起来怎么这么差啊！"

虽然明显地是找茬来企图中伤他人，但空气中赤裸裸地暴露着叶飞舞自己声音中散发出的疼惜感和因为嫉妒而生出的呼呼喘粗气的声响。

"吃饭的时候别嗑瓜子了！烦死了！"又响起了小刁尖刻的充满敌意的声音，手中的筷子啪地被摔在桌子上。

郑小燕的身体一激灵。"凭什么，一个助理可以张狂到这种程度？"她心里打了一个问号，"难道她跟威龙之间真的——"她不敢往下想了。

郑小燕勉强支撑着坐在那里。

"玫瑰长得真漂亮，给人惊艳的感觉。"吕麝发出讨好的赞扬声。但那声调怪里怪气的，外人又明显听得出，那赞扬里含着嫉妒噙着痛楚。内心里巴不得把对方踩在泥里，嘴里却还得夸赞对方。自己跟自己别扭着，反倒显出可怜与卑贱。

郑小燕拿过酒瓶给自己倒满了，一口将杯中酒喝干了，又接着倒，一杯一杯地，故意买醉。

在场的另外两个男人，沈三和宋晓晨，把一切细微也都看在了眼里。

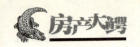

酒会总算散了。

大家一块儿出了酒店的门，夜风迎面扑来。

一辆车闪着刺眼的车灯飞驰而来，受刺激太多、喝酒也太多的郑小燕摇摇晃晃地径直向着那辆车走去。冯威龙上前一把抓住她躲闪开了。

那辆车发出一声刺耳的刹车声停在了郑小燕的身旁，"找死啊！"司机气恼地骂了句。

"我就想找死了，有本事冲着我来呀。"平时斯文的郑小燕靠酒精壮着胆说。

"神经！"司机又气恼地说了句，开走了。

就在这个节骨眼上，"叶玫瑰喝得多了，我得去送她！"冯威龙说，竟抛下郑小燕，抛下众人，急不可待地唯独将叶玫瑰揽上了自己的车，绝尘而去！在众目睽睽之下！

这"众目"，有郑小燕的，有叶飞舞的、宋晓晨的、吕麝的……

郑小燕和宋晓晨各自躲在一棵树后，心怀各自的忧伤。

"我求求你们，求求你们收敛些！就不能稍微顾及一下别人的感受吗？"郑小燕躲在一棵树后，冲着他俩的方向，跺着脚，心如刀绞地无声嘶喊着。那一刻，她真实地体味到了，什么叫妒火如焚。她一手揉着自己的胸口，一手用拳头一下一下地擂着那棵树。

而宋晓晨心里喊着："这不是成心跟自己过不去吗？一天天的，去看自己的仇人跟另外的女人怎样亲密相处。或者，最好的方式是远远地躲着，眼不见为净。可是，小篮，我要为你报仇啊！哪怕是戴着镣铐跳舞，我也要跳下去。"

"呸！"小刁冲着叶玫瑰远去的方向吐了口唾沫。

"以后可得小心了，难说这位会在冯总的耳边吹什么枕头风！"吕麝在旁阴阳怪调道。

或者，终究还是有情感的？这么美丽聪明的一个女人，这么能干优秀的一个男人，怎么可能不摩擦出情感的火花来呢？只是世俗本身扭曲、污染了这份关系。

"叶玫瑰在单位上的职位，就是靠这个换来的吧？"叶飞舞将这句话和瓜子壳同时吐在了地上，然后转身走去。

宋晓晨躲开众人的注意在后面悄悄跟踪着叶飞舞而去。

夜晚的街道上，喝了些酒的沈三晃晃荡荡地走着，那个标志性的人造革黑皮包已被他挂到了自己的脖子上。

沈三一边晃晃荡荡地走，一边懊悔地用自己的两手左右开弓地啪啪扇着自己的耳刮子：

"沈三！你这个小瘪三！老瘪三！你不想活啦？竟敢招惹冯总身边的女人。冯总是什么人物呀？他轻轻动一个小拇指头，就能把我这只大蚂蚁活活地捏死！平时给他烧香都怕他不给开庙门，他的女人你还敢伸手？确实该把你的脏爪子剁下来！把你的脏爪子剁下来还治不了本的话，就把你这个老公猪给阉了！"

旁边的路人以为他是个神经病，都远远地躲着他。

终于打自己打得没力气了，沈三忽然就蹲在马路牙子上捂着老脸、咧着大嘴嘤嘤地哭起来了："我该怎么办啊？万一冯总发现了什么，再不给我工程干了，我可怎么活呀？"

这个男人久久地哭着，哭得伤心欲绝，哭得无助凄凉，哭得夜鸟也支起了耳朵，想弄明白他为什么哭。

夜黑如墨，叶飞舞在一条狭窄的街道上走着，一双脚在后面跟着她。

叶飞舞感觉到了后面有人，害怕地跑起来。

跑了一会儿，终于将后面的跟踪者甩掉了，叶飞舞刚喘了口气，定了下神，忽然，一个人影在前面挡住了她的去路，是绕道而来的宋晓晨。

"叶飞舞，你还我的钱！"宋晓晨道。

叶飞舞先发制人，上前气冲冲地质问道："宋晓晨，是你告诉的我父亲，让他找人把我抓回去关起来的是不是？"

"谁告诉你父亲啦？"宋晓晨疑惑道，"我还以为你被炸掉了哪。"

"什么炸不炸的？肯定是你！为了阻止我去见冯威龙，就让我父亲把我关起来了——瞧那天晚上你听说我要去跟冯威龙见面时气急败坏的样子，肯定是你！"

宋晓晨依然是一副丈二和尚摸不着头脑的样子："乱说！过去的事就不提了，你还我的钱！"

叶飞舞一副无赖的样子道："钱早就花光了，以后有了再还你。"

宋晓晨一把抓住了叶飞舞的肩膀，凶道："别给我打马虎眼，现在就还我！"

"那，好吧，跟我来。"叶飞舞说。

宋晓晨跟着叶飞舞进了她的租住处。

"你先在厅里等我一会儿。"叶飞舞语气细柔地对宋晓晨说，自己进了浴室。

很快，浴室内响起了哗哗的水声。

宋晓晨坐在客厅的沙发上，等得有些不耐烦了，叶飞舞才沐浴完，头发湿漉漉地出来了，腰间用一个浴衣潦草地系了下，半截胸乳露在外面。

叶飞舞径直走向宋晓晨，忽然就解开了浴衣，一丝不挂地展现在了宋晓晨的眼前，又在他面前转了三百六十度，眼风挑逗道："用这种方式还你那笔钱，成吗？"

宋晓晨惊骇地望着她，说不出话来。

只这一个动作，宋晓晨便确认，眼前的叶飞舞确实是先前骗自己钱的那个叶飞

舞。因为，她的后背上有那块明显的胎记！

"你的做派，一点也没有改！"宋晓晨不屑道，起身一把拉开门仓皇地逃了出去。

冯威龙揽着叶玫瑰站在一套崭新的公寓楼的单元房外，用钥匙打开了门："这是我过去开发的楼盘中自留的一套，给你白住了，家具也都是现成的，进来看看喜欢吗？这就是我今晚要给你的惊喜！"

房子内雅致温馨，但面积只有四十平方米左右，何况也仅仅是不交房租的"白住"，叶玫瑰脸上掠过一丝失望，但她还是雀跃道："喜欢！只要能跟你在一起，每一丝空气都是甜的。"

"以后，这里就是你的家了，"冯威龙将一串钥匙交给叶玫瑰，又从那串钥匙上解下一把放进自己的兜里，神情温柔道，"也是我的家。以后，这套房子，还有你的人，随时向我敞开着，行么？"说着，一把搂过叶玫瑰便要吻。

出乎意外地，叶玫瑰挣脱开这个渴望已久的怀抱，将冯威龙搡出了门外，俏皮道："这和你的初夜，我要明天晚上在你家过！"说罢，将门关上了。

冯威龙黯然地只得离去，但他的眼睛很快便腾地一下亮了，是灼灼的亮。

六 宋晓晨：那么，你是谁？

酒会的第二天早晨一上班，一身正装的叶玫瑰挺直着腰板走向副总经理室，高跟鞋把地板踩得直响。

宋晓晨疑窦重重地进了副总经理室，默默地、直直地看着叶玫瑰。

"干吗用这样的眼神看我？"叶玫瑰忙着手头的工作。

"那么，你是谁？"宋晓晨忽然怔怔地看着叶玫瑰问。

"我？"叶玫瑰一阵慌乱，整理着文件，"我是我自己啊。"她强做分辩。

"我原来把你误认作是骗过我钱的叶飞舞。直到昨晚上真正的叶飞舞出现之后，我才明确地知道，我确实认错人了。为此，我向你道歉。"宋晓晨说。

"世上长得像的人很多的，你就别在这个问题上想太多了，我们谈正事吧。我正有事要找你。"叶玫瑰严肃起来，"我已请示了冯总，以后你就不要当他的司机了，来做我的副总经理助手吧，主要负责写销售文案。"

宋晓晨意外地扬了扬眉毛："我不想过来，我有自己的想法。"

"什么想法？你不觉得自己当司机太屈才了吗？看你过去的履历，一直在广告公司做文案。"

"每个人都有自己的过去，我就是想干现在的岗位。"宋晓晨还在坚持。

叶玫瑰有些生气了，道："王侯将相，宁有种乎？看看冯总现在的事业做得多大、多辉煌！可他原来的出身，仅是一个农民工，而我们俩，都是大学毕业，却远远比不上他，你不觉得，我们自身确实存在着问题吗？百舟竞流，勇者在前。我们落后，是因为我们技不如人，而不能仇恨那跑在我们前面的人。我说的，有道理吗？"

宋晓晨被击中了什么，不再吱声。

叶玫瑰的语气柔软了些："调你过来的真正目的，是想让你多接触些东西。房地产业，是一个让人充满激情的行业，一想起企业的种种前景来，我就激动得热血沸腾，希望你也真正地加入进来。"

"好，我听从领导们的安排。"宋晓晨说。

宋晓晨往外走了几步，又回过身来，问："为什么你会对我这么好？"

叶玫瑰低头忙自己的工作了，不再答话。

宋晓晨尴尬地离去了。

黄昏的余晖又洒在了那条小胡同里，时光在每一个角落里都静静地流淌着。

宋晓晨倚坐在胡同边的那棵大树下，望着那条长长的胡同，旧日里痛楚的一幕幕在他眼前浮现：

平房小院里，叶小篮背着包走出了小院。

宋晓晨拄着拐杖一瘸一拐地追出了小院，抱住院门口的那棵老树望着叶小篮前去的身影声嘶力竭地劝着什么，而叶小篮依然往前走着……

七 酒会第二天晚上，小三儿进宅

酒会后的第二天晚上，郑小燕还神思恍惚地坐在沙发上发呆。

小树走过来问："妈妈，自昨晚回家后你就一直这样，到底怎么啦？"

郑小燕一把拉着小树问："小树，你记不记得原来在咱们家当过保姆的叶小篮？"

"当然记得，那是颗埋进咱家里的定时炸弹！"小树说。

"她绑架你的时候掉进山崖了，可我今天在你爸爸的单位酒会上，看见了一个叫叶玫瑰的特别漂亮的女人，也不知怎么的，她的眼神和气息老使我想起她来——"

过往的情景再次在她跟前呈现：

冯家书房内，郑小燕的胸口剧烈地起伏着，一改平时的斯文和对人的良善，对着叶小篮的脸上又啐了一口：

"呸！不要脸的女人！你一个半路上杀出来的程咬金，竟然还想摘星捞

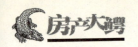
月？做梦去吧你！！真没想到，我家里竟养了只白眼狼！竟敢在我眼皮底下勾引我男人！你也配！对着镜子照照你自己，相貌？气质？身份？哼，一个伺候我们一家吃喝的保姆而已！哪一点能够配得上他？竟痴心妄想——你也太自不量力！心也太大了点！"郑小燕的情绪恶劣到了极点。

"郑小燕，我会永远记着你今天给我的羞辱！"被羞辱得无地自容的叶小篮面色扭曲着喊道，她掩面转身跑了出去……

此刻的冯家客厅里，郑小燕的耳朵里还久久地回旋着那个声音：
"郑小燕，我会永远记着你今天给我的羞辱！"
……
那声音由小而大，由远而近，在她四周盘旋着久久地不散，像是一个讨债鬼的声音。
郑小燕恐惧万分，下意识地捂着自己的耳朵。
就在这时，"砰砰砰"，忽然响起了敲门声——

"砰砰砰"的敲门声持续地响着。
郑小燕定了定神，拢了下头发，前去开门。
门开了，冯威龙和叶玫瑰站在门口，叶玫瑰正以挑衅的神态看着她。
郑小燕意外得一下变了脸色。
"那个，玫瑰租住的地方来了客人，她今晚没地方住，所以来我们家凑合一晚。"冯威龙脸色有些不自然地解释道。
"那么，请进吧。"郑小燕脸上堆着佯装的笑，闪身礼让道。
"我给你拿拖鞋。"郑小燕维持着一个女主人基本的客套和礼数。
"不用！我不喜欢穿拖鞋！"叶玫瑰边说边踩着高跟鞋趾高气扬地进了屋，以并不陌生的目光随意地扫了眼四周，情绪起伏不定的样子道。
她高跟鞋下尖尖的鞋跟在纤尘不染的能照见人影的地板上留了些猫爪子般的印痕。郑小燕心疼地看了几眼，却不好意思直言。
"我领你参观一下我的家！"冯威龙对叶玫瑰殷勤道，说着上前一步引路。
叶玫瑰踩着高跟鞋噔噔地跟在冯威龙后面，进各屋参观去了。
"这是我的书房。"冯威龙推开一扇门示意给叶玫瑰看。
叶玫瑰第一眼便投向书房内的那张床，她痛楚得眉头一皱，耳朵里回旋起郑小燕刻薄的声音：
"呸！不要脸的女人！竟然还想摘星捞月？做梦去吧你！"
"你也配！对着镜子照照你自己，相貌？气质？身份？哼，一个伺候我们一家吃喝的保姆而已！哪一点能够配得上他？竟痴心妄想——"

……

那声音由小而大，由远而近，在叶玫瑰的四周盘旋着久久地不散，像是一个恶鬼的声音。

叶玫瑰顿觉全身的血都涌到了额头上，她下意识地捂住自己的耳朵，逃出了那间书房，跌跌撞撞地来到了楼下。"我去洗澡了！"她迫不及待地叫道。

第一个步骤：沐浴。

叶玫瑰扔了小包便兀自进了浴室，一点也没有在别人家的局促。

浴室里很快传出哗哗的声响。叶玫瑰边洗边又回忆起了一幕场景：

叶小篮小偷般迅疾地进了冯家书房，又掀开了冯威龙的被子，撅起嘴唇，轻轻地吻着，这里那里，似乎感觉到了他肌肤的柔软。那种柔软的感觉继而漫溢到了她的全身，她整个人瘫倒在了床上，用那床被子将自己裹起来，一圈又一圈地，在床上翻滚着，疯了一样……

不知不觉间，叶玫瑰洗完了。

她头发湿漉漉地从浴室里出来了，并没有穿浴衣，只是用白色的浴帽包了头发，又用白色的浴巾在胸前随意地一系，乳房高耸得像两座山峰，却又裸了半截，下面只将纤细的腿遮掩了短短的一截，空荡荡的，给人无尽的遐想，整个人性感娇艳得像一朵雨后的百合。

即便在郑小燕面前，冯威龙也克制不住，开始眼神冒火、呼吸急促起来，嘴唇下意识地蠕动着。

"我饿了，想吃点东西。"叶玫瑰享受着自己的性感效应，熟门熟路地进了厨房，打开冰箱看。

"哪能让客人自己动手呢？叶小姐想吃什么，还不快去准备！"冯威龙对郑小燕凶道。

郑小燕赶紧去厨房煮了汤圆来。

叶玫瑰便在餐桌上坐了，悠闲地小口吃着汤圆。

"威龙啊，你觉得，我和小燕姐，谁更好？"叶玫瑰搅动着汤匙忽然问。

这个突兀的话题让冯威龙也有一种猝不及防的感觉，他斟酌了下回答："夏花、秋月各有所美，不好比的。人与人，不能比的。"

"具体说说嘛，包括你对我们俩各自的细微感觉——"叶玫瑰撒娇地摇着他的胳膊。

"燕子是一个标准的贤妻良母，踏踏实实过日子的那种，而你，年轻、漂亮、聪明能干。我和燕子之间的感情，是日子慢慢炖出来的。而和你——"冯威龙羞涩地挠着头皮。

"是一根火柴碰着另一根火柴，对吧？"叶玫瑰挑衅道。

郑小燕的脸色变得难看极了。

"如果你只能选一个的话，你选谁？"叶玫瑰接着追问。

郑小燕的脸色一下又发生了剧变。

冯威龙的脸孔变得严肃道："我是绝对不会离婚的，我和燕子之间是多少年的感情了，再说，也没有离婚的理由，她没什么过错，还有最重要的一点，她是我儿子的母亲，这是永远也无法改变的事实，小树是我生命里的珍宝。"

这话让郑小燕感到了些许的温暖，用感激的目光看了冯威龙一眼。

叶玫瑰有一丝尴尬。

"如果她自动放弃呢？"叶玫瑰忽然挑衅道，眼睛眨啊眨的，闪闪发亮。

第二个步骤：抱进房去。

叶玫瑰吃罢了汤圆扭头眼神迷离地望着冯威龙恳求道："威龙，你抱着我到你书房里去好吗？只有躺在你的身边，我才能睡得着嘛。"

空气一下凝滞了！像被狂风猛吹了下的树叶，郑小燕下意识地趔趄了一下，赶紧扶住了什么。

冯威龙也怔了一下，显然没有料到叶玫瑰会这么大胆。但他也仅仅是犹疑了一下，接着眉头一皱，一副豁出去了的样子，一转身便将叶玫瑰抱了起来，咚咚咚地走上了楼梯。

"你们？"郑小燕无所适从地在客厅里转来转去，一时间不知何以自处，站在哪里都不对似的，不知怎样将自己藏起来。

泪水在她眼里喷涌而出，她使劲咬着自己的嘴唇，任泪水在脸上无声地流。

"今天晚上，那女人在威龙的身上肯定会用足功夫，因为她很刺激。"郑小燕想着。

她一手揉自己的胸口，一手用拳头一下一下地擂着楼梯扶手，她的拳头都被扶手硌破了，殷红的血顺着她的手往下流着，流着。

她看着自己的血，忽然觉得很悲哀，她背倚着楼梯，慢慢地滑下去，瘫坐在地上，看着自己手上的血，所有的委屈在一瞬间全涌上来了。

"这种感觉，不亚于被凌迟的痛楚啊！"郑小燕心里哭喊着。

而叶玫瑰，还在发出咯咯的笑声。那轻浮的笑声像一只猫头鹰的叫，在公寓里打着旋，扑棱棱地到处飞，到处钻。

郑小燕顿觉一阵头晕目眩，她下意识地捂住自己的耳朵，但她又分明听得清晰，那上楼梯的每一声脚步、每一声浪笑，都如钢针，扎在她最敏感、最纤细的神经上。

她无语泪流着跌跌撞撞地逃进了卧室，将门反手关上，一下跌到了床上，嘴紧咬着被子不让自己哭出声来，又往被子的深处钻了钻，似乎这样，就能逃开楼上她无法面对的现实。

第三个步骤：让她听见一切细微。

冯威龙抱着叶玫瑰上了楼，进了书房，书房的门关上了。

叶玫瑰还闭着眼好像沉浸在某种意境里，一行清泪从她的眼里缓缓地流了出来。

"怎么啦？"冯威龙看见了关切地问。

"没事，是幸福的。"叶玫瑰睁开眼拭去泪水从他的怀抱里下来，一粒粒地给冯威龙解开衬衣的扣子，将衬衣往床头柜上放的时候，瞅着冯威龙不注意，叶玫瑰悄悄地将他口袋里的手机拨到了与郑小燕的通话状态。

冯威龙无意中看见了叶玫瑰的这一举动，奇怪的是，他竟然装作没看见一样。

楼下的卧室里，埋在被子里的郑小燕还在抖动着身体咬着被角压抑地哭着，像一片秋风中瑟瑟发抖的树叶。

就在这时，她床头柜上的手机忽然响了。

她打开一看，是冯威龙的来电。"喂？"她停下哭泣语气脆弱地小声应道，但里面没有冯威龙的应答，却将楼上卧室内叶玫瑰与冯威龙之间的一切细微的声响都传了过来：

"迈过这道门之后，就是崭新的你我了。"叶玫瑰火辣辣地望着冯，将手伸向他的脸，动情地喃喃着，"终于可以了，我的手指一寸寸地抚过了你岩石般棱角分明的脸，这一刻我没有晕倒；我也可以把手指随意地插进你的头发了，就像伸手摘到了星星；我随意就扳过了你宽大的手掌，看见你的手指因整天浸在烟雾缭绕里而发黄的痕迹。这些时刻终于都在我的生命里发生了。"她的泪水又涌出来了。

"甚至于我也可以——"她的手伸向冯威龙的下面，给他拉开裤链，手伸了进去。那么柔若无骨的一双小手……

"妖精！"冯威龙喘息急促得整个人都失控了，抱起叶玫瑰便将她摔到了床上，饿虎下山一样扑了上去……

对方明显是挑衅而来。

郑小燕的脸刷地白了，还有她立足的地方、呼吸的空气吗？她烫手似的一下将那个手机丢在了地上，说了句"流氓"，可手机里面的声音还是传了出来——

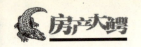

楼上的书房内，叶玫瑰的头抵在他的胸上，巴不得将整个人嵌进冯威龙肋骨里去，喃喃着："都还给我，你给我的那些折磨和等待。"

"看你，像头贪吃的小猪一样乱拱乱啃的——"她嬉笑着。

"你原来没有过爱么？就像前世今生只这一回般，不担心我整个人都被你掏空了么？"他说。

……

楼上的床板依然发出咚咚的声音。

楼上书房内的声音在楼下像乌鸦一样乱飞着。

郑小燕整个人成了个裸露的伤口，被那对男女左撒一把盐，右划一道痕，且并不知他们的下一步还会有什么过分的举动。

"啊！不！"楼下的卧室内，脸色已惨白得像张纸般的郑小燕捂着耳朵发出一声声的尖叫，她疯了般蜷缩在墙角里想往墙角的深处躲。泪水将原先抹的厚厚的脂粉冲刷得斑驳不堪。

终于，郑小燕的承受力到了极限，她抹一把泪目露凶光地猛抬起了头，跌跌撞撞地冲进了厨房——

厨房里很快传来一声又一声的磨刀霍霍的声音。

那把被磨着的菜刀亮得晃着人的眼，刷，刷——

也不知磨了多久，郑小燕一手举着那把被磨得锃光瓦亮的刀，另一只手去试那刀的锋芒。已足够锋利了，郑小燕的嘴角上绽出一丝凄美决绝的微笑。

楼上的书房内，那两个人依然沉浸在甜蜜中。

叶玫瑰安静地躺在冯威龙的胸口上。就这么点事，一对男女之间，迈过了这一步才罢休，才算有了个了结。否则，便会围绕着这件事，闹个没完。

从今以后，她就算是他的女人了吗？他的胸口上长满了黑毛，叶玫瑰惊讶着。

多么温馨的时刻，这一刻，她想象和等待了多久？这一刻就算得到一个男人了吗？是他的身体呢，还是他的心？

"这是我等了一生一世的男人和爱情。"她说。

冯威龙看见她身下留了一小片殷红的血迹。

"难得你还是个处女，今年多大啦？"他问。

"二十岁。"她小声回答，目光躲闪开他的眼睛。

"在自己需要的时候，能触到一个生动而美丽的身体，难道还有比这更真实的温暖吗？一个新鲜的身体，是这么真实可触，什么道德、准则，都是虚的，让整个世界都来谴责我吧，只要这一刻我感到真实的温暖和慰藉。"他说，因这一点而对身边的女人充满了感恩，疼惜地把她揽在怀里。

原本已睡着的小树醒来了，他揉着惺忪的睡眼推开卧室的门想去卫生间。

兀地，他发现在爸爸的书房门口，穿着一身新衣服的妈妈正把一把锃光瓦亮的菜刀横在自己的脖子前，哭得泪水涟涟。

"妈妈！"小树顿时发出一声惊恐万状的尖叫，扑上前去。

"妈妈！不要！"小树拼尽全力夺着妈妈手中的菜刀。

"对不起小树，妈妈实在是撑不下去了，以后你要自己照顾自己。"

卧室内的男女听见动静也急忙出来了。

"燕子！你这是干吗？"冯威龙叫了一声冲过去夺郑小燕手中的菜刀。

叶玫瑰吓得一下蔫了，躲到一旁。

郑小燕不放手，将刀往自己的脖子前又靠近了些，伤心欲绝地哭起来：

"我给你们俩腾地方。我选择在这个地方杀自己，就是让你们无法用我的床！那是我亲眼看着木工给打的床，我死了也受不了你们俩在我的床上——"

冯威龙终究力气大，硬硬地夺去了郑小燕手中的刀："燕子，你别这样！"

"妈妈！你又怎么啦？"小树摇着母亲哭喊。

"那里，有一个魔鬼的盒子！"郑小燕牵着小树便往楼下的卧室内跑。

冯威龙和叶玫瑰跟了下去。

郑小燕指着地上的手机极度惶恐道："太可怕了！我的手机里面，栖满了黑乌鸦！也不知从哪里飞来的，呱呱地乱叫着——"

"妈妈，这只是你的手机啊。"小树睁着一双纯真无邪的眼睛问，就要上前拾起来。

"别动！那是一个魔鬼的盒子，一枚炸弹！"郑小燕神经质般地喊道。

"那些黑乌鸦，扑闪着翅膀，这一口那一口地，啄着咱的家，啄着我！"神思恍惚的郑小燕伸手就去拿笤帚，朝着空中这一下那一下地挥舞着，咬牙切齿地，"我要将那些黑乌鸦一只一只地扑死，扑死它们！"

终于扑得累了，郑小燕将笤帚扔了，疲惫地一下瘫坐到了墙角的地上，下意识地抱住自己的头。

"妈妈！"小树见状心疼地扑过来抱住妈妈。

郑小燕紧紧地将小树搂在怀里，惶恐道："我们的家，就要塌啦！"

小树幼小身体的存在让郑小燕感到一种真实的温暖和力量。这时，她兀地起了一念，回击叶玫瑰道：

"我起码还是冯威龙孩子的母亲。而你呢？想做他的情妇的话，就一辈子不能要他的孩子。一棵光秃秃的不能结果子的树，算什么女人！"

原本面带些许愧疚的叶玫瑰一下被击中了要害的样子，脸色转瞬变成了铁青色，她捂着自己的胸口，逃出门去了。

看着落荒而逃的叶玫瑰，郑小燕的脸上浮上一丝暂时性的微笑，有些凄美的

微笑。

她一下跪在冯威龙跟前，抓住他的手，泪眼朦胧地望着他，动情而又认真地说："威龙，你心里还是有我的，是吧？这么多年了，你整个人都嵌进我的骨头里去了，怎么会有一天，你属于另一个女人了呢？求你以后别跟那个女人好了行吗？你不能眼睁睁地看着我心碎而死不是吗？我虽然没有她年轻漂亮,可我会一辈子对你好！"

说到这里，郑小燕忙乱地起身到卫生间里端了一盆温水来，将冯威龙拉到卧室的床前，显得有些卑贱地上下忙活："我给你洗脚！给你捶背！"

"小树，回房去！"冯威龙命令儿子。

房间内只剩下了冯郑两人。郑小燕的情绪已平复了很多。

冯威龙说："她年龄小，经的事少，你别跟她计较。"

"看看你昨天在那个场合上的表现，你和叶玫瑰的暧昧关系在屋内藏着掖着还不够，还故意让她招摇在大庭广众之下？"

"你真正的意思不过是说让你没面子了！可我不给足她面子的话，她又有什么动力跟我一条心，共同分担商场上的凶险？"

"你还提及商场的凶险？"郑小燕的情绪变得更加激烈起来，"我怎么都不明白，你为什么要将你和她的关系公开化，导致男人嫉妒，女人嫉恨，谁还肯跟你同甘共苦，共同分担公司的压力？"

停顿了下，郑小燕自我安慰似的接着说：

"也许你觉得那是某种显摆，对于男人来说，一个年轻漂亮的女孩子在身边跟着，就像男人身上佩戴着的玉，是一种光彩。可你竟张扬到丝毫不顾及别人的感觉了吗？每个人都喜欢异性，但大家接受的只是自己，一个男人，怎样花天酒地，那是背后的事，可面子上的文章，你总该做一做，你别太过分了！"

冯威龙撇了撇嘴，不屑道：

"笑话！他们，也包括你，这些嘴都是靠我吃饭的，我是你们的衣食父母，你们该看我的脸色、讨我的欢心才对，我顾及你们的感觉？！我冯威龙有什么责任和义务让你们个个高兴？谁设身处地地想过我的压力，我的喜怒哀乐？谁真实地为我分担过什么？我冯威龙有今天容易吗？别人都吃喝玩乐的时候，我在做什么？凭什么不能显摆显摆？我压力那么大，凭什么不能找点乐子？要是哪天我累出了心脏病，你们吃什么喝什么？！我冯威龙连自己喜欢的女人都不能拥有,活得也太窝囊了！"

面对冯威龙的张狂，郑小燕诚恳道：

"刚走了一个叶小篮，我才过了几天安静日子啊，又来了一个，叶小篮好歹老实一点，而这个女人，似乎张狂很多。当然，你工作那么辛苦，也该得到些慰藉。对男人来说，最好的安慰是女人，我是深懂得这些的。你看，我并不偏激，不是么？不会用单纯的道德观去评判感情。只是，这个女人下手太狠，绝不是什么良善之辈，你一定要离她远一些！一般的女人，爱上了别人的丈夫，会对他的妻子心怀愧疚，而绝不会这么狂妄。"

"叶玫瑰能够帮我应酬，也能打理一些生意上的事情。"冯威龙故意装作轻描淡写地说。

那一刻，郑小燕忽然一横心什么也不顾了，语气有些酸怪地说："凭你冯威龙的本事，真的需要她当帮手吗？我倒觉得，那是对你本事的贬低。堂堂这么大的一个单位，如果有靠女色的念头，这个单位的劫数也不远了。况且，这个叶玫瑰，一看就不是个省油的灯。"

冯威龙一下子脸红脖子粗的，怒斥道："什么时候，轮到你来教训我啦？社会上的事，复杂着哪，你懂什么！整天待在学校那种单纯的地方——"

"不止一个叶玫瑰，那个小刁，如果没有你在背后给她撑腰的话，凭什么一个助理可以张狂到这种程度？那个吕麝，一条阴森的蛇般，如果你跟她没什么，为什么她对你的私生活这么感兴趣？我未抓着她任何证据，可她自己将自己暴露无遗；还有那个叶飞舞，一看就是个没有涵养的，和你初次见面在公开场合就不检点，拿不准一个这样的女人会做出什么疯狂的事来，说不定哪天她会爬到你的床上去的！而你呢，一个主动送上门去的女人，恐怕不会拒绝吧？"郑小燕越说越气。

"典型的中年女人的嫉妒症！"冯威龙不以为然道。

郑小燕绝望地瘫在了座位上。

这时，也说不清什么原因，郑小燕忽然萌生了一个念头，惊道："威龙，你说，叶小篮那天跌落山崖后，有没有可能，没死？"

那天的场景再次在她眼前闪现：

那天的山上，叶小篮在一个山崖边害怕地往后躲着，忽然，她踩空了，"啊"，叶小篮发出一声惊叫，滚下了山崖。

郑小燕和冯威龙惊恐地跑上前去看。

"我们快找人下去看看，看她还有没有救？"郑小燕往山崖里探着头说。

冯威龙不以为然道："跌落进这么深的山崖里，不能说必死无疑吧，也是九死一生。管她是死是活呢，我们正事还忙不过来呢，哪有闲心管这种小人物的杂事！"说着便拉着郑小燕和小树往回走。

"可是——"郑小燕不放心地回头。

"我还有个重要的会——"冯威龙生气了。

郑小燕只得跟着他和小树一块儿往回走。

……

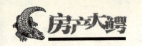

郑小燕回想到这里，抓住冯威龙的胳膊道："你说，叶小篮有没有可能，还活着？"

冯威龙的反应跟那次一样，不以为然道："管她是死是活呢，我们正事还忙不过来呢，哪有闲心管这种小人物的杂事！"说着回自己的书房了。

街上，叶玫瑰跌跌撞撞地走着，她捂着自己的胸口，自责道：

"我这样做是否太过分了？"

她回忆起了叶小篮初进冯家时小树对她的排斥及郑小燕对她的善待……

八 再试揭谜底：冯威龙到底想雇叶小篮做什么？

悦来大酒店的餐厅大堂内，烛光摇曳。

一个女孩在弹钢琴。悠悠的琴声如海水涌动，似在诉说着远古的爱情。

又有客人进来了，服务生指指座位上的冯威龙，向客人推辞："对不起，今天这里被那位先生给包了。"

偌大的大厅内，只坐着冯威龙和叶玫瑰两个人，他们面前的桌上放着红酒和西餐。

"我是在这家酒店里看见的你，以后凡是对我们俩而言重要的日子，我们都来这里纪念。"冯威龙举起一杯红酒深情地看着对面的女人说。

叶玫瑰点点头，也举起手中的酒杯深情地看着对面的男人，两人碰了杯后一饮而尽。

冯威龙神思恍惚地看着跟前的叶玫瑰说："除了在这个酒店外的一面之缘，我们好像还在哪里见过？我一见到你就有似曾相识的感觉。"

"前世。"叶玫瑰喃喃道，以百感交集的神情看着冯威龙，似乎有太多太多的话想对他讲。

冯威龙从一个包装精美的礼品盒里拿出一条漂亮的玫瑰色长丝巾来，搭在叶玫瑰的肩上道："你的名字叫玫瑰，这条丝巾又是玫瑰色的，配你，再合适不过。"

因为丝巾太长了，叶玫瑰将丝巾在脖子上缠绕了几圈，对冯威龙深情道："这条丝巾，会成为我一生的缠绕。"

冯威龙用一种几乎能滴出水来的眼神深情地看着叶玫瑰说："昨天晚上在我家，你做得很好！我就欣赏这种为了爱情而勇敢追求的女人。还是跟聪明人打交道好啊，你不知道，原来我家里有一个叫叶小篮的保姆，暗恋我，却缩头缩脑的，真正想让她做的事她不动手做，却整天忙着跟外面的漂亮女人争风吃醋，烦死我了。"

听到这里，叶玫瑰的脸色一下子变了，拿着杯子的手剧烈地哆嗦着，她赶紧低下头去，以防自己失态。

　　"他真正想让叶小篮动手做的事情到底是什么？他高薪雇用叶小篮做保姆的真正目的是什么？他故意诱惑她去了他家，可他又一点也不爱她。"叶玫瑰心说。

　　冯威龙站起来拉着叶玫瑰进了舞池，两个人相拥轻舞着。

　　已有醉意的冯威龙亲昵地揽着叶玫瑰的肩从悦来大酒店里出来的时候，已是夜色阑珊。酒店外负责看车的老头坐在那里打着瞌睡。

　　冯威龙幸福得醉了似的揽着叶玫瑰走到那老头面前说："大爷，你看，我一直等的就是她，我终于把她给等到了。"

　　老头怀着善意张开无牙的嘴笑着："好啊，真是皇天不负有心人哪。"

　　"你先在这里等一下，我去停车场开车。"冯威龙对叶玫瑰说。

　　叶玫瑰点点头，目送着冯威龙进了地下停车场。

　　而转过身去的她，眼里已充满了悲戚的泪水……

九　冯威龙：故意给郑小燕的另一轮好看

　　冯威龙和叶玫瑰一起到各部门检查工作。

　　两人从车上下来行色匆匆地进了售楼处，远远地便听见了一个女人刺耳的浪笑声，是叶飞舞惯有的、专有的，轻飘、浪荡、尖利。

　　冯威龙的眉头马上皱了起来，进去后便看见叶飞舞正和几个男售楼员嬉笑着追打着，时不时地互相推搡一把，甚至于去拧那男员工的耳朵。

　　公司规定售楼员都得穿整齐的工装上班的，叶飞舞倒也穿了工装，只不过将上面的两颗扣子解开了，胸罩隐约可见，脸上的妆浓得像个唱大戏的。

　　冯威龙的情绪一下坏透了，脸板成了一块石头，兀地爆起一阵吼叫：

　　"这是上班时间，把办公室当成什么场合啦？叶飞舞！看看你进单位以来三个月的销售业绩，月月为零！真不明白你这个奇迹是怎样创造出来的！最近的销售市场这么好，即便是守株待兔，也应该有撞上门来的呀，我真奇怪你还有脸吃一日三餐！有空时多看点书，别弄得像个假大空的欢场女子似的！再不出业绩，就给我走人！这是私营企业，不是慈善场所，每一分钱都是从我冯威龙的个人腰包里掏出来的，我没有养你们的责任和义务！"

　　冯威龙看一眼叶玫瑰，转身又训叶飞舞："你和叶副总，长得这么像，工作业绩却是一个天上，一个地下！瞧这脸上画的，花大姐一样！业主进售楼处，要的是信任感！一个女人，不用心工作的话，纵使整天打扮得花枝招展的，本质也是酸的臭的，烂泥一摊！"

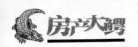

在众目睽睽之下，冯威龙将一连串的恶语抛向叶飞舞，叶飞舞被训得脸红红的。冯威龙原是这样一个厉害角色，说出来的话，一句是一句的，针针扎到人的心上。

而再看叶玫瑰，得意得腾云驾雾一般。

稍停顿了下，冯威龙语气柔和地对叶玫瑰说："明天起召集各处的售楼员到办公楼上集中培训一星期，你给他们上课，将西山莺墅的销售经验传授给他们。"

"好的冯总。"叶玫瑰恭敬地答道。

看着冯威龙和叶玫瑰双双离去的亲昵身影，看着有些售楼员捂着嘴遮掩看笑话的窃笑情态，叶飞舞恨得攥紧了手中的拳头。

黄昏的"大庇天下寒士"办公大楼里，到了下班时间，员工们纷纷收拾东西下班走了。

各个办公室和走廊里空旷和寂静起来。

董事长办公室内，冯威龙正埋头加班工作，办公室的灯光透过门缝射在走廊的地上。

这时，其中一个房间的门悄悄地开了一条缝，缝越开越大，从里面一寸寸地悬空探出一个头来，叶飞舞的。

叶飞舞鬼鬼祟祟地往董事长办公室的方向迅速地瞄了一眼，看到了室内投在走廊地上的那道灯光，那个头又一寸寸地缩进了室内，像蛇缩进墙洞里。

"帘卷西风，人比黄花瘦。"

培训室内，响起了叶飞舞抑扬顿挫的大声阅读声，悦耳、动听，像一缕烟魂在黄昏的走廊里袅袅游荡，寻找着它的去处。

冯威龙依然埋头忙自己的，对门外的阅读声充耳不闻。

过了会儿，冯威龙无意中抬起头来，叶飞舞不知什么时候已垂首站在了旁边，一副卑贱的样子。

"什么事？"冯威龙不耐烦道。

"我想向您请教一下这首宋词的意境。"叶飞舞指着手中拿着的一本线装书说。那拿着线装书的五指上留着长长的指甲，指甲上涂着蔻丹，手腕上戴着景泰蓝的手镯，像极了一个古典女子，每个细节都精致得无可挑剔，古典，似乎也唯美。

"我在忙工作！"冯威龙烦躁道，他从身后的书架上抽出一本书来"啪"地扔到她跟前，"我让你看书是看房地产方面的，不是看风花雪月、唐诗宋词！"

"我原本也是一个苦孩子出身，是从底层一步步跌打滚爬地完全靠自己赤手空拳地打出来的江山，欣赏的是实干，瞧不起满心逢迎之人。靠低三下四的逢迎，能逢迎出什么来？能逢迎出自己的一片天地来吗？"冯威龙克制了下自己的情绪苦心相劝后，毅然出去了，把叶飞舞晾在那里。

"冯总！"叶飞舞绝望地喊了声，尴尬在那儿。

"为什么你对叶玫瑰那么好呢？我的姿色，能比她差多少？"叶飞舞撅着小嘴，委屈地自语着。

冯威龙站在走廊里的一个窗口处，轻蔑地吐出了一口烟圈。

想想那被晾在室内的女人也可怜，有容貌，也年轻，可她心术不正，他敏感地嗅出了这一点，因而疏远她、不搭理她。可她的心不死，蠢蠢欲动。

被驳了面子的叶飞舞恨恨地离开了冯威龙的办公室，赶紧打手机："沈三，你原来不是说要单独请我吃饭吗？"

沈三在电话里赶紧说："可不敢！可不敢！我是仰仗着冯总吃饭的，冯总身边的女人，我哪敢染指？"

叶飞舞气得"啪"地一下关了手机："清一色的太监！"

冯威龙正在办公室里忙着，忽然，他发现办公楼对面楼上的一套房子内，一个光圈像个鬼影子般晃来晃去的。

他将窗帘拉上了半截，从抽屉里找出一个望远镜来，走到窗帘后，拿望远镜朝自己办公室对面有光圈的那个窗户一照，见两个眼圈已青了的郑小燕正举着望远镜对着自己的办公室内偷窥！他一下烦透了："无聊至极！真是胡闹！"

但兀地，他的眼睛一亮，露出了一丝诡异的笑。

过了会儿，着绿衣的叶飞舞进来了，卑贱地垂首站在冯威龙的对面说着什么。

冯威龙对叶飞舞一下就热情了起来。"瞧你长的，美女蛇似的。不过男人们就喜欢美女蛇，只要是无毒的。"冯威龙玩笑道。

叶飞舞又意外又惊喜，内心道："铁树开花啦？"于是更加得寸进尺，滔滔不绝地说着什么。

而再看望远镜后面的郑小燕，嫉妒得脸已成了紫色。

已是黄昏了，天光暗淡，郑小燕还手举着望远镜隐身在冯威龙办公室对面大楼的那个房间里。

只见叶飞舞在冯威龙的办公室里很随便地四处转悠着，一会儿打开茶叶盒里的茶叶嗅一嗅往自己的手心里倒一把，一会儿又拿起冯威龙办公桌上的一个小摆设端详着，丝毫也没有什么正经工作要谈的意思，又跟冯威龙说起了什么笑话，时不时地拿脚踢冯威龙一下，再看那冯威龙，笑得满脸绯红、情绪亢奋的样子。

过了会儿，穿着一身红衣服的叶玫瑰进来了，截断了叶飞舞和冯威龙之间谈兴正浓的什么话题。她坐在冯威龙的办公桌对面，淡定地跟冯威龙说着什么，意犹未尽的叶飞舞不悦地用大眼睛恶狠狠地剜了叶玫瑰一眼，赌气离去了。

过了会儿，着绿衣的叶飞舞又回来了，火辣辣地看着冯威龙，兴致勃勃地说着

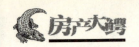

什么，叶玫瑰赌气走了。

过了会儿，穿红衣的叶玫瑰又进来了……

……

就这样一会儿红、一会儿绿的，两个女人在冯威龙的办公室里来回穿梭，望远镜那头的郑小燕看得眼花缭乱起来。因为是黄昏，她看不清穿红着绿的是什么人。

她兀地产生了一种心力交瘁的感觉，不知在未知的暗处，还蛰伏着多少女人，伺机窥探着自己的丈夫，不定就在哪一个路口，哪一块地面，冷不丁地就冒出来，她扑不灭，也杀不死。她感到一种万箭穿心般的痛楚，整个人摇摇晃晃的，成了风中一个千疮百孔的纸人。

"以我的脆弱，有多少心力，去撑那一个又一个的女人，将他从众多女人的包围里夺回来？不行！这样下去，自己的身体很快就会垮了的。我必须救自己。"她心中喃喃着，一遍遍地对自己说。

晚饭时分，冯威龙躺在办公室的里间小床上正打着盹。

"砰"地一声，郑小燕磕磕绊绊地冲了进来，抹着满脸的泪水，什么也不顾了的样子："你想干什么？你疯了吗？你要多少女人才够？"她含着泪质问他。

冯威龙揉了揉眼睛，一副未听清她说什么的样子。

"你要这么多女人干什么？你的情感没有饱和度吗？"她痛楚地望着他再次问。

"女人？"他装作一副丈二和尚摸不着头脑的样子，"你又闹什么事啊？"他不耐烦地坐起身来。

"小刁等那几个女人的问题还没有解决，怎么又出来个一会儿红一会儿绿的女妖精般不停变化的女人？"

"光天化日之下，哪来的什么女妖精呀？"他茫然四顾。

"那种乱箭穿心、妒火如焚的感觉，是会害掉我的命的，"她泪水汪汪地哀求他，"你对我，丝毫没有怜悯心么？"

"什么死啊活的？哦，我明白了，又乱吃醋了是吧？"他不以为然道。

"我受不了！我受不了你跟别的女人说话，受不了你跟别的女人有丝毫的接触，我该怎么办啊？你指给我一条生路！"

"我不能跟其他女人说话？昨天晚上我加班工作，只睡了一个小时，这会儿也不让我安稳地多歇会儿。"冯威龙像拍卖行用小锤子敲桌子那样用手拍着床，"安静！我最需要的是安静！"

"一跟你闹别扭的话，我痛苦得整个人就要死了一样，这样下去，我活不了多久。真的，长期这么痛苦，我会死在你手里的，我经不起这种折磨。我必须爱你，没有别的路走。我千疮百孔的心，再也经不得什么了。"郑小燕诚挚地说。

"今天我就给你撂句明白话，这男女之间就是一杆秤，一头的砣沉了，另一头就得多放几个。"冯威龙面露凶相地咆哮道。

"你以为，那另一头的几个小秤砣会安安静静地挤在一个秤盘里吗？她们是活生生的人，有感觉、有情绪、有自尊、会嫉妒，不是冷冰冰、没感觉的铁疙瘩。"郑小燕申辩。

"不肯安静，老是跳或闹的话，只能面临着被抛出秤盘的结局！"他忽然雷霆般咆哮道，把旁边的东西噼里啪啦地全划拉到了地上，地上一片狼藉。

过了会儿，郑小燕自我调整了下，语气缓和道："威龙啊，自从公司兴旺以来，你变了很多，变得我都不认识了，我们能不能一起回一趟老家？"

"整天的应酬还忙不过来呢，哪有闲心回什么老家？！"冯威龙不屑道，忙着看手头的什么资料。

这个时候，叶玫瑰走了进来。

冯威龙训斥郑小燕道："谁让你来办公室啦？以后不要来打扰我工作！"

叶玫瑰见情形不对赶紧大方地说："你们俩谈吧，我走了。"说罢，赶紧走了。

"你是故意以对我的凶来讨好她，是么？"郑小燕质问。

冯威龙没有应答。

郑小燕望着叶玫瑰离去的方向，嫉妒道："这个女人，很不简单嘛，听叶飞舞说，她的合同都是跟男人睡觉签下来的。"

冯威龙反感道："你们这些整天只知道鸡零狗碎的女人！以小人之心度君子之腹。"

"叶玫瑰身上，有股招惹男人的味儿，她一见到男人就亢奋，说话的声音就变调。"郑小燕继续攻击叶玫瑰。

冯威龙的情绪起了一阵烦躁：

"是啊，你整天在校园里，做一份简单的工作，大可以一副清高的感觉看叶玫瑰跟男人间的说笑，可你知道吗？你的一餐一羹里可能就有她的付出，就是她跟男人间的说笑换来的！不错，钱是个俗东西，可谁又能离得开钱？你挣的那点工资，连付我们住的那套房子的物业费都不够！最近我都得了心痛病了，你能为我分担些什么？你真的认为公司像棵大树般永远不倒吗？有多少次危机我都悄悄化解了，有多少苦衷我都一个人强撑着，不让身边的人知道。"冯威龙满腹的怨气被划开了一个口子。

郑小燕被击中了什么，羞愧得满脸通红："你现在终于说实话了，怪不得近年来对我这么冷淡，我仅仅是你身上的一个寄生虫，一个蹭饭的而已，凭什么指望在你心中有分量？"

"别再闹事了，学学人家叶玫瑰，且不说她平时的工作业绩，知道么，只最近几天，她就协助我从银行里贷了三个亿！"冯威龙苦口婆心道。

"什么？"郑小燕惊道，嘴张成了一个喇叭的形状，久久地。

郑小燕急急地走进了大庇天下寒士房地产公司的办公楼，手伸进自己背的一个大包里去，紧紧地攥住里面的什么东西。"不是有句话说，为了爱可以赴汤蹈火吗？哪怕是戴着镣铐跳舞，我也要——"她边走边给自己鼓着劲。

叶玫瑰正在办公室内翻找大量的图片资料，有关建筑造型的，又在纸上简单地勾勒着什么。

郑小燕这时来到了办公室的门外面，她从未关严的门缝里看着叶玫瑰忙碌的身影，浮想联翩："有些事情，必须女人出面才能办得了？"她充满了一种因无力而产生的疲惫感。

这个时候，叶玫瑰才发现了郑小燕，马上进入了某种戒备状态。

郑小燕调整了下自己的表情进了房间，不自然地笑道："想着你工作太辛苦，我专门过来请你吃顿饭。"

"请我吃饭？"叶玫瑰吃惊道。

"肯定认为是鸿门宴了对吧？不相信我是好意的？"郑小燕问道。

叶玫瑰用沉默做了回答。

"这会儿刚好到了下班的时间，我请你去公司门口旁的那家饭馆里吃顿饭，一是真心感谢你为公司付出了那么多，二也是故意给公司人看的。上次在酒会上你们——可能会有些风言风语，我就是挡在你们俩面前的一堵墙，我和你友好相处了，外人的一些闲话自然会不翼而飞，从而将对威龙的不良影响降到最低的程度。"郑小燕说。

"难得你这么胸襟宽广，一心为冯总着想，好吧，我们走。"叶玫瑰说着拿起包跟着郑小燕走了出去。

郑小燕还故作亲热地牵起了叶玫瑰的手，在公司人意外的眼光里，走向公司门口的那家饭馆。

两个女人在一楼靠窗的一个座位上落座了。

郑小燕点了菜后，征求叶玫瑰的意见："要点酒吧？"

"好，要酒！今天我们俩就一醉方休。"叶玫瑰一副豁出去的样子。

酒菜很快端上来了。"大庇天下寒士"的人陆续下班了，好奇地看着饭馆内两个女人的觥筹交错，但听不见里面说什么。

叶玫瑰愧疚道："别的女人见我锋芒太露，嫉妒得巴不得踩死我，而你，我曾故意伤害过你，你不但不计前嫌，还对我这么友好。你真是个大气度的女人。我先自罚一杯。"

"我只是个普通的小学美术老师。不像你，工作能力那么强，能为他排忧解难，而我，不能给公司带来一勺羹一粒米，你的价值和分量是我无法超越的。来，我敬你！工作能力强的人，总是让人肃然起敬。公司的事，多亏你帮忙打理了！"郑小燕真诚地说。

"不能这么说，女人堆里的男人，哪能轻易把握得了？在众多女人的包围中，以冯总情绪的喜怒无常，他能持久地保住对你的深厚感情，而不生厌，一定是你的身上，有着某种磁铁般的东西。"叶玫瑰说。

一丝不易察觉的嫉妒掠过叶玫瑰的眼底，她赶紧低着头遮住，上下牙齿无意识地磨了一下。

"别那么说，你既年轻漂亮又那么能干，为人处世又那么周全、有分寸，是我无法超越的。"郑小燕接着幽怨地说，"要说有深厚感情的，是我对他，他看不见心，他不屑于看心。灵魂是独一无二的，而漂亮的女人是层出不穷的。所以，我每时每刻都处于一种惶恐中。你知道么？每次他离开家时，我都有一种神经性的恐惧，担心他再也不会回来了，我有什么能牵绊住他的？多少患难夫妻，丈夫功成名就后都是一走了之，女人还不是束手无策？"郑小燕说着痛苦地将一杯酒一饮而尽。

"所以说嘛，我就要拼命干工作。只有事业才是最真实的。"叶玫瑰挥了挥拳头狠狠地说，也将一杯酒一饮而尽，"男人是最靠不住的，爱、情感，本来就是一团雾般的存在，不可把握，只有事业、工作才是实实在在的，才能为女人赢来真正的尊严。武则天、慈禧太后，需要讨好哪个男人么？是天下所有的男人都来巴结她们。所以我的存在对您形成不了任何威胁。"

郑小燕艰难地开了口："如果你真心对威龙的话，我也愿意威龙跟你好的。以威龙的年纪，遇到一个心爱的女子已不易。有句俗话，"药补不如食补，食补不如情补"，我愿你像一件贴心的小棉袄，陪伴在威龙身边。因为我是真心希望威龙好的，有他在，才有我们娘儿俩的一切。我和儿子都是指靠他活着的，他身体健康了，我以后的日子才会长远。我也知道，一个美好的异性是人生最强大的动力和慰藉，如果他从你那里能得到真实的慰藉和快乐，能缓解他的工作压力，这也是一种好。"

"你以为，他是我能驾驭得了的男人吗？他确实是一个魅力四射的男人，我尊重他，也身不由己地爱慕他，就像我在街上原本走着自己的路，忽然一阵强烈的风吹来，吹得我鬓发纷乱、身体摇晃欲倒，那是我的错吗？再说，发生摇晃的，又不是我一个人。但是，我从没有想过去掠夺他，他也压根不是我能把握得了的男人，我将这一点看得很清楚。我真正爱的，不是某个男人，而是事业的成就感。"叶玫瑰说，"再说，我何尝不是在他的大树下乘凉呢？有他，才有我的饭碗、前途，以前孤苦无助的时候，我抓不住一个人的手。是冯总的出现，才使我混出了人样，所

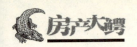

以我从心里感激他，真心希望他好。从这个角度上讲，我们其实是一根绳上的蚂蚱，一条船上的过客。"

"你没有必要在我面前极力地撇清什么，或者，我们俩是可以和平相处、共存、共同爱着一个男人的。如果你对我减少敌意的话。我没有力气四面树敌。"郑小燕痛楚道。

"我从来不觉得爱着同一个异性的两个同性之间应该充满敌意。我想，叶飞舞和小刁、吕麝那几个女人才是你该对付的。"叶玫瑰尴尬道。

"你知道我为什么这么瘦吗？"郑小燕又自怜道，"心累！"

"'衣带渐宽终不悔，为伊消得人憔悴。'有句话不是说嘛，滴水穿石，绳锯木断。我总以为，只要我默默地付出，他总会有醒悟的一天。谁知道他只看见容貌，看不见心。我帮他打下的江山，他却拿来讨好其他女人。那些女人们，就是凌迟我的刀。这个一刀，那个一刀——这些年来，我纯粹活在一种善意的自我欺骗里。我总是善意地欺骗着自己，走了一程又一程。'你是我唯一爱的女人'，我等他说这句话，等了一生。人终究会意识到，有些情感，是永远无望的。"郑小燕说到这里，苦笑了下，嘴角浮上一丝凄美的微笑。那一瞬间，她的表情很美。

而后，郑小燕从一个精美的包装盒里拿出一条玫瑰色的长丝巾来给叶玫瑰披在肩上："送你了，喜欢么？"

叶玫瑰怔了一下，竟和冯威龙送自己的那条，一模一样。

而这时叶玫瑰才惊讶地发现，郑小燕此时的脖子里，竟也围着一条一模一样的丝巾，不知是有意还是无意。

叶玫瑰感到自己的神经敏感地跳了一下，但她也只能礼貌地说道："喜欢，谢谢。"

"是苏州一个最好的丝绸制造商，几年前买了威龙开发的一套房子，极满意，便送了两打这种女人用的丝巾给威龙，说是用他工厂里最好的丝做的。前几天我拿出来看，竟只剩下几条了，所以我也赶快拿出来送人，免得人情都让威龙一个人落了。"郑小燕说。

叶玫瑰的脸上兀地罩上了一层乌云，但越难看越会暴露了自己，她只得抬起头来，将脸上的不快掩去。

两个女人一杯又一杯地喝着酒。多么和谐的画面。人与人之间，克服了狭隘的自私、嫉妒，原本多么好。谁规定的，爱的属性中有自私和占有这些东西呢？

"大庇天下寒士"的员工陆续从窗外经过，看着饭馆内两个女人的亲密相处，小声议论："冯总跟叶玫瑰之间，也许什么事也没有，都是大家瞎猜忌的，不然冯夫人怎么可能和叶玫瑰这么好呢？"

"就是啊，都是人们瞎说吧，谁亲眼看见人家怎么着了？"

这时，冯威龙也刚好夹在下班的人群中，他看见了窗边自己熟悉的两个女人和谐相处的身影，感觉美好极了，温馨极了，好玩极了，但他同时又感觉纳闷极了。

窗内，郑小燕喝得多了，她伸出手握着叶玫瑰的手："你知道么？第一次握你的手的时候我就想，这只小手柔软得让女人心里都发痒，何况是男人握着？还有你的胸脯，第一眼看到你时，连身为女人的我也升起一种冲动，想撩开你的衣服，真实地看看。"

郑小燕伸出手摩挲着叶玫瑰的脸，压抑着眼睛里的痛楚：

"连我对你都这么喜爱、生情，何况身为男人的他？如果面对这样出色、得体的一个女人不动情，那他就不是一个正常的男人了。我爱一个男人，就该接受他的一切。"

叶玫瑰见状赶紧拿起自己的包："我还有工作要忙，先走了。"

郑小燕自己留在座位上，痛苦地一杯杯地喝着闷酒："我尝试着，让自己也去喜欢威龙所喜欢的，这样就能接受得了他对她的感情，也接受得了他们之间的关系。我以为，只要我也喜欢了她，我的内心就不那么痛苦了。只是她越是完美，其实越是我最强大的情敌，我应该明白这一点的呀。今天我来，下意识里，还有这样的心理，我对她好一点，就能激起她少许的良善心理，她对我，下手就不至于那么狠，多少能手下留情一些，别把威龙全掠夺了去。"

这时冯威龙走了进来喊："燕子，你怎么来公司啦？我刚好今天不加班，坐车一块儿回家吧。"

郑小燕便跟着冯威龙上了车。

车上，冯威龙一边开车一边好奇地问："燕子，刚才你们俩谈什么呢，这么友好的样子？"

郑小燕痛楚道："我一遍遍地劝解自己，企业的很多艰难时刻，我未在你的身边，我有管你的资格和权力么？况且，娇嫩的女孩子是女人生命里的花期，是男人眼里的春色。我设想着，你拥着那么年轻漂亮的她入眠，有作为一个男人所获得的满足感，及一个娇嫩而美丽的身体所给予男人的慰藉。如果你欢欣，我就不该黯然。因为叶玫瑰她确实比我美啊。既然我爱你，就该爱你的一切。"

"再漂亮的女人，熟悉了也就那样了。"冯威龙谦虚道。

郑小燕扭过脸去，恨得咬了下牙根。

"如果女人们都像你这么善解人意、胸怀大度，天下就太平喽！"冯威龙笑道，拍拍郑小燕的手。

郑小燕一句话也不再说。

回到办公室内的叶玫瑰同样痛楚着："他连跟他同床共眠这么多年、为他生儿育女的女人都忍心伤害，我从他那里，最终又能得到什么善待？他并不缺女人，我

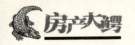

何苦去蹚这浑水？"

"郑小燕是这样委曲求全的一个好女人，亏了我当初的善念占了上风——"她又自语道。

"砰"地一声，冯家的门被踹开了。冯威龙铁青着脸气势汹汹地站在门口，一副兴师问罪的架势。

"威龙，你今天怎么这么早回来了？不加班？"郑小燕惊喜地扑上前去。

"啪"地一声，冯威龙一巴掌扇在了郑小燕的脸上，郑小燕趔趄了几下后摔倒在地上，脸上马上有了一道道的红印子。

"你又打我？"郑小燕捂着脸看着冯威龙，此刻的这个男人，显得那么陌生，"到底又是因为什么？"

"你最近又找叶玫瑰说什么了吗？有没有说什么难听的话刺激、伤害她？"冯威龙质问。

"没有啊，只有上一次，在你们公司门口。"郑小燕捂着脸解释。

"那她最近为什么对我有疏远之意？明显是在你和她那次一起吃饭之后！"冯威龙追问。

"那我怎么知道？"郑小燕无辜道。

"以后不许你再接近她，煽动什么！"冯威龙指着郑小燕的鼻子道。

"你以为，我想接近她？那接近她的一步步，不亚于踩在钢针上跳舞！"郑小燕的泪水出来了。

"缺着你吃了缺着你喝了？缺什么，说，但绝不能给我惹是生非！"

"我是一个活生生的人，有寂寞、有嫉妒，不能像个动物般有吃有喝便可以了。"郑小燕委屈道。

"你以为，就只有你一个女人会嫉妒？！旧社会的大户人家，都有三妻四妾的，不也一样过来了吗？"冯威龙甩下这句话又摔门出去了。

只留下郑小燕，捂着被扇出了血印子的脸无语泪流。

十　叶玫瑰与叶飞舞、吕麝、小刁：谁走谁留？

西山莺墅工地上，工人们正干得热火朝天。

叶玫瑰和宋晓晨都戴着安全帽在工地上检查工程的进展，和现场的管理人员比比划划地说着什么。

今天的叶玫瑰换下了平时总爱穿的黑色紧身系列，穿了那身粉色的运动装，在阳光下忙碌的身影像一只矫健的小鹿，宋晓晨在背后看着她的身影心潮起伏，这原是个热爱阳光和花朵的女人，可很多时刻她干吗总有那么多层面貌？

这时，一个戴着头盔、一身皮装的男人驾着辆摩托车风驰电掣般来到了西山莺墅工地附近。他下了车，燃着一支烟，远远地看着叶玫瑰。见叶玫瑰正戴着安全帽，和几个工程师模样的人对着工地现场比比划划，风吹起她的长发，微微拂动。那男人久久地站在那里，无言地看着她。

而叶玫瑰和宋晓晨明明看见了来人却没有认出是谁。两个人忙里偷闲地走到一边欣赏着周围的景色，宋晓晨舒畅地呼吸着久违的新鲜空气道：

"这儿的环境真好！"

"只可惜呀，能住在这里享受这环境的，却不是你我这样辛勤工作的工薪阶层。"叶玫瑰说。

宋晓晨道："我经常在思索这个问题，觉得人其实都陷在一个滑稽的怪圈里，太多的乡村孩子，从小身处大自然的怀抱之中，却为了有朝一日能进入大城市里而拼命地学习，而进入了钢筋水泥的城市之后，栖居田园又成为很多人一生都难以企及的梦。"

"人的一生就是这样吧，不停地抛下什么，又不停地追逐着什么。"叶玫瑰道。

宋晓晨看着叶玫瑰的眼睛说："经常到大自然里走走吧，大自然能改变人的很多东西。"

"我所有的人生意义、价值都在这些楼盘、数字上啊。"叶玫瑰无奈又苦涩地说。

"玫瑰，你不觉得，太在乎那些东西了，整个人都会走形吗？"宋晓晨忽然酸酸地说。

叶玫瑰无言地看着宋晓晨，久久地，似有很多言语涌上来，但最终什么也没说。

宋晓晨觉得这一刻的叶玫瑰离自己近了很多，他说："你知道吗？我最迷惑的就是你那双雾般的眼睛，像一泓池水般深不见底而又时时地掀起波澜。有好几次，我看见你的眼睛像一扇窗口，兀地开了，但马上又被你自己关上了。你到底在躲避什么？"

叶玫瑰欲言又止。

这时她的手机忽然响了。"哎呀，是蒋局长，怎么这会儿想起给我电话？"叶玫瑰的声音一下就变调了，小女孩般地装嫩，激动莫名地站起来，有意躲远些接电话。

和叶玫瑰平时来往的，不是大权在握的官场人物，就是虽然素质不高但财大气粗的商人。

宋晓晨忽然就想到了自己，算是叶玫瑰的什么角色？她跟前的一个小跟班？

"我得赶紧回去了，刚得知了一个重要的商业消息。"叶玫瑰严肃地对宋晓晨说，匆匆地转身就走。

那一刻宋晓晨胸中涌起一股强烈的冲动，想对她说些什么，他看见一根草还落在叶玫瑰的背上，想走过去帮她掸掉，然而那个身影已走远了。

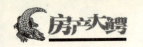

叶玫瑰匆匆走了一段路，无意中一抬头看见刚才那个骑摩托车来的男人摘下了头盔和墨镜，竟是蒋局长。

叶玫瑰惊喜地打了个手势，气喘吁吁地跑过来说："真坏呀，刚才电话里还说在市里开会，来了也不打声招呼，我还认为是不良青年呢。"叶玫瑰今天的神色特别憔悴，也未化妆，蒋局长兀地升起一股怜惜。"我想站在这里就这么看看你。"他说。

"蓬头垢面的有什么好看的。"叶玫瑰有些羞涩地往耳朵后塞了塞头发。

"我在想，一个这么美丽的女人被干硬的工作噬啃着，消耗着，总觉得有些可惜。"

"被什么噬啃着不可惜呢？"叶玫瑰笑着自嘲道，"我想抓住一种实实在在的东西，来抵制空虚。"

"比如说我，比如说情感。"蒋局长大胆地盯着她的眼睛说。

"我回工地忙啦？"叶玫瑰一下变了脸，赶紧转移开话题，"看，那就是想卖给您的那栋，是我亲自挑的，整个别墅区里最好的方位和户型。"

蒋局长不接那个话茬，继续刚才的话题："我们去喝杯咖啡？你若不去，我就一直站在这儿。"

叶玫瑰忽然笑了："这么有诚意的话，请我去吃饭吧，我已经三顿饭没吃了，昨天夜里在工地上待到十点，今天早晨四点就出来了。你看，太阳都挂到那里了！"叶玫瑰指了下天空跺着脚委屈着，一瞬间解除了武装，恢复了那种年轻女性的娇气和俏皮。

"好，上车！"蒋局长一下开心了，弯腰做了一个请的姿势。

"今天怎么换坐骑啦？微服私访？"叶玫瑰笑问。

"忽然想重温一下年轻时的很多感觉。"蒋局长道，亲昵地一手拉着叶玫瑰就要帮她上车。

"叶玫瑰！"这时宋晓晨忽然在远处喊，然后气喘吁吁地跑了来。

宋晓晨把叶玫瑰拉到一边，小声劝："玫瑰，你别玩火了，他这样身份的男人，岂是能随意招惹的？再说还有冯总，那更不是个善茬，你最后怎么收场啊？感觉你像在钢丝绳上过活一样，我在旁看着都胆战心惊的。"

这其实也正是叶玫瑰隐隐担心的，但她还是强撑着道：

"你放心吧晓晨，在这个交往太过开放的年代，不必太过敏感和拘谨，一个随便的举止便能拉近人与人之间的关系。我具备这种调控能力，既和一个男人保持住良好的关系，又不突破道德的底线。"

"凭我的直觉，这不是真正的你啊。"宋晓晨道。

"其实，我也为自己感到惊讶，混迹商场，我已改变了很多，被一种无形的力量推着，这就叫随波逐流吧。"

叶玫瑰说罢便向蒋局长跑去。

叶玫瑰坐上蒋局长的后车座，并不搂着他的腰，而是手拽住别的地方，故意地隔着，但她的气息像无数的小虫子从背后爬满了蒋局长的全身，蒋局长愿意这一刻成为永恒，摩托车"噌"地一声驶远了。

宋晓晨看着两人远去的背影，无奈地摇了摇头。

在路上，蒋局长问："刚才那小青年给你说什么啦？他不会是你的另一个追求者吧？"

"你觉得我会跟一个不能为我做些什么的男人奢谈感情么？"叶玫瑰道。

蒋局长笑道：

"你们这些现代的美女，是这样赤裸裸的吗？不再遮掩，也不再含蓄，不再哭着喊着假装：她爱一个男人，仅仅是爱他的人本身。你们连糊弄一下男人的力气都懒得使了，寒心哪，冰凉啊。如果哪一天我一无所有了，你还会理我吗？"

"您是万里长城永不倒！"叶玫瑰张开双臂朗声地笑着大声喊道。

"这话我爱听！"蒋局长开心道。

在一家自助餐馆里，叶玫瑰对好多食物表现出兴趣，狼吞虎咽着。蒋局长静静地看着她的样子，忽然有点心酸和心疼："已经有了这么好的事业，何苦还做得这么辛苦？"

"在私营企业里干，不容易的。每一分钱都是从老板的个人腰包里掏出来的。"叶玫瑰涩涩地说。

蒋局长动了恻隐之心，柔声道："我会尽力帮你的。"说着，将大手伸过来，抚揉着叶玫瑰的小手。

叶玫瑰低下头，并没有将手抽回去。"只伸出一只手来，触犯不了道德。"她心里这样想。

蒋局长脑子里积了太多的趣闻和风花雪月，一直将叶玫瑰逗得笑个不停。蒋局长原是个有情趣的男人。

"政界和商界的男人就是不一样啊。"叶玫瑰感慨道，但马上觉出自己说漏了嘴。一个人关于异性的感慨太丰富了，毕竟给人的感觉不好。

"我给你换了一种口味，是吗？"蒋局长的情绪确实一下就灰下来了，眼睛看着别处说，空气里出现了短暂的沉默。

"怎么个不一样法？说说看。"蒋局长阴沉着脸说。

"冯总背上整天像背着座大山似的，而您——说起来，还是当官好。"叶玫瑰斟酌着用词。

"冯威龙他，对你怎样？"蒋局长一字一顿地说，探究地直看着叶玫瑰的眼睛，是故意忽然磕碰这个敏感的话题，以便磕出些什么来。

"还行吧。"叶玫瑰轻描淡写道，躲开蒋的眼睛。很巧妙的回答，无懈可击。

过了会儿，"蒋局，你是个清澈的人吗？"叶玫瑰异样地问。

蒋局长想了想说："我不是。"

"人，因为有欲望，所以冒险，然后就跌了进去，因而就不纯洁了，在这个年代里，纯洁是没有力量的。"叶玫瑰说。

"既然如此，我们就不纯洁一次？"蒋局长横冲直撞地问。

她嗔怪着："不许乱说！"

蒋局长将叶玫瑰的小手攥在自己的大手里，蹭着自己的脸。

叶玫瑰将自己的手抽出来，夹了一只虾送到蒋局长的小碟里："听话，专心吃东西。"

"玫瑰，你总是给人一种心事若尘、让人捉摸不定的感觉。尤其对我，为什么总是若即若离？"蒋局长道，"二楼就是宾馆，疲惫成这样，去歇一歇？"

叶玫瑰躲开蒋的眼睛，自己吃着东西。

"别说了，对我发扬点人道主义好么？"她说。

"你对我人道一点？我已经等了你这么久。"蒋局长道。

对眼前的男人，好感和欲望都是有的，也有感情，毕竟，他帮过她，还有那么沉甸甸的一个身份，她有求于他。只是不行，一旦发生什么，她就在这个男人跟前，再没有任何的尊严和把持的了，只能一摊烂泥一样，被扔在他脚下的地上，由着他捡拾或抛弃。她是懂得男人的。

再酣畅淋漓的性爱，也比不上从未得到过的更令人憧憬。她尤其懂得这一点。

再说，女人能很轻易地就将自己交给一个男人么？彼此的了解、情感，必须到了一定的程度和分寸。这是个怎样的男人，有着怎样的为人处世，她心里一点数也没有。

在这样的时刻她想到了冯威龙，她内心里翻检着这两个权力男人，都是她极力想逢迎的重量级的男人。不简单、有手腕、能办事、阅历丰富，能认识他们，是她的幸运。

只是冯威龙是她一个战壕里的战友，是荣辱与共、一条船上的，两人间有着更多的千丝万缕纠缠着她，令她无法挣脱。

而和蒋局长，她是为了公司的利益，也为了自己的饭碗出来应酬的，她觉着自己像是被公司撒出来的一粒棋子，一个派遣出来的女间谍。

"我是不值得您耗费心力的。"她抬起头来认真地说。

这时，蒋局长的手机响了。"喂？"他接听了，"哦，我考虑一下再给你回话。"

蒋局长挂了手机，眼含深意、一字一顿地看着叶玫瑰说：

"你们公司一个叫叶飞舞的女孩子给我来电话，说约我出去喝咖啡。是个怎样的女孩子？声音很娇媚。"说完后，蒋局长眯着眼笑看着她。

就在这时，叶玫瑰无意中透过饭店的玻璃窗，看见外面的一辆出租车里坐着个戴墨镜的女人，正是改了装扮的叶飞舞！即便她化成了灰，她也认得她！

叶玫瑰虚在那里，她在公司的分量，在冯威龙心中的分量，很大程度上依赖和蒋局长的关系，很多时候，关系便是生产力。而现今，叶飞舞如半路上杀出来的程咬金一样，要生生地将这份关系拦截了去，实在是可恨可恼。

因为有叶飞舞在外面守株待兔着，叶玫瑰故意拖延着时间，东一搭西一搭地说着话。然而外面的叶飞舞故意耗着，就是不走。

"你说我怎样回复她？"蒋局长含义深刻地笑看着叶玫瑰问，又用湿巾擦擦手，一副欲起身的样子。

自己的公司，起了内讧了，这让蒋局长多么看不起，本来，她还把持着什么，但叶飞舞的横刀闯入，使叶玫瑰陷入了非常被动的局面。这个老狐狸，已出现左右摇摆的迹象。

她镇不住他了！

趁着蒋局长去卫生间的节骨眼儿上，叶玫瑰赶紧拿出化妆包给自己化着妆，一层又一层的，直到脸上变得斑斑驳驳，这一刻，她忽然感觉到了自己的悲凉，像一个戏剧的丑角，在这个节骨眼上，世事故意使她四面楚歌，逼她就范。她不应该显示给蒋，和他之间的这份关系对自己有多么重要，因为这样等于展示给了对方自己的软肋。

这次是叶玫瑰主动将手伸给他的，央求："再坐会儿？"

一只手与另一只手的纠缠，充满了欲的。

蒋果决地将自己的手抽了出去："我不要这种招惹。随意招惹，而又不负责，女人的把戏，谁说男人就不坚守自己？"这一刻，他是自己的主人。

局势急转而下，蒋局长瞬间变得牛气了起来。

"对不起，我该回去了，今天还有另外的安排。"蒋局长起身离去了。

因叶玫瑰的居处离这里很近，走着回去便可以，她原打算吃饭后和蒋局长就分手的。但两个人从饭店里出来后，叶玫瑰一直紧随着蒋局长走向他的车，不给叶飞舞接触蒋局长的机会，但她同时又为自己感到可笑，在这个信息发达、交往这么开放的年代，她能护得了一刻，但又能护得了几时？

蒋局长不明就里，玩笑："怎么，对我这么恋恋不舍么？跟我一直走下去——走啊走，一直走到一间宾馆的房间里？"

蒋局长直直地看着她说，眼睛里泛出一波又一波的笑泡来。

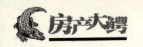

而此时的叶玫瑰，哪里还有心情应对？紧张得额头上已经冒出了虚汗。

"只把一只手拿出来，触犯不了道德，又能办了事，很划算的事，不是么？"蒋局长黑着脸一下就不悦了，甩下这句话，开车在她身边呼地一声就擦过去了，很快消失在了前方，像一团撒出去的气。男人，终究有些脾气的。

而叶飞舞的车，也很快尾随着蒋局长的车开走了。

叶玫瑰心生恐惧，意识到局势已是自己无法掌控的了。

她气得站在原地浑身发抖，一字一句地喊着那个名字咬牙切齿道：

"叶飞舞！是不是所有跟我有瓜葛的男人你都要啃一遍？你就像一个摆脱不掉的索命恶鬼一样，想将我逼上绝路？"

……

叶玫瑰边走边回忆，不知不觉间已回到了"大庇天下寒士"的董事长办公室外。

董事长办公室内，叶飞舞正在兴致勃勃地给冯威龙打小报告：

"我看见叶玫瑰和蒋局长，在一间宾馆的一楼餐厅里吃饭，两人动手动脚的，关系亲密得不得了！"

"什么？"

冯威龙嫉妒得脸色一下变了，但因为怕自己的情态被他人窥见，使他对这窥探者非常憎恨，他挥了挥手道："你出去吧！"

叶飞舞悻悻地离去了。

但这窥探者的话，在他心里却是落了根、发了芽了。

叶玫瑰却在这个节骨眼儿上气冲冲地来了，在董事长办公室外和叶飞舞擦肩而过。

"我要求将叶飞舞开除了！"叶玫瑰进门后便撂下这句话，胸脯气得剧烈地起伏着，自己拿过纸杯倒了一杯水咕咚咕咚地喝了。

"什么理由？"冯威龙不动声色地问。

"她上班时间外出办私事。"

"哦？那你自己呢？上班时间干什么去了？"冯威龙怪声怪调道。气氛明显不对。

"有我，什么事帮你办不了？以你的阅历，应该阅人无数，要叶飞舞这样一个破锣干什么？成事不足，败事有余。"

"都是员工，谁又是破锣了？单位需要各式各样的人才。"冯威龙袒护说。

"这个破锣还是个人才？你自己那次在售楼处也说过，想开除她的。我身为一个副总，连这点权力都没有吗？你为什么这么袒护她？是不是她暗地里给你投怀送抱了？"叶玫瑰因为冯威龙的袒护自己的火也上来了。

"你这是用什么语气跟我说话？自你进单位以来，我一直很欣赏你的才干，也给了你发挥才能的空间，别仗着我重用你就没大没小！"冯威龙翻了脸。

"是啊，我怎么老是忘不了，我是人在屋檐下的呢？"叶玫瑰苦笑了下，赌气扭头走了。

很奇怪的一种心理。自从在冯家楼上和冯威龙肌肤之亲的那一个夜晚之后，叶玫瑰发现自己对冯威龙所有的感恩、畏惧、仰慕，在那个夜晚之后都烟消云散了。她不欠他什么了，她为他付出了，天知道她付出了什么。当然，他在她的感觉里也变得亲切了，她触到了他肌肤的柔软，他是她的亲人。只因这份亲切，她便时时忘了他是老总、她是属下的身份，并且想让他的喜恶跟自己同步。

砰砰砰，响起了敲门声。

叶玫瑰前去开门。

吕麝站在门口。

"你怎么知道我住这儿？"叶玫瑰意外地。

吕麝兀自走进屋来，眼睛滴溜溜地乱转着，探照灯般这看看，那看看。

"哦，房间里布置得不错。"在房子里转了一圈后，吕麝以一副高高在上、见多识广的样子评判着，像是评审团评论下级的工作。

然后，吕麝来到梳妆台前，羡慕地拿起叶玫瑰的香水瓶，打开盖嗅了嗅："味道真纯正，是正宗的法国香水？"

叶玫瑰点点头。

"他给买的？"吕麝语气酸酸地盯着叶玫瑰问。

叶玫瑰躲开吕麝的眼睛未置可否。

吕麝又好奇地自己打开叶玫瑰的衣柜，看见里面挂着一件貂皮大衣，她用手小心地摸着那毛，羡慕道："这皮毛真软和，他花多少钱给买的？"

叶玫瑰的脸色明显不悦了，懒得搭理她。

桌子上的小镜框里，放着叶玫瑰的一张照片。

"哎呀，实在是太美了！"吕麝拿过那张照片赞叹着，"将这张照片送给我吧，想你的时候，我就拿出来看看。"吕麝以恳求的语气道。

对这样的要求，似乎任何人都无力拒绝，"好吧。"叶玫瑰不耐烦地挥了挥手。

吕麝赶紧将那张照片装进了自己的包里。

最后，吕麝神神秘秘地向叶玫瑰招手，神情庄重无比、严肃无比的样子。叶玫瑰以为有什么正事，走近后，吕麝鬼鬼祟祟地凑近叶玫瑰的脸忽然就问：

"你今年快五十岁了吧？"

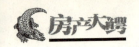

几天后。

砰砰砰，又响起了敲门声。

叶玫瑰去开门。

吕麝仰着那蛇头般的小鬼脸妩媚地站在那里。

而再看今天的吕麝，高昂着头踩着尖尖的高跟鞋咔噔咔噔地跨进了屋门，又在屋里这里那里地将军般视察了一圈，然后来到梳妆台前，主人似的拿起叶玫瑰的那瓶法国香水，噗噗地往自己的身上喷着，直喷得满身的香气，又昂首走到衣柜前，拿出一件貂皮大衣来，兀自穿在自己身上，对着镜子左照右照。

而后，吕麝一撩裙角在一把椅子上坐下了，就像老戏里有身份的男人姿势洒脱地一撩袍襟坐在椅子上一样，又从桌上摸了包烟，自己拿出一根来装腔作势地夹在手指上，吩咐叶玫瑰："给我点上。"

叶玫瑰便划了根火柴给她点上了。

吕麝惬意地吐出了口烟圈后，忽然就像一个侦探面对露了馅的罪犯那样开腔了："有人看到你原来曾频繁地出入于都市美人鱼美容院。"

叶玫瑰惊得怔了下："都市美人鱼美容院？哦，有时去做过美容。"

应对了这句话后叶玫瑰的神色变得自然。

"可那人说你不是去做美容，而是在里面做按摩女。"吕麝又说。

"谁说的？"叶玫瑰的情绪失控起来。

"后来那个美容院在一天夜里发生了一场离奇的爆炸案，在里面服务的小姐和嫖客全被炸死在里面了，炸得血肉横飞，死者的家属也无法辨认他们的身份，你从此便不知去向。听说那桩爆炸案至今也没有破。你说，会不会是有人为了掩盖自己的这段经历，而人为地策划这场爆炸，过后更改了名字？"吕麝步步逼问。

叶玫瑰顿时惊得魂飞魄散，脸都白了，但佯装镇静。

"其实，我也不是个多事的人。只要你远远地离开冯总，我就不把你过去的事说出去。"吕麝阴阳怪调地甩下这句话后扭身走了。

下班时间，冯威龙正在办公室里忙着。

叶玫瑰又气冲冲地闯了进来，道："你把那个叫吕麝的小女鬼发配到西伯利亚去！"

叶玫瑰情绪激动地开始了：

"那么心术不正的一个女人，你让她待在单位里干什么？满脑子斜的、歪的，却又不会藏不会掖，有什么让别人一眼就看穿了。我早就觉得，这女人身上有一种酸酸怪怪的东西，轻飘、放荡。果然如此，女人的直觉总是正确的。还有小刁，你跟她关系也不正常是吧？有她仨，没我；有我，没她们。"

叶玫瑰情绪激动地挥着手走来走去地说个不停。

冯威龙不快道："刚要求把叶飞舞开除，现在又要开除吕麝、小刁，满脑子拉帮结派，排除异己，刚一上任就提一个小白脸当助手，把我的公司当成你个人结党营私的地盘了？当初调宋晓晨，是看你新上任，我忍了，没想到你变本加厉，没完没了了！"

"我让宋晓晨当助手，是看他过去的履历中有在广告公司做文案的经历，调他过来是专门写销售文案，楼盘的销售这一环节很关键。"叶玫瑰说。

"冯大老板，到今天我才总算彻底认识了你。"叶玫瑰用寒彻的目光看着冯威龙道，"在你的心里，你的威严高于一切；我的感觉、生死，在你的心里轻贱得像一片树叶一样。"

"我是做大事的人，能因为你们女人之间一些鸡毛蒜皮的事，在里面跟着瞎搅和吗？"冯威龙道。

因在气头上，两人的争吵越来越针锋相对。

"没用的男人！"叶玫瑰无言地抛出一句，"我敬你爱你，原指望你为我挡风遮雨，谁知道关键时刻你这么没用。既然如此，我又凭什么为你殚精竭虑，风里来雨里去——"

"小蹄子，刚能给我干点事，就想拿捏我一把，真令我不齿！我堂堂冯氏企业，多大一座江山，你起的这点小作用只不过九牛一毛，有什么资格在我面前摆脸子？真所谓恃宠骄横，我不宠你了，别说骄和横了，你将在这个单位寸步难行！既如此，我还何必再栽培你，宠着你？"冯威龙两眼放着寒光，把这几句话抛在空气里。

叶玫瑰的嘴角掠过一丝破釜沉舟的倔强："我的要求过分吗？对你来说，举手之劳而已的几件小事而已。"

"哼，如果我冯威龙能被一个小女人控制得了的话，就不是我冯威龙了！"

叶玫瑰的一颗心凉透了，她以冰冷的眼神看着冯威龙：

"自结识你以来，除你之外，我从不把其他任何男人看在眼里，我想当然地认为，以你的阅历和身份，看透了生活的一切，且能承担起一切。我的心，向着自己的想当然痴迷地弯着，像深夜里的一盏街灯。说白了，我靠男人，傍男人，是指靠着男人为我挡风遮雨的，没想到关键时刻，你这么没用，既如此，我要你干什么？"

冯威龙的脸色一下发生了剧变，目光中射出一股飕飕的冷气，嘴角撇了撇。

"哼，有一个事实你最好弄清楚，我们俩之间，是谁要谁的问题！"冯威龙说，"不知有多少女人窥探着这个位置，处心积虑地想得到这个职位哪，你还——偌大一个中国，最不缺的就是人，我冯威龙的身边，最不缺的就是女人！你以为你是谁？说句老实话，如果不是我自我把持的话，我将遭遇遍地俯拾的爱情！你还给我来劲？简直可笑至极！走了你一个，很快就会有另一个女人过来填空！"冯威龙被触了虎

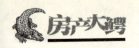
威，越说越气。

一把锋利的刀子划过来，叶玫瑰一直拼命压抑着的东西终于被划开了一道口子："旧社会里大户人家的三妻四妾们凑在一个桌上打麻将的情景，在你的眼里，大概是一种非常刺激、快意的场景吧？那次在西山莺墅的庆功酒会上，明明都是冤家对头，是该极力避免面对的，你干吗非要吆喝到一张酒桌上去？看我们各自的掌控能力？自我暗藏能力？看彼此间的化学反应是一件很开心的事，是吗？这是一种怎样恶意的心态！"

叶玫瑰又向冯威龙逼近了一步，冷冷地盯着他的眼睛："你是故意显摆，给其中的每一个女人一种无形的告示：你，只是几分之一，故意让我们争宠，是吧？你未免，太拿着女人不当人了！要知道，人的心力是会衰竭的！别以为我没有看见你的那些小动作！"

"烦死啦！"冯威龙烦躁地拍一下桌子，"三个女人一台戏，五个女人凑在一起便咬得一地的毛！"

"是谁让我们凑在一起的？！"叶玫瑰叫道。

"够啦！"冯威龙怒叫，"我工作那么累，受不了一个女人歇斯底里的吵闹和对我大事小事的指手画脚！别以为这个职位会让一个整天大呼小叫的女人长期担任着！"

冯威龙噼里啪啦地扔下这些话后反感地看了她一眼，"啪"地一声摔门出去了。

第二天早晨，叶玫瑰去上班的时候在走廊里边走边摆弄着手机，这时，她看到一双精明的眼睛从门缝的暗处扫射着她，她浑身打了一个激灵。

她可以管得住自己，但控制不了他的想象，这是一个思想太过复杂的男人。但她的心里又涌上了一丝快意，起码，她还能让这个男人嫉妒，这个给了自己太多伤害的男人，能让他嫉妒，也是报复的一种手段。那一刻，她没有想到，报复的后果是什么，以及他为强势、自己为弱势的残酷现状。

叶玫瑰走到董事长办公室外的时候故意装模作样地打电话："是蒋局长吗？你不是说想调我进你的单位吗？我若过去的话，会给我什么职位？"

我要奔向另外的去处了。她示意给冯威龙这一点。

室内的冯威龙听见了，脸色一下变了："好你个叶玫瑰！平日里我对你不薄啊！这太突然，太出乎我的意料了！你在背后竟搞这样的小动作？人前人后，我这样器重你，甚至不顾忌别人的嫉妒。你这样对我不忠，让我以后怎样再在人前对你好？既然你对我都不忠了，我对你还有什么顾忌？"

这时宋晓晨碰巧从叶玫瑰的旁边经过，小声道："对着空气说话哪？你的手机压根就没有开。你这是干什么？还想不想在这个单位里混了？"

"我就是要让他尝尝嫉妒的滋味，在嫉妒中，人会更清晰地看到自己的情感。

我就是要故意气他，让他嫉妒得受不了了，气得受不了了，就会向我缴械。"叶玫瑰道。

这时冯威龙一脸杀气地走过来，挑衅道：

"听说你有更好的去处了？好啊，什么时候腾办公室？我这边好安排人手接管你那一摊的工作。"

叶玫瑰意外地怔了怔，然后向自己的办公室走去。

世事在这一刻露出了狰狞的面目，他想赶她走？

她难以置信："没有理由的呀，他怎么下得了这个黑手？真所谓翻脸不认人。这个男人，太不仗义！"

叶玫瑰将办公室里的一些资料整理好，为离职做着一些准备工作。

宋晓晨走了进来，惊问："还真走啊？"

叶玫瑰苦涩地笑了笑道："他是气得受不了了，可结果不是向我妥协，而是向我下手了！这个后果是我无论如何未想到的，真所谓搬起石头砸自己的脚。他真下得了手，毕竟，一切的主动权都在他的手里，朱元璋也是立国后先斩大将。"叶玫瑰的情绪剧烈地起伏着。

宋晓晨关切道："那你下一步去哪里？有好的去处吗？"

叶玫瑰凄凉道："如果真有那么一个更好的去处，真有那么一个比他更能干、给我更强烈感觉的男人，也就罢了，问题那纯粹是我自己人为制造出的一个假象。我用了最失败、最忌讳的一招。"

"是啊，他又何尝是一个肯在女人面前示软的男人？"宋晓晨道，但又明显看出，此时宋晓晨的脸上有一种遮掩不住的快意。

"你看起来很高兴的样子？"叶玫瑰问。

宋晓晨转过脸去未置可否。

叶玫瑰苦笑了一下："这个时候，谁都要看笑话了，尤其是平日里那几个嫉妒我们之间关系的女人，这会儿不知怎样暗自发笑哪，想他这般精明的人，竟也能中别人的离间之计。原本想将叶飞舞清除出局的，结果我自己反倒成了被踢出局的人，冯威龙这人，下手真狠。我百思不得其解的是，像我叶玫瑰，十八般武艺样样都能干，怎么就输给了一个叶飞舞？"

"也许，作为领导者，要的就是这样一种状态吧，下属之间关系紧张着，就会争先恐后地讨好他、巴结他，他需要的，就是这样互相争宠的感觉。如果下属们太过团结一致、同仇敌忾了，对上司来说，反不一定是好事。"

她倒吸了一口冷气道："是吗？这一招，也实在太毒了。他没想到，女人之间的相妒和厮杀，是欲置对方死地而后快的，如果不担心触犯法律的话。"

"他这么力保叶飞舞，是让她的存在使你时时意识到，你随时有可能会被另一个人取代，从而为了力保这个位置，诚惶诚恐，殚精竭虑。"宋晓晨又帮她分析。

"从这件事上，我也领教到了冯总的厉害。他的尊严是至关重要的，甚至于不管我的死活。我像他手中的一块泥，被拿捏得没有骨头了。但同时，他在我心里，原本的美好也都瞬间轰然倒塌了。在这件事上，我是那么深刻地体会到了人在屋檐下的弱势。这是个不讲义气的人，绝不会因为袒护一个人，而得罪另一个人，可话说回来，既如此，我有什么理由为他拼命呢？"

"说起来，最初冲突的起因也是为了工作，最后反倒自己成了被治得最惨的那个人，我为了公司的利益去和男人周旋，在他心中却落下了不洁的意念，还有比我更窝囊委屈的人么？"叶玫瑰又恨道。

"不管怎样，想随便找份工作的话，总不难的。"叶玫瑰说着离开了办公室。

叶玫瑰拎着个白酒瓶子坐到一级尘土飞扬的台阶上，边喝边自语着：

"这个男人，给了我太多的折磨，他就认为，我会永远仰着头看他么？他说过，他绝不是个肯向女人弯腰的男人，他自然不必向谁弯腰。横竖，他能撑得住。"

和冯威龙过去相处的点点滴滴在她眼前电影胶片般一幕幕地放，折磨得她的头都要炸了。

"这么多的蚂蚁！这么多的蚂蚁钻到了我的头里，密密麻麻的，到处爬，啃着我，咬着我，谁来帮帮我呀，把它们都驱走，踩死！"她痛苦地揪着自己的头发，她把脖颈处的衣扣解开，这样就能好受一点了吗？

旁边围观的人越来越多，其中一个坏男人上前扯着她的衣领，往里看："蚂蚁在哪儿呢？我看看！"

即便是酒醉中，她还是隐约有着辨别是非的能力。"看什么看？"她嚷着站起来，便对那男人拳打脚踢。多日的压抑，终于找着了一个发泄口。

"臭娘们！还来劲了，是你让我帮你的！"那男人恼怒起来，开始还手。两个人撕打在了一起，越打越猛。

她被扯下了一绺头发，那男人的脸上被她的指甲抓破了；她的衣服被扯破了一个口子，那男人的嘴唇被抓出了血……

"住手！"一个冷峻的男人分开围观的人群上前拉开了两人。是蒋局长。

叶玫瑰清醒过来的时候，看见一个温柔的男人正坐在自己对面静静地看着自己，是蒋局长。

环顾四周，是一处温馨雅致的茶室。

"这是？我怎么在这儿？"叶玫瑰惊讶地欲起身。

"我碰到你在大街上喝醉了酒跟人打架，便只好把你带到这里来了。"蒋局长道。

"我当众出丑了？谢谢你。"叶玫瑰有些难堪。

"是跟你们冯总闹矛盾了？我打电话给他？"蒋局长问。

"坚决不要！"叶玫瑰紧张地拉住蒋局长的胳膊，"我跟单位之间，完啦。"她的眼里马上涌出了一汪泪，很痛楚的样子。

"先吃点东西，慢慢说，到底怎么啦？"蒋局长耐心道，并夹了块蛋糕给她。

叶玫瑰情绪起伏地将事情的来龙去脉跟蒋诉说了一番。

"是因为她们几个私下里跟你们冯总之间，有私情吧？所以他才宁可牺牲掉你，也舍不得开除她们。"蒋局长马上总结道。

神思恍惚的叶玫瑰兀地抬起头直看着蒋局长："连你也这么认为？你一个局外人，单凭我的三言两语，就一眼看穿了！真不愧是阅历丰富的成熟男人。"

"太明显的问题，几岁的孩子也会看懂的杆秤。"他说。但这明显的问题，其实也让叶玫瑰自己很没面子的。

"蒋局长，你把我调到你单位去吧，有次你不是说过——"叶玫瑰看着蒋局长，忽然起了一念。

"我要让他看看，离了他，我叶玫瑰就没有单位要了？自那次跟您认识后，他就一直怀疑我跟您之间不单纯，就让他的幻觉成真吧，我就是要打击他，让他吃醋，难受。他嫉妒得受不了了，就会服软——"

"我堂堂蒋某人，还没有沦落到做女人的报复工具的程度。你的情绪波动这么大，恰恰暴露了你自己，在你心底，还把那边的人和事看得太重。我不会要一个身在曹营心在汉的女人。我蒋某人对自己，还有这个讲究。"蒋局长斟酌着说。

她其实也是。蒋局长是冯威龙介绍给她认识的，并在冯的授意下和蒋应酬的，在她的感觉里，她跟蒋之间的一举一动似乎都会落到背后看着的那双眼睛里，冯威龙的。

若她投奔了蒋，岂不把冯当成了垫脚石？置他凛然不可侵犯的尊严于何地？那种心理障碍，她无法逾越。

"我可以把你调到我手下来，但是，有些事情必须摆在明处。"蒋局长一字一顿地说，神态无比地庄重。

她抬头纳闷地看看他，不明白这"摆在明处"是什么意思。

她心不在焉地用牙签拨拉着盘里的水果块，拨拉来拨拉去的，却一口也没有往嘴里送。

"我不能在这儿多待，这次就是因为和你单独在外吃饭，被人打了小报告，惹出的这场祸。冯总本来就是个多疑的人——"叶玫瑰紧张地看着窗外忽然说。

"你不是说，你们之间完了吗？"蒋局长不自然地问，探究地看着她。

"这件事情，我来处理。"蒋局长最后说。

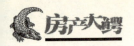

"你怎么处理？"叶玫瑰困惑地望着蒋。

"回去等结果吧。"蒋局长说着，拿起自己的包站了起来。

再回到办公室里的时候，叶玫瑰感觉自己跟置身的这个环境产生了一种疏远。

"我是一个不能患难与共的女人？错在我？是我的内心发生了变化，在其他的一点诱惑面前，便将他对我所有的恩情一笔勾销？我是一个不仗义的人？"她问自己，她再明白不过，他让她离开单位，不是真话，而是一种为了维护自尊的赌气。

经不得时间的考验，怪不得他对她有一份警觉。他总是一个精明的人。

只是她无法忘记那个时刻，他对她生死不顾。既如此，她还有耗着的必要吗？

这样杂乱地想着，叶玫瑰已将一些私人用品往一个纸盒里收拾着，想着收拾完后，便去冯威龙的办公室正式辞别。

环顾一眼四周，她心里忽然就产生了一种强烈的难以割舍感。现今的拥有，曾带给她那么大的快乐，和那个人，也有着千丝万缕的缠绕，这样的离开原非她的初衷，只是一环扣一环的，事情走到了这一步上。她原对这里，充满着浓厚的感情啊，她忽然就趴在桌子上失声痛哭起来。

"扪心自问，远离了他之后的日子，你还能快乐吗？"她问自己。

她其实还是爱着他的，虽然彼此间已经有了那么多的磕磕绊绊，毕竟，他对她也不薄。他所有的好都涌了上来。现今的境况，他只是在治她。

叶玫瑰抱着纸盒子正欲走出办公室的时候，冯威龙引领着叶飞舞走了进来。

"叶飞舞呀，如果叶玫瑰同志离职的话，你就离开公关部，搬到这间办公室来，临时代理一下她的职位。"冯威龙示意给叶飞舞。

"谢谢冯总！"叶飞舞听罢乐得颠颠地几步就蹿到了叶玫瑰的高档椅子上，跷起二郎腿，一副要当家做主人的样子。

做派竟像小孩子们的过家家。但却奇异地见效。

叶玫瑰顿时怔住了，好半天似乎也未明白眼前发生了什么，但看情形还是明白了，心里起了一阵从未有过的虚弱。

冯威龙见机又一副诚恳的样子走到叶玫瑰跟前道："真是可惜啊，本来我已向董事会表达了想吸收你为公司股东的意向。现在看来，没必要了。"

叶玫瑰的心里咯噔了一下。一块肥肉眼看就要咬到嘴边了，只要她迈出这道门，就会落进别人的嘴里，叶飞舞的嘴里？那是她最不能接受的。

她放下纸盒子，将自己的私人物品从纸盒里一件件地重新拿出来，放到资料柜里重新放好，然后在叶飞舞对面的座位上坐下来，较劲似的摆开了阵，道："我说过我辞职了吗？冯总，我最近跟银行的刘行长联系比较多，争取到了他向我们贷一大笔款的意向，我正想找您汇报这事呢。"

冯威龙见状赶紧偷偷一挥手将叶飞舞打发了。

"是吗？那就好。看来我们之间发生了一点小小的误会。"冯威龙嘴里说着，看着叶玫瑰神情痛苦的样子，脸上浮上一丝胜利者的快意。

"想要挟我？拿捏我？何况还是我的下属？"他鼻子里哼出一口冷气，无声道，"我要是能被一个下属拿捏住的话，就混不到今天，也混不到这个份儿上！"

就在这个时候，冯威龙的手机响了，是蒋局长先给冯威龙打来的电话。冯威龙见是蒋局长的来电显示便回到自己的办公室里接。

"那个小叶，就是叶玫瑰，她还在你手下干吗？她最近怎么回事？我打她电话总是关机。"蒋局长心急地问。

"在啊在啊！"冯威龙忙不迭道。

"告诉你件事啊，有块肥肉，想不想吃啊？"蒋局长吊冯威龙的胃口。

"饿得都快眼晕了，哪有不吃肥肉的理？"冯威龙赶紧说。

"东城边上有一块政府拆迁空地，如果开发商想在此盖住宅销售的话，局里就挂牌上市，公开竞拍。那样的话，价格不知会上涨多少。但如果有开发商想在此盖一所民工子弟学校的话，局里便可直接对这家开发单位出售。你可先按盖民工子弟学校的用途打报告，将地低价拿到手，过了这阵风声后，我再跟规划局陈局长打招呼，给你调整用地性质。我跟陈局，是多年的哥们儿。"

"哎呀，蒋局，您真是我的指路明灯啊，真是朝中有人好做事啊！"冯威龙忙不迭道。

"那这样啊，西山莺墅的那个房子啊，我已经入住了，感觉不错。周日下午你带着叶玫瑰过来吧，我们三个人聚聚，休闲一下。一来表示对你们的感谢，二来也庆祝一下，这个项目你们干得不错，在市里争得了极佳的口碑。另外我们再详细谈谈东城这块拆迁地的事。"

"好啊！好啊！西山莺墅的事，我早就想感谢您了，没有您给打下的基础，平地怎么能起别墅？"

冯威龙放下电话兴冲冲地来到叶玫瑰的办公室，又用那种能滴出水来的眼神看着叶玫瑰说：

"蒋局说东城有块地想给我们开发，周日晚上让我们俩过去详谈。你好好准备一下。"

"好的冯总！"叶玫瑰受宠若惊道。

"我就说嘛，有这么眩目的前途，却让几个小丫头影响了，值吗？"冯威龙劝道。

十一 叶玫瑰：被蒋侮辱的夜晚及之后发生的事情

叶玫瑰和冯威龙乘车来到西山莺墅外，蒋局长穿着一身高尔夫球衣在门口迎接

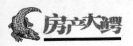

他们。

三个人先去别墅旁打高尔夫，打得非常开心，简直乐不思蜀了，直到夕阳西下、暮色笼罩时才收了杆向别墅走去。

就要走近蒋局长的那栋别墅时，迎面扑过来一阵风沙，灌进叶玫瑰的脖子里，她有一种不好的感觉，这么个浪漫醉人的黄昏，怎么刮着这么凶恶的风呢？

进了别墅后蒋局长兀自进了卫生间冲洗，并很快穿着一身睡衣出来招待他们参观，冯威龙的心里就咯噔了一下，他感觉这个别墅的夜晚散发着某种暧昧的气息。

这栋二层的小别墅里布置得高档、雅致。"权力啊，社会的不公啊。"想到自己住房的狭小，叶玫瑰感慨。

"蒋局长，这别墅的装修您满意么？木地板用的是江苏的，陶瓷是广东佛山的，每一样装修材料都是我亲自千挑万选，用的最环保的那一种，装修过程中我也亲自监督着的。"叶玫瑰说。

"不错。"蒋局长说。

"那块地的操作还得承蒙蒋局长多加帮忙。"冯威龙提这个话题。

"今天我累了，先不谈这事了。"蒋局长说。气氛有些沉闷。

这时，冯威龙从包里拿出个包装精美的砚台来，双手递过去："蒋局长，素闻您擅长书法，这是个宋代的砚台。"

蒋局长推辞："这又要让我腐败？不要。多少革命干部都让你们这些商人给拉下水了，你放我一马吧。"

他把玩着手中的那个砚台，不屑道："这只不过是人类自己制造出来又糊弄自己的玩意儿，而人是实实在在的。我今天打球打得腰酸腿疼的，你若真体恤我的话，就让玫瑰留下来给我捶捶腰吧。"蒋局长阴沉着脸道。

冯威龙和叶玫瑰脸上原本堆砌的笑容一下僵住了。

冯威龙不由得全身打了个激灵，他一直隐隐担心着的事情终究还是来到了。他对这个声音太过敏感了，似乎已经形成了一种本能的习惯，一切围着这个声音转。也太熟悉了，这个声音的每一缕内容，每一语调的上升或下沉反映出蒋局长怎样的情绪，他都分析得丝毫不差，也正因为此，他才能和蒋局长相处下去。此刻他原本就转得很快的脑子飞速地旋转了一下——

蒋局长见此僵局板着脸道："怎么，舍不得？"

冯威龙听罢此言马上调整了下自己的表情说："舍得！舍得！小叶啊，你就好好陪陪蒋局长。"话虽这样说，但那语气里，又明明有痛楚得几近滴血的东西。

叶玫瑰感到自己最敏感的那根神经像是被针扎了一下般猛地跳了一下，脸色一下发生了剧变，她用冰冷复杂的目光投向冯威龙，而冯威龙躲闪着压根不让叶玫瑰的目光捉住。

"好，那我就不远送了。"蒋局长冷着脸对冯威龙下逐客令了。

"好的，那我们以后联络。"冯威龙拿起包赶紧出去了。

叶玫瑰跟出来，到了别墅外面。

"我是一个堂堂的公司副总，房地产界的女精英，不是给这些官员寻欢的，若如此，跟一个街边妓女有什么不同？我要跟着你的车回去！"叶玫瑰生气道。

"回去？我是白养着你的啊？你平时吃的、穿的、用的——"冯威龙露出了狰狞的面目，咆哮道。

阵阵的寒凉之气忽地迎面扑来。叶玫瑰怔怔地看着冯威龙，他怎么能说出这么难听的话来？那一刻，扯掉了两人间一切温情脉脉的面纱，露出了狰狞的世事本身。

可终究，是他，将自己从那种低贱感里拎了出来。

冯威龙很快上了车，"噌"地一声，车开远了，把叶玫瑰和蒋局长一对孤男寡女扔在了这栋荒郊野外的别墅里。

这个节骨眼上，别墅内的蒋局长将一包粉末状的东西倒进了热腾腾的咖啡壶里。

站在别墅外的叶玫瑰看一眼四周，只有空旷的大山无语静默，花朵在夜色里静静地开放，清新的空气里飘着淡淡的植物的味道，原本是个这么浪漫的夜晚。

一阵阵冷风吹来，她冻得哆嗦了一下。

"冷了吧？进屋吧。"蒋局长不知什么时候出来了，柔声似水道。他脱下自己宽大的睡袍给她披上，揽着她强行将她裹进了别墅内。他男人的体温和力量让她感到了一丝温热。

"来，喝杯热咖啡暖暖身子。"男人从刚才放进了粉末的咖啡壶里倒出了两杯热咖啡，递给叶玫瑰一杯，自己喝了一杯。

喝下那杯热咖啡后，叶玫瑰感觉身体舒服了很多。

蒋局长从那串新钥匙里解下一把来，塞进了叶玫瑰的小包里，道："这栋别墅的事，我一个字也没有跟家人吐露。以后这里就是你我共有的秘密空间了，你把冯威龙那里的工作辞了，每天夕阳西下的时候，煮好了咖啡，在小花园里浇着花等我——"说到这里，蒋局长眼里浮上了一丝异常温柔的光泽。

蒋局长走过去将录像机打开了，里面放着《色戒》一个片段：女人被按在墙上，男人从后面猛烈地撞击着女人……女人急促的喘息声在别墅内弥漫。

叶玫瑰只看了一眼，眼睛便像被灼伤了一般赶紧挪开，自己的呼吸也急促起来。

男人定定地看着女人道："瞧这脸色差的，过后让我搂着香香地睡一觉。"

他走近了将她揽在怀里，用硬胡茬胡乱扎着她的脸，声音异样道："已多久没近男人的身了？被男人施暴的感觉，不好？快去洗澡，我这里，已经翘起来了。"蒋局长指指自己的两腿间，便给她宽衣解带。

气喘吁吁的叶玫瑰挣脱开男人的环抱，逃一般跑进了浴室，"啪"地一声将浴

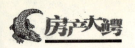

室的门从里面插上了。她像着了火一般，将身上的衣服一件又一件地脱下来，全脱光了，将水龙头开到最大，她站在喷泻而下的水流下，胡乱地抓着自己，焦渴地眯着眼仰着头，渴望着一场暴风骤雨的蹂躏。

她真的已经很久没有那种被男人施暴的感觉，久违了。她的喘息变得那么急促，那团发自身体内部的火焰，燃烧着她，整个人就要失控了般。

叶玫瑰裹着浴巾刚一出浴室的门，便被眼睛红得已像个兔子般的男人拦腰抱起来了，他将她一下摔到了沙发上，身体便像一堵墙般覆盖过去了，手伸进了她的睡衣里面胡乱抚着，热吻像雨点般从她的脖颈往下……男人顺手将落地台灯关了。

而此时的叶玫瑰，也已放弃了挣扎，她满脸泪水地承受着眼前男人的亲吻，心里回响着一些痛楚和负气的凌乱声音：

"我已在心底认定了，我是你的女人。可你不珍惜。那么，如果我跟别的男人了，你心里真的没有遗憾？没有伤感？你的心会是一块石头，生不出一丝波澜？既然是你放弃了的，那么，她就有跟除你之外的任何一个男人的权利，不是吗？况且，这个男人的分量，也不比你差多少。

她为谁坚守？这个在你眼里没有分文价值的女人，在别的男人眼里，还是多少有些分量的。

你甚至没勇气磕碰一下她的目光，你看看她眼睛里看你的忧伤，曾有多少隐忍、克制，多少甜蜜、希冀……"

此时，冯威龙正如困兽般待在自己的办公室里，一根又一根地抽着烟焦灼地走来走去。

别墅内那间窗帘低垂的房间内，橘红的灯光暗淡。

叶玫瑰的外衣被褪下去了——

卫生间的水哗哗地，蒋局长和叶玫瑰两个疯狂地交织在一起的胴体——

冯威龙使劲地晃了晃自己的头，努力将这些想象的细节从自己的脑子里驱赶出去。

他的脸色已因嫉妒而扭曲得变了颜色，他走到窗口处，望眼欲穿般看着远方夜色里的某一个方向，心里道：

"叶玫瑰是我先发现的，我冯威龙也是个善感的男人，这期间能产生什么细微，他不用脑子也应该能想象得到啊！什么事情，总应有个先来后到吧？真是可笑可悲，我冯某为了企业，殚精竭虑，甚至连自己喜爱的女人都保不住！我的人生也太失败了——"

"唉！"他野兽般冲着自己的头重重地擂了一拳。

"叶玫瑰，你要是敢动真情，看回来我怎么收拾你！"他又狠狠地对着一片空茫发威。

只要中间夹上一个女人，两个男人间的友谊便会土崩瓦解。

郊外的别墅内，蒋局长的火焰被真正地燃了起来，他扯去女人和自己的内衣，就要进入她的时候，忽然，一阵密集的闪电接二连三地炸响，瞬间将别墅内照得亮如白昼，同时也让沙发上的男女情状暴露无遗。

女人恍惚看见，那一道又一道的闪电里，分明有一双锋利无比的目光正威严地盯视着自己。

"啊！不！"她拼尽全身的力气一跃而起，在房间里惊恐地到处逃着，想逃开那双目光，然而那骇人的闪电如天兵下界、如鬼相随般让人无处可逃遁。

"你怎么啦？"男人上前一把扯住女人大声问。

"那闪电里，有一双眼睛，在看着我！到处都是眼睛，看着我！"女人瑟缩在墙角里，惊恐万状地往墙角的深处躲着，将身上被扯开的衣服拢好。

"是冯威龙的眼睛，对吗？"蒋局长忽然嫉妒得大吼一声。

他过去"啪"地一声按亮了室内的灯，向叶玫瑰投过去穿透人心的目光，跟闪电一样锋利。

室外，被憋闷了太久的一场大雨终于哗哗地泼了下来。

空气里凝着一种不能磕碰的敏感。

"今天，我把你们俩同时喊来，就是要把一件事情摆在明处，不管你们过去关系的深浅，今天都要做一个明确的了断。我倒要比试一下，官场和商场，到底哪个磁场更强。"

叶玫瑰一时间不知做何回答，她给自己重新穿上了睡衣。

在蒋局长看来，沉默便是默认吧。

"你一再地暗示我什么，我也早已明确表达了自己，如果你不能保证那份情感和身体的回报，就该远离这个男人的关照。这种基本的游戏规则，你不会不知道吧？"蒋局长道。

"我？"叶玫瑰尴尬道，"男人对女人的好，总有个情感的事在后面悬着，女人如果保证不了那份情感的回报，就该远离这个男人的关爱，可官场上除了你，没有人对我好，我无力拒绝这唯一的善待。我对你，是有感情的。如果你不嫌弃，我愿把你当成我一生的好友和兄长。"

"既毫发无损，又有棵大树靠，哪有这样的好事？"蒋局长不屑道。

"对一个人好，难道非要靠那种事来证明吗？装修这栋房子的过程中，每一种材料我都亲自千挑万选，为了找到最环保的，我风里雨里地跑遍了全市的建材市场，就是想您住时别危害您的健康。如果不是感情，这种事我完全可以安排下面的人去做，也可以随便应付一下。"

"那是称量一个男人在一个女人心中斤量的方式！再说你不提这茬我还忘了，

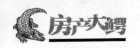

你曾暗示过我，要用自己来装这栋别墅。"

"是啊，我是亲自给您装修的啊。"

"你倒挺会钻汉语的空子。用各种方式色诱我，一直吊着我的胃口，让我不停地为你们的公司办事，成为你们获利的工具，最后，却让我一无所获，是吗？"蒋局长又问，一副恼羞成怒的样子。

叶玫瑰不停地摇着头，想极力地解释，却又不知从何说起。

"自己好好掂量掂量，哪棵树的荫凉更大。想好了，自己把衣服脱了，别让我动手。否则的话，此刻就离开我的房子！"蒋局长忽然黑着脸狠狠地说道，脸色都扭曲了。

此刻，外面正雷雨交加。

这一刻的男人，露出了冷酷的一面。

"我已经等了你很久，也表现了一个男人足够的耐心！"他又说。

她穿好自己的衣服，将包里的那把钥匙拿出来放回桌上，换上鞋，一副要离去的架势。

蒋局长见状彻底撕破了脸皮，为了维护被挫伤的尊严，抛出了一连串难听的恶语：

"我原来对你还有些兴趣，是因为摸不清你和姓冯的之间关系的深浅，早知如此，我连一眼都懒得看你，我蒋某人对自己，还有这个讲究！"

"别以为我抬举你，便拿着自己当根葱。一块被人吮过的骨头，还认为我会多稀罕？只不过因你曾暗示我什么，而我，也给你帮了忙办了事，你呢，过后却不兑现了，我只是较这个劲而已，对你，压根儿不是什么爱和欲望之类。"

她无语地看一眼这个男人狰狞的脸庞，感觉是那么陌生，而刚才，自己差点和他肌肤相亲。

她扭身推开别墅的门，外面的风雨"呼"地一声扑进来，将她吹得趔趄了一下，她瞬间有些发憷，看了一眼外面的夜色。

"出去！"男人凶猛地搡了她一把，将她搡倒在了外面的雨地里，那扇大门"砰"地一声关上了。

大雨如瓢泼般浇在她的身上。她趴在地上哭泣着，像雨中一片瑟瑟发抖的树叶。

终于，她艰难地爬了起来，顶着风雨向着远方踉跄着跑去。

叶玫瑰全身已被淋成了落汤鸡般，跌跌撞撞地走在郊外的山路上。

四周没有一个人，也没有一辆过路车，黝黑一片的旷野里，只有狂风暴雨的怒吼声，像是野兽的咆哮，而闪电依然在一个接一个地炸响着。每一声闪电都会令她恐惧万分。无情的风雨还在一阵阵地肆虐着她，将她淋成了一棵瑟瑟发抖的小树，她抱住自己的双肩，向着城市的方向艰难前行。

"想我叶玫瑰，原是那么清雅单纯的一个女人，却把自己变成了一个俗了又俗的商人，这一切都是为什么？为什么？谁能回答我？回答我！"她哭喊着，对着空空的大山喊叫。

只是风雨声很快便把她的哭喊声淹没了。

也不知走了多久，终于看见了城市迷蒙的灯光。

叶玫瑰扑到了一个电话亭里，拨了一个号码，虚弱地喊了句："晓晨，我在西山莺墅回城里的第一个电话亭里，救我！"

她勉强说完这句还未来得及挂上话筒，便晕倒了。

"玫瑰！你怎么啦？！"话筒里传来宋晓晨担忧的喊叫，然而已没有回声。

过了会儿，宋晓晨乘着辆出租车风驰电掣般从城市中驶来，他跳下车冲进电话亭把倒在地上的叶玫瑰抱回到了出租车上，出租车又风驰电掣般向城市的方向驶去。

路上，昏迷中的叶玫瑰不停地喊着："晓晨，带我回家！我要回家！"

宋晓晨紧紧攥住叶玫瑰的一只手安慰说："好的，回家，你要坚持住啊！"

出租车在叶玫瑰住的那栋公寓前停下了，宋晓晨将湿漉漉的叶玫瑰抱下车便往楼内跑去。

"砰"地一声，进了叶玫瑰的居处，宋晓晨先是跑去将浴室里的水龙头打开，往浴缸里放满了热水，又将叶玫瑰的湿衣服脱下来，将抖个不停的她放进浴缸里让热水浸泡着，又去切姜丝、煮姜汤，给昏迷中的女人灌进去……

一阵手忙脚乱之后，叶玫瑰终于躺在了温暖的被子里，脸色已好了很多，身体也停止了发抖，但还处于昏迷之中。

而宋晓晨还拿着热毛巾不停地在一旁照顾着她。

"晓晨，带我回家！我要回家！"昏迷中的叶玫瑰还在不停地喊着，渐渐睡去了。

黎明的阳光射进了室内，照在未解衣带、一直坐在叶玫瑰的床边的宋晓晨纯朴的脸上。

他就那么一直静静地看着她的脸，她睡中的模样。

实在太困了，他揉了揉疲倦的眼，依然困惑地看着她。

而这时，昏睡中的叶玫瑰缓缓醒来了。

她第一眼便看见了宋晓晨正关切地看着自己，由模糊到清晰。

"晓晨，我终于回到家，回到你身边了！"叶玫瑰顿时一股热泪滚涌，欠身伸开双臂深情地抱住了宋晓晨，抱得那么紧，唯恐一眨眼的工夫，他便不见了。

"那个，你还未彻底清醒过来吗？"宋晓晨慌乱地说，努力挣脱开叶玫瑰的环抱。

　　而这时，她才看清了房间的四周，喃喃着："我说的家，不是这儿！"她好像这才真的清醒了过来，松开宋晓晨躺回了床上。

　　"你整夜都没有合眼吗，晓晨？"她问。

　　"是的。也不知什么原因，你这张脸，这个人，让我很困惑。"宋晓晨下意识道。

　　但他还是将纠缠自己的念头抛掉了，欲起身道："我给冯总打个电话把情况告诉他。"

　　"坚决不要！"叶玫瑰一把拉住宋晓晨的胳膊，眼里马上涌出了一汪泪。

　　"昨晚，到底发生了什么事？"宋晓晨只得小心地问。

　　叶玫瑰痛楚地开始了诉说……

　　"他是一个男人，更是一个唯利是图的商人。如果不是利，能支撑起冯氏公司，能支撑起现今的冯威龙么？他的人，他的分量，其实都是靠冯氏公司托着、衬着的，如果没了这个公司，他冯威龙又是谁呢？所以，你要想开些，别太难受了。"宋晓晨听罢试图劝阻叶玫瑰。

　　叶玫瑰倚坐在床边，泪水无声地流：

　　"再没有什么，使我在他心中的斤量这般昭然若揭、清晰如脉。我就要用这件事来验验他对我的感情，结果我失败了。人世间最珍贵的应是情，男女之情，而一旦这个被捉弄了，一切都没有意思了。我看清了生活所有的底细，再没有什么是我所向往的了。这个世界，已没有讲究。"

　　"下一步，你打算怎么办？"

　　"这个单位绝不是我能长久栖身的地方。这么复杂的局面，前面不知道还有多少未知的事端，不是敏感、脆弱的我所能应付的，所以我必须使自己有足够的力量，给自己挣一处生存空间，虽然我还不知道，那个空间到底在哪里。"

　　"你的意思，是想辞职？"

　　"是的，除了跟其他人的人际纠纷之外，我感觉，冯总对我心怀提防，老是让我做一些幕后的工作，凡是媒体的采访都不让我出面，也不让我出席房地产界的重要会议。他一定这样想，我翅膀硬了，就能飞出他的掌控了。"叶玫瑰苦笑道，"可问题是，从他这里得不到羽翼的营养的话，我又有什么动力为他苦心卖力呢？这不是一个自相矛盾而不能成立的公式吗？其实，我想当总经理的原因，并不是我有什么权力欲，而是希望能按照自己的思路，开发项目，定位风格，对房地产业，我有着太过强烈的工作激情，干多少项目也释放不完。还有，一个人的死活，一个人的喜怒哀乐，完全在另一个人的手心里攥着，这绝不是一种正常的人生。人活得是多么卑贱，有一天，我要成为自己的主人。"

　　"好，我支持你，这才是一个女人正常的出路。不过你先好好休息几天，把身体恢复好。"

叶玫瑰点头。

"先吃点东西吧，我在微波炉里给你蒸了鸡蛋羹。"

"好。谢谢！"叶玫瑰由衷地道。

"来，嘴张大点。"宋晓晨端来了鸡蛋羹，又拿小匙喂叶玫瑰，还拿毛巾擦了下叶玫瑰的嘴角。这个斯文的男人这一温存的动作让叶玫瑰心生万千的柔软。

原先，她从没有觉得这个男人这么好。

她感到一种背叛的快乐，那种情感游离地轻松。

她冲动地一把抓住了宋晓晨的手，急切地恳求道：

"晓晨，带我回你的家吧。我感觉实在是太累太累了。我是经过了很多之后，才懂得良善是一个男人身上最珍贵的品质。我不只评判男人，我更多的是找我自己的问题，我的眼皮总是朝上看，我已没资格得到好男人的感情了。可是我会改！你会嫌弃我的这一段经历吗？"

宋晓晨抽出了自己的手，斟酌着托词："既然已经过去，就都被时间给化了。我现在还不能开始新的感情生活，具体原因，我暂时还不想说。不过你放心，我愿做你的好朋友。"

等于是拒绝了。

叶玫瑰尴尬和伤感道："有些东西，失去了，可能就再也找不回来了。"

"我们今天再去人才市场看看——"叶玫瑰和宋晓晨说着一块儿从楼道里出来的时候，郑小燕站在那里，以审视的眼神盯着叶玫瑰。

"我想跟叶小姐单独谈谈。"郑小燕对宋晓晨说。宋晓晨便只得离开了。

"你和宋晓晨在一起？"郑小燕问。

叶玫瑰看着郑小燕，未置可否，但眼神里升起一种警觉，问："你会将这些报告给冯威龙吗？你当然会这样了。"

"你觉得我是多事的人吗？但我不允许你这样对他，像他那样有头有脸的人，尊严凛然不可侵犯。可惜了威龙他平素里拿着你在手心里捧着，在嘴里含着，可你竟这样对他，你这样对得起他吗？"郑小燕说。

"真是奇了怪了，你也来看着我？我不是曾跟你争过冯威龙吗，你怎么倒帮着他看管起我来啦？我们俩应该是针锋相对的情敌才对。你今天的行为，就像一个主人怨一个小偷不再去偷她家的东西一样可笑。"叶玫瑰气盛道。

郑小燕道："因为我感觉得出，他真心喜欢你，你如果对他不忠的话，对他会是很大的打击。"

"你对他可真好！你真是个完美无缺的女人！怪不得他为了你要抛弃我。"叶玫瑰涩涩地苦笑道，转身走了。

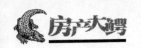

冯威龙一根接一根地抽着烟在房间里焦灼地走来走去。

一个女人走到他跟前，是郑小燕。

"我眼看着你这几天的憔悴，实在心疼。"郑小燕说。

郑小燕对他不停地说着什么。

冯威龙的脸色一下子变了，把手中的烟扔在地上，使劲地踩了又踩，可踩不灭。

叶玫瑰和宋晓晨一块儿乘坐的出租车从外面停到了叶玫瑰居住的小区旁。

叶玫瑰吃力地提着大包小包从车上下来了。

"看你这些包！我帮你提到楼上去吧。"宋晓晨见状只得也下了车帮她提。

"好，谢谢。"

两人一块儿向楼的方向走。

一个男人神态冷峻地站在前面不远处正盯着他们。

那一刻，时间像停止了运转，万千的滋味，在胸内翻滚。

叶玫瑰先看见的冯威龙，赌气地放下包故意挎起了宋晓晨的胳膊，说话给冯听：

"不是巴不得我有了情感归宿，将自己嫁出去，别再缠磨你吗？处理自己，那可是我自己的事，轮不到大人您！"

"你这是干什么？你疯了吗？以后你怎么做人？"宋晓晨赶紧说。

叶玫瑰的嘴角掠过一丝破釜沉舟的倔强："我就要较这个劲，在这光天化日之下，让有些事情是山是水地显露出来！"

冯威龙表面上看起来无动于衷。

只是当宋晓晨走近些时，"砰"地一下，冯威龙一拳擂在宋晓晨的脸上，把宋晓晨的眼镜打在了地上。

"干吗呀？"宋晓晨脆弱地问。高度近视的宋晓晨没了眼镜后便几乎什么也看不清了，爬到地上去找眼镜，终于找着了，摸着后重新戴上，透过裂了纹的镜片看去，好几个冯威龙站在他面前。

"朋友妻不可欺，老总的女人，尤其不能沾！"几个冯威龙都手指着宋晓晨说。

"我沾什么啦？"宋晓晨无辜地问。

"当今的都市，不缺美女，你何苦来蹚这浑水？"几个冯威龙又手指着宋晓晨说。

"如果不是我来蹚这浑水的话，她早已死在雨地里了！"宋晓晨气恼地说罢扬长而去。

原地只留下了叶玫瑰和冯威龙。

叶玫瑰低着头赌气想绕开冯威龙。

冯威龙走上前去拦截着叶玫瑰，手斜插在裤子的口袋里，歪着头，头发和胡子都长长乱乱的，一副浪荡的样子，以那样一种深邃的目光执拗地迎着叶玫瑰的眼睛。

叶玫瑰抬起眼睛，以一种心碎的目光无语地直看着冯威龙，久久地。泪水慢慢地涌出来了。

几天以来，所有的怨气、痛苦……

在一瞬间，彼此都读懂了对方眼睛里的内容。他径直走过去，板着脸，牵起她的手，却不看她的脸，怒冲冲道："跟我回去！"那么粗暴、鲁莽。

叶玫瑰还未反应过来，就被一股力量裹挟着而去了，她的手腕被攥得生疼，他的步子那么快，她跟得磕磕绊绊的，像一只被黄鼠狼叼走的小鸡。她喜欢这一刻的感觉，被一种粗暴的外力硬硬地带走，给自己一个借口。

冯威龙像拎只小鸡般的，扯着叶玫瑰的一只胳膊便将她拽进了居处，转身"砰"地一声将房门踢上了。

他将一个刷子塞在她手里，将她往浴室里搡："去！进去拿这个刷子把自己彻底刷一遍，在刷干净之前，别出来！"

将她搡进去之后，便将浴室的门在外面反插上了。

"威龙！"她在里面啪啪地拍着浴室的门恳求着。

他坐在沙发上，一根接一根地猛吸着烟，房子里顿时弥漫起了一阵烟雾，他拿烟的手剧烈地抖动起来。

过了会儿，他又起身冲过来打开浴室的门，一把将叶玫瑰拎出来，然后"啪"地一巴掌就冲着她的脸扇过来："你跟他们之间——"

叶玫瑰被扇倒在了地上，嘤嘤地哭起来了。

冯威龙还是不解气，又猛地上前一把撕扯开了叶玫瑰的衣服，吼道："这个敏感的身体，向其他男人打开了？"仅仅只是一个想象的细节，便像一团鬼火般在他心底忽地燃起来了，确实是鬼火，一眨一眨地，老也踩不灭。"不就是想让别的男人看吗？那就让人看！在这光天化日之下！"他撕扯着她。

不知是那衣服被撕拦的口子，还是因为其他的什么，冯威龙忽然起了一阵暴风骤雨般的欲望，上前将叶玫瑰骑在了身下，三下五除二地，便将自己的粗硬插入了她。

叶玫瑰趴在冰凉的地上，泪流满面地瑟缩在他的胯下，边哭边不得不承受着他的暴力。那种暴力不是爱欲而是嫉妒，她感觉得出的。

她抓住前面的一个桌角，努力挣扎着想爬出他的身下，爬出这种屈辱的境地。只是她往前爬一步，他骑在她的身上也同样往前，她怎么也摆脱不了这种境地。

"他俩怎样对你了？你跟他们之间，也这样了吗？啊？"冯威龙一边欺辱着她，一边扳过她的脸往地上磕着。

"威龙，你这样会弄死我的。"

"即便是死的，我也要一个干净的！"

他的手又向她的衣服里伸进去，赤裸裸地，在里面横冲直撞地搅动，直到她瘫软得失去了最后一丝力气。他们很少在床上。随便的一个地方，就将她按下去。

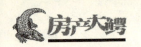

渐渐的，她被一种极大的快感所击中，翘起自己迎合他。

她就范了，投降了。向一个男人的剽悍，向自己的感情，也或者是，向自己的欲望。

内心的僵持，忽然就冰般地融化了，谅解、情感、温情，很多东西都扑棱棱地涌上来了——

最后，她将那个大汗淋漓的头揽在怀里，一只胳臂母亲般安抚地轻摇着他，另一只手一点点地擦着他额头上的汗水。那张岩石般的大脸安静地偎在她胸前，忽然一滴泪滑出来了，像是个受了委屈的男孩。

"你是我的什么人啊？这样管我。况且，不是你先说不要我的吗？"

这样暴躁锋利的一个男人，也会流泪。她兀地一阵辛酸和感动，轻轻地俯身吻去他的泪水。那么熟悉的味道。既然他是这样难以管制的一个怪脾气的男孩，她为什么就不能凡事依着他，别惹他呢？

"我和他们之间谁也没有怎样，一丝一毫的都没有，别瞎想。"她柔声细语地安慰他。

他只是下意识地抓紧了她的衣襟，吮着她的嘴更用了力："这些都是我的。"

她深深地叹息了一声，望着远处的一棵树，这已有婚姻的情人，甚至于对她没有一句言语的承诺，却用一双阴冷而锋利的目光时时地看管着她。这个暴戾的野兽般的男人，接受不了跟他有瓜葛的女人有丝毫的游离，哪怕仅仅是他自己的想象制造出来的。

或者，女人跟男人的关系，真的是茶壶与茶碗的关系。做一只小茶碗，把自己洗得清清凌凌的，翘首等他滴落的温情。

那阵狂风暴雨过去了，他站到窗口抽烟。

"你不该这样对宋晓晨的，他是个好人。"叶玫瑰这时不合时宜地说。

"啊？你从哪些方面评判他是个好人？"冯威龙猛地转过身来铁着脸厉声相问。

看着面前那个冷硬的背影，叶玫瑰不由得哆嗦了一下。

那种感觉又来了，来自四面八方的阴风向她吹着。他整个人像一个深不见底的山谷，不知有多少未知的阴风从他的身体、他的思想里吹出来，他原来的明朗幽默、风趣俏皮早已不见踪迹。近来，他已经性情大变，是权力和地位导致的么？叶玫瑰猛然明白，自己越为宋晓晨辩护，越对宋晓晨不利。

"威龙，我们谁也不要跟对方赌气了，我们彼此妥协，好好地守着这份感情，再也不要这样闹下去了好吗？原本不是两颗相爱的心么，何苦要这样互相折磨？我经不得这个，我首先向你举手缴械，我不能跟你赌这口气。我再也不跟其他男人有丝毫的沾惹，而你，也再不要跟别的女人有瓜葛了，好么？"她忽然就过去抱住他的后背道。

"你有管我的权利吗？你以为你是谁？"他说道。

"在你的眼里，我仅仅是一个劳作的机器，是吧？"她苦笑着问。

冯威龙无语，一时不知该做何回答。叶玫瑰苦笑了下，自说自话着："其实，在一个老板的心中，所有的员工都是为他挣钱的机器。"

"如果我在你的心中，仅仅是一个挣钱的机器，我所有的付出都是为了什么？！"叶玫瑰有些歇斯底里地说。

"一个女人，既然把她扔到社会里跌打滚爬，她的身上便沾了灰沾了尘，又如何保持住她的清凌？我随便往前迈一步，在你的感觉里便沾了满脚的灰，滚了一身的泥，我还往前走路？我没有心力走一步就回头向你掸清一次自己，那样，我还走路么？如果我在一个笼子里，最能保证我的清爽，可那样的一个笼中物，你会爱么？我为了公司的利益去和男人周旋，在你心中却落下了不洁的意念，还有这么赔本的事么？"她尝试着沟通。

"吸收你为公司股东的事，我已经向董事会正式提交函件了。"

冯威龙说着"啪"地一声带上门走了，把她一个人丢在屋里。

到了这个时刻，叶玫瑰才忽然想起，刚才的那场性事，因为是突发的，未来得及采取措施。

十二　风流孕事

叶玫瑰正在上网浏览招聘广告的时候，忽然一阵恶心。

几天后，在医院的小窗口处，叶玫瑰取到了自己的小单子，她看了一眼后一下变得欣喜万分，马上去超市买了鸡鸭鱼肉等很多滋补的东西。

有父母带着孩子出来逛超市的，叶玫瑰但凡看见个儿童，就眼神柔柔地对着人家傻笑，惹得人家父母赶紧将孩子推走了。她又去了儿童服装的专柜前，买了一件又一件的小衣服，歪着头想象一个活蹦乱跳的小生命穿那些衣服的样子，还去买了一堆儿童玩具。她被一种强烈的幸福感充溢着，沉淀在她生命深处的母爱意识全被激起来了。

回到居处的时候，叶玫瑰便喜不自禁地给冯威龙打电话："威龙呀，你过来一趟！有好消息要告诉你！"

冯威龙进来的时候，叶玫瑰俏皮地躲在了门后面，她以一种异样的眼神看着他脑后的头发。"这是我孩子的父亲。"她心里说着，看他的眼神也变得柔柔的。

"人呢？"他兴致勃勃地这里那里地找，"有什么重要的商业消息要告诉我？"

她忽然就从背后袭击他，抱住他的背，献宝似的将那张化验单在他跟前晃："快看！这是什么？"

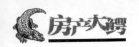

她温存地抚着他的头发，柔肠满怀："他是从你的生命里蒂落的，便是你的一部分，会有你的眉毛、眼睛，你的思维、感情，我会用整个身心去爱他的。"

只是当冯威龙看清了那张化验单上的字眼时，脸色一下变了，变得那么冷硬，脸上刀削斧刻般的棱角尤其鲜明。"怎么可能呢？"他烦躁道，甩开叶玫瑰的怀抱，"砰"地一声带上门便出去了。

困惑、羞辱、尴尬、慌乱、害怕……百味俱全的叶玫瑰被弃在屋内，惊讶地问："怎么了？这是怎么了？"

她拨他的手机，他不接。她心焦地一遍遍地拨，他还是不接，没有丝毫商量的余地，整个人变成了一块冷硬的石头。

她惊愕不已："这到底是怎么啦？我原以为，对一个男人来说，这世上多一个孩子，会是一件很美好、很温暖的事的，这孩子的存在到底会影响他什么？谁能告诉我，这到底是怎么一回事？"她拍着地，哭喊着。

他的温存、得体全不复存在，跟这样的一个男人私下交往，太可怕了！对这样一个大问题，他什么也不说，一句话也不解释。或者，他觉得，无言就是最明确的态度吧，包含了一切。他就是在回避这件事，不愿再面对她，难道还有比这更清晰的事吗？

平时他对她不这样的啊，不然，她对他也产生不了这么浓深的情愫。这个男人，怎么这么难以把握呢？

黄昏里，叶玫瑰趴在窗台上，望着远处的大路。

楼下的花，一朵一朵凋落在地上，那么细微的声响，在她听来却触目惊心。

她向着空中伸出自己的手指，感觉着风从指缝间阵阵掠过。

"他已经六天不接我电话了，他打算彻底疏远我了？"她虚弱得神经就要断了一般，"可以言说的，都不是严重的。那不能言说的呢？比如说，对我感觉不好了，想摆脱。自己就像一双被穿过多次的鞋子，一块被吮过的骨头，面临着被抛弃的命运。"

一股阴冷的风向她袭来，让她不寒而栗。

她对着空空的手机自我安慰："或者，他太累了，一想到一个婴儿的来临所要承担的什么，他就累得慌。应该给他时间和心理准备，这事太突然了，他有他自己具体的情况。他总是这样，对自己平时的言行，不认账。"

有一刻，她忽然就问自己，她真正爱的，是他这个人，还是其他的什么。"我爱他还来不及，怎会再给他添加负荷，哪怕仅仅是一种心理的负荷。"她对自己说。

她继续拨他的电话，他还是不接！他变得心硬似铁。她猜测，他可能再也不让她见着他了。只这一念，她忽然就全线崩溃了，对着窗外空寂的街道哭喊："我不要这个孩子了，只求你别这样待我，一切恢复成原来的样子行吗？我只要你。"她对着外面冷硬的天空无声地哭，"我有你就行了。"

她在向他妥协，向世事本身妥协。

"我连自己都顾不了，哪里还能顾得了什么孩子？！"想到这点的时候，她的泪水又汹涌地涌出来。

有一瞬间，叶玫瑰忽然回过味来了：或者，他私下里认为，她会因此便要挟他什么，索取些什么。

她感到一股彻骨的寒凉。他把她想得太不堪了，他这人，内心太世俗了。他把这份世俗安到了每个人的身上。当然，他是在这份世俗里跌打滚爬才拥有今天的一切的。可是，那是她啊，曾那么爱过他。

他是这样地看扁她。

真若如此的话，那么一切便寡味至极了。

想到这点的时候，叶玫瑰丝毫也不犹豫地决定第二天一早便去医院做流产。

躺在医院妇产科的那个小床上，医生边给叶玫瑰做B超边说："最好不要流掉，你的子宫内膜异位，不大容易怀孕的。"

"真的？"叶玫瑰听罢后一下坐了起来，开始犹豫了。

就在这个时候，冯威龙却意外地打来了电话：

"要不，你跟郑小燕联系一下，把你怀孕的事实告诉她，看她是否同意跟我分开。她跟我分开了，我才有可能跟你在一起，也才能给孩子一个合法的身份，他也才有出生的权利。"

"会吗？我怀孕了她就会同意吗？"叶玫瑰的眼睛里像有一个灯泡，忽地亮了。

冯威龙什么也没说，"啪"地挂了电话。

叶玫瑰放下电话，欣喜得热泪盈眶："终究，他的心里还是有我的，他只是身不由己，他身上的负荷太重了。"

但冯威龙打这个电话的语气，却是冷硬而厌烦的。

叶玫瑰冷静下来后回味，那绝不是一个真心想做父亲的男人的语气。叶玫瑰感到自己的尊严就这样被抛在了地上，被人任意地践踏着。

正在办公室里批改作业的郑小燕收到了一条短信："我已经有了冯威龙的孩子，请你让位！"

郑小燕的脸色刷地一下变了，脸色惨白如纸、浑身发抖，虚弱地一下瘫了。

郑小燕眼前猛地闪现出冯威龙和其他女人间的一幕幕场景：

冯威龙去摸小刁的手……

叶飞舞在桌子底下去蹭冯威龙的腿……

吕麝在门外的偷听……

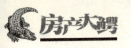

冯威龙抱着叶玫瑰上自家楼梯的情形……

……

郑小燕激灵了一下，思维回到眼前，下意识道："这个发来短信的女人会是谁呢？"

她的身体，一下子虚了。

她虚弱得甚至感觉不到身体的存在，那种天就要塌下来的感觉。已经习惯了的，冯威龙、儿子和自己。三个人三头蒜瓣一样围成一个稳定的结构，一个无形的空间。她在这空间里，勉强活着。而现今，很可能还有另外的一种存在，多么可怕的存在，像一只只黑色的蝙蝠，扑扑棱棱地，从窗缝、门缝里往她家里钻，而过去的日子里她浑然不知。

因为未知，而尤其可怕，就像藏在暗处的杀手。

她放下作业本，上战场般理了理自己的头发，甚至还从包里拿出口红来潦草地往嘴唇上抹了抹，因为未对着镜子抹，口红涂得已超过了唇形，那样子看起来让人一阵辛酸。

郑小燕站起身来便往外走，砰地一下撞到了门框上。

同事们疑惑地看着她。

失魂落魄的郑小燕疯了般冲进冯威龙单位的大门——

"喂，先登记！你找谁？预约了吗？"门卫嚷嚷，这就追上前去拦截，抓着了郑小燕的袖子。

"放开我！"郑小燕烦躁不已地厉声喝道。

那门卫是个固执的人，执拗道："不行！这是我的岗位职责！"

郑小燕扭动着身体，想将自己的胳膊抽出来，却被那门卫死死地拽住，怎么也抽不出来，郑小燕气得用另一只手"啪"地给了那门卫一巴掌。

趁着门卫一愣神的工夫，郑小燕甩开门卫奔向办公楼。

这时吕麝不知从哪个角落里钻出来，走到门卫面前，批评道："太没眼色了，那是咱们的董事长夫人。"

门卫捂着被扇疼的脸，惊愕在那里，望着郑小燕的背影下意识道："她疯了！"

吕麝对着身边几个本单位员工阴阳怪调道："快看，咱们的董事长夫人今天这是怎么了？"

单位楼梯的电梯门开了，郑小燕脸色扭曲着气昂昂地走了出来。

她进了董事长办公室，四下里打量着，办公室里收拾整洁，纤尘不染。她抽了抽鼻子，似乎想从空气里嗅到他出轨的味道。

她侦探般地在房间里转了几圈，迫不及待地翻找着什么，终于，在桌上的一本书里发现了一封信。

"找什么呢，冯夫人？"吕麝闪身走了进来，装作很关心的样子问。

"你知道我有多爱你吗……"郑小燕念着，向吕麝抖动着手中的信，"你看看！哪个狐狸精勾引我们家孩子他爸的信？"

"呃，是吗？"吕麝好奇地接过那封信，迫不及待地看了一眼，失声喊了句，"落款是叶飞舞！"

叶飞舞这时恰巧闯了进来，一点也未弄清眼前的局势，四下打量着："冯总呢？"

穿着暴露的叶飞舞一副自来熟的样子，竟然自己端起冯威龙平时用的水杯喝了一口水，口红遗留在了杯壁上。

这刺激的画面成为最后的一击，原本勉强支撑着的郑小燕被击得哗啦一下就全线崩溃了，她气得全身颤抖着，疯了般团团转就去低头找工具，总算抓到了墙角处的一把扫帚，抢着就冲着叶飞舞的腹部扑打过去：

"扑死你们这些苍蝇！这些整天围在他身边嗡嗡叫的雌苍蝇！"

"妈呀！"叶飞舞尖叫一声一瘸一拐地落荒而逃，一只高跟鞋掉在了办公室门口。

"别动气！动气伤身体的！"吕麝见状又是给郑小燕递水又是拿毛巾给郑小燕擦汗，但遮掩不住脸上的幸灾乐祸。

郑小燕继续翻着抽屉，有一个抽屉打不开，上了锁的。"给我去拿个改锥。"她对吕麝说。

"好！"吕麝颠颠跑着，找来了一个改锥。

郑小燕用改锥将那个抽屉撬开，发现了好几盒伟哥。

"冯总这会儿在办公室，就是小刁那部门——"吕麝狡黠地眼珠一转，对郑小燕说。

郑小燕略一犹豫，随即把伟哥塞进了自己的包里。

总经理办公室内，冯威龙正站在那里对着一屋子的人比比划划：

"这一阵你们部门的工作略差了些，按说这种具体的事不该我过问的，可你们看看，这个文件竟然错了四个字——"

"嘭"地一声，门被推开了！铁青着脸的郑小燕走了进来。

冯威龙疑惑地望着郑小燕，似乎一瞬间未明白她来做什么。

此刻，浓妆艳抹的小刁正仰着脸看着冯威龙，满脸的媚笑，挤成了一朵花，和冯威龙的脸离得那么近。

这画面又是一轮刺激，郑小燕挥舞着手中的扫帚发疯般地又冲着小刁的腹部打去："你们这些烂女人！我们家威龙当了董事长就这样，如果哪天他当了市长、省长，你们这些下三烂还不把他吃了！"

"妈呀！"小刁还未反应过来是怎么回事，脸上的媚笑忽然就凝固了，下意识地抱起自己的头缩到墙角里去。

单位里的很多人都闻讯赶来，其中包括宋晓晨。

"叶玫瑰呢？她怎么不在单位？"郑小燕问吕麝。

"她呀，最近老是不正常上班，脸色也不好，看起来像生病的样子。"吕麝赶紧说。

到了这一刻郑小燕才忽然想到："这种迹象，说明作孽的最有可能是她呀！"

一种极度的惶恐感使平时柔弱的郑小燕迸发了超常的勇气，她走近冯威龙后，忽然从包里拿出了什么，向冯威龙的头上摔去——

冯威龙下意识地弯腰低头用双手护住自己的头，下属们也都惊呼一声围上前来——

却见一些伟哥这一盒那一盒的散得到处都是。

"你们大家都来看看，你们冯总的办公室抽屉里，藏着这东西！可他跟我之间，从来不用这个。"郑小燕喊，她极力想得到某种舆论的支持。

办公室内像炸了营，大家有的弯了腰，有的捂住脸，想笑又使劲地抑制住，一个又一个的笑泡在空气里翻着跟头。

这时，吕麝凑到冯威龙脸前小声嘀咕："刚才您夫人把您办公室的抽屉撬坏了——"

冯威龙放下手抬起头，只见一包伟哥落在自己的头上，一瞬间恼羞成怒，脸色铁青地一把拍了下来，这时他看见了宋晓晨幸灾乐祸的笑。

他将这无名之火发在了郑小燕的身上，恼羞成怒地对郑小燕吼道："谁让你到单位来的？滚回家去！"说着伸手对着郑小燕就是一巴掌。

这一巴掌太猛、太狠了，郑小燕的脸上立马有了一道血印子，她一下跌倒在了地上，血马上从她的嘴角流了出来。

刚受了极大刺激的郑小燕呆住了，她捂住流血的嘴唇，怔怔地看着冯威龙，似乎一瞬间未明白发生了什么，她久久地看着冯威龙，想从他的脸上看出太多太多，看着岁月，看着日子里的点滴……

她的心，她整个人，凉透了。

她失魂落魄地自言自语："男人都喜欢女人年轻，可我，不也是从年轻走过来的么？"她忽然就把头靠在自己的腿上嘤嘤地哭起来。

那句话可能是触动了郑小燕内心最脆弱的角落，她忽然变得那么伤感、绝望，瘦弱的肩膀抽动着，像一片秋风中抖动的枯叶。

在那个寂静的午后，只有风听见了她嘶哑的哭声。

也不知过了多久，郑小燕的身体抖动了一下，似乎从刚才的呆滞中醒了过来，她爬起来，踉踉跄跄地往外走去，绒黄的头发像一蓬荒草。

走了几步，她忽然又扭过头来，冲着冯威龙笑了笑，那笑容那么凄美、辛凉。

不知怎的，冯威龙的心中忽然异样地动了动，身体向前欠了欠，嘴张了张，似乎想喊住她，但他终于什么也没有做。

周围的员工们是死一般的静默，各自眼睛里有着莫名的内容。

冯威龙凶巴巴地吼道："都看什么看！还不干活去！"大家赶紧把表情敛住，散去了。

郑小燕走在单位外的大院里，因为神思恍惚，她的脚步忽然一趔趄，又被什么绊倒了。

她一动不动地趴在那里，她想就那么永远地倒在那里，再也不要起来，什么也不想。但终究，她还是爬了起来。膝盖处破了一块皮，生生地疼，她揉了揉，眼里忽然盈满了泪水。

她从地上搓起一小掊土，往自己的伤口上敷着。那一刻，她心里充满了浓重的自怜。

楼内的冯威龙透过玻璃窗看见了郑小燕的这一动作，他的眼睛忽然亮了亮，萌发了什么灵感的样子。

但这时一个职员跑过来喊："冯总，消防队打来电话，说咱们的一个建筑工地上着火了！"

"什么？还不快通知安全科跟我一起去工地处理？"冯威龙喊着，便往外跑。

一丝幸灾乐祸的阴笑再次掠过吕麝的脸，心说："董事长家后院起的大火恐怕更猛！"

很平静的一个夜晚，小树正趴在窗边举着望远镜仰望天空。

郑小燕像往常一样给儿子小树端来了洗脚水。

"小树，过来，妈妈给洗脚。"郑小燕的声音里有些异样。

"我都是男子汉了，不能再让妈妈给洗脚。"小树说。

"就让妈妈给小树再洗一次。"

郑小燕蹲在床边低着头给小树仔细地洗着脚，早已是泪水涟涟。

她忽然就亲吻起小树的小脚丫来。

小树看见妈妈的泪水啪嗒啪嗒地掉在水盆里。

"怎么啦妈妈？是不是想爸爸啦？"小树托起妈妈的脸问，给妈妈擦去脸上的泪水。

小树的话让郑小燕的泪水更如泉涌，她一下将小树搂在怀里，哽咽道："如果她是个一般女人，妈妈也不把她放在眼里，你爸爸绝不是那种见着个女人便有什么想法的男人，他的眼界也很高的。可她既年轻又漂亮，人又那么能干，又整天跟你爸爸在一起工作，志同道合、日久生情，妈妈觉得怎么都比不过她。即便她离开了你爸爸，还有别的女人一个个的来，妈妈太累了。妈妈的神经本来就脆弱，既要照

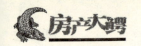

顾咱的小家，侍候你们爷儿俩，又要经常去照顾你在农村的爷爷奶奶和外公外婆，还要管几个班的学生，尤其要跟围在你爸爸身边明处暗里的女人们斗。这世上的女人太多了，妈妈实在没力气应对她们了。小树，妈妈的心肝宝贝，以后，你要好好听爸爸的话。"

"妈妈，你说什么？我不懂。"小树眨着一双童稚的眼睛认真地问。

"你不懂这些，多快乐啊。"

"记着，等你长大后，一定要做一个负责任的男人。"

小树似懂非懂地不住点头。

"小树，我最爱的儿子，永别了！"

漆黑的房间里，回旋着郑小燕痛彻心扉的活。

是个寂静的深夜，窗外有秋虫的唧唧声。

小树正躺在床上熟睡着，忽然有什么在扯动他的脚。他迷迷糊糊地感觉出了，是一双柔弱的手。那手来自地下，并且还有一个微弱而痛苦的声音传来："儿子，救我！"

小树激灵一下醒了，起身"啪"地一下拉亮了床头的灯，看见妈妈捂着肚子身体蜷曲着痛苦不已地趴伏在地上。

"妈妈！你怎么啦？"小树惊叫着赶紧下床。

"我喝了药，想死的，可这种痛，妈妈实在忍受不了了，五脏六腑被灼了一般。"郑小燕神色痛苦地说罢，便昏厥过去了。

"妈妈，我送你去医院！"小树"哇"地一声便吓哭了。

小树穿上衣服拿起妈妈的包便吃力地背起妈妈往外走。

小树背着妈妈跌跌撞撞地在路上穿行，路灯将小树艰难前行的身影投在墙上、地上。他的个子原本还那么小，成年人的体重压得他的腰又弓了下去，郑小燕的两腿只能拖在地上。

"爸爸，你在哪里啊？快来帮帮我啊，我快背不动妈妈了！我早一分钟将妈妈送到医院，就有可能将妈妈救过来啊！"小树边吃力地往前挪着脚步，边大声哭喊着。

忽然，小树和妈妈一下子跌倒在地上。"妈妈！摔疼你了吗？"小树赶紧爬起来问，只是郑小燕依然昏厥着。

"妈妈，你死了吗？你一定要坚持住啊！"小树晃着妈妈哭喊着，将妈妈往自己的身上背，可他再也背不起来了。"谁来帮帮我啊！"他对着一片空茫大喊着，"爸爸，你去哪里了？"

在无边的黑夜里，一个男孩稚嫩的哭喊声是那么让人揪心。

这时，一个开摩托车的男人"嘎"地一声停在了他们面前，是宋晓晨。

"叔叔，快送我妈妈去医院，我妈妈喝毒药了！"小树喊。

宋晓晨甩了摩托车，背起郑小燕便往前跑，终于跑到了前面的一条宽阔的大路上，只是深夜的街上车辆稀少，宋晓晨继续气喘吁吁地向前跑着，一辆出租车好歹从前面开来了，宋晓晨伸手拦了，三个人上了出租车。

"师傅，快！去医院急救室！"在车上，宋晓晨催促着司机。

出租车在城市的街道上飞驰着。

总算到了医院门口，宋晓晨从车上抱下郑小燕便向急救室奔去，大喊着："医生！快救人！"

在急救室外，宋晓晨和小树忐忑不安地走来走去。

"你妈妈为什么喝药？"宋晓晨问小树。

"好像是因为我爸爸跟其他女人的事情，我也弄不大清楚。"小树答。

钟表的针喀嚓喀嚓地响着，时间显得那么难熬。

总算，急救室的门开了，一个医生走出来说："幸亏送来得及时，否则后果不堪设想。现在，病人已经脱离危险了。"

病房内。

"妈妈，你想吃点什么？"小树凑近妈妈的耳朵说。

"想喝点豆腐脑。"郑小燕嘶哑着嗓子说。她的声音低得几乎让人听不见。

天还蒙蒙亮，大街上只有一个扫大街的，小树气喘吁吁地跑到了一家早餐的摊位前，问："叔叔，这里有豆腐脑卖吗？"

"没有。"那男人摇摇头。

小树转身向其他地方跑去，穿过一条又一条胡同。

小树又气喘吁吁地来到了另一家早餐的摊位前，用袖子抹一把额头上的汗："阿姨，你这里有豆腐脑卖吗？"

女摊主点点头，给小树盛上了豆腐脑。

小树小心翼翼地端着那盒豆腐脑在桥上疾走着，忽然，他被绊倒了，豆腐脑洒在了地上。小树绝望地痛哭起来。

兀地，小树发现饭盒里差不多还有半盒豆腐脑，他惊喜地停止了哭泣，赶紧爬起来端着那个饭盒小心翼翼地向医院的方向走去。

病床前，小树用小勺一匙一匙地给母亲喂着豆腐脑。喂完后，又用毛巾擦着母亲的嘴。

微闭着眼的郑小燕这时睁开了眼，惊讶道："儿子，你的膝盖和手腕上怎么都是血？"

"跌倒了，磕的。"

"儿子！"郑小燕将小树搂在怀里，嘤嘤地哭起来。

"妈妈，我来给你洗一下头发吧，你头发都打绺了。你身体虚，躺在床上将头

伸到床边来。"

小树端了一盆水来，放在床边的小凳上，提来一瓶热水往水盆里兑着温水。小树的年龄太小了，提着一瓶水显得那么吃力。

郑小燕躺在床边，小树用小手给妈妈洗着头发，动作非常轻柔。

夜晚，几个值班护士走进了病房，喊着："家属们都出去了啊，晚上不许陪床！"

其他床位前陪病人的家属便都起身出去了。

半夜里，躺在床上的郑小燕发出了呻吟声。一个小黑影从窗户外爬了进来，俯向郑小燕的耳边轻声问："妈妈，你哪里不舒服？喝点水吧？"

有从水瓶里往外倒水的声音。

又不知过了多久，郑小燕又翻了下身。小树又从窗户里爬了进来，俯向郑小燕的耳边小声问："妈妈，你想要小便盆吗？我递给你。"

第二天早晨，小树原本趴在妈妈的病床上学写字来着，写着写着，便趴在那里睡着了。

一个病友好奇地往阳台上探了探头，指指小树轻声对郑小燕说："我夜里几次醒来看见小树偷偷从窗子外钻进来照顾你，纳闷孩子在阳台上怎么过的夜呢，原来他拿了张旧报纸铺在阳台上睡的，地上多潮啊，你儿子可真孝顺啊。"病友说道。

郑小燕只是两眼濡湿着，无语深情地看一眼睡得香甜的儿子。

这时一个医生进来了，看到这副情景对郑小燕说："这么好的儿子，你怎么舍得死？送你来的时候都快虚脱了。你没有想过吗？你若真走了，这孩子怎么办？谁知冷知热地疼他？看过电视剧《错爱》吗？里面的亲生妈妈出事后，两个孩子落在了后妈的手里，遭遇多么惨！"

眼泪从郑小燕的眼里汹涌而出："对不起，对不起儿子！"郑小燕喃喃着。

病床前，宋晓晨正拿着一条拧好的热毛巾欲递给郑小燕擦脸。小树从外面进来，见状不快地上前一把夺过了那条热毛巾，自己给妈妈擦着脸，嘴里一字一顿地说道：

"你是个男的，我妈妈是结了婚的女人。"

郑小燕意外地苦笑着："才多大的一个小人儿——"

宋晓晨又坐在郑小燕的床前，给她削苹果。

"不许你坐在这儿，这是我爸爸该坐的地方。"小树攥紧着小拳头又叫。

冯威龙背着包疲惫地进了家门，喊着："我回来啦。"

家里空荡荡的，没有一丝回声。

他好像隐隐期盼着什么，这屋那屋地查看着。

兀地，他看见了床头柜上压着的一张写着字的纸，拿过来一看，竟是一张遗书：

遗书

威龙，只有天知道，我有多么爱你。除了这条命，我再也没有什么可为你付出的了。

如果一场又一场新鲜的情事对你真的是一种滋补，那么，我成全你。

你的换洗衣服，都给你洗好、熨过了，春夏秋冬的分别放着。这件毛衣我只给你织了半截，很遗憾没能坚持到给你织完。

我一再鼓励自己等到把小树抚养长大后再做这个决定，可我心痛得实在支撑不住自己了。

郑小燕

遗书旁边，还放着一件织了半截的毛衣。

读罢，冯威龙的脸色竟然平静得像看一份报纸，他扔了那份遗书，伸开双臂长长地舒出了一口气，甚至有隐隐的窃喜，像庆幸终于卸掉了一个沉重的包袱。

这时冯威龙的手机响了，是小树喜极而泣的声音："爸爸！我终于听到你的声音了！你的手机干吗老关机啊？你快来医院看妈妈吧！"

冯威龙失望地把那个手机摔在了地上，但想了想，只得捡起手机无奈地往外走去。

在医院的走廊里，冯威龙急急地奔走着，从一间间的小窗口里寻找着。

忽然，在一间病房的门外，冯威龙看见宋晓晨正坐在郑小燕的床前，将削好的苹果递给郑小燕吃，两人间的神态看起来很是亲昵。

冯威龙的脸色一下子变了，但调整了下自己的表情，直愣愣地冲进了病房，一副惊恐的样子："燕子，你不觉得，用这样一个巨大的事实来惩罚我，太过分了吗？在这个节骨眼上，你给我出这么大的乱子！"近前又柔声问郑小燕，"没事了？"

郑小燕看见冯威龙后眼泪哗地一下出来了，扭过头去不理他。

"没事就好。"冯威龙自问自说，擦着额头上的汗。

"爸爸，你可来啦！"小树扑过去抱住冯威龙的腿。

"小燕姐，那你好好休息。我过几天再来看你。"宋晓晨见状赶紧离开了。

待宋晓晨刚一离开，冯威龙便醋意十足且眼含不屑地问："他来干什么？一个小职员。"

"他虽只是一个小职员，但管我的死活，那个时刻你在哪里？"郑小燕用一个生硬的后背对着冯威龙说。

"先把身体养好，其他的事情以后再说。"冯威龙剥了瓣橘子尝试着往郑小燕的嘴里送。

郑小燕不吃那瓣橘子，对着墙开始泪水涟涟："为了小树，我以后绝对不死了。

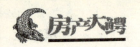

但我一定要带着小树远远地离开你，彻底离开你的生活，不然，我活不长的。"

"一个女人，宁肯去嫁一个做苦力的，也不该嫁给一个有地位的男人。纵使那个男人再有定力，也禁不住那些女人明处暗处的算计，蓄意地讨好逢迎。嫁给混得好的男人，说是图的是好吃好穿、人前的尊严，可暗里跟其他女人争风吃醋，心都碎了，命都活不长，那些衣物摆设有什么用？"郑小燕又说。

"想去嫁谁？就那个叫宋晓晨的窝囊男人？"冯威龙警觉地指着宋晓晨离去的方向。

"你别瞎说。我只是泛指。"郑小燕解释。

"这次我是下定决心了，一定要离开你！"郑小燕越想越气，再次咬牙切齿地嘟囔，"说是跟了个成功男人，可平时忙得连跟我说说话的时间都没有，我要这样一个男人做什么？人活着，讲究的是尊严。粗茶淡饭，什么不能活？要那么多钱干什么？况且，你压根也没给我多少钱。"

冯威龙克制着不快，尽力让自己的语气显得轻柔："有什么话不能好好说，干吗采用这种方式？"

他给女人扯了扯被子："在办公楼上我打你是不对，是因为你那么不分场合，不懂利弊。你知道吗？我担心你为我担惊受怕，所以未把事态的严重性告诉给你，有件事弄得我焦头烂额的，还未顾得跟你细说。还是个老师哪，做事简直像个没文化的老娘们。"冯威龙埋怨道。

"对了，先说你，又因为什么闹这一场？"冯威龙问，并从兜里掏出一叠麝香膏药来，往郑小燕的腿部贴上了，"在办公楼里时便看到你跌伤了，怎么能这么潦草地处理跌伤哪？感染了怎么办？"冯威龙一副体贴的样子。

郑小燕感动得眼里一阵濡湿，将手中的短信给冯威龙看。

冯威龙看罢后气得一下站了起来，凶巴巴道：

"我跟她有言在先，出了天大的事也不能去碰我的家庭！如果她能安于自己的身份的话，我对她多少还有些怜悯之心，她竟然，一个这么不遵守游戏规则的人，我不能再要她了！"

"其实，这个节骨眼儿上，是我最需要你支持的时候。"冯威龙坐下来握住郑小燕的手。

郑小燕疑惑地看着他。

"我遇到棘手的麻烦事了。叶玫瑰她，确实怀孕了。但这期间她和宋晓晨和土地局蒋局长两个男人都有过亲密接触。我怀疑那孩子不是我的，她却一口把账赖在我头上，不过是看咱家大业大，想敲诈我一笔。我想请你去照顾她。"

"我去照顾她？"郑小燕困惑道。

"你去照顾她，有三层含义：一是表明我们并没有不管她，显示出我们的一种姿态，她就没有理由出来闹事；第二层，你全权代表我出面，也是向她展示我们夫妻一体的方式，让她以后别再生非分之想；第三，在你面前，她最是心虚气短的，你就是挡住我的一面墙，她在你面前，就不会狮子大开口地提一些钱财方面的过分要求。叶玫瑰是个自尊心很强的人，也许她就会自己去打掉了。"冯威龙认真道。

"好，我听你的，今天我就去照顾她。"郑小燕原来的悲愤情绪一下就不见了，一副重任在肩的样子。

"来，吃橘子！"冯威龙温柔地将橘子递进郑小燕的嘴里。

郑小燕觉得这瓣橘子是那么甜。

"对不起，那天——事后我也觉得那样做太不对，可当时受的刺激太深，实在是控制不住了。"郑小燕真诚地道歉。

"单位上的那些女下属，我有时对她们好一些，闲言碎语便出来了，其实只不过是糊弄着她们卖力干活而已，她们使尽浑身解数地干活，业绩还不是我一个人的？不管咱公司发展到什么地步，冯夫人只有郑小燕一个。"冯威龙再次哄郑小燕。

郑小燕破涕而笑。

郑小燕提着一兜水果来到了叶玫瑰的居处，看到郑小燕的第一眼，叶玫瑰紧张得护住了腹部，眼神闪烁着不敢正视郑小燕的眼睛。

"我都知道了。"郑小燕小声道。

两人都有些尴尬，在沙发上坐了。叶玫瑰下意识地抽了抽鼻子。从郑小燕一进房间，叶玫瑰就嗅到了她身上有一股刺鼻的气味，这会儿两人离得近了，那股气味就更浓了。也或者，是她用了某种新牌子的香水吧，叶玫瑰这样想。

郑小燕挺了挺腰，觉得像是迎接某种挑战。

"那些见不着阳光的树叶，有多少不是残黄的？"郑小燕先说。

"这个世界上的男人很多的。而他是我的唯一，我请求你放过他！"郑小燕又说。

头发凌乱、素面朝天的叶玫瑰却一副懒散的样子，丝毫也没有进入竞技状态的意思。

"你不打算放手，是吗？"叶玫瑰平静地看着郑小燕问。

"我当然不会放手，我任何时候都不会放手，这是我命里的男人。"郑小燕坚定道，"都身为女人，我奉劝你一句，别被男人外在的光环给迷惑住，你看见了他的光环，别的女人也会看见，当诱惑太多了的时候，便很少有男人能把握住自己了。"郑小燕苦笑道。

叶玫瑰听罢后嘴角撇过一丝辛凉的苦笑，道：

"你今天来这儿，就是高抬我了。我算什么？只不过是一个小丑，一块被扔弃的边角料而已。原来他看我的眼神经常充满柔情的，可一旦有了他的孩子，他一下

变得这么陌生，陌生得我都不认识他了，可是，他对你跟他的儿子，那么疼爱。这说明什么？他一点也不爱我，丝毫都不爱。最近接二连三地发生的三件大事，像三张试纸，一张比一张更清晰地显现出了我在他心中的分量。过去，我对此产生了严重错误的判断。"

郑小燕犹豫了一下说："我上次戴着那条丝巾去见你，又送给你一条，并告诉了你那丝巾的来历，其实是在善意地暗中提醒你：一对生活范围和阅历相差悬殊的男女，男人扔给女人一块手绢，女人便有可能把它当成笼罩自己的整个天空，而对那个男人来说，那仅仅是他扔出去的一块手绢。"

稍停顿了些，叶玫瑰挺了挺胸，一改开始的颓废，说：

"况且，他也压根儿不值得我爱。他骨子里天生就是个商人，脑子里算计的，都是进出，女人在他脑子里只是些轻贱的小棋子而已。在他的心中，他个人的尊严、公司的利益高于一切，女人只能适应他，而不能有自己的小性子。他绝对不会因任何一个女人的小情绪影响他的全盘决定，甚至于不顾那个女人的死活。所以，女人唯一的出路是自强，而不是爱他，为他付出。"

郑小燕听到这里，已是泪水盈满了眼眶，道："其实，你的很多感觉也是我的切肤感受。女人都喜欢男人的功成名就，可男人的坏脾气和花心是跟他的功名成正比例增长的，想靠近他就得承受他对自己情感和尊严的百般践踏。长期的工作，坚硬的性格，自然养成了威龙坚强的自我意志，对他而言，女人在他心里变得非常轻贱。其实，我是多么怀念当初我们一贫如洗、一同创业时的日子。难道，我扶持他有了今天，也给自己种下了炸弹么？"

但她很快想起了自己此行的目的，赶紧抹去眼角的泪水。这时，她发现沙发上堆了好几本有关孕期护理、宝宝健康之类的书，便警觉地问："可是，你这是？"

叶玫瑰有些心虚气短，道："本来我已决定彻底离开他了，结果，又发生了这场意外。不过你放心，我已拿定主意，从种种的纷争里无言地退出。一旦孩子降生后，我就带着孩子远远地离开这里。"

"什么？你已经想离开他，可还保留腹中的孩子干什么？这会对你以后的家庭生活有影响的！"郑小燕着急地劝道。

叶玫瑰苦涩道："或者，我之所以这么爱这个孩子，是因为我产生了一种错觉，觉得这孩子是他生命里蒂落下来的，所以便是他的一部分，有着他的思想、感情，既然我不能全部拥有他，起码可以彻底拥有他给我的孩子，那是完全属于我的，谁都不能占有、掠夺。"

郑小燕着急地继续劝道：

"那仅仅是你自己的一种错觉。其实，也就是一个混沌无知的婴孩，威龙是威龙，婴孩是婴孩，是两个截然不同的生命，如果长大后不告诉他（她），他（她）

连自己的父亲是谁都不知道，怎么又会有他的思想、感情？一个新落地的婴孩是纯粹的一张白纸，在上面涂什么就是什么，种什么就长什么。"

"或者是爱他太切了，得不到他完整的人，便想得到他的孩子。哪怕此生再也不见他，带着他的孩子远走他乡，一想到这孩子的父亲是谁，我也会有一种温馨感。"叶玫瑰幽幽地说，脸上浮起一种母性的光辉。

郑小燕被那种光辉给灼痛了般，赶紧转移开视线，试探着问："下一步，你具体怎么打算？"

叶玫瑰叹息了一声望着远处，道：

"我要去争取属于我自己的情感。我已不敢奢望，在这世上的某个角落，还有一个他存在着。因为我已满心沧桑，也有过不洁的过去。"

"那么你，一切好自为之吧。"郑小燕见再劝也无益，便起身快步离开了叶玫瑰的居处。

室内，叶玫瑰看着郑小燕带来的那兜水果忽然起了一念："会不会，她对我下毒？像电影里的后宫斗争那样？"想到这一点她赶紧将那兜水果扔到了门外的垃圾桶里。

回去见了冯威龙后，郑小燕说："我感觉，她丝毫没有想勒索你什么的意思，你是否草木皆兵了？"说着便进了自己的房间，对冯开始疏远起来。

半夜里，叶玫瑰呻吟着醒来了，她痛苦地抚着自己的腹部："里面怎么疼得像有个电钻在钻一样呢？"

她拉亮了床头灯，掀开被子，兀地发现有殷红的血顺着腿内侧流下来，她一下惊吓得魂飞魄散，赶紧摸起手机给冯威龙打电话，冯不接，再打，对方关机了。

万千的滋味瞬间在胸中翻腾，叶玫瑰咬住嘴角摇摇头，为自己感到悲哀。

她艰难地爬起来，将手机塞进随身的小包，下床向门口走，只是摇摇晃晃地走了几步，腿一软便跌倒在了地上。

她从地上艰难地向门口爬去，已经爬到门口，门已开了半截时，她感到一阵天旋地转，就要晕过去的感觉，带着最后的一点清醒，她赶紧用手机拨了宋晓晨的电话，语气屡弱地断断续续道："对不起，我又出事了。我在家——"只说罢了这句话，便晕过去了。

很快，宋晓晨带着120的医护人员急匆匆地来了，将叶玫瑰抬到了医用担架上。因叶玫瑰还穿着睡衣，宋晓晨过去拿了床被子给叶玫瑰盖上，便和医护人员一起将她抬走了。

……

叶玫瑰在病房里醒来的一刻，宋晓晨正坐在她的床前关切地看着她。

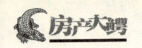

"醒啦？醒了就好，你已经昏迷两天了。"宋晓晨惊喜道，赶紧给她倒了杯水用小勺喂她。

叶玫瑰的意识和记忆都渐渐恢复了，紧张地一把扯住宋晓晨问："我的孩子呢？还在不在？"

"只要大人好好的，就一切都好。"宋晓晨虚弱地安慰。

"已经流掉了，是么？"叶玫瑰呆呆地望着天花板问，不敢看宋晓晨，是害怕面对那个很可能已经发生的事实。

"是的。"宋晓晨只得以实相告。

"怎么会？怎么会发生这样的事呢？"叶玫瑰懊恼地拍着床沿。

这时，旁边忙着查看吊瓶的小护士说："刚你被送来的时候，身上隐约有一种对孕妇来说很忌讳的气味。"

"气味？什么气味？"叶玫瑰兀地想起了什么，紧张道，"我出事之前，一个去探望我的女人身上，有一种刺鼻的味道，哦，我想起来了，是麝香膏药的味道！"叶玫瑰回忆道。

"麝香？那可是孕妇的大忌啊，这点基本的常识你都不知道吗？历代宫廷后宫争斗中就经常使用这个，孕妇只要一接触就很容易流产。"

"什么？"叶玫瑰一副大梦初醒的样子，恨道，"郑小燕，你表面上一副菩萨样，却原来这么阴毒！我说过已经决定离开他了，你干吗还要来害我？"

她躺在床上，泪水无声地涌出来，哭道："我错在哪里？我是一个女人，想保住自己腹中的孩子，这有什么错吗？这孩子的相貌，我已经想了很多天，我很认真地照顾自己，好好地吃饭，满身心里都是就要做母亲的欣喜，而现在，一切全没了，忽然就没有了！"

一种强烈的空虚感。

叶玫瑰忽然起了一念，伸手抓住宋晓晨道："晓晨，我要一个你的孩子吧，我要让自己的身体马上再重新生出芽来，气她！当然，也不单纯是为了给他们看，这会儿，我突然特别迫切地想要一个孩子，我的母性，已经被那个扼杀在胚胎状态的孩子给勾起来了。"

宋晓晨躲开叶玫瑰的眼神，眼睛看着别处，一副虚弱的样子。

叶玫瑰见状松开了自己的手，尴尬道："对不起，我明明知道，这种大事是不能赌气的。"

这时，旁边的小护士以异样的眼神看了叶玫瑰一眼，怜悯，还是其他的什么？

宋晓晨犹豫着开了口："有件大事，我必须跟你说。在你抢救的过程中，因为大出血，生命濒临危险，急需摘除子宫，虽然这手术需要家属签字，可跟前，除了我，没有其他人，我便代表家属给你签了字。过后，我内心一直处于极度的自责之中，毕竟，这事这么大，可你在里面昏迷着，我无法征求你的意见，可不签的话，万一你有个三长两短——我实在是矛盾极了，痛苦极了！"

宋晓晨绞着自己的双手，已是两眼濡湿。

"什么？在我浑然无知的时候，便被摘除了子宫？这么说，以后，我永远也不会有自己的孩子了？！"

叶玫瑰呢喃着，她忽然起了一念，叫道："这些破医生，我要去告他们！那么多的女人流产，怎么单单我就被摘除了子宫？"

只是喊叫了几声，撒撒气而已，她自己也知道，那已是不可扭转的事实，费再多的口舌都没用的。

她渐渐冷静下来，只得接受这个事实，又安慰宋晓晨："晓晨，别自责了，没有你，我可能连命都没有了，还说什么其他的。再说，医生总是会以先救人命为先的，我懂的。我很感激，在我浑然无知地躺在手术室里的时候，门外还有一个你，为我承担着家属的责任。"

"别想那么多了，吃点东西吧。"宋晓晨安慰她，剥了根香蕉喂她。

"上次的事，已经连累你在单位上的处境那么艰难了，如果再让他看见，不知会再怎样苛刻地整治你。"她说。

"没事的。我在单位只是一个空壳，对很多事情不太在乎的。"宋晓晨说。

这时她想到了冯威龙，这个时刻他在哪里？

她眼里又一阵泪水涌出来。"晓晨，你没有必要管我了，我不值得你对我这么好。人生的底细我都看得差不多了，我不想活了。"她说。

"别乱想，你还年轻，以后的路还长着呢。"晓晨给她掖一掖被角，安慰她说，又坐在病床前温存地拿小匙一勺一勺地给她喂着橙汁。

病房窗外，忽然一阵咚咚的脚步声，几个穿白衣服的人抬着一副担架从窗外路过，担架上用白布蒙着一个人，只露着稀疏的头发。

只听窗外有人议论："可怜啊，一个独居的女人，无儿无女的，突发了心脏病，死在屋里都五天了，才被人发现。"

一股泪水滑出了叶玫瑰的眼角，她的情绪陷入了一种莫名的低落里。

几天后的一个黄昏，脸色惨白的叶玫瑰抱着被子回到了自己的住处。

进门后她一下呆住了，脸色铁青的冯威龙气势汹汹地坐在那里，正冷眼看着自己。

同时，她吃惊地看见自己的衣物已被收拾在了地上的两个大包里，两个包像断了脖子的鸭子，耷拉在屋门口。一副向她示威、要将她扫地出门的架势。

"你挣着我的工资，住着我给租的房子，却到别的男人那里过夜，而且还一连几天，天下有这样的好事么？"他愤愤不平地数落，为自己一个想象的情形。

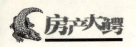

"怎么？还自己带着被子？他们连床被子也舍不得给你买啊？"他酸酸地说，"如果你的心在他那儿了，就趁早离开！别脚踏两只船！我冯威龙眼里可揉不进一粒沙子！"

冯威龙依然在那儿气得呼呼地喘着粗气，冷嘲热讽个不停。

叶玫瑰嘴角浮上一丝惨淡的苦笑，一句解释的话也不想说，是没有力气，也或者是懒。她被一种相处的疲惫感给深深地击中了。

她放下那床被子，去接了杯水喝。

"连这每一口水都是我的！"他竟然跳过去，夺去了她手中的水杯。

她滑稽地看一眼他，背起地上的包就往外走。

"站住！"冯威龙在后面喊。

看着她的毅然，他的神情瞬间变得脆弱道："我养只小猫、小狗的，还会对我有感情呢。"像个受了委屈的小男孩。

他忽然就冲上前挡住她的去路，凶巴巴道："你真去他那儿？"说着，随手拿起她平时用的长丝巾就要绑她，"你以为，另一个男人在一个女人身上留下的痕迹真的是无形的吗？你也凭什么以为，一个男人的内心深处会真的不在乎？我们之间已经隔着了什么，掸都掸不掉，赶都赶不走。你是一个活物，会跟其他男人打电话、抛媚眼，我又不可能长期用武力关住你。我该怎么办啊我？"那一刻的冯威龙，忽然显得那么脆弱。

他的痛楚一下击中了她，极力撑着的自尊哗啦一声全线崩溃了，过往的点点滴滴被一辆奔驰的火车般轰隆隆地载到、卸到了跟前，她的泪水一下涌出来了，伸出手抚摩着他同样憔悴的容颜——

就在这时，冯威龙的手机响了，他接通："喂？"

里面传来郑小燕心焦的声音："威龙啊，你在哪里啊？小树发高烧了！你快回家吧！"

郑小燕的声音很大，叶玫瑰清晰地听见了里面的话，她眼睛里忽然冒出一股寒气，无声道："郑小燕，你最好也尝尝失去自己孩子的滋味！"

"好的，我马上赶回去！"冯威龙的脸色一下变了，匆匆地挂了电话起身就要出门。

叶玫瑰声嘶力竭地喊着："不许走！"

冯威龙哪里会听她的？走到门口就要换下拖鞋。

就在这个时候，冯威龙还未反应过去，叶玫瑰便扑了上来，吊着他的脖子，冯威龙觉得自己似被一把钳子挟制住了，把他的骨头箍得生疼。她要把他整个人都揉进自己的身体里去，那样，他怎么再跑？

他被挟到了床边，她用刚才的那条丝巾将他的一条腿绑到了床腿上，然后解开他的衬衣，上上下下地咬着他的肉和骨头，然而他的身体是僵硬的。再也没有比一个男人身体的僵硬更让女人羞愧的了。她跪在他跟前，头埋在他的两腿前，如果，如果有一把巨大的扳手，能将他的心扳过来就好了。

她无计可施，她心里难受。她不知道用什么方式来缓解和麻木心中的痛苦。这是个怎样的男人？复杂、飘忽，又冷漠得让人摸不着头脑。她原不适合这样的男人，也招架不了。她心力交瘁，想用这种方式给自己一个了断，却在一种屈辱中感到一种莫名的快意。那种深刻的绝望使她迸出了一种别样的激情，终于将她与生俱来的羞涩烧得片甲不留。

"由着她吧，我不是我自己了。"

冯威龙心里喊。他觉得自己飞到了空中，一种从未经历过的被虐的别样快意袭击了他。

叶玫瑰像一棵被狂风疯摇的小树，在他身体的上方。"这个女人是谁啊？"在某一瞬间，冯威龙忽然对跟前的这个人发出疑问，那看他的温柔的眼神，那在工地上英姿勃发的身影。女人到底有多少副面孔？

那简直就是一场暴风骤雨般的强奸。

冯威龙为这个女人生命深处爆发出来的巨大激情惊愕不已。

郑小燕见冯威龙迟迟不归，便自己将小树带到了附近的一家医院里，挂了急诊、输了吊瓶，小树的高烧渐渐退下去了，郑小燕又将小树带回了家，安顿孩子睡下了。

她守在小树身边坐着，时不时地瞅一眼表。桌上的表针咔咔地走着，已指向夜里十一点了。

郑小燕拨冯威龙的手机，里面传来话务员的声音："您拨打的电话已关机。"

表针已指向十二点了。郑小燕焦急地在房里走来走去。郑小燕再拨冯威龙的手机，还是那个声音："您拨打的电话已关机。"

"威龙你到底怎么了呀？既然你说了要马上赶回来，怎么现在还没有回来。你喝醉了酒，倒在路边了，还是出了车祸躺在路边了？地上那么凉，你在流血，却没有人管你？没人管你，你就那么流一夜？"郑小燕心焦和充满深情地自言自语，并踱着步子，在房里不安地走动着。

因了种种想象，泪水濡湿了郑小燕的眼眶。她穿好外套便扑进外面的夜色里。

而此时，深夜的街上，郑小燕只身一人在夜色里跌跌撞撞地到处找着。

她小声而心焦地喊着："威龙！威龙你在哪儿？"

一家小酒店的门口亮着迷蒙的光。郑小燕走上前去，比比划划地说着什么。

"哪里有你男人？神经病！"酒店保安道，将郑小燕推推搡搡地驱赶出来。

街上除了偶尔一辆出租车驶过，没有其他人，天非常寒凉，风刮着树叶，郑小燕抱着肩在街上走着。

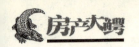

那边是一丛黑影，有可能是。"威龙？"郑小燕喊。

跑近了弯腰一看，原来是一丛灌木。

忽然，郑小燕感觉到背后有一个人影在不远处隐蔽着。

郑小燕赶紧快步走，那人依然在后面尾随着自己。

郑小燕走过一条又一条小巷，那人影依然在后面紧紧尾随。

郑小燕恐惧地拨着手机："威龙！"

手机里还是那个话务员的声音："您拨打的电话已关机。"

街上，那个黑影依然在尾随着郑小燕。

"妹妹，等等我！陪我玩玩！"那个男人忽然冲着郑小燕跑过来，声音怪异地喊道。

郑小燕吓得拔腿狂跑，惊恐地喊叫："威龙！威龙你在哪儿？"

哆地一下，郑小燕被什么绊倒了，她爬起来，一瘸一拐地接着跑。

冯威龙听见了自己牙齿打颤的声音。他抓过近旁的一床被子，将自己咬痕斑斑的身体裹起来，藏起来，把自己缩得小得不能再小。"她疯啦！她是个疯子。"但是真刺激，他喜欢。

只是她将他的被子撩开，又将身体覆盖上来了。

他刮着她的鼻子开玩笑："既然这么喜欢向男人施暴的感觉，那你干脆不穿衣服走到大街上去，肯定会有这样的机会。"

深夜的街上，那男人依然在紧紧尾随着郑小燕。

一辆车迎面而来。

郑小燕像抓住了一根救命稻草般挥着手冲着车喊叫："救命！救命啊！"

司机兀自开走了，没有搭理郑小燕。

车灯扫过了后面追赶郑小燕的那男人的脸，男人下意识地拿手挡了下，但郑小燕还是看清了那男人的一张胡子拉碴、相貌凶悍的脸。

车灯还扫过了男人后面围墙上的一块字牌：家和小区。

茫然无助的郑小燕只得继续向前跑。

那人影追赶着眼看就要抓住郑小燕了，只有几步之遥了——

黎明的时候，冯威龙和叶玫瑰两个人精疲力竭地瘫在床上。她好像是睡着了，像一条被完全抽去了筋骨的白蛇般一动不动。

冯威龙摇摇头，眨眨眼睛，不知道这个夜晚发生的是真实的还是一种幻觉。

"去医院里把孩子做了吧。公司里一大摊子的事，已经够我烦心的了，你就不要再给我添乱了。"他说。

"不会了！永远永远都不会了！"她内心里说着，泪水一股股地涌出来。

而对他，却一句话都不想再说。累了。无言是最深的冷漠。

他吃力地爬起来，到卫生间里简单冲洗了一下。

这时，她缓缓睁开了眼睛，抓过那件黑底的绣了两朵娇艳的玫瑰花的胸罩挂在了他裤子后面的皮带上。

他冲洗完回来匆匆地穿上衣服便跑出了门。

听着那门的一声响，她身体虚弱得一下瘫倒在了床的深处，但疲惫不堪的脸上浮过一丝报复的狞笑。

旭日在缓缓升起，新的一天到来了。

一户人家的电视里主持人正在播报一则新闻：

"昨天夜里，在本市的家和小区附近发生了一起凶杀案。凶犯将女人强奸后杀死，并将尸首抛入路边的灌木丛中。庆幸的是，凶犯已被缉拿归案。"

镜头里出现了罪犯的脸，正是昨晚追赶郑小燕的男人！

电视机的画面旁，一只拿遥控器的手不停地颤抖着。顺着那只手缓缓上移，是惊恐不已、这里那里地贴满了创可贴的郑小燕的脸。

用白床单裹住自己的郑小燕只露着一张脸坐在客厅的沙发上，一副惊魂未定的样子。

这时，郑小燕家的门缓缓地开了一条缝，一只穿皮鞋的男人的大脚轻轻地迈了进来，一步，两步———一双男人的大皮鞋悄悄地走进了客厅。

"啊！"房内兀地爆起郑小燕和那男人的一声惊叫。

来人却是冯威龙。两人惊讶地面面相觑。

冯威龙指着郑小燕的脸纳闷道："你怎么成这模样了？小树怎样了？烧退了？"说着便跑去小树的房里，见小树在安稳地睡着，松了一口气，悄悄将门掩上出来了。

郑小燕咧着嘴"哇"地一声扑进冯威龙的怀里，搂着冯威龙的脖子委屈地哭着："威龙，你昨晚干什么去了？我不放心出去找你，结果——"

忽然，郑小燕停止了哭泣，使劲抽了抽鼻子："咦，你身上怎么有股浓浓的女人味？"

郑小燕离开冯威龙的怀抱，用警觉的目光探究地审视着冯威龙，尔后又忽然想起什么似的继续追问："进自己的家门，你干吗像个小偷似的？"

冯威龙脸色有些不自然，摊着两手，忙不迭地解释："我昨晚回来的路上，接到电话说一个工地上失火了，便过去组织救火了。小树辛苦你了。身上哪来的女人味？我进自己的家干吗像个小偷似的？我只是怕吵醒你。"说着,冯威龙就去脱外套。

冯威龙转身往衣架上挂外套的时候，郑小燕又发现一个绣着红花的黑色胸罩挂在冯威龙的裤带上，像条长尾巴似的耷拉在冯威龙的身后，样子看起来分外滑稽。

郑小燕马上猜到了什么，泪水汹涌而出，轻蔑地盯着冯威龙："下了车后你就这样一路走回家的？"

冯威龙说："是啊，在楼下几个晨练的老太太老朝着我媚笑。你说，我是不是越来越有成熟男人的魅力啦？"

冯威龙说着还洋洋自得地转了一圈，带动着身后那个耷拉着的胸罩也转了一圈。

郑小燕的某种情绪猛地爆发出来："你是爬到她的身上救火去了吧！我不活啦！"

郑小燕哭喊着扑到窗口就要跳楼。

冯威龙赶紧冲过去，将郑小燕扯下来："大白天的，你这样——外人还会说是我把你推下楼的呢！"冯威龙烦躁道。

"你别管我！让我去死！"郑小燕哭喊着挣脱着冯威龙的拉扯。

冯威龙好歹将郑小燕拉回了沙发上。

十三 叶飞舞等众美女：被冯威龙安排围攻蒋局长

这天，冯威龙在办公室里调整了下表情嬉皮笑脸地给蒋局长打电话：

"蒋局长，那块地的事怎样啦？"

"公事公办，等着上市竞拍吧！"蒋局长恶声恶语道，"啪"地一下摔了电话。

冯威龙一愣，又重新把电话打通了："大哥，若是上市竞拍的话，多少家单位一轮轮竞拍下来，价得飞涨多少倍啊，您这不是要我的命吗？您不能对我见死不救啊，怎么啦这是？叶玫瑰她，惹着您了？"

"没调教好的兵，就别让她出来闯世界！"蒋局长恨道。

"大哥，您一定得给我个机会让我给您赔罪，把您的气调理顺了，再调教一下叶玫瑰那个不知轻重的小丫头。咱哥儿俩的情绪是连着的，您不乐呵了，我睡不着啊，您就当可怜我吧大哥！"冯威龙低三下四道。

"好吧。"蒋局长以施舍的口气答应。

放下电话后，冯威龙一副摩拳擦掌的样子："既然这位爷好这一口——"

这天，冯威龙引领着蒋局长走进饭庄雅间的时候，叶飞舞、叶玫瑰、吕麝、小刀等七八个漂亮的年轻女人都已等在那里了。

冯威龙亲热地拍着蒋局长的肩膀向大家介绍：

"这是土地局的蒋局长，是咱们的财神爷，下来检查我们的工作。"

蒋局长反捶冯威龙一拳，开玩笑说："对，我今天来，除了看这位老朋友，还顺便检查一下你们的精神文明建设，尤其是考察你们这位董事长，是否有养小蜜现象。"

大家都笑了。

"土地局长？"叶飞舞没心没肺、大大咧咧地问，那团亮光在她的大眼睛里忽闪忽闪地灼灼耀动着，"就是说，您掌管着全市的土地？"

"瞧你说的，更多时候只是个摆设，为人民服务的。"蒋局长谦虚道，但他明显变得兴奋，不停地搓着手。对叶飞舞这样一个美女没反应，那就不是一个正常的男人了。

"我第一个反应就是要'近土豪，分田地'。"叶飞舞说。

"近到什么程度？零距离？"冯威龙玩笑。

大家笑成一团。

吕麝从大包里拿出了本书送给蒋局长："请多指教。"

"哟，都出书了啊，还是个女作家，一定好好拜读。"蒋局长接过书道。翻开第一页，眼前又兀地一亮，上面有一张吕麝长发飘逸、超凡脱俗的照片，凌乱而长的发丝拂动在吕麝额前，似被风轻轻地吹起，那气质里的柔弱和唯美会拨动所有人的心弦。

"哎呀，文学女人的美真是别有一番味道，有一种清雅的气息，那是一种蕙质兰心。"蒋局长继续夸道。

叶玫瑰的脸色变得不自然。

蒋局长笑道："哟，今天来了这么多美女。你冯总手下，简直一个美女兵团啊。"

冯威龙玩笑道："我担心一个美女照顾不了您，所以把全单位最漂亮的都请来了。"

蒋局长指着冯威龙笑道："坏！坏死了！自己整天处于小姑娘们的围追堵截之中，反嘲笑我这渴着、饿着的。"

叶飞舞赶紧端起酒杯："怎么能让我们的土地爷渴着呢？我先敬您一杯。"说罢一干而净。

大家哈哈地笑成一团。

冯威龙往喝茶用的两只大杯里各倒满了酒，递到蒋局长眼前，认真道："大哥，我敬您一杯！刘备言，'女人如衣服，兄弟如手足'，您可不能重色轻友啊。您若重视我这个朋友，就干了这杯！我先干为敬！"

小刁将那一大杯酒从冯威龙手里接过来，说道："我替我们冯总喝了！有事助理当服其劳。"说罢一饮而尽。

大家拍手称好。

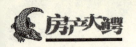

蒋局长道："敢情我是没人疼的了。"

叶飞舞接过话茬："我疼你。"说着，用公筷夹起一块肉送进蒋局长的嘴里。

大家拍手，笑得前仰后合。

因几个女人分坐在冯威龙两边，蒋局长就在旁打趣："哎呀，真是有什么不如有实权，县官不如现管。女人真是势利的生物，瞧这几朵金花，里三层、外三层地将冯总团团围住，围得密不透风，生生地将我给晾了。"

叶飞舞机灵地马上接上话茬道："围攻您是我们后面的压轴戏，您来之前冯总就对我们交代了，让我们对蒋局实行围攻政策、瓜分战术，我先瓜分您一口！"说着自己喝了一口酒，并给蒋局长端起了酒杯，"敬您一杯！"

大家拍手。

"女战士们，革命重心发生转移，你们都'近土豪，分田地'去吧！"冯威龙在旁起哄。

女士们便都分别敬蒋局长酒。

吕麝敬蒋局长酒时，冯威龙打趣道："吕麝是单位有名的笔杆子，你干脆写本书，《我和蒋局长的那一夜》，肯定走红。"

"不对，干脆写，《我们和蒋局长的那一夜》，肯定畅销！"吕麝接着说。

大家哈哈地笑成了一团，有的笑到了桌子底下。

只有叶玫瑰，桌上一句话也不说，脸色极不自然，在那里如坐针毡的样子。

"女强人，来，喝一杯。"倒是蒋局长先主动招呼起她来。

叶玫瑰自我解嘲："离了蒋局和冯总的提携，我叶玫瑰什么也不是。不是有句话说么？女人没有美貌悦人的话，才会想到用思想和能力，像在座的其他几位美女这样，只一朵花一样，让男人欣赏便可了，什么都可以得到。像我这样不识抬举的女人，以后只能靠拼命工作来养活自己，女人去做强人的话，也是让你们男人给逼的。我先自罚三杯！"

说着便负气地连喝了三杯，呛得咳嗽起来，眼里噙满了泪。

就在这时，冯威龙的手机来了个电话，他一看来电显示便像有什么秘密似的，马上起身到雅间外去接听了。

也不知怎的，那雅间的隔音效果非常不好，冯威龙在外面压低声音的通话声被里面的人听了个一清二楚：

"什么？梁小妃要一百万？不就是过一夜么？她要价也太高了些！演了一部走红的电视剧她就飞上天了！"冯威龙说。

对方不知又说了些什么。

"好吧！就依她！你跟她说，我冯威龙不差钱！"冯威龙又说。

雅间内的每个人都变了脸色。尤其是叶玫瑰，赶紧低下头去吃东西以掩盖自己内心被锯了般的痛楚。

而叶飞舞的眼睛，却腾地一下亮了！

冯威龙接完电话回到雅间内的时候，对大家说假话："施工队的沈三，老追着我要工程款。"

蒋局长可不避讳什么，笑着揭他的底："怎么，冯总跟女明星梁小妃还有一腿？你小子简直有通天的本事啊，什么时候把她也给我介绍介绍？"

冯威龙丝毫也没有被揭了老底的难堪，反倒有一种隐隐的显摆，故作谦虚道："女明星也是人。"

蒋局长又道："同样是生在新社会，长在红旗下，我们穷得都快光屁股了，你冯老总却过上了旧社会的王爷们才有的三妻四妾的日子，这让我们贫下中农的心理怎么平衡？不行，得罚酒！"

蒋局长说是玩笑，表情却有嫉妒之色。

"好，我认罚。"冯威龙笑着喝了酒。

大家继续不咸不淡地吃着饭，一个女服务员过来倒酒。

冯威龙偷偷地去摸那女服务员的手，就在叶玫瑰的眼皮底下，像酒会上那次那样，那双窸窸窣窣地迅速抽走的手，他自认为谁都发现不了。随后，他将一张百元票子塞进那女服务员的手里——

叶玫瑰的脑子嗡的一声，眼前出现了一种幻觉：

一场春雨后，大地蠢蠢欲动。

雨后春笋般，一株株禾苗顶着各自蘑菇状的土块，从这里那里的土里争先恐后地钻了出来……土块下面，分明是一个个女人或娇媚或妖冶的脸。

叶玫瑰踩着泥泞满地跑着，咬牙切齿地一个个去踩那些小蘑菇。

有的被踩碎了，有的被踩烂了半截，被踩得剩下半截脸的，还在对着小镜子描眉画眼。

但这里那里地，又有新的禾苗顶着蘑菇状的土块钻出来了，一个个摇头晃脑地扯着嗓子尖叫着：

"野火烧不尽，春风吹又生！"

……

叶玫瑰激灵了一下，眨眨眼睛，思维回到了当前。

在那一刻，所有的一切都轰然倒塌、土崩瓦解。

叶玫瑰心里发出一声滑稽的轻笑和鄙夷，竟然没有一丝妒忌的感觉，她便知道，

她对他的感情已经灭了。一个只认年轻漂亮而不去管心的男人，原不值得她去爱。因为总有一茬比一茬更娇嫩的年轻女孩子们涌现。她原想用心去爱一个男人。她总愿意相信，总有能靠心争取到的爱情。可心在哪里？心是什么模样的？

他的心，已经被世俗染遍、浸透了。

这样的一个男人，又如何能承担起她一生漫长的托付？

叶玫瑰发现自己那么汹涌的感情总算退下去了，是她自己人为扑灭的。他的风流，与她全无干系。这有多么好，她总算战胜了自己，此后的一切将变得简单。

她整个人成了一块冷硬的石头，对世事已经勾不起一丝温暖。往日的动情和温情早已被风吹得凌乱不堪，四散而去，连她自己也不愿再回头正视一眼，更不要说去收拾。她对过往，已经不再认账。

酒席临散的时候，冯威龙将蒋拉到一边小声问："有喜欢的么？"

"我又不是畜生，见着个母的就想交配。我就要叶玫瑰，这股劲，我还较上了！"蒋局长甩下这句话走了。

冯威龙愣在那里。

叶玫瑰在旁听见了，趔趄了一下，忽然感觉到一种暗无天日的绝望，赶紧扶住了旁边的墙壁。

这时叶飞舞走过来了，洋洋自得道：

"冯总说了，让我好好干，以后有可能提我当公司的总经理，并且吸收我为公司的股东。"一副百般显摆的样子。

叶玫瑰兀地怔住，一片混沌在瞬间化开。

她滑稽地笑了笑，无声道："那你自己就等着看，是否有那么一天。"

第二天，冯威龙将叶玫瑰喊到了办公室里，一副公事公办的样子，冷脸摊牌道："现在给你两条路：一、把和蒋局弄僵了的关系恢复了，你在公司的职位和待遇一切照旧；二、你若还保持那个牛脾气的话，这个副总的职位我另选他人，跟蒋局和市里其他部门的人际关系，我让叶飞舞接上茬。她虽然素质差些，但毕竟有形象方面的好底子，我好好调教一番，也说不定能成大器。你去销售部怎样？销售部的工作也很重要。"

叶玫瑰怔在那里："所有的一切都是泡沫。我终于看清了与他之间的关系，从他那里，什么也得不到，既得不到男女之间的感情，也得不到事业上的什么发展，所有的付出都是一场虚无，甚至抵不上别的女人的一个轻薄的举动。"

这一遭，使彼此间的感情真正伤了。

"我考虑一下再给你答复。"叶玫瑰"啪"地一声摔门出去了。

她必须给自己杀出一条血路来，撑出一片自己的天空，寄人篱下，有多么被动。她要靠自己赤手空拳闯出天下。她已经一无所有，不是吗？所谓绝处逢生，她的脚步渐渐踏实起来。

十四　叶玫瑰与冯威龙分道扬镳

叶玫瑰将一份辞职报告递到了冯威龙的面前。

"什么？离职？哪有这么便宜的事？！"冯威龙举起那份报告"啪"地拍在桌子上，一下翻脸了。

"你想怎样？"

"你跟公司订的劳务合同还没有到期！公司白白培养你吗？要走的话，除非交一笔违约金！"冯威龙拿过计算器啪啪地摁着，然后显示给叶玫瑰看。

叶玫瑰苦笑道："什么？这比我从你那里挣到的工资之和还要多。"

"谁让你背叛我？你竟然背叛我？！"冯威龙恶狠狠地说。这一刻的冯威龙，露出了狠的一面。

"背叛？"叶玫瑰怪怪地笑了下，"什么叫背叛？难道非要死在你手里，就不算背叛了？你现在大可以以一副高高在上的看背叛者的目光审视我，可你对我有过多少背叛？在我像牛一样为为公司四处奔波卖力的时候，你却和别的女人调笑嬉闹。我不图什么，不图利，不图地位，只图你对我的一份感情，一份男人对女人的感情，可你生生地就是不给我！这些年，我为你付出了多少？"

"离开了我，这个世上，还有谁像我这么喜欢你，罩着你？"冯威龙又道。因为真正懂得她最软的穴位在哪里，所以这时冯威龙拿出了他的杀手锏来。

叶玫瑰辛凉地苦笑道："你做的一桩桩的事，清清楚楚地摆在那里，你竟然还能说出这样的话来哄我？我的心已经寒透了，我整个人已经凉透了，纵使你想来暖，也暖不过来了！当然，这也仅仅是我自己的想当然，你压根儿也不想暖。你原本是个随意的人，既不负责任，又喜欢随意招惹，枉费了我对你那么深刻的感情。我怎么都想不通，那一段时日里，怎么就对你那么炽热。原来，我总认为你是个与众不同的男人，有情有义，有担当有自制，却原来也是一个轻佻的男人。当然，首先因为那些女人本身轻佻，但对轻佻的女人有迎合，这本身就不是一个严谨男人的做派！当然，我自己也该归到这类女人堆里。只是我原以为你的那些温情都是对我一个人的，才对你产生回应。因为这敞开，我看见了你几乎全部的生活。想想我原来为你，那彻夜不眠的无声哭泣，那风里雨里的辛劳奔波，一切是多么不值！所有的感情都是有回有应的，既然你对我如此，我对你也就得变淡。"

她的怨愤被彻底划开了一个口子，噼噼啪啪地发泄了一番。

135

冯威龙平静地听完叶玫瑰的控诉，嘴角轻蔑地撇了撇道："你以为你是谁？"

"是啊，铁打的营盘流水的兵，只要公司不倒，就总有一茬又一茬的人来应聘，就总有女人对你讨好、逢迎，所以，若干分之一的叶玫瑰算得了什么？可我自己是自己的唯一。不说这些了！"叶玫瑰使劲摇了摇头道，"其实我们都明白，太多的恩恩怨怨，已将彼此间的那份感觉啃咬得千疮百孔，无法修补，扔弃是唯一的办法。"

叶玫瑰苦笑了下，神情在一瞬间变得淡然，她轻盈地一甩头，向外走去。

但走了几步，她又回来了，说道：

"我很感激你这次没有再提要吸收我为公司股东的事。不然，我感觉自己像一只猴子，被反复地耍。

"那天在街上，我看见一个耍猴的人，手中高高地拿着一个桃子，但绝不举到猴子能够着的程度。那只小猴子，被那枚红红的桃子诱惑得上蹿下跳，抓耳挠腮，按着耍猴人的指令做着各种滑稽的动作，为耍猴人卖艺赚钱。

"我想，你一定对那幕场景知之甚详，并运用自如。那一瞬间我看见了自己，就是那只被耍的小猴子。

"即便是有一天，那只小猴子终于发现了真相，赌气离开耍猴人逃跑了，对那个耍猴人也没有丝毫的损失，他训练下一只猴子还忙不过来。至于上一只猴子的心力衰竭，它的被羞辱、愚弄，他连回忆的工夫都没有。"

说完，叶玫瑰义无反顾地回头离去，背影那么执著、坚定。

说不清什么原因，她的泪水一股股地涌出来。这里承载过她太多的希冀与苦痛。

当初，她是那么义无反顾地奔向这儿，抛弃了一切，如今，除了满心的创伤，一无所获，却平白无故地被南来北往的风踩躏了一番。

郑小燕恰巧煲了一罐汤，给冯威龙送到办公室里来，正巧碰见了两人的争吵。

叶玫瑰在场时，冯威龙还一副强硬的架势，只是她一走，冯威龙的身体微微摇晃了一下。"给我拿一把凳子来。"他语气脆弱地说。

郑小燕赶紧拿过一把凳子去。那一瞬间，冯威龙忽然变得那么颓然无力，一副受了重创的样子，一改平时的强悍，丝毫不再掩饰自己的脆弱和沮丧。

"是单位的惨重损失，也是自己用人的失败。我一心栽培的人，朝我的心口上，给了我重重的一击。"冯威龙指着自己的心口说。

郑小燕在旁深深地看了冯威龙一眼，她的心猛地痛了一下，从来没有像这一刻，他这么无遮掩地显露出自己的脆弱，他被某种失败感给重重地挫伤了。她忽然升起一股念头，该为他分担些什么，这才是一个妻子该做的。对于公司的事，她平时的态度是事不关己，高高挂起。

"晚上给我准备点安定，我已经三天彻夜未眠了。"冯威龙沙哑着嗓子说。

郑小燕的心忽然痛得被针扎了一下般，看起来那么坚硬强大的一个生命，也有着许多不为人所知的艰难，真爱一个人的话，就该与他休戚与共。她要成为和他并肩作战的兄弟，这才是真正能进入他内心的女人。因为事业的扩展是他内心深处最宏大的野心，最强烈的愿望。到那个时候，她在他的心中，自然就有分量了；到那个时候，恐怕他想不爱她都不成。一个人，自己本身没那么大的分量，只自怨自艾，又有什么意思呢？情感是靠乞求能得来的吗？

她很少想到过，冯威龙有些时刻是脆弱无力的。面对世事的艰难，他也想利用一点女色帮自己分担点什么，这原是再正常不过的心理，他其实也是一个脆弱的生命，也疲惫，也无力，在无法承担那份负荷之时，便对周围的人心生怨气。

她心里应该明白，她清雅淡泊的生活是靠什么支撑着的。

面对企业的摇摇欲坠，她想的不是怎样全力帮他，而是因他跟其他女人的接触而闹情绪、耍态度，这该是与他患难与共的女人的态度么？

从来就没有一劳永逸的感情，所有的感情都是靠争取的。

想到这里，郑小燕跃跃欲试地站了起来，一字一顿道：

"我想重新回公司工作，像叶玫瑰那样，在事业上成为你的左右手。"

"真的？"冯威龙惊喜道，腾地一下站起来了。

那一瞬间，郑小燕看见冯威龙的眼睛腾地一下便亮了。

那团亮光闪着久违了的亲切、温暖，那么刻骨铭心地镂刻在她的记忆中。在以后的日子里，为了那团亮光的一次次点燃，她像个陀螺般不分白天黑夜地忙着，像身处漫漫寒冬里的人对炉火的向往，像一个中了毒瘾的人对毒品的渴望。

那一刻，她还没有意识到自己的悲凉。

"其实，最初创业时你跟我一起打拼，各项业务都熟悉，比雇那些新手强多了，何况我们又是夫妻，两人一条心，你早就该回公司帮我的，这些年偏要去当什么小学教师！"冯威龙惊喜之余埋怨道。

"实话告诉你吧，燕子，就是这个叶玫瑰，一直想从你手里将我夺过去，并几次以离职想要挟我。哼，我们俩之间，是多少年的感情了，岂是她一个半路上来的外来者轻易能动得了的？她也太不自量力，心也太大太野了！我是宁肯失去一个将才，失去半壁江山，也不能失去你，不能毁掉我们之间的感情的！"

听到这话，郑小燕被震撼得双泪长流，她上前猛地紧抱住冯威龙，声音颤抖地诉说着衷肠：

"威龙，有你这句话，就是为你、为公司，将我这条命豁出去了，也值了！"

冯威龙安慰似的拍拍怀里的郑小燕的后背：

"平时里偶尔跟那些女下属们调调情，不过糊弄着她们好好干活，为咱拼命而已，就只有女人能利用女色，我就不会利用我的男性魅力糊弄她们争相讨好我，争

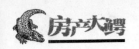

相拼命工作啊？横竖挣的钱进的是咱家的账户。我心里有杆秤，谁也抵不过你在我心里的分量。"

郑小燕擦一把泪嗔笑道："你那些鬼点子！"

郑小燕前脚刚离开董事长办公室，冯威龙便拨了个电话："叶飞舞，你过来一下。"

叶飞舞小心翼翼地进了办公室。

冯威龙以从来没有过的殷切和亲切眼神看着叶飞舞道："前几天蒋局长来时，你在酒桌上的临场发挥带给了我很大的意外和惊喜，我原来真是小看你了。我还老想外出招聘，没想到我眼皮底下就人才济济，你有跟叶玫瑰一样的好形象，比她欠缺的，只是内涵。这些书你拿去看，好好充实自己。我希望她的那一摊，你能很快顶替上去！"

"谢谢冯总的栽培！"叶飞舞受宠若惊道。

办公室内，叶玫瑰情绪低沉地在往一个纸箱里收拾东西。

宋晓晨推门默默地走了进来。

"真要走？"宋晓晨心情复杂地小声问。

叶玫瑰打量着四周，心酸道："到了缘尽人散的时刻了，继续待在这里，除了能死得很早，什么也得不到。不过好在还有剩下的命，我要逃生去了，拎着残破的自己。"叶玫瑰说着，泪水瞬间盈满了眼眶，"这份工作，耗费了我太多的心力和感情，到头来，无非是一场无谓的耗费，还让自己的身心落得伤痕累累。这里，真是我的一处灾地。"

叶玫瑰抹去眼角的泪水，佯装轻松和坚定地说："不过从另一个角度讲，我也感激他，但凡能感受到一丝温暖，我也下不了这么大的决心。这一天天的，不是人过的日子！不管是怎样小心地对他，他也不会对我更好一些，我彻底看清了。他不是个别人能轻易左右得了的人，与其把精力放在与他的关系上，不如放在对自己的经营上。等自己强大了，他对我自然也就高看了。"

宋晓晨伤感道："说起来，这会儿，我应该高兴才对，因为内心里，我一直嫉妒你和冯威龙之间的关系，但此刻我却一点也高兴不起来，作为好朋友，情绪都是相连的，你有这么大的不痛快了，我又怎么能快乐起来呢？"

"谢谢你，在这个单位里，唯有你，给了我很多温暖。"叶玫瑰说。

宋晓晨忽然升起了一个念头，冲动道："真想跟你一起走，我们俩联手，杀出一条血路，做出一番事情来！"

叶玫瑰眼睛一亮："那还犹豫什么？一开始我就不赞同你来这里。"

宋晓晨的情绪又落下去了，伤感道："我不能走，我和他之间，还有另外的一笔债没有清。"

宋晓晨又关切地问："下一步你怎么打算，再去找一份工作吗？"

"坚决不！这些年来，我受够了人在屋檐下的屈辱和低贱感，再也不要看人脸色过活。我就不信，人只要活着，就杀不出自己的一条血路！这世上有那么多人，活得有滋有味，怎么单单我就不行？创业难道比登天还难吗？什么事不都是人做出来的？至于具体干什么，我现在还只是一个模糊的概念，成形后再跟你说吧。"

"好吧。"宋晓晨惆怅道。

稍稍停顿了下，叶玫瑰问："晓晨，你为什么对我这么好？"

"因为你的身上，有另一个人的影子。"宋晓晨说。

叶玫瑰的身体痉挛般抽动了一下。

而宋晓晨并没有发现这一点，他的目光看着远处，幽幽地说："失去了她之后，我才明白她在我心目中的分量有多重。也正因为失去了她，我才明白该怎样去爱一个人。"

叶玫瑰的眼里忽然有泪花闪烁。

叶飞舞这时走了进来，手中拿着一支笔，敲着杯子当锣，笑唱道："帝国主义夹着尾巴逃跑了！"

宋晓晨不舍地将叶玫瑰送出了办公楼，送到了楼下的马路上，冯威龙透过办公室的窗子看见了，眼里射出一股寒气。

叶玫瑰抱着那残破的纸箱走在大街上。全部的家当只有身上的这些，但她有一种死里逃生般的感觉。这段错误的过程，总算结束了，经过了那么多、那么久的挣扎之后。

她走在街上，望着周围的店铺，想着哪里有商机，怎样在空气里生出钱来。这些年来，换过几家单位，人在屋檐下受了多少委屈，如果把放在单位上的那些心力都用在自己的创业上，会是一番什么局面？

她向远处走去，脚步变得越来越坚定。

第三章 叶玫瑰与冯威龙之间的商场激战

一 叶玫瑰与冯威龙：最初的商场较量

在一间环境优雅的茶室里，叶玫瑰和蒋局长分坐在两边。一种难堪的沉默。

叶玫瑰的脸上化着惨淡的妆，一副元气大伤的样子。

"稀罕啊，今天怎么想起请我喝茶？又为了哪个房地产公司的老板来求我办事啦？"蒋局长冷嘲热讽道。

叶玫瑰敬畏地看一眼对面的男人，无声地给他倒了一杯水，由衷道："在我叶玫瑰穷途末路的时候，对面能有您这样身份的一位男人坐着，这种感觉，很暖。"

"有什么事，直说吧。"蒋局长轻蔑道。

"是为了我自己。我想注册一家房地产公司，想获得您的鼎力支持。"叶玫瑰低着头一字一顿地小声说。

"噢？"蒋局长的眉毛挑了挑，"我很好奇你还有什么资格来跟我提要求。"蒋局长傲慢地吐出了一口烟圈。

"我是没有任何的身家背景和财力支持，可我像一座被压抑太久的火山，只要有一个出口，就会迸发出疯狂的热情。我的工作能力，我想您是了解的。我叶玫瑰空手打天下，只有您能帮我一把，您用自己在这座城市里建立起来的人际网络来帮我。作为您的辛苦回报，我想把新公司百分之四十五的股份给您。当然，创业初期，可能除了一个公司的空头衔，一无所有。可我希望，您把这个赌注往我身上押一押。"叶玫瑰无比恳切道，恭敬地将一份合同给蒋局长递了过去。

蒋局长看也不看，依然抽着自己的烟。

"因曾真切地体会过都市青年住房的艰难，创业初期开发那种小 loft（小户型双层复式屋），二十至四十平方米的，专门针对想结婚的都市年轻人的刚性需求，我想会有大量的消费市场。一旦羽翼丰满、实力雄厚后，我们再针对'大庇天下寒士'一直面向高端客户群的市场定位，调整公司的战略方位，跟他们紧紧咬住，从而将'大庇天下寒士'在本市房地产市场上的龙头地位争夺过来！"叶玫瑰滔滔不绝、心怀憧憬道。

蒋局长也被感染了，道："倒是气吞山河——"

"当然，我们跟'大庇天下寒士'之间隔着这么多的岁月，尽快将公司做成能和他们势均力敌、平分秋色的程度谈何容易。但我们也有我们的优势，您的人脉，加上我的疯狂，这两股力量汇合起来，会形成一股破竹之势！我相信，在不久的将来，风城房地产界腾空而起的一匹黑马，是我们俩在驾驭的！"叶玫瑰热血沸腾道。

空气停滞了很大一会儿，烟雾在茶室里弥漫着。最后，"成交！"蒋局长说了句，将手中的烟蒂在烟灰缸里捻灭了，跟叶玫瑰郑重握了下手。

"但是官员从商是大忌讳，我们的合作方式不要有任何的文字记录，免得授人以柄。我们之间，只口头约定便可以了。"蒋局长说着，将那份合同撕了。

"也好，请您相信我，绝不会在背后搞小动作。我本在大树底下乘凉，树若稍有闪失，荫凉何在？"叶玫瑰道。

"你明白就好。"蒋局长说。

"另外，世事的艰难，远远超出了人的想象，你也别太乐观了。"蒋局长又嘱咐。

"我有心理准备。那我们具体谈谈新公司的运作？"叶玫瑰道。

……

在一栋豪华的写字楼内，穿着得体的职业装的女秘书推开门走了进去，道："叶总，参加会议的公司中层以上干部都到齐了。"

一张老板椅兀地转了过来，连同那椅上坐着的原本正俯瞰着玻璃窗外的城市楼群的女人，虽然眉宇间添了很多凝重，穿着正装，但还是让人一眼就认出了，竟是叶玫瑰。

她是这里的王，自己的王。

叶玫瑰的脸上虽然添了很多自信和老练，但也有了些许的沧桑。

"知道了。"叶玫瑰紧绷着脸欠起身来出门。极力地高仰着头。因为那曾微弯着的腰，诉说着过往的屈辱。

而今的叶玫瑰，再不是原来的那个人。只有权力、地位才能真正地撑起一个人。她变得不苟言笑。

她匆匆走过的地方，"叶总！""叶总！"原本正埋头工作的女员工们齐刷刷地站起来纷纷招呼。

会议室内的大圆桌周围坐满了清一色的穿职业装的年轻女人，看起来都很精明能干，对叶玫瑰众星捧月一般，一个个严肃地汇报着什么。

"大庇天下寒士"的办公室内，郑小燕从电脑上抬起头来，对冯威龙说："威龙，告诉你个事，你的老下属叶玫瑰自己开了个公司，最近风头很厉害，我们可得小心了！"

冯威龙惊道："什么？她敢造反？"

郑小燕认真道："叶玫瑰这人心思颇重，绝非等闲之辈，你不可小觑她。"

"哼，一个小鬼，谅她也掀不起多大的浪头！"冯威龙不以为然道。

"只是我听说，有蒋局长在背后做她的坚强后盾，她公司运营上很多棘手的事情，都是蒋局长出面帮她打理、疏通的。"郑小燕道。

"什么？还有比这更让人膈应的么？"冯威龙失态道。他的内心，像有一个巨大的火炉在燃着，将他的脸灼成了猪肝色，他把手中的烟在烟灰缸里碾了又碾。

他发现自己的手都抖起来。

春日里的一天，叶玫瑰驾着车来到远离市区的碧水湖边踏青，想休整一下多日的疲劳。

湖很大，周围都是芦苇滩，没有任何污染，这个湖供给全市的生活用水。

她的眼睛忽然一亮，一道灵光兀地在眼前闪现，她马上拿手机打了个电话："晓晨啊，是我，叶玫瑰，我现在在碧水湖边，你方便的话马上过来一趟，我有重要的事想跟你商量！"

过了会儿，宋晓晨骑着摩托车匆匆地赶来了。

他没有留心，有一辆出租车一直在尾随着他。

"什么事啊这么急着喊我来？我从你的语气上听出来了，准是好事！"宋晓晨对叶玫瑰说。

"先看看，这周围的环境怎样？"叶玫瑰兴致勃勃道，内心里似裹着一个极大的秘密。

"当然好啦！一靠近这片湖，五脏六腑、全身的每一个毛孔都被清洗干净了的感觉，要多舒服有多舒服！"宋晓晨道。

叶玫瑰笑着又这里那里指给他看："快看，野鸭子！有一条船从对面划来了！船是水面上的精灵。"

两人纵情欣赏了一番后，叶玫瑰定定地看着宋晓晨的眼睛道："晓晨，假如你住在这湖边上，这一片湖就是你家的院子，会有怎样的感受？"

"我会感慨，上苍终于看见了我这些年在都市的钢筋水泥间到处奔波的身影，像一尾被抛在岸上的苟延残喘的鱼，于是把这样一湖水赐给我！南面还有山，玩够了水，我再去爬山，那我活得简直就像神仙一样了！"宋晓晨认真地回答。

看着叶玫瑰一副胸有成竹、心怀窃喜的样子，他很快反应过来，惊问："你想在这里开发一个楼盘？"

叶玫瑰笑道："不错！如果在这个湖的周边开发一个楼盘的话，得天独厚的地理环境将是独一无二的，市区里的任何楼盘纵是怎样涂脂抹粉也比不上这里，这样销售的价位便可提得很高。当然，这里离市区远了些，但可以通一条小区客户专用接送车。听说未来几年市里要在碧水湖四周修建环湖公园，那么市里来这里的道路将加宽，很可能增加公交车线路，那么，交通问题便会迎刃而解。"

"这个创意实在太好啦！再没有比这更好的选择了！我原来也来过这里，怎么就没有联想到这点呢？"宋晓晨兴奋道。

叶玫瑰心怀窃喜地激动道："这样一处开发楼盘的宝地，其他开发商竟然没有人早我一步想到，真是天助我也！会大赚一笔的！我今天来这里散心，并萌发这个灵感，是冥冥中一股神秘力量对我的牵引，是上苍想让我叶玫瑰大干一场了！老天爷也开始对我这历经沧桑的生灵生了庇护和疼惜之心。"

"所有的建筑可采用欧式海滨风格，一定要用红屋顶！让住在这里的人，时时有家在风城、身在海边的感觉！"宋晓晨提议。

"好主意！我采纳。"

"楼盘名字借用海子的诗句'面向大海，春暖花开'，就叫'海暖花开'怎样？"叶玫瑰跟宋晓晨商量。

"好名字！"

"那么我回去便快马加鞭地着手一些工作。对了，晓晨，我的这个创意可千万别透露出去啊，尤其不能让冯威龙知道！他的实力比我雄厚得多，一旦动作起来，会捷足先登的！"叶玫瑰嘱咐。

"我明白！"宋晓晨道。

"设计院吗？"叶玫瑰马上打手机开始了行动。

俩人匆匆分手。他们不知道，不远处的那辆出租车里，有一双眼睛一直在观察着他们俩。

夜已深了，叶玫瑰匆匆进了一家建筑设计院的门。

一屋子设计人员在等着她。

没有任何寒暄，甚至连手都来不及握，便急匆匆地落了座。

设计人员将初步设计的外观图样一张张地在墙上放着幻灯片。

"这个地方的图案太过复杂，去掉！"叶玫瑰果断地说。

"好的，叶总！"设计人员便记下来了。

"这墙面的黄色要淡雅一些！"叶玫瑰又要求。

"记下了，叶总！"设计人员又道。

会议室里清一色的男人，连空气都是绷紧的。灯的光线似乎都有些疲惫了，屋子里烟雾缭绕。

"到小卖部里买袋方便面来泡，我们接着讨论！"叶玫瑰吩咐。

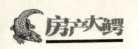

在浓烈的烟雾中，墙上的表针咔咔地走着，已指到了凌晨两点。因为夜深，那咔咔的声响便分外刺耳。

"楼盘建筑的总体风格是欧式、海滨，希望你们再改一稿给我看看！"叶玫瑰以不容置疑的口气要求说。

······

这天，叶玫瑰领着几个人在碧水湖边勘察地形，忽然，她看见不远处有一帮人也在勘察地形，里面有一个熟悉的身影，竟是冯威龙！

叶玫瑰一下懵了！

冯威龙也看见了叶玫瑰，向她走了过来，道："怎么？在我的地盘上帮我勘察地形，有重新归顺到我门下的意向？"

"你的地盘？"叶玫瑰惊问。

"是啊！我的征地手续都已办完了，有的人还在这里运筹帷幄、指点江山，你说，这是不是一件滑稽透顶的事情？哈哈哈！"冯威龙得意地大笑道。

"你以为姓蒋的会帮你一手遮天？可这里地属远郊，天高皇帝远，姓蒋的手指头还未伸到这里，我便已将地拿到手了！"冯威龙又发狠道。

叶玫瑰顿觉全身发虚、两腿发软，但使劲支撑着自己免得失态。

"你出手真够快的，"她涩涩地笑了一下道，"你怎么会，也想到了这块地的商机？"

只有她自己知道，此刻的她内心其实多么懊丧。她为这块地耗费了那么多的心血，现在全白费了。也是到了这一刻，她才意识到，他们之间，已经真正成了商场上的竞争者。

冯威龙嘴角浮上一丝冷笑，道："我说过，你从来就不是我的对手！"那一刻，那张棱角分明的脸上充满杀气。

冯威龙就站在她对面，隔了几年的时光，多少个日日夜夜，彼此已经有些生疏了，也疏远了。

但曾经，是自己那么用心爱过的一个男人，也是他，几乎将自己置于死地。

叶玫瑰心潮起伏得久久难以平静。有一瞬间，像一阵风吹来，忽地吹去了那些密密麻麻地覆盖着岁月的树叶，旧日的一些细微温馨的感觉忽然就回到了眼前。"为什么？就不能好好地相处？我不是没有试过，直到离开之前的最后一刻，我还在尝试沟通。"她心里说。

她的眉头紧皱着，眼里充满了痛苦的泪水，这是个让自己最痛苦的男人，因为他祸害了她的宝贵时光，她无价的生命。

"哟呵，自己也当老板了？长本事了嘛。"他站在那里，嘴角撇了撇，阴阳怪调道。

叶玫瑰又被击得趔趄了一下，冷眼看着那张硬邦邦的脸，冷言道：

"那应该感谢你！如果不是当初你置我于死地，我也走不到今天！"她接着说，"否定、批判、伤害，你依然对我施加这些！到了这一刻，你依然伤害我！你以为对我造成的伤害还不够吗？是谁赋予你的权利，可以随意地恶语伤人，对人进行精神上的摧残？仅仅因为，那个人离你近些？我原以为，那种锋利再也不会在我的生命里出现，可是你像个恶魔一样今天又走到了我的面前，明明是你亏待我，却还在这儿大言不惭地出口伤人！我自己拉杆子、自立门户就是背叛，就是野心膨胀，可难道就只许你冯威龙一个人呼风唤雨，我就得一辈子久居人下？说到底，就是我在你心里很低贱，但我又能比你低贱多少？"

"听说你是跟姓蒋的联手组建的公司？我堂堂冯某人倒成了你的垫脚石、敲门砖？"冯威龙嫉妒得两眼冒火道，"这是我最憎恨你，最接受不了的地方！"

叶玫瑰惨淡地苦笑了下："但凡是一条人命，总得活。你不给她活的机会，她只能找别的活路。即便在你的眼里，她的命，是一条贱命。"

叶玫瑰说罢扬长而去。

"冯威龙，你等着！"叶玫瑰对着一片空茫发出一声仇恨的大喊。

一年后的一天，戴了墨镜的叶玫瑰隐身坐在一辆车里，看着不远处"碧水湖岸售楼处"挂了彩带、气球的热闹装饰，洋洋自得地给宋晓晨打电话："晓晨啊，一年前，你们冯老板从我手里硬是夺去那块地，建成了碧水湖岸，不亚于将我快到嘴的一块肥肉给活生生地夺了去，今天可是他冯威龙吃大餐的时候，怎么样？碧水湖岸今天开盘，销售如何？"

宋晓晨在电话里说："销售状况惨淡不堪，原来交了定金的纷纷要求退单。"

果然，只见碧水湖岸开盘日整洁气派的销售大厅里，虽装饰一新，彩带飘舞，售楼人员也整装待发，但来人却寥寥无几。

不远处的叶玫瑰看着售楼处的冷清，嘴角浮上一丝快意的笑。

办公室内的冯威龙急得团团转："怎么回事？碧水湖岸的环境得天独厚，销售场面应该抢破了头才对，怎么会出现这样的意外？"

"威龙你快来看！"正在一边看电脑的郑小燕喊道，"网上本市房产论坛上有一篇文章《关于'碧水湖岸'的三大硬伤》。"

"一说这里背山面水，向来是坟地的选择。住在这里的人，会日夜承受阴气的围攻——"

"纯粹是无稽之谈！"冯威龙气道，"但中国人向来重风水，显而易见，这篇文章是有人故意使坏写的！"

郑小燕看着电脑接着说："第二，碧水湖岸跟凤城死刑犯的杀人刑场之间有一条小路相通。不知有多少鬼魂因被判了死刑，而一路哭喊着远离刑场而去，中间路

过碧水湖岸——"

"简直胡扯!"冯威龙又气道,"碧水湖岸跟杀人刑场相距有六十里路!"

郑小燕接着念:"第三,说碧水湖岸的东面有一片垃圾焚烧场,产生能使人致癌的剧毒物质二恶英。"

"那片垃圾焚烧场离这里有三十里路,况且,这里很少刮东风的呀!"冯威龙急道。

"这篇文章在知名网站的房产频道上到处张贴,很明显,是有人故意为之的。会是谁呢?"郑小燕滚动着电脑的鼠标道。

冯威龙的眉毛紧皱着,眼里闪过一丝逼人的冷气,嘴角撇了撇道:"我猜到是谁了!算她狠!走着瞧!"

喧闹的街市上,郑小燕拿着沓售楼广告单一张一张地向行人散发着:"请您看一看,您看看碧水湖岸好吗?"

郑小燕不时地擦着脸上的汗,身上的衣服就要湿透了般。已经中午了,她到小摊上买了个熟玉米啃着接着发广告。

一个气质不凡的男人从旁边经过,她上前拦住那男人道:"先生,您一看就是个层次很高的人,应该讲究有品质的生活,你看看我们盖的碧水湖岸楼盘的效果图——"那衣履高雅的男人停住了脚步,好奇地接过广告看。郑小燕对那男人起劲地说个不停。

"怎么,一般售楼的不都是小姐吗?怎么连大姐都出动了?"那男人无礼道,扔了效果图走了。

郑小燕被羞辱得满脸通红。

下午四点,风城土地交易拍卖大厅内挤得水泄不通。

戴着墨镜、一身黑色正装的叶玫瑰在几个同样戴墨镜的女员工的簇拥下气势逼人地进了拍卖大厅,看起来像黑社会的女老大。

不一会儿,戴着墨镜、也一身黑色正装的冯威龙在宋晓晨等几个同样戴墨镜的男员工的簇拥下气势逼人地进了拍卖大厅,看起来像黑社会的男老大。

双方人马各自落座了,空气中弥漫着一股浓浓的火药味。

事前的几幕场景似乎还在眼前:

莺飞草长房地产公司会议室内,叶玫瑰对在座的女中层干部们说:"我对八棵树地块垂青已久,这次拍卖会我是志在必得,希望各部门提前着手拿地后的各项工作——"

在座的其中一个女下属眼神有些鬼鬼祟祟地低下头。

"大庇天下寒士"的办公室内，冯威龙对宋晓晨说："我对八棵树地块垂青已久，这次拍卖会我一定要想法拿到手！不过我心理上能承受的最高价位是三亿，超了三亿，我横竖不要了！"

在一间茶室内，宋晓晨凑近叶玫瑰小声说着什么，叶玫瑰对宋晓晨说："八棵树地块我是志在必得！不知现场会有多少竞争对手。"

……

此时的拍卖大厅内，拍卖师敲了下小锤："大家安静！股市有风险，入市须谨慎，我们这里也一样。现在开始拍卖八棵树地块，各家竞买单位要合理控制成本，根据自身实力来报价。"

过了会儿，拍卖师宣布："八棵树地块现场竞价起价为一千万元，竞价阶梯为五百万元。"

围观人群一片哗然。

"八棵树地块起价为一千万元！一千万元！有没有要的？"拍卖师喊。

叶玫瑰赶紧举起了1号牌："一千万元！"

"一千万元！1号的女士举牌了！有没有竞争者？"拍卖师环顾左右喊。

冯威龙马上举起了3号牌："一千五百万元！"

拍卖师环顾左右又喊："一千五百万元！举3号牌的先生！还有没有？"

另外一个人赶紧举起了2号牌："两千万元！"

冯威龙马上举起了3号牌："两千五百万元！"

另一个人又举起了4号牌："三千万元！"

冯威龙又马上举起了3号牌："三千五百万元！"

叶玫瑰赶紧举起了1号牌："四千万元！"

冯威龙马上举起了3号牌："四千五百万元！"

叶玫瑰又举起了1号牌："五千万元！"

冯威龙又马上举起了3号牌："五千五百万元！"

……

叶玫瑰举起了1号牌："三亿五百万元！"

"三亿五百万元！八棵树地块现场竞价为三亿五百万元！还有没有？"拍卖师喊。

"三亿五百万元第一次，三亿五百万元第二次，三亿五百万元第三次！"

冯威龙不再举牌。其他人也没有再举的。

随着三声槌落，掌声响起。现场一片哗然，气氛火爆。

"八棵树地块现场竞价为三亿五百万元！花落举1号牌的这位女士，莺飞草长房地产公司！"拍卖师喊。

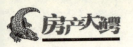

叶玫瑰终于如释重负，脸上露出了得意的笑容。

而冯威龙则表情失望，头也不抬地迅速从后门离开了会场。

"哈哈哈！"董事长办公室里，冯威龙爆发出一阵阵快意的大笑，"一个初出茅庐的小蹄子，想跟我斗？嫩了点！"

冯威龙以得意的神态看着满脸困惑的郑小燕道："这下你明白了吧？我通过宋晓晨透露给叶玫瑰的，都是假底线！假意图！这块烂地我怎么会出三亿要？三千万还差不多！我听香港的一个朋友说，巨商李大成想在八棵树地块附近建一个传染病医院。传染病医院建起后，周边的房价怎么能卖得上去？这块地，砸在叶玫瑰的手里了！她在我这里有内奸，她那里何尝没有我的内线？"

冯威龙洋洋自得道："当初，从宋晓晨看我的眼神，我就感觉出这小子对我来意不善，而且可能跟叶玫瑰有关，但我还是毅然决然地把他招来。因为把敌人放在眼皮底下，会比让他遁在不知名的所在更利于掌控。再者，我对叶玫瑰的过去很感兴趣。而一个旧识，可能正是打开她过去的一把钥匙。"

郑小燕嗔怪着："你这人，总是这么好斗。"

"所谓做贼心虚，为了掩饰自己的心虚，他会施展出比一般人更强的生命能量。不是吗？比起一般员工们，宋晓晨对这份工作付出了更多的心血，来取悦、取信于我。"冯威龙得意地撇了撇嘴道，"哼，凭我这双阅人无数的眼睛，想在我眼皮底下耍花样？！"冯威龙依然津津乐道。

郑小燕以异样的眼神看了他一眼，顿觉一阵飕飕的寒气。

宋晓晨急急地进了叶玫瑰的办公室道："上当啦！"

"上什么当啦？"叶玫瑰疑惑。

"我听说前几天的八棵树地块竞拍者都是冯威龙私下喊来'陪拍'的。而且冯威龙压根儿就不想要那块地。因为风传香港巨商李大成想在八棵树地块附近建一所传染病医院。"

"什么？这么说，那些举牌的人，都是他的帮凶，是瞎起哄的？拍卖大厅上演的疯狂抢地只是一场戏？"叶玫瑰惊道。

她马上回过味来："若建传染病医院的事是真的话，高价要的这块地实在恶心透顶！它岂不成了一块烫手的山芋？"

宋晓晨黯然道："我觉得自己的存在，是最恶心的。原本想暗中帮你一把，未承想反害了你，而且害你损失这么惨重。碧水湖岸的事情我已是一百张嘴也说不清楚，这次又——"

"别放在心上，晓晨，我相信你绝对不会有意害我。"叶玫瑰安慰。

"从今天起我便离开'大庇天下寒士'，去一家二手房中介当置业顾问了。"

宋晓晨说。

"也好，心身两处的日子不会好受，一开始我就不赞同你去'大庇天下寒士'。"叶玫瑰说。

夕阳西下，宋晓晨一个人来到了那条水雾弥漫的河边，叶小篮曾跳河自杀的那条河边。

他对着流淌的河水道：

"小篮，我又错了！原本是想为你报仇的，却无意中成了仇人坑害另一个跟你很相似的女人的帮凶。当财富和地位的拥有者吸引去了自己心爱的女人，我应该做的，不该是憎恨和报复，而是让自己也拥有成功！"

他在水边静静地坐着，河水亘古地流着，淙淙的水声自远而近。

"有什么比流水无情？任我千万次的呼唤，怎么就捎不回你丝毫的消息？"他痛苦道。

他迷离的目光从水面上向着下游溯去，远方是一片雾湿的空茫。

"小篮！"他心痛地对着下游大声呼唤，泪水顿时盈满了眼眶。

然而回答他的，依然只有淙淙的水声和远处的迷雾。

这天，叶玫瑰正坐在办公桌前看着一堆辞职信疑惑。

女秘书走了进来，不好意思道："叶总，这是我的辞职信，谢谢您一直对我的关照。"

"怎么回事？"叶玫瑰疑惑道，皱起了眉头，"这几天单位的骨干力量纷纷辞职，怎么辞职还扎堆呢？像是预谋好的。我一直很器重你，能告诉我真实的原因吗？"叶玫瑰神情尴尬地问道。

"我只是，随大流了，"女秘书说，"'大庇天下寒士'是老公司了，实力雄厚，给我们开出了比这里多一倍的工资。"

"这么说，是'大庇天下寒士'故意在挖我的墙脚？"叶玫瑰道。

女秘书不自然地赶紧退下去了。

叶玫瑰腾地一下站了起来，对着一个方向恨道：

"冯威龙，算你狠！现在房企竞争实际上就是'三抢'：抢地、抢钱、抢人，而抢地、抢钱的落脚点都是'抢人'。你这一招，是置我于死地啊！"

叶玫瑰的牙关紧咬着，目光中现出了一股冷气，对着那个方向道："是你先负于我，将所有的情意抹杀，我们两清了！那就走着瞧，看谁比谁下手更狠！"

郑小燕忧心忡忡地进了冯威龙的办公室道：

"最近那些政府部门都怎么啦？银行不给我们贷款，土地局、建委、规划局、

电力局等各部门纷纷对我们亮起了红灯，我们在风城已经寸步难行。"

此时，冯威龙正坐在高高的老板椅里，一根又一根地抽着烟，满屋子的烟。

"是有鬼推了磨了！"冯威龙痛楚地说。

"你的意思是说叶玫瑰？她能有这么大的能力吗？"郑小燕问。

"她这个小鬼是没这么大的能量，但她把姓蒋的也变成了鬼！"冯威龙恨道，"她的离开，带走的不止是她一个人，还有她在本市和政府部门方方面面的关系。"

郑小燕苦笑了下："当初你最得力的助手，而今成了我们最大的竞争对手。"她顺便去浇窗台上的一盆花，道，"还是这些花草好侍弄啊，它们通人性。给它们浇些水、施点肥，它们就懂得一身葱绿地来回报主人，不像人心，那么难经营。"

"我说过，房地产业是一门靠政府支撑的行业，一个开发项目从开始到结束得需政府各部门盖近一百五十个章，一个关口卡我一下，就能让我难受几天，若关键部门都卡我，能把一个身为税收大户的企业家活活地掐死，看来我们只能撤离风城了。"冯威龙黯然道。

"撤离？去哪里？"郑小燕惊问。

"草城薛家村有一个回迁项目，我们去那里干。"冯威龙说。

"回迁项目原本就是鸡肋，草城又是个穷得出名的小县城，治安又不好，这个活恐怕没多少赢利。"郑小燕担心。

"有鸡肋也比什么都没有强。我主意已定，我们几天后便开拔！"冯威龙说。

"好，我听你的。只是小树也得跟我们一块儿过去了。"郑小燕说。

"这段时间，你帮了我很多忙，就将你由原来的副总提为总经理吧。"冯威龙对郑小燕说。

二　我对你的好，不是对你，是对你身上像她的那一部分

宋晓晨正在街上用摩托车载着一个客户去看二手房。

路上忽然下起了雨，宋晓晨把自己的备用雨衣让给客户穿上了，自己生生地淋着，淋成了落汤鸡。

过了会儿，宋晓晨领着那个客户看完房从一栋旧楼里出来。雨已停了。

"大哥，我们刚看的这套二手房啊，虽然旧了点，但是成熟社区，配套齐全，生活方便啊！"

"我再考虑考虑，多看看比较比较。"客户说。

"大哥，我带着您都看了三十套二手房了，您再不下单，会被别人抢去的！现在房价涨得这么快，越犹豫越吃亏！"

"刚才的这套，我还是嫌旧了点。"客户说。

"那我带着你再去看另一套？我这里有钥匙。"

"你这个小伙子，真敬业，凭着你的这份心，我这套房子，一定从你手里买！"

"那我们现在就走吧！"

宋晓晨便用摩托车载着那个客户驶向了下一个目标。

宋晓晨的手机忽然响了，他将摩托车停下接电话："喂？"

"晓晨，是我，你现在过来一下！"叶玫瑰在电话里喜形于色道。

"我正在带着一个客户去看房子的路上。看完了再过去。"宋晓晨说。

宋晓晨纳闷地跟着叶玫瑰进了新竣工的一套装修精美的单元房。

"瞧这大卧室、厨房、双卫的！"叶玫瑰这里那里地指给宋晓晨看。

这是一套复式的大房子，宽敞明亮。

"二百平方米的大复式，这个小区里的楼王，喜欢吗？"叶玫瑰有些得意地问。

"当然喜欢。"宋晓晨不解地答道。

叶玫瑰将一把崭新的钥匙放进宋晓晨的手心里道："是你的了！"

"为什么？"宋晓晨问。

"我这一路走过来，多亏有你，我很感激你。"叶玫瑰郑重道。

宋晓晨将钥匙还给了叶玫瑰，道："我曾那么渴望拥有一套房子，是因为有那个会和自己一起住的深爱的女人。而今那个人已经不在了，我还要一套富丽堂皇的房子干什么？再说，那个小平房里拥有我很多回忆，我不想搬离那里。"

"我一直觉得，你对我很好。"叶玫瑰不自然地说道。

"你误会了。我对你的好，不是对你，是对你身上像她的那一部分。我把对她再也无法实现的爱，转化成了对你的友谊。"宋晓晨走到窗口处，眺望着远方，幽幽地说，"你只是一个壳，一个装盛着她很多细微的载体。虽然你们的容貌迥异，但你的气息、你的言谈举止、你眉梢间的顾盼流转，还有你的声音、你看我的眼神，都像极了她。作为一个和她同居了几年的男人，她的很多细微处只有我知道。甚至于你在事业上迸发的疯狂热情，也是她的身上潜在的东西，当时，虽然她比较平庸，可我知道，她的骨子里，绝不是一个甘于平庸的人。"

听到这里，叶玫瑰已两眼濡湿。

"很多时候，恍惚间，我都把你当成了那个已然消逝的她。我想，是上苍为了弥补我对她的愧疚，借你还魂来了。"宋晓晨接着说，他的思绪好像回到了很久以前，不知什么时候抽起了一支烟，屋子里烟雾缭绕。

"咳！"叶玫瑰咳嗽了一下，用手拂那些烟，"你什么时候也学会了抽烟呢？"叶玫瑰脱口而出。

"怎么，你知道我原来不抽烟吗？"宋晓晨迫切地问。

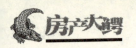

"既然你坚决不要这房子，那我们就走吧。"叶玫瑰慌乱地绕开这个话题，往外走去。

来到了楼外，叶玫瑰郑重道："晓晨，虽然我提过多次都被你婉言拒绝了，可我还是想再要求一次，你来我公司帮我吧，职位、薪金随你挑，怎样？做二手房中介，整天低三下四、风里雨里的，太辛苦不说，也会将人消磨得没有棱角了。"

"谢谢你的好意。我还是不想过去。还是那个理由，因为我们一直是好朋友，接受你待遇优厚的工作，我会有一种得你护荫、被你施舍的感觉，我要凭自己的能力杀出一条血路来！我也不觉得对客户礼恭就是低三下四，那是敬业。"

"既然你这么一再推脱，我也不好再坚持什么了。其实，我一直想帮助你。当初在公司时，看到冯威龙对你不太好，我便要求将你调到我手下来。性情柔善的你，不适合跟那些性格锋利的人接触。"叶玫瑰说。

"我明白的。"宋晓晨道。

三　冯威龙与郑小燕的草城故事

一座破旧村庄的边上，搭起了一顶顶的绿帐篷。

沈三带的工人们忙着擦拭工具，一副磨刀霍霍、要大干一场的样子。几台推土机也已进了工地，蓄势待发。

冯威龙与郑小燕各处查看着，郑小燕兴奋地说："威龙，恍惚又回到了我们当初创业的时候！"

冯威龙道："我也有同感。现在是万事俱备，只欠东风了！"

他们不约而同地看一眼旁边的村庄。村庄安安静静地趴在那里，没有丝毫动静。薛家村的村民们有的悠闲地纳着鞋底，有的坐在大树下下棋。很多人家里都炊烟袅袅，一副安居乐业的样子。

"明天就是合同上规定的搬迁完毕日了，怎么整座村庄里没有一丝风吹草动呢？"冯威龙疑惑道。

"也许再租房子会花钱，所以村民们坚持到最后一刻再搬，横竖他们的家当简单，搬起家来也很快。"郑小燕自我安慰道。

"这座城边村，家家户户几乎都是老旧的土房子，早就该拆迁了！"郑小燕又说。

"今天我们也没权要求人家搬家。我们这几天忙得够呛，也累了，好好睡一觉，也许明天早晨睁开眼睛一看，就是一座腾空的村庄了！"冯威龙说。

"好吧。"郑小燕应道。两个人进了帐篷。

"喔喔喔！"一只大红公鸡站在谁家的屋顶上起劲地叫着。

冯威龙与郑小燕揉着惺忪的睡眼从帐篷里出来，只见大地已被染上了一层美丽的光晕，包括那座古老的村庄。

薛家村的村民们有扛着锄头牵牛下地的，有在院子里给丝瓜架浇水的，很多人家的烟囱里依然都炊烟袅袅，一副安居乐业、要将日子长久过下去的样子。

冯威龙与郑小燕顿时傻了眼，他们不约而同地一起向村里的一户人家走去。

这一家宽宅大院，明显比其他人家的日子过得阔绰得多。一出老戏缓慢悠扬的旋律飘出了院外。

冯威龙与郑小燕两人进了院，见一七十岁左右的老者正在刷牙，边刷边学着电视上的广告："喜刷刷！喜刷刷！"

"薛书记！今天是合同上规定的薛家村搬迁完毕日，怎么一户人家也没搬？我们今天要破土动工了！"冯威龙说。

"现在不是工作时间，别打扰我！"薛书记摆谱道。

到了上班时间，冯威龙与郑小燕进了薛书记的村委办公室。冯威龙见的世面也算不少了，但薛书记办公室的豪华、阔绰，仍让他目瞪口呆。屋里挂了不少字画，博古架上摆着根雕、黑陶等，显得主人很有品位。另外还挂了不少镇里、区里发的"精神文明先进集体"、"农村经济经营管理工作先进集体"之类的奖杯、奖状等。

"那是半年前订的合同。这半年，房价和地价像长了飞毛腿一样噌噌地往上蹿，市场行情早已变了，大伙儿反悔了。"薛书记用粗短的手指比划着道。

"什么？白纸黑字的，你们想毁约？"冯威龙说。

"半年的工夫，一茬麦子都熟了，谁还认那旧黄历？"薛书记道。

"法院会督促你们执行合同规定的！"冯威龙厉声道。

"法院是你家开的？法难责众，一村的老少爷们儿铁定了都不搬，法院能怎样？武力拆迁？你们就试试！"薛书记牛气道。

郑小燕缓和气氛道："薛书记，你们现在想要什么价格？"

"在原来的价格上翻番！半年里很多城市的房价都翻番了！"薛书记道。

"这是个讲究法律的国家！"冯威龙硬气道。

这时，一个四十多岁的胖女人踹门进来了，鸭子似的扭啊扭地径直走向薛书记，旁若无人地拽着薛书记的耳朵说："你怎么又勾搭上那个姓王的小狐狸精了？"

胖女人红红绿绿的穿得很鲜艳，脸上的脂粉像积雪未化尽的丘陵地，但耳环、戒指披挂齐全，大热天的还在衣服外面套了根粗项链。

"薛大花，出去！出去！办正事呢。"薛书记驱赶着女人，表情冷淡。

大概女人的自尊心受挫了，"薛大头你别在人前装得像个人似的，没人的时候是谁啊趴地上——"女人哭哭啼啼、骂骂咧咧地走了。薛书记生气道："这个二百五。"

最后，"就这样吧，不涨价的话，一切免谈，村民们坚决不搬。"薛书记在老板椅上往上耸了耸身子，像只得胜的公鸡高高地扬着它的冠子。这实际上有些要挟和无理了。

冯威龙和郑小燕彼此看了一眼，离开了村委会。

"我们去法院起诉他们！"冯威龙边走边说。

郑小燕叹息了声愁闷道："哎，真去起诉的话，还不知拖到哪天才有结果，我们耗不起啊，推土机的台班、工人们的工资都要付钱的。"

"我又何尝不知道这点？原来我们也遇到过这种情况，也起诉过，法院也判他们败诉，可他们连法院的判决也不执行，最后还是我们妥协。在拆迁这种巨大的利益冲突面前，软的是没用的，就试试来硬的！"冯威龙强横道，眼里射出一道寒光。

"可我们在这里人生地不熟的——"郑小燕想劝些什么，冯威龙一挥手，不让她说话了。

冯威龙率领着沈三等手持工具的施工队雄赳赳气昂昂地一步步向薛家村逼近，他们先动手拆村边一户人家的一截土围墙。

这时，忽然响起了震天的锣声！只见村民们手持锄头、镰刀、斧子等农具从村里蜂拥而出，团团包围了施工队欲拆的那户人家，有的还站到了土围墙上，使拆迁根本无法再进行下去。

就在这时，薛书记在几个相貌凶悍的村民的簇拥下出场了！旁边还抬着一口大棺材，一门土炮！

薛书记示意给冯威龙："你们看见了吧？这门土炮是村民自制的，你们胆敢再动手，就炮轰你们！这口棺材是我为自己准备的，你们胆敢再上前一步，先从我的尸首上踩过去！"

现场形成了两军对垒的紧张阵势，空气里弥漫着浓烈的火药味，似乎一点就着。

郑小燕见状赶紧上前和稀泥："薛书记，你看这些土房子，早已年久失修，拆迁本来是一件好事，是社会进步，怎么反弄得剑拔弩张起来？"

冯威龙也稍作妥协："是啊，我们早点完成拆迁，早点把宽敞明亮的新住宅楼建起来，村里的老少爷儿们就能早点住进去，多好的一件事！应该是你们急得火烧眉毛才对！"

"拆迁是件好事，不过你们先把翻番后的拆迁费付给我们再说！没有任何商量的余地！"薛书记强硬道。

郑小燕见状凑近冯威龙说："现在大家都在火头上，万一出个人命什么的——"

冯威龙一挥手示意，施工队撤下去了。

后面的村民们打锣拍手，庆祝起胜利来。

冯威龙边撤边悄悄对沈三说着什么。

深夜的小村庄里，寂静无声，好像一切都睡着了。

几个人影悄悄地走进了村庄，手中抬着个蒙了黑布的筐。

郑小燕因愁得睡不着，正在外转悠。她看清了来人，是沈三！"你在干什么？"她小声问。

"郑总，别靠近我们！这筐里是毒蛇！"沈三紧张地喊。

"什么？你想往村里放毒蛇？出了人命怎么办？"郑小燕害怕道。

"可是——"沈三为难道。

"是威龙让你这么做的，是吗？"郑小燕问。

沈三不吱声了。

"马上跟我回去！我去找威龙制止这事！"郑小燕厉声道。

沈三等便撤了。

郑小燕拉扯着小树一进帐篷的门便给冯威龙跪下了。

"你们娘儿俩这是干什么？"冯威龙惊问。

"威龙，为了小树，即便遇到多大的难处，吃多大的亏，咱也不能办触犯法律的事啊！"

冯威龙明白了什么，大怒道："是他们无视法律在先！这帮地头蛇，欺人太甚！也不打听打听，我冯威龙岂是个怂包？"

郑小燕含泪道："他们无视法律是他们的事情，咱不！法网恢恢，疏而不漏，即便这个企业咱不要了，也不能让小树经受没有父亲的痛楚，不是吗？他还这么小——"郑小燕心疼地把一旁的小树搂在怀里。

"唉！"冯威龙愁苦地捶了下自己的头，"但凡有一条路走，我也不至于出此下策。如果公司像原来那样强盛，答应他们的条件就是，这半年的地价、房价也确实翻了一番，可我们不是没多余的钱可什么？在银行里又贷不到款——"

"不管什么原因，我都不能让你做触犯法律的事！我们娘儿俩不停地给你磕头，直磕到你改变主意为止！"郑小燕说着，便拉着小树一起不停地磕头，额头上都出了血了。

"起来！我答应就是了！"冯威龙无奈地喊道，"向薛家村妥协的话，就只有去借高利贷来补这个窟窿了！"

按翻番后的价格给了薛家村村民拆迁补偿费后，村庄很快搬空，推土机、拆迁队轮番上阵，以秋风扫落叶之势，原来的薛家村很快变为了一片平地。

这天，冯威龙和郑小燕正在那片工地上监督着施工定位放线，薛书记意外地迈着四方步来到了工地上，满脸堆笑道："冯总、郑总，两位老总忙着哪？我来请你们去家里吃顿便饭。"

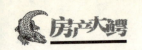

"哎呀老书记，我们该请您才对，我公司远道而来，各方面还指望您多帮忙。"冯威龙笑脸迎合，递给了他一根烟，又给他点上了。亏已经吃了，再板脸也没什么意义，还得往前看。

"这工程就要破土动工了是吧？"薛书记打量一眼工地，"我儿子薛小六做工头带了一个建筑队，冯总你看，能否把这个工程让给他做？"

一旁的沈三听罢脸色骤变，冯威龙和郑小燕的脸色也变得不自然，冯威龙道："如今接工程，都需要招投标，你儿子的建筑队是几级资质？不过现在就是再高的资质也没用了，现今在现场干活的这个沈三的工程队，是招投标定了的，都干了一部分活了。"

"别在聪明人面前耍花枪，什么资质啊、招投标啊，都是糊弄外人的腔调，还不是冯总你一句话的事！"薛书记被驳了面子，冷下脸甩下这句话扭身走了。

冯威龙、郑小燕两人躲开人走到一边去，郑小燕冷言道："我最近听薛家村的村民议论了，这薛书记有九个子女，这九个子女连同他们的媳妇、女婿，有成衣厂的厂长、皮鞋厂的厂长、饭店的老板、商店的老板等等，在本村的地盘上，凡是赚钱的营生，都被攥在他一家人手里。一个大蜈蚣的身子，连同它的一长串须，把一个小城堡紧紧密密地压在了下面，村里人敢怒不敢言。这薛小六带的一个建筑队，平时也就盖个平房之类的。"

冯威龙听罢此话，脸上的肌肉颤了颤，嘴角撇了撇道："笑话！我'大庇天下寒士'是得过鲁班奖的！就薛小六那建筑队，盖个鸡窝还差不多，给我干活，还不立马砸了我的牌子！别的事情上可以让让步，但这件事绝对不行！我得为这楼上的上千户住户负责！"

郑小燕道："那是，沈三跟了我们这么多年，虽然人品方面有些小毛病，可他带的这帮队伍施工质量过硬是千真万确的，当然，沈三有时因贪利会耍偷工减料的小伎俩，但只要我们盯紧些，他手里是能干出好活来的！"

"说得是。"冯威龙道。

郑小燕发愁道：

"工地上什么配套设施都没有，下一步便面临着接水、接电的问题。不让薛小六干这个工程的话，不知薛书记是否会使坏？"

郑小燕急匆匆地来工地上找冯威龙："借水的事泡汤了！我昨天揣着几包红塔山去找工地旁的成衣厂，他们当时便答应了，说只是得安只水表。我今天带着人去，他们死活不让接了！想必，是薛书记——"

冯威龙听罢马上喊："沈三，赶紧找人打水井！"

沈三便安排去了。

郑小燕在旁道："但井是一天两天能打成的么？"

冯威龙急得在工地上团团转着，忽然发现旁边的大坑里有些积水，倒也干净，灵机一动，大喊道："工人们用水桶从这里面提水用！临时抱佛脚吧。"

说着，冯威龙自己身先士卒地挽了裤管、脱了鞋子，拎了只水桶下去提水去了，弄得身上都是泥。

工人们纷纷效仿。郑小燕见状，自己也挽了裤管、脱了鞋子钻进人堆里干，浑身滚成泥人一般。

第二天，郑小燕又急匆匆地来向冯威龙汇报："接施工用电的事，因附近没有供电局的线路，只有到薛家村的高压线路上去接。"

冯威龙无奈道："今天晚上把薛书记请到一家高档的酒店里谈这事。另外，也让叶飞舞陪着，公司白养了她这么久，也该轮到她上场了。"

"叶飞舞那副轻佻样子，能办成大事吗？"郑小燕怀疑道。

"试试看吧，我冯威龙不会养任何一个吃白食的人！"冯威龙说。

当天晚上的酒店雅间内，浓妆艳抹的叶飞舞一杯接一杯地陪着薛书记。薛书记被陪笑了，哈哈道："好说！好说！远亲不如近邻嘛。只是，接电可以，但要一次性交补偿费五十万。"

冯威龙恨恨地咬下牙，但表面上装作和颜悦色的样子："薛书记给照顾照顾！"

薛书记带着施舍的语气："那就四十八点八八万，我们在场的四个人都发。"

叶飞舞忸怩着晃晃薛书记的胳膊道："薛书记，看在小妹陪你喝了这么多酒的份儿上——"

薛书记坏笑道："打住！我这么大岁数了，资产阶级这一套，腐蚀不了我了！"

饭局结束后，在回工地的路上，冯威龙气道："这家伙心比炭还黑哪，接个电就要四十八点八八万，这不是明着打劫吗？"

郑小燕也气呼呼道："咱不上他那儿接了，咱上供电局的线上接去，管它多远！"

冯威龙道："到供电局的线路上接去，所花本钱可能比这还要高。其实，接电也就是个电线、电线杆子的成本，要是咱自己的电工干，压根花不了多少钱，可供电局有个不成文的规定，凡这种活必须他们供电局自己干，明摆着狠宰用户的，可不让他们宰又怎么办呢？行业垄断，关关卡卡想怎么折腾你就怎么折腾你，要不怎么叫'电老虎'、'电霸'呢。"

两个人说着话来到了工地上，工地上漆黑一片。冯威龙见状一下就火了，大喊一声："沈三！"

沈三很快跑来了，胆战心惊道："我在这儿。冯总，有什么吩咐？"

"工期这么紧，怎么不加班？"冯威龙吼道。

"没电——"沈三试图解释。

"古代没电时晚上就不干活啦？点上蜡烛！"冯威龙大喝一声。

很快，一些蜡烛被点起来了，工地上此起彼伏地响起了工人们加班干活的声响。

一盏盏微弱的烛光萤火虫一样在风中飘飘忽忽的，像一团团坚强的意志。

"好在住宅楼还只是挖土方阶段，工程到了施工用电的时候，该怎么办呢？"郑小燕发愁道。

郑小燕正在工地上转悠，忽然从远处一扭一扭地鸭子似的走来了一个胖女人，扑鼻的香水味远远地就闻见了。走近了却是郑小燕那天在薛家村遇见的那个薛大花。

她掐着腰往工地上一站，胖胖的手指着郑小燕，凶巴巴道："你们赔偿我的嫩玉米损失费！"

"你的玉米？"郑小燕疑惑道。

"你工地上的下水烧死了我家的玉米！"

"到底怎么回事？"郑小燕问沈三。

沈三将郑小燕拉到一边，凑到她跟前小声说：

"工程开工后，在围墙边上围了个简易厕所。明摆着是薛大花想把下水偷捅到自己地里肥田的，结果捅的下水太多了，将玉米烧死了，反倒打一耙！"

郑小燕笑了笑："怎么这么不讲道理？"

"是你们不讲道理！"薛大花说着就像头斗牛般低头向郑小燕撞去！

郑小燕一下就被撞倒在了地上。

大家都停了手中的活好奇地看着。

"你撞就撞吧！我一个女人我怕啥！"郑小燕爬起来，掸掸身上的土笑着说。

工人们都是些粗人，嗷嗷地怪叫着。薛大花架不住一群男人的起哄，不再撒泼，一路骂骂咧咧地走了。

郑小燕苦笑了下："不是说农民朴实、忠厚吗？拆迁了他们村一块地，连下水都被他们榨了去，然后再泼我们一身臊！"

薛大花扭啊扭地走了一段路，忽然停住脚扭身向另一个方向走去。

简易的办公室内，冯威龙正在埋头琢磨事。

门忽然被一脚踢开了，薛大花闯了进来，磨盘似的大屁股一下坐在了地上，一下一下地拍着地，呼天抢地地干号起来："我个妇道人家，拉扯着个孩子不容易！姓冯的，你一个大老爷们儿家，欺负我们孤儿寡母啊！"

"我怎么欺负你了？"冯威龙紧张得一下坐了起来，看看门外，看是否有人听见，同时也大喊，"保安！保安！"对付这种情况，他的经验可是丰富得很。

保安和郑小燕都跑了过来。

"到底怎么回事？"冯威龙当众问。

"你们的下水烧死了我家的玉米，得给三千元的赔偿费！"薛大花说。

冯威龙厌烦地甩了甩手："给你！花钱买清净！去财务领去！"

话音刚一落地，那薛大花立即停止了哭闹，从地上爬起来，掸掸屁股上的土，用衣服袖子擦着鼻涕走了。

"头儿，你得给我们俩一笔奖金，恐怕我们再晚进来一会儿，你的贞操就被夺去了。"郑小燕玩笑。

冯威龙铁青着脸不理她，冲着保安发脾气："你这保安是怎么当的？我扣你一个月工资！"

保安哭丧着脸吐了下舌头，赶紧一缩脖子离开了。

郑小燕严肃起来："后面不知还有多少么蛾子呢？"

冯威龙道："兵来将挡，水来土掩！不过，那四十八点八八万给他们吧，接水的事也给一个让他们动心的高价，接施工用水电的事，不能拖了，不然就无法施工了，工期要紧啊，不能按期完工的话，我们还得交违约金。"

郑小燕无奈地点头。

工程已到了上结构的时候，天气热得蒸笼一般。干活的工人们衣服都湿透了，贴在身上。

郑小燕和冯威龙在工地上转着，郑小燕望着热火朝天的工地感动道："这大楼真可以说是用汗水凝成的。"

她远远地喊着："食堂老唐师傅，多熬些绿豆汤送到工地上来！"

"好嘞！"食堂里一个声音答应着。

这时，一个正在砌墙的瘦弱青工在地上掉了些灰。旁边一个老师傅气呼呼地训他："小竹子，这么浪费哪行！建筑工地上到处是黄金！"说着，要过那小青工的灰刀，示范给青工看，只见老师傅砌了几块砖，灰刀在缝上麻利地一抹，手腕一翻转，余灰又铺到了砖上。小青工看呆了般，心悦诚服的样子。

这时，那老师傅却忽然捂着腰蹲了下去，疼得额头上都是汗。

"怎么啦师傅？"郑小燕关切地上前问道。

"没事的，老毛病了，腰疼，关节炎，心脏也不好。"老师傅说。

"那还出来打工？怎么称呼您？"郑小燕问。

"给孩子们挣买房子的钱。我叫宋大山，别人都喊我大山叔。"

这时，郑小燕发现大山叔的手上裂得都是血口，手糙得像老树皮，她一阵心酸："你好好休息会儿再干。"说着走开了，但对这一老一小便留了心了。

冯威龙这时已走到了另一处，训一个工人："怎么搞的？这处梁柱接头处的钢筋接错了！"

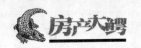

沈三气喘吁吁地跑来道："冯总，环卫的又来收卫生费了！"

冯威龙问："前几天不是刚收过了吗？"

沈三说："环卫的说我们在工地外面扔垃圾。"

冯威龙走过去，见地上有星星点点的沙子粒。

沈三说："线头大小也是个把柄。"

冯威龙赶紧跑去亲自拿了把扫帚和拖把把沙粒弄干净，并走过去给环卫的递了根烟："你看，就星点的沙子粒，我都弄干净了。"

"弄干净了也不行，我刚才已经看见在地上了！我这里早留好了证据！"环卫的说着，便摊开一只大手，手心里有一小撮沙子末。

冯威龙禁不住被逗笑了："累不累啊。"

"这是我们冯总。"沈三向环卫的介绍。

环卫的听罢眼睛亮了亮，凑近冯威龙小声说："不交也行，我家里刚买了套毛坯房，你们给装修一下？"

冯威龙一听就烦了，小声道："横竖也是个人字，怎么没点起码的自尊呢？"便往工地上走去，不予理睬。

环卫的见状，跑过去便把施工用的电闸关了。正在作业的塔吊、打砼的、电焊的等都骤然停下了。冯威龙一下子火冒三丈："怎么跟强盗一样啊？"

"你说谁是强盗？！"环卫的指着冯威龙。

"说你呢，你觉得自己不是吗？"冯威龙气冲冲道。

两人挽胳膊、捋袖子的便动起手来了。环卫的是个一米八左右的黑大个儿，冯威龙不是他的对手，鼻子被打出了血。

郑小燕在远处看见了，快跑过来，见冯威龙吃了亏，一改平时的柔弱胆怯，模仿张飞哇呀呀地大叫着抢起把棍子便猛冲上去帮忙。环卫的败了下风，一边逃一边喊："我黑道白道上都有哥们儿，你们等着瞧！"

冯威龙拍着胸脯喊："你小子看看我身上的疤！在火里练过的，孙悟空一样练就了金刚不坏身，有种的都来吧！"

冯威龙走到一盆水前，将脸上的血洗干净，但鼻子里的血还在流，便从裤兜里掏了块卫生纸揉成团塞进鼻孔里止住。

郑小燕在旁见了心疼不已，黑了脸责怪沈三道："这种小事也让董事长出面！要你们这些手下干什么？将谋兵勇，应各担其责！"

沈三瑟缩在一边不敢言。

这天，冯威龙正趴在工地旁的简易房里看图纸，忽然一个拳头在眼前的桌子上使劲敲了敲。

冯威龙一脸疑惑地抬起头，却是三个穿制服的。

"什么事啊？"冯威龙莫名其妙地，赶紧递过烟去。

其中一只原本攥着的拳头往冯威龙跟前一伸，横横地道："交十万元城市建设管理费！我们是建委的！"那人说着挺了挺腰扶了扶自己的帽檐。

冯威龙道："我干了这么多年工程了，从未听过有向建委这个衙门交城建费的说法！"

"你没听说的事多着哪。现在就交！否则后果自负！"领头的趾高气扬道。

冯威龙硬气道："自负什么后果？！我来捅破你们这层窗户纸，是薛书记动用关系让你们来捣乱的，是吧？什么'强龙压不过地头蛇'，我倒要看看，他这地头蛇到底长有多少根须子！"

那人往后退了两步："你等着！"然后带着其他两个人气哼哼地走了。

不一会儿，沈三又从工地上慌慌张张地跑来了，说："冯总你快去看看吧，建委的人把咱们的工具给夺去了。"

冯威龙知道是因为刚才的事，气呼呼道："怎么又跟强盗一样啊？"又训沈三，"你们就这么老实啊，让人家把吃饭的家伙夺去！"

沈三说："他们手里拎着电棍！"

冯威龙恨恨地道："就让他们夺几个工具去，我也不给他们交什么费！有句话叫雁过拔毛，我们的楼还未盖起来，这毛就要被拔光了！以后坚决不能再软了！"

那是个黄昏的吃饭时间。

郑小燕到处走着察看工地，忽然听到不远处传来小树悦耳的朗读声："八月秋高风怒号，卷我屋上三重茅……"

她顺着声音寻去，只见在一棵大树下，大山叔坐在马扎上手拿一本旧课本在教小树念一首唐代大诗人杜甫的诗《茅屋为秋风所破歌》："安得广厦千万间，大庇天下寒士俱欢颜，风雨不动安如山。呜呼！何时眼前突兀见此屋,吾庐独破受冻死亦足！"

小树跟着念："安得广厦千万间，大庇天下寒士俱欢颜！风雨不动安如山。呜呼！何时眼前突兀见此屋，吾庐独破受冻死亦足！"

"谢谢你！"忽然响起一个声音，是郑小燕。

"身为'大庇天下寒士'的元老，我竟然忘了教孩子这首诗，我实在太失职了！"郑小燕说。

大山叔看见了郑小燕，竟然有些羞涩的样子，往身后藏那本书："是郑总。我原来当过民办教师，成了毛病了，见到孩子就想教点什么。"

"你是民办教师？"郑小燕惊喜地上前，"因为我和威龙小时候受过一个民办教师的恩惠，所以我一见到民办教师就像见到久违的亲人一样。"

"唉，我是一个失败的人。媳妇年轻时嫌我穷，跟别的男人跑了。老家里只有

一个八十多岁的老母亲，连过年时我都舍不得花路费钱回去看一眼，我都八年没在老家的热炕头上过个团圆年了。不过唯一自豪的是，我把一对双胞胎儿子都培养成了本科生。"大山叔说。

"是吗？那真不错。"郑小燕道。

"不过说实话，两个儿子就像两座大山，压在我的头上。我大儿子就在风城工作，三十几岁的人了，至今还没有成家。城里的姑娘们无房不嫁，可咱一个农民之家，供儿子上完大学已是拼尽了力气，哪还能掏出一百多万买套婚房呢。我出来打工的事也不敢告诉大儿子，他知道我身体不好，肯定不同意的，可我得帮他攒钱买婚房啊，这把老骨头只要能动得了，我就要一直干下去！另一个儿子毕业后回县城了，像风城这样高房价的大城市，连去的心都不敢生了，不然，喊天唤地也拉不动那个套了！"

"不过，"大山叔低头抚摩着那本旧课本，"我还是想念讲台上的生活，抽空就摸摸课本过过瘾。"

望着大山叔满面的风霜，郑小燕升起了一股莫名的惆怅。

夜里，郑小燕睡不着，便来工地上转悠，在工棚旁昏暗的路灯下，只见一个小伙子在拿着手电筒看书。"小竹子？在看什么书？"郑小燕上前问道。

"是高中的课本。我去年高考只差十分，想挣一年的钱，攒够学费后，再回校园复读一年。"小竹子说，稚气的脸上充满憧憬。

"好好学，我相信你一定会考上大学的！"郑小燕鼓励。

小竹子不停地点头，憧憬道："等我考上大学分配到城里工作后，就把俺爹娘接到草城来住。让他们二老看看城里是什么样的，他们这辈子，还没来过草城呢。"

"想家么？你这么小就出来打工？"郑小燕问。

"想。那天我背着装被子的化肥袋子出来打工前，我娘背着我的瘫痪父亲，在村边送了我一程又一程，我已经离开山村很久了，回头看见爹娘还站在村边的那棵老槐树下翘首望着我，渐渐的，爹娘和那棵翘首的老槐树融为了一体——"小竹子幽幽地说，忽见郑小燕的眼里有泪花闪现。

"怎么啦，郑总？"小竹子赶紧问。

郑小燕擦着眼睛道："没事，只是想起了很多很多年前，我离开家乡外出打工的时候，我父母也是站在村边的一棵老槐树下翘首望着我，没想到，那一别竟是永别。这么多年，我再没有回过家乡，包括父母去世的时候——"

"小竹子，你怎么瘦得像根竹竿似的？穿的衣服像是竹竿上挂着的旗子。"郑小燕又问。

小竹子的脸红了，羞涩地拿手去挠后脑勺："我娘说是小时候老吃不饱才这么瘦的。等我考上大学，家里的日子就有盼头了。"

这时，工地旁的材料库附近忽然传来几声大喊："抓贼啊！有小偷！"

"不好！是大山叔的声音！"小竹子惊道，两个人马上向那里跑去。

到了那里，小竹子用手电筒一照，却见一个人倒在血泊中。

"大山叔，你受伤啦！"小竹子惊喊。

这时，冯威龙等也闻声赶到了这里。大山叔气息屡弱道："冯总，郑总，我没让小偷偷去丝毫的建筑材料。"

"赶快上医院！"郑小燕喊。

"不去！我只受了点皮外伤，涂点紫药水就行了，庄户人家，没那么娇贵，再说上医院还得花钱——"大山叔坚持说。

中午，工人们待在材料堆的阴面吃着午饭，一个个，将自己的安全帽扣过来便当凳子坐了，菜碗放在地上，一手拿着馒头，一手拿着筷子夹着萝卜丝，大口大口地嚼着。沈三也夹在中间。

郑小燕端着菜碗和馒头也凑过来了，说道："看你们吃得这么香甜，我也过来凑凑热闹，我老没有食欲。"

小竹子说："我们吃得这么香不是饭菜好吃，而是耗的力气大，太饥饿了。"

"最近的伙食确实差了些，连点油腥都少见，我明天给厨房师傅说一声，杀头肥猪给大伙改善一下。"郑小燕道。

"哇，要吃肉喽！好久都没有肉吃了。"小竹子兴奋地用筷子敲着碗。

大山叔手搭凉棚望着天空的某个方向说："但愿我家乡的天也这么热，可千万别下雨，不然一年的收成可就泡汤了！"

小竹子被触动了心事，黯然道："这个节骨眼儿，家里应该收麦子了，我娘一个人不知累成什么样了？那些她干不动的重活，邻居不知是否给帮忙了？"

郑小燕听到这里，心怀歉意道："真是对不起大家啊，因为赶工期，麦收都不放你们假。农家的麦收可是一年四季里最要紧的事情。"

大山叔蹲在旮旯里，啃着个硬馒头，馒头渣掉在地上。描眉画眼的叶飞舞从那里路过，训斥道："起来，怎么像猪一样？"

在众目睽睽之下，大山叔的脸上尴尬着，往旮旯里瑟缩了下身子，竟然不敢回驳句什么。

"你说谁像猪一样？！"忽然一声响，是郑小燕过来了，她怒气冲冲地指着叶飞舞道，"你给大山叔道歉！"

"我给他一个民工道什么歉？"叶飞舞嘟嚷着要离开。

"你道不道歉？！"郑小燕上前一步，抓住了叶飞舞的脖领子。

叶飞舞心里恨道："老女人！"

小竹子和大山叔等众民工向郑小燕投去感激的一瞥。

就在这时，冯威龙忽然凶神恶煞般气冲冲地过来了，指着腕上的表对沈三吼道："睁开你的瞎眼看看！这都几点啦还不开工？你们吃着我的白面馒头，不是让你们长膘的！是让你们给我干活的！"

大伙儿的脸色都难看至极，原本蠕动着的嘴都停下了，吐出来是要态度，不吐出来恶心得慌。

沈三的脸色同样难看至极，强忍住屈辱赶大伙儿："上工啦！上工啦！"

工人们停了吃了半截的饭，拿着工具干活去了。

郑小燕厉声道："威龙！你看看这些农民兄弟，他们身上只有硬得硌人的骨头和泥土地一样黝黑的皮肤，你以后说话注意点分寸！这就是权力滋生出的人性么？人，非要欺辱一下别人，才显出自身的威么？我不喜欢你的这一面，是高压之下的心烦意乱还是久居人上惯出来的毛病？当然，这是你在属下面前必须维持的一种尊严，威严。可看看你原来在叶玫瑰面前那副样子！筋骨、尊严、身上的刺，什么都没有了，只还原成了一个对女人怀有欲望的真实的男人，对她百般讨好，当然，那是美貌女人的效应，可让我们这些为你出生入死、前仆后继的将士怎不心寒？"

冯威龙被伤了面子，转而对郑小燕恶语相向道："我的白面馒头养着你，不是让你长劲对我凡事点评的！社交场上上不得台面，整天钻在一帮民工堆里获得认可、求得平衡。"

"你！"郑小燕被伤了尊严，将手中的馒头和筷子一摔，也转身走了。

"这些黑心的老板，不仅仅是扒我们一层皮，啃光我们的肉，还巴不得将我们一个个的都扔到锅里去，将我们骨头里的最后一丝油星都榨干净了！"一个民工议论道。

这天早晨，冯威龙和郑小燕从帐篷里出来，向工地上走去，一下愣住了，只见一群人拿着瓦刀灰槽、被窝卷等静坐在工地的进口处，将门口堵了个严严实实，几辆运送沙子和石子的车都被挡在门外，进不了工地了。

沈三赶紧上前，着急地说："冯总、郑总，我正要去找你们，这不，他们将工地门口堵了，材料进不了场，工地被迫停工啦！我好话说了一箩筐，都劝不退他们。"

冯威龙明白了什么，但还是走近那帮人问："你们是干什么的？坐在这里是什么意思？"

其中一个满脸横肉的壮年道："我是薛小六，这是我带的建筑队，大伙儿抻着脖子没饭吃了，想请冯总赏我们碗饭吃！"

一团火"噌"地窜上来了："你们！"冯威龙上前就要动手。

郑小燕在旁劝道："威龙，别上火！有话好好说！"

冯威龙按压下了满腔的怒火，道："想给我冯威龙干活是好事，我感谢大家，不过楼房是百年大计，我要对将来的住户负责，你们干的工程少，技术质量欠缺些。"

"我们干的工程少，冯总更应该给我们锻炼的机会，你说什么我们也不走了！没看见么，连被窝卷都扛来了，你还得管我们一日三餐！"薛小六耍赖道。

冯威龙阴沉着脸，两颊瘦削，疲惫憔悴地望着众人，久久地没有说话，意识到自己已被逼到绝路上了！

他升起了一种孤注一掷的悲壮，毅然转身离去。

不一会儿，冯威龙回来了，只见他一手拿着块砖头，一手拿着只打火机，后背上背了个燃烧瓶！

"威龙！"郑小燕见状吓得一下晕过去了。

"我冯威龙吃软不吃硬！按我平时的火爆脾气，非跟你们拼个鱼死网破不可！可我的老婆孩子曾跪在我跟前，让我不触犯法律。你们看见了没有？我后背上的燃烧瓶里，装的是汽油！只要我这只打火机一点，我就会变成一个燃烧的火团，你们信不信？"说着，冯威龙抡起手中的砖头就冲着自己的头顶拍去！砖被拍碎了，一注血马上顺着他的额头往下淌着。

"妈呀，要出人命啦！快跑啊！"薛小六的建筑队狼狈地逃走了！

愣的怕横的，横的怕不要命的，冯威龙硬是把这帮人给镇住了。运送沙子和石子的车辆开进了工地，工程又正常运转起来了。

工地上在开现场大会。

头上绑着绷带的冯威龙站在一个高处，使劲挺了挺自己的腰，恨恨地道："当今的社会上，盛行一个关系学，人际学，哼！我最咽不下这口气的，就是人欺人，人治人。我冯威龙就不信这个邪！楼盘雕塑一样铁铮铮、明晃晃地在大地上站着，一是一、二是二，水泥、沙子，只要配比对了，就能凝成石头般坚硬的东西，绝不像跟人打交道那么难，我要用自己的一砖一瓦、一草一木打造出自己的品牌来！我就不信，靠工程本身，在偌大一个中国就站不住脚！工程本身就是一个活的广告，在大地上硬铮铮地站着，它自己会说话！我要让楼盘自己说话！"

冯威龙忽然拍了下自己的脑袋："对，就用这句话作为这个工程的广告语！"

郑小燕在台下深情地凝望着冯威龙，内心道："威龙，我又看见那个当年的你了！"

一张偌大的红色条幅呼地一声挂在了那栋正在建设的建筑物的半腰上，上面写着醒目的七个大字："让楼盘自己说话！"

那张巨大的条幅迎风飘扬，像一面鲜红的旗帜虎虎生威。

一阵噼噼啪啪的鞭炮之后，庞然大物般的塔吊转动起长长的手臂，工程热火朝天地加快运转起来了！

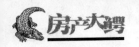

在风城的"大庇天下寒士"办公室内,郑小燕看着电脑惊呼:"威龙,不好啦,昨夜两点草城发生地震啦!说伤亡惨重。"

"真的?"冯威龙赶紧凑到电脑前仔细看,"亏了我们早一步将工程交付使用,然后离开草城了,最近地球这是怎么啦?频繁发生地震!"

多日后,冯威龙和郑小燕走出"大庇天下寒士"的办公大楼的时候,只见跟前黑压压的一大片人,跪倒在他们面前,其中薛书记跪在最前面,手中举着一大幅标语:"向风城大庇天下寒士房地产公司致敬!"

"这是怎么回事?"冯威龙丈二和尚摸不着头脑,和郑小燕面面相觑,"这不是草城薛家村的村民吗?"

只见村民们一个个都疲惫不堪的样子,有的鞋底都磨破了。

薛书记说:"前些天草城发生的那场强烈地震,草城的房子几乎都倒塌了,人员死伤惨重,只有你们'大庇天下寒士'给盖的那几栋回迁房安然无恙,稳如泰山,住在里面的薛家村的村民,无一人伤亡,你们就是我们的救命恩人啊!可当初,为了贪图眼前的一点蝇头小利,我们对你们百般刁难,现在想来,实在是羞愧至极!今天,我们薛家村的全体村民,专程从草城徒步而来,前来表达我们对'大庇天下寒士'的崇敬和感恩之情。一路上我们见人便说,让'大庇天下寒士'的企业美誉人人皆知!"

这时村民们齐声高喊:"向风城大庇天下寒士房地产公司致敬!"

旁边有记者在啪啪地拍照。

冯威龙和郑小燕都感动得两眼噙泪,喊着:"大家快起来!"

……

办公室,冯威龙举着手中的函件激动不已地对郑小燕说:"什么叫绝处逢生?什么叫柳暗花明又一村?因为草城回迁项目带来的良好口碑,风城政府领导主动来函要求我们开发项目,银行也主动贷款给我们,大庇天下寒士,起死回生啦!"

郑小燕也欣慰不已道:"这段艰难时期,总算熬过去了!只要工程质量好,总能杀出一条血路来的!"

冯威龙对着某一个方向得意道:"我冯威龙又杀回风城来啦!哼,想对我赶尽杀绝,没门儿!"

四 叶玫瑰:遭受弥天骗局

半夜里,熟睡着的郑小燕被烟雾呛醒了,她咳嗽着,拿手拂那些烟,又起身去打开窗子。她看了一眼表,已是凌晨两点了,烟是从书房里飘出来的。

她悄悄地走过去,开了一条缝,只见在室内的昏暗里,冯威龙大口大口地吸着烟，焦躁地走来走去。

"威龙，你最近总是失眠，长期这样下去，身体会吃不消的！"郑小燕走过去，揽住冯威龙心疼道。

"叶玫瑰开发的项目，掠去了我们很多的潜在客户，使我们的销售额锐减，对公司形成了很大的威胁。风城这个市场，难道我们又要得而复失？草城给我们的辉煌，很快又被叶玫瑰炫目的光彩给遮住了。"冯威龙愁闷道。

"是啊，最近叶玫瑰的莺飞草长公司像一匹耀眼的黑马驰骋于风城的房市。本季的房展会上，'莺飞草长'开发的每一个楼盘，都吸引了众人和媒体的注意，被抢购一空。"郑小燕说。

冯威龙神情黯然道："真没想到，她能形成这么大的气候，当初，真是小看了她！真不该放虎归山。"

郑小燕说："她有她的优势，出色的社交能力且不说了，又善于炒作和策划。另外，她对于项目，有直觉的把握，她有女人得天独厚的艺术感觉，她对自然的喜爱，她开发的楼盘，总是充满了艺术品位。听说所有的环境设计和装修风格，都是她亲自参与，她把楼盘做成了一门艺术。这恰恰是我们所欠缺的。"

"她那人，爱做表面文章，绣花枕头那一套，我不屑于搞。"冯威龙道。

一个念头忽然在郑小燕的心中生成了。她冲动地说："我明天去会会叶玫瑰！"

第二天，郑小燕涂了口红，细描了黛眉，穿了一身鲜艳些的套装，刻意突出了一份亮丽，然后背着一个小包出发了，阳光照在她的脸上，她充满了迎接某种挑战的心理。人在盛装之下，往往有着特别好的精神状态。

这天，郑小燕只身一人去了"莺飞草长"新开辟的那片住宅区去找叶玫瑰。

楼群布置在山上，就着山势，错落有致，现代化的高层建筑，又配上欧式的雕栏和门楼。楼下的绿地区域有卵石铺成的弯弯小径，新建的水榭亭台，新植的花木。楼位原是座不长草木的秃山，用廉价的劳力开采了石头，做了昂贵的外墙材料。

郑小燕走在其间，兀然感觉到了自身的渺小。

风吹着郑小燕，一阵冷。那些楼群像是庞然大物，像一个个敛了翅膀的巨鸟，将阳光遮住了。她想到了叶玫瑰，这是个充满生命力、太有本事的女人，她压制住内心的嫉恨，不得不从心底里佩服叶玫瑰。

一个气质非凡的女人正站在工地前比比划划，有人介绍说，那是公司的叶老板。那女人皮肤白皙如瓷，一双眼睛深邃若井，顾盼生波，一头漆黑的披肩长发，穿着一身黑色的职业装，冷艳无比，全身的打扮处处精致，无懈可击。

"叶总，你好。"郑小燕先打招呼。

"冯董的夫人？您怎么大驾光临了？"叶玫瑰应酬道，努力按压住眼中的敌意。她再不是原来的那个叶玫瑰了，对郑小燕不冷不热，落落大方地把手伸过来，温和、

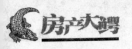

平易，符合场合上的应酬原则，但又有一种无形的不可逾越、不能小觑的气势。

两手相握的瞬间，郑小燕感到自己的心又揪了一下，那种绵绵不绝的痛苦感又来了，她们俩为什么要再次遇见？

"几年未见，你变化很大。"郑小燕由衷道。

在一般女人面前动不动就生清高之心的郑小燕这时竟生了一份深深的怯意，叶玫瑰的身上有一种无形的气势，特别不单纯的感觉，是职位使她改变的吗？

"您也是。从一个动不动就自杀的小学老师，到今天成为冯大老板最得力的助手，堂堂的'大庇天下寒士'的总经理，看来，每个人的身上都蛰伏着难以估量的潜力。"叶玫瑰看一眼郑小燕满含醋意道。

"我其实还是更愿做我的小学教师。如果不是有人受了他引导和栽培，过后又背叛了他，且还反戈一击的话。"

"背叛？"叶玫瑰苦笑了下，"女人的成长，都是让男人给逼的。有句话说女人是男人最好的学校，其实，男人又何尝不是女人的学校？你现在，还没认识到他的本性？"叶玫瑰不屑道。

"他是一个极端自私的男人。不过，对此，我心里充满了感激，使我尽早离开他，开创属于自己的事业。否则，我还会深陷在那个泥潭里，如井底之蛙般在他的威慑之下。当你身陷于一个环境时，把它当成了天。而你走出去之后，才意识到那其实仅仅是一棵树。当你走出那个树荫之后，才发现，天空是那么辽阔！"叶玫瑰说着，走到高处，俯瞰着城市的楼群，心中终算吐出了一口郁结之气。

"即便是在我的商场对手面前，我也丝毫不避讳我的理念，一个曾经那么渴望拥有一套小房子，那么渴望在住处的窗外拥有哪怕只有一株玫瑰花的人，我是把开发的每处楼盘都当成了自己的家园，都当成了一件偌大的艺术品来雕刻的。他的楼盘是坚硬，我的，是自然，柔美。莺飞草长，是我所有楼盘的风格，表达了一个女性对大自然的殷切向往。

"当然，你也是个女人。你虽然身为总经理，但其实也就是个跑腿的，只能做些零碎的事，冯威龙是个权力欲非常强的人，把大小权力都紧抓在他一个人的手里，项目的全局都只能他一个人掌控着，你有再多的想法、再大的抱负也无法实现，我说得没错吧？"叶玫瑰以挑衅和自负的神态看着郑小燕。

叶玫瑰的手机在此期间响个不停：

"哦，是建委刘主任啊——"

"哦，张站长——"

……

和叶玫瑰来往密切的有本市的建委主任、规划局局长、质检站站长等。

这会儿，叶玫瑰的手机又响了。"哦，蒋局长，"叶玫瑰的声音变得和平时的大不一样，嗲得几乎能滴下水来，"哎呀，瞧我！怎么就忘了今天是您的生日，今天晚上我请您在——"

郑小燕善解人意地走到一边去，免得妨碍叶玫瑰通电话。她在不远处看着叶玫瑰娇羞、生动的表情，心想这个八面玲珑的女人，有着太强的社会能量。

这不，单为了眼下这片新建楼群的销售，市里新开通了一路电车，市政部门还新修整了一条马路。听说买地时由这位蒋局长签字免交了三百万元的配套费。

"叶玫瑰事业上的风光，都是这几个要害部门的一把手支撑着的吧？尤其是和这位掌管土地的蒋局长，他们到底什么关系？"郑小燕猜测。

这个时候郑小燕想到冯威龙："威龙虽然也满腹经纶，也叱咤风云，但若政府部门的各路重权在握的官员们都对他亮起了红灯，威龙纵是有天大的抱负，也会活活地被卡死，这绝不是危言耸听！"

"当初，是威龙把你领进这一行，你现在却对付他。"郑小燕还在试图说服她。

"你回去告诉他！心计上他虽超过我，但我胜在天赋，那种女人对建筑美的敏感和在意，这对他来说，是最无可奈何的，任他用再多的心计都是徒劳的！"叶玫瑰说罢一扭身高傲地走了。

"等等！"郑小燕在后面喊。

叶玫瑰停下了脚步，但并没有回头。

"你还在爱着他，是么？"郑小燕一字一句地说，每个字都像根根的针，扎得她自己的心口流血。

"笑话！我有什么理由还爱他？你就不要为他自作多情了！"叶玫瑰不屑道，"我只是要让他意识到，他的种种选择都是错误的！"叶玫瑰紧紧咬了下嘴唇道。

"有爱才会有恨。如果你不爱他，为什么老是在他开发的项目区域周边开发？明显是针对他而战。今天我来，你的情绪又为什么这么不平静？"

叶玫瑰被击中了什么，瞬间无语。

"如果说，没有了我，就能停止你对威龙的怨恨和对他的征战的话，那么，我成全你！"说着，郑小燕忽然从自己的小包里拿出了一把刀子，以迅雷不及掩耳之势向自己的腹部捅去，随之"啊"地惨叫了一声，倒在了血泊之中。

叶玫瑰听见动静回过头来，惊得毛骨悚然地扑上前去："小燕姐！你一定要挺住啊！"

旁边的助手也被眼前的事实吓呆了。"还不快去叫救护车！"叶玫瑰冲着助手喊叫。

"冤冤相报何时了？我知道，你对他的恨，是因为没有实现的爱。我把自己这个障碍清除了，你心里就没有那么多的恨了，都是女人，我明白你的！过去的事，就让它过去吧。"郑小燕气息微弱地说道。

救护车很快来了，众人手脚忙乱地将郑小燕抬上了救护车。

车在路上急驶着。

在医院的急救室外，叶玫瑰和她的助手担忧地走来走去。

冯威龙从外面气喘吁吁地跑来了，上前揪住叶玫瑰的脖领子道："你对她怎样了？你怎么下得去手？"

"我的助手亲眼看见了当时的状况，可以证明，是她自己——"叶玫瑰痛苦地分辩道。

"我们之间的积怨，难道非要一个无辜女人的血来化解吗？"冯威龙对叶玫瑰道。

那个熟悉的声音从一片空茫里浮了出来，抖落去几年的风尘，依然那么沉静、浑厚，而世事早已物是人非。

"这些年来，我心里一直憋着一口气，我叶玫瑰比谁差？我要让你意识到，你的种种选择都是错误的！"叶玫瑰紧紧咬了下嘴唇道。

急救室的门开了，一个医生走出来道："病人已经脱离了危险！"

冯威龙和叶玫瑰赶紧冲进去。

病房中的郑小燕一副羸弱不堪的样子，但她还是含泪一只手握起冯威龙的手，另一只手握起叶玫瑰的手，让他们俩的手握在一起，气息微弱道："若你们继续自相残杀下去的话，会两者皆伤，而合作的话，会如虎添翼。我当然会痛苦、会嫉妒，可一个小小的我，跟威龙的事业相比，实在是太微不足道了——"

叶玫瑰低下头，脸上掠过一丝羞涩的红晕。一直阴沉着脸的冯威龙捕捉到了那丝红晕，他忽然茅塞顿开般舒开了紧皱的眉头，嘴角浮上一丝狡黠的笑。

这天黄昏，叶玫瑰忙完工作一身疲惫地走出办公大楼的时候，旁边树上兀地传来一群乌鸦呱呱的叫声，很是瘆人，她惊悚地抬起了头，却看见一个穿着一身黑风衣、戴着一副墨镜的高大男人倚着车身站在那里，被一片浓重的云罩着，竟是冯威龙。

她的情绪一瞬间变得心潮起伏，眼角不知什么时候已盈满了泪水。

冯威龙先走上前来，掏着裤兜，一副吊儿郎当而又洒脱的样子。

"真是稀客啊，"叶玫瑰惨淡地苦笑了下道，"小燕姐的身体真的无恙了？"

"已经康复了，谢谢关心。"

"那就好，不然的话，我的心会永远无法得到安宁。"

"哦，那你在商场上整天把我杀得丢盔弃甲的，就得到安宁了？你可是我调教出来的兵。"冯威龙恢复了他的幽默。

叶玫瑰扑哧一下笑了。

"我来请你去喝杯咖啡，悦来大酒店。走吧，坐我的车。"冯威龙很绅士地弯腰拉开了自己的车门，声音温柔道。

鬼使神差的，叶玫瑰竟然跟着他上了车。

悦来大酒店的餐厅大堂内，烛光摇曳。

一个女孩在弹钢琴。悠悠的琴声如海水涌动，似在诉说着远古的爱情。

又有客人进来了，服务生指指座位上的冯威龙，向客人推辞："对不起，今天这里被那位先生给包了。"

偌大的大厅内，只坐着冯威龙和叶玫瑰两个人，他们面前的桌上放着红酒和西餐。

"我冯威龙不是个容易被女人征服的男人。女人的貌，只能迷惑得了我一时；女人的才干让我佩服，但跟一个有才能的男人没什么两样。只有才貌兼备的女人，才使我由衷地折服。我敬你！"冯威龙举起一杯红酒目光灼灼地看着对面的叶玫瑰说，"我喜欢这种棋逢对手的较量，充满了劲道！"

"而当初，她在你眼里却一钱不值，甚至于抵不过一个按摩女的分量！"叶玫瑰脱口而出地泄愤。

"什么按摩女？"冯威龙丈二和尚摸不着头脑。

叶玫瑰无心应答，又提起别的话题："你知道吗？其实我非常非常地感激你。当初，但凡你对我有一点好，我也没勇气挣脱开你的掌控，也不会有我的今天，"叶玫瑰又恨恨地说，"明明可以发挥一块金子的作用，你却把我当成了一粒沙子来用，并且百般迫害，我在你的心里，怎么就那么低贱？！"

她心中积了太多的怨恨。

冯威龙一直笑着由着她发泄，丝毫也不见怪的样子，真诚道："你用时间证明了自己，令我刮目相看。当初在单位，一个上司对下属，欣赏也好，重用也罢，心底毕竟是俯瞰的，而现在我对你，是发自内心地佩服。由佩服而心生的爱，是最真挚的！"

"还记得你初来单位的那个夜晚吗？我们加班时我累得睡着了，你在旁边彻夜未眠地守了我一夜。那是我终生难忘的一个夜晚，虽然我当时什么都不知道。"冯威龙说。

叶玫瑰痛楚地皱了下眉："有些美好是曾真实地存在过的，相处真是可怕的事。误会、利益冲突，一个个的污点溅上去，一块布便被染得污迹斑斑的，洗不出来了。"她将一杯红酒一饮而尽。

"谁说洗不出来了？那是没有用最好的洗涤剂。"冯威龙说，"你我都清楚，我们两家公司现在其实已形成了一种恶性竞争，两虎相争皆有伤。如果我们联起手来，必将在本市的房地产市场上独霸一方，无人能敌。"

"联手？"叶玫瑰一下站了起来，走来走去地。

"我们两家公司合二为一，当然，名字还叫'大庇天下寒士房地产公司'，我

依然当我的董事长，你当总经理。根据你公司成本的核算，作为你在'大庇天下寒士'的股份。"冯威龙兴致勃勃地说道。

叶玫瑰的眼睛一下便亮了。

"还有我和郑小燕离婚，咱们俩结婚。"冯威龙一字一顿地说。

叶玫瑰听到这话额头兀地跳了一下。

"郑小燕已经用她的实际行动表明了执意要离开我、成全你和我的决心，她现在已经搬离了家。只是现在，我对自己没信心了。"冯威龙道，"你离开单位后的日子，我一直很惦记你，一转身间恍然就看见你在某一个楼梯口又出现了。"

刚愎自用的他，能说出这样柔软的话么？

叶玫瑰心生了一丝柔软，这样骄傲刚硬的一个男人，说出这样的话来，难得了。

但她心里，还是有着那么多的幽怨啊，她发出了一声滑稽地苦笑道：

"当初，我像一棵卑微的小草一样折服在你跟前的时候，你连正眼都不看我一眼；当我像一头老黄牛一样为你竭尽全力地卖命的时候，你巴不得榨干我最后一滴油水，却让我一无所获。这个时候，你却来说这些了。"

冯威龙什么也不说，只是静静地点上了一支烟，眯着眼笑看她道："你原来，不一直在闹这事吗？现在心愿终于达成了，又使小性子了。"

叶玫瑰眼神迷离地看着他，那个熟悉的身影，熟悉的声音，又在自己的身旁出现了，她内心恍惚道："过去的一切，都可以续上了吗？他抽烟时的样子，多么洒脱。"

"原本，我死里逃生般远离你，我认为，那样就能获得彻底的安静。但其实，这后来的日子，我过得并不快乐。千万遍地反思，和你相处时的一些细微，为什么成了现在的样子？"叶玫瑰说。

"我又何尝不如此？我今天来，本身就是一种妥协，你不会不给我台阶下吧？"他说。

"几年来我反复地想，如果这世上没有了你在不远处看着我的眼睛，我所有的拼搏，所有的努力，又都是为了什么？"叶玫瑰走到了窗口，在那一瞬间，叶玫瑰的思维忽然豁然开朗，她说，"这正是我原来所期望的境界，两个人同心协力，在事业上比翼双飞，并驾齐驱，把一份喜欢的事业做大做强。你当初何苦非要别扭着劲？"她嗔怪道，语气也柔软了。

"我同意了，下一步你要我做什么？"叶玫瑰问。

冯威龙一下如释重负般。"我们明天便办合并手续？"他说。

叶玫瑰点点头，也举起手中的酒杯看着对面的男人，两人碰了杯后一饮而尽。

这时飘来了一支舒缓抒情的曲子，冯威龙起身拉着叶玫瑰的手进了舞池。

叶玫瑰小鸟依人般偎在他的怀里，泪眼濡湿："我又这么近地嗅到了你衣服的味道，触到你肌肤的体温了。这一刻，我盼了多久，谅解是多么美好的一种感觉。

其实，我多么不愿心中充满了恨啊，尤其是你，我曾那么用心爱过的一个人。"

　　冯威龙拥着叶玫瑰正陶醉地跳着舞，这时，忽然从外面跌跌撞撞地跑进来一个神色憔悴的人，竟是多日未见的叶飞舞。

　　"你爱上她了，那我怎么办？"叶飞舞上前扯住冯威龙的一只胳膊近乎乞怜道。

　　"你怎么能跟她比呢？"冯威龙嘴角撇出一丝轻蔑，不屑一顾道，傲慢地一把甩开叶飞舞的拉扯，转身往外走去。

　　叶飞舞被推倒在了地上，一股彻骨的寒凉，似有来自四面八方的风呼呼地吹过她。

　　"这下，你看到赤裸裸的现实了吧？"背后传来叶玫瑰的声音。她在旁边看见了刚才发生的一切。

　　"人生会将最残忍的一面展露给你。多少的曲意逢迎，都比不上自身的强大和在男人心目中的分量。世事沧桑，自强是唯一的道理。"她认真地对叶飞舞说。

　　"叶总，以后，我跟在你身边行么？你知道的，冯总那人喜怒无常，很难相处。以前有得罪的地方，我会痛改前非。"叶飞舞恳求，神情间多了些落寞。

　　叶玫瑰上前拉起叶飞舞，感动地说："好。不管你的能力大小，只要用心学；不管你以前怎样，只要改，回头是岸。毕竟，你年龄还小，我愿意相信，人是会发生变化的。以后改改平时的散漫和风尘的打扮，多穿正装，最要紧，是多读些书，业余时间，让你带薪去上夜校。"

　　"谢谢叶总！"叶飞舞一副改邪归正的样子，认真地点着头。

　　晚上，叶玫瑰急急地出了办公楼，在楼外的树影下，宋晓晨心急火燎地等着她。

　　"晓晨，你这么火烧眉毛地找我什么事？"

　　"什么事？你真的决定将自己的公司，将自己辛苦拼下的一片江山拱手让给冯威龙吗？"宋晓晨着急道。

　　"冯威龙是个什么样的人，你自己心里应该最清楚！你别犯傻了！"宋晓晨又尖叫道，"你和他的那一页，已经彻底翻过去了！如果说当初是一个错误的选择的话，现在你不是回到正常的日子里来了么？你现在的事业这样好，何苦再去走回头路？何苦再去磕碰旧日的伤疤？他已经祸害了你几年的时光，如果再让他继续祸害你，岂不犯傻？"

　　"可到底怎样，才能将我心口的创伤真正地疗治好？"叶玫瑰声嘶力竭地对着一片空茫发问。

　　她苦笑道："晓晨你知道吗？今天是我心情最好的一天，因为我化解了对一个人的仇恨。其实，我不是向他，而是向我自己妥协。怨恨别人，伤害最深的是自己。自从我和他闹翻自立山头以来，我没有一天是真正快乐的。我多么愿意和他化解心

中的芥蒂，解开心结，心中充满的，都是爱和温暖啊。一个公司算什么？如果因此能换取他对我的真心相待，一个女人，心中有了爱后还指望什么？"

"问题是，你将公司让给他了，就能换来他的感情吗？当初你在公司时，付出了多少，结果怎样？"

"现在不同了。当初我是他门下的一个打工者，心理上他对我是俯瞰的，多少也有些歧视。而现在，我已和他平起平坐，地位相当。"叶玫瑰道。

"我就是不相信，人心就换不回人心。"叶玫瑰又道。

"玫瑰，你醒醒吧！别让他用爱的幌子迷惑你，丧失了斗志！"宋晓晨着急地晃着叶玫瑰的肩膀喊着。

"晓晨，我知道，你一直对我和他之间，心怀妒忌。但到了这一刻我才发现，我所有的辛苦，所有的拼搏，其实都是为了让自己在他的心里有分量。我其实一直在等待这样的一天，和他平起平坐，可以自由地表达自己的情感。"叶玫瑰幽幽地说。

"既然你这么说，我也就无话可说了，你好自为之吧。"宋晓晨尴尬道，生气地转身撒腿跑了。

在工商局的大厅里，叶玫瑰和冯威龙将出让合同签了。

这天，"莺飞草长房地产公司"的牌子被摘下去了，换上了"大庇天下寒士房地产公司第一分公司"的牌子。

叶玫瑰的任命文件，迟迟没有下来。

她静静地等着，一天天地等着，什么也没有，只有一片空茫。

她有一种莫名的发虚，似乎预感到了什么，但又难以置信。

这天，叶玫瑰蜷缩在办公室的老板椅里，一根又一根的烟就要烧坏了她的喉咙，满屋子的烟，引发了她一阵阵的咳嗽。

叶飞舞和吕麝不知什么时候进来了。

而叶玫瑰浑然不觉，直到烟头灼疼了她的手指。

"叶玫瑰！冯总下的红头文件！"叶飞舞"啪"地一声将一份文件放到叶玫瑰面前的桌子上。

"我们俩，一正一副，接管你原来公司的这一片！"叶飞舞又重复了一遍，傲慢地用手指头敲了敲桌子，明显等得有些不耐烦。

原本失魂落魄的叶玫瑰兀地醒了过来，回到了置身的现实里，她站起来，接过那份文件看，是一份免去叶玫瑰职务、叶飞舞和吕麝接管该公司的文件！

她整个人怔住了！难以置信地看着一切，心生一股彻骨的寒凉，每一根毛发都寒透了。

那么多层层叠叠、密密麻麻的谎言，像树叶一样将狰狞的事实覆盖，直到这一刻，事实的大风呼地一声刮来，将那些树叶吹得漫天飞舞。

只有狰狞的事实铁铮铮地摆在那里。

"这一刻，来得好！只是，它已被覆盖了太久太久。他这一手，做得实在太绝了！这个命里的灾星！而曾经，我还误认为他是我命里的福音。"

她恍惚地呢喃着，拿起手机便拨冯威龙的手机，对方不接。她执拗地打，对方干脆关了机。

她懊恼得"啪"地一声将手机摔在了地上，嘴角尴尬地苦笑了一下，身体像一个重物颓然地重新掉回了老板椅里。那份文件从她的手中滑落在了地上，像片落叶一样，被窗外吹进来的一阵风吹得在宽大的董事长办公室内打着旋。

"哎！"吕麝紧张地叫了一声，小跑着追赶着那份文件。终于追到了，她拾起来，珍爱无比地用衣袖擦去上面的尘土。

"这间办公室的钥匙呢？我们俩急用！"叶飞舞说。

叶玫瑰黯然地将门钥匙放到了桌上。

拿过钥匙的叶飞舞昂首在办公室内走了几圈，等待着什么。她终于失去了耐心，对叶玫瑰下逐客令了："如果一分钟内你还赖在这里不走的话，我就要喊保安请你出去了！"

"你们这两个东西，也别太得意了！我的今天就是你们的明天！"叶玫瑰说罢，起身大步离开了办公室。

楼外的一辆车里，坐着戴墨镜的冯威龙。他摘下墨镜，眼里射出一股锋利无比的寒光看着叶玫瑰黯然离去的消瘦背影。

叶玫瑰的身影转过街角终于不见了之后，他走出车来倚在车门上打电话："两位小姐，下楼来吧，我请你们俩去吃生鱼片。"

两个花枝招展的女人很快出来了，叶飞舞道："冯总，今天的节目这么丰富啊！我们刚亲眼看了一出活吃生鱼的戏，再去吃生鱼片？"

冯威龙神秘地一笑，绅士般拉开车门弯腰对两个女人做了个请的姿势。待她俩上车后，他一甩黑色西装的衣角，姿势洒脱地上了车，车"噌"地一声开走了，汽车尾巴的排气筒里忽地窜出一溜烟，在空中打了几个旋儿，不见了。

在空气中打着旋儿的，还有叶飞舞和吕麝咯咯的浪笑声。

五　叶玫瑰向冯威龙讨要公道的遭遇

秋末的风城，枯黄的枝条在阴冷的空气中轻轻地颤抖。

叶玫瑰一个人，拉着行李走在大街上，大风呼呼地吹着她的头发和大衣。那些

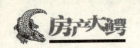

落光了叶子的树，在寒冷的秋风中紧紧抱住自己的身躯。她悚然一惊，意识到自己其实已经一无所有。只有风吹着她的长发和衣角，只有那些落叶，没家的孩子般，茫然地飘荡着。

只是下一步，靠什么活呢？

叶玫瑰拖着一点简单的行李在一处破旧的楼群间转悠着，一个中年女人正端着脸盆往地上泼污水。

"请问，你知道谁家对外出租房子吗？要最便宜的那种，"叶玫瑰说，"我想尽快找一个地方落脚。"

"我家就有啊，一间地下室刚腾出来。"女人道。

"那去看看？"

"好，跟我来。"

跟着她，叶玫瑰小心翼翼地踏着伸向地下室的台阶。下楼时，必须猫着腰，楼道内堆满了纸箱子和其他杂物，到处黑糊糊的。"砰"地一下，叶玫瑰的头被碰了个大包，她疼得直咧嘴。

房东摸着钥匙打开了地下室的小门，打开了电线挂在门框上的昏黄小灯。昏暗的光穿过飘浮的灰尘无力地照下来。

此时，叶玫瑰才看到屋内只有一张简易的木板床，人稍微一伸头就能顶到积满灰尘的生锈的管道，几乎方米的空间内只有一个通风的小窗口，夹杂着潮气和霉味的混浊空气令人窒息。

"水可以去院里的公共水龙头处打，上厕所要去公厕，离这里有一里路左右。房租每月二百元。"房东说。

"这种条件——"叶玫瑰犹豫不决，有些愁闷。

"你到底租不租？快点决定，想租的人多着呢。"房东有些不耐烦。

"我租了。"叶玫瑰当即决定。

冬日无人的旷野，一片荒芜、安宁。

一阵狂风忽地席卷而来，吹着一棵枝繁叶茂的孤树。

那棵树被吹得疯了般向四面八方剧烈地摇晃着，先是叶子一片片地掉下来，落叶纷纷，成为一棵掉光了叶子的秃树，枝条也啪啪地一根根断了——

"我呢？"

风中忽然传来一个女人嘶哑的呼喊。

一个披头散发、身穿白袍、脸上蒙着一块白布的女人跌跌撞撞地从远处一路走来，失魂落魄地寻找着什么。

那女人的脸不停地变幻着，一会儿是叶小篮的，一会儿是叶玫瑰的……

"我呢？我把自己丢到哪里去了？"

女人茫然四顾着，向着远处游荡而去——

空中四散着她嘶哑的哭喊。

凌厉的风依然吹着那棵大树，那棵光秃秃的树顽强地挺立着，挺立着。

……

"我呢？我把自己丢到哪里去了？"叶玫瑰惊喊一声坐了起来，原来是一场噩梦。她已睡在那间地下室小屋里了。

地下室里幽暗得像个地窖。

她过去将小窗子打开了，外面已见曙光，她站在窗边贪婪地吸了几大口空气，心想，原来，从没想到空气和阳光还是这么宝贵的东西。

"什么时候，才能回到地上去住呢？"叶玫瑰望着那缕光线幽幽地叹息了一声。

她给自己泡了碗方便面吃。

不时地有人从小窗外走过，一双又一双的脚，高跟的、男人的大鞋、儿童的……她在屋内只能看到脚脖子。

这时，一辆车在小窗外开过，"呼"地一下，一阵灰尘从窗户外扑进来，落在了泡面上。"脏死了！没法吃了！"叶玫瑰懊恼地将筷子摔在桌子上。

她被灰尘呛得直咳嗽。

叶玫瑰过去欲关窗，这时，忽然"啪"地一下，一个垃圾袋扔在了窗外，挡住了半截窗子，一股臭气扑过来。

"嗨！是谁啊，往这儿扔垃圾？"叶玫瑰捂住鼻子大声喊道，气冲冲地就往外跑。

来到了外面，只见一个胖女人鸭子似的正在前面一扭一扭地走着，边走边往地上吐着瓜子皮。

"嗨！站住！你怎么随地倒垃圾啊？"叶玫瑰喊。

胖女人站住了转过身来，叉着腰道："我乐意！你是县官啊还是现管啊？狗拿耗子！"

"没看到这是我住的窗口吗？"叶玫瑰指着。

"笑话！谁家的窗户开在地上啊？除非是地老鼠家的！"胖女人鄙夷道。

"你！"叶玫瑰气得有点发抖，"你把垃圾捡起来，扔到垃圾筒里去！"

"你若承认自己是地老鼠的话，我就去捡。"胖女人张狂道。

"你！"叶玫瑰气得说不出话来。

"住在这种地方，还穷讲究！讲究的话，住高楼大厦去啊！"胖女人讥讽着继续往前走去了。

叶玫瑰屈辱地走过去将那袋垃圾捡起来，扔到了附近的一个垃圾筒里。

叶玫瑰穿着陈旧、神思恍惚地来到了土管局，进了蒋局长的办公室。

"玫瑰，你怎么装扮成这副模样？想微服上访？"蒋局长笑着吃惊道，赶紧接了杯水递过去，"快坐下来喝点水。"

"冯威龙他将我的公司骗去了，我现在，一无所有、身无分文了，你能帮我吗？"叶玫瑰坐在沙发上咕咚咕咚地喝水，断断续续地说。

再看那姓蒋的，变色龙般，瞬间便变了脸色，嘴角撇出一丝不屑，轻蔑道："胜者王侯败者寇！真是扶不起的阿斗！你自己成了败军之将也就罢了，还牵连我的利益也受损。原来的你，还能给我弄一点利益，现在的你算什么？一个没有任何利用价值的残花败柳而已！我还忙工作呢，请出去！"

叶玫瑰站起来，尴尬道："以往，在我力所能及的情况下，一直诚心诚意、心怀恭敬地对你，我自认为，对你不薄。"说着，便起身往外走。

蒋局长赶紧拿起一块抹布心生厌恶地擦了擦叶玫瑰原来坐过的地方。

叶玫瑰气哼哼地来到了大庇天下寒士房地产公司的门外。

"冯威龙呢？我要见他！"叶玫瑰嚷。

"是谁呀，在这里大声喧哗？预约了吗？"叶飞舞双手交叉在胸前，像一只看门狗般倚在门框上，嘴角撇了撇，尖着嗓子高傲道，"哟，是你呀！你算哪根葱，哪头蒜啊？我们冯总是随便什么人都能见的吗？"

叶飞舞踏着高跟鞋嗒嗒地走到叶玫瑰跟前，扯了扯叶玫瑰干枯的头发，撇着嘴奚落道："啧啧，瞧瞧你现在这个样子！跟个一无所有、落魄街头的乞丐有什么不同？"

这时，小刁走过来了。

忽然，"呸"地一声，小刁在叶玫瑰的身边吐了一口唾沫。

"当初在单位里得势时张狂成什么样了？怎么，现在成了一只落水狗了？哈哈！你也有今天！"

"你这是吐谁，说谁？"叶玫瑰问，全身的血都涌了上来，气得青筋暴露、浑身发抖，但对方又没有指名道姓地说，她又无法发作、反击，只得把那个哑巴亏生生地吞下了。

"冯威龙，你出来！当初，你是怎么说的？"叶玫瑰冲着那道门喊。

那道门紧紧地关闭着，寂静地不发一声。

办公室里面，冯威龙像一尊雕塑般坐在老板椅里不发一言，面孔像石头般纹丝不动。

叶玫瑰拿起一块石头便冲着董事长办公室的门砸去，门玻璃碎了。

叶飞舞尖叫道："干什么你！保安！把这个叫花子拖出去！"

几个保安便冲过来，连拉带拽地将叶玫瑰推搡出了那道气派的大门。

她刚刚走出单位的办公楼，忽然，"啪"地一下，一颗小石子自天而降，打在了她的脑门上，那里立时起了一个包。

"是谁呀？"叶玫瑰惊叫一声赶紧弹跳开，惊魂未定的她疼得龇牙咧嘴，捂着脑门朝上看。

叶玫瑰抬头望着高高的办公楼，只有一扇扇的窗户，还有一线天空，明明一个人影也没有，却又处处暗藏着杀机。

"谁？你到底是谁？你出来！"她惊恐地喊叫。

空中回旋着的，只有她的回音。

吕麝拿着个小本跑出来了，一副要现场采访的样子走到叶玫瑰跟前道："把你的具体感觉说出来好吗？我想写一篇纪实报道《一个小三的悲惨下场》。"

叶玫瑰撒腿就跑，落荒而逃。

在办公室的一个窗口里，郑小燕无意中瞥见了楼下叶玫瑰的狼狈。

"怎么回事？那上门闹的女人不是大名鼎鼎的叶玫瑰吗？她来干什么？她怎么落魄到这般田地了？"她问秘书。

秘书小姐赶紧站起来说："她的公司，被我们收购了。"

郑小燕急匆匆地来到冯威龙办公室道："怎么可能？叶玫瑰的公司不正如日中天吗？怎么会被我们收购？"

"是她拱手将公司送给我的，为了表达她对我的感情。"冯威龙说着，将一份文件递给郑小燕看。

郑小燕草草地看了眼文件问："拱手相送？如果是她真心出让，怎么可能上门来闹？"

冯威龙表情虚弱地躲闪开郑小燕的审视。

"威龙，是你用了感情的骗术，是吗？"郑小燕明白过来。她的脸色一下子变了，道，"将公司还给她！再说了，就凭叶飞舞和吕麝这两个草包，描眉画眼还行，怎能管理好原来的莺飞草长公司？"

冯威龙气恼道："你脑子进水了？已经吞进肚里的鱼再吐出去？哪有这样的道理？'大庇天下寒士'也从没有这样的先例！至于叶飞舞和吕麝，是因为她们俩和叶玫瑰原来素有积怨，我只是暂时让她们俩挂个空衔，对付有可能来闹事的叶玫瑰而已，其实什么实权也没有。这事平息下来后，我会另选贤能，让你来分管那一片。"

"我不会！那感觉会像享受一块偷来的蛋糕般，我会如坐针毡、寝食不安的！"郑小燕道。

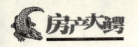

　　冯威龙缓和了下情绪道："你也知道的，咱们公司最近的销售情况并不是很乐观，资金周转也出现了困难，看看我额头上的伤疤，是被欠债的人投的，我昨晚三点才睡着。你从另一个角度上想想这事，你不是一直嫉妒我和叶玫瑰之间的过去吗？这下彻底放心了吧？但凡我对她有一丝一毫的情意，也不至于下这样的狠手。这次就算是我向你表明心迹的实际行动，可好？"

　　郑小燕抬头看见冯威龙一副焦头烂额的样子，眼睛里也布满血丝，她的心软了。"当然，商人以利益为第一，可难道就可以没有讲究了吗？君子之争，胜之有道。"郑小燕虚弱道。

　　"闭上你的臭嘴！傻女人！"冯威龙一下子火了，将桌上的资料哗啦一下拂到了地上，"什么'君子之争，胜之有道'？当初，她动用了姓蒋的那份关系，使我们在规划局、建委、银行等政府部门处处吃闭门羹，让我们在本市的发展寸步难行，她胜之有道了吗？"

　　"别生气啊威龙，我说错话了！我好了伤疤忘了疼，我——"郑小燕吓得赶紧上前给冯威龙揉着胸口，又将地上的资料一份份地捡起来。见冯威龙脸上的表情舒缓了些，郑小燕又敢说话了，"话虽这么说，可我还是觉得心里有愧，她对我们不仁，我们不能对她不义，冤冤相报何时了？她吃了这么大的哑巴亏，我担心她会对我们采取什么疯狂的报复行动——"

　　"妇人之仁，成不了大事的！"冯威龙甩下这句话起身走了。

　　叶玫瑰回到居住的地下室小屋后，"砰"地一声带上了门，身体倚在门上剧烈地发着抖。

　　"刚才，我为什么没立即反扑，对着她们破口大骂一场？管它什么涵养不涵养的，起码不用生生地吞咽下这口窝囊气啊！我的脑子怎么反应这么慢呢？我怎么这么老实呢？"她懊恼地捶着自己的额头。

　　"我现在就回去，对着叶飞舞和小刁大骂一场？"叶玫瑰挽胳膊、捋袖子，往手里吐了口唾沫，跃跃欲试。

　　"只是别人看见我跟其他女人在街头破口对骂，是不是会说我像个泼妇？"叶玫瑰想到这一点又犹豫了。

　　"不明着对骂的话，那就来武的、暗的？那才是货真价实的争斗和较量。"叶玫瑰拿起一把菜刀比量着，"我就这样，以三百六十度的方位，去把叶飞舞和小刁的嘴巴割成拖布般的碎布条。"

　　她想象着，切着菜板上的一只圆形的茄子。结果就真将那个茄子切成了三百六十度的茄条。

　　叶玫瑰抢着那把菜刀一个人对着空气左砍右砍，就像拳击手对着空气练拳击一样，砍了一阵，累了，又将一根根的火柴棍摆在桌子上，嘴角撇出一股冷气："哼，这些都是跟他有沾染的女人，看我怎样将她们一一击溃！"

她将第一根火柴棍挪到了一边："这个是郑小燕——我跟她不共戴天。"她眼露凶光地将那根火柴棍折断了。

她又拨拉出三根火柴棍来："这些分别是叶飞舞、小刁、吕麝。郑小燕性格相对温婉些，而这几个女人，是'八仙过海，各有神通'，个个都有十八般武艺，我怎样将她们一一折断、捣毁？"

叶玫瑰拿起一根火柴来，"啪"地一下划着了——

小刁正拿着一大串钥匙，在办公楼的走廊里耀武扬威地叉着腰走来。

忽然，一根火柴从背后扔了过来，点燃了小刁的头发，后又燃着了她的衣服——

火焰噼噼啪啪地燃着小刁，像烧一小捆柴禾一般。

"救命啊！救命啊！"被烧得手足无措的小刁发出一阵阵的惨叫声。

最后，那团火焰躺在了地上，火焰越来越小，越来越小——

"救命啊！"小刁的惨叫声越来越微弱。

终于，那团火焰失去了生命力，成了一小堆灰烬。

……

叶飞舞正在路上走着，边走边拿着面小镜子精心地化着妆，眉毛、口红，将粉往脸上一遍遍地抹啊抹啊——

忽然，"扑"地一下，一根燃着的火柴自天而降，打着旋地向她袭来，点燃了叶飞舞的头发，后又燃着了她的衣服——

火焰噼噼啪啪地燃着叶飞舞，像烧一大捆柴禾一般。

"救命啊！救命啊！"被烧得手足无措的叶飞舞发出一阵阵的惨叫声。

最后，那团火焰躺在了地上，火焰越来越小，越来越小——

"救命啊！"叶飞舞的惨叫声越来越微弱。

终于，那团火焰失去了生命力，成了一小堆灰烬。

……

眼前是披头散发的叶玫瑰狞笑着的脸。

她看着手中就要燃尽的两根火柴，陷入了某种冥想般的快意——原来是她的一场幻想。

一只蚊子在她的身边嗡嗡嘤嘤地叫着，让她顿起烦躁，她拿起一个苍蝇拍便去

打，可是那只蚊子在她周遭飞来飞去地盘旋着，怎么打也不肯离去。

仔细看去，那只蚊子明明是长着蚊身却有着一张人脸的怪物，是吕麝的小脸。

叶玫瑰颓然地一下坐在了地上，充满了无比的挫败感。她气得脸色铁青，胸口一下一下地喘着粗气，她热得大汗淋漓，全身酸疼，疲乏得几乎耗尽了最后一丝力气。

"活着就是为了膈应你，"小怪物看着叶玫瑰的窘态口吐真言，幸灾乐祸地忽然就唱起歌来了，"膈应你！膈应你！"小怪物边唱边快乐得手舞足蹈。

"膈应死你，他就是我的了！"

小怪物，也就是长翅膀的吕麝忽然停止了歌唱、敛了双翅，站在叶玫瑰面前的地上，小老鼠般仰着小脸恶狠狠地尖叫道，面露狰狞。

……

披头散发的叶玫瑰正挥舞着一个苍蝇拍满屋里转着打一只蚊子，其实也就是一只蚊子。

下班时间，员工们纷纷走出大门。

冯威龙开着车也夹杂在人群里。

忽然，一个披头散发的女人在大门外拦住了车，是叶玫瑰，她上前质问冯威龙：

"我只想问你一句，这样坑我，你心里就没有丝毫的愧疚感吗？你当初对我的承诺呢？"

冯威龙极力维持住自己的镇定，厉声喊道："你是谁？我不认识你！保安，把这个扰乱秩序的精神病拖出去！"

门卫处有几个穿制服的保安冲上前去。

叶玫瑰摆脱开保安的推搡，伤心地哭道："你说你不认识我？！你竟然说不认识我？"

旁边下班的员工们纷纷冲这边看，议论纷纷："这女人是谁呀？"

"这不是以前的叶玫瑰吗？怎么成这模样了？"

"报应！当初那个趾高气扬的样子！"

……

有太多的话语，嘤嘤嗡嗡着。

记者招待会上。

衣冠楚楚的冯威龙在主席台上侃侃而谈："我之所以能走到今天，是身处社会最底层时所受的诸多刺激给我的动力。以后，我一定要盖很多很多的房子，给那些没有房子住的人。'安得广厦千万间,大庇天下寒士俱欢颜'!"

记者席上爆发出雷鸣般的掌声,看他的眼神充满敬仰。众多记者的话筒和镜头对着他。

叶玫瑰从藏身的暗处忽然就跳上台去,将一杯水泼在了冯威龙的脸上,大声喊着:

"一切都不是这个样子的!冯威龙其实是个杀人不见血的伪君子!"

茶梗奔拉在冯威龙的头发上,水珠顺着他的脸往下流淌着,那样子狼狈不堪。

四周一片哗然,纷纷将镜头对准冯威龙。

叶玫瑰得意地扬长而去。

"这个女疯子!谁知道下一步她还会闹出什么事来?!"散会后,冯威龙拿手绢擦着脸上的茶梗气恼道。

叶飞舞讨好地赶紧拿手绢也帮冯威龙擦着,在旁煽风点火道:"竟敢在太岁头上动土!她有九条命还是怎么的?!"

叶飞舞的这句话忽然激发了冯威龙的一个天大的灵感,他的眼睛闪着鬼火般贼亮的光焰,道:"对了,她现在还算是单位的员工,我想法把她送到疯人院去!叶飞舞你呢,把这头黄头发染成跟叶玫瑰一样的黑长发,再买几件她经常穿的衣服,冒充成她!这样,她那些煞费苦心地多年经营下来的老关系户、老客户,你还可以接上茬重新利用。另外,为了安抚'莺飞草长'的那一帮老员工,就说总经理还是原来的叶玫瑰,对外你的名字也改做叶玫瑰,造成一副她甘心投诚的样子。反正你俩长得那么像,不知内情的人是不会知道我们使了个巧妙的调包计的!"

"冯总,您这一招,实在是高!"叶飞舞兴奋难抑地大叫,"《西游记》里的女妖怪就经常用这招!"

冯威龙沾沾自喜道:"小蹄子,想跟我斗?嫩了点!"

在门外,碰巧经过的宋晓晨无意中将这些话都听见了,他惊恐万分地赶紧脱身离开了。

叶玫瑰在街上茫然地走着,看到了旁边一家包子铺前热气腾腾的包子,饥肠辘辘的她一掏兜,里面竟然一分钱也没有,可她实在饿得难忍。瞅着店主没注意,从屉里抓起几个包子一瘸一拐地扭头就跑。

"嗨!要饭的!"店主在后面大喊,笑着摇摇头,"这么年轻漂亮的女人,干什么不行?竟然讨饭!"

终于跑到了一个偏僻处,叶玫瑰狼吞虎咽地吃起包子来。

一包热腾腾的烧鸡被递到了叶玫瑰的跟前。

叶玫瑰抬起头来,是心疼得双眼噙泪的宋晓晨。不知什么时候来的。

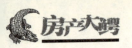

"我到处找你。"宋晓晨说,擦去眼角的泪水。

"我连吃饭的钱都没有了。"叶玫瑰说。

"冯威龙,他真做得出!"宋晓晨说。

"我已经一无所有了,你还管我干什么?"叶玫瑰惨淡地苦笑道。

"谁说你一无所有了?你不是还有我吗?你还有剩下的命,只要人活着,就还有诸多的可能性。"宋晓晨痛楚地说。

叶玫瑰像祥林嫂般神情呆滞地自言自语:"那一刻,真相终于裸露出来了——像一场大风,'呼'地一声狂卷而来,吹去了那层厚厚覆盖着的树叶,裸露出了冰冷的事实,铁铮铮的,张着虎狼般狰狞的牙齿。一根一根地,闪着寒光,再没有比这更坚硬的事实了,那么多的话语,像是小蚊子,飞来飞去的,怎样起劲地飞,都改变不了铁的事实。"

宋晓晨警觉地瞅了瞅四周,见没人,赶紧扯着叶玫瑰到了一无人的角落,道:"现在不是你报仇的时候!冯威龙要将你送到疯人院去!让叶飞舞换成你的发型、穿你经常穿的衣服,冒充成你,将你那些多年经营下来的老关系户、老客户接上茬重新利用,另外,也安抚一下莺飞草长的那一帮老员工,造成一副你甘心投诚的样子。这样,神不知鬼不觉的,便将'莺飞草长'给霸占了。总之,就像《西游记》里的女妖怪经常用的那招——调包计!"

"什么?他也太毒了!"叶玫瑰惊诧万分道。

"所以呀,你先躲躲,你住在哪里?我赶紧送你回去!"宋晓晨说。

宋晓晨拉着叶玫瑰上了一辆出租车。

"师傅,快点!"宋晓晨小心地观察着四周。

出租车在街上飞驰起来。

叶玫瑰领着宋晓晨进了那间地下室。

宋晓晨四下里打量了一眼,辛酸道:"这种地方你不能再住了,搬到我那儿去吧,虽然我那间小平房破了些,可好歹是在地上的。我宋晓晨虽然没什么大本事,可好歹也能照应一下你。"

叶玫瑰艰难地开了口:"在我走投无路的时候,除了你,没有人管我一下。我今晚就跟你过去,只是担心会不会连累你?"

"我绝不是那个意思——"宋晓晨像极力地辩解什么,"我让你搬过去,是说我们可以轮流住,我晚上出去开摩的——"

叶玫瑰见状只得改口:"我刚才是跟你开玩笑的。我不去你那儿,这里地处偏僻,更容易藏身。跟你,就这样远远地望着,感觉到彼此的存在,这就行了。"

她看一眼四周,自我解嘲道:"这真是一个天大的笑话,原本想接近和借助于强势,使自己变得强大起来的,结果,那原本所拥有的,也一一失去了。"叶玫瑰苦笑。

"你等着,我会帮你出这口恶气!"宋晓晨恨恨地道,"我要让他为此付出代价!"

宋晓晨的眼睛里射出一股冷气,将拳头攥得紧紧的。

六 宋晓晨为叶玫瑰报仇,叶飞舞趁机药迷冯威龙

一个风雨交加的深夜,冯威龙像往常一样在办公室里加班。

时针指向十一点的时候,他的手机响了。他打开一看号码,冷淡道:"是小刁呀,我不能过去了,在加班,这几天工作很忙。"说罢放下电话继续工作。

小刁的居处。

小刁放下电话生气道:"借口!"

她抱起小狮子狗:"宝宝,陪我一块儿睡。只有你不会冷淡我,是吗?"

毛发长长的小狮子狗睁着一双茫然的眼睛。

冯威龙依然伏案忙着,时针已经指向了十二点。

办公桌上的电话响了,他拿起来接:"喂?是燕子啊,我还在办公室里加班呢。好,我这就回家,你给我熬点小米粥吧,我回去喝。"

"好的,你路上小心。"家中的郑小燕放下电话便去厨房淘米,煮粥。

冯威龙驾着一辆黑色的高档小轿车在深夜的街上行驶着,从宽阔的市区大道拐上了一条偏僻的车流稀少的小路。

疾风劲雨拍打着车窗,路边的树疯狂地摇摆着。

他一只手开车一只手支住头,感到累极了。

忽然,前方路中间横着一根蓬蓬的大树枝。"是被风刮倒的么?"冯威龙想,便下车弯下腰来搬,这时,忽然从路旁的树影后蹿出一个穿雨衣的人影来,拿着根树枝对着冯威龙就是一阵猛打。

冯威龙懵了,挥动着手本能地反抗着,两个人展开了一场惊心动魄的搏斗。

然而和手拿树枝的那人相比,冯威龙赤手空拳的反抗显得那么孱弱,经过几番回合之后,他像株脆弱的植物一下就栽倒了。

"救命啊!"躺在地上的他发出了一声痛苦的呼喊。

这时,冯威龙口袋里的手机响了,响声在寂静的深夜里显得分外响亮。

身负重伤的冯威龙伸手欲拿手机。

穿雨衣的人用脚冲着冯威龙身上放手机的地方踩了一阵,手机哑了。

这时,那人摘下了雨衣的帽子,竟是宋晓晨!

"是你!"冯威龙语气微弱地惊讶道。

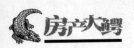

"不错，是我，宋晓晨！明人不做暗事，这一天我已等了很久！"宋晓晨道。

宋晓晨边踢着冯威龙边道：

"这几脚是为叶小篮报仇的！"

"这几脚是为叶玫瑰的！"

"这几下，是为郑小燕出口气的！"

在这个时候，宋晓晨竟然提到"郑小燕"这个字眼，冯威龙惊讶不已。

"一个堂堂五尺男人，老欺负女人算什么本事？这辈子我都看扁了你！"宋晓晨说完这句扔了树枝扬长而去了。

冯威龙沉寂无声地躺在地上，任雨水浇灌着，显得那么无助。

雨夜里的城市，一片迷蒙。

冯家。

郑小燕拿着电话机着急地一遍遍拨着号码。

冯威龙办公桌上的电话兀自响着，没有人接。

郑小燕又拨他的手机，回复是对方手机已经关机。她心中猛然起了一念："不对劲！"这就赶快冲进小树的房间里，摇着正沉睡着的儿子，惶恐道："小树，快起来，跟妈妈一起去找爸爸，你爸爸可能出事了！"

深夜的街上，那条偏僻的路上，郑小燕歪歪斜斜地吃力地骑着自行车，小树坐在后座上，打着手电筒冲路边照着。

"威龙！"

"爸爸！"

母子俩喊着、寻找着。雨水将母子俩都淋成了落汤鸡。忽然，他们被路上的障碍物绊倒了，母子俩同时摔倒在地上。他们艰难地爬起来，揉了揉摔疼的地方继续寻找。

风那么大，将他们此起彼伏的喊声淹没。

路边树上的一根树枝被风刮折了，咯吱咯吱的，眼看就要倒下来了——

真的倒下来了！眼看就要砸向正巧路过的郑小燕母子身上，母子俩惊恐万状。还好，枝梢恰巧砸在了自行车轮上。

母子俩连同自行车摔倒在了地上。

"威龙！""爸爸！"母子俩哭喊着，从泥泞中再次爬起来，抛弃了被砸坏的自行车，继续向前寻找。

小刁的居处，小刁拿着电话机着急地一遍遍地拨着号码。

冯威龙办公桌上的电话兀自响着，没有人接。

小刁生气道："哼，加班？大概在其他女人身上加班吧？"

她打开电脑，开始上网，网上的黄色图片使她在椅子上翻来覆去地折腾着，热切的欲望使她发出阵阵的喘息声。后来她干脆打开影碟机开始看一个黄色碟片。

碟片里交媾着的男女使她的欲望更加难耐，她拿过一个枕头，抱在自己的胸前，喃喃地喊着："威龙！"

深夜的路上，郑小燕母子依然顶风冒雨、一瘸一拐地奔跑着寻找冯威龙。稀落的街灯在雨中发着昏黄暗淡的光。

忽然，前边的路上有一个黑影！

郑小燕拿手电照了下："是辆车！"

她又照向车牌号，惊呼："天啊，是威龙的车！"

母子俩扑向前去，郑小燕用手电照着车内，车内是空的！

郑小燕惊得魂飞魄散，嘶哑地喊道："天啊，威龙真的出事啦！威龙！你在哪儿？"她拿手电在车周围照着，寻找着，"威龙！你应一应啊！"

终于，在路边的泥泞里，郑小燕发现了躺着的一个人影，她扑过去，用衣袖拂开那人脸上的污泥，发出一声撕心裂肺的哭喊："威龙！你这是怎么啦？！"

冯威龙的身边，血混在雨水里流淌着。

……

深夜的医院走廊内，医生、护士们慌乱地将冯威龙推进急救室的同时，郑小燕和小树先后躺倒在了走廊的椅子上，虚弱得迷糊了过去……

冯威龙蒙眬醒来的时候，在病床的上方看见了一张张正关切地看着自己的脸：叶飞舞、医生、护士、穿警服的公安，还有医院雪白的墙壁。

"醒啦！"他听见这些人不约而同地发出一阵惊喜的呼喊声。

他微微地动了下身体，伤口灼灼地疼，他看见自己身上很多处都被纱布包着。

他迅速地回忆起了那个风雨交加的深夜里自己在回家的路上所遇到的凶险。

"冯总，感觉怎么样？"叶飞舞最先俯过身来关切地问。她立在冯威龙的床前，像一堵厚实的墙，挡住了窗外射进来的阳光，使病床上的冯威龙显得分外柔弱。

"怎么会出这样的事？是哪个坏蛋下这样的毒手啊，抓着了非严惩不可！"叶飞舞的眼里涌出了心疼的泪水，"我已经找了最好的医生给您治疗，让医院给安排了最好的单间病房，您注意饮食好好调养。对了，您夫人和儿子都还发高烧昏迷着，但都已脱离生命危险了。"叶飞舞又说。

"燕子和小树怎么了？"冯威龙惊道。

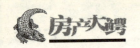

"您受伤后昏倒在地上，是您夫人和儿子深夜冒雨出来找到你，打的120。"一个公安说。

"是么？我去看看他们！"冯威龙欲起身，只是身上一阵剧痛，他压根儿起不了身。

叶飞舞按住他："他们在发高烧，就住在同层楼的另一个病房，我会随时向您通报他们母子俩的情况。"

"我没什么大事。"冯威龙忍着身上的剧痛，强撑着，不动声色地说。他望了一眼身边护理的人，示意扶一下他，他要挺直了腰板坐起来，故意在人前显得他的伤没什么大碍。

这时，那个公安拿出本子要做记录的样子道："冯总，您详细跟我们说一下当时的情况。"

"一个醉汉认错人了。"冯威龙故意轻描淡写道。

"您最近有没有跟什么人结怨？跟什么人关系紧张？"公安关切地问。

"没有。我累了，想休息一会儿。"冯威龙肯定地回答，装累眯上了眼睛。公安只得起身离去。

小刁急匆匆地推门进来，红格格的呢子裙，裙裾飘飘，她两步奔到冯威龙的病床前："怎么了？怎么样了？"声音无比温柔。

"我想喝点水。"冯威龙说。他的精神似乎一下好了很多。

小刁赶紧弯腰倒了一杯水捧过来。

"你这是干什么？这么烫的水，找死啊你！"叶飞舞厉声喝道，面目狰狞地一把夺过小刁手里的杯子，将水倒了。

小刁的大眼睛里立时噙满了泪花。

叶飞舞感到一种特别的快意，房间里的时间和空气凝住了一般。

叶飞舞重新倒了一杯水，晃着，嘴里嘘嘘哈哈地吹了会儿，这才端到冯威龙跟前的小桌上，把自己的手绢拿出来敷在冯威龙的脖子下，一匙匙地喂他，像对待一个婴儿似的。

叶飞舞满脸汗津津地俯在床前给冯威龙喂水的情景，令小刁看着都快嫉妒疯了。"瞧这个哈巴小母狗样！"小刁恶恶地想。

几天后，冯威龙的身体已恢复得差不多了。

单位上一拨又一拨的人来探望，络绎不绝，手中提着大包小包的营养品，冯威龙累极了，眯了眼想休息一会儿。门外传来胆怯而轻轻的敲门声，是吕麝前来探视了——

"冯总在休息！冯总最需要的是休息！你们就不要来打扰了！"

叶飞舞守在病房外,凶神恶煞般吼道,把吕麝挡住。吕麝尴尬地提着东西回去了。

郑小燕和小树的高烧总算退下去了,也跌跌撞撞地奔到冯威龙的病房门口:"怎么样了,威龙?"

"冯总睡着了,你们别吵醒他!"叶飞舞把母子俩挡住。母子俩只得担忧地回自己的病房去了。

已是夜晚了,叶飞舞将病房的门从里面插上了。

"刚才谁又来了?"冯威龙问。

"没看清。"叶飞舞说。她趁着冯威龙不注意,悄悄地往桌上的汤里放了些粉末,转过脸来瞬间换上了一副媚笑,小心翼翼地用小匙往冯威龙的嘴里喂冬虫夏草汤:

"哎,张张嘴?瞧,都喝进去了。"

她的温柔几乎把旁边的墙壁都给融化了。

"怕您闷得慌,我搬来了个笔记本电脑,可以无线上网。"叶飞舞又说。

"谢谢你!我原来对你,过了些。到了这个时候,我才体会到,什么工作能力大小啊,关键是对我忠心,一个人只要对我忠心,就是好同志——"

这个时候,冯威龙感觉自己的身体内部起了一阵异样的躁动,像滚烫的火山一样,而再看那叶飞舞,因为欠身弯腰给自己喂药,原本开口又敞又低的上衣便将胸前暴露无遗,冯威龙再也克制不住,一欠身便手嘴并用地将那两团柔软抱住了……

桌上那台电脑的屏幕闪闪发亮着,像一只偌大的眼睛。

冯威龙醒来的时候,发现自己和叶飞舞都已赤身裸体在病床上。再看窗外,天色已现曙光。

"快起来!让医生和护士看见了笑话!"冯威龙赶紧穿衣服,又喊还睡着的叶飞舞。

叶飞舞醒来后道:"冯总,既然——你得给我个说法。"

"你要什么说法?"冯威龙不屑道。

"我本来准备对你有所补偿的,我冯威龙岂是沾了女人便宜而不补偿的男人,哪怕是我病后的无意所为。可是你心术不正!我冯威龙最讨厌别人讹诈我!尤其是女人讹诈我!"冯威龙说着已穿好了衣服。

"冯总!"叶飞舞上前扯住冯威龙的衣襟,乞怜地喊道。

冯威龙厌烦地将自己的衣襟从叶飞舞的手里扯出来,说道:"一个女人,如果心是坏的,纵是再怎样涂脂抹粉,也是一堆臭肉!"

甩下这句话后,冯威龙一甩衣襟,一瘸一拐地推开病房门出去了。

"冯总!"叶飞舞喊了声,绝望地瘫坐在地上。

过了会儿,她看一眼电脑屏幕,心情又好起来。

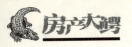

七　我才是叶玫瑰！

晚上，叶玫瑰从一个小卖部里买了方便面和矿泉水，回地下室的路上，几双杂乱的脚在后面紧跟着她。她感觉到了，便加快了脚步。

后面的人也加快了脚步，吓得叶玫瑰魂都飞了。

她气喘吁吁地跑进了地下室小屋的门。

"开门！开门！"外面忽然传来一阵砰砰的踹门声。

"叶玫瑰，开门！我看见你进了这个门了！"叶飞舞在外面凶凶地喊。

屋内的叶玫瑰吓得浑身一哆嗦，瑟缩到墙角里不敢吱声。

"不开门就把你的门炸开！"叶飞舞在外面又气急败坏地喊。

过了会儿，门外就真响起了噼噼啪啪的爆炸声。

惊得叶玫瑰筛糠般全身抖个不停。

又过了会儿，爆炸声好歹停了。叶飞舞在外面跟其他人说："也许是我看走眼了，我还得赶紧准备改妆上场演好戏，哪里舍得浪费这工夫？我们走吧！"

脚步声走远了。

过了会儿，门外又响起了女房东啪啪的敲门声："开门！"

叶玫瑰过去开了门，只见门外地上散着些鞭炮的碎屑。

女房东烦躁道："叶小姐，你有什么仇家啊？他们跑来搞这阵势！"

"我——"叶玫瑰不知做何解释。

"赶快把你的问题解决了，不然这房子不能让你住了！这次亏了放的是鞭炮，若真往这里扔炸弹的话，损失算谁的？那些流氓，心狠手辣，做事可没谱的！"女房东说罢阴沉着脸扭头走了。

"叶飞舞！你们欺人太甚！"叶玫瑰喊着这个名字，把拳头攥得紧紧的。

黄头发的叶飞舞甩着手中的小包进了一家发廊，趾高气扬地喊道：

"有喘气的没有？把我的黄头发染成黑色的，然后做离子烫，烫成清汤挂面的披肩长发！"

一服务员不快地迎上来："好的，小姐，我们马上做。请先过来洗头。"

叶飞舞让服务员给洗着头，边洗边哼着支什么歌。

背后，一只张开着的手抖动着慢慢地伸向叶飞舞的脖子。

突然，那只手掐住了叶飞舞的脖子，将她往水池里摁着。

"啊！"服务员惊叫一声躲开了。

没有丝毫防备的叶飞舞被摁进了水里，喝了几口水，呛得咳个不止，样子狼狈不堪，她歪斜着头有些无辜地问："是谁呀？"

一个气得哆嗦的声音："你想伪装成谁？我就是谁！"

叶飞舞睁开眼艰难地扭过头去，看见了一张因嫉恨而气得扭曲了的脸，叶玫瑰的。

趁着叶飞舞分神的节骨眼儿，叶玫瑰的另一只手也扑过去了，生生地拽下了叶飞舞的一绺黄色的头发！

看着手中的那绺黄色的毛发，那是自己的胜利果实，叶玫瑰快意地笑了。

出于自卫的本能，疼得龇牙咧嘴的叶飞舞使劲地支起身挣脱着、抗争着，很快进行了反扑，两个女人互相揪住对方的头发厮打在了一起。先是像两只斗架的公鸡般成对峙状态，后来两个人又都滚到地上扭打成了一团。

因为叶玫瑰的头发更长，瀑布似的，局面很快便转向对她不利的方向，叶飞舞将叶玫瑰的长头发缠在了自己的手腕上，叶玫瑰便被要挟住了，由着叶飞舞将她甩来甩去的。头发是牵动人的心口的，叶玫瑰疼得眼泪都出来了。

"好！好！"旁边看热闹的人不停地叫道。

受了围观者的怂恿，黄头发的叶飞舞猛地一用劲，硬是扯下了叶玫瑰的一绺长发，她举着那绺头发洋洋自得地向周围人显摆：

"像不像一绺黑色的马尾巴？"

叶飞舞将那绺长发甩进了垃圾箱，然后掸了掸手指着叶玫瑰恨道：

"你等着，我这就告诉冯总，让他找人来把你送到疯人院去！"

说着便去包里摸手机。

倒在地上的叶玫瑰听罢此言惊恐万状地爬起来便往外逃去。

"哼！"叶飞舞望着叶玫瑰狼狈不堪的背影嘲讽道，"手下败将，还想垂死挣扎！"

她扭过头去对服务员吼叫："给姑奶奶接着染！"

哐地一声，披头散发的叶玫瑰逃回了居处，倚在门上喘息不已。

过了会儿，她拿过小镜子照着自己，伤心地扒拉着自己的头发，有几处的头发明显地稀疏了。

在一家咖啡屋里，已烫成了披肩黑发的叶飞舞和蒋局长亲昵地坐在了一个卡座上。

"怎么，玫瑰你又跟冯威龙联手了？好哇，在商场上，没有朋友或敌人，只有利益。来，为了利益干杯！"蒋局长道。

"为朋友干杯！我叶玫瑰以前承蒙蒋局长的关照才有了今天，以后还指望在您这棵大树下继续乘凉。"

叶飞舞目光灼灼地望着蒋局长道。

蒋局长脸色有些不自然道："上次你去时我正赶上有烦心事，别放在心上啊。"

叶飞舞一脸天真地道："什么事啊？我都忘了。"

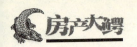

"好！忘了的好。都过去了，玫瑰你是个做大事的人，以后遇事我会尽力帮忙。"蒋局长显得有些义气地说道。

躲在一隐蔽处的一个戴墨镜、用丝巾包着头的女人听到这里内心嘶喊着："我才是叶玫瑰！"可她不敢喊出声来，也不敢站出来。

"您放心，该给你的回报，我们一样不少。"叶飞舞以暧昧的眼神看着蒋局长道，并伸过手去拍拍他的手。那种惯有的轻浮的本性露了出来。

蒋局长还以为叶玫瑰终于改变做派了，笑得花枝乱颤的，玩笑道："瞧玫瑰长的，美女蛇似的。不过男人们就喜欢美女蛇，只要是无毒的。"

再看躲在隐蔽处的叶玫瑰，恨得脸已成了紫色。

乱糟糟的水产品市场，摆满了活鱼、活虾、泥鳅、乌龟等水产品，空气里飘满了腥味。

一个戴墨镜、用丝巾包着头、穿着高跟鞋的年轻女人时不时地踩着地上的污迹捂着鼻子一个摊位一个摊位地找着。

终于，一个摊位前，有一笼一笼的活蛇。女人的眼睛忽然一亮，她想象着，其中的一条，蠕动着身子在地上爬行着，蜿蜒爬上了叶飞舞的身体，从她的脚爬到了她的脖子上，猛然，那蛇吐着芯子向叶飞舞的脸上这一口那一口地啄去……

戴墨镜的女人激灵了一下，思维回到了当下。

她瑟缩着身体，神经质地抱住自己的双肩，躲着那些瘆人的蛇笼，走到摊主面前问："这些蛇，有毒吗？"

"没毒！"摊主显摆道。

时髦女人凑近摊主鬼鬼祟祟地小声问："我想买有毒的蛇，有么？"

"你要毒蛇干什么？"摊主警觉地抬头看她一眼。

忽然，笼内的一条蛇蠕动着身体翘起头来向女人站的方向猛地一探。

"妈呀！"女人吓得惊叫一声，抱头而逃。

突然，"啪"地一下，她被一篓鱼绊了个趔趄，篓里那些滑溜溜的鱼都跳了出去，又将她滑倒了，她趴在地上，样子狼狈不堪。这时才看出，女人是叶玫瑰。

回到居处，叶玫瑰在卫生间里淋浴，洗啊洗啊——

在售楼处，一个老客户在对叶飞舞说："玫瑰呀，这次我们公司再次团购你一百套房，你开发的楼盘，我们信得过！"

叶飞舞瞬时惊喜得满脸涨红："谢谢！放心吧，我监管的楼盘一定会保持以往的风格和质量，请过去签购售合同吧。"

那老客户便过去签合同了。

　　躲在一隐蔽处的一个戴墨镜、用丝巾包着头的女人内心大喊着："我才是叶玫瑰！"

　　可她还是不敢喊出声来，也不敢站出来。

　　眼看着那老客户签完合同离开了售楼处。

　　戴墨镜的叶玫瑰嫉妒得脸又成了紫色，颓然地跺了下脚："唉！"

　　黄昏的街边，一个七十多岁的老太太坐在一个小马扎上，看守着自己的小摊。

　　摊位是用一块塑料布铺在地上的，上面摆满了针头线脑和儿童玩具等一些零碎。

　　一个母亲给自己的儿子买了一个逼真的玩具手枪，那小男孩抢着手枪眯着眼比划着："啪！啪！"

　　就在这时，一个戴墨镜、戴白口罩、用丝巾包着头的年轻女人正向着男孩瞄准的视线里走来。

　　小男孩又比划了几下："啪！把女特务击中啦！"

　　那女特务状的年轻女人蹲在了那个小摊前，拿起一个玩具枪比划了几下，然后靠近老太太，神神秘秘地小声问：

　　"有真手枪吗？"

　　"有女特务哇！想买真枪！"老太太惊讶地喊了一声，吓得甩着两只手叫嚷着，从小马扎上跌到了地上。旁边有人好奇地向这里奔来。

　　戴墨镜的女人吓得撒腿就跑，终于跑到了一个无人的角落，那女人倚在一段墙上，摘下白口罩和墨镜大口地喘着粗气，是叶玫瑰。

　　叶玫瑰的居处。

　　叶玫瑰正在用云南白药给自己敷着，她全身有那么多的青紫。她边敷边又疼又伤心地流出了眼泪。

　　这天，冯威龙和叶飞舞亲昵地并肩走进了挂着"大庇天下寒士第一分公司"牌子的门内。

　　一个戴墨镜、用丝巾包着头的女人随后跟着进了楼。

　　在会议室里，叶飞舞首先讲话："首先，请我们的新董事长冯董讲话！"

　　台下掌声如雷。

　　"原来的'莺飞草长'演变成'大庇天下寒士第一分公司'，是为了避免恶性竞争，对双方都有利的事，以后，你们的福利，会比以前更好！叶玫瑰同志在以往的工作中出类拔萃，把'莺飞草长'打理得蒸蒸日上，以后，女中豪杰的她依然是这里的掌舵人，希望她乘风破浪，再展宏图！"

　　台下再次爆出如雷的掌声。

　　……

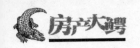
会议散了，冯威龙和叶飞舞先后走下主席台。

"叶总，您今天看起来更年轻了。"一个员工对叶飞舞说。

"叶总，您今天特别容光焕发。"另一个员工对叶飞舞说。

躲在一隐蔽处的一个戴墨镜、用丝巾包着头的女人眼里含了泪，内心大喊着："我的老下属们呀，我才是叶玫瑰，是你们的叶总啊！"

可她还是不敢喊出声来，也不敢站出来。

冯威龙这时说话了："是人逢喜事精神爽，也是你们叶总啊，天生的皮肤好。"

躲在隐蔽处的叶玫瑰嫉妒得整个人就要冒烟了。

一个戴墨镜、蒙纱巾的女人进了一家土产商店，喊道："买一瓶硫酸。"

女人将买来的那瓶硫酸装进了一只黑色的大包，然后背起包走出了商店，杀气腾腾地走在大街上。

下班了，员工们纷纷从大庇天下寒士第一分公司的大楼里出来，叶飞舞也终于走了出来，她向路对面的一家超市走去。

一个戴墨镜、蒙纱巾的女人从后面跟了上去。

街上，行人如织，叶飞舞的身旁走着一些路人。

那个黑色的大包在戴墨镜的女人的肩上晃荡着，兀自晃荡着。

叶飞舞终于进了那家超市。

戴墨镜的女人从后面悄悄地跟了上去，走到了叶飞舞的身后，她的一只手蠕动着慢慢地伸到那个黑皮包内——

叶飞舞猛然转过身来面对着戴墨镜的女人，嘴角绽出一丝讥讽的冷笑。

戴墨镜的女人不自然地转过脸去，那只手从皮包内慢慢退了出来。

叶飞舞出了超市，戴墨镜的女人也紧跟其后追了出来。

一辆公共汽车来了，叶飞舞一脚跨上了汽车，戴墨镜的女人也跟着上了车。

在汽车上，叶飞舞低头用手机发了一条短信，嘴角绽出一丝莫名的笑。

戴墨镜的女人又走到了叶飞舞身后，一只手蠕动着慢慢地伸到那个黑皮包内——

就在这时，叶飞舞忽然就伸出一只胳膊来亲密地紧揽住旁边的一个老头，那老头脸上的表情那么甜蜜，和叶飞舞相互依偎得那么紧。那只手从皮包内又慢慢退了出来。

在一个站点处，叶飞舞下了公共汽车，走进了一条偏僻的小巷。

戴墨镜的女人也跟在叶飞舞后面下了车，走进了那条小巷。

她离叶飞舞越来越近了，那只手又蠕动着慢慢地伸到那个黑皮包内——

就在这时，忽然从旁边过来几个彪形大汉，对着叶玫瑰就是一阵暴打。

在几个彪悍的男人面前，一个单薄的女人是那么柔弱无助，被打得满身青紫、牙齿流血地趴倒在了地上。

这时叶飞舞出场了，她上前一把扯去了这个女人的伪装，原来是叶玫瑰。叶飞舞围着叶玫瑰转了几圈，嘲讽道：

"叶玫瑰，果真是你！啧啧，你的头发怎么稀疏了？你的双眼怎么乌青得像两只熊猫？你怎么浑身腥臭味？你怎么走路一瘸一拐的？你的脸上怎么青一块、紫一块的？"

叶飞舞又从大黑包里翻出了那瓶硫酸，恼恨地冲着叶玫瑰踢了又踢，叫道："跟踪我？你这个臭女人！竟然想拿硫酸泼我？你以为，我叶飞舞是吃素的？以后再敢有这个念头，我先拿硫酸泼了你！"

"想象一下，你那张被硫酸泼了的脸！冯威龙这辈子还肯再看你一眼？他那人，对女人可是挑剔得很！"叶飞舞又上前一步阴森森地道。

蜷缩在地上的叶玫瑰被这句话一下吓住了，倒吸了一口冷气，下意识地紧紧捂住自己的脸。

叶飞舞命令那几个彪形大汉："把这个疯女人送到疯人院去！"

几个彪形大汉便上前拉扯叶玫瑰。

"住手！"忽然一个声音传来。

宋晓晨出现了！

彪形大汉和叶飞舞见宋晓晨手中拿着把枪，吓得都跑了。

"晓晨，你怎么会来得这么及时？"叶玫瑰欣喜地问道。

"我一直留心暗中保护你。"

"你从哪儿弄的枪？"

宋晓晨笑着把玩着手中的枪："是把玩具手枪。"

"你何苦再闹事呢？"宋晓晨劝。

"我心里，憋屈得慌啊！"叶玫瑰捶着自己的胸口，"一想到我自己辛辛苦苦打下的江山，让叶飞舞那个下三滥的东西坐享其成，我心里就像吞了个苍蝇般难受，不行！我必须把这只苍蝇拍死、烧死！我心里才好受些！"叶玫瑰气得胸口剧烈地起伏着。

宋晓晨一把扯过叶玫瑰，将她拽到无人处，以哀其不幸、怒其不争的神态摇着她喊：

"醒醒吧，玫瑰！冯威龙这人，锋利得像一把刀子，以他的强势，凭你一个柔弱女人，如何能跟他理论出个是非黑白来？即便是栽了，你也只能认了。最要紧的，是忘却，是开始新的生活。不然他对你的祸害要继续到什么时候才肯罢休？你看看

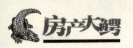
这大千世界，姹紫嫣红，百鸟争鸣，还会有很多善良的人们，在不知名的街角，与我们邂逅。我们全身心来爱这个世界还来不及，为何再让仇恨和过去蒙蔽了我们的心灵？"

叶玫瑰嘴角撇过一丝苦涩："在不知名的街角，还会有善良的人与我们邂逅？当初，在那个瓢泼大雨日，在我那么茫然无助的时候，唯有他，向我伸出了一只手，当时，我便想当然地认为，那是我命里的贵人，未曾想，他反成了害我、坑我最厉害的一个人。"

宋晓晨或许想起了什么，自嘲道："其实，我劝你劝得头头是道，具体到我自己，何尝不是被仇恨和过去蒙蔽着？"宋晓晨颓然地跌坐到了旁边的一块石头上。

"也不能全怪冯威龙。想想你自己当初对他的那份献媚与巴结，现在想来还让人恶心。你是否对他抱的希冀太大了，带给了他一份难以承载的疲惫？其实，在这个世界上，没有谁是谁的贵人，只有自己才是自己命运的主宰。"宋晓晨说。

"这话你虽说得难听，可扎中了我的穴位。我不知道别的女人是怎样的，我心里，充满的都是跟男人间的爱恨纠缠，这是女人自身难以挣脱的悲哀吧。"

叶玫瑰扯掉了丝巾和墨镜，对着四野大声执拗地喊着："我才是叶玫瑰！我才是叶玫瑰！"

那喊声在旷野里久久地回荡着，回荡着，却也只能对着无人的旷野和宋晓晨喊。

终于喊得累了哑了，她颓然地跌坐到了一块石头上，无声地自问："我真的是叶玫瑰吗？我到底是谁？"

第四章 郑小燕的正气歌：大厦倾覆前后

一 郑小燕与冯威龙发生了激烈冲突

这是个大雪纷飞的日子，冯威龙、郑小燕和几个随行管理人员一行人下了车冒雪前来视察一个主体已建好了的工地，一个个都穿着长羽绒服，把自己裹得严严的，还不停地跺着脚。

"今年的冬天真是特别地冷啊，听说大海里都上了冻了。"郑小燕说。

"这是风城多年未遇的一场大雪，不过也好，瑞雪兆丰年啊。"冯威龙说。

沈三小心地迎上来，点头哈腰、嬉皮笑脸道："哟，年后第一天上班领导们就下基层来了！这大冷的天！我给各位领导拜个晚年了！"

"新年得有新气象啊！"冯威龙冷着脸道，"工人们都回来准时赶工了吗？"

"有一半归队了。也就这几天吧，就都到齐了。"沈三道。

沈三凑近冯威龙央求道："冯总，草城薛家村回迁房的那笔工程款，您高抬贵手给付了吧？我欠着大伙的工钱呢，年前就没有给大伙发，黑下脸硬是把他们打发回老家了，可过了年要赶工期，不定谁有个头疼脑热，或给老家打个长途什么的，总得让他们手里有俩钱啊。"

冯威龙傲慢地撇了撇嘴道："钱、钱，见着我就要钱！好像这辈子没见过钱似的！"

沈三被抢白得脸上红一阵白一阵的，但还是强装笑脸："弟兄们跟着我出来不容易，这天寒地冻的，不是为了挣俩工钱，谁出来受这份罪啊？"

"你不会先垫资给大伙发吗？哪个施工队不垫资？"冯威龙依然傲慢地训道。

"我手底下没钱了啊，材料款就是我垫付的。"

"接工程前你怎么夸口的？这会儿说没钱了！一帮讨债鬼！"冯威龙气道，往工地前大步流星地走去。

沈三落后几步脸色难看地小声嘟囔着："即便我们是施工队，可也是爹娘养的，何至于拿着我们这么不当人？"嘟囔完后又捂住嘴赶紧四下瞧是否有人听见。

郑小燕凑近冯威龙小声说："威龙，别这样，欠债还钱，是天经地义的事。"

冯威龙不屑道："你不懂！必须先从气势上把他们压下去，越是欠着他们，越

能钓着他们。这原本就是个大鱼吃小鱼、小鱼吃虾米的世界。"

过了会儿，沈三赶上了他们，郑小燕忽然问沈三："大山叔呢？怎么没见他人？他最近还好吧？"

沈三这才突然想起什么："郑总您不提这茬儿我还把他给忘了，他今天好像未上工，昨天还见着他呢，我去工棚看看。"

"我们也跟你去看看他，不知他身上的伤可彻底好了。"郑小燕说。

一帮人便跟着沈三来到了平时工人们住宿的工棚前。

沈三在门外喊："大山！宋大山！在吗？"

工棚内没有回应。沈三将门推开了，只见大山叔将被子裹得紧紧的，背靠在床背上，眼睛闭着，一动不动。

"大山，起来啦！这会儿还睡！冯总、郑总两位老总来看你啦！"沈三唤，又用手推他，但大山叔纹丝不动。

沈三感觉不妙，上前抓起大山叔的手，又摸摸他的脸，一下慌了，对在场的人说："人冰凉冰凉的！好像没气了。"

"什么？！"冯威龙赶紧拨打了120。

小竹子等几个民工听见动静都跑进工棚里看。

……

一辆120的救护车风驰电掣般驶来。

医生冲进来做了番检查后说："心脏早已停止跳动了，没救了。"

"怎么会出现这样的状况呢，医生？"郑小燕问。

"冬天嘛，上了岁数的人，容易出事。何况今年的冬天尤其冷——"医生道。

两眼湿润的郑小燕这时才注意到，大山叔铺位旁临着一面窗子，窗子上差了几块玻璃。一个空尼龙化肥袋子被钉挂在那里挡风，但终究起不了多大的作用，凛冽的寒风还在从窗缝往里呼呼地灌着，灌着，工棚内像一座冰窖一般。而大山叔身上盖着的，只有一床薄薄的棉被。

而此时，在场的其他几个民工一个个穿着旧棉袄瑟缩在旁抹着眼泪，刺骨的风依然吹着他们。

郑小燕抑制住悲痛，掏出兜里所有的钱来塞给沈三，说了句："好好处理后事！"然后一把扯住冯威龙就往外跑去了。

工棚内，沈三克制住恐惧，在大山叔身上摸索着："我得想法通知他家人啊。"

"有了！"沈三终于从大山叔贴身的兜里掏出个小电话号码本来。他赶紧翻开，照着号码打了个电话："喂？你是宋大山的家人吗？宋大山出事啦！"

郑小燕扯着冯威龙情绪激动地进了办公室后，便找来拨款单和笔递给冯威龙道："威龙，你快将那笔款付给沈三，让沈三把拖欠的工资都给工人们发下去！"

冯威龙把笔扔到一边冷起脸道："你不要因为一时的心软就搅我的大局！"

"都到了这会儿了，你还说这话？！刚才你也眼睁睁地看见了，如果你早把那笔款付了的话，大山叔床铺边窗子上少的那几块玻璃也许就能早几天安上，也许就不会发生这样的惨事了！或者他就有钱回老家在自家的热炕头上过这个年，也不会发生今天的事了！昨夜不知是一个怎样的风雪夜，那么多的人沉浸梦乡，除了他自己，没有人知道那个寒夜他经历了什么！"郑小燕情绪失控道。

冯威龙的情绪也低沉着，劝道："出了这样的事，谁都很同情。你也别太伤感了，大山他，本来自身有一些疾病，正好碰到这个风雪天，是巧合了。我们国家近来出台了那么多对农民工的优惠政策，即便都市里的人，猝死的状况也是有的。"

郑小燕依然两眼含泪地道：

"我们公司的名字就叫'大庇天下寒士'，可却让一个农民工冻死在他正在建设的工地的工棚内。而平时，他还常背'安得广厦千万间，大庇天下寒士俱欢颜'这句诗来温暖自己颠沛流离的艰苦生活。这样一个历经沧桑的生命，他把最后的呼吸留在了这座城市里面。城市的高楼大厦都由民工们一砖一瓦地砌成，但是他们中的一个，却在低矮漏风的工棚内蜷缩着死去！那些动辄便侵吞国家多少亿的巨贪们，他们胡吃海喝，一顿饭便消费几万元，他们听不到一个冻死的民工的哀号！而我们俩，应该听得最清晰，因为我们离他们最近！况且，是我们公司在榨取了他们的辛苦劳动之后，却不及时地发给他们工资，使他们甚至无钱买御寒的被褥，从这个角度上说，我们简直是刽子手！"

冯威龙苦笑了下："你这个样子，倒适合去做一个诗人，哪里像一个老板的样子？我何尝不想把那笔款付了？只是因为对公司的经营，我最近有另外的重要举措，急需要现金。本来想到公司董事会上正式提的，这会儿就先给你说了吧。"

冯威龙正襟危座，严肃道：

"自从吞并了'莺飞草长'之后，公司实力雄厚，我打算进军影视业，这是一个暴利的行业。"冯威龙跃跃欲试道，开始神采飞扬。

"投拍影视剧？我们是凭房地产发家的。影视业对我们来说，是一个陌生的行业，我担心——"郑小燕顾虑道。

"刚涉足建筑业的时候，我们不也是门外汉吗？什么不是从头学起？拓展新的领域，是企业扩张的要点。我的主意已定，题材我已选好了，就翻拍这部家喻户晓的红色经典《红缨枪》。"冯威龙拍一下案边的一本厚书说道。

郑小燕说："你真的做这个决定了吗？我们多年打拼挣下这份家当不容易，一旦失手——"

"有什么了不起的？大不了再重新开始！当初不也是一无所有吗？"冯威龙说。

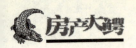

郑小燕说:"我相信你在商场上的谋略,只是必须把沈三的那笔工程款先付了,再把剩余的资金用于投拍电视剧。"

"问题是最近公司资金周转不足,付给沈三之后就没有足够的资金精心打造这部电视剧了,这是公司进军影视业的第一炮,我想搏个开门红,重金打造!况且,我教过你,越是不付沈三工程款,越能吊着他,他就会像一条饥饿无比的狗一样,对主人更加摇尾乞怜、忠诚卖力,以便能早一分咬到主人手中的那根金光灿灿的骨头!"冯威龙说。

郑小燕一下变了脸色,厉声道:"威龙!没有谁是狗!当初,我们也有跟沈三一样身份的时候,从小民工头,到大民工头,这样一步步走过来的。沈三是跟我们长期合作的兄弟,不管他人品方面有怎样的小毛病,可干活付钱,这是天经地义的事情!"

"他是你的兄弟?那我是什么?我跟他打交道的时间比你长,他是什么人我心里最清楚!你和沈三有多深的交情啊,你这样向着他说话,甚至于不惜将巨资抛给他!"冯威龙气得变了脸,起身离开了办公室。

"这是我们应该付的正常工程款!"郑小燕在后面喊。

"砰"地一声,冯威龙在门外撞倒了一个人,是叶飞舞在偷听。

"投拍电视剧?"叶飞舞爬起来后,大眼睛眨啊眨的,她回忆起了那次酒桌上的画面:

冯威龙在酒店雅间外面压低声音的通话:"什么?梁小妃要一百万?不就是过一夜么?她要价也太高了些!演了一部走红的电视剧她就飞上天了!"

一个男青年跌跌撞撞地跑进了宋大山的遗体所在的那间工棚,一下扑倒在宋大山的身上,痛彻心扉地大哭道:"爸!"

来人是宋晓晨。

"爸!你来风城打工,怎么也不告诉我一声呢?"宋晓晨哭道。

晚上的董事长办公室内,冯威龙正在伏案加班,他累了,便坐在躺椅上闭目养神,叶飞舞这时端了一杯咖啡过来,冯威龙警觉地看一眼咖啡,并不去喝。

一双白皙、纤弱的手指从冯威龙的脖颈后慢慢滑了过来,一股刺鼻的香气冲进他的鼻子。

"冯总,你看看我这双冰凉的小手,多凉。"叶飞舞道。

"你又要干什么?"冯威龙警觉道,马上被蜇般动了下自己的身体。

"我要当这部电视剧中的女一号。"叶飞舞道。

"那可不行！你哪有那本事？《红缨枪》里的女一号小红缨戏份重得很！"冯威龙不屑道。

"周迅、邓婕，那些不是电影学院出身的演员多着呢！不一样把戏演得很好吗？"叶飞舞说。

"该干吗干吗去！别在这儿耽误我工作！"冯威龙黑了脸忙自己的工作，不再搭理叶飞舞。

稍过了会儿，冯威龙可能觉得自己刚才的态度过了，又苦口相劝道："我平时的工作压力这么大，你们要多体谅我，不能帮我分担的话，至少不要给我添乱。"

叶飞舞望着那张冷硬的脸，内心发出轻蔑的一声：

"我为什么要体谅你？表达对你的好？如果在你这里得不到我想要的东西，如果早认识到你压根儿什么也帮我做不了，纯粹是个无用之人，谁还那么曲意地巴结你，讨好你？"

第二天晚上，冯威龙仍在办公室内伏案加班。

叶飞舞默不作声地走了进来，将一个U盘插在冯威龙桌上的电脑上。

"你干吗？别影响我工作！"冯威龙烦躁道。

叶飞舞依然不吱声，摆弄着鼠标，电脑内很快出现了异样的声音和男女交欢的画面，冯威龙瞥了一眼后魂飞魄散，腿一软，一下从椅子上滑到地上去了！

是他那次和叶飞舞在医院病床上的画面！

"哪来的这东西？！快关了！"冯威龙站起来便去"啪"地一声摁灭了电源。

"还记得你那次受伤后躺在医院里，我拿了个笔记本电脑去给你解闷吗？那天我们亲热时，录像功能正开着呢！"叶飞舞得意道。

冯威龙擦着额头上的汗嗤之以鼻道："你想敲诈我？我早感觉出了你心术不正，一直提防着你，没想到你无孔不入，真令人不齿！我又不是政府官员，你以为我怕丑闻？小蹄子，想在我面前耍花枪，嫩了点！"

"一个私营企业就是一个独立王国，一个私营企业家尤其不怕丑闻，可作为一家上市公司，这段视频在网上公开后会使股民联想到你有可能离婚，'大庇天下寒士'的资产会一分为二，从而会引起企业股市的下跌。"叶飞舞胸有成竹道。

冯威龙被击中了什么，苦笑道："我引导你多看书，把你从当初一个没心没肺的花大姐引导成了一个商场人才，不曾想，有一天，你却把学到的知识用来攻击我，哈哈！世事真是滑稽透顶！寒心哪，也怪我自己，没明白什么女人是绝对不能沾的。"

"在那件事上，男女是平等的，并不是女人就吃亏了。我有需求，你不是也寂寞吗，我们是互相取暖。"冯威龙又说。

叶飞舞狞笑着拧了拧冯威龙的面颊："是吗？那你就守株待兔，看是否有白跟你睡觉的女人。"

"你到底想怎么样？"冯威龙问。

"我虽然没什么表演经验，可我年轻漂亮啊，跟小红缨的年龄相符，再说，那些海岩剧不都是用新人的吗？哪一部不是大红大紫？况且，我成名后不也是公司的无形资产吗？"叶飞舞道。

冯威龙的眼睛忽然被这句话点亮了，道："这倒提醒我了，公司干脆跟你签约，作为你的经纪公司，你成名以后所有活动的收入公司分成？"

"只要让我演女一号小红缨，什么条件都成！"叶飞舞道。

叶飞舞腻上来，撒娇地晃着冯威龙的肩膀道："之所以留那段视频，不过是害怕哪天被你一脚踢开时，给自己留个后手，说起来也是弱势女人的做法。有多少男人提起裤子后便不认账，把女人给逼得没办法。"

"还有一个原因，这样可以气气叶玫瑰，我冒名顶替了她一下，她就嫉妒得要杀人放火的，我若成了女明星，她还不嫉妒得活活气死啊！"

冯威龙的眼睛腾地又亮了，并渐渐凝成了飕飕的寒气。

办公室内。

"什么？让叶飞舞当女一号？这不是胡闹吗？我坚决反对！"郑小燕一下站了起来。

冯威龙说："可有那么多的新人都一炮而红了。如果都不冒这个风险的话，就不会有《还珠格格》里的赵薇，也不会有《我的父亲母亲》里的章子怡。"

"那些都是在制作班底强大而成熟的前提下，才有能力推出新人。我们初次涉足影视业，绝不敢下这样的赌注！"郑小燕道。

"还有一个很重要的原因你没有明说出来，我来替你说，你之所以用叶飞舞，真正的目的是要显示给叶玫瑰看：一直跟随你，能得到什么。是不是？"郑小燕咄咄逼人道。

冯威龙被击中了什么，脸色一下变成了青紫，道：

"没错！我就是要显示给她看：不是夫依仗别的男人了么？那么你看看，我手里有什么？！一心一意地追随我、巴结讨好我的，我会把她打造成一只金凤凰，哪怕她的底子差些；而背叛我的，我会让她惨如丧家之犬！另外，叶飞舞是叶玫瑰最嫉妒的人，我偏要对叶飞舞好，因为我知道，女人间的嫉妒，是会烧死人的！"冯威龙神色扭曲道。

郑小燕变脸道："这说明你心里，其实还是很在乎叶玫瑰的，是不是？我忽然有一种兔死狐悲的悲伤。当初，我自己，也差点被对叶玫瑰的嫉妒给烧死。她已经被你整得那么惨了，那口郁气，你还没有出尽？何况，现今的你，这么高高在上，这么志得意满，你又何苦还跟一个穷途末路的人斗气呢？你尤其不能拿着公司的命运作为报复她的工具！"

冯威龙被说中了什么，瞬间无语。

郑小燕自我控制了下，语气缓和了些，道："叶玫瑰已经远离了我们的生活，对我们而言，她已经形同路人，为什么你对很多事还不能释怀呢？有时候，记恨和报复都是需要付出代价的，她已经对我们造成过难以弥补的惨重损失，可我们不能让她的阴影还继续祸害着我们宝贵的生命和时光啊！"

冯威龙叹息了一声语气缓和道：

"你说的这些我何尝不清楚？只是，唉，也不知怎么搞的，就是总摆脱不开那些旧的人事的纠缠——至于用叶飞舞，其实，真正的起因说到底还是钱的问题，我又何尝不知道用新人的风险？只是现在的明星价太高了，女一号要名演员的话每集得二十万，三十集的话就六百万，还有导演费、编剧费和其他演员的费用，总投资会提高多少啊？付出实在太大了。我什么时候做过赔本的买卖？"

"不管什么原因，我都不同意叶飞舞当女一号！草城薛家村的村民贪小利而差点失根本的举动，就是一个活生生的例子。我还是那句话，必须把沈三的那笔工程款先付了，让他把拖欠的民工工资都发下去之后，我们再把剩余的现金用于投拍电视剧。"郑小燕态度强硬地坚持。

"将这笔款付给沈三了，我们什么也得不到，可用来再投资呢，就会钱生钱，利滚利，带来源源不断的利益。你个傻女人！如果你的脑子真傻了的话，就去医院看看！别在这儿妨碍我做大事！"冯威龙气急败坏道。

"真应了我母亲的那句土话，'只要跟商字沾上边，就会变了一个人的心性'，这也正是我前些年离开公司重回讲台的原因。"郑小燕道。

"你现在也可以重回你纯洁无瑕的校园里去啊！现在公司已度过了艰难时期，你尽管走便可，我绝不会拦着你！"冯威龙道。

"我是要回去的！可我得等给从黄土地上一步一步地走来的、无数个跟大山叔有相似经历的父老乡亲们一个明确的交代之后，我再回去！"郑小燕以一种异常的坚毅说，一改平时的柔弱，像换了一个人。

"疯子！"冯威龙的眼睛里渐渐射出了一股冷气，越来越冷。

"如果你硬要将这笔钱不付给沈三，而投拍电视剧，并且用叶飞舞当女一号的话，我便撤股！"郑小燕说，以从来没有过的坚定、刚硬和决绝。

冯威龙的心里咯噔了一下，重重地一下跌到了椅子上。

"这一天，终于来啦！多少年来，我担惊受怕，日夜惶恐着这一刻的到来，并为了避免这件可怕事情的发生，费尽了心机，而今，她终于将这句话说出口了！"冯威龙内心痛楚道，是那种整个人被划破了，全身都流血的痛楚。

"凭什么？！"冯威龙忽然爆发出来，大吼一声，将桌上的文件哗地一下全弄

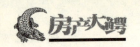

到了地上，脸色极其难看地扭曲着，一字一顿地指着郑小燕说："公司发展到今天，耗费了我多少心血？夜不成眠、殚精竭虑……就因为当初你娘家投的那几万块钱，你在公司就占那么重的份额，没天理了还！你还想撤股？门都没有！"

看到冯威龙的情态，郑小燕语气缓和了些，说：

"我从来就没有否认过，公司的运营主要靠你高超的谋略能力和殚精竭虑的全心付出。正因如此，多年来我才那么敬你爱你。虽然我占了公司百分之四十的原始股份，但这些年来，我生性淡泊，除了简单的一日三餐和一年四季的简朴衣服，我很少花钱，因而也从未去公司账上提取过股红。现在，就算用我的个人股红，付给沈三那笔工程款，行吗？"

"你的分红和股份即便自己不花的话，也应该留给小树，算在小树头上的！你有什么理由肆意挥霍？"冯威龙气道。

"小树是个本性纯良的孩子，我相信他长大懂事后，也会支持妈妈的决定的。"郑小燕说。一提到小树，郑小燕的神情便变得柔和。

"那么说，你是拿定主意了？"冯威龙恨道。

郑小燕点头。

"这么说，连你也背叛我？"冯威龙恨道。

郑小燕态度缓和了些，心平气和道："这是原则问题，跟背叛扯不上边，只要我参与公司的工作，我们俩便常存在很大的分歧。你是唯利是图，我在某些方面，有着起码的讲究。我们做事的风格有着很大的区别。另外威龙，你不觉得，大山叔的身上，有咱家乡的李老师身上的影子么？我们回一趟老家，去看看他，看看我们结婚时的那三间土房子，行吗？"

冯威龙脸上的冰冷有瞬间的融化，但也仅仅是一瞬间："现在工作忙成这样，还有闲心去看那几间破房子？无聊！"

郑小燕绝望地起身离去。

冯威龙望着郑小燕的背影，眼睛里渐渐射出了一股寒气。

二　郑小燕四面楚歌

"郑小燕怎么又胡乱签字啦？我不是给财务交代过了吗，总经理不能再签付工程款的字！"财务处，冯威龙的脸板得像冬天里冻结的土地，把手中的一叠单据摔在沈三脸上，训斥道。

六十多岁的沈三在四十八岁的冯威龙面前腰总是不由自主地弯下去，弯得像只大虾米，过早花白的头发像一蓬柔软的野草呈在冯威龙的腰身高度，他被训得脸红耳赤。冯威龙的身上有一种与生俱来的威严，有什么感觉总是不动声色，不爱表现在脸上，使沈三更加惧怕。

这时，叶飞舞裙裾飘飘地推门进来了，一股浓重的香水味扑鼻而来。

"叶飞舞，今天这么漂亮啊。"沈三瞅着叶飞舞故意说，为了缓和刚才难堪的气氛。

再看那叶飞舞，竟然看也不看沈三一眼，好像没感觉到沈三的存在，却扭头对冯威龙瞬时绽开了一张笑脸，声音温柔得几乎能把旁边的墙壁给融化了："冯总，请您签字。"说着拿过一份文件来。

冯威龙潦草地签下字，字在纸张上一划到底。

"给小刁说一下，让她通知下去，下午开会。"冯威龙对叶飞舞说，却头也未抬。

会上，冯威龙当众宣布："以后付工程款的事，我一个人签字才有效。财务要严格把关。"

矛头明显是对着郑小燕而来，她脸色尴尬地争辩："可原来公司有规定，总经理明明有签万元内的款项的权力。"

"原来是原来，现在是非常时期，公司资金吃紧。"冯威龙道。

"你明明在攥着工人们的血汗钱孵小鸡，却说公司资金吃紧。我并不是想要这个权力，可多付一点，大山叔的悲剧可能就不会重演，跟小竹子有相似经历的年轻人，就有可能早日回到校园！"郑小燕生气道。

"如果你撤销我总经理的签字权的话，还是那句话，我提取我的股红总可以了吧？我提取多年积攒的股红来付那笔工程款！还不够的话，就撤一部分股金。"郑小燕执拗道。

两个人的矛盾公开化了。

冯威龙低下头把烟在烟灰缸里碾了又碾，来化解和掩饰内心的气愤。即便他尝试着表面上装出无动于衷的样子，也给人一种凛然不可侵犯的感觉。

在座的就连叶飞舞这样的花大姐心里也明白了一个事实："头儿要对郑小燕大开杀戒了！"

夜里，冯威龙在办公室内加班累得躺在临时躺椅上睡着了，叶飞舞也在自己的办公室里佯装加班。

待办公楼里其他人都走光了后，她悄悄进了冯威龙的办公室，走过来，抚摸着他的头发，悄声道：

"我就喜欢这里。你把全单位的人马指挥得团团转，而我在这里驾驭着你。"

这时冯威龙忽然在睡梦中叫了一声："玫瑰！"

叶飞舞一下气得什么似的，内心恨道："早晚我会让你付出代价！"

她晃着冯威龙道："在你心里，我仅仅是叶玫瑰的替身，是给你填空的，是吧？

她背叛你了，才轮到我上场了！你整天使唤着我，心里想着的，却是她！那么，你总得给这个替身一笔劳务费吧？"

"什么劳务费啊？"冯威龙迷迷糊糊道。但他很快便清醒过来了，忽然感觉到了一种经营人心之累，烦躁道，"这个也不满，那个也不满，我欠你们什么？是我收留了你们，给了你们一处立足之处，一个赖以谋生的饭碗，结果反弄得我欠你们似的！世事真是滑稽！你们都是靠我活着的，这点简单的道理你们都不懂吗？覆巢之下，岂有完卵？我经常彻夜难眠，谁肯真正地为我分担些什么？你们这些女人，对我极尽逢迎，不过是想从我这里索取些什么，谁为我真切地分担过什么？"

他忽然有一种心力交瘁的感觉，拿起一本书扔向叶飞舞，嚷道："滚！统统地给我滚！"

"走人？"叶飞舞颓然地一下坐在了地上，口中喃喃着，"什么？我什么都给了你，我的身体，我的感情，最后，你就这样将我一脚踢开！"她站起来神思恍惚地往外走去。

"回来！"冯威龙喊道。

叶飞舞又进了冯威龙的办公室，殷切道："冯总，我当女一号的事定了吗？"

冯威龙发现郑小燕正从门外经过，便故意摸了几下叶飞舞的手让郑小燕看见，以少见的关切小声对叶飞舞说："解铃还需系铃人，这事你得去找郑总，毕竟，她是公司的总经理，况且她手里还占有百分之四十的股份。她说了，如果让你当女一号的话，她便撤股，她撤了股，我压根没资金拍这部电视剧了，你当女明星的梦也就成泡影了！"

"郑小燕！"叶飞舞咬着牙狠狠地喊了一句，把牙齿咬得嘎嘎地响，巴不得把郑小燕咬成碎末！

叶飞舞气急败坏地进了郑小燕的办公室，一副找茬闹事的样子，指着郑小燕的鼻子横三竖四地吼道：

"郑小燕！你嫉妒我年轻漂亮，是不是？为什么对我这次千载难逢的出名机会横加阻挠？你安的什么心啊？你也太毒了！"

"你在跟谁说话？"郑小燕气道。

"我在跟一个老女人说话！"叶飞舞撒泼道。员工们都听见了吵闹，前来观看，众目睽睽之下，被一个下级恶骂，郑小燕面子扫地。

郑小燕气得浑身发抖，心里升起一阵冷笑：这就是他刚才偷摸她一把给她壮的胆，他所能给予的，也只有这么一点了。对于这个女人，他不敢有过深的交往，因为怕她赖着他，也就只有偷摸一把的份儿。

但同时，郑小燕又对叶飞舞怀了某种悲悯，一些想象的细节小虫子般密密麻麻地爬出来：一双游动着的男人的手，冯威龙的手，在这个身体上游动，她身上的那些部位，被那双手摸过，于是有了她在自己面前的张狂。

而叶飞舞并不罢休，伸手便把郑小燕办公室里的电话线扯断了，又把她办公室里的墨水瓶砸在了地上，还将她桌上的铅笔钢笔砸断了，又将郑小燕桌上的文件资料都撕了，扔在地上踩着。

叶飞舞气疯了般，边破坏边厉声叫道："我要让你放明白点，不要挡别人的财路！"

"你！"郑小燕气得说不出话来，她浑身发抖，跌跌撞撞地跑到冯威龙的办公室里，叫道，"你是聋了还是瞎了，外面发生的事你没听见吗？她已骑到我头上拉屎了！你还不马上把这个疯子清除出单位去！"

那冯威龙却一副事不关己、高高挂起的样子，不耐烦道："你们女人间的这些鸡零狗碎，不要老让我出面！"

"如果不是你在背后给她撑腰，她敢吗？你怎么就管不住自己的那双脏手，让她仗着什么像只疯狗一样四处乱咬乱叫！"郑小燕嚷道。正在气头上的她把气撒到了冯威龙身上。

"你这是用什么语气跟我说话？！"冯威龙也一下恼了，拍案而起。

"这个单位，还有个级别顺序吗？"郑小燕声嘶力竭道，"我为你，不能说是出生入死吧，可也说得上是殚精竭虑，而她们，靠摆弄点动手动脚、撒娇耍嗲的小伎俩就能笼住你的心，这也太不公平了！"

"你自己应付不了人际关系，便把得罪人的事往我这里推，拿我当枪使！多少千头万绪的工作等着我！你们这些中年妇女，看见年轻漂亮的便有嫉妒之心，这些事也让我来出面摆平！"冯威龙烦躁不已地说，起身离开了办公室。

这天，郑小燕戴着安全帽来到一个工地上视察。

她走到正在劳作的小竹子面前，羞愧道："小竹子，为了尽早付你们工程款的事，我尽了力了，只是，毕竟我权力有限——"

小竹子道："郑总，你别放在心上，不急的。"

郑小燕惆怅道："怎么会不急呢？公司早一天付给沈三，沈三就有可能早一天付给你们，你拿到手后就能早一天回到校园准备高考。"

她从包里掏出一叠钱来递给小竹子道："这是我个人的，就当我预付你工钱了，你辞了工回学校吧。"

小竹子郑重拒绝道："谢谢郑总您的好意，这钱我不能要。不然，我会有一种接受施舍的感觉。"

"这孩子，自尊心这么强。"郑小燕只得收回。

"你先干活吧，我去那个脚手架上看看钢筋的绑扎情况。"郑小燕告辞。

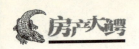

"郑总，那上面不安全，工地上有专门负责质量检查的，您就别上去了。"小竹子劝道。

"不亲自查看一下，我不放心。"郑小燕说着爬上了一个高高的脚手架。

过了会儿，"哎哟！"郑小燕忽然跌了一跤。

小竹子看到了马上跑了上去，将郑小燕搀了起来："郑总，您怎么啦？"

"没事。"

"哎呀，你被生了铁锈的钢筋划破了伤口！这容易得破伤风！"小竹子惊喊。

"是吗？"郑小燕听罢也惊恐道。

"快去医院里打破伤风的针！几个工友都是因为发生这种情况被夺去性命的！"小竹子喊道。

"是吗？"郑小燕更加惊恐，赶紧往医院里跑。

从医院里打完了破伤风针出来，郑小燕摇摇晃晃地，走路还站不稳。就在这个时候，她忽然看见冯威龙的车从她身边擦过去，叶飞舞在车里和他卿卿我我着！

郑小燕的嘴角顿时绽出一丝寒凉的苦笑：她所有的付出全打了水漂儿，一切都变得没了意义。

她拼命地工作，直到耗尽所有的心血，这就是自己对他唯一的意义。她对他的价值不在于她是一个女人，而是帮他挣钱的一个工具。

她抚摸着自己身上的伤痕，心生绵绵不绝的伤感：自己和叶玫瑰、叶飞舞等同样是女人，而她们，仅凭长得美，就轻易地得到了他的喜爱，而自己，拥有现今的局面，耗了多大的心血，多少无语的辛酸。人与人之间，真是不能比的。女人与女人之间，尤其不能比。

"这么浅薄的生命，绝不会是真正能进入他内心的女人。他只是可怜，因未遇到真正有魅力的女人，便把这些歪瓜裂枣当宝贝。"郑小燕这样自我安慰。

第二天，郑小燕手上还缠着纱布，来到自己的办公室里的时候，一下就懵了！

只见办公室里空荡荡的，连自己的办公桌都不见了！

这时吕麒正在门边探头探脑，进来小声说："是叶飞舞找人给搬的！"

那一刻，郑小燕忽然升起一种四面楚歌的感觉，她这么清晰地意识到，自己在这个单位里孤立无援，除了依仗冯威龙。她气呼呼地去找他："我的办公桌呢？"

"什么办公桌啊？"冯威龙一副茫然不知的样子。

"我堂堂一个总经理，自己的办公桌被一个下属给搬走了！这个单位，这个世界，还有没有王法啦？"郑小燕气疯了般问。

"你这个堂堂的总经理，是我给的！离了我的支持，你在单位寸步难行！而你，却不明事理地跟我作对！"冯威龙冷眼看着郑小燕，甩出一句冷语。

"你的管理能力其实很差，实在应付不了，就回家去吧！在家好好地照顾小树，让我没有后顾之忧。"冯威龙以一副关怀体贴的样子道。

郑小燕平复了下自己的情绪，劝说：

"威龙，叶飞舞这人，是你该极力远离的。身为一个女孩子，如果不能干的话，质朴也好，像一块泥土，本色、纯净，接近于大地的颜色，哪怕长出一株青翠的菜蔬或者一朵小花来，也是本色和价值。而这个叶飞舞，只是个鬼，她整个人，她的言谈举止，都像是在久不见阳光的角落里滋生的。她的衣兜里、指甲里、脑子里，好像到处都长满了霉。对，她给我的，就是这种感觉，龌龊。好像她的生命褶皱里积满了灰尘，心灵的角角落落里爬满了小虫子，到处是小虫子，这儿爬出一个来，那儿爬出一个来，让人恨不得将她推进大江里，将她从心灵到身体、衣服彻底地清洗一遍，然后推到阳光下，痛快淋漓地晒一晒。再说，以你的厚重，岂是那个青涩的小丫头能安慰得了的？"

冯威龙道："以我阅人无数的眼睛，谁是什么人我心里有数，用不着你提醒！"说着就离开了办公室，把郑小燕晾在了那里。

董事长办公室，冯威龙正伏案忙着，吕麝不知什么时候进来了，吓了他一跳。"什么事？"冯威龙问。

"冯总，我也想在公司投拍的电视剧里当个小角色。跟在你身边这么多年了，没有功劳也有苦劳。"吕麝诚惶诚恐道。

"这事你得去找郑总。我的工作太忙，管不了那么细的。"冯威龙耍滑头。

总经理办公室内，吕麝同样诚惶诚恐地将自己的愿望跟郑小燕提了，眼里含着泪水。

郑小燕真诚道："投拍电视剧是一项耗费巨大的工程，冯总怎样安排，终究有他的理由和考虑。你们断不要在这件小事上纠缠，扰了他的全盘。"

"人活在世上，图的不就是些俗名吗？人如果不争不抢，活的内容是什么呢？"吕麝道。

"他已经够忙的了。身为下属，既然不能帮他多分担些什么，就静静地在角落里忙自己的一摊事好了，起码不要给他添烦乱。"郑小燕苦口婆心地劝道，坐在她唯一的一把椅子上。

这个可怜的总经理，空荡荡的办公室里只剩下了一把椅子。这个世上，恐怕没有比她更窝囊的总经理了。

郑小燕正在办公室内忙着。

"砰砰砰！"响起了敲门声。

郑小燕起身去开门，吕麝仰着那张蛇头般的小鬼脸媚笑着站在那里。

"郑总，我给你送来了一小篮新鲜的草莓。"吕麝进了门，用涂了蔻丹的五指拿起几个草莓来递给郑小燕。

"我不想吃。"郑小燕推辞。

"吃吧。"

"我刚吃了水果，真的不想吃。"

"你不吃就是看不起我。"吕麝手拿着草莓执拗道。

郑小燕只得接过几个草莓吃了。

第二天黄昏，郑小燕在家里提着袋垃圾开了门打算出去倒。

门外站着的一个人吓了她一跳。又是吕麝，手中提着一篮红枣，仰着那张蛇头般的小鬼脸媚笑着倚墙站在那里，也不知已经站了多久。

"我给你送来了一小篮新鲜的红枣。"吕麝不由分说地进了门就将那篮红枣放下了。

吕麝洗了手，又用涂了蔻丹的五指拿起几个红枣来递给郑小燕。

"我不想吃。"郑小燕推辞。

"我的手已经洗干净了。"吕麝将自己的手伸到郑小燕的跟前看。

"我真的不想吃。"郑小燕冷淡地推辞。

"我的手真的已经洗干净了，不信你拿显微镜看看上面是否有细菌。"吕麝执拗地在郑小燕的眼皮底下伸着自己的手。

郑小燕只得接过几个红枣吃了。

"我给你倒垃圾去！"吕麝又不由分说地从郑小燕手里夺垃圾袋。

"哎呀，别！"郑小燕往回夺。

"我这人喜欢清静。以后，不要再打扰我了，好吗？"郑小燕厌烦道。

"你就给我一次学雷锋做好事的机会吧。"吕麝近乎乞怜道，使劲地扳郑小燕的手，直把郑小燕扳疼了，被迫松了手。

吕麝提着那袋垃圾兴冲冲地下楼去了。

这天，郑小燕提着大包小包从一家超市里出来的时候，吕麝又不知从哪个角落里窜出来，冲上前去从郑小燕的手里夺那些包："我帮你提着！"

"不需要！"郑小燕耷拉着脸尖叫道。

"我已经表现得这么卑贱了，你还想怎么样？"吕麝内心不满道。

郑小燕躲开吕麝径直往前走着。

吕麝冲上前去，挡住郑小燕的道路，小尖脸几乎凑到了郑小燕的脸上，扯着郑小燕的衣角，看着她的脸色，小心卑怯地幽怨道："你为什么不理我？"

"这里明明有一个生命，你怎么视而不见呢？事物的存在是一个哲学命题，萨特的存在主义你懂吗？"吕麝又以一副阅历丰富、见多识广的样子对郑小燕谆谆教导道，"高傲可绝对不是一种美好的品质啊。"

"你的性格太孤僻了！"最后，吕麝又以一种善良、体贴的真诚语气对郑小燕说。

"你已经让我忍无可忍了！你感觉不出来，我反感你，不喜欢你！"郑小燕爆发出来，嚷道。

"你理我，我就捞着了，你不理我，我也没损失什么呀。"吕麝摊了摊双手。

"除了等着时光将我们腐烂，再也找不着其他的事可做了。"吕麝感慨了句，伸了伸懒腰，总算走了。

办公室的门缓缓地开了一条门缝，一个头悄悄地探了出来，是郑小燕的，她看见楼梯的一个拐角处露着一个裙角，吕麝的裙角！郑小燕吓得赶紧缩回头来。

郑小燕打开了窗子，身上绑着绳子，从窗户里爬了出去——

总算落地了，郑小燕紧张地往四下里张望了下，甩掉身上的绳子撒腿就跑。

郑小燕气喘吁吁地跑到一家派出所。

"有一个人，老是跟踪我，骚扰我，求你们快点啊，拿绳子去把她抓起来，捆起来，拽到警车上，然后把她拖走，拉到西伯利亚去！不然，我就疯掉了！"郑小燕扯着一个男民警的胳膊神经质般地央求。

"因为什么抓他？"那个男民警好奇地看着她。

"她老是接近我，跟我说话。"

"他跟你说话也是犯罪么？我们能拿胶布把他的嘴封起来么？即便我们是警察。这可不是国家的法律所许可的。"那个民警好奇地看着她。

"说白了，她就是骚扰我。骚扰不也是一种犯罪么？"

"他怎么骚扰你了？你口头上说骚扰就骚扰了吗？你得取证。"那个民警又说。

"还取证？"郑小燕惊讶道，"怎么取证？"

"比如他对你有什么越轨的举动啦，你就用相机拍下来；他对你说过什么淫秽或挑逗的语言啦，你就用录音机录下来。"

"那倒没有。她就是老来找我，或跟踪我，找借口跟我说话，讨好我，给我送吃的东西。"

"你说了这么多，我终于明白啦，他只不过是在追求你，再正常不过的事情。男大当婚，女大当嫁，何况你已经这么大了。"那个民警说。

"她跟我一样，是个女的！"郑小燕气得扭头走了。

周日，郑小燕在家里气愤不已地走来走去，念叨着："不行！我得找威龙说说，给我配张办公桌！无论如何得给我一张办公桌！"

她再次拨打他的手机。"您拨打的电话已关机。"话务台传来这样的回话。

"关机！关机！总是关机！一个星期都找不着人影了！"她气得将手机摔到了墙角。

她换上鞋子，急匆匆地出了门。

郑小燕来到公司，气冲冲地径直走向冯威龙的办公室。

吕麝正在门外跷脚往冯威龙的办公室内窥视，一股浓重的香水味忽然就扑过来。

"怎么周日她也在？该不会她主动来对威龙投怀送抱吧？"一个念头突然升起。

一个女人对男人太工于心计，显得有些可怕。

"这单位里，有多少女人，多少双眼睛瞅着他一个人。也怪不得，他被惯得不像样啊。"郑小燕忽然起了一阵烦躁，那将是她难以逾越的障碍。

"嗨！郑总，你怎么周日也过来啦？"吕麝转过身雀跃地喊道，仰着张小脸看着她，"你今天穿得可真漂亮！"

"哦，我来找冯总，有点事。"郑小燕答。

吕麝很意外的样子："怎么，连你都不知道吗？冯总去外地出差了，和叶飞舞一块儿去的，去了五天了都。我看看他回来了没有，有工作要汇报。"吕麝意味深长地看着郑小燕，那种看像只野猫的爪子，想极力地从郑小燕的脸上、心里挠出点什么来。

郑小燕的脸刷地变了颜色，转身向卫生间走去。

"又有好戏看了！"吕麝看着郑小燕踉跄的背影幸灾乐祸地说了句。

郑小燕从卫生间出来后在走廊里走着，路过吕麝办公室的时候，无意中从门缝里看见吕麝在往桌上的一张纸上削铅笔的芯，然后鬼鬼祟祟地将铅笔芯的铅屑倒进了水杯里。

"她将铅屑倒进水杯里干什么呢？"郑小燕边走心里边打了个问号。

"郑总！等等！"吕麝在后面追着郑小燕殷勤地喊。

郑小燕停住脚步转回身来。

"来，喝杯水吧！"吕麝热情地端着个水杯递给郑小燕，是融有铅屑的那个水杯！

郑小燕的脸色一下变了，但很快便调整了自己，她并不去接那杯水，而是以嘲讽的眼神一直看着眼前的那张美女蛇般的小鬼脸笑，一直盯着她笑，久久地。

吕麝端着水杯的手颤抖起来。

郑小燕这时说话了："一般人们都认为铅是有毒物质，实际上，铅笔里的铅芯主要成分是石墨和黏土，是无毒的，而不是重金属的铅，重金属铅才是有毒的。虽然名字好像是一样，但实质是截然不同的。"

吕麝手中的水杯掉在了地上。

郑小燕转身离去。

走着走着，郑小燕忽然就回想到了吃过的吕麝一次次给的草莓、红枣等食物，顿时惊恐地捂住自己的胸口，下意识地干呕了一阵。

冯威龙出差回来刚进办公室，郑小燕便跟进来了："如果你顾及我们多年的情分的话，就把叶飞舞和吕麝这两个小鬼开除了！"

"这个公司，我说了算！"冯威龙牛气道。

"凭你对我的了解，我是无理取闹、找茬闹事的人么？"她凝望着他，哭泣着发出一声问，"威龙呵，生命是一株脆弱的芦苇，不是任多少风刀雪剑都摧毁不了的石头城堡，你反复说我的对你忠与不忠，让周边这些细细微微的把我害死了，我又如何再爱你、疼你、为你付出呢？"

而冯威龙的脸，板得像一块石头一样，没有丝毫的动容。

郑小燕见状绝望万分，下意识说道："离开公司不干了？远离开这里一切复杂的纷争？"

冯威龙听到这里眼睛暗暗地一亮。

"可我原来的工作已辞了，我这个年龄的女人，再找份工作不容易的，何况我又没有学历。"郑小燕犹豫道。

冯威龙听罢眼神又暗下去了。

"回家去也未尝不可！诗情画意怎么就养不活一个对物质要求甚少的女人？靠一年四季的景致也足够抚慰一个女人孤寂的生活，再说，我还有小树。也或者，我慢慢再找份家教的工作？"郑小燕又矛盾。

冯威龙的眼睛再次亮起。

"可我现在回家去的话，明摆着是被叶飞舞给生生地欺负走的，这口窝囊气能把我活活地憋屈死，要走，也是该她走，再大的艰难我也要坚持下来！"郑小燕又说，跟当初的叶玫瑰一样的心态和处境。

"再说，我还要提取股红或股金给沈三付工程款呢，最近财务上怎么老没钱？我以后一天催他们八遍！"

郑小燕终于有了一个最后的决定，在经过一番思想摇摆之后。

冯威龙暗中气恼地攥了下拳头。

第二天上班的时候，郑小燕自己吭哧吭哧地扛着个简易桌子进了办公室，累得满头是汗。

将简易桌子放好后，她认真地办起公来了，一副要打持久战的样子。

冯威龙从门缝里看见了一切，他看着那个瘦弱而顽强的身影，心说："这个肠子不转弯的傻大姐啊，她赖在办公室里硬是不走，怎么办呢？"

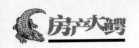

三 郑小燕被送进疯人院的恐怖经历

郑小燕正在办公室内翻看资料，外面响起了由远而近的急救车的声响。

"是谁得急病了呢？"郑小燕好奇地走到窗口，朝外看了看，又回身继续工作。

没过一会儿，忽然门开了，叶飞舞领着几个穿白大褂的医护人员匆匆地走了进来，叶飞舞指着郑小燕对一个穿白大褂的说："就是这个女人得了精神病，你们把她带走吧！"

一个医生模样、戴深度近视眼镜的男人一挥手，几个穿白大褂的便上前拉扯郑小燕。

"干什么呀你们这是？"郑小燕一下惊呆了，猛地站了起来。

"你得了精神病，需要进行治疗！"叶飞舞说着，有一种掩饰不住的得意。

"胡说！医生，你们别听她一派胡言啊，我没有病！"郑小燕大声申辩，往墙角躲着。

几个穿白大褂的拿出绳子来就要上前绑她。

"谁敢过来？"郑小燕嚷着从桌上拿起了一把水果刀威胁，又试图往门外跑。

但终于寡不敌众，郑小燕被五花大绑地捆了起来，往外拽去。

"威龙，你在哪儿？救我呀！"郑小燕大喊着。

"我这才是救你呀！"话音落处，冯威龙从办公室里走了出来，后面跟着小树。单位的员工听见动静也纷纷跑出来看。

"燕子，你患有严重的精神疾病，需要住院治疗。"冯威龙以万分关切的神情道。

"我哪有什么精神病啊，你们怎么那么胡说？"郑小燕极力分辩。

冯威龙低下头去问小树："你妈妈犯有严重的抑郁症，有多次自杀的举动，是不是，小树？"

"是，"混沌无知的小树点头，"有时想跳楼，有时拿刀子抹脖子，有时还喝毒药。"

"有一次她还闯到办公楼里来，见到女人就打，这一点单位的人都可以证明。"叶飞舞说。

"是啊！"吕麝、小刁等纷纷应和。

"她还把手机说成是魔鬼的盒子，是不是，小树？"冯威龙又问。

"是！"小树回答。

"这些穿白大褂的人，能治好妈妈，妈妈以后就再也不自杀了吗？"小树天真无邪地问。

"是啊，这些白衣天使们，会彻底治好你妈妈的病的！"冯威龙说，他上前双

214

手紧握住戴深度近视眼镜的那个男医生的手，殷切道："张医生，你们一定要用最好的药、最好的设备，不遗余力地将我爱人治好啊！我和孩子都离不开她！"

"您放心吧。"张医生一挥手，几个人便将郑小燕押走了。

郑小燕绝望得流着泪仰天苦笑道："举世皆醉我独醒！哈哈！"像一个被押往刑场的战士一样。

"你看，她的症状，是不是很明显？"冯威龙又上前问那张医生。

张医生认真地点着头："确实！"

在"大庇天下寒士"的办公楼外，沈三刚好赶来，正巧看见五花大绑的郑小燕被推搡着向一辆救护车走去，郑小燕也看见了沈三，像见了救命稻草般喊："沈三，救我啊！这办公楼里的人全疯啦！"

沈三纳闷地赶紧问旁边围观的叶飞舞："怎么回事啊这是？"

"郑小燕得了精神病，被南郊精神病医院里的人接去治疗！"叶飞舞快意道。

"郑总得了精神病？我看着不像啊！她去治病还喊我去救她？"沈三依然疑惑。

叶飞舞不屑道："哪有精神病患者承认自己得了精神病的？！"

而此时，宋晓晨正骑着摩托车载着一个客户来看附近的一套二手房，他也看见了"大庇天下寒士"的楼外发生的情形。

郑小燕已被推上了救护车，还在边挣扎边喊着："沈三，救我啊！一旦拿到那笔工程款，一定要先将工人们的工资给发了啊，免得让大山叔的悲剧再重演——"

刚喊到这里，一根冰凉的针忽然扎向她，她顿觉全身瘫软无力，眼睛模糊起来，而一条细长的旧领带也随后蒙上了她的眼睛，她很快便丧失了意识，什么也不知道了。

冯威龙也夹在楼下的人群中，他看着那辆载着郑小燕的救护车扬长而去，不易察觉地嘴角暗暗露出一丝胜利者的得意。

"砰"地一声，一道门被踹开了，七八个白大褂将昏迷中的郑小燕拖了进来，合力把她按倒在床上，然后把她四肢分开，用粗硬的绳子结结实实地把她绑在了床上。

房间里还有七八个穿格子病号服的女人，一个个神经兮兮的样子，但都凑上前来神态各异地对新来者表现出足够的好奇。这是精神病医院里的一间女病房。

郑小燕醒来的时候，发现自己躺在病床上，手脚被绑在床沿，成了一个"大"字。几个穿白衣的人在眼前晃来晃去。

"这是什么地方？你们放我回家！放我回公司！"郑小燕挣扎着欲起来。

护士们忙自己的，没人理会她。

"我的工作很忙的！你们耽搁了我，是要赔偿我的经济损失的！"郑小燕挣扎着继续叫道。

"你们不分青红皂白地这样对我，纯粹是一场武力绑架！我要去告你们！"郑

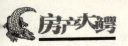

小燕还叫，"你们懂不懂什么叫人权？"

护士们总算有反应了，向郑小燕围拢来："吃药！"

"我无病无痛的一个正常人，吃什么药？"郑小燕申辩。

"要是没病，你不停地叫喊什么？"一个面相凶悍的女护士说。

郑小燕强咬着嘴唇，坚决不吃。

就有几个护士上前掰开郑小燕的嘴，强行将药片往她嘴里塞了进去。

"是药三分毒，你们知不知道啊！"

"我真的没有精神病，你们放我回去啊！"

"你们放我回去！我还有一项重要的工作没有处理！"

"我要回家！我的孩子需要照顾！"

……

郑小燕依然不停地叫喊着，喊得嗓子都哑了，但依然竭力地申辩着。

这时，那个戴深度近视眼镜的张医生被那个面相凶悍的护士喊来了。"张医生你看，喊个没完！"护士告状。

张医生见状后，总结道："病得不轻啊，加大剂量！用针剂！"

凶护士又举着粗针筒向郑小燕逼来！

郑小燕极力抵抗着，不停地挣扎："你们这帮惨无人道、灭绝人性的东西！白白玷污了白衣天使这个称谓！可耻行为快赶上法西斯了！即便是监狱里的犯人，还有申诉和投诉的权利！我一再说明，我压根儿就没病！"

"都把白衣天使说成法西斯了，还说自己没病！越不承认有病，病得越严重！上最有力度的治疗措施，'五联体针'和电疗！"张医生挥了一下手道。

很快，一帮白大褂七手八脚、动作麻利地将郑小燕按住，强行给她扎了令人十分恐怖的"五联体针"！

所谓"五联体针"，也就是两寸至三寸长短、粗细不同的五根银针从她的人中、合谷、足三里等穴位狠狠地扎了进去，一边扎、一边捻，最后又在钢针上通上电流，进行更加强烈的神经刺激。郑小燕浑身痉挛，痛苦地挣扎喊叫，但是无人理会。

那个面相凶悍的女护士一边扭动电击器开关，不断加大电量，一边咆哮："以后，还敢不敢不吃药、不打针、不配合治疗？"

郑小燕顿时感到自己的头颅要爆炸了，难以言状的痛苦吞噬着她全身的每一个细胞，她被电击得全身都在剧烈地颤抖着，满眼里射出怒火，紧咬着牙关。

"快，别让她咬断自己的舌头！"张医生喊着，将一根缠着布条的钢尺塞进了她嘴里！

不一会儿，郑小燕便口吐白沫晕厥过去了。

某大酒店里，布置得富丽堂皇，背景幕布上写着醒目的大字：大型红色经典《红缨枪》翻拍电视剧开机仪式！

穿着华美礼服的叶飞舞对着记者的镜头搔首弄姿着。

第二天，郑小燕像一摊软泥般躺在病床上，痛苦地小声呻吟着。

同屋有七八个病友，有的哭，有的笑，有的痴呆，有的癫狂，令人感到无比的窒息和恐惧。

同房的一个五十岁左右的女病友却很正常，看起来也面善，上前关切道："可好些了？"

郑小燕声息微弱道："我怎么浑身软得像棉花一样，一点力气也没有啊？"

"这就是'五联体针'的厉害，扎了后不只人会完全丧失抵抗能力，甚至一连半个月都无法下地走路。我开始进来时吵着回家，不吃药，也给我扎过。以后你还是学乖些，会少受些罪，胳膊拧不过大腿的。"

郑小燕默默地记在心里。

过了会儿，凶护士进来了，走近了郑小燕的床铺，郑小燕吓得条件反射般想往里蜷缩，身体却压根动不了。

"吃药了！"凶护士喊。

"是，吃药。"郑小燕乖乖地张开嘴将药片吞进去了，又喝了一口水。

"现在老实了？早这么听话的话，何至受那罪？"凶护士得意道。

当天夜里，郑小燕正睡着，忽然一个披散长发、身穿白衣的人悄悄地走到了她的床铺前，猛地掀开被子伸出双手将郑小燕的脖子掐住！

"啊！"郑小燕发出一阵毛骨悚然的惨叫，惊醒后借着朦胧的月光看见一个披头散发、目露凶光、浑身白光的女人正伫立在自己跟前掐自己！

"啊！鬼啊！"郑小燕顿时吓得魂飞魄散，挣扎着继续大声喊叫。

"把我的丈夫还给我！""女鬼"边掐郑小燕边声嘶力竭道。

有护士跑进来啪地按亮了灯。惨白的灯光下，"女鬼"显了形，却正是白天时关切地跟郑小燕说话的同房女病友！

"回你的床上去！半夜里乱闹什么！"相貌凶悍的女护士踢着那女病人驱赶。

"她把我的丈夫夺去了！"女病人像个受了罚的无辜孩子一样手指着郑小燕忽然就哭起来了，大滴大滴的眼泪从眼睛里淌出来，一滴一滴地滴落在地上。在寂静的深夜里，郑小燕几乎清晰地听到了她眼泪落地的声音。

过了会儿，护士走了，灯灭了，郑小燕恐惧得再也不敢睡，她小心地聆听着同屋的动静，唯恐哪个病人再犯病。

"我是专门半夜敲门的厉鬼！"窗外又忽然传来一个人阴森的喊叫。

一种暗无天日的恐惧向郑小燕袭来，她不知道以后的日子该怎么过。

工地上的吃饭时间，沈三端着碗饭菜走到正在吃饭的小竹子跟前道："小竹子，你文化高，你觉得郑小燕像有精神病的人吗？"

"谁说郑总有精神病啊？她那么好的一个人，怎么会有精神病？"小竹子不以为然道。

"我也这么觉得。我反复寻思着她平时的言谈举止，丝毫也没有患精神病的迹象啊。可前几天我去找她和冯总催要草城那笔工程款时，你猜正碰见什么？郑总被南郊精神病医院拉去接受治疗了！"沈三说。

"什么？怎么会发生这样的事？说郑总有精神病的人才真的是精神病！"小竹子一下站起来了。

"可事实摆在那儿呀，当时冯总也在场，人家是两口子，还能害她不成？咱们这外人也不该操这份心，可我还是不相信——"沈三念叨着端着饭碗走了。

第二天，小竹子提着一兜水果来到了南郊精神病医院里，只见即便是白天，大门上也上着一把大锁，旁边还有人监视着。

他向值班人员请求："我想进去探望一个叫郑小燕的人！"

值班人员说："这里收容的病人都是无行为能力的人，谁交钱将她送进来的，谁才有权探视和将她接走。是你将她送进来的？你是她的第一监护人？"

小竹子将头摇得拨浪鼓一样。

"那你白跑这一趟干什么？再说，很多病人家属为了让病人不受外界打扰地安静疗养，也可能是为了不愿让其他人知道病人在这里的住院历史，送来时在这里登记的病人名字往往都用化名。所以除了病人的第一监护人，其他人压根儿不要往这儿跑！"值班人员说。

"那我就没有探望到她的可能了吗？"小竹子着急道。

"绝无可能。医院管理严格，绝对不允许病人跨出住院处大门半步，等她出院后再探望吧。"值班人员道。

小竹子无奈地离开了那里。在医院大门外，他回头仔细地张望了一眼，只见大门紧关，围墙高耸，像一座戒备森严的监狱。

深夜的网吧里，小竹子在一台电脑前搜着"精神病人的表现症状"的字样，显示各种资料的页面哗哗地闪现着，还有"被误送精神病院的恐怖经历"、"在疯人院里的悲惨遭遇"、"丈夫因外遇将妻子送进精神病院"等各种文章。

小竹子越看越惊恐，下意识地抱紧了双肩，警觉地向网吧的门口张望着，似乎恐惧自己突然也会被什么人不由分说地送进精神病院。

南郊精神病医院大门外，一辆写着"管道疏通"字样的车正要开进医院大门里去，小竹子忽然从一个隐蔽处跑出来挡住车，上前央求司机说："大叔，我帮你进去疏通管道好吗？我不要工资的！白干！"

那人眼睛亮了亮道："行啊！不过疏通下水管道这活可脏得很！"

"多脏我都不怕！只要让我进去！"小竹子道。

"好吧。"

"谢谢大叔！"小竹子惊喜地上了车，跟着车进了医院大门，又进了病房区。

这位老司机一脸面善，好奇地问："小伙子，有事？"

小竹子答："实不相瞒，我是来探望一个被关进这里的亲人，因我不是监护人，走正门不让进。"

司机同情道："哦，那是应该的。这些病人可可怜了，我天天往这儿跑，见得多了。"

车停在一处，司机呼呼地坐在驾驶座上睡着了，而小竹子打开一个下水道井盖爬上爬下地疏通着恶臭无比的管道。

病房楼里时不时地传来病人毛骨悚然的叫声。有病人抓着窗子的铁栏杆往外张望着，将胳膊伸出来号叫着："放我出去！我要回家！"

小竹子一阵难受，往一个又一个窗口里看着，心焦地无声喊着："郑总，您到底在哪个窗口里呢？"

好歹到了放风时间，病人们陆续出来了，小竹子表面上干着活，暗地里却留心寻找着郑小燕。

病人们做出的各种怪异的表情以及胡乱喊叫的样子，让小竹子觉得十分恐怖。

而此时，郑小燕正躺在室内的病床上睡着。

白累了一天，小竹子最后一无所获地黯然离开了精神病医院。

小竹子心事重重地回到工棚，却迎面碰见了沈三。

"小竹子，你干吗去了，一天不上工？"沈三吼。

满面愁容的小竹子像见了救星般一把抓住了沈三的胳膊，把他拽到一个无人的角落，着急道：

"沈队长，我上网查阅了很多资料，我怀疑冯总可能是因为有了外遇而故意将身为正常人的郑总送进精神病医院的。对真正的患者来说，精神病医院是治病救人的地方，可对一个正常人来说，那简直是一处人间地狱，能活生生地把一个正常人变成疯子！郑总平时对我们不薄，我们想法帮帮她好吗？"

沈三赶紧捂住小竹子的嘴道："我的小爷呵，你那点机灵劲用到干活上比什么不强？冯总是什么人物啊？我巴不得四脚朝天、嘴啃泥地给他磕头，他还紧攥住咱

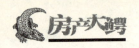

那笔工程款不付哪，你可千万别去捅这马蜂窝！再说，他的家事是咱这些小人物该插手的吗？我警告你呀，要敢折腾这事我就开除你！永不雇你！原来欠你的工钱也不给了！"沈三黑了脸威胁道，转身走了。

"开除就开除！纵然是孤身闯敌穴，我也一定要想法找到郑总，不然万一她正处于水深火热之中的话——"小竹子望着沈三的背影小声嘟囔。

一辆垃圾车停在南郊精神病医院内的一个地方，司机在车里呼呼地睡着大觉，而一个戴口罩、穿工装的年轻男人打开一个又一个散布在各处的垃圾箱，将里面恶臭无比的垃圾袋拎出来，——拎回车斗里，同时用心地偷偷四下里打量着，像在寻找什么人。

是放风时间。

这时，郑小燕正站在一道栏杆旁跟主治医生张医生央求："医生，我真的没病啊，求你放我出院吧，我要急着出去找份家教的工作。"

张医生甩下一句"再这么闹下去给你加大剂量"走了。

栏杆的另一边，是一帮男病人在放风。其中一个看起来很正常的男人听见了郑小燕的话，走过来抓住栏杆说："你是老师？我的小家伙需要一个家教！"像只公鸭子被卡着脖子时发出的声音，有些怪异。

但郑小燕未想太多，兴奋得两眼熠熠发光地也抓住栏杆赶紧说道："真的？太好了！我出院后就去教！"

"我任教多年了，多次被评为优秀教师——"郑小燕又做着自我举荐。

男人压根儿无心听郑小燕的自我举荐，只是以异样的眼神看着郑小燕，看得她头皮发麻，赶紧刹住原来的话题，问："你的小家伙的地址是？"

"在这儿呢。"男人神情异样地指着自己的心口。

说着，男人便开始脱上衣："你看看，这颗心是红的，对不对？"

"啊？哦。"郑小燕不知说什么。

"你摸摸，它也是火烫的，对不对？"男人说着就强拉过郑小燕的手往他身上摸，情绪瞬间变得失控，挥着手声嘶力竭道，"可女人们为什么总是不肯爱我？"

郑小燕感觉不对劲，抽回自己的手，赶紧往远处跑。

"又是一个逃避爱情的女人！"男人恨恨地说着，从地上抓起一把小石子面露狰狞地就朝着郑小燕狠狠地投去。其中一个小石头砸在郑小燕的头上，血马上流出来了。

郑小燕因为着急着跑，一下又重重地跌倒在了地上。

郑小燕一只手抚着流血的头，另一只手去揉疼痛的膝盖，就那样一瘸一拐地，仓皇逃离了那道栏杆旁，逃离了放风区，惊魂未定地逃回了病房内。

而这时，那个戴口罩、穿工装的男人来到了郑小燕刚才站的栏杆旁拎垃圾。他揭开口罩，散散满脸的汗水，原来是宋晓晨！

而不远处，满脸污迹的小竹子正从一个下水道井口里探出身来，目光偷偷地在放风的病人中逡巡。

是个难得的夜深人静的时刻。

郑小燕听到同病房的病人们终于发出此起彼伏的鼾声后，下床悄悄地推开房门走了出去，她从走廊里来到卫生间，掰掉窗户上有些松动的一根铁栅条，用它撬开旁边的铁条，然后钻出窗子攀着室外墙上的下水管来到楼外的地上。

她猫着腰蹑手蹑脚地摸到楼前的一个下水井盖，然后拼尽全身的力气掀开井盖钻了进去。

也不知过了多久，另一处的井盖被缓缓地顶开了，一个脏得已看不清模样的人钻了出来。"终于逃出来啦！"那人长长地呼出了一口气小声自语。

这时，四周忽然响起一片乱喊声和"咚咚"的脚步声，一群白大褂喊叫着围追过来了！寂静的夜晚被兀然撕破。

郑小燕只跑了几步，便被捉住了，被连拖带架地带回了病房内。先是被推倒在了卫生间的地上，一盆又一盆的水泼上去，将她清洗干净后又被推回病房内，被牢牢地绑在治疗床上。

主治医生张医生很快赶来了，他以胜利者的姿态得意道："哈哈，刚才我们在监控录像里看见你啦！你在地下忙活了半天，其实只是从楼前跑到了楼后，你在下水道里转向啦！"

郑小燕颓丧不已。

张医生用手指着郑小燕厉声喝道："为什么要逃跑？"

郑小燕申辩："我没病！"

他继续问道："以后还跑吗？"

郑小燕再次大声申辩："我真的没病！我要出去上班、照顾儿子！"

"顽固不化！"主治医生说了句，然后匆匆开了医嘱，朝旁边的女护士一字一句地吩咐，"上'五联体针'！"

听到那五个字，郑小燕吓得一下便晕过去了！

这天，满头乱发、精神恍惚的郑小燕正躺在床上呆呆地盯着病房的天花板愣神，忽然一团高大的暗影扫过来将她整个人都笼罩了，暗影唤了声"亲爱的"，竟是冯威龙，提了大包小包的很多营养品来。

"威龙！你可来啦！"郑小燕总算见到了久别的亲人，一下扑到冯威龙的怀里，开始了一场压抑已久的号啕大哭。

冯威龙一脸温存地不停轻拍着郑小燕安慰："好啦！我来啦！医院有规定，入院十五天内，不允许家人探望，所以我今天才来。"

郑小燕平静下来后一边吃着冯威龙递给她的橘瓣，一边说："威龙，你去跟医生说，我根本没病！"

冯威龙煞有介事地翻动着病历说："我已查阅了大量的资料，说并不是去杀人放火才算精神疾病，像失眠啊、抑郁啊、焦虑啊等都属精神疾病的范畴，你多次有自杀的行为，我很为你担心，防患于未然，你还是相信医生的诊断，好好接受治疗吧。"

郑小燕看到冯威龙关切的神情，一时糊涂了："你是说，我可能真的有精神病？我自己也有些困惑，怎么最近发生的事跟江姐她们在白公馆里的遭遇有些相似？是真的发生过，还是我的意识发生了错乱？"

郑小燕一脸傻乎乎地问。

冯威龙心怀窃喜地离开病房楼的时候，先后被躲在暗处的宋晓晨和小竹子发现了。"冯威龙来这儿，说明郑总千真万确地待在这栋楼里，只要等下去，早晚有等到她的一天！"两个人不约而同地总结道。

小竹子像往常一样清理着一个下水井，旁边的一个穿格子服的女病人抓着栏杆往外看着什么。

他清理完就要换地方的时候，这时那抓栏杆的女病人忽然沙哑着嗓子念叨了句："小树，我的儿子，你在哪里啊？妈妈想死你了！"

小竹子听到"小树"浑身一激灵，他冲上前去惊喜地喊了声："是郑总？可找到你了！"

女病人转过身来，只见她满脸浮肿，眼神呆滞，面色灰暗，头发乱得像杂草一般。

"对不起，我认错人了。"小竹子说罢转身欲走。

"是小竹子？你怎么会出现在这里？"女病人却惊喜异常地叫道。

"你真的是郑总？郑小燕大姐？"小竹子难以置信。

"是我啊，小竹子！我盼星星盼月亮地，终于看到一个熟人了！"郑小燕抹着眼泪。

小竹子一阵揪心："可是你，怎么会变成这副样子的？"

"整天吃那些药吃的。那些精神药都含激素，我真得精神病了。"郑小燕说。

"谁说你得精神病了？我看您正常得很，我从网上看到，有被误送进来的。"

"你是说我没得这病？"郑小燕的眼睛里忽然焕发了光彩。

但那光彩也仅仅是短暂的一瞬，很快又黯淡下去了，她道："可威龙和医生都说我得了精神病了，说得我自己也糊涂起来了。"

小竹子像个侦探般朝四周看了看，神神秘秘地小声道："据我的推理，冯总很可能有了外遇，才故意把您送到这里来的，网上这样的情况挺多的。"

这时，一个青年走过来清理垃圾箱。

"小燕姐！真的是你吗？"忽然又响起一声喊，是宋晓晨。

"你的变化怎么这么大啊？"宋晓晨辛酸道。

"说来话长了。对了，你们俩怎么会都出现在这里？你们这是？"郑小燕问。

"我们是专门化妆来救你的。"两个人几乎异口同声道。

郑小燕湿润了双眼："大恩不言谢。"

宋晓晨道："我感觉你一点也不像有病的样子，可没有冯总的签字，你就无法出去。可他若总不签字呢？"

郑小燕一阵寒战。

"所以得将他这一关绕过去！"宋晓晨道。

"还有那个主治医生，他铁定认为我有病！也得将他这一关绕过去！"郑小燕道。

宋晓晨忽然眼睛一亮道："我去找几个媒体的朋友，给医院施加压力，要求上级医院对你的情况进行专家会诊！"

郑小燕重重地点头，感觉前面一道曙光顿开。

主治医生张医生态度冷淡地来到了郑小燕的病床前，道："上级医院对你进行专家会诊的结果是：疑似精神病。也就是说，可能是，也可能不是。不管是不是，医院领导受不了你的朋友带来的那些媒体的曝光与骚扰啦，那会对我们医院的经济效益造成恶劣的影响的！虽然单位的经济效益本来就不好，医生的收入还得与所分管病人的治疗费挂钩，但院方领导还是毅然决然地让你出院！可我们给你的监护人冯威龙先生打过多次电话了，他都推说忙不来接你，没办法，你就安心在这里待着吧。"张医生无奈地摊了摊手，走了。

这天，小竹子又在免费疏通下水管道的时候，那个老司机终于克制不住好奇，问："到底什么样的血亲啊，你为见她一面肯吃这苦？"

"我们没有血缘关系，她只是帮助过我的一个大姐，一个非常好非常好的大姐。"小竹子幽幽地道。

老司机的眼睛一亮："我看得出，你是很重情意的人。听说你在建筑工地上干过，我其实并不是个专业司机，我手里有一个二十多人的建筑队，你想不想接手？我想回老家去了。"

这下轮到小竹子的眼睛一亮了："好！我接！我那么盼着考上大学，可真考上了，四年读下来的学费，会给父母增添多大的负担啊。不如现在就挣钱养家。"

他的命运，在那一刻出现了转机。

四　叶飞舞拍了电视剧之后

神色恍惚、发如乱草的叶玫瑰漫无目的地在街上走着，她忽然在街边的宣传栏里发现了一张《红缨枪》的宣传海报，海报上有叶飞舞穿着戏装的大型剧照。

"这个叶飞舞，竟然要当女演员了！"叶玫瑰嫉妒得脸都青了，鬼鬼祟祟地朝四周瞅了瞅，并无警察，费了好半天的劲，总算把那个海报扯下来了！

叶玫瑰在街上急急地走着。

她的右肩上背着一个挎包，左手伸进包里，好像在紧紧地攥着那包里的什么东西。

路边足浴房、洗头房之类的场所一家又一家的，一间美容院房门外的女人干脆就坐在了门口的凳子上拉生意，故意将裙子撩着，露出一大截粗壮的大腿。

一瞬间，叶玫瑰的情绪忽然就失控了，上前一把抓住了一个正在执勤的交警的胳膊，将他拉到了那家美容院的门口，手指着那个露大腿的女人，气得浑身战栗、不能自抑的样子道：

"警察同志！你们为什么不去抓她们？你看看她们一个个的，故意将裙子撩着，露出这么一大截大腿，都只剩下腿根了，还露着半截胸脯，她们这样，明摆着是卖肉的！跟摆在货架上的货物有什么区别？你们为什么不去抓她们？或者，干脆开一台推土机来！轰隆隆地，将这些藏污纳垢的小房子、小屋，这些鸡窝，都统统地推倒！"叶玫瑰边说边比划着。

"这些年我苦心经营自己的感情，可就是这种女人把我的生活一下便毁了！"叶玫瑰泪水盈盈地又说。

"对不起这位女同志，我只是个交通警察，这事你去找派出所。"交警从叶玫瑰的拉扯里使劲拽开了自己的胳膊，有些无奈地说。

"你们这些人总是事不关己，高高挂起！"叶玫瑰生气道，"派出所在哪里？"

交警指了指远处的一个方向，叶玫瑰气昂昂地向那里走去。

叶玫瑰走进一家派出所，几个穿警服的人正坐在那里悠闲地喝茶看报纸。叶玫瑰的情绪变得更加激愤起来，指着他们道：

"你们还有闲心看报纸？你们也不出去看看，不知哪一天起，路边上一下子出来了那么多的小房子、小屋，墙上涂着玫瑰色的漆，精致的小门小窗，窗玻璃是透亮不透光的，透出一股暧昧气息。你们难道不知道，这是怎么回事吗？我一见到这种小房子就气得浑身发抖，没有遭这种女人祸害的人永远体会不到这种感觉。"

叶玫瑰神神秘秘地继续说道："你们难道不知道吗？现今，大量的野鸡像黑蝙蝠一样飞向全国各地，潜伏在美容院、浴场、足浴房之类的场所里，多少个家庭因此变得支离破碎，你们却在这里享受太平盛世，你们为什么不拿着你们的警棍将那些鸡从鸡窝里一只只地捅出来！"

警察们以一副茫然的样子看着叶玫瑰。

"冤有头，债有主，还得我发扬个人英雄主义，自己去找那个女人算账！"叶玫瑰看着他们的茫然，颓然地从警察局走了出去。

叶玫瑰沿街看着门牌号边走边找着。

终于来到了一处，只见一片废墟。

"都市美人鱼美容院呢？应该在这儿呀。"叶玫瑰问旁边的一个人。

"就是这里啊，很久之前有一天夜里炸啦！"那人指着那片废墟说。

"炸啦？"叶玫瑰惊讶道。

"可不就炸啦，那天夜里我还在睡梦中的时候，只听'轰'地一声沉闷的巨响，把我躺的床都震抖了。我跑出来看，你猜怎么着？只见原来生意兴隆的都市美人鱼美容院已成了一片废墟，废墟上这一截胳膊那一截腿的，吓死我了，警察根据一些迹象已经初步断定了，这是一起人为的爆炸！"那人兴致勃勃道。

"人为的爆炸？"叶玫瑰惊道。

"据说是一个女人拿炸药给炸的。"那人说。

"里面的人呢？"

"一锅端，全给炸在里面了。"那人又说。

"那能证明叶飞舞的按摩女出身的其他按摩女们，肯定也被炸在里面啦？！炸得好！炸得好！"叶玫瑰咬牙切齿地自言自语着，眼神里透出一股邪气。

她又到旁边的打字社里让人打了一行醒目的大字：

"看，这就是电视剧《红缨枪》里的女主演叶飞舞的起步之地！"

同时，叶玫瑰又刷地一声从挎包里拿出了一直紧攥着的东西，是揉成了一团的纸，伸开了，是那张印有叶飞舞剧照的《红缨枪》的宣传海报。

叶玫瑰雄赳赳气昂昂地站在那片废墟前，把自己当成杆子，将《红缨枪》的海报和那行"看，这就是电视剧《红缨枪》里的女主演叶飞舞的起步之地！"的横幅都披挂在自己的身上！

这一标新立异的行为吸引了一个娱乐记者的注意，他赶紧用摄像机抓拍下了，并拿出速记本上前对叶玫瑰进行了现场采访。

第二天，各报纸和网站上爆出新闻猛料："电视剧《红缨枪》里的女主演叶飞舞，曾是按摩女出身！说白了，也就是从事色情活动……"

某电视台的审片处，冯威龙将电视剧《红缨枪》的样片刚放到桌上，审片人员便做驱赶的架势道：

"这部电视剧已未播先臭，一个可歌可泣、深入人心的经典形象，怎么能让一个

从事色情活动的按摩女来演呢？观众已经先入为主，绝不可能受感动了，我们不要！"

某电视台的审片处，冯威龙送去的电视剧刚放了几个片花，"停！"一审片人员便叫。

他指着画面上叶飞舞扮演的女一号说："这个演女一号的女演员，言谈举止间一看就是浅薄、庸俗之人，怎么能演得了大义凛然的女共产党？别糟蹋我们的经典形象了！这个片子我们不要！"

冯威龙的脸色一下变青了！

另一电视台的审片处——
冯威龙的脸色一下变黄了！
……

办公室内，冯威龙坐在老板椅上懊恼道：

"一家电视台也卖不出去。这意味着，两千万的投资打了水漂儿了。影视业，实在太残酷了！还没摸透这一行的水深水浅前，实在不该贸然挺进。"

他又打开了电脑，网站上娱乐论坛里的各种文章和照片又一股脑儿地闪现在他面前：

什么"台上敌人，台下情人！看《红缨枪》里的女主演叶飞舞和戏中的头号汉奸在幕后的亲昵照！"

什么"电视剧《红缨枪》里的女主演叶飞舞，曾是按摩女出身！说白了，也就是从事色情活动——"
……

冯威龙的脑袋嗡嗡地，就要爆炸了。

"叶飞舞！"他咬牙切齿地念着这个名字，忽地站了起来往外疾走。

那套叶玫瑰曾住过的小房子内，叶飞舞正四仰八叉地躺在沙发上用黄瓜片往脸上贴面膜。"郎对花，姐对花，一对对到田埂下……"她边贴边哼着小曲。

"砰"地一声，门被踹开了，满脸杀气、穿着一身黑风衣的冯威龙裹着一阵强风凶神恶煞般闯了进来，一脚踢在了叶飞舞的小腹上。"啊！"叶飞舞惨叫一声被踢下了沙发，跌倒在地上，嘴角马上流血了。

冯威龙上前揪着叶飞舞的头发往地上磕着："破锣！一个下三烂的按摩女，竟然还跑到我面前装纯情玉女！"

"我怎么啦？"叶飞舞边哭边从地上爬起来试图往门外跑。

"你说你怎么啦?"冯威龙吼道,又追上前揪起叶飞舞的头发往墙上不停地撞着,恶狠狠道,"贱人,你去死!你多少条贱命也挽不回我的损失!"

在一个强悍的男人面前,平时飞扬跋扈的叶飞舞显得那么柔弱、无力。

"砰"地一声,叶飞舞被搡出了房外,连同一点简单的衣物。

"滚出去!滚出我的房子!滚出我的公司!永远也别再让我看见你!"冯威龙在后面面露狰狞地吼道。

披头散发的叶飞舞狼狈不堪地趴在地上,内心纳闷道:"奇怪了,是谁知道我以前的那段经历,并捅出去的呢?"

"冯威龙,我得让你痛!我不能让你像扔一袋垃圾一样就这样将我扔了!"她抹着嘴角的血发誓。

五 叶飞舞与叶玫瑰联手对冯

从一条幽暗的小路上,摇摇晃晃地走来了一个人,是潦倒不堪的叶玫瑰。

"叶玫瑰,这一刻之后的你,将脱胎换骨,再不被动,再不弱势,一切都以自己为圆心!"她举着拳头对自己说。

"我要毁了他!我毁不掉他这个人,但我可以毁掉他的高傲和得意,他在别人眼中的魅力。他的高傲,都是因为他在商场上的一帆风顺!只要他跟其他女人们之间别弄出那么多的响动,我的心就会得到安宁!"她又举着拳头对自己说。

"只要他裸露在旷野中,我便像挡不住的风拂过他的头发。"

"只要他站在春天的大地上,我便遮住他看花的眼睛。"

……

她边走嘴中边不停地絮叨着,如一只陀螺般被一个疯狂的念头裹挟着,并感到一种莫名的快意。

在她所走的那条小路的前方上空,有一团遮天蔽日的黑云。

但她兀自往前走着,越走越远,眼看那团黑云就要把她吞没了——

叶玫瑰在街上走着走着,低头撞着了一个人,却是鼻青脸肿、狼狈不堪的叶飞舞站在那儿。

"你来干什么?"叶玫瑰警觉道。

叶飞舞黯然道:"冯威龙最近又跟小刁打得火热,我像一袋垃圾般被他扔到了大街上。"

这一刻的叶飞舞,一改平时的嚣张,露出了被踢出局的沮丧。

叶玫瑰眼中闪过一丝看笑话的快意,但还是拿出一块手绢给叶飞舞擦着眼泪

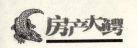

道："到了今天，你还没看清吗，冯威龙谁都不爱，只爱他自己，只爱钱，只爱权力。当然，这是对的，在世事的风雨飘摇中，有什么比自己和权力更重要的呢？只要这两样东西坚如磐石般存在着，就会有风光的日子，就总有一个又一个、一茬又一茬的女人往他身上扑的。"

"是的，这个男人，压根儿不是我们所能驾驭的，只要他拥有现今的一切。"叶飞舞也一字一顿地说，声音是那么冰冷。

两个女人互相看着对方的眼睛，久久地。

渐渐的，一个念头在双方的心中同时升起，她们的眉头渐渐舒展开了，一种茅塞顿开、拨云见日般的感觉使两人的嘴角浮上了一丝笑意，有些狰狞。

两颗脑袋凑近后小声嘀咕了半天，然后背向而行各自离去了。

转身走去的叶飞舞，眼睛里射出了一股阴冷透骨的东西，她进了一家网吧，对里面的一个小男孩说："我电脑操作不大熟练，你帮我把这U盘上的东西拷到网上去好吗？"

"公司的股票怎么出现了急剧下跌的趋势呢？"冯威龙心急如焚地从车上下来，匆匆进了办公楼。

公司的员工都以异样的眼神看他。

他刚走进办公室，小刁便跟了进来，有话要说的样子。

"发生了什么事？"冯威龙问，神情有些虚弱的样子。

小刁赶紧打开了桌上的电脑，说："冯总您看，各大网站的论坛上，出现了这种照片和视频，后面跟帖很多。"

只见冯威龙和叶飞舞在医院病床上做爱的照片一张又一张哗哗地出现在网页上，题目叫："'大庇天下寒士'董事长冯威龙在医院病床上还强奸女下属！"

"婊子！"冯威龙气得脸都青了，浑身哆嗦着道，"喊人把叶飞舞送到疯人院去！"

小刁一听乐得脸上瞬时开出了一朵花，赶紧往外小跑。

"等等，我和她的矛盾已经公开化了，她再有什么意外，明显是我所为，算了，她这也是自杀式袭击，出了这种事，哪个男人会再爱她？哪个单位会再要她？就让她自取灭亡吧！"冯威龙疲惫道。

西山莺墅别墅内，叶飞舞和蒋局长两个人裸身在床上，刚经过一场狂风暴雨。

蒋局长用情地抚摸着女人的脸道："玫瑰，原来，你是因为冯威龙的强权才不敢爱我的！这人为的捆绑，尤其让人心碎。你知道吗？虽然我重权在手，但官场也是一血腥之地，很多时候我特别渴望一个温柔的声音能撑一撑我，暖一暖我。你给我的，不管是心灵的冲击，还是身体的，都是最强烈的。以后专心跟我吧——我对你，保证专一，绝不像冯威龙那么花。"

"我确实是你最在乎的女人？"叶飞舞认真地盯着蒋局长的眼睛问。

"那当然。"蒋局长小男孩般挠着头认真地回答，一脸的诚挚。

"沉浸在爱情中的人们总是小心地回避开金钱和物质，觉得那是对感情的玷污，可感情这种东西，是那么虚无缥缈的一种存在，靠什么来断定它的深与浅，轻与重呢？今天，就用钱来称一称我们间的感情到底有多重，好吗？"叶飞舞道。

"怎么称？"蒋局长一下严肃起来，警觉地扬了扬眉毛。

"原来，我曾欣赏过一个女人对她所倾慕的男人的一种境界：'我不一定在树下乘凉，但我喜欢抬头望树的感觉。'但我现在变了，我若是乘不着凉的话，我干吗总是仰着头长久地看那个男人？你觉得这很世俗，是你不愿面对人性的不堪，是吗？"叶飞舞装作尴尬地道。

"有什么要求，你直接说就是了。"蒋局长也尴尬道。

"我在网上看过一句话，大意是，表达对一个女人的爱不一定用钱，但舍不得为一个女人花钱的男人，肯定是不爱她的。"叶飞舞又装作尴尬道，为自己的开场找着种种铺垫。

"你别这样，你越这样，我越尴尬。男人挣的钱花在他喜欢的女人身上是最高兴的。其实，有些情况你不说我也应该早为你想到的。只是，我只是个官员，没法跟那些大老板们比，在某些方面，还是挺严于律己的，只是荷尔蒙方面，有些管不住自己。"蒋局长不自然道。

"我想要，三百万。"叶飞舞终于说出。

"你要求的，其实并不过分，只是——"蒋局长尴尬道，显得有些为难，"我手头上的积蓄并不是很多，还有老婆、孩子需要养活。尤其是儿子，我要送他出国，这是我最大的心愿。人夫、人父，这最起码的责任我总得负起来吧？"

"羊毛出在狼身上。花你的钱，我心疼。你跟冯威龙要！我跟他之间积怨太深，借这次机会，你帮我出一口恶气。"叶飞舞道。

"好！这件事，我做！"蒋局长高兴道，"一直以来，我对你和冯威龙之间的关系都摸不着深浅，并心怀嫉妒，通过这件事说明，你跟冯威龙之间压根儿没事。我早就暗示过你，跟着我，不比跟着冯威龙差，可玫瑰你老是不解味。"

一间咖啡屋里，蒋局长和冯威龙坐在了一起。

冯威龙诚惶诚恐道："蒋局，今天您肯见我，我实在是受宠若惊啊！"

蒋局长不自然道："我最近，想送儿子去国外留学，需要三百万。"

"没问题，只当我这个做叔叔的给孩子的压岁钱。"冯威龙赶紧从包里拿出支票簿和笔签了字，然后递给蒋局长。

蒋局长放进自己的黑包里，起身离去了。

西山莺墅别墅内，叶飞舞从蒋局长的黑包里拿出了录音笔，打开了开关，微型扬声器里传出这样的声音：

"我最近，想送儿子去国外留学，需要三百万。"
"没问题，只当我这个做叔叔的给孩子的压岁钱。"

"这是？"蒋局长一下惊慌失措道。

叶飞舞关了录音笔，将内存卡取了出来，然后递给蒋局长道：

"这是冯威龙让我录的。他想扳倒你，故意让我来获取你索贿的证据。可我跟你，是什么关系啊，所以把这个交给你！"

"什么？"蒋局长腾地一下站了起来，那张老奸巨猾的脸气得扭曲着，"好你个姓冯的！竟敢在太岁头上动土！魔高一尺，道高一丈，咱走着瞧！既然你把我往死里整，我又岂能让你好好活着？！"

南郊精神病医院内，张医生这天领着几个护士又气昂昂地来到了郑小燕的病床前道：

"医院领导实在受不了那些媒体的骚扰啦，冯先生若永远也不来接你，你就永远赖在这里吗？"

说着，几个人上来将郑小燕架到了外面的救护车上，又将她架到了她家的楼下，然后开车走了。

灿烂的阳光晃着郑小燕的眼，她尽情地看着四周的街景和路边的花。"自由的感觉，真好啊！"她陶醉地伸了伸胳膊又深深吸了一大口新鲜空气。

就在这个时候，一个人走近了她，竟是很久未见了的叶玫瑰。

只见叶玫瑰神情憔悴、头发稀疏、眼窝深陷、两眼发青，像大病一场般。

"你怎么变成这副样子了？"郑小燕惊讶不已地倒吸了口凉气。

"这一切不都是承蒙你和冯某人所赐吗？"叶玫瑰恨道，"你们夫妻联手上演了一场双簧，你甚至不惜使用苦肉计，将我骗得一无所有，你们也太毒了！"

郑小燕急忙分辩："那天我绝对不是使用什么苦肉计，我是真心想牺牲自己，来缓和你和威龙间的剑拔弩张的！"

"现今再说这些，已经没什么意义了。"叶玫瑰消沉道，她上下打量着郑小燕，"听说，你被你亲爱的丈夫送进疯人院了？怎么，被放出来啦？"

郑小燕不接话茬。

叶玫瑰举起手中的一叠印有照片的资料问："这些网上的照片冯夫人你都看见了吗？冯威龙和叶飞舞之间的，就是因为这些，导致你们的企业股票急剧下跌。"

"什么照片？"郑小燕赶紧接过去看，只看了一眼，眼睛马上像被灼伤了般赶紧将目光挪开。

"到了今天，你还没有看清吗？冯威龙谁都不爱，只爱他自己，只爱钱，只爱权力。只要这两样东西坚如磐石般存在着，就总会有一个又一个、一茬又一茬的女人往上扑的。这个男人，压根儿不是任何一个女人所能驾驭的，只要他拥有现今的一切。"叶玫瑰又一字一顿地说，声音是那么冰冷。

郑小燕像被击中了什么，趔趄了一下，赶紧扶住一棵树，但她使劲定了定神，摆出一副强硬和坚定的态度道：

"从我爱上威龙的那一刻起，便有这种心理准备，明白既然自己爱上的是一个出类拔萃的男人，就存在着被其他女人窥视和算计的可能。我自己的命运，我自己承受。而且我坚信，那个坚持到最后的，就是最爱他的女人。"

离间未成的叶玫瑰落了个没趣，尴尬道："好！冯威龙有你这样的妻子，是他几辈子修来的福分。"

"不过我告诉你，报上也已曝光了，叶飞舞曾是'都市美人鱼美容院'里一个从事色情营生的按摩女，那个小妮子是个吸血鬼，吸干一个男人的血后便抹抹嘴唇再去吸下一个男人的。"叶玫瑰甩下这句话走了。

看着叶玫瑰离开了自己的视线后，郑小燕再也支撑不住了，一副傻了的样子："什么？他连卖淫女都沾？冯威龙呀冯威龙，你这是瞎作啊！"

她失控地将那些照片撕啊撕啊——

六　冯威龙的公司：大厦瞬间倒塌

"大庇天下寒士"的办公楼外，黑压压地围了一帮人，疯狂地砸着大门，纷纷喊着：

"还我们的工钱！那是我们的血汗钱啊！"

是沈三带着众民工在喊。

"我们一家三辈攒的钱好歹买了一套小房子，现在工程停工了，那我们怎么办啊？退给我们的房款！"

是购房者在哭天抢地地喊。

"付给我们的材料款！"

……

"大庇天下寒士房地产公司"的牌子被疯狂的讨债者们摘了下来，"啪"地一

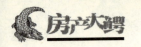

声摔在地上，一双又一双的脚在上面跺着。

冯威龙从窗户里看见了外面的阵势，赶紧出了办公室从写着"安全通道"的楼梯上往下跑。

公司像一棵树，一年年过去，一些叶子落了，一些新芽发出来，一些枝干越长越粗，一些枝丫忽然就折了。这些年来，他是这棵树上颇为炫目的一株枝干，向来是他俯瞰着别的枝叶落去，或者他把别的枝丫折去踩去的份儿。现在，折的是他么？

那些往日里在他的大树下乘凉的，平时求他办这事那事的，都像些萝卜一个个稳固地待在它们的坑里，而现在，他遇到事了，却谁也帮不了他。那一双双媚笑的眼呢？那扭动着的细腰呢？他为这个公司付出了多少？到了正事上，却没有一个人出头公开表示什么，那些人简直就像一个个哑了的小石子，不发出一点声响。

这黑暗的楼道和坚硬的墙壁是个见证，那么默默无语地冷眼看着一切。

而员工中会激起怎样的议论，是他最不愿想象的，他们会说他是败者吗？那可以想象的唧唧喳喳，像无数的小虫子，啃咬着他，弄得他都快崩溃了；那可以想象的唧唧喳喳，把办公大楼的空气都弄得发酵了。

冯威龙从一个隐蔽的侧门颓丧地离开了办公大楼，那一刻他暗暗地发誓："我会很快卷土重来！"

他的脚步似乎从没这么沉重过。

四周的秋风呼呼地刮着，秋叶落了满地，一股肃杀悲凉之气笼罩着整座大楼。

忽然，一个小石子投在了他的后脑勺上！

"他在那儿！"沈三先发现了他，大喊。

"去追他啊！"众债主们一窝蜂般向着冯威龙追来，冯威龙撒腿便跑……

郑小燕回到了阔别多日的家，家里空荡荡的。

"死里逃生般，终于回到正常的日子里来了！"她内心喊着，欣慰地摸一摸桌子，又坐一坐松软宽大的床，再给快枯了的花草浇浇水，"又置身在自己熟悉的家具和空间里了！又闻到了自家的实木家具上那种树林的味道。这里的时光这么安宁，再没有锋利如刃的目光每天逼视着自己吃药，再没有四周的嘈杂必须承受，从此后都是没有任何事情发生的日子了！"

郑小燕在家里走来走去，一遍遍地看着自己温馨的家，怎么也看不够。

"回家的感觉，真好。只有有过疯人院经历的人，才能体会到，每天能安安静静地待在自己的家里，是一种怎样的幸福。"她喃喃着，把整个人深深地埋进松软的床里，幸福得眼角滑出了泪水。

这时，一道门缓缓打开了，响起了小树喜出望外的大喊："妈妈！你回来啦！"

小树扑向母亲的怀里，开始了一场撕心裂肺的哭："妈妈，你怎么才回家呀！"

郑小燕把小树搂在怀里，怎么亲都亲不够："小树，妈妈想你都快想疯了！"

"妈妈，你的病治好了吗？以后再也不自杀了？"

"妈妈答应小树，以后再也不自杀了！"

……

母子俩一番久别重逢的亲热之后，郑小燕将小背包给小树背上，又给小树整了整衣领，充满喜爱地浑身上下打量了儿子一遍道："好啦小帅哥，咱们可以去动物园啦！"

"那咱这就出发，妈妈！"小树准备去开门。

郑小燕亲了小树的额头一下，准备去拿包。

忽然，砰砰砰，使劲敲门的声音。

郑小燕虚弱地站起来过去打开门，纳闷地看着来人，几个戴大盖帽的人威严地站在门外。

"你们找谁？"郑小燕话音未落，几个人便推开郑小燕闯进门来，这屋那屋地查看了一遍，甚至于衣橱里、阳台上。

"你们找什么呀？"郑小燕跟在后面问。

查无所获后，几个男人问郑小燕："冯威龙呢？他躲到哪里去了？"

"我刚出院回家，什么都不知道。你们找他什么事？"郑小燕纳闷道。

"我们是法院的。他贷的银行巨款已到了还款日期，现在人却不见了！其他债主们也反映他欠债不还，玩起了失踪。"

"他欠债失踪？"郑小燕惊骇不已。

"见着他后你告诉他，再不尽快还债，我们就要将他的家、公司等一切资产查封拍卖，以资还债！"说罢，那几个人便走了。

"将一切资产查封拍卖？"郑小燕虚弱地一下瘫坐到了沙发上，将小树搂在怀里。

砰砰砰，几双脚使劲地踹着门。

"又是谁啊？"郑小燕虚弱地站起来过去打开门，纳闷地看着来人，几个面相凶恶的男人凶巴巴地站在门外。

"你们找谁？"郑小燕话音未落，几个男人便推开郑小燕闯了进来。

"你们到底是谁啊？干吗？我报110啦！"郑小燕壮着胆子跟在后面嚷。

查无所获后，几个男人拿着刀子逼近郑小燕凶巴巴道："冯威龙呢？他逃哪儿去啦？"

"你们找他什么事？"郑小燕警觉道。

"什么事？"一个脸上有着一道疤的男人向郑小燕伸开一只大手，凶巴巴道，"让他赶快还钱！"

"还钱？还什么钱？"郑小燕纳闷道。

"他借了我们的钱，现在到了连本带利还钱的日期，结果找不到他人影了。你转告他，再不尽快还钱的话，我们找着他后卸下他一条腿来！"有疤的男人晃了晃手中的刀子甩下这句话后一挥手带着几个人走了。

郑小燕呆在屋里，懵了。

"家里的积蓄？"她忽然想到了这一点，急急地拿钥匙打开一个锁着的抽屉，结果里面空空如也。她更傻眼了。

深夜里，砰砰砰，又是一阵急促的敲门声，神思恍惚的郑小燕惊悸地身体痉挛了一下。又敲了一阵，郑小燕才反应过来，爬起来去开门。

满头是汗的冯威龙失魂落魄地站在门口。

"你怎么回来啦？"看到郑小燕在家，冯威龙惊讶道。

"我若自己不回来，你就永远也不会去接我出来，是吗？"郑小燕质问。

冯威龙压根儿没有心思应答什么，进来后便咕咚咕咚地喝起水来，一杯又一杯地，又给自己泡了碗方便面，狼吞虎咽地吃着。

郑小燕一句话也不说，只是一直用异样的眼神探究地盯着冯威龙。

"干吗用这样的眼神看我？"冯威龙停下来有些虚弱地问。

"你说呢？"郑小燕瞬间爆发出来，将沙发靠垫、塑料杯等噼噼啪啪地扔向冯威龙，"有一天恐怕被你卖了，我们娘儿俩还一无所知！"

"我不明白你什么意思。"冯威龙佯装镇定道，坐在沙发上低头扒拉着面吃。

郑小燕见此便崩溃了般："你给我滚出去！不要脏了我的沙发，脏了我的家！"

几根面条还被冯威龙含在嘴里，耷拉在唇外，那一刻他显得非常狼狈。

"这日子真是没法过了！"冯威龙将半截面条吐在垃圾篓里，绝望地用手捂住自己的头。

"你现在知道日子没法过啦，早干吗去了？"郑小燕气得胸口一起一伏着，手指着冯威龙声嘶力竭地叫嚷着，"是你放着好好的日子不过的！天都快塌下来啦，你还装得没事人似的，我都知道了！公司为什么出的事？"郑小燕又质问。

冯威龙明白了什么，小声支吾道：

"这些日子你待在那所消息闭塞的医院里，对外面发生的大事可能一无所知。面对房价的持续上涨，国家紧锣密鼓地出台了一系列强有力的调控政策，老百姓的观望情绪浓重，房价之高也确实超出了他们的承受能力，又受全球金融风暴的波及，因而最近购买力急剧下降。我们的几个楼盘开盘日均出现了零销售的状况，导致资金无法回笼，那些在建的工程也只得停工；另外，投拍的那个电视剧，也出现了零销售的惨状，所投资金全部打了水漂儿；又因为小人的鼓捣，我们的股票也急剧下

234

跌。总之，因为资金链的断裂，导致公司的经营全面瘫痪，债主们纷纷找上门来，我现在是惨如丧家之犬——"

"我说不让你拍那部电视剧，不让叶飞舞当女一号，可你不听我的！"郑小燕气恼道。

冯威龙失了面子，但还是赌气道："现在的局面，是我自己造成的。我的残局我自己想法收拾，不需要你来教训我。"

"那现在怎么办呢？去申请破产？"郑小燕问。

"不行！只要我活着，就绝不让企业破产！人在，企业在！"冯威龙胡子拉碴的脸上掠过一丝异样的坚定说。

"你跟叶飞舞是怎么回事？威龙啊威龙，你都会做出些什么事来，我对你一点把握也没有了。一个那种场合里的女人，不知被多少男人吮过，早已是腌过的咸菜，哪里还有清新纯净的气息？即便是主动对你投怀送抱，你也不该要的。你真让人恶心！我看着你就恶心！"郑小燕以轻蔑、嫌恶的眼神斜看着冯威龙。

"你们之间，隔着那么多岁月和阅历，怎么可能有深挚的情感？我那么崇拜的男人，被一个红尘里滚爬的女人算计，我都为你难堪。那样的一个女人，除了青春和身体，还有什么？你说你，怎么就管不住你那只小老鼠呢？"

心烦意乱的郑小燕说个不停。她想不通，怎么都想不通。

冯威龙嘴角绽出一丝冷笑道：

"在这个节骨眼儿上想跟我提离婚了对吧？真有你的郑小燕，想离婚也没必要找什么叶飞舞作借口，看看你今天的态度，这些年你什么时候敢用这样的态度对待过我！别说其他人了，只在你的眼里，我就再也不是原来的冯威龙了是吧？真是虎落平川，世态炎凉，不遇到灾祸时看不见真心。"

郑小燕爆发出来："你知道事情到了什么节骨眼儿上啦，我们已大祸临头啦！法院的、放高利贷的都来家里找过你，放高利贷的手里还拿着刀子！"

"什么？放高利贷的带着刀子？"冯威龙一听这话，慌得什么似的，撒腿就往外跑。

"你去哪里啊？"郑小燕在后面喊，追着伸手欲抓他，但被他挣脱了。

"留得青山在，不怕没柴烧！"冯威龙说。

"爸爸，这个周日你还带不带我去动物园？"小树听见动静也从房间里跑出来在后面喊。

冯威龙一句话也不答，只有楼道里咚咚的声响。

郑小燕和小树奔到阳台上，看见昏暗的灯光下，冯威龙像只兔子似的在前面的楼角处一闪便跑得无影无踪了。

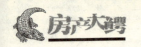

郑小燕正愁闷地坐在家里无所适从。电话响了，她过去拿起话机接："喂？"

"郑小燕！"电话里兀地爆起小刁恶声恶气的一句喊，击得郑小燕一个趔趄。

"你赶快过来收拾冯威龙的东西，得给宋总腾办公室！"小刁继续阴阳怪调地叫。

放下电话，郑小燕辛酸地苦笑了一下。

郑小燕走进了原来的"大庇天下寒士"的大门。

一个又一个的人脸，一双又一双的眼睛，很快聚拢到了公司办公大楼的窗户后面，小灯般看着郑小燕。刚才还十分喧闹的一间间办公室里瞬间安静了下来。

随着郑小燕进了办公大楼的走廊，那一个个的人脸、一双双的眼睛又先后躲到了办公室的门缝后面。

郑小燕进了董事长办公室，开始收拾冯威龙的东西。

小刁手中晃荡着一大串钥匙进来了，虎视眈眈地站在旁边，一副监督着郑小燕的架势。

门的外面，有一双偷窥着小刁的眼睛，是吕麝的。

当郑小燕把一支笔装起来的时候，小刁发出凶神恶煞般的尖叫：

"这支笔是宋总的！"

郑小燕只得把已装进纸箱子里的那支笔拿出来，放回原处。她又将冯威龙书架上的那些书一本本放进那个纸箱子里。

"我刚才犯糊涂了！这书也该是宋总的！既然这间办公室已经拍卖给宋总了！这办公室里的一草一木理应都是宋总的！你别想占我们宋总的小便宜！"小刁掐着腰尖叫，又端起了那副管家婆的架势。

"这些书对别人来说就是一堆废纸，卖不了几个钱。可对威龙来说，是无价之宝，威龙平时最喜欢的就是书，我无论如何得把这些书装走！"郑小燕坚持道。

只是扛起来的时候，因书比较沉，一下就将纸箱子的底压破了。郑小燕脱下自己的外衣装那些书。

郑小燕娇小的身躯扛着那捆沉甸甸的书，气喘吁吁地走在走廊里。忽然，捆书的扣松了，那些书哗哗地掉落在了走廊里。她趴在地上一本本地去捡那些书，重新捆扎好了，只是再往肩上扛的时候，因为体力的消耗，她蹲在地上，怎么也扛不到肩上去。

一直躲在门缝后偷看着的那些眼睛们都赶紧缩回去，回到自己的座位上，趴在桌子上装着看资料或写字，那四周的寂静是那么难受，似乎要把空气给绷断了。

郑小燕回想起前些日子她来这栋办公楼时人们的热情，然而此刻，他们却好像极力地绕开什么，避开什么。

"即便是人走茶凉吧，也没必要这么鲜明。"郑小燕心里说，她茫然极了。

那一刻，郑小燕忽然就浑身充满了力量，觉得自己从来没有这样坚强过，她憋足了一口气将那捆书扛到了肩上，高一脚低一脚地走出了气派的办公大楼。

就在这时，忽然"砰"、"砰"的两声闷响，两个女人几乎同时从高高的办公楼上跌落了下来，重重地落在了郑小燕身后的地上！郑小燕回头看去，竟是小刁和吕麝，两人当场气绝身亡。

事后经警方调查，事情起因如下：

吕麝对小刁一直心怀嫉恨，但慑于冯威龙的威力一直不敢明害，冯威龙逃离办公楼后，吕麝压抑多年的仇恨瞬间释放，终于瞅准机会将小刁向窗外推去！谁知小刁临落楼之际，却死死地抓住了吕麝的衣角，导致两人同归于尽。

穿了件色彩斑斓而暗淡的丝绸睡衣的叶飞舞缩在床上，娇滴滴地开始打电话：

"蒋哥，听出我的声音来了吗？"

"即便你化成了灰，我也听得出！有什么事？"蒋局长凶凶地吼道。

"那三百万，你什么时候给我啊？"

"什么三百万？我不明白你在说什么？开始我误以为你是叶玫瑰，后来才——我认错人了！你再敲诈我的话！我就报警！"蒋局长"啪"地一下挂了手机。

蒋局长坏坏地笑了下，自语道："主动送上门来的，我哪有不收着的理？那样显得我多不给女人面子啊！越是主动往我床上爬的，在我心里越没什么身价，还三百万？瞧她原来的那头黄头发，弄得像个风尘女似的。"

叶飞舞被电话那头的恶声恶语气得嘴歪眼斜的，恨道："姓蒋的！你可别后悔！我只给了你录音笔里的内存卡，可你没想到，我录音笔里还有一份。"

叶飞舞吸了口手中夹着的烟，猩红如血的嘴唇内缓缓吐出了口长长的烟圈。

那缕烟圈在空中飘着，若隐若现的，像一个袅娜的美女蛇的身形。

几天后，蒋局长被一辆警车带走了。

冯家的门口已被贴上了封条，一些大包小包奔拉在地上。

郑小燕牵起小树的手："小树，我们得搬家了。这个房子，咱们不能住了。"

小树使劲地拽住门框："坚决不！我们搬家了，爸爸就找不着小树啦！"

"妈妈也舍不得这个家呀！一套房子，是人活在世上的一个根。人没了房子，就好像被人连根拔掉的感觉。爸爸的公司欠了巨额债务，我们必须搬啊！"郑小燕心酸道。

小树听话地帮妈妈拖起一个大包。母子俩像蚂蚁搬家般吃力地拖拉着大包小包往外挪。

"站住！你们往哪儿跑？"忽然背后传来一声断喝。

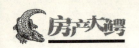

郑小燕惊恐地回过头来，竟是沈三，带着几个人凶巴巴地站在那儿。

"夫债妻还、父债子还！既然找不着冯威龙，你们娘儿俩就跟我回工地干活以工抵债去！"沈三吼道。

就有几个人上来不由分说地挟持着郑小燕母子往外走。

"欠债还钱是天经地义的，你们别推我，我自己走！"郑小燕挣脱开几个男人。

七　宋晓晨拥有了冯威龙的办公室和那栋画中的别墅

宋晓晨气喘吁吁地跑到了叶玫瑰租住的地下室里，眼睛里闪着一丝异样的光泽，快意道："玫瑰，告诉你个好消息！冯威龙，垮啦！"

"垮啦？！"叶玫瑰下意识道，脸色瞬间变得苍白，她趔趄了一下，赶紧坐了下来。

"具体什么情形呢？"她紧张地问。

"资金链断裂，企业濒临倒闭，债主们都找上门来，冯威龙失踪不见了。公司的办公楼和他家、烂尾楼都被贴上封条拍卖了。"宋晓晨幸灾乐祸地说个不停，"想不到他姓冯的，也有今天！"

"你怎么，看起来似乎一点也不高兴？"宋晓晨刹住话题吃醋道。

"我高兴！受了他那么久的精神威压，我当然应该高兴才对啊！"叶玫瑰忙不迭地说道，脸上却是另一副情态。

"那他人现在在哪儿？怎么样了？他能承受得了这个打击吗？"叶玫瑰忽然起了一念，担忧地紧抓住宋晓晨的衣服，紧张地问。

"我刚才已说过一遍了，冯威龙失踪不见了！连他的老婆孩子都不知道他跑哪儿去了，我当然更不知道！"宋晓晨怨恨地看一眼叶玫瑰，转身毅然地跑出去了。

"他也会倒下吗？像一座大山般轰然倒塌？那磐石般坚硬的性格和气势，也会有倒塌的一天？"叶玫瑰呆在原地，一脸虚空地念叨。

叶玫瑰在街上走着，无声地念叨着："我到哪里去找他呢？起初我是想害他的，可他真垮了后，我怎么一点也快乐不起来呢？"

一辆载满旅客的长途客车慢悠悠地行驶在郊外的山路上，宋晓晨坐在里面。

其中的一个男旅客忽然手指着路旁坡上的一个方向道："快看那里！多美的一栋小别墅！"

"玫瑰别墅？名字起得真有诗意！果然，那别墅前的院子里种满了猩红色的玫瑰花！玫瑰园里还有个女人！"那旁边的一个年轻女人雀跃地望着别墅的方向喊道。

果然，一个长发如瀑、身穿一身白裙的高挑女人正站在园里提着洒水壶低头浇灌玫瑰花。她的长发和裙裾在风中微微地拂动着。

男旅客眼神迷离地呆看着那女人失声道："她是个女画家？也可能是个搞音乐的，每个有月光的晚上，她都在玫瑰花下幽幽地弹着古筝。多么古典唯美的意境，多么诗意的人生！"

女旅客说："什么时候，我们也买一栋这样的小别墅住，世外桃源一样，远离城市的喧嚣。"

原本眯着眼小憩的宋晓晨克制不住也扭头向窗外看去，当看到那幅唯美的画面时惊讶地大叫："停车！"

宋晓晨跳下客车便向那栋小别墅跑去。

玫瑰园里的女人神情安静地浇完了花，又拿剪刀往竹篮里剪着玫瑰鲜花。

宋晓晨走近别墅后有些恍惚地自语："这栋别墅，好像在哪里见过？"

"哦，我想起来了，玫瑰别墅跟我家墙上挂着的那幅画里的别墅有些相似。"他恍然大悟道。

他眼前忽地闪现过很久以前的一幕场景，那是在他的平房里。

"什么时候，我们能住上这样的小别墅，这辈子也就心满意足了。"他的女朋友叶小篮眼神迷离地看着那幅画憧憬道。

"等什么时候，我要拥有一大片的玫瑰园，满园里开满猩红色的玫瑰花。"叶小篮又一次憧憬道。

……

宋晓晨的眼里瞬时盈满了泪花，他怔怔地看着那长发白衣的剪花美女，自语着："如果此刻是我的小篮站在这里，拥有这里的一切，她该多欣慰啊！"

又一阵泪水汹涌而出，他擦去泪水，定了定神，走向那玫瑰园中的美丽女子道："这玫瑰别墅，你卖吗？"

……

街上，宋晓晨拉着叶玫瑰的胳膊兴冲冲地疾走着。

叶玫瑰气喘吁吁道："晓晨，什么事啊？你拉我去干什么？"

"到了你就知道了！"

两人进了原来"大庇天下寒士"的写字楼，又进了一间门口上挂了"宋晓晨房产中介公司"牌子的大套间。

"这不是冯威龙原来的办公室吗？"叶玫瑰疑惑道。

"现在，我是这间办公室的主人啦！"宋晓晨快意道，"我自己注册了个小公司，故意买了这里作为我的办公室。"

"晓晨，真是士别三日，当刮目相看，你也当老板啦？"叶玫瑰惊喜道，"只

是，哪来的本钱呢？"她又禁不住问。

"在给中介公司打工的那段时间，我发现做二手房交易利润很高，周转时间也短，于是干脆辞了那份工作自己倒起二手房来。当初的一个穷小子，就靠手下积攒的几万元钱，买了卖，卖了再买，一段时间下来竟然也有了几百万的资产，真是天无绝人之路！"

"晓晨，真看不出，你还有经商的本事——"叶玫瑰目光灼灼道。

"当然，比起冯威龙原来所拥有的，差远了。不过万丈高楼平地起，他在我这个年龄的时候，还是个建筑工地上的小工头不是吗？女人只看见了一个男人比另一个男人成功，却未看见两个男人年龄的差异，我跟冯威龙之间差了近二十年的岁月，说不准这二十年里会创造出什么奇迹来不是？年龄是最宝贵的财富，可小篮她没有耐心等我！她为什么不肯等我？她所有的梦想我都想帮她——实现，可那需要时间！"宋晓晨又想起了伤心的往事。

过了会儿，他平复了下自己，不由分说地拉起叶玫瑰就走："我还要带你去一个地方！"

宋晓晨开着辆东风雪铁龙载着叶玫瑰在郊区的路上驶着。

"晓晨，你也开上自己买的车啦？"叶玫瑰道。

"是啊！"宋晓晨得意道，又加大了油门。

终于，宋晓晨将车停在了玫瑰别墅前，两人下了车，叶玫瑰看着那栋别墅，一下怔住了！

宋晓晨陷入了回忆之中，自语道：

"我原来的女朋友叶小篮曾把一栋小别墅的画挂在墙上，她当时那种向往痴迷的神情深深地烙在了我的心里，当时我便暗暗地发誓，我一定要努力奋斗，争取有一天，帮小篮达成这个心愿！前些天我无意中发现，这栋玫瑰别墅的样式跟那幅画中的别墅惊人地相像，便出高价从原来的房主手中买了下来，当然，我是贷的款，只付得起首付。既然小篮没有等到这一天的来临，那么，就把这里当做你的安身之处好吗？我说过，我把对小篮无以实现的爱，都转化成了对你的友谊。"

而叶玫瑰似乎压根儿就没有在听宋晓晨说话，一直眼神迷离地看着玫瑰别墅，似沉浸在了自己的某种梦幻中，只是下意识道：

"这不是在做梦吧？我终于找到了这栋房子！能住在这样的小别墅里，这辈子也就心满意足了！"

宋晓晨惊骇无比地转身怔怔地看着叶玫瑰，似乎想从她的脸上看出更多，更多。

第五章 玫瑰别墅

一 冯威龙进了玫瑰别墅

是块被农人收获过的白菜地，空荡荡的地上剩着一棵因为长得太差又被虫子咬了而被农人舍弃了的白菜。一只羊走过来低头啃吃起那棵白菜来。

忽然，一块坷垃投了过来，投中了那只羊的头。正低头啃吃得津津有味的羊只是摇了摇头，将坷垃的碎屑摇掉了，继续专注地啃吃着那棵白菜。

一个衣衫不整、胡子拉碴的男人奔跑过来，是冯威龙。"去！"他轰赶着那只羊。

但羊并不理他，低头兀自吃自己的菜。

就要啃吃完了，只剩下几片菜梗了。冯威龙急得用手去推羊的头，终于从羊的嘴下夺过了那截残存的白菜，然后掸掸上面的土，贪婪地生吃起来。

躲在暗处的一个女人看见了这一切。

冯威龙吃完了那截白菜，便向不远处的一间小土屋走去。

女人悄悄地跟踪着他。

冯威龙高大的身躯摇摇晃晃地走着，风很大，他蓬乱的头发扬起来，他的衣服里灌进了风。忽然，他被什么绊倒了，他跌在了地上，并没有马上起来，而是在泥土地上趴了一会儿，脸贴着泥土，似乎那样舒服一些。终于，他爬了起来，继续前走，身上还沾着没有掸净的土。

他在那间小土屋前停了下来，是田野里农人废弃的那种小土屋，一扇破烂的小门用铁丝拧着。

他拧开小门走进屋去，屋内有用几块砖头支起的小灶，砖头都已被熏黑了，小灶旁的地上放着一个破碗。小屋的墙角有一个土炕，上面铺着稻草和一张草席。

这时，一个年轻女人走了进来，冯威龙回过身来，意外地发现，竟然是叶玫瑰。

"你来干什么？亲眼看看我的下场？这不正是你要的结局吗？现在，你开心啦？"冯威龙惨淡地苦笑了下。

"这些日子以来，你就住在这里吗？"她看着他，以一副心疼的样子道，"你人瘦了很多。"

"我想一个人静一静，考虑一下资产重组的可能性。公司对我来说，就像阵地

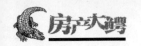
对于一个战士的意义。现在，只是一种暂时的失守，我会伺机再夺回来的！"冯威龙强硬道。

"我知道，"叶玫瑰语气细柔道，"躲一躲这阵风声也好。免得债主们见了你，激愤之下，有什么过火的行为。只是这条件太差了点。"

"我想这也是一种自我惩罚。我心里会更好过一些。"冯威龙道。

"这些日子我到处找你，刚才看见街上那些发售楼广告的女孩，过往的情景轰隆隆地闪现出来，我像是看见了当初的自己。想当初，我那么孤苦无援、艰难无助的时候，唯有你向我伸出了一只手。不是你，我叶玫瑰什么也不是，可事情怎么成了现在的情形了？相处，真的有这么可怕？"叶玫瑰说，她上前一步，鼓励道，"你想过没有？如果我们抛却以往所有的芥蒂，再次联手的话，会爆发出多么强烈的生命能量！把我们两个的智慧结合起来，有什么难题解决不了，有什么坎迈不过去！"

冯威龙的眼睛一下亮了，但也仅仅是一瞬，他的眼中马上升起了那种惯常的警觉心："那么多的恩恩怨怨，真的可以在你心里一笔勾销？"

叶玫瑰苦笑了下："你不用担心我学当初你骗我那样骗你，因为你现在已经一无所有，还有什么可骗的？"

冯威龙释然，苦笑道："说的也是，我现在只剩下了一个光杆司令，还有什么可骗的？"

"还有一样可骗的，色。"叶玫瑰说，眼底流转起暧昧的笑。

冯威龙扑哧一下也笑了，多日以来第一次轻松的笑。

冯威龙坐着叶玫瑰开着的红色轿车在环境优美的郊外山路上辗转着。

最后，那辆红色轿车在一栋漂亮的欧式小别墅前停了下来，两人下了车。

在小别墅的附近，一双眼睛躲在暗处看着他们俩。

"'玫瑰别墅'，这是？"冯威龙看着那栋小别墅茫然四顾。

"是我的家，也是你的，我们俩的。"叶玫瑰有些神秘地看他，一字一顿地说。

"快看玫瑰别墅的环境！"叶玫瑰用钥匙打开了院门，牵着冯威龙的手进了院子，"你看远处的那片河流，鸟儿常在河面上飞来飞去——"叶玫瑰不管冯威龙满脸的疑惑，兀自兴致勃勃地说着。

冯威龙一眼看见了院中那片盛开的玫瑰园，惊叹道："还有这么美的一片玫瑰园！玫瑰园里还种了一棵树！"

叶玫瑰眼含深意地看着冯威龙道：

"我在这片玫瑰园中那棵树的旁边还专门放了一个双人藤床，一直空着，等着男主人来，在玫瑰花香浓郁的夜晚，我们一起——"

两人刚进了屋门，一只花猫"噌"地蹿到了叶玫瑰的身上，惊得冯威龙趔趄了一下。

"它的名字叫邪邪。"叶玫瑰指着怀中的那只猫说。果真应该叫邪邪,那只猫睁着一双邪恶的眼睛看着冯威龙。

待冯威龙在沙发上坐下后,叶玫瑰拉住他的手,认真道:

"以后,我们就可以天天在这里过世外桃源般的日子了!"

"那可不行!我现在只是暂时的休整。"冯威龙坚定地说。

"先不说这个。"叶玫瑰去房间拿了件崭新的真丝睡袍来递给冯威龙,柔声道,"先去洗个澡,瞧你浑身上下脏兮兮的,像个流浪猫似的。"

仅这一句话,冯威龙的眼里便有一股湿润的东西闪现。

"快去吧,浴缸里的水我已经替你放好了。"叶玫瑰轻柔地拍了下冯威龙的肩膀。

窗外已是黄昏,玫瑰别墅内的灯光亮了起来。

冯威龙全身放松地躺在浴缸里,被温水浸泡着。

门被推开了,叶玫瑰蹲在浴缸边动作轻柔地用洗发液给冯威龙洗着头发,像照顾一个小男孩。

"将这些水珠擦干净。"她又拿着毛巾擦着冯威龙的头发。

餐桌上,摆满了丰盛的菜肴。

叶玫瑰时不时地用筷子夹起一样菜塞进冯威龙的嘴里,眼神温柔地看着冯威龙狼吞虎咽。

最后,叶玫瑰拍着冯威龙的头,柔声道:"好好睡一觉,明天早晨起来,我陪你一块儿吃早餐。"

温馨的卧室内,蚕丝被松软得像一团棉花。

冯威龙全身舒展地躺在被子里,很快便睡着了。

冯威龙是被一阵清脆的鸟声叫醒的。

他睁开眼,看着天花板,有一种置身梦里的感觉,多日的疲劳终于散去了。

他看见霞光将窗帘罩上了一层光,便起身到窗边拉开窗帘,兀然,他被窗外的一幅情景吸引住了。只见叶玫瑰正一手提着花篮,一手拿着剪刀在玫瑰园里剪花,一袭宽松的白色睡裙,蓬松如瀑的及腰长发,一阵微风吹着,白色的长裙抖动,长发飘起来,纯美如仙子。

冯威龙被那幅美丽的情景惊呆了,怔怔地也不知看了多久。

叶玫瑰提着一篮玫瑰花走了进来,薄软的睡衣将身体的曲线凸现了出来。

"醒啦?足足睡了有十二个小时。"叶玫瑰示意给冯威龙看墙上的表。

"我已经很久没睡这么长的一觉了。"冯威龙伸了个懒腰。

叶玫瑰以一双含义丰富的眼睛看着冯威龙道:"这会儿总算歇过来了吧,可以

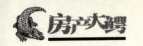

了吗？我去洗浴，你等我。"

冯威龙急切地点点头。

叶玫瑰进了浴室内，将浴缸里的水放满了，水温调好，又提来一篮玫瑰花，将满竹篮沾着晨露的玫瑰花朵纷纷地撒进去。

一朵朵娇艳的玫瑰花瓣在浴缸的水面上漂浮着，像是另一种盛开。

浴室的玻璃门是半透明的。

冯威龙坐在浴室外的沙发上，看见玻璃门内的女人款款地解去睡衣，凹凸有致的胴体线条瞬时完全展现在了他的面前，他的呼吸一下子变得急促起来。只见女人裸身进了浴缸里，让漂满玫瑰花瓣的水浸着她凝脂般的肌肤。花瓣的香气混着水汽透过毛孔，缓缓浸入她的身体里。

冯威龙的身体升起一阵躁动，站起身来，向浴室内走去——

"已经多久没看着你的身体了？"她饥渴地喘息着说。

"我也是。这些日子，都快忘了温柔乡是什么感觉了。"他说。

……

两个人亲热完后，叶玫瑰抚着冯威龙的头发，柔情似水，又眼含深意地说：

"从此以后都是这样的日子，我们俩一辈子待在玫瑰别墅里，哪里也不去了，好吗？"

"我现在还算年富力强，是干事业的时候，不能过遁世的日子。"冯威龙说。

"这些事过一阵子再说。我们先在这栋别墅里过一段时间的两人世界，好吗？你也需要休整一下，这阵子身心都够疲惫的。"叶玫瑰道。

"好，我答应你，"冯威龙舒了一口气说，"这段时间我也确实太累了，心累。"

二　郑小燕与小树的民工生涯

沈三将郑小燕母子带到工地上的时候，天色已经黑了，沈三将母子二人领进了一间工棚，道："你们就住这里吧。"

"住这儿？"郑小燕环顾一眼吃惊道。

只见里面有八九个上下铺，已有八九个男民工光着黝黑的膀子穿着大裤衩坐在自己的床铺上看着来人，有一个女民工和一个男人挤在一张床铺上。

狭小的空间内充满了臭脚丫子味、汗臭味、廉价的烟草味、劣质的白酒味等刺鼻的气味，让人一阵阵干呕。

"住这儿怎么啦？你以为在建筑工地上打工还有住单间的条件啊？看见了没有？那一对还是夫妻呢，也只能跟大伙儿混挤一间工棚。你们这些黑心的老板，也体会体会我们贫下中农过的是什么日子！就这条件还没空铺了呢。"沈三抱怨道，又安排一个民工，"你，去找几块砖头、几块脚手板，搭个临时地铺！"安排完后便走出去了。

地铺总算搭好了。

"别出动静啦！吵得我们睡不着！"忽然响起一个男人的吼声。母子俩赶紧小心地回到自己的铺上躺下了。

"啊！"半夜里，熟睡中的郑小燕忽然发出一声毛骨悚然的尖叫。

"什么啊，在我身上乱爬？"她边喊边爬起来拿手电筒往被窝里一照，又兀地爆起一声叫，"天啊，是蟑螂！这么多的蟑螂！小树，快起床！"

小树懵懵懂懂地爬了起来，还在半睡着。

郑小燕跳下床拉亮了灯拿来笤帚疯了般扫着床上、被子上、小树身上的蟑螂，又咬牙切齿地踩着地上的："踩死你们！踩死你们！还成灾了你们！"

这时，传来同屋一个男人气恼的喊声："叫什么叫？半夜里杀猪似的叫！想让男人陪着睡了明说！这么早就把人吵醒了，明早还得早起上工干那么重的活！"

郑小燕惊得再不敢大声。

原本迷迷糊糊的小树这时醒了，举着小拳头稚声稚气地对着那男人大喊："再胡说八道小心我撕烂你的嘴！别以为我妈妈身边没男人保护！"喊罢后不住地挠着自己的身上。

同屋男人不吱声了。

这时，郑小燕又发现了什么："小树，你身上怎么起了这么多的红疙瘩？是潮疙瘩吧？"郑小燕愁闷不已。

第二天，在工地上，沈三给郑小燕安排的活计是推砂浆。

"我干这个？"郑小燕愦头地苦苦咧着嘴。

"你干这个就受多大委屈了？大伙儿不天天干这个吗？多年来，冯威龙拿着我不当人看，整天对我吆三喝四的，要尽了威风，我在他手下忍气吞声地受尽了屈辱，尤其是草城薛家村回迁工程，我们跟着你们夫妻吃了多少苦，挨了你们的多少白眼训斥？临了却落了个垫资白干，那个自命天王老子的冯大爷倒欠了我的工程款一拍屁股逃跑了，我的这口窝囊气对谁撒去？我不拿刀子捅你们已经算我为人厚道了！我不拿刀子捅你们不是给你们面子，而是给其他老板们看的！我沈三以后还要在这个圈里混！"沈三生气得对郑小燕训个没完，满腹的抱怨被划开了个口子。

郑小燕再不敢多言，赶紧干活去了。

她吃力地推着一小车砂浆，小树在前面拉着，母子俩累得腰都弯了，全身的衣服都湿透了，手上很快硌起了血泡。

黄昏里，郑小燕正弓着腰吃力地推着一小车砂浆的时候，看见沈三的小面包车

"嘎"地一声耀武扬威地停在了工地前。车门开了，从车上跳下一个女人来，竟是叶飞舞！

工人们好奇地纷纷停了手中的活朝叶飞舞直瞪眼。

沈三表面上是训斥，实际是炫耀，大声道：

"看什么看？整天在工地上，连个女人的影子都不容易看到，见着个女人就是朵花，今天算真正开了眼，见到花王了吧？"

沈三说着伸手又去摸叶飞舞的臀部。

叶飞舞趾高气扬地走到郑小燕跟前，奚落道："咦，这不是堂堂的郑总吗？也沦落成民工啦？"

郑小燕兀自干着自己的活，两道眉毛紧紧地拧在了一起，脸色像茄子一样难看。

沈三揽着穿着暴露的叶飞舞走进一家脏兮兮的小饭馆，几个男人在等着他们，其中一个矮个男人见他们俩同来，很惊愕的样子。小酒馆里酒气熏天，桌上摆着鸡腿、花生米等食物。

"沈三，你来迟了！"其中一个男人说，"这位是？"

"外头的。"沈三洋洋自得地拍一下叶飞舞的后背对人炫耀，脸上泛着红光。

"有句话说得好，'药补不如食补，食补不如情补'。瞧沈三这满面春色的样子，哪天我们也得好好补一补！"一个男人玩笑。

"是让人白补的？在外面养个女人，花钱哪。"沈三将黑皮包往胸前夹了夹，挺了挺脖子，装腔作势地感慨道，他拧了拧叶飞舞的腮帮子，"这是个妖精！"

"养盆花还得浇水哪。"叶飞舞扭着身子撅着嘴娇声道。

"同样是生在新社会，长在红旗下，我们穷得都快光屁股了，你沈三却过上了旧社会的王爷们才有的三妻四妾的日子，这让我们贫下中农的心理怎么平衡？况且你又来迟了，不行，得罚酒！连罚六杯！"一个男人举起沈三的酒杯道。

沈三只得一杯又一杯地喝下去。

"妾身也敬你一杯！"叶飞舞过去坐在沈三的腿上，将一杯酒递给沈三。

"好！"在座的男人们拍起手来。

"不行，不能再多喝了，不然，过会儿就醉了。"沈三推让。

"没事，我就喜欢醉酒后的男人。"叶飞舞眼含深意地笑道。

男人们轰地一声发出一阵坏笑声。"沈老板，接着喝！越醉人家越喜欢。"一个男人劝。

"我也敬沈老板一杯。"另一个男人也劝。

男人们一杯接一杯地灌着沈三。

过了会儿，"我去一下卫生间。"沈三起身去卫生间了。

这时，在座的一个近七十岁的男人摇着头感慨："时代真是不同了！我年轻那会儿，跟女同志多说句话都犯错误，而这年头，'外面的女人'已不再是藏着掖着的，而成了一种排场、显摆。你们真是赶上了好时候啊。"

"你现在醒悟还不晚啊——"叶飞舞抛过去一个眼色逗引道，"到底晚不晚，让本小姐试试。"说着，叶飞舞像个弹簧般从座位上弹跳起来，一跃坐上了相邻的那个近七十岁男人的腿，搂着那男人的脖子飞速地亲了一下，又低下头佯装拉他裤拉链的样子。

"这可使不得！"那老人羞得满脸红透，赶紧捂住自己那儿。

"哈哈！""嗬嗬！"其他男人们被刺激得捶胸擂背，嗷嗷怪叫。

"亲爱的，人人都有份啊！"说着，叶飞舞轮流上了在座的男人们的腿，摸摸这个男人的头，扯扯那个男人的耳朵。

当叶飞舞跟其中一个矮个男人也套热乎的时候，"干什么呀，动手动脚的！"矮个男人严肃着，扑打着叶飞舞落在自己肩上的手，撇了撇嘴显得很嫌恶的样子道，"简直就是个耙子！这一耙子那一耙子地四处扒拉男人。"

叶飞舞尴尬在那里，向矮个男人反扑道："你这个人，几天不见，怎么变成个太监啦？"

"你最担心男人们变成太监，那样你就会失业，所以见着个男人就想扒拉开看看。"

一道新菜端上来了，叶飞舞无心再跟矮个男人斗嘴，只顾专心地吃菜了。

"哎呀，这个好吃！好吃死了！"叶飞舞两眼紧盯着食物，不停地伸着筷子，那一张一合地不停蠕动着的嘴唇，是完全失控的、不能自制的。

"你们看看，你们看看我这会儿又胖了吗？"叶飞舞兀自将那盘菜吃光了，扯着脸颊上的肉问男人们，又自我解释道，"我一见到好看的衣服，一看到好吃的食物，就克制不住自己。"

"你还一看到有点钱的男人就克制不住想啃，直到把对方啃得只剩下了骨头，还得反复地吮了又吮。"矮个男人嘲讽叶飞舞。

"你们看我是不是需要减肥啦？"叶飞舞向周围的男人们撒娇道。

"那是，刚才你进来时我就听到了咯吱咯吱的声响，开始还以为是车轱辘碾过来了呢，原来是你扭动的臀部发出的，"矮个男人酸酸地继续挖苦叶飞舞，"横竖你嗜好且精通最好的减肥运动——"

"你！"叶飞舞气道。

"我的这位老相好，吃醋啦！"叶飞舞对四周的男人们解释。

待沈三回来后，叶飞舞已经安静地回到原来的座位上了。

"你不在的时候，你的这位文静得像只小猫似的。"矮个男人指着叶飞舞酸酸地对沈三说。

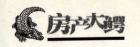

"今天，我可是给足了你面子，你怎么感谢我？"叶飞舞嗔问沈三。

"说吧，想买点什么？"沈三喜爱地拍一下叶飞舞的头。

"一条金项链！"叶飞舞马上雀跃地答道。

在工地上的简易住所内，叶飞舞像吸毒的人般上上下下地搜着沈三的身上，又将沈三的口袋掏了个底朝天，声嘶力竭地叫道："钱呢？钱呢？"

"我没钱，"沈三心虚地小声道，"连口袋里的烟叶梗都被你掏出来了。"

"没钱？！"叶飞舞左右开弓地啪啪打着沈三的脸，"没钱你在我身上乱摸什么？我叫你没钱！"

沈三捂着被扇疼的大脸咧着大嘴呜呜地哭起来了："我原本可以有钱的，冯威龙欠我的那一大笔工程款还没给，他就破产失踪了，我该怎么办啊？我是叫天天不应，喊地地不灵啊！"

"哭！哭！光哭能哭出钱来吗？窝囊废！"叶飞舞吼道，"姓冯的老婆孩子在我们手里，我们使劲作践他们，看能不能把冯威龙逼出洞来！看能不能逼出他的钱来！"

沈三住了哭，小眼睛眨啊眨的，泛出了亮光。

"我就当你的讨债鬼了！不过丑话说在前头，若将这笔钱讨回来，给我四成的提成！"叶飞舞道。

"行！"沈三答应。

叶飞舞挽胳膊捋袖子的，一副跃跃欲试的架势："姑奶奶我可不是好惹的！"

在一处石凳旁，一对情侣正在约会，聊天、喝可乐、吃零食。

小树隐身在一丛植物旁眼巴巴地看着他们手中的可乐瓶子。终于，姑娘高高地仰起了脖子，总算喝净了，放下空瓶子两人走了。

小树拖着个与他幼小的身体极不协调的编织袋跑上前来，捡起了那个空瓶子。小树的编织袋里显然已捡了不少塑料瓶，他的奔跑显得分外吃力。

"放下，是我的！"忽然传来一声断喝。

小树转过身去，叶飞舞凶巴巴地向小树伸着手。

"我先捡的，就是我的！"额头上沁满汗水的小树据理力争。

"还不过来拜见帮主！我就是这一带丐帮的帮主！这一片的废品都是我的！"叶飞舞煞有介事地比划着。

"还丐帮帮主呢？什么年代啦？现在是人民政权！"小树一副见多识广的样子。

"不服是吧？！"叶飞舞恼羞成怒地冲过来，一把抓住了小树的两只小腿，将小树拎在空中野蛮地甩来甩去的，嘴中还不停地问，"服不服？"

"怕死不当共产党员！"小树开始时还非常坚强。

只是被甩了几圈后，可能是那种感觉太难受了，小树开始哭泣，嘴中叫着："等我爸爸回来，他会让他公司的保安把你抓起来！"

"你爸爸？你爸爸在哪儿？"叶飞舞往四周扫了一眼嘲笑道。

"我妈妈说了，我爸爸去外地考察了。"小树哭喊。

"放下！"忽然传来一声呵斥，郑小燕火冒三丈地奔过来。

叶飞舞见状只得放下小树转身走了。

"没教养的臭女人，欺负一个孩子。"郑小燕气得弯腰捡起把坷垃冲着叶飞舞远去的背影投去，转身对小树又疼又怨地，"不在家好好看书，跟一个泼妇斗气！"

小树申诉："我先捡到的可乐瓶子，她来跟我抢！"

郑小燕这才发现了小树身边那个比他的身体还要大的废品袋，气得去打小树的手："你捡废品了？就这么点志气是不是？不是说长大后要当将军吗？"

小树疼得眼泪哗哗的，哭着说："我想帮着你快点攒钱，帮爸爸还上债务，咱们一家三口便可以住在一起了！"

听罢此言，郑小燕将小树搂在怀里，哽咽着："好小树，妈妈错了！你打妈妈！"

"妈妈，我写了一首诗，给你念念？"小树忽然想起了什么，去口袋里掏。

"小树怎么会写诗了？"郑小燕有些惊喜地说。

小树抻开一张皱巴巴的纸条，开始念道：

爸　爸

爸爸，我喊多大的声
你才能从一片空茫里走出来
我的诗是小草青青的歌唱
一棵棵一片片，长到天涯
爸爸你真的听不见？
一棵小树，也有自己的影子
一个爸爸，他一刻也不想自己的孩子？
那些人都用那样的眼神看我，那些草地上的孩子
连自己的爸爸都不见了
人还要不要活着？

郑小燕听到这里，抱住小树泪如泉涌。

天还未亮，工棚的破门忽然"砰"地一声被踹开了，叶飞舞凶神恶煞般叉着腰站在那里。

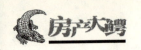

　　原本沉在睡梦中的郑小燕等人激灵一下坐了起来，迷迷糊糊地面面相觑。

　　叶飞舞二话不说就开始掀开郑小燕的被子看，又将郑小燕的几件衣服从包里翻出来胡乱扔在地上，将其他民工简陋的尼龙袋也翻了个底朝天。

　　"干吗呀你？"郑小燕赶紧从简易床上下来，阻拦叶飞舞。

　　"我的花裤衩呢？"叶飞舞气呼呼地质问郑小燕。

　　"你的花裤衩？"郑小燕莫名其妙道。

　　"我的花裤衩昨晚在院里的绳子上晾着呢，今儿早上就不见了，肯定是让你们给偷了！"

　　郑小燕的血一下子撞到了脑门上，手指着叶飞舞的鼻子："你凭什么说我们偷了？拿出证据来！"

　　"不是你们还有谁？一帮民工！"叶飞舞高高在上地撇了撇嘴不屑道，"跟一帮民工做邻居，真是倒霉！"

　　郑小燕气得浑身哆嗦，上前一把扯住叶飞舞的脖领子，说道："民工怎么啦？民工就不是人啦？民工比你还要高尚和值得敬佩，是通过自己的汗水换取衣食的人！"

　　"把我的衣服放回原地去！找不着证据的话，今天就没完！"郑小燕又扯住叶飞舞不放。

　　而就在这时，一件花裤衩从郑小燕的衣物里露了出来！

　　"怎么样？我就怀疑是你偷的，现在，人赃俱在吧？你还有什么话说？"叶飞舞盛气凌人道。

　　"我，我真的不知道这花裤衩怎么跑到我的包里来的。"郑小燕急得百口莫辩。

　　沈三不知什么时候进来的，这时发话：

　　"郑小燕，既然你手脚不干净，就不能再在这里住了！免得再偷其他工友们的东西，这样吧，你娘儿俩搬到我们正在盖的那栋楼的地下室去！"

　　郑小燕和小树搬着自己的行李进了正在施工的那栋楼的一间地下室里，只见墙上还是粗糙的砼面，墙角堆着很多施工垃圾还没有清理，空气里飘着一股刺鼻的尿味。而地上，横三竖四地胡乱拉着好多根施工用临时电线。

　　郑小燕认真看了眼，担忧地对小树说："这电线已经很旧了，都裸着皮了，但愿不会短路。"

　　跟在工棚里一样，也是捡了几块砖头垫上，搭上几块脚手板，一张临时地铺便搭成了。

　　晚上，母子俩睡在那张地铺上，将被子裹了又裹，可好像怎么也挡不住地下的潮气和外面的寒气。

"安得广厦千万间，大庇天下寒士俱欢颜。"漆黑的夜色里忽然冒出一句，是小树背的。

"小树，你听着，人在世上的尊严、位置都是靠自己挣的，而不应该怨天尤人。虽然我们现在身处逆境，但这是暂时的，终有一天，你会成为这座城市的主人！"郑小燕的目光里射出一束那么坚毅的东西，鼓舞旁边的孩子。

"记着了，妈妈，我们虽然暂时是民工，可我们是有尊严的人！"小树说。

母子俩搂紧着些，很快睡着了。

郑小燕蒙眬醒来的时候，感觉自己躺在一汪水洼里，她很快听清了外面淅淅沥沥的雨声，彻底醒了。

"小树，快起来！外面下雨了！雨水淌进地下室了！"

郑小燕拿手电一照，只见垃圾在房内漂得到处都是，她的包也漂了起来。

母子俩赶紧起来拿水盆往外舀着水。

"发大水喽！"小树喊。

"这雨水里怎么有屎尿味啊？"郑小燕停止了动作，气呼呼地冲出去，只见户外的下水道堵了，汩汩地往上泛着难闻的气味。

下着大雨的室外，空荡荡地没有一个人。

"下水道堵了，谁来管一管啊？！"被淋得浑身湿透的郑小燕对着一片空茫绝望地哭喊，回应她的，只有哗哗的雨声，似乎永远也没有停歇的时候。

而小树，已经在拿着小板凳、塑料布什么的，试图在地下室的进口处筑挡沿。只是，又一股雨水冲进来，一下把他的简易挡沿给冲垮了。

"爸爸，你在哪儿呀？"小树对着雨雾哭喊起来。一个小男孩绝望的哭声是那么令人揪心，但很快便被雨声给淹没了。

天亮的时候，大雨总算停了。

"以后的日子该怎么过啊？"小树双腿并拢地坐在小板凳上发愁，真实地发愁。

一缕光线透过小窗子射了进来。

"出太阳喽！"郑小燕喜得什么似的，抱起被子便往外跑。

"可以晒被子啦！"小树雀跃着也抱起被子往外跑。

母子俩抱着被子来到外面，往四下里打量着，那边有一个旧单杠。郑小燕将被子搭在了那个单杠上。

这时，一个戴红袖章的老太太走了过来："这是公共设施！你把被子晒在上面了，别人怎么锻炼？"

郑小燕只得将被子抱下来再找地方。

在两棵树的中间，系着一根绳子。郑小燕眼睛亮了亮，紧走几步将被子搭在了那根绳子上。

　　那个戴红袖章的老太太又跟过来了，比划着："嗨，这是破坏绿化！没看见这树的腰都斜了吗？你看那边，"那边的绿草地上，插着一个牌子，上面写着："别碰我，小草会哭泣"，老太太接着说，"小草都会哭泣，大树还不号啕大哭啊？你没听见？"老太太将手竖到耳朵上，一副听见了植物们哭泣声的架势。

　　郑小燕无奈地只得将被子再抱下来。

　　小树汗水淋淋、气喘吁吁地抱着个大被子一直跟在母亲后面，被子的一角都耷拉在地上了，他一直没发觉。

　　这时的小树忽然灵机一动，找块石头自己坐了下来，将被子蒙在自己的头上喊："妈妈，把被子晒在我身上吧！"

　　郑小燕哭笑不得，回去搬了把破椅子来，将被子搭在上面了。

　　当天晚上，母子俩拥被躺在床上，满脸幸福的样子。

　　"好久没睡这么干燥的被子啦！"郑小燕将被子往自己的身上裹了又裹。

　　小树的鼻子贴近被子陶醉地深吸了一口，道："妈妈，我一闻到这被子上太阳的香味，就像又回到咱原来的家里了。"

　　郑小燕的情绪受了触动，将小树揽在怀里，安慰道："等帮你爸爸把欠债还上，公司就会没事。咱们一家三口又可以在一起过原来的日子，住原来那样的房子了！"

　　她看着窗口处那一丝微弱的光亮，不知那样的日子什么时候才能回来。

　　因为太困了，母子俩还没有关灯便睡着了。

　　半夜里，郑小燕搂着小树睡着。电线忽然"啪"地一声冒出了火花。但郑小燕并没有醒来。

　　室内的电线这里那里地噼噼啪啪地窜着火花，令人惊恐，但母子俩还是没有醒。

　　火花溅到了衣物和垃圾上，火苗燃起来了，到处乱窜，小屋里顿时成了一片火海。

　　睡梦中的母子俩被浓烟呛得剧烈地咳嗽起来，郑小燕先醒来了，喊着："小树！快起来！"

　　小树醒了。

　　"救命啊！救命啊！"母子俩慌乱无措地喊着。

　　"爸爸，你在哪儿？快来救我们啊！"小树在火海里再次哭喊着。

　　"快，小树，用湿毛巾捂住耳鼻！"郑小燕喊。

　　只是再看小树，已经昏迷了。

　　郑小燕扑过去，抱住小树欲往外跑，但是小木门已被火点燃，她几次欲冲过去，都被挡住了。

　　郑小燕趔趄了几下，倒在了地上，眼看就要彻底失去意识了。

火焰在母子俩周围熊熊地燃着。

就在这千钧一发的时刻，一个男人忽地冲了进来——

医院内，身上缠着绷带的郑小燕缓缓醒来了，首先映入眼帘的，是一张正关切地望着自己的脸，宋晓晨的。

"小树呢？"郑小燕心焦地欲起身。

"没事的，他也已脱离危险了，就躺在隔壁屋里的病床上。"宋晓晨制止住她。

郑小燕涩涩地苦笑了下："这已经是第二次了，我身处生死攸关的境地后躺在医院的病床上，醒来的第一眼，看见的不是威龙，而是你。我真不知说什么感谢的话才好。"

"别这么说，不是正赶上了吗？谁都会这么做的。"

"对了，你怎么出现得这么巧呢？"

"因为这栋新住宅楼区的建设，紧临的那片二手房的价格急剧升高，有一家房东，想卖房子，只有明天早晨有空让看房，所以我早早便来楼下猫着了。"宋晓晨说。

"对了，怎么就起火了呢？"宋晓晨问。

"想必是前两天下雨，电线受潮漏电了，平时看着那裸皮的电线就胆战心惊的。"郑小燕说。

郑小燕和小树出院了，宋晓晨将他们送回了那间地下室。

原本仅有的一点陈设已被烧得精光，小屋的墙壁上被烧得黑糊糊的。

宋晓晨四下里打量了一眼，说道："这种地方你们不能再住了，搬到我那儿去吧。我晚上出去跑摩的，我们可以轮流住。"

"不行！"旁边的那个小人儿警觉地发出了一声尖叫，"我妈妈有我爸爸管着！我也能照顾我妈妈！虽然我个子还没长高，可我也是个男人！"

郑小燕训儿子："小树，怎么对叔叔说话呢？怎么这么没礼貌啊？这孩子！"

郑小燕转身又对宋晓晨有些尴尬地解释："不好意思啊，这孩子，电视剧看多了，某些方面，早熟。"

"没事的。"宋晓晨道。

宋晓晨轻声问郑小燕："你心里还惦记着冯威龙？"

郑小燕感叹了声："今非昔比，他再不是原来的冯威龙。世事让他改变了太多。一时的得意让他有些忘乎所以，忘掉了什么是生活中最原初、最动人的意义。而他最终也栽在了这上面。可除了他，我无法再爱别的男人，当初跟他说一些难听的话我只是一时的赌气。"

"不过我还有小树呢。即便还是个小人儿，可只要手里牵着这只小手，我心里就不孤单。你放心吧，我们能照顾得了自己。"郑小燕坚定地说。

"那好。我走了，你们早点歇着吧。"宋晓晨转身走了。

三　宋晓晨发现冯威龙躲在玫瑰别墅里

黄昏的暮色里，冯威龙和叶玫瑰在玫瑰别墅的院子里散着步。两个人挎着胳膊，很是亲热，边走边说着什么。

别墅的院墙外，似乎藏着一个人。

冯威龙先感觉到了异样，顿时有些紧张。

在一个瞬间，他猛地扭回了头，果然，一个男人的身影猛地躲到了墙外的一丛植物后。

冯威龙回过头去，依然悠闲地散着步佯装未看见。

"站住！"

后面忽然传来一声断喝。偷窥者从躲藏处跳出来了，竟是宋晓晨，他指画着冯威龙、叶玫瑰叫着：

"你们俩果真又在一起了！姓冯的濒临破产，被债主们追得到处藏，原来躲到这里来啦！一会儿我就去告诉他们！"

叶玫瑰赶紧往四周打量了一眼，还好没有其他人。

"你若是敢这么做的话，我们连朋友也没得做了！"叶玫瑰厉声道。

宋晓晨上前一步以痛楚的眼神看着叶玫瑰，埋怨道：

"真是'哀其不幸，怒其不争'。姓冯的害你差点丢了半条命。你死里逃生般好不容易摆脱开他对你的控制了，好不容易过了一段安宁的日子，你又去招惹他，跟他搅在一起，你真的不想活了？"

叶玫瑰羞愧道："对不起，晓晨。我借住在你的房子里，却跟别的男人在一起。我知道我这样不妥，可——也许是我自己跟自己较的一股劲吧，"她犹豫了下，说道，"我和威龙想过几天安宁的日子，清理一下东山再起的思路，希望这种安宁不要被破坏。"

"如果你已经病入膏肓，无药可救了，我还有必要因自己不能提供给你药而自责吗？"宋晓晨苦笑了下，摇了摇头，转身走了，往前走了几步又停住了，头也不回地对冯威龙说，"法院已把你家的房子查封拍卖了。郑小燕和小树被沈三抓去，在建筑工地上做民工，日子苦得——前两天她娘儿俩住的地下室失火，母子俩差点出事，你们却在这儿——我佩服你们俩的心理承受能力。"

冯威龙揪心地叫了一声："我的儿子！"

过了会儿，冯威龙望着宋晓晨远去的背影说："他会去向债主们报告吗？"

"不会的，我清楚他做事的分寸。"叶玫瑰安慰他。

"那就好。你们之间，好像很默契？"冯威龙探究地看一眼叶玫瑰道。

回到玫瑰别墅后，冯威龙铁青着脸一根接一根地抽烟，一句话也不说，明显不悦。

"怎么啦？"叶玫瑰紧张地看着冯威龙的脸色。

冯威龙探究地看着叶玫瑰："你跟宋晓晨之间，到底发生过什么？"

"哪发生过什么呀？只是关系不错的朋友。只不过有时他老是把我和叶飞舞认错。"叶玫瑰慌乱道，但极力装出一副无辜的样子。

这时，冯威龙犹豫了下说："我想我儿子了，想把小树接来，跟我们一块儿住些天。"

叶玫瑰犹豫了一下，无奈地说："好吧。"

待冯威龙离开玫瑰别墅后，宋晓晨从隐身处走了出来，向玫瑰别墅走去。

宋晓晨又站在了玫瑰别墅的院门外。

"什么时候，我们能住上这样的小别墅，这辈子也就心满意足了。"女友叶小篮眼神迷离地看着自家墙上那幅画时说这句话的场景又一次在他眼前闪过。

他使劲摇了摇头，将那个旧日的画面从眼前甩掉了，然后大步流星地向玫瑰别墅走去。

别墅内的一道玻璃窗后，叶玫瑰正隐身在窗帘后撩着一角帘布看着他。

宋晓晨进了玫瑰别墅的客厅，叶玫瑰的那只花猫蜷在她的怀抱里又睁着一双邪恶的眼睛看着他。

"如果你把我的房子用来构筑和冯威龙的安乐窝的话，现在就把房子还给我！"宋晓晨在客厅的沙发上坐下了，心怀怨恨地叫。

叶玫瑰脸红了一下，目光闪烁着躲开宋晓晨的逼视，尴尬道："我知道你不会难为我的，我会付你房租。"

叶玫瑰犹豫了下，解释：

"其实，我让冯威龙留在玫瑰别墅，是我跟他所有回合中最绝的一招，是一种最有力的报复。我不能眼睁睁地看着他将我的血吸干后，却用我的血去喂养、培育别的女人，何况还包括我最憎恨的女人。留在这里，他就再没有东山再起的机会。我这也是以其人之道还治其人之身。"

"你的话，我听不明白。"宋晓晨迷茫地看着叶玫瑰。

"以后你会明白的。"叶玫瑰说，"在他的眼里，我卑微得像一根草。他将这根草踩得七零八落的，然后随意地擦一下脚底下的残汁，便大步流星地往前走自己的路去了，还用他的肩膀去驮别的女人，这口窝囊气我是咽不下去的，我要生生地绑住他的脚。"

"我还是听不明白。"宋晓晨依然迷茫地看着叶玫瑰。

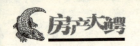

这又是一个细雨绵绵的日子。

叶玫瑰正站在窗前，凝望远处的雨景的时候，宋晓晨又站在了玫瑰别墅的门外，衣服和头发都已经被雨水濡湿了，也不知已站了多久。

叶玫瑰去开门。

宋晓晨进屋后，坐了下来，点燃了一根烟，缓缓地说道：

"我今天来这儿，只是想守着你静静地坐一会儿。很奇怪，在玫瑰别墅里和你一起，恍然回到了小平房里，能嗅到叶小篮的气息。这里冥冥中好像跟我过去的生活有着某种联系。"

宋晓晨抖落了手指间的烟灰，继续说道：

"当初，得知小篮心里有了冯威龙时，我该用心去暖她，而不该去报复她。"

"如果你来这里仅仅是为了回忆过去的话，还是别来了。"叶玫瑰说，眼里起了一股湿润的东西。

四　小树被接进了玫瑰别墅

黄昏的时候，郑小燕在那间地下室小屋里摆好了碗筷，却不见小树，便走出那间地下室找。

此刻的小树，正坐在马路牙子上托着下巴朝着远处的大路眺望。

郑小燕喊："小树，干吗呢？吃饭啦。"

"我在等爸爸。"小树答。

郑小燕过来拽小树："回去吃饭吧，好孩子，待会儿饭就凉了。"

小树使劲地抱住旁边的一棵树，望着走过的路人，执拗道："我不！说不定爸爸什么时候就来找我们，他在附近转悠的时候，我一眼就能看见他。也许我一眨眼的时候，爸爸就走过去了。"

郑小燕的眼泪一下子汹涌而出，对着四周的一片空茫喊着："冯威龙！你真是作孽啊！"

她松开了小树的手，抱住那棵树无声地哽咽着，风吹着她干涩的头发。

"壶里还烧着水呢。"郑小燕忽然想到了这一点，念叨了一声抹了把眼泪赶紧回地下室了。

冯威龙就在这时灰头土脸地走到了小树的身后。

"小树？"冯威龙弯下腰，声音有些异样地喊。

小树的小肩膀微微抖了一下，竟然没有回头。

"小树！"冯威龙又喊了一声。

小树这才扭过头来，"爸爸！"他惊喜地站起来猛扑上去，整个身体紧紧贴在冯威龙的腿上。

"爸爸，真的是你！这次是真的！好多次我都恍惚听见了你唤我的声音，可回过头去，什么也没有，这次我又以为自己是做梦了。"小树喜极而泣道。

"你没有做梦，儿子，爸爸来接你了。"冯威龙蹲下身来，把小树紧紧拥在怀里。

"让爸爸好好看看我的宝贝，"冯威龙又仔细看着、抚摸着小树的小脸，心疼道，"小脸瘦了。"

"小树，最想吃什么？爸爸带你去。"

"想吃麦当劳！"

"好，爸爸就带小树去吃麦当劳！"

冯威龙抱起儿子让他骑在自己的肩上，父子俩其乐融融地向前走去。

在一家麦当劳店里，小树吃着炸鸡腿，一脸幸福陶醉的样子，说："那些小孩们还说我没爸爸，我跟他们说了好多次，我爸爸只是外出考察去了！"

冯威龙眼里瞬间变得潮润。

小树又撅着小嘴向冯威龙汇报：

"爸爸，你赶快回来住吧，那个叫宋晓晨的男人老来找妈妈，还让我们搬到他家去住。"

"那个臭小子，竟敢生这非分之想！"冯威龙气得脸板成了一块铁。

"哼，你妈妈也太饥不择食了，竟然连这么稚气的男人也能看上——"冯威龙气道。

"你放心吧，爸爸，你不在家的时候，我帮你看着妈妈，不让第三者插足。"小树说。

冯威龙苦笑了下。

吃饱后，冯威龙认真地对小树说："这样儿子，你自己回去跟妈妈说，就说爸爸来接小树了。我在这里等着你，好吗？"

小树使劲拽着冯威龙的手："你也回去，爸爸！跟妈妈说说话，你们好久没说话了。"

冯威龙犹豫了一下说："我不想见你妈妈。"

小树的眼睛滴溜溜一转，计上心来。

他的眼睛眯起来了，打着哈欠："爸爸，我困了，我要睡着了。"说着就真睡着了的样子往地上倒去。

冯威龙见状只得抱起小树往回走。

那个工地前，郑小燕正心焦地四处张望。

看见冯威龙后她惊喜地眼睛一亮，但又马上担忧道："你怎么敢来这里？沈三对你憋了一肚子的气，让他看见你，说不定会对你下什么狠手！"说着，郑小燕便

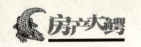

一把拉着冯威龙七拐八拐地跑到了一个偏僻而隐蔽的地方。

"那个臭沈三，竟然还让你们俩以工抵债！你们能抵多少？"冯威龙道。

"是我们理亏，能干多少就抵多少。"郑小燕道，她俯身向前看了眼小树，小声说，"睡着了？"

在爸爸怀里的小树兀的睁开眼向妈妈做了个鬼脸。

"小坏蛋！"郑小燕嗔笑着按了一下小树的额头。

"我现在住在一个朋友那里，想联手筹谋东山再起的事。"冯威龙说。

"那好。"郑小燕说。

"我想让小树跟我过去，住些天。"冯威龙低着头说。

郑小燕意外地抬起头，眼睛一亮："现在才想起自己还是个父亲？"

冯威龙低着头不说话。

郑小燕沉吟了一下说："跟你过一阵子去也好。儿子整天跟着我腻歪，变得多愁善感的，长期下去我担心他的性格会变得女性化了。再说，这工地上的条件实在太差了，前些天差点失火——"

"是妨碍你跟别的男人在一起吧？"冯威龙苦笑了一下道，有些酸酸地。

郑小燕没有应答什么，转向儿子："小树，想不想跟爸爸去？"

"当然想！妈妈是个女人，整天啰里啰唆的。我要跟爸爸在一起，多做些男人的事情，才能长成一个男子汉！"小树憧憬道。

"这么小就嫌妈妈啰唆，等长大后娶了媳妇，还不把妈妈忘到耳后根去了？"郑小燕刮了下小树的鼻子。

"我长大后找媳妇的话，得找跟妈妈差不多的！"小树马上应答道。

"这个小机灵鬼！"郑小燕用手指头按了下小树的额头，嗔笑道。

郑小燕问："能告诉我你朋友的地址吗？万一有什么事我需要找你。"

"还是不说了吧。"冯威龙坚定道。

"这么说，是个女朋友？"郑小燕惨淡地苦笑着问。

冯威龙未置可否。

"那这样，你在这儿等我会儿，我回去收拾小树的东西，你尽快带着孩子离开吧，万一让沈三看见——"郑小燕说罢慌慌张张地跑了。

过了会儿，郑小燕气喘吁吁地跑回来了，打开那个鼓鼓的小背包给小树看："看，儿子，你的玻璃球、望远镜、小木碗，这三样宝贝东西，妈妈都给装上了！"

小树满意地点点头，将小背包背上。

冯威龙牵着小树向远处走去。

郑小燕在后面依依不舍地看着。

忽然，她看见小树鞋子的后脚跟都脱胶了，她的心疼了一下，喊道："小树，等等！"

　　父子俩便停下了，郑小燕飞跑向远处的一家小店里。

　　过了会儿，她拿了一双新童鞋跑了出来，蹲下来给孩子换鞋："小树，换上这双新鞋吧！"

　　小树将那双新鞋接过来放进了自己的小背包里，道："回来见妈妈的时候再穿这双新鞋！"

　　"好，就回来见妈妈的时候再穿。"郑小燕嗔笑着亲昵地再次亲亲儿子的小脸。

　　父子俩渐行渐远，渐渐融入了夕阳的余晖里。

　　郑小燕扶住路边的一棵树，用深情的目光送了他们一程又一程。

　　天色已暗，都望不见父子俩的人影了，郑小燕才转回身去欲回工地，这时，忽然一条大狼狗猛地向她扑来！郑小燕一下就跌倒在了地上，身上被狗咬伤了！

　　"啊！"郑小燕发出一阵阵凄厉的惨叫声，跟狗之间展开了一番激烈的搏斗……

　　"哈哈哈！"有叶飞舞快意的笑声。

　　"回来！"终于有人喊回了那条凶恶的狼狗。

　　郑小燕忍着疼痛定神望去，只见叶飞舞领着几个拿菜刀、棍棒的家伙凶巴巴地站在跟前。

　　"郑小燕！冯威龙呢？刚才我好像隐约看见他啦！这是我从社会上请来的几个专门帮人讨债的弟兄！我们要帮沈三讨回那笔工程款！"叶飞舞叫道。

　　"欠债还钱，天经地义，可是公司出了事，我们暂时堵不上这个窟窿怎么办？刚才你肯定是看走眼了，连我都好久没见到冯威龙了，再说，就算你们找着了他，他确实没钱，又能拿什么还呢？"郑小燕说。

　　"没钱？他跑了和尚跑不了庙！逃得了初一逃不了十五！再说啦，父债子还，夫债妻还！"叶飞舞又叫道，一挥手，几个男人上前将柔弱的郑小燕团团围住，一个个拳头抢向她，还有用脚踹的。

　　郑小燕疼痛不已地蜷缩在地上，抱住自己的头，发出痛苦的呻吟声。她心里无声地大喊着："威龙，你快跑呀，千万别让他们抓住你！"

　　"住手！"这时竟然响起了沈三的声音，"我的姑奶奶，可不能这样做啊！你用脚趾头想想也能想明白，要是他们一家三口有个好歹，尤其是那冯威龙，若有个什么不测，那笔工程款不就成了笔死账，永远也要不回来了吗？得为那些出苦力的民工们着想啊。"

　　"那也不能白便宜了冯威龙，等哪天让姑奶奶我找着了他，非卸下他一条腿来不可！"叶飞舞嘟囔着，一帮人走远了。

郑小燕两眼噙泪、满脸是血地趴在那里。

也不知过了多久，她吃力地爬到了旁边的河边，趴在那里，清洗着自己脸上的血水和污泥，泪水无声地流了出来。她把自己的脸，扎到河水里去，让泪水和河水混在一起。

过了会儿，她挣扎着欲起身，旁边一张旧报纸上的一条什么消息一下将她的目光给吸引住了……

几天后，郑小燕神情悲壮地走出了某保险公司的大门，她将一张保险单精心地藏在了身上。

叶飞舞像个母夜叉般扯着沈三的耳朵气哄哄地将他拽到了材料库旁，指着那里堆放的水泥道：

"你没钱？这是什么？这不就是一袋袋的钱吗？"

沈三咧着大嘴苦涩说道："这是材料商供的建筑用料，而且是垫付的。"

叶飞舞又啪啪地扇着沈三道："笨蛋！水泥反正是放在你的库房里的！管他什么来路，什么用处！"

冯威龙牵着小树的手从一辆出租车上下来，站到了玫瑰别墅的门口。

"爸爸，我们来到童话世界里了吗？玫瑰别墅好漂亮，那片玫瑰园好美。"小树甩开冯威龙的手便向别墅内跑去。

冯威龙将手中抽了半截的烟扔了，也向别墅内走去。

是个有星空的夜晚。小树站在窗口举着那个望远镜在观察星空。

冯威龙进来了，说道："小树，又在观察星空了？"

"抬头就能看见天空、看见星星的感觉真幸福啊，"小树心满意足地感慨了一句，"你不知道，爸爸，在那间地下室的窗口里，只能看见灰尘和人们走来走去的脚。"

冯威龙眼睛濡湿了一下："好孩子，爸爸连累你了！"

"那些跟你年龄差不多大的小孩，一见到超市就迈不动腿，整天跟父母要零食，而我的小树，不是想当将军，就是想当天文学家，真是个有志气的孩子。"

"那些小孩，燕雀焉知鸿鹄之志哉！"小树很骄傲的样子道。

玫瑰别墅的一个房间内，小树躺在床上睡得正香。

小树的屋门被缓缓地推开了，一双脚一步步地向睡着的小树走近。

那人已靠近了小树，是叶玫瑰。

"这孩子是怎么来的？他的眉眼上有另一个女人郑小燕的影子，怎么也拂不去，洗不去，这让人多么膈应；这娇嫩孩子的存在，更像一个褶皱，装满了郑小燕的气味，这让人多么心烦。一想到威龙和另一个女人生的孩子在这个世上存在着，就膈应得慌！”

叶玫瑰看着小树的睡容心里说。

小树忽然醒了，见到来人警觉地坐了起来。

“小树，该起床了。”叶玫瑰说着便去掀小树的被子。

只见小树的被窝里藏着些小石子、玻璃球之类的玩物，一个玻璃球滚到了床下。

叶玫瑰不悦道：“我的小祖宗，将这些东西放在被窝里，不硌得慌吗？把被子全弄脏了。”

“像母鸡孵蛋一样，我看看能不能孵出更多的玻璃球来。”小树说。

叶玫瑰苦笑了一下。

“小树，是你妈妈漂亮还是我漂亮？”叶玫瑰问。

“在别人的眼里，你更漂亮，可在我和爸爸的眼里，肯定是我妈妈漂亮。”小树小大人般地说。

叶玫瑰面有不悦。

“我是不是也是我妈妈在被窝里孵出来的？”小树眨着一双童稚的眼睛好奇地问。

叶玫瑰嫉妒得眼睛里几乎喷出火来。

“阿姨，你孵的小孩呢？”小树又问。

叶玫瑰脸色一下变了，趔趄了一下，捂着自己的胸口。

小树伸手去桌上拿水喝。

叶玫瑰上前一把将水杯给夺了过来，训斥道：“这是在我家，以后不许你喝玫瑰别墅的水！也不许坐我的凳子！”

叶玫瑰转念一想，又对小树凶道：“这事可不许对你爸爸说！”

夜很深了，外面在淅淅沥沥地下雨，小树待在窗口，看着窗外的雨，他将那个小木碗伸出去，接外面的雨水喝。

房门轻轻地开了，冯威龙走了进来。

小树赶紧抹了抹嘴唇上的水迹。

“小树，你在干吗？”冯威龙问。

“我在接雨水，看雨水里有没有小鱼。”小树撒谎说。

冯威龙坐过去将小树揽在怀里亲着。小树胖胖的小手那么柔软，还有他细绒绒的头发。

“小树，这么晚了，怎么还不睡呢？”冯威龙问。

“爸爸，我睡不着。”

冯威龙心生疼惜，抚摸着儿子的头：“这么小的孩子，还睡不着，心里想些什么呢？”

"我在想，妈妈住的那间地下室里，每逢这样的雨天，总会往里面灌进去很多脏水。我在时，会拿小盆帮妈妈一块儿往外舀，这次下雨，妈妈只能一个人往外舀了。"

冯威龙的眼睛濡湿了。

"爸爸，妈妈什么时候来跟我们住在一起？"小树仰起小脸问。

"爸爸做了错事，你妈妈不要爸爸了。"冯威龙回答。

小树似懂非懂地看着冯威龙。

"爸爸，我不喜欢这里那个叫叶玫瑰的阿姨，她看起来像个妖精。"小树忽然说。

人头攒动的城市街头，一个头发如乱草般的女人手里攥着张照片询问一个又一个的路人：

"你们见过这父子俩吗？"

"你们见过了一定要告诉我！"

那些人纷纷摇头。

人群里晃动着她虚弱的身影，是郑小燕。几天的时间，她已变得憔悴不堪。她嗓子沙哑着，苦难使她看起来整个人似乎能挤出泪水来。

她将一些寻人启事这里那里地到处贴着，电线杆子上、墙上，和那些治性病的广告贴在一起，写启事的纸大小不等，复印过的照片贴在上面。

风沙在街上茫然地吹着，裹着一些树叶打着旋，吹着她干枯的头发。

郑小燕用浆糊贴上最后一张启事后，忽然就捂着脸头俯在那张启事上呜呜地哭了起来，风把她的哭声传得很远很远。

在拥挤的人群里，她忽然看到了一个和冯威龙相似的身影，她的心突地一跳，磕磕绊绊地向着那个身影飞奔而去，不顾撞着的人对她的谩骂。到了跟前，却发现那个人不是冯威龙，她一下子瘫坐在地上，无声地哭起来。

路过的一辆公共汽车里好像有一个跟小树相似的身影，郑小燕的身体忽然就神经质地抖动了一下，她疯了般地撒开腿就朝那辆公共汽车奔跑。"停下！停一停啊！"她挥着手嘶哑地喊叫，然而她的跑和喊，跟那辆远去的公共汽车相比，是那么徒然无力。

直到那辆车已不见踪影，她才气喘吁吁地停下来，望着吞没了车的方向发呆。她抹一把脸上，满手指的鼻血，这才发现，脚上的鞋子不知什么时候掉了一只。

"前面出车祸啦！"

忽然又听到有人喊，她激灵了一下，恐惧地往前奔去。

她被马路牙子一下子绊倒了，摔出了鼻血，她爬起来顾不得抹一把继续跑——

"闪闪，请闪闪！"她哭喊着扒拉开人群，还好，遇车祸的，不是自己的亲人。但再看她，已耗尽了力气，脸色惨白地一下瘫坐在了地上。

原野上，一个女人踉跄走着的身影由远而近。

是郑小燕，连日的奔波和担忧，使她整个人看起来傻了一样。

她累了也饿了，便坐下来，从包里拿出干面包和一包榨菜，边吃边喝几口瓶里的水。瓶里的水喝干了。前边有一个湾，她就爬起来走过去，蹲在湾沿上，撩起一捧水喝一口，再洗一把脸，干渴的嘴唇舒服多了，再往塑料瓶里灌满水，然后继续赶路。

一只老母鸡咕咕咕地率领着几只黄绒绒的小鸡在田野里觅食，一阵大风刮来，树叶哗哗地响着，那老母鸡以为出了什么事似的一下张开翅膀将那几只小鸡护在下面，老母鸡紧张得毛发直立。

此情此景使郑小燕联想到了小树日常生活里的点滴情景、欢声笑语。"小树！威龙！你们应应我，应应我啊！"她对着一片空茫喊着。

"这些树、庄稼和路，你们是有眼睛的，如果会说话，该多好，你们很可能就看见过威龙和小树从这里路过，可是你们说不出话来！"她抱住一棵树哭喊起来。

这天，一个开东风雪铁龙轿车的男人在郑小燕贴的一张寻人启事前停住了——

郑小燕正在向路人打听，她的手机忽然响了。

她打开电话听："喂？"

"你是在找冯威龙吗？"对方问，是一个男人的声音。声音好像是故意变调的，有些异样。

"是啊是啊，你知道他的消息吗？你是谁？"郑小燕急不可耐地追问。

"我曾看见他和一个女人在东郊一栋叫玫瑰别墅的小别墅里出现过。"对方匆匆地撂下这句话后便将电话挂了。

"喂？喂？"郑小燕还在对着电话喊叫，只是里面早没有了声响。

"东郊的玫瑰别墅？"郑小燕自语了句，扭身走去。

这天，蓬头垢面的郑小燕风尘仆仆地来到了玫瑰别墅的大门外。

"威龙！"她站在玫瑰别墅的大门外喊。

别墅的大门紧闭着，里面没有一丝动静。

"小树，我的儿子！你在哪里啊？"郑小燕有气无力地喊，她的嗓子已经哑了。

别墅内，窗帘终于被撩开了一角。冯威龙、叶玫瑰两个人隐身站在那里看着外面。此时，小树正躺在床上香甜地深睡着。

冯威龙在窗帘后看着郑小燕，烦躁道：

"她怎么会找到这里来的？肯定要找我离婚的！简直像个摆脱不掉的鬼影子一样。郑小燕，在我公司濒临破产的落魄时刻，你是怎样待我的？你是生生地往我伤口上撒盐啊，这个时候你又来找我干什么？"冯威龙越想越气，"你喊吧，你就是喊破了喉咙我也不理你！这些生过孩子的中年妇女，对别的男人再也不具有吸引

263

力了，便死死地拽住自己的丈夫。"

叶玫瑰穿着丝质的睡衣从别墅里出来了。

两个人相视的第一眼，似乎情绪都很不平静。

"是你？叶玫瑰？你们俩，又在一起了？"郑小燕惊诧万分道。

叶玫瑰气恼道："郑小燕啊郑小燕啊，你也有今天！你竟然还有脸来到我的家门前，想当初，你是怎样害我的？"

"冯威龙他人呢？"郑小燕问。

叶玫瑰恨恨地看着郑小燕，烦躁地嘟囔着："我在午休！我刚刚睡着！我从未见过冯威龙！睁开眼看看，这是高档别墅区，是什么人都能随便来的地方吗？"

"可有人说在这里看到过他！"郑小燕说。

叶玫瑰脸上的表情抽搐了一下说："他是来过这里，可又走了。"

"那他说去哪里了吗？"

"去北市了。"叶玫瑰随便编了个地方。

"北市？我这就去北市找他们！"郑小燕赶紧擦了把眼泪，转身离去了。

黄昏里，小树正端着那个小木碗蹲在院角处吃饭。

叶玫瑰走过来了。

"阿姨，我要去找我妈妈！你知道怎样才能尽快找到我妈妈吗？"小树讨好地问。

叶玫瑰眼睛兀地一亮，此刻，冯威龙正在屋里睡觉。

"不远处有一条河，河边有客船，你坐船半个小时就能到达你妈妈待的工地。"叶玫瑰说。

她想了想，又给孩子虚构了一个诱惑："听说，那条河里有一匹会飞的河马。"

说着，叶玫瑰还从裤袋里掏出一块巧克力递给小树。

小树先把那块巧克力放进嘴里尝了尝，美好的味道使他一下充满了对叶玫瑰的信任和亲近。"阿姨我要坐船去找妈妈！我要去看会飞的河马！"小树叫。

他眼睛忽闪忽闪地，忽然起了个念头，用小手指按在嘴上小声说："嘘！小声点，别让爸爸听见，不然他就不让我去找妈妈了。"

小树轻手轻脚地进了屋，将自己的小木碗和望远镜、玻璃球、拼音识字课本等宝贝装进了他的小背包，又脱下了旧鞋子，将分别时妈妈给买的那双新鞋子穿在脚上，然后跟着叶玫瑰悄悄地离开了玫瑰别墅。

小树跟着叶玫瑰远远地来到了那条河边的渡口。

"那匹会飞的河马在哪儿，阿姨？"小树眨着他露珠一样清亮的眼睛迫切地向河里找着。

黄昏的暮色笼罩着四野，渡口边和四野里没有一个人，只静静地泊着一条空空的小木船。这原是个吞吐量稀落的渡口。

"看见这条小木船了吗？坐这条船，半个小时就能到你妈妈那儿。"叶玫瑰给小树示意。

小树新奇地看着那条静静泊着的小木船，他长这么大还未坐过船。"我坐着这条小船，半个小时就能见到妈妈啦？"小树惊喜地问。

"是啊！"

"那简直像一个童话。"小树发表感受说。

叶玫瑰笑笑，对着四野大声喊："船家！"

没有回声。

"前几天我还看见他在这儿运载客人呢，这会儿怎么不见了？"叶玫瑰茫然四顾着，她弯腰对小树说，"小树，你在这儿等一会儿，我去找找船家。你听话，千万别乱跑啊！"

小树认真地点点头，乖乖地坐了下来。

叶玫瑰跑到了河岸的高处，手支成一个喇叭的形状，大声喊着："船家！"

没有人应，她又跑向了远处找。

渡口边的小树嘴里咬着朵野花百无聊赖地等着，那条小船像一个童话般吸引着他。

他终于克制不住了，将小背包放在岸边，向那条小船走去。

他晃晃悠悠地上了船。

这时，忽然一阵强风呼啸而来，小船和小树都剧烈地晃悠了一下。

但小树并没有意识到危险的来临，他趴在船沿上探身看着河里面自语："那匹会飞的河马到底在哪儿呢？"他的小短裤不知在哪儿挂破了，隐约看出那块布条难看地耷拉着，露着孩子一块嫩嫩的屁股，看起来让人有些辛酸。

也许是云影，也许是他自己的影子，他惊喜道："河马真的在水里呢，还露着一截尾巴！"

"我再往下伸伸手，也许就能拽着马尾巴了。小河马就要被淹死了，我拽着它就能把它救上来！"

小树自语道，他的小身体往水里探了又探——

这时，又一阵强风呼啸而来。

忽然，孩子的两腿摇晃了一下，"扑通"一声，那条湍急的河一下就吞没了孩子，还有那声惊恐的喊叫："阿姨呀！"

……

"这人！哪有这么做生意的？"叶玫瑰到处找船家不见，嘟囔着往回走。

她回到了刚才待的河边，兀地看见了小船里遗落的一只小鞋子，还有另一只小鞋子漂在小船边的水面上，被河里的芦苇挡住了。

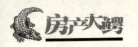

"小树!"叶玫瑰惊恐地大喊一声,什么也不顾地蹚着水便向那小鞋子跑去。

"小树!"叶玫瑰抓起那两只小鞋子心疼地捂在胸口,茫然地向着一片水域哭泣着喊,"小树,你到底在哪里啊?"

然而水面上平静如初,像什么事也没发生过一样。

叶玫瑰身上湿漉漉地急跑回了玫瑰别墅,额头上不停地往下淌着的不知是泪水还是汗水。

她恐慌地摇晃着还睡着的冯威龙:"威龙,快醒醒啊!小树,失足掉进那条河里去了!"

"什么?"冯威龙一下醒了,猛地坐起来,披衣就往外跑。

两个人气喘吁吁地跑到了那条湍急的河边。

河水兀自流着,裹挟着水草、鱼虾。

河边上,只留着小树的背包和那两只湿鞋子。

"这孩子太调皮了,他非要上那条小船,我怎么说他他都不听,结果一不小心就——"叶玫瑰在旁慌乱地解释着。

冯威龙扑过去,拿起小树的东西。"小树,我的儿子啊!"他撕心裂肺的痛哭声在四周低低地回旋着,回旋着。

冯威龙失魂落魄地坐在玫瑰别墅外的台阶上,好像一下子苍老了很多,腿上放着小树的两只湿鞋子。

"小树!"冯威龙痛苦地揪着自己的头发。

穿着一身粉红睡衣的叶玫瑰不知什么时候来到了冯威龙的身后。

"我真的是妻离子散、两手空空、一无所有了。"冯威龙失神地喃喃道。

因了某种情绪的牵动,冯威龙捂着脸开始了一阵压抑的恸哭。

"好啦,别哭了,你还有我。在这个世上,你只有我一个人了。"叶玫瑰的两只手从背后伸来,抚着冯威龙的脸颊,涂了猩红指甲油的尖尖的十指像要掐死人的女鬼的手指。

"你心里,所有的牵绊都没有了,才只有我,不是吗?"她抚揉着冯威龙的头发无声地说。

冯威龙从来没有像这一刻显得那么脆弱,对叶玫瑰充满了依赖,脸往她的腿深处埋了又埋。

"今天晚上,我要让你过一个销魂的夜晚,来安慰你——"叶玫瑰又凑近冯威龙的耳朵说,幽深的声音像一个鬼魂在说话,涂了猩红口红的双唇像一张血盆大口。

盛妆之后的叶玫瑰,艳丽得像一朵怒放的玫瑰花,脖子里扎着的一条玫瑰色的丝巾分外地飘逸。

冯威龙的头俯向叶玫瑰的胸前，呜呜地哭着，好像在寻找着什么安慰。

五 冯威龙被锁在了玫瑰别墅里

是个黑沉沉的夜晚。夜已很深了，没有风。

浓密的玫瑰丛旁，两个激情地拥吻在一起的男女。

"你都快把我的骨头揉碎了。"男人气喘吁吁道。

一只娇柔的纤手从下面急急地伸向了男人的裤子间，拽开拉链掏了进去。

"妖精！"男人道。

"我把这些玫瑰花瓣都一朵朵地撒在你身上了。"女人的声音。

"你呀，满脑子的浪漫情调。"男人道。

女人将脖子里的丝巾扯了下来。"谁规定的只有女人才能被强暴？我偏偏喜欢强暴男人。"她俏皮地说，用丝巾将男人的双臂捆绑了起来。

"我倒要看看，你能闹出什么新鲜花样来。"男人说道。

男人的双手被绑着举过头顶，那捆着男人双臂的丝巾又系在男人头顶后的一棵树上。

女人蛇般的身体从男人的脚处一寸寸慢慢地蠕动了上来，附在男人的身体上热烈地拥吻着，浓密的长发遮掩了她的脸。

"我喜欢这样，谁规定的女人总得被动？你不觉得，这是女人的风情吗？"女人说。那声音湿漉漉的，弥漫在夜的深处。

女人的身体前倾着，半坐在男人的腿上，一下一下地撞击着男人，牵动得男人头顶后的那棵树剧烈地摇动不已。

"感觉真好，你真是个与众不同的女人。"男人再次发出沉醉的呻吟声。

两人充满激情的喘息声在寂静的深夜里显得分外清晰——

……

不知过了多久，什么响动都没有了，夜又恢复了原来的寂静。

第二天早晨，冯威龙醒来，倦慵地伸了下懒腰，他回味起了昨晚的一切细微，嘴角浮上了一丝满足的笑意。他的脸上到处印满了口红的印痕，看起来像一个戏剧丑角的脸。

他欲起身下床，才发现自己的脚上被戴了铁链子！那根链子和床角扣在了一起。他像只羊被拴在树桩上一样，被拴在了这套房子里。

他拖着铁链艰难地走向屋门口，那根铁链子的长度也只够他走到屋门口。门却

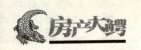

打不开，他啪啪地拍着门，大喊着："玫瑰，怎么回事？门在外面被锁上啦？"

这时，房间里的电话铃响起来了，他急奔过去接："喂？玫瑰，你过来给我开门！"

电话里传来叶玫瑰冰冷而平静的声音："别喊了，从今以后，你只能待在那间房子里了！"

"什么？"冯威龙急急地问，"为什么？"

"我要让你完完全全地属于我，仅属于我一个人，跟整个社会都隔离开来。另外告诉你，你屋里的电话机只能接仅和我可以通话的内线，窗子安的是真空玻璃隔音通风窗，玻璃也是打不碎的，是那种只能往外看，从外面看不见里面的，所以别尝试其他办法了。"叶玫瑰说道。

"这么说，一切都是你早预谋好的？"冯威龙追问。

电话里没有答话，"啪"地挂断了。

冯威龙扑向窗口，双手啪啪地拍着窗玻璃，大喊着："来人啊！她疯了，她是个疯子！"

他一会儿拍一阵窗玻璃，一会儿又去踢墙和门，手足无措地团团转着。

从窗子外面看去，那安了防盗窗的窗子像一间牢笼，冯威龙在里面的举动像一只被关在笼子里的困兽的举止，且是无声的。

冯威龙所在的那间房门被从外面打开了，叶玫瑰端着盛放着精致饭菜的托盘走了进来："亲爱的，吃饭了。"

坐在床边的冯威龙赌气地扭过头去。

叶玫瑰将托盘放下，上前抚着冯威龙的脸：

"从今以后，这张脸，就由着我尽情地抚摩了。从看到你的第一眼起，我就对自己说，此生我一定要得到这个男人。而今，你终于彻底属于我了。从今以后，我再也不许除了我之外的任何一个女人进入你的视野，只我们俩住在这栋别墅里，一直到地老天荒。"

"只我们俩？那这栋别墅，岂不成了一座坟墓？"冯威龙忽然感觉到一股冰冷的寒气，微微哆嗦了一下，"那你所说的，要跟我联手再征战商场的话，是在骗我？"

叶玫瑰压抑已久的幽怨情绪被从最深处划开了，道："我只不过是以其人之道还治其人之身罢了。原来在你手下时，每每我到政府各部门办事遇到障碍时，你教给我'吊'这个的胃口，'吊'那个的胃口，而我自己，却恰恰是被你的'吊'给击中的人！是不是？我的人生原本已经够惨淡的了，怎么就那么倒霉，偏又撞到了你的鱼竿之下？！"叶玫瑰声嘶力竭地叫道，接着发泄，"我只是一个可怜的、因不甘自己平庸的命运而想通过自己的努力有所改变的女人。你害谁不行，为什么单单来害我？至于对你的爱慕，也恰恰因为你的出色跟我自身的庸常形成了太过鲜明的反差，你有什么理由来害我？那么多的女人，整天迷恋于鸡零狗碎、家长里短，胸无大志、混天熬日，你不去害，为什么偏偏来害我？！"说到这里，她恨得浑身都哆嗦起来。

她走到窗口，使劲拍着自己的胸口安抚自己，过了会儿，情绪稍微平静了些，苦笑道：

"是因为你在她们的眼里没有那么耀眼的光芒，所以你没有害她们的机会，是不是？这次，我怎么就不能'吊'你一次？你尤其不该，利用我对你的个人崇拜来吊我。那么一个功成名就的人，对你的每句话我都奉若神明，哪里知道，那仅仅是你为了榨取别人的生命能量而撒的几句随意的谎言呢？"叶玫瑰越说越伤心。

"你说够了没有？！"冯威龙平地炸响一声雷，"让我来说！你到别人家的门缝里去看看，我冯威龙是谁？记者的采访电话我很少接听，不熟悉的民工头到家里送礼，我连门都不给开，多少女人对我阿谀奉承，我连眼皮都不抬，别人巴结逢迎我都找不到庙门，而你，丝毫不珍惜这接近我的机会，动不动就对我指手画脚，大呼小叫，仗着我器重你，没大没小、没轻没重，你以为你是谁？最可恨的是，你对我不忠！任何一个君王，都接受不了对自己不忠的臣子！现今你又这样对我，让我虎落平阳，你知道，这会使我失去多少东山再起的机会？你简直是我命里的祸害！"

"是啊，你行！你亮！你是一盏灯，可我这只小飞蛾扑上去后，除了落得了被严重灼伤的残局，又得到了什么？"叶玫瑰继续声嘶力竭地吵道。

"你往我跟前扑，是你自己低三下四、削尖了脑袋从门缝里钻进来的！不是我拿绳子捆你来的！难道说，你自己不也因此亮了，在别人眼里看起来像一只美丽的蝴蝶了吗？你原来待在黑暗里，谁看见你啦？再说，很多小飞蛾向着一盏灯扑，能怨那盏灯的亮么？！"冯威龙也满腹的委屈，"我是一盏灯，我的使命是燃烧自己，指引航向！你们这些小飞蛾给我造成的只是困扰！"

"你还自命为给路人指导方向的一盏灯？只不过是一个自私自利的家伙！你现在说我是一只小飞蛾了？当初，是谁用灯样的眼睛看着我啦！"叶玫瑰吵道。

"不管怎样，你先放开我！不然，以后我会让你很难看的！"冯威龙挣脱着，威胁着。

"你尽情地咆哮吧、发威吧，以后有的是你表演的机会，对着这间空空的屋子，这一房间的空气是你唯一的听众！"叶玫瑰道。

……

也不知过了多久，两人都吵得疲倦了，把力气都几乎耗尽了，彼此的情绪才舒缓了些。

"真好，这么安静地由着我尽情地看和动，而不会到处乱跑，也再不会偷摸一

下这个女人的手，看见那个漂亮女人就脸红，"叶玫瑰抚着冯威龙的脸继续说，"虽然已失去了原来的桀骜不驯，可人还是原来的那个人啊。"

"有必要这样吗？我不是一再地跟你说过吗，你是我结识的女人中最漂亮的，而我这人有个软肋，就是喜欢女人的漂亮，所以你大可放宽心。"冯威龙苦笑了下说。

"你爱的是我吗？"叶玫瑰忽然又变得歇斯底里起来，但很快，她便抑制住了自己，让自己恢复了平静，说道，"我还不了解你吗？你是一个离了事业便无法活的人，你现在只是一种暂时的挫败感，一旦你的身心恢复了元气，就会像鹏鸟回到天空一样，重新回到人群里去，回到那个叫做'社会'的地方去。一个男人，只要有好的相貌和身体，有蓬勃的事业，就总会有一茬又一茬的女人往上扑。总之，只要你出了这道门，出了这栋别墅，我对你便失控了！"因了某种想象，叶玫瑰的情绪又变得激烈起来。

"你现在对我，还是爱吗？不是，只是你跟自己，跟世事较的一股劲。"冯威龙苦口相劝。

"我也是没办法。你拥有太多的时候，便会傲慢。你记得《简·爱》里的那个场景吗？罗伯特的庄园被烧毁了，自身也受了伤，原本富有的他变得一无所有，在那残垣断壁中，罗伯特牵着一只狗，那么孤立无援。而这时简·爱从远方缓缓地向他走近，'我回来了。'简·爱抚摸着罗伯特伤痕累累的面颊，从生命深处发出深沉的呼喊，像是从大地和天空的深处显示了她情感的纯粹和真挚。"叶玫瑰自我陶醉地说。

冯威龙苦笑了一下。

草城薛家村的薛书记领着一个穿着气派的大胡子男人啪啪地敲着一间办公室的门。

宋晓晨开了门，烦道："干什么呀，敲这么大声？"

薛书记道："对不起啊，我有急事。这里原来不是大庇天下寒士房地产公司冯威龙董事长的办公室吗？他人在哪儿？"

"这间办公室早易主了。怎么？你们还不知道吗？冯威龙的公司濒临破产，他本人欠债逃跑了。"

薛书记说："我知道他公司出事了，我这位远房亲戚早年去国外闯荡，前几天忽然回来了，听说了冯总给我们薛家村盖回迁房的前后情况，对'大庇天下寒士'的企业信誉大为赞赏和信赖，决定往公司里融一大笔资金，使'大庇天下寒士'东山再起。你能帮忙联系到冯总吗？我这位远房亲戚想跟他具体谈谈。"

"哟，'大庇天下寒士'的救星来啦！只不过，我真的不知道他在哪儿。听说债主、法院和他的家人都在找他，但谁也不知道他人在哪里。"

大胡子男人摇摇头："哎，真是不巧，我明天就离开国内了。"

六 郑小燕进了玫瑰别墅当保姆

风尘仆仆的郑小燕从一辆长途汽车上失魂落魄地走了下来。

是个狂风暴雨的夜晚。黑黢黢的玫瑰别墅裸露在风雨中。

狂风吹得小别墅院里的树疯狂地摇摆着，远处的大山无语地静默着。

玫瑰别墅的一个房间内，可以隐约看出，冯威龙正拥被躺在床上睡着。

桌上的表嗒嗒嗒地走动着。那声响显得分外清晰、刺耳。

一阵大风吹过，窗帘猛地掀起了一角，呼呼地抖动着。

在窗帘后面，一个穿雨衣的模糊的人脸印在了房间的玻璃窗上，在黑暗中费力地望着屋内，想看清些什么，顺着她的脸颊往下淌着的，不知是泪水还是雨水。

"这么黑，里面什么也看不见啊。"窗外的郑小燕痛苦地无声自语。她从一个窗口走向另一个窗口，往里探头探脑地张望着。

"威龙？威龙？"夜色里似乎传来一个女人隐约的喊声。

睡梦中的冯威龙忽然惊醒了，惊骇地一下坐了起来。"我好像听见有人喊我？是郑小燕的喊声？"冯威龙心说，他屏息静气地听着，只有风一阵阵吹着窗外的树枝。

"哪有什么郑小燕的喊声啊？是风，是自己神思恍惚吧？"冯威龙自我安慰，又躺下睡了。

疲惫不堪的郑小燕又站在了玫瑰别墅外，嘶哑着嗓子一声声地哭喊着：

"冯威龙！你到底在哪里啊？"

"你跟哪个野女人在一起了啊？我翻遍旮旮旯旯也要把你找出来！我掘地三尺也要把你找出来！"

"小树，妈妈想你都快想疯了！你到底在哪儿啊？"

长发如瀑的叶玫瑰穿着那件印着玫瑰花的丝质睡衣，怀中抱着那只猫只得又出来了，厌烦地问："你怎么又来了？"

郑小燕说："我去了北市，没找着他父子俩。"

"你没找着，就跟我要人吗？"叶玫瑰烦躁道。

"别人看见过他和你在一起，我就跟你要人！"郑小燕执拗道。

"还要无赖了你！"叶玫瑰烦躁地转身欲走，忽然起了一个念头，眼睛里有一束邪气的火苗闪啊闪的，问道，"我家里需要一个保姆，你想不想做？"

郑小燕的脑子飞快地一转，惊喜道："想做，想做！"

"好，那你跟我来。"叶玫瑰说。

郑小燕跟在叶玫瑰后面向玫瑰别墅走去。

叶玫瑰怀中抱着那只猫慵懒地坐在客厅的沙发上。那猫依然睁着一双猫头鹰般邪恶的眼睛望着郑小燕。

郑小燕毕恭毕敬地喊道："叶小姐，有哪些活你吩咐吧。"

郑小燕的话音未落，忽然有什么向郑小燕"嗖"地扑过来，是那只猫："喵！"

没有一丝防备的郑小燕吓得一下倒在了地上，狼狈不堪。

"呵呵呵！呵呵呵！"一阵乍然而起的笑声，来自叶玫瑰。那怪异的笑声在屋内久久地回荡着，瘆得人浑身起鸡皮疙瘩。

郑小燕赶紧爬起来，局促地站在一边。再看那叶玫瑰，笑得捶胸擂背、上气不接下气的。

忽然，那笑声戛然止住了。叶玫瑰围着郑小燕转了一圈："啧啧！穿的这叫什么衣服？瞧这土气的发型！"说着伸出留着长长的红指甲的手拽了拽郑小燕干枯的头发，嘴角撇着道。

"啊？嗯——"郑小燕茫然无措着，对这突如其来的恶意事先没有丝毫心理准备。

一种无形的精神压迫大山般压过来。叶玫瑰花团锦簇的美丽也让郑小燕有一种炫目的感觉。

"除了做饭、洗衣、收拾房间外，你的主要活计就是侍候我洗玫瑰浴，很琐碎的。开始干活吧，房间已经很多天没收拾了。"叶玫瑰说。

"如果做不好的话，会被轰走的！"顿了顿，叶玫瑰忽然抛出这么一句，很冲，像一柄利器在郑小燕的心口上划过。

郑小燕马上放下自己的包，挽起袖子，拿起抹布开始抹桌子和门窗，尽力显得手脚麻利的样子。

叶玫瑰又在旁边比划着不停地数落，其实是在显摆：

"我的衣服总共有二十多套，都是高档衣料，得放得井井有条，不能乱堆着！"

郑小燕抬起头，看见叶玫瑰黑黑的大眼睛里一种尖利的锋芒直射向自己，那张脸苍白、怪异得吓人。郑小燕下意识地抖了一下。

凌晨，郑小燕用竹篮在玫瑰园里采摘沾着晨露的娇嫩的玫瑰花朵，然后将鲜花提到浴室里去。浴缸里放满适度的温水后，将花瓣纷纷地放进去浸泡着。

叶玫瑰起床后从卧室里款款地走过来，脱衣坐进浴缸里，让水浸着她凝脂般的肌肤。郑小燕蹲在浴缸边，拿过叶玫瑰的手悉心地给她修着指甲。

叶玫瑰的十指上都蓄着三寸长的指甲，是真的"十指尖尖"，每次都要用揉碎的花瓣敷在指甲上，再用小碎布将指甲包了，用细线缠上。包好一个指甲，再包一个指甲。

将手指包好后，叶玫瑰的双脚便从水里伸了出来，搁在浴缸沿上。脚是更需小心侍弄的。郑小燕从旁边的一个小水盆里拎出早就烫着的热毛巾，拧干后，将叶玫瑰的脚擦干，然后在足底按摩着，既有力又温柔地。

叶玫瑰陶醉地微闭着眼，发出舒服的嘤嘤声。按摩完后，再用揉碎的玫瑰花瓣敷在叶玫瑰的脚趾甲上，一个个地包好，跟手指甲一样，像被包扎着的伤员，久久地捂着。

盆内，花瓣的香气混着水透过毛孔，缓缓浸入叶玫瑰的身体里。

叶玫瑰又伸出白皙的胳膊，用纤纤十指从竹篮里捏着玫瑰花吃，一朵一朵地，樱桃小口微微地张启着，蠕动着。

叶玫瑰伸一伸懒腰，呼气如兰，然后再懒洋洋地倚在浴缸里，喝一杯茶。茶也是小玫瑰花泡的，一朵一朵的，在透明的玻璃杯里开放着。

喝罢了玫瑰茶后，叶玫瑰又将玫瑰花瓣贴在脸上，自己躺在浴缸里闭目养神，以便更多地吸收玫瑰汁液。

郑小燕见状赶紧离开了浴室，这个房间那个房间地查看着，都没有丈夫和儿子的影子啊，只有一个房间是紧关着的！郑小燕走到门边小声喊："威龙？小树？"里面没有应声。

郑小燕在房间里拖着地。

忽然，她在床下发现了一个玻璃球！她捡了起来，自语："是小树的玻璃球！我的小树的玻璃球！"郑小燕异常惊喜。

"当然，这种玻璃球很多小孩都在玩，也不一定说就是小树的。"郑小燕又想到。

"可叶玫瑰一个单身女人独居玫瑰别墅，家里怎么会有小孩子玩的玻璃球呢？"郑小燕又纳闷。

她环顾四周，揪心地小声喊着："儿子，你在哪儿？妈妈找你找得好苦啊！你答应妈妈一声啊！"

哪里有她的小树的身影？回应她的，只有呼呼的风声。

郑小燕在院门口扫着地。兀地，郑小燕又发现了地上的半截烟蒂，她拿起那截烟蒂，看了看，嗅了嗅，惊道："是威龙平时抽的香烟的牌子！我熟悉那种味道。他这人很讲究的，只抽这种牌子的进口烟。"

"可他人在哪里啊？"她环顾一眼四周。

这个早晨，冯威龙像只蛰伏着的老虎在房内走来走去的，忽然，他透过玻璃窗看见郑小燕正在窗外的玫瑰园里摘花！

"这是幻觉吧？"冯威龙激灵一下来了精神，他使劲揉揉自己的眼睛，疯狂地

273

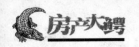

擦着窗玻璃，掐了掐自己的手，疼。真的是郑小燕！

他惊喜得什么似的，使劲地拍着玻璃窗子大喊："燕子，真的是你吗？你来到了玫瑰别墅？"泪水涌出了他的眼眶。

"燕子，你快来救我啊！"他对着窗外嘶喊、挥手。

然而隔音的玻璃窗隔断了一切，他只能往外看，特殊玻璃使外面的人看不见里面，他所有的挣扎都是徒劳的，他的动作看起来像一个被关在笼子里的野兽的哑语。

直到他的嗓子嘶哑了，再也喊不出声来，他的手臂累得再也挥不起来，他才颓然地倚在墙上。

叶玫瑰进房间来的时候，冯威龙质问：

"你让郑小燕在玫瑰别墅里待着是什么用意？你们俩是情敌啊！"

"要的就是刺激，"叶玫瑰说，"她摘下的玫瑰花泡出的馨香的身体，跟她的丈夫亲热；我们俩用脏的床单，让她洗；我们俩吃的饭，让她做。你说，这够不够刺激？"

叶玫瑰扬了扬眉毛，挑衅般地看着冯威龙，脸上浮上一丝恶质的快意。

"有时候我也很困惑，我对你到底了解多少？"冯威龙以一种陌生的目光看着叶玫瑰道。

"还有，她曾给予我的羞辱，我要一一还给她。"叶玫瑰恨恨地继续说。

七　各种惊天真相纷纷被揭穿

第一个真相：整容真相被揭穿之后。

玫瑰别墅内。

"郑小燕，磨点咖啡吧。"叶玫瑰吩咐郑小燕。

"好的。"郑小燕来到厨房拿起那套精致的咖啡壶煮咖啡。

过了会儿，叶玫瑰到厨房端走煮好的咖啡进了那间一直关着的房间。

冯威龙喝着叶玫瑰端来的咖啡，忽然以一种异样的眼神看着叶玫瑰，久久地。

"怎么啦？"叶玫瑰诧异道。

"你最近的脸色怎么这么差？差得我都快不认识你了。"

"是吗？"叶玫瑰下意识地捂住自己的脸，慌乱无措，"我也发现这一点了，最近,也许是精神上接二连三地受打击,主要是那一段跟叶飞舞之间的争执导致的。"

"如果我失去了这张美丽的容颜，就会彻底失去你吗，威龙？"她恐惧地上前扯住他的手问道。

"别担心，人老得没那么快，何况，大家都是一块儿变老的。"冯威龙不以为然道。

"只是，如果我遭遇了毁容之类可怕的事呢？"叶玫瑰试探着问。

"那对女人来说，实在太可怕了！简直让人浑身起鸡皮疙瘩。"冯威龙浑身激灵了一下，条件反射般冷淡地推开叶玫瑰的手，好像她现在便是一个毁了容的女人。

叶玫瑰下意识地抱住自己的双肩，顿觉寒气阵阵吹来，整个人像她脖子里系着的那条玫瑰色的长丝巾一样单薄、脆弱。

"好好的，干吗往那方面想？"冯威龙转过身来，脸色恢复了正常。

也不知怎么的，今晚的叶玫瑰看起来非常疲倦，在等待冯威龙喝完咖啡的工夫，她竟然趴在冯威龙床边的桌子上睡着了。

夜越来越深了，是个有月亮的晚上，树影婆娑，轮廓朦胧的玫瑰别墅看起来很美。

月光将室内的一切也照着隐约可见。冯威龙侧耳仔细地倾听了一下，叶玫瑰近在咫尺的呼吸声是那么均匀，可以判断她睡得很甜很香。

他悄悄地伸手将她脖子里系着的那条长丝巾解了下来，然后轻手轻脚地将她的双腕绑了起来，又吃力地去拿她放在桌子一角的钥匙，不料却把她惹醒了！

"你干吗？"她下意识喊。

"我要拿钥匙逃跑！"他倒是实话实说。

"不许跑！"她喊。

"放开我！"他叫。

两个人发生了一番激烈的肢体争执。

"天啊！"忽然爆出冯威龙的一声惊恐的惨叫，"你的鼻子！你的鼻子怎么是活动的？！"

"啪"地一下灯被摁亮了，冯威龙按的。

灿若白天的光，瞬间倾满了房间，将房内的一切照得暴露无遗。

叶玫瑰下意识地去掩自己的脸。

"这是我最忌讳的隐痛，最不愿让人知道的。我高挺的鼻梁，是垫的。"她只得口吐实言。

披散的长发将她垂着的脸几乎全遮掩了。

冯威龙忽然起了一念："只鼻梁是垫的？我一直疑惑，你为什么那么容易疲劳，一点也不像二十岁的生理年龄，我无意中看过有关整容的资料——"

他一把拽住叶玫瑰的胳膊，另一只手扒拉开她的头发：

"头部这个部位的疤痕是做脸部拉皮的疤痕！"

他又抬起她的一只胳膊："腋窝下面的这道圆形的伤疤是做隆胸手术惯常的收口！"

"这是吸脂留下的！"

"尖下巴也是做过磨骨手术的!"

……

他这里那里地检查着她。

叶玫瑰一直想挣脱,可挣脱不开,此刻,她显得那么柔弱、无力,像《西游记》里终于显形的妖怪。

"这就是为什么,我们亲热时你喜欢在黑暗里,要关灯。因为担心我看到一些整容手术后的疤痕?"冯威龙道。

"可这一切都是为了你呀!"叶玫瑰尖叫着去拉冯威龙的手。

冯威龙像被蜂蜇了一下,条件反射般地躲闪开,发出玻璃划过器皿一样尖利的叫声:

"请你以后不要再碰我,离我远远的!这张美貌的脸是拉过皮的,高挺的鼻梁是垫起来的,柔软的乳房里是填了硅胶的,甚至连处女膜也肯定是假的。天啊,这简直太让人恶心了!"

叶玫瑰窘得满脸通红,用纱巾蒙上脸哭着跑出了冯威龙的那间房子。

回到自己的房间后,叶玫瑰慌乱地带着哭腔打电话:

"喂?刘医生吗?是我,68号,你这是怎么给做的手术啊?出问题啦!好,我明天去做修复手术!什么?需要带那么多钱啊?!"

这天夜里,冯威龙醒来了,他透过窗玻璃随意地看了看天色,无意中碰巧看见了意外的一幕:

朦胧的夜色里,用纱巾蒙着脸的叶玫瑰出去开了院门,一个男人随后跟着她进了玫瑰别墅,两个人都鬼鬼祟祟、小心翼翼的样子。

"是宋晓晨?他半夜里来和叶玫瑰幽会?"冯威龙气得什么似的,一拳擂在墙上,急促的喘息声在深夜里起伏不已。

宋晓晨轻手轻脚地跟着用纱巾蒙着脸的叶玫瑰进了她的卧室。

叶玫瑰像担心被蜂蜇着般有意离他远些。

"你半夜里火烧火燎地喊我前来有什么事?"宋晓晨问。

叶玫瑰竟然失控地伸手去宋晓晨的口袋里翻找。

"你还有钱吗?"她抓住宋晓晨的手,哭道,"晓晨,你要帮我!我需要钱!很多很多的钱!"

宋晓晨一下严肃起来:"发生了什么大事?看你的情态,不会沾染上毒品了吧?"

"比染上毒品严重多了!你能给我弄点钱么?我有急用!"叶玫瑰一副急火攻心的样子说。

"我，只有一个新成立的小公司，刚开始营业，还入不敷出——"宋晓晨为难道。

"我遇到迈不过去的坎了，急需要一笔钱！我相信只有你才肯无条件地帮我！"叶玫瑰泪水盈盈地看着宋晓晨说。

"可我，实在是没钱了。"宋晓晨为难道。

叶玫瑰急得走来走去的，忽然起了一念，一副豁出去的样子，央求宋晓晨："你留下来吃顿饭好吗？我为你下厨。"

很快，叶玫瑰往饭桌上摆上了几样简单的饭菜，最显眼的就是一大碗酸菜鱼。

宋晓晨沉吟道："这道酸菜鱼是我原来的女友叶小篮最拿手的菜。"他深深地叹息了一声。

宋晓晨吃了几口惊异地看着叶玫瑰道："是她做的味道！"

泪水从叶玫瑰的眼里汹涌而出，她看着对面的宋晓晨，似有千言万语涌上心头。

"你只看见了叶小篮的遗书和她丢在河边的鞋子，推断她跳河了，谁也没见着她的尸首不是？"叶玫瑰抹着眼角的泪水说着，"如果她还活着的话，一定在为自己当初的行为追悔莫及了！"

宋晓晨一下惊骇万分地愣住了，怔怔地看着对面的叶玫瑰，久久地看，似乎想从她的脸上看出太多。

"假如是叶小篮现在遇到过不去的坎了，急需要钱，你能不能帮她呢？"叶玫瑰哽咽着接着问。

"她的整容手术面临着失败的危险，可能导致毁容的惨状，后果实在是太可怕了！不然，她也没脸向你张口，在这个节骨眼上，她只能将实情告诉给你一个人，因为相信，在这生死攸关的危难关头，在这个世界上，唯有你肯拉她一把。"叶玫瑰接着解释。

宋晓晨激动难抑地伸手欲去揭她遮在脸上的纱巾，她往后躲避了一下。

"我这就回去想办法！"宋晓晨果决地站起身来说，"你需要多少？"

宋晓晨狂奔出了玫瑰别墅，在黑暗的田野上狂奔着，挥着双臂狂喜地大声呼叫着：

"是她！她还活着！还活着！！"

这喊声在山谷间久久地回荡着，沉睡的大山、空茫的四野似乎瞬间也恢复了喘息和脉搏。

天上的月亮似乎瞬间也焕发了活泼的生命力，开始了在云中的穿行。

宋晓晨跪在地上仰首向天，哭喊着："老天爷啊，你终于看见我啦？你看见了我所有的悔恨，所有的痛苦与思念，于是心怀悲悯地可怜我了，才让我失而复得的，是吗？只要她活着，就是我生命里的至宝，不管她变得怎样了。"

办公室内，宋晓晨领着一个男人这里那里地看着，急切道：

"先生你看，这就是我想出让的公司和出卖的办公室。如果不是十万火急地等着用钱，我无论如何也舍不得这么低价出让的！"

"好，成交！"那个男人说。

"只卖这两样钱还不够用，我那辆车您也低价要了吧，唐先生，求您了！是新买不久的。我女朋友性命攸关，急需救命钱——"宋晓晨死死地拉着那男人的胳膊，眼泪出来了。

"好，好的，我都要了。"唐先生说。

这个上午，叶玫瑰在关着冯威龙的那个房间的窗外挂上了一道黑窗帘。

冯威龙在房内气恼地挥着手臂叫道："她这又是干什么？我要阳光！我只剩下这一点阳光了！"

但也仅仅是自己对着一房间的空气叫嚷，没有人理他。

只是，叶玫瑰并不知道，她那道黑窗帘挂得并不严实，留下了一条窄窄的缝儿，这个发现让冯威龙惊喜过望，他透过那条缝儿，可以清晰地看见玫瑰别墅的大门口。

就在这时，只见宋晓晨跑到玫瑰别墅的大门口来，将一张银行卡递到用纱巾蒙着脸的叶玫瑰手里，说："我把公司、办公室、车，所有能卖的都卖了，凑了这笔钱。"

"对不起晓晨，不到万不得已，我也不会——那你下一步怎么生活呢？"叶玫瑰愧疚地问。

"我再去中介公司给人打工。"宋晓晨回答。

"我先去做修复手术了，晓晨，以后再联络！"叶玫瑰慌张地转身欲走。

"我陪你去！"宋晓晨拉住她喊。

"晓晨，让我在你心里保留一点最后的自尊和美好吧，那些面目全非的时刻，我不愿意让你看见。"叶玫瑰说罢急急地跑向停在不远处的一辆出租车。

宋晓晨在后面看着她离去的背影，满怀担忧。

而这副情景恰巧出现在了冯威龙的视野里，他一副气哼哼的样子。

几天后，宋晓晨接到了一个电话："晓晨，是我呀，修复手术做好了。谢谢你！"

"太好啦！"宋晓晨长长地舒出了一口气。

这天，宋晓晨开着他原来的那辆破摩托车载着一个大胖子男人驶在郊区的一条小路上，郊区的路，凹凸不平，地势时高时低。宋晓晨弓着腰吃力地开着车，整个后背都湿透了。

两人终于来到了郊区的一个小镇上，只见周边环境破烂不堪。

大胖子从摩托车上下来了，掸了掸屁股上的土，道："瞧你这破车脏的！"

当他四下里打量了一眼后，忽地扭身一拳就向宋晓晨打来，宋晓晨没有丝毫防备，一个嘴啃泥趴倒在了地上，嘴角的血马上出来了！

"干吗呀，你？"宋晓晨声音微弱道。

大胖子恼火地指着："就这破地方、破房子，还拉我来看？把我看扁了，讥笑大爷我只配买这种房子是不是？"

宋晓晨爬起来，拿手绢擦着嘴角的血，苦涩道："你要求的那个价位，我只能介绍你来看这儿的房子。"

"这种破房子还那么贵！你们也太黑了！"

"看了那么多的房子，怎么就没套便宜的？"

"臭小子，领着我转悠了这么多地方，把我的腿都跑细了，竟然没有一套合适的，还让不让人活呀！成心耍我是吧，你陪我的时间损失费、精神补偿费！"

大胖子烦躁地对宋晓晨抱怨不已，嘟囔着一摆一摆地走远了。

就在这时，从远处的大路上走来了一个又丑又矮的男人，兴致勃勃地迈着他粗短的罗圈腿，身后拖着一个偌大的行李箱，看起来非常滑稽。

"嗨，摩的，过来！"那丑男人向宋晓晨招呼。

宋晓晨开着破摩托车驶到了他跟前，"我不是摩的。不过你给钱的话，顺便捎你一段也可以，去哪里？"

"玫瑰别墅！"丑男人兴致勃勃道。说着从兜里拿出小镜子、小梳子来精心地梳着头，又拿出小香水瓶扑扑地往自己的身上喷着香水。

一番梳妆打扮后，丑男人背着他的大包上了摩托车的后座。宋晓晨将摩托车发动了。

在路上，丑男人乐滋滋地凑近宋晓晨问："香吗？"

"香，"宋晓晨回答，"阿嚏！"

"是人香还是香水香？"丑男人又问。

"先生看起来一副人逢喜事的样子，去玫瑰别墅是？"宋晓晨终于将一直盘在心里的问号拉出来了。

"相亲！"丑男人乐滋滋的样子道，"玫瑰别墅的女主人在网上登了征婚启事！"

"刺"地一声，摩托车戛然停住了，宋晓晨脸色难看道："下去！这活我不拉了！"

"有钱还不挣，真是的！"丑男人嘟囔着下了摩托，自己拖拉着他的那个大行李箱，又兴致勃勃地迈着他粗短的罗圈腿，向玫瑰别墅的方向走去。

宋晓晨悄悄在后面跟着，在玫瑰别墅附近找了个隐蔽处躲了起来。

郑小燕拿着块抹布正在楼上打扫着卫生。

那个又丑又矮的陌生男人就在这时走进了玫瑰别墅。

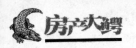

　　叶玫瑰手拿一支猩红的玫瑰花，一袭白裙地在大门口迎接着那丑男人。

　　"你就是网上那网名叫'小王子'的？"叶玫瑰惊诧不已地问。

　　"正是在下！'小王子'真名叫南一扁。"南一扁捂胸弯腰地做了个滑稽的西方礼仪式的动作。

　　叶玫瑰忍俊不禁地想笑出来，但使劲克制住了。

　　那矮小的丑男人激动无比地走上前，目光如炬地望着叶玫瑰问："你就是网名叫'天使姐姐'的？"

　　叶玫瑰点头。

　　"真是人如其名！不像有的网民，挂着羊头卖狗肉！"丑男人说着上前接过了强装笑颜的叶玫瑰手中的那支玫瑰花，伸在鼻子下嗅了嗅，甜蜜如醉。

　　两个人牵着手庄重如教堂里举行婚礼形式的男女般一起向玫瑰别墅内走去。

　　冯威龙透过那条窄窄的窗缝，无意中又看见了这一幕，气愤至极。

　　忽然，那只花猫不知从哪里蹿了出来，冲着男人的脸上扑去！

　　"妈呀！"南一扁跌倒在了地上，赶紧爬起来。

　　宋晓晨悄悄走近了玫瑰别墅的围墙外，隐身暗中观察着一切。

　　"郑小燕，给客人倒茶！"客厅里传来叶玫瑰的喊声。

　　"来啦。"郑小燕答应着，很快端着茶盘进了客厅。

　　叶玫瑰正和那个丑男人说话。"这么大的一个行李箱！"叶玫瑰娇嗔道。

　　"我把我所有的家当都装在这里面了，还有整个儿的我自己，都交到你手里了。"那叫南一扁的小男人攥起叶玫瑰的手揉搓着，眼神迷离地望着她说。

　　"好啊，男女之间，难得的就是份真心。"叶玫瑰羞涩地往回抽自己的手，而男人攥着叶玫瑰的手久久地不放。

　　郑小燕佯装咳嗽了声，两人分开了。男人坐在沙发上，激动地不停搓着手。

　　"先生，请喝茶。"郑小燕道。郑小燕看见那男人用发胶新喷了头发，全身上下一身崭新的行头。

　　叶玫瑰夹起一块点心递到南一扁的嘴里，意味深长地看着男人的眼睛娇嗔道："来，吃一点。别客气呀，以后，这里就是你的家啦。"

　　而叶玫瑰自己则小口地喝着茶，一副优雅的淑女样。

　　"你去厨房做饭吧。"叶玫瑰吩咐郑小燕，把她支开。

　　客厅内只剩下了两个人。"你在外面等我会儿，我去洗个澡。"叶玫瑰对南一扁语气细柔道。

　　她进了浴室内，将浴缸里的水放满了，水温调好，又提来一篮玫瑰花，将满竹篮的玫瑰花朵纷纷地撒进去。一朵朵娇艳的玫瑰花瓣在浴缸的水面上漂浮着，像是另一种盛开。

浴室的门随之被关上了，被从里面插上了插销。

浴室的玻璃门却是隐约半透的。

南一扁坐在浴室外的沙发上，看见玻璃门内的叶玫瑰款款地解去睡衣，凹凸有致的胴体线条瞬时完全展现在了他的面前，他的呼吸一下子变得急促起来。只见女人脱衣进了浴缸里，让漂满玫瑰花瓣的水浸着她凝脂般的肌肤。花瓣的香气混着水汽透过毛孔，缓缓浸入她的身体里。

南一扁在浴室门外，手抚着、嘴唇吻着玻璃门上那个诱人的胴体的轮廓，这里那里地，可偏偏怎么就隔了一层玻璃？怎么拂都拂不化的玻璃！

叶玫瑰沐浴完后头发湿漉漉地出来了，看也不看南一扁一眼，径直走向沙发，穿着丝质的睡衣慵懒地斜倚在沙发上。

南一扁顿觉浑身燥热，走过去就要拥抱叶玫瑰："你真美——"

叶玫瑰推开南一扁。

那只猫不知从哪个角落里又蹿了出来，径直钻进了她的怀里。

"凭什么，一只猫的待遇比我还高？"南一扁羡慕地看着叶玫瑰怀中的猫不平道。

"人横竖是你的，早晚还不都是你的？"她含义深刻地看着南一扁说，又偷瞅一眼那个大箱子。

"我虽然很丑，可我很温柔，"南一扁指着那个大箱子神神秘秘地说，"这里面，全是钱！"

"不过，我们先领了结婚证，我再把钱给你。"南一扁又说。

"你先把钱给我，我看看有多少，再决定要不要结婚。"叶玫瑰坚持。

两个人僵持在了那里。

"这里面，全是钱，我的钱，都装在这里面了！"南一扁又眨了眨狡黠的小眼睛，神神秘秘地重复，"如果我对你撒谎，就五雷轰顶！"他用粗短的小手指指着自己的额头说。

"你先把钱给我再说其他的！"叶玫瑰情绪失控道，时不时地瞅一眼那只大行李箱，恨不得马上上前掠夺过来的样子，像是吸毒者见着毒品一样。

"实在不行——要不这样，你让我先在玫瑰别墅睡一夜，我就把箱子里的钱给你？"南一扁讨价还价，"那，好吧，我答应。"叶玫瑰贪婪地再瞅一眼那只鼓鼓的大行李箱。

……

当天夜里，风很大，啪啪地拍打着窗子，外面漆黑如墨。

玫瑰别墅里的其他灯都关了，只有一楼的一间屋里亮着灯。

宋晓晨在外面悄悄走近了一楼那间亮着灯的化妆间，只见窗帘忽忽地飘动着的室内，叶玫瑰坐在梳妆台前精心地往自己的脸上化着妆，尤其是将嘴唇化得猩红如血。

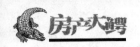

　　终于化完了，她面露凶相地看着自己镜子里的那张浓妆的脸，眼睛里射出了一缕凶光。

　　盛妆之后的叶玫瑰，艳丽得又像一朵怒放的玫瑰花，脖子里扎着的那条玫瑰色的丝巾分外地飘逸。

　　这时，灯灭了，整栋小楼陷在一片黑暗里。

　　别墅的房门吱呀呀地开了——

　　别墅二楼的一个房间内，一张脸附在门上，想听清些什么。很快，二楼的那道门被吱呀呀地推开了，一双脚在楼梯上轻轻地往下迈着，那人走到了楼下的客厅里，竟是郑小燕。她欲打开别墅的门，但门被从外面锁上了，她出不去。

　　外面，深夜的风声里似混有两个人急促的喘息声。

　　郑小燕急忙跑到客厅窗口处去看，外面黑黝黝的一片，玫瑰园里的那棵树在发出剧烈的摇晃，有夜鸟扑棱棱飞起的声响。

　　"喵！"那只猫在玫瑰园里忽然发出一声尖利的叫声。除此之外，什么也看不见。

　　郑小燕只得又返回门前，耳朵贴在门上想仔细听清些什么。

　　过了一会儿，门忽然被从外面推开了，叶玫瑰气喘吁吁地站在门口的黑暗里，惊问："郑小燕，你站在这里做什么？"

　　"我……我听见外面好像有响动，担心是小偷，便出来看看——"郑小燕道。

　　叶玫瑰不快地说："在别人家当保姆，最要紧的一点，就是别打探主人的私事！否则，就给我走人！"

　　郑小燕赶紧低下头："我记着了，叶小姐。"

　　叶玫瑰说："你回房去吧。"

　　"是，小姐。"郑小燕说着扭身上楼进了卧房的门。

　　宋晓晨一直躲在暗处观察着，但因为黑暗，什么也看不清。

　　过了会儿，别墅门口的灯亮了，宋晓晨发现叶玫瑰吃力地拎着个麻袋从别墅内出来了，到了院里的车旁，将麻袋扔进了后备箱里，很快响起了马达声，叶玫瑰开着车离开了玫瑰别墅。

　　宋晓晨惊恐不已。

　　楼内窗边的郑小燕看到这些同样惊恐不已。

　　过了会儿，叶玫瑰开着车回来了，停了车后两手空空地进了别墅内，一楼的那间化妆间内很快又亮起了灯。

　　宋晓晨又悄悄靠近了那个窗口，只见室内的叶玫瑰手中拿了把斧头，正用手抚摩着那斧头上的刀刃，脸上浮上一种冥想般沉醉的快意。

　　躲在窗外的宋晓晨看到这里，更加惊恐不已。

　　第二天早晨，郑小燕挎着只篮子到外面去买菜。

在别墅外的垃圾桶处，她忽然站住了脚，目光被一件东西吸引住了，是南一扁来时拖着的那只大行李箱！空空如也的大行李箱！

郑小燕挎着那只装满菜的篮子从外面回到了玫瑰别墅后，坐在客厅的茶几前择着菜。

叶玫瑰穿着睡衣懒洋洋地从卧室里出来了，说道："昨天那个丑男人走了，别准备他的饭了。"

郑小燕择着菜装作无意地问："昨天晚饭时不还在吗？什么时候走的呢？"

叶玫瑰装作很坦荡、很自然的样子道："哦，他，昨夜里走的。"

郑小燕心里说："她昨夜里拎出去的麻袋里装的是什么？还有玫瑰园里异样的响动又是怎么回事？"

而宋晓晨则急急地进了一间网吧，迅速打开了电脑，浏览到了一则配有叶玫瑰的漂亮照片的征婚启事。

他将屏幕上的字读出声来："天使姐姐，一个美貌如花的年轻女子，独守着一栋别墅，她一天天翘首等待着一个诚挚的男人跟她迈入婚姻的殿堂，共度美丽时光。这个男人必须经济殷实，因为无忧无虑的生活是滋养女人美丽的根本。如果你是一个贫寒的男子，一切免谈。天使姐姐的 QQ 是——"

宋晓晨马上注册了一个新的 QQ 号，然后打开了——

第三天，一个头戴礼帽、身穿风衣、脸上戴口罩、戴墨镜的全副武装的年轻男子又远远地向玫瑰别墅走来。

跟南一扁来时一样，叶玫瑰也手拿一支猩红的玫瑰花，站在大门口迎接着那年轻男子。

"你就是网上跟我联系的，名叫华庄的求婚者？"叶玫瑰问。

"是我。"来人回答。

两个人牵着手向玫瑰别墅走来。

冯威龙在窗缝里又看见了这一情形，气得什么似的。

两人走到垃圾桶边的时候，戴口罩的年轻男子很在意地看了眼那个空空如也的大箱子。

"看什么呢？"叶玫瑰注意到了这一点神情异样地问。

戴口罩的年轻男子愣了下神："谁的行李箱呀这么大？"

"不知是谁的。"叶玫瑰说。

进了客厅后郑小燕过来倒茶，她探究地打量了一眼这个全副武装的年轻男子。

叶玫瑰在旁见了，将郑小燕拉到一边说："放你几天假，离开玫瑰别墅吧。我这里有客人，有些事情不方便。"

"好的。"郑小燕便退出去了,疑惑地离开了玫瑰别墅。

客厅内,叶玫瑰问:"华庄,你看起来这么干练,是从事什么职业的?"

"警察。"华庄答。

"警察?"叶玫瑰深看了华庄一眼,神情有些慌乱。

华庄笑道:"曾经是。"

叶玫瑰问:"真想和我结婚?"

华庄道:"是的。在网上看到了你登的征婚启事,在看到你照片的第一眼,我就迷上你了!"

"这栋小别墅,很贵的,我是贷款买的,压力很大。你能为我分忧吗?"叶玫瑰问。

华庄掐了支花瓶里的玫瑰花,疼惜地轻轻掸去上面的土道:"那是应该的。鲜花是需要在温室里培育的,美丽的女人只让人看便可了。我可不忍心让你这样的美人为了生存到处奔波,去经受生活的烟熏火燎、柴米油盐。"说着便从口袋里掏出一张银行卡和一枚精致的戒指来,放到了叶玫瑰的手里。

叶玫瑰问:"怎么,你是在正式向我求婚吗?"

华庄点点头。

"你爱我什么呢?你对我的过去还一无所知。"叶玫瑰苦笑了下问。

"我喜欢你美丽的容颜。"华庄说。

一丝不易察觉的狞笑兀地浮上叶玫瑰的嘴角。

当天晚上依然是个大风的夜晚。

华庄和叶玫瑰坐在客厅的沙发上看了会儿电视,叶玫瑰扭头异样地看了华庄一眼,问道:"我再问一遍,你真爱我的这张脸吗?纯粹是因为这张脸来征婚?"

她的眼睛里忽然有一簇火苗燃起来了,充满希冀地看着华庄。

"是啊。我喜欢你这张美丽异常的脸。"华庄说。

叶玫瑰眼里的那簇火焰瞬间熄灭了,好像有什么在她心中砰然碎裂,再看华庄的眼神里含了一丝敌意,脸上的表情变得坚毅,说道:

"好吧,就让这张涂脂抹粉的脸深刻地留在你的脑海里。你等我一下,我去化一下妆。"叶玫瑰站起来离开了。

过了会儿,叶玫瑰款款地回到了客厅。

盛妆之后的叶玫瑰,艳丽得又像一朵怒放的玫瑰花。脖子里扎着的那条玫瑰色的丝巾分外地飘逸。

华庄怔怔地看着她说:"你真美。"

"是吗?"叶玫瑰惨淡地笑了笑说,"今天是个有月亮的夜晚,我们到玫瑰园中赏月好吗?"

"好啊。"华庄说着起了身。

两人手牵手来到了院中的玫瑰园里。

"躺到藤床上去吧。"叶玫瑰轻柔地牵领着华庄。

华庄仰身躺到了那张藤床上。

女人将脖子里的丝巾扯了下来，欲用丝巾将华庄的双臂捆绑起来。

"你想干什么？"华庄惊问，欲起身挣脱。

"谁规定的女人必须被动？你喜欢女人的别样风情么？"叶玫瑰语气异样地说，蛇般的身体从华庄的脚处一寸寸慢慢地蠕动了上来，附在他的身体上拥吻着，浓密的长发遮掩了她的脸。

男人全身瘫软了，再没有丝毫反抗的能力。

终于，他的双手被丝巾绑住了，又举过头顶系在了他头顶后的那棵树上。

这下，是真的挣脱不了了。

这时，叶玫瑰忽然一反常态地附在华庄的耳边恶狠狠地发出一句呓语："你去死！"

那声音像是一股来自坟地深处的寒气，掠过华庄的耳边，使他下意识地打了个寒战。

说着，叶玫瑰返身从身后拿出了把斧子向华庄举了起来！

华庄猛地挣脱开丝巾的捆绑一跃而起一把抓住了叶玫瑰手中的斧头，大喝一声："你想干什么？"

华庄凶凶地抓着叶玫瑰的手腕径直将她拽到了客厅里，"啪"地一下打开了灯，室内顿时亮如白昼。

男人摘去了礼帽、口罩、墨镜。

叶玫瑰惊骇地望着来人："晓晨？！"

宋晓晨痛楚道："不管平时我对你怎样，但在法律面前，我绝不袒护你！"

"我没有触犯法律，只是制造点刺激的小游戏，你这么紧张干吗？"叶玫瑰不以为然地坐回沙发上道，"你自己看看，这把斧子是塑料板做的，哪里能杀人啊？只是个玩具。"

她又仔细去抚宋晓晨胳膊上的勒痕，问道："勒疼你了吗？"

宋晓晨甩了甩手腕道："没事的。你搞这种名堂做什么？"

"只是一种心理宣泄罢了。一种游戏，学美国电影《本能》中的情节，"叶玫瑰板起脸，咬牙切齿地说，"对那些喜欢这张脸的男人，我要让他来一个'死'一个！"

宋晓晨惊恐道："来一个死一个？"

"又不是杀人，只是从经济上宰他们一刀而已。这样，我心理上的仇恨就能得

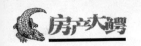

到些许的缓解。"

"你怎么下得去手，去骗那些爱上你的、无辜的男人？"宋晓晨道。

叶玫瑰的情绪忽然变得激愤起来，她面目狰狞地抓着自己的脸道："哼！爱我？他们爱的是这张不属于我的脸！这张我最恨的女人的脸！我早就发过誓，叶飞舞得为对我的伤害付出代价！所有对我这张脸有好感的男人也都不会得到好的下场！"

"所有对你这张脸有好感的男人都不会得到好下场？包括前天来的那个又矮又丑的男人？他，被你杀啦？"宋晓晨马上紧张地质问。

"你是说南一扁？"叶玫瑰陷入了回忆之中：

昨天晚上，叶玫瑰在客厅里急不可耐地打开南一扁带来的那个大箱子后，一看里面的钱，一下火了！气恼地一脚踢翻了箱子，满箱子一角钱的角票像树叶一样纷纷扬扬地散了一地。

"砰"地一声，她气势汹汹地冲进了南一扁的卧室，而此时，南一扁正盘着短腿坐在床上眯着眼喜滋滋地做着洞房花烛夜的梦：

满房间的红色，他和叶玫瑰都穿着老戏里的传统服装，叶玫瑰蒙着红盖头，他拿着一杆秤撩开了红盖头，叶玫瑰绽出了羞涩的笑……

"妈呀！"南一扁疼得叫唤着睁开了眼，梦醒了，只见叶玫瑰凶巴巴地站在跟前，正揪着自己的耳朵！

叶玫瑰将南一扁揪出了房间，来到客厅里，恼羞成怒地指着那些角票叫道：

"骗子！你这一箱子的角票连你的晚饭钱都不够！给我滚出去！"

但即便如此，叶玫瑰还是像吸毒者见到毒品一样，一张一张地，去捡那些树叶般的角票，捡到她自己的一个大花包里去了！

"我没有说谎，我说过，这里面装的全是钱！"到了这会儿了，南一扁还在坚持。

叶玫瑰捡完钱后，便去搡南一扁："你给我马上滚出去！"

南一扁心疼得抹着眼泪哭了起来："你收了我的钱，可又不跟我结婚。"虽觉得委屈，可也只得往外走。

"等等！"叶玫瑰忽然起了一念，说道，"你半夜里从我家里出去，万一让小区里的其他住户看见，你又长得这副模样，让我没脸做人，干脆，我把你装到麻袋里送你出去吧。"

说着，叶玫瑰便去找了个麻袋来，让南一扁钻到麻袋里，她吃力地拎着麻袋打开屋门来到了院里的车旁，将装了南一扁的麻袋塞进了后备箱里，自己进了驾驶室，将车开出了玫瑰别墅——

……

听到这里，宋晓晨长舒了一口气道："我还以为，那麻袋里装的是南一扁被肢解了的尸体呢，吓死我啦！"

"那半夜玫瑰园里异样的响动，也是你，像跟我一样，跟他之间做的一场'杀人'游戏？"宋晓晨问。

叶玫瑰低头默认。

宋晓晨伤心道："曾经在商场上那么叱咤风云的一个女强人，现今却搞起这些小伎俩来了！你知道自己已颓废、消沉成什么样了吗？重新振作起来吧！"宋晓晨失控地摇着叶玫瑰。

"振作？我靠什么振作？我已经被冯威龙骗得一无所有，除了你施舍给我的这一安身之处和那辆车，我连一日三餐都快保不住了，再说，因为失去自己公司的那场重创给我的精神造成的毁灭性打击，我这张脸，随时面临着毁容的危险。我时时刻刻都处于万分的恐惧之中，哪里还有力气和本钱东山再起？"叶玫瑰道。

说着，叶玫瑰又抱腿坐在沙发里，手中把玩着那把斧头，脸上浮着一种冥想般的沉醉的快意，一下下地"杀"着空气。

宋晓晨望着叶玫瑰的神态，心想："她好像已有轻微的人格分裂的症状了！"想到这里，他语重心长地说："人什么错误都可以犯，唯有法律是绝对不能触犯的！因为一旦触犯了，谁都救不了你！"

叶玫瑰被击中了什么，道："我何尝不知道？只是……只是我太需要钱啊，晓晨，虽然这次得到你的倾囊相助已做好了修复手术，可万一以后再毁容，再出现什么严重的状况——我怎么办呢？哪来钱再做修复手术？我不能拖累你太多啊！再说，利用征婚骗人的，压根儿不是我的脸，而是这张借来的叶飞舞的脸！"叶玫瑰神情怪异地指着自己的脸。

"并不是所有的男人，都会像南一扁这么好对付，在拿了他的钱之后再被轻易地打发掉，要是遇到那种难缠的，你怎么收场呢？"宋晓晨又说。

"我想过了，若遇到那种非要跟我兑现婚约的，我就把他们统统关到一个房间里去！"叶玫瑰快意地说。

"一个接一个地骗下去、关下去么？那外表如诗如画的玫瑰别墅，岂不成了一个骗人的魔窟？你岂不成了《画皮》里的女妖怪，成了吸血鬼了吗？"宋晓晨惊道。

"我化妆进来时给你的那张银行卡是空的。你怎么能料定在跟那些陌生男人的周旋中，你总会是赢家呢？万一出现什么更严重的事端……"宋晓晨越想情况越严重，他将自己的双臂搭在叶玫瑰的肩上，一字一顿地说，"玫瑰，来，看着我的眼睛！答应我，不管出了什么情况，不管你心里有多少怨恨，都不能做错事，尤其是触犯法律的事，是绝对不能沾的！因为有个人那么需要你，依赖着你而活。人生一

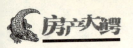
步步地走过来，有过多少不易？你尤其该疼惜自己，也该疼惜那个人，别再让他为你担惊受怕。"

叶玫瑰庄重地点了点头："我答应你。"

"也答应我，以后绝对不再搞征婚骗术这种小伎俩了！"

"好。"

叶玫瑰答应这句话的时候，宋晓晨看见她的眼神有些犹疑。

在过后的一连几天里，宋晓晨和他的那辆破摩托车都守护在玫瑰别墅外的一个拐角处。他在偷偷地看护别墅内的叶玫瑰，担心她再往邪路上走。

甚至夜晚到来的时候，他也不敢离开半步，弄一张草席铺在地上，困了时打个盹，凑合着就是一夜了。

叶玫瑰端着饭菜进来的时候，冯威龙把身体扭过去。

"我已经做完修复手术了，快吃饭吧。"叶玫瑰低声下气地说。

但冯威龙看也不看她一眼，坚决不看。

"即便我是整过容的，可'女为悦己者容'，一切都是为了取悦你，罪过何至于如此？"叶玫瑰委屈道。

冯威龙嘴角撇了撇，不屑道："哼！不仅仅是为了取悦我一个人吧？你把我锁起来还有一个主要的目的，为了和其他男人幽会方便，是吧？"

"哪有的事啊？"叶玫瑰慌乱不已的样子，但明显看出底气不足。

"你这道帷幕遮得并不严实！几天来我在窗缝里看见了院里不该看见的一幕幕。"冯威龙气道。

"宋晓晨是我以前的男朋友。"叶玫瑰低头说。

"你以前的男朋友？"冯威龙惊骇不已，不认识似的看着叶玫瑰，"你身上还有多少秘密？！"

"你等我一下。"叶玫瑰转身离开了房间。

叶玫瑰很快便回来了，只不过回来的她穿了一件肥大的黑色男式风衣。

"这不是我……我的衣服吗？怎么在你手里？"冯威龙疑惑道。

"这是你在一个大雨的郊外，送给一个叫叶小篮的女人的，对吧？"叶玫瑰追问。

"可是，怎么会在你手里？"冯威龙继续问。

"你真的认不出我了吗？我就是当初曾到你们家做过保姆的叶小篮啊。"

"叶小篮？！"冯威龙像见了鬼般往后退了几步，上下打量着面前的女人，"你跳崖后没死？"

"是的。后来我按着叶飞舞的模样做了全身的美容手术，改名叶玫瑰，走向了你——"

"这么说，那天我在大街上遇见的以及从那以后在我的生活里出现的叶玫瑰，都是你叶小篮？"冯威龙问。

"不错。"

"真是滑稽至极！"冯威龙苦笑道，嫌弃地离叶玫瑰远了些。

"那天夜里我让晓晨来，是为了要钱，我做修复手术用的钱。从晓晨那里拿到钱后，我才去医院做了修复手术，才能不戴纱巾地站在你面前。"叶玫瑰向冯威龙诉说着。

冯威龙情绪剧烈地起伏着，走来走去地说：

"不管怎样，对原来的你，那个从前的叶小篮，虽然称不上爱，但起码还有好感、尊重，现在的你算什么？一个怪物而已！将一些人造的物质塞入体内，一个人，一个身体，怎么可以这样？我绝对接受不了！"冯威龙又往后退缩了几步尖叫。

"你接受不了？你有没有想过你的行为中有多少是女人接受不了的？！"叶玫瑰声嘶力竭地质问。

"当你和郑小燕一副夫妻情深的样子的时候，在深夜的书房里却对着叶飞舞的照片发呆，又搞什么'寻人启事'的花样，郑小燕知道了的话能接受得了吗？当你和我叶玫瑰一次次激情燃烧的时候，郑小燕能接受得了吗？当你和小刁等女人乱来的时候，我的心痛楚得那种欲碎了的感觉你想过吗？"叶玫瑰叫道。

"不管怎样，你都不该把我关起来，你简直是个魔鬼，是我命里的克星！"冯威龙气得跺脚。

叶玫瑰虚弱地躲开冯威龙的逼视："我也是没办法。你拥有太多的时候，便会傲慢，谁让你得意时那么张扬呢？"

冯威龙大梦初醒的样子，逼视着叶玫瑰："该不会，小树的意外之死跟你也有关吧？既然你瞒着我做了那么多事！"

叶玫瑰神情虚弱地分辩："那是一场意外。"

冯威龙惊道："真的是你！你的心虚将谜底泄露无疑！你明明知道，我那么喜欢这个儿子。他是我生命里的珍宝。"

"因为这个儿子，郑小燕在我面前极尽显摆，她还使坏让我失去了我的孩子，我也要让她尝尝失去孩子的痛苦！"叶玫瑰咬牙切齿道。

"这么说，是我间接害死了自己的亲生儿子？我在世间唯一的血脉。"冯威龙揪着自己的头发仰面望向天花板，欲哭已无泪。

"那你有没有想过我为你还牺牲了多少？！"叶玫瑰尖叫着反问。

"你知道，什么叫戴着镣铐跳舞么？"她用一双泪眼望着冯威龙，神情里透出一种凄美。

　　"你能想象我为了楚楚动人地走向你，付出了怎样的代价么？很多人都只知道做手术会痛苦，但全身多处整容到底有多痛苦，只有亲历的人才会知道。我对麻醉药过敏，每次上手术台都冒着会死掉的危险，还随时面临着整容后遗症复发的严重后果。

　　"还有，为了你，我到你家当保姆，忍受着小树对我的排斥、敌意；到了你手下后，又为了那份工作殚精竭虑地百般付出，甚至不惜利用色相诱惑那些男人，那原本是我内心深处所深深不齿的！

　　"我不止害死了自己的亲生骨肉，还把原来的自己活活地杀死了，不止容貌，还有内心的纯良，换上了给我造成过心灵重创的叶飞舞的脸！一次次地，我多么想抓烂这张脸，这张世上我最憎恨的女人的脸，可为了得到你的欢心，我必须天天顶着这张脸，你考虑过我的感受么？而你，就是那个始作俑者，那个幕后的源头！"

　　叶玫瑰劈劈啪啪地诉说着，继而痛苦道："你应该明白，我为了你，付出了怎样巨大的代价，甚至有可能包括我的生命。"

　　"不管怎样，你这个女人，实在是太可怕了！"冯威龙扭头仇视着叶玫瑰，"想我冯威龙，那么自信、骄傲的一个男人，却被一个女人玩弄于股掌之中！一个男人，如果没有了事业，没有了社会交往，像只羊一样被圈养着，活着还有什么意思？这间房子，这个别墅，就像一座坟墓一样！"冯威龙的情绪忽又变得狂躁起来，一下一下地捶着墙，揪着自己的头发。

　　他忽然又想起了一点，问道："前几天玫瑰别墅里先后来了两个陌生男人，他们又是谁？你还手拿玫瑰花在大门口接着他们，举止亲昵，这又是怎么回事？你把我锁起来，该不是就为了让我观赏窗外的这样一幕幕场景，故意气我吧？"

　　叶玫瑰极力地争辩："不是的！这次晓晨已是倾其所有给我钱做了修复手术，我担心以后再有毁容的严重情况时会没钱治，所以便在网上登了个征婚启事，想骗其他男人的钱。"

　　"你以后还会有毁容的可能性？"冯威龙惊恐道，整个人都寒透了，他撇了撇嘴，不屑道，"就你这副样子，这种情形，自顾已不暇，哪里还有能力帮我东山再起？"

　　他厌恶地推了推叶玫瑰："我累了。这么多的真相一股脑儿地涌到我的跟前，我一时间消化不了，你让我一个人静一会儿行吗？"

　　"不错，我是整过容的，骗了你。可你扪心自问，你骗过我多少？当初不是你拿公司的股份诱惑我，我会那么卖力地为公司付出，甚至冒险色诱蒋局长，最后落得个骑虎难下的局面吗？如果不是你再次拿公司的股份诱惑我，在和叶飞舞发生严重冲突的那次，我便早早离开了公司，也不会白白又被你榨取了那么多的心力和宝贵的时间；如果又不是你拿要跟我结婚的谎言坑骗我，我怎么会将自己的公司，将自己苦拼了那么久才拥有的一份事业对你拱手相让？你自己明明就是一个大骗子，却还有脸在我面前指东道西！你身为一个大男人，一个那么大公司的老总，到男人的世界里去欺骗、驰骋，还算是你的本事，坑骗一个柔弱的女人算什么本事？尤其是利用她对你的崇拜去坑骗她，尤其让人不齿！"

极度的羞辱之下，叶玫瑰压抑已久的愤懑终于冲出了一个口子，噼噼啪啪地发泄着，总算彻底释放了一番。

叶玫瑰抹去眼角的泪水，坚定道："不过从另一个角度讲，我又很感激你，一个人不被伤到体无完肤的程度，她总还会贪恋些什么。她但凡从你的身上能看到丝毫人性的美好，也会贪恋些什么。实在是太可笑了！我原来，竟然还相信过你会跟我结婚。"

第二个惊天真相：有关郑小燕的。

话说到这份儿上，既然叶玫瑰撕破了脸，冯威龙也丝毫不顾及什么了，他撇了撇嘴不屑道："跟你结婚？！只一个郑小燕，耗费了我多少心力都抹不去，我怎么可能再跟你，或者其他任何一个女人结婚？！"冯威龙不耐烦地、下意识地脱口而出。

他马上意识到了自己的脱口而出，但说出去的话，已是泼出去的水了。

"你这话什么意思？我一直认为，郑小燕是横亘在你我之间最大的障碍，我多少努力都抵不过她在你心里的分量。"叶玫瑰问。

"郑小燕在我心里的分量？"冯威龙的肩膀耸了耸，嘴角撇出一丝滑稽的轻笑，"当初，我故意安排明显对我有爱慕之情的叶小篮进我家当保姆，故意激起两个女人间的争斗，原本想，同一个屋檐下的杀机，多么容易完成，可谁想到你是个不顶用的东西，白白耗费了我一番心思；后来我又故意安排场合让郑小燕结识单位上围绕在我身边的其他女人，故意让她看见我跟那些女人间的亲热，因为我知道女人间的嫉妒心有多强，那种刀子，是无形的。"

"你的意思是，你想故意置她于死地？我不明白，你一直对我们说，你们真心相爱。"叶玫瑰惊骇道，以一种陌生的目光看着他。

"当决策不同时，她还想撤走她在公司的股份，也是被逼无奈，我才将她送进精神病医院的。虽然事后证明我的决策错了，可她怎么也不该有撤股的念头啊！"冯威龙又说。那严严实实地压抑在心中已久的东西被释放出来，也是一种解脱。

"你故意将她送进精神病医院？"叶玫瑰再次惊骇道，下意识地往后躲了躲。

"不怪我心狠，你知道一个企业家的妻子值多少钱吗？公司全部资产的一半！我为公司付出了那么多的心血，绞尽脑汁、夜不成眠……那么轻易地，就被切去了一半，就好像是我自己的身体，被活生生地劈去了一半！"冯威龙脸色痛苦地扭曲着，手比划着，似乎此刻就有一把锯，在喳喳啦啦地锯着他的身体。

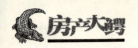

"还有，就因为当初她娘家投的那几万块钱，她在公司就占那么大的原始股份，凭什么？！公司的发展，耗费了我多少心血，到了关键时刻，她还想撤股？门都没有！没天理了还！"

冯威龙又尖利地叫道。

"可是我不能触犯法律，那么，就借用其他女人的手，借用精神病医院——"冯威龙一副聪明至极的样子道，眼睛里像有一团鬼火，闪啊闪的，像暗夜里的一只狼的眼睛。

叶玫瑰听罢倒吸了一口凉气，不，是寒彻了肺腑，她上前一步问：

"那么，开始时你不让我去公司工作，而让我去你家做保姆，明明对整容前的我毫无感觉，也明明感觉到了我对你的爱慕之情，却并不回避，且还有招惹之意，而一旦我明确地向你表达心意之后，你却把拒绝我的借口推到郑小燕身上，是故意借我的手去加害于她？郑小燕那次煤气中毒，如果不是我瞬间人性的良善萌发，心急火燎地赶回去，那么，后果将不堪设想！那次大雨里的邂逅，你对我的好感和温情让我惊喜得认为自己这个灰姑娘遇到了白马王子，原来却只是你物色的一个杀人工具？如果不是我的良善尚存，而是被自己对郑小燕的嫉妒给吞噬了的话，恐怕我现在早已成了法律之刃下的替死鬼了。"

说到这里，叶玫瑰全身的每一根汗毛都呼呼地冒着寒气，她再上前一步问：

"还有后来，你同意我去你家过初夜，又让我把怀孕的事告诉她，也是故意刺激她，让她自杀？

"当初，我抛弃了一切，满怀热情地扑向你，实际上只是飞到你脚下的一把刀子，以供你使用借刀杀人之计？

"而一旦郑小燕出意外之后，她在公司的股份就会主要由你来继承，从此自然也不会再有什么离婚分财产的担忧，你在外风流时，也不会老有人查岗吃醋？"

叶玫瑰步步逼问，冯威龙无言以答。

"一个为你生儿育女、与你同床共枕了二十多年，跟你一起赤手打拼下这片江山的人，都落得如此凄楚的下场，那半路上出现的，边上、沿上的女人，却还指望从你这里得到真挚的情感，并为此前仆后继、争风吃醋地厮打在一起，扭打得一地鸡毛，多么可笑、滑稽！"叶玫瑰辛酸不已地说，神经质般抱住自己离他远些。

"你这个男人，实在是太可怕了！简直是个魔鬼！"叶玫瑰怕被蜇着般甩下这句话恐惧地逃开了那个房间。

叶玫瑰跌跌撞撞地逃出那个房间后，在别墅大门口惊魂未定地喘着粗气。

恰在这时，一个柔弱的人影从外面走近了玫瑰别墅的大门口，竟是休假回来的郑小燕！

郑小燕在别墅门口的垃圾桶处忽然站住了脚，眼神一下直了，只见扔弃在那里的，除了先前来的那个丑男人的空空如也的大行李箱外，还有礼帽、口罩、墨镜等第二个全副武装地前来玫瑰别墅求婚的那个男人的行头！

郑小燕一瞬间恐惧极了，心说："会不会，这两个男人都被劫了财，然后被杀啦？那么，威龙和小树呢？会不会也遭受了什么不测？"她打量一眼玫瑰别墅，似乎一草一木、每一处角落里都藏着鬼气和杀机。

终于，郑小燕失控地一下跪在了叶玫瑰的跟前，抓住她的手臂苦苦哀求道："我求求你，求求你赶快告诉我威龙到底在哪里。我这么苦苦地找他，绝对不是想跟你争夺他！实话跟你说了吧。"郑小燕从贴身的衣服里拿出一张打印纸来。

"这是什么？"叶玫瑰好奇地问。

"这是前些天威龙将小树从我那里带走后，我去一家人寿保险公司为自己买的一份高额人寿保险。保险内容是：期满2个月以后，投保人，也就是我郑小燕，不需要任何原因的死亡，指定受益方都将获得1500万美金的赔偿。我写明的受益方和金额为：威龙的公司90%，威龙和小树共占10%。我算过了，这笔钱足够使'大庇天下寒士'起死回生，"郑小燕如释重负地说到这里，将那张纸贴到胸口处，神情凄美道，"这不是一张普通的纸，这是我的生死契约！"

叶玫瑰震撼不已地呆看着郑小燕，张大了嘴久久地说不出话来。

叶玫瑰上前跪倒在郑小燕面前，抓住她的手说："你实在是太让我震惊了！也就是说，你孤注一掷的是决定用自己的命换回冯威龙公司的起死回生和冯威龙父子的生活？"

"我已设想好了种种自杀方式。只是，在自杀之前，我一定得先找到威龙，亲自把这个保险单交到他手里，免得白死了。这就是我之所以来玫瑰别墅，忍受你的种种，苦苦找他的原因。"郑小燕接着解释。

叶玫瑰将郑小燕拉起来，由衷道："是你让我看清了，什么才是真爱以及该怎样去爱一个人。原来我对你一直不好，是因为我一直嫉妒你，拥有那么能干的一个男人。"

郑小燕惨淡地苦笑了下："你还嫉妒我？你嫉妒我什么？其实，我和威龙在生了小树不久后便已离了婚，而且是远在你出现之前的事。"

叶玫瑰惊讶得又一下呆住了！

而郑小燕并没有发觉，她看着远处，沉浸在自己的思绪里，幽幽地说：

"当时，因为他的频繁出轨，我痛苦得实在受不了了。要知道，那种痛，如乱箭穿心，我真切地感受到，这如焚般的妒忌，会很快将我的生命吞噬掉，保命成为我唯一的奢求，其他的这个呀那个呀，什么都顾不了了；我也明确感受到，从真心里，他多么不愿要婚姻的束缚，不愿要我这个束缚。我也承认，岁月的确拉开了我

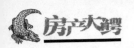

们之间的距离。一个男人太过能干了，其他女人眼巴巴地瞅着，将他惯得不像样。谁让那么多年轻漂亮的女人前仆后继地相拥而来呢，只要这个男人有钱和地位——"

叶玫瑰被说中了短处，羞愧地绯红了脸。

郑小燕继续说："既然优胜劣汰是自然界的法则，就让年长色衰的自己做一粒被淘汰的沙子吧，安静地待在生活的河底。于是我决定从他的生活里无言地退出，对我、对他都是一种解脱。而他坚决不同意离婚，我便趁他熟睡的时候，拿起他的手指在离婚协议上签了字按了手印，我拿着那份协议一个人悄悄去民政局找人办了离婚手续。"

"可是，你怎么能瞒得这么密不透风？外界竟然一点都不知晓。"叶玫瑰困惑道。

"不但外人不知道。至今我也没告诉威龙，也没有离家，我要给小树一个父母和睦的假象，小树，是我生命里的至爱；我更不愿让外人知道我已离婚的事实，不愿承受别人对离婚女人种种怜悯和异样的目光。我没有告诉威龙真相的最主要的原因是，我想有我，有这个虚假的婚姻躯壳，多少会对他有些束缚。毕竟，我内心里是真爱他的，千千万万个不愿意他跟另外的女人有瓜葛的呀！"郑小燕痛楚道。

"你这样不是自我矛盾吗？你那么执意地离了婚，可过后又不告诉家人，也不离家，岂不成了一个人的游戏？"叶玫瑰问道。

"不错，就是一个人的游戏！我偷偷地办了手续，是给自己的心一种劝解，一个矫正：他已经不是自己的丈夫了，已没有权利管他了。我以为这样我就不会因他与其他女人的瓜葛而痛苦了，可是，不管用的！我的思维就是转不过弯来。离婚？那只不过是撕碎了一张纸，我们曾有过近三十年同床共枕的岁月，他是我儿子的父亲，撕碎一张纸怎么能在我的心里将那一切连根拔掉？我也知道，抚平一个男人带给自己的创伤的办法，是尽快开始另一段感情。可是，威龙在我心中，奠定了一个男人的高度，我已经无法再爱上和接受别的男人了，我没办法啊！我该怎么办啊我？"郑小燕痛苦不堪地道。

叶玫瑰深看一眼郑小燕，意识到郑小燕从来就对自己的感情未形成过压迫和威胁，冯威龙的心在另外的地方。郑小燕守着的，只是一个空壳。

"我那么羡慕你，嫉妒你，原来，你的心中，也有着这样不为人所知的苦衷，"叶玫瑰同情道，"其实，我一直对你很好奇，拥有一个这样的男人，是怎样笼住他的心的。"

郑小燕滑稽地苦笑了下，接着幽幽地说：

"我也猜到，他不跟我离婚的原因，不是舍不得我，而是担心离婚时我会分去一半的财产。财产，我要那么多财产干什么？当初我们结婚的时候，只有三间土房子。我在离婚协议书上写明了，只要小树和一点安身立命的钱。有些东西就真的那么重要吗？当地老天荒，有什么能留下？世事浮华，又有什么是真挚不变的东西？

"不过，对他的一切，我都不怪他。知夫莫过妻，我是亲眼看着，他从砌一块砖、铲一铲灰开始，拥有了后来的成功。他把自己，像一块偌大的砖一样，都砌进那个企业里了，他整个人，已经被这个企业给异化了。"

"男人被事业异化，女人被爱异化，这就是这个世界的本质么？"叶玫瑰也不知是说郑小燕，还是说自己。

"我的心，已经脆如蝉翼，再经不得丝毫的风吹雨打了。其实，我压根儿也不需要自杀。自从威龙的公司兴旺以来，我没有过一天好日子，一颗心整天像被千万把刀在凌迟。尤其是最近，我感觉自己像一个千疮百孔的稻草人，勉强支撑着好歹能站在大地上，只等最后一阵风来，就能将我彻底地刮倒——"郑小燕忧伤地说着，跌跌撞撞地向一边走去。

这句话猛地惊醒了叶玫瑰，她叫道："你远远地离开冯威龙，再也不要找他了！这个男人是个杀人不见血的恶魔！你一定要远远地躲着他点儿！"

"你什么意思？你知道他在哪儿，是吧？"郑小燕眼中腾起了惊喜的火花，追问。

"相信我，我这是为你好。把你怀里的那张纸撕了吧，不值得的！"叶玫瑰劝道。

"只要他在世界的某一个角落，我就一定要找到他！"郑小燕喃喃着。

第三个真相：冯威龙破产的事实被揭开。

叶玫瑰和郑小燕正说着，宋晓晨拿着份报纸急匆匆地走进了玫瑰别墅的大门，说：

"报上登了，大庇天下寒士房地产公司因为资不抵债，被正式宣告破产。"

"给我看看！"叶玫瑰抢过那份报纸急切地看着。

"破产啦？"叶玫瑰看罢那则报道后虚弱得趔趄了一下，下意识道，"这么说，他现在成了个一文不名的男人，很难再有翻身的可能？"

"不止是一文不名，而且还负债累累，三年内再无注册公司的资格。"宋晓晨解恨道。

"什么？威龙的公司破产啦？"郑小燕也趔趄了一下，她气恼地捶着自己的头，"都怨我！如果早一点自杀——"

郑小燕起了一念，转身便往玫瑰别墅外疯跑去。

宋晓晨见情形不对，心里咯噔了一下，赶紧追了出去，喊着："小燕姐，你千万别做傻事啊！"

而此刻，叶玫瑰压根儿无心注意郑小燕和宋晓晨的去向。"这怎么可以？！"她声嘶力竭地大叫了一声，"他怎么可以耗尽了一个女人的所有心力，让她几乎丧失了所有的自我，甚至差点输掉了半条命，最后却让她一无所获？哈哈哈！"

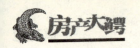

她忽然就滑稽地大笑了起来，笑得那么苍凉，笑得眼里涌出了悲凉的泪水，明明是哭。

过了会儿，她忽然停止了哭，像个疯子般气势汹汹地转身就向别墅内疾步而去，一副要讨还血债的架势。

"砰"地一声，冯威龙房间的门被踹开了，叶玫瑰走了进来，以一种从来没有过的心理优势，高高在上地看着冯威龙。

"你在我面前好像从来没有过这种表情。"冯威龙苦笑道。

叶玫瑰将那份报纸扔给冯威龙，以一种漠然的眼光看着他道：

"叶飞舞将你失踪的消息透露出去了，导致公司的股票一路狂跌到几乎为零，大量流通市值人间蒸发，你的办公楼、家和停工的烂尾楼都已被另外的老板拍去了，但还是资不抵债，那些债主们去法院申请你的公司破产，被批准了。"

"什么？"冯威龙抢过报纸看罢后趔趄了一下，"这一刻，终于还是来了！"

他虚弱地一下瘫坐在了地上，"这些年来，我背负着一个沉重的枷锁，殚精竭虑，呕心沥血，就怕这一可怕的事实有一天会落到我的头上，结果还是来啦，真是人算不如天算。"

冯威龙用自己的头不停地碰着墙。

叶玫瑰在冯威龙跟前高高在上地转了几圈，说道：

"我再告诉你一个真相，在得知你破产的瞬间，我发现，你在我眼里、心里，瞬间变成了个火柴棍、肥皂泡般渺小的存在，自邂逅你以来，那一直缠绕着我的浓深情愫忽然间就像纷纷凋落的树叶般消失殆尽，原来，我是这么弄不清自己，我爱的，其实压根儿不是你这个具体的男人，而是附着在你身上的、那种叫做成功的东西！"

"那么轻易地，让一切现了原形。"冯威龙嘲讽道。

"是的，原形。只可惜，现得太晚了。我发现这个事实后，你在我心里所有的分量、光环、磁力、威力、对我的控制力……在那一瞬间都土崩瓦解，灰飞烟灭。我并不是一个坏女人，而是一个情感的迷茫者。当然，你也从来没有爱过我，你只是在感觉到我对你有某种价值的时候，利用我一小下。我们俩都太好强了，都只爱那种叫做'成功'的东西，所以我们从骨子里就水火不相容。为了这'成功'，我想借助你，而你，只是把我当成在商场上为你冲锋陷阵去厮杀的一把剑，利用一下。而一旦自身的'利用'价值失效了，在对方的心中便瞬间沦为瓦片了。"叶玫瑰说到这里，陷进了一种莫名的空虚里。

"今天的另外两个真相你知道后不知会有怎样震撼的感受，"叶玫瑰又说，"是有关郑小燕的。在前不久，她去一家人寿保险公司为自己买了一份高额人寿保险。

保险内容是：期满 2 个月以后，投保人，也就是她，郑小燕，不需要任何原因的死亡，指定受益方将获得一笔巨额赔偿。她写明的受益方和金额为：大庇天下寒士房地产公司占 90%，你和小树共占 10%，以便使你的公司起死回生。这些日子以来，她练习了各种自杀的方式，只是，在自杀之前，她一定要把那张保险单亲自交到你手里，免得白死了。这就是她来玫瑰别墅苦苦寻找你的原因。"

冯威龙听到这里惊住了！他头抵着墙流出了眼泪，道："我以为她这么苦苦地找我，是看我落难了，来跟我离婚的。"

"你总是这样！什么事都往坏处想，把一些美好全扑灭了！"叶玫瑰怨道。

"而我，还以为她是来掠夺你的，而对她备加折磨！"叶玫瑰悔恨地捶着自己的胸。

"她哪里还需要来找你离婚？为了减轻你频繁出轨带给她的痛苦，多年前她便背着你偷偷找人办了离婚手续，离婚协议上写明了，她只要小树和一笔勉强能维持生计的费用。"叶玫瑰接着说。

冯威龙再次惊得久久地说不出话来："这怎么可能？离婚是两个人的事，她怎么可能在我不到场、不知情的情况下，办理了离婚手续？"

"追究这些已经没有意义了。你还待在这里干什么？还不赶快去找她啊！"叶玫瑰上前便去给冯威龙解锁链。

"哦，不！我不能让那样一个柔善的女人再接近你，你是个恶魔！谁遇到你，谁倒霉。我要保护她，让她从此远离你！"叶玫瑰的脑子又转到了一念，停止了手中的动作。

"放开我！我要去找她！我命令你，放开我！"冯威龙咆哮道，像一只暴戾的困兽。

那兀自的咆哮，锋利地切割着空气。

叶玫瑰嘴角撇上一丝嘲笑，奚落道："是谁家的爆竹炸响在空气里，已经与我无关。这只是些飘飘扬扬、被风胡乱吹掉的碎纸片，而我，竟让它一再地推动我的命运轨迹，一切是多么可笑！"

叶玫瑰越想越气，上前一步声嘶力竭地叫道："我让这些随意撒在空中的纸片成为自己命运的指导，你做事已经没有讲究！那些荒废的岁月，无谓的消耗，你还给我！"

"放开我！我要去找她！"冯威龙依然咆哮着，挣脱着。

"安静点！你这个纸糊的老虎！"叶玫瑰气恼地吼道，她端起一杯水，哗地一下泼在了冯威龙的脸上。

冯威龙一下呆住，老实了。

叶玫瑰的愤懑情绪尽情宣泄了一番后，人柔和了些，她伤感道：

　　"如果说这场爱是一场劫的话，劫后也有重生的机缘。你就像一场掠过我生命的呼啸而过的大风，让我整个人摇荡不已，不过想想那大风过后的树木，被吹落在地上的，都是树上枯黄的枝叶，而还留在枝头上的，是更葱绿、更健康的部分。从这个角度上讲，这场风，也不是坏事，让我们各自看清了，谁才是自己的真爱。"

　　叶玫瑰说罢向房外走去，轻飘得像一片树叶一样，好像忘记了男人的存在。

　　那丝牵连双方的最后一根线，断了。所有的美好，都已不会回来。

　　好在这一切终于结束了！

　　好在不远处的那个简陋小院里，还有一个遮风避雨的地方，还有一个温厚的、眼睛像露珠般纯净的男人，翘首等待着她。

那一场呼啸而过的风

你还记得昨夜里那一场呼啸而过的风吗？

以横扫一切、千军万马也抵挡不了的声势

我原以为，那是爱的来临

我打开门窗，换上飘飘的白色裙装

既然你是来势汹汹的风

我就是风中一棵舞得最狂野的树

无人知道我每一根枝条的疼痛

风吹落了一地的残骸

那都是树上枯黄的枝叶

还留在枝头上的，是更葱绿、更健康的萌芽

谁收拾着残局，还把我的长发细细地挽起？

大风过处，是千树万树的花开

是万千新绿从枝头上蓬勃地绽出

哦，昨夜里那一场呼啸而过的风啊

那其实，只是一场关于爱的洗礼

　　郑小燕疯了般在旷野上跌跌撞撞地跑着。

　　宋晓晨在后面紧追着。

　　前面有一棵粗树！郑小燕弯腰低头就冲着那棵树撞去。

　　宋晓晨在后面及时追上，将她抱住拦下了。

　　"晓晨，我身上有一张保险单，我出事后，你一定要替我将这张单子交到威龙的手里！"她边挣脱边喊。

前面又发现一小块石头！郑小燕扑过去拿起石头就往自己的头上砸。

宋晓晨又给拦下了。

前面的马路上开来一辆车！郑小燕迎面就冲着车跑去。

还好司机机灵得很，发现前面不对劲马上扭转方向盘将车转弯啦！

……

郑小燕和宋晓晨一个跑一个追的，两个人折腾得都精疲力竭的，瘫坐在地上气喘吁吁的。

郑小燕还在说："不行！我太了解他了，他这人，太要强，企业就是他的命根子，这会要了他的命的！我必须自杀，赶快把那笔钱送到他手里，这样，他就能东山再起了！"

她想了想又说："可在这种时刻，我无论如何该守在他身边的，万一他承受不了这个打击——我必须尽快找到他，待在他身边，看着他！我该怎么办啊？我如果有分身术就好了！"

"小燕姐，求你别再折腾了！当下最要紧的，是先找到冯威龙！"宋晓晨说。

"对对对！"郑小燕反应过来，情绪稍微平静了些。

"我总觉得，叶玫瑰那里是找到他的一个缺口。虽然她说冯威龙在玫瑰别墅里待过几天，又走了，但我总觉得，她隐约知道他的下落。我们现在就回玫瑰别墅吧。"宋晓晨说。

"好。"

两人起身往回走。

郑小燕边走边问："我想问，你怎么知道冯威龙有可能在玫瑰别墅？"

宋晓晨吃了一惊："你听出我的声音了？我故意变了声的。"

郑小燕点头："隐约觉得是你。"

宋晓晨解释："我看见过他在玫瑰别墅里和叶玫瑰在一起。叶玫瑰警告过我，若是我将冯威龙住在别墅的消息走漏了，她就不认我这个朋友。可我看你寻冯威龙寻得那么苦，实在不忍心，便给你打了那个匿名电话。"

宋晓晨回到玫瑰别墅后厉声问叶玫瑰："冯威龙到底在哪里？你能眼睁睁地看着小燕姐这么苦苦地找他吗？"

"我不知道他在哪里。"叶玫瑰还是这么回答。

"到了这会儿，你还是对他心存幻想是不是？"宋晓晨嫉妒道，"你不告诉别人他在哪里，是说明你心里还有一个角落给他！"

"绝对不是的！"叶玫瑰分辩。

叶玫瑰眼睛一转，忽然就萌生怒气，对宋晓晨吼道：

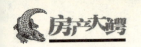

　　"即便是对一个比你年长十多岁的女人，也有可能产生爱情，不是么？因为她是那么美好，具备了一个女性所有的美德，"叶玫瑰吃醋道，"你回来干什么？看一个女人彻头彻尾的失败？为什么我人生所有的难堪和羞辱都落在你的眼睛里？你就不能给我一处遮羞的角落吗？在你面前，我无地自容，你知道吗？"

　　"你！好！我这就走得远远的！"宋晓晨赌气跑出了玫瑰别墅。

　　叶玫瑰望着宋晓晨远去的背影伤心道：

　　"晓晨，原谅我故意委屈你，说这种话来伤你。现今的我，是一个烂摊子，随时面临着毁容的恐惧和再整容的昂贵花费；我的精神上，也有患病的征兆；还有，我已经无法再为你生个孩子了。我因为爱慕虚荣导致的残局，却要你来收拾，没有这个道理的。虽然我是那么渴望能和你一起重新过小平房里的日子。可泼出去的水，再也无法完整地掬起了，勉强掬起的，也早不复之前的清凌了。"

　　郑小燕不知什么时候走到了跟前，说："晓晨是个难得的厚道青年，你为什么要冤枉他？"

　　"是从你的身上，我才学会该怎样去爱一个人。"叶玫瑰说。她忽然起了一念，扯下了脖子上的那条玫瑰色的、冯威龙送给她的长丝巾，在脚下反复踩着，可怎么都踩不坏，又疯了般撕着扯着，可还是怎么都撕不断。她干脆拿着丝巾疾跑出了玫瑰别墅。

　　她跑到了河边，义无反顾地将那条丝巾扔进了湍急的河里，那条柔软无比的丝巾如一条蛇般很快便被水流裹走了。

　　"哈哈！总算将它甩掉了！这条缠绕了自己太久太久的毒蛇！如果，如果能将自己的这段经历裁下来，像扔一块手绢一样扔进深深的河里，该有多好！只是逝者如斯，此时此地的河床中再也打捞不出昨天的水流了。"叶玫瑰伤感地道。

　　在不远处的一个隐蔽处，宋晓晨将这一切看在了眼里，他心里无声地说："可是小篮，你若不珍惜今天的此时此刻的话，明天一样还会发这样的感慨啊。"

　　晚上，玫瑰别墅内的一个房间里，墙上映着一个女人张牙舞爪的影子。

　　就像电影里女特务严刑拷打犯人的情状，叶玫瑰挽胳膊捋袖子地，举着一根鞭子啪啪地抽打着挂在挂衣杆上的一件男式黑风衣，边抽边恨恨地数落着：

　　"骗子！你还给我！那么多宝贵的岁月，那些殚精竭虑的劳顿奔波，还有被践踏的尊严、情感的浪费、精神的痛苦、时间的消耗……你让我付出了怎样的代价？半条命被你祸害掉了，却原来是一个对自己全无意义的大骗子！我抽死你！活活地抽死你也解不了我心中的恨！"

　　深夜时分，叶玫瑰用托盘托着食物再次来到关着冯威龙的房外，拿钥匙打开门后，兀地发出一声惊恐的尖叫："啊！"

她手中的托盘掉在了地上。

……

"燕子！"黑夜的深处忽然传来冯威龙深沉的呼唤。

"燕子，只有你是真正爱我的。我明明已经拥有了最宝贵的，可我还是经不住其他的诱惑，我太欠缺自制力了。今天的一切也是咎由自取，我对不起你的地方太多了。"

冯威龙又喊。他的声音湿漉漉、阴森森的，似乎来自一座坟墓的深处。

再仔细看冯威龙，只见他脸色苍白，眼神里现出绝望，额头上不停地往下流着血……

"威龙！"夜深时分，郑小燕惊叫一声，在床上坐了起来。原来是一场噩梦。她惊恐地喘息不已。

又是个大风的夜晚，风啪啪地拍打着窗子，天上一轮暗淡的月亮泛着惨白的光。

兀地，她听见外面的风声里似混有一个人急促的喘息声，没错，是叶玫瑰的喘息声。因为夜深人静，会把声音传得很远。

郑小燕急忙跑到窗口处去看，外面黑黝黝的一片，玫瑰园里隐约有一个人影浮动，是叶玫瑰挥动着铁锨在园子里挖着什么埋着什么的身影。没错，是她！

"喵！"那只猫在玫瑰园里忽然发出一阵尖利的叫声。

郑小燕忽然惊慌地颤栗了一下，她轻推开自己的房门，脚在楼梯上轻轻地往下迈着，来到了楼下的客厅里，欲打开别墅的门，但门又被从外面反锁上了，她出不去。

她耳朵贴在门上想仔细听清些什么。

但门又忽然被从外面推开了，叶玫瑰神情憔悴、气喘吁吁地站在门口的黑暗里，惊慌地问："小燕姐，你又站在这里做什么？"

只见叶玫瑰的手中拿着把铁锨！

"我……我又听见外面好像有响动，担心是小偷，便出来看看——"郑小燕慌乱道。

叶玫瑰神情恍惚道："明天我便把你的工钱结了，你收拾收拾，离开玫瑰别墅吧！"

八　郑小燕被叶玫瑰辞退离开了玫瑰别墅

第二天早晨，一切看起来风平浪静。

郑小燕正在玫瑰园里摘花，身影在玫瑰丛里浮现。玫瑰园里，有一块新翻过的土。

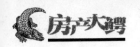

"郑小燕，你在玫瑰园里干什么？！"忽然传来一声惊慌的喊叫。

郑小燕扭过头去，看见了站在玫瑰园边上的叶玫瑰惨白如纸的脸。

"摘花给你洗浴啊。"郑小燕随口答道。

"没必要了。"叶玫瑰道，心酸得眼泪一下子夺眶而出。

郑小燕看着园中的花随意地感慨："这些花开得真红呀，红得这么浓烈，一种血腥的红——"

"血腥的红——"叶玫瑰下意识地重复了一句。

"我……我想摘完花后再给玫瑰松一下土，浇点水——"郑小燕说。

"郑小燕，我昨晚不是说过了吗？今天你便离开玫瑰别墅，别干啦！"叶玫瑰的情绪忽然变得很恶劣，兀地爆起一声尖叫。

很快，神情呆滞、面如死灰的叶玫瑰走到玫瑰园里，将一个信封递给郑小燕："你走吧，我这里不需要家政工了，这是工钱。"

"叶小姐，我特别需要这份工作——"郑小燕想极力地挽回。

但叶玫瑰已转身离去，根本无心听郑小燕说什么。

郑小燕看见踉踉跄跄的叶玫瑰，如游魂一般，走了几步后一下跌倒在了地上，又自己爬了起来。

"到底发生了什么大事以致彻底击垮了这个乖僻的女人？"郑小燕心里升起了一个疑问。

郑小燕收拾好行李被迫离开了玫瑰别墅，走的时候，时不时地回头看一眼别墅，心有不甘的样子。

叶玫瑰不知什么时候站在别墅门口，依然游魂一般站在那里，看着郑小燕的离去。

叶玫瑰看了一会儿，转身离去的时候，又一下跌倒在了地上。但她这次没有像上次跌倒那样自己爬起来，而是在地上久久地躺着。

刚走开不远的郑小燕把这一切看在眼里，她犹豫了一下，终于还是撒腿跑了回来。

"叶玫瑰，你这是怎么啦？"

郑小燕跑到叶玫瑰跟前问，没有人回答她。叶玫瑰已昏了过去。

郑小燕将手指往叶玫瑰的鼻前伸了伸，赶紧背起她出了玫瑰别墅的大门。

因为玫瑰别墅地处远郊，路上车辆稀少。郑小燕瘦削的身体背着高挑的叶玫瑰是那么吃力，她的腰几乎弓成了90度，脸上的汗水一滴一滴地滴在地上，滴在自己的鞋子上——

几乎是一步一挪地，郑小燕背着叶玫瑰终于来到马路边打到了出租车。在将叶玫瑰放上出租车的那一刻，郑小燕腿一颤，一下栽倒在了地上。司机过来拉了郑小燕一把，才将她拉上出租车。

载着叶玫瑰和郑小燕的出租车在路上疾驶着。

出租车终于驶到了一家医院的门口。

叶玫瑰被医护人员推进急救室后，郑小燕累得气喘吁吁地一下坐在地上动不了了。

医院的急救室外，郑小燕忐忑不安地走来走去。

手术室的门忽地开了，一个戴口罩、穿手术服的医生慌慌地走了出来，说："病人贫血已休克了，急需输血，否则就有生命危险！而血库内没有和她匹配的 AB 型血，血站内也缺少血源，必须有人献血才行！"

郑小燕稍稍犹豫了片刻，果决地挽起袖子："抽我的吧，我是 AB 型血。"

医生感动地上前抓住郑小燕的手："好！"

"生死关头，有些事就显得小了。"郑小燕心里说，她脸上的笑有些凄美。

郑小燕和叶玫瑰分躺在相邻的两个床上，郑小燕殷红的血液很快流入叶玫瑰的体内……

病床上的叶玫瑰缓缓醒了，她看起来身体很孱弱的样子。

医生正站在床边关切地查看病情，见她醒了，示意给她看——

"知道吗？你的命是这个叫郑小燕的女同志救的。"

叶玫瑰惊异地问："怎么回事？"

医生说："她为了背你来医院及时抢救，累得整个人都虚脱了。你贫血休克了，生命垂危，急需输血，除了郑小燕，现场没有和你匹配的血型，于是郑小燕就——你现在的血管里，淌着她的血。"

叶玫瑰羞愧难当地揪着自己的头发，无声地说："怎么会这样？我和她深爱的男人有过瓜葛，还使她失去了儿子，那是对一个女人最大的伤害，她反过来还救我的命？！这叫我以后怎么安心地活？"

她扭过身去，双眼盈满了泪水。

医院的大门外，站着叶玫瑰和郑小燕。

叶玫瑰对身边的郑小燕说："感激的话就不再说了，我们在此分别吧。"

"如果你对我有一丝善意的话，告诉我威龙和我的孩子在哪儿好么？"郑小燕说。

叶玫瑰道："他们，离开我那儿了。你彻底忘了他们吧，再也不要找他们了，回去安心过你的日子去吧。"说罢，转身欲走。

郑小燕忽然扯住了叶玫瑰的胳臂，问道："到底发生了什么大事，以致使你发生了这么大的变化？"

叶玫瑰的眼里忽然涌起了一汪泪水，转身走了。

"只要我的腿走得动，我就会永远找下去。"郑小燕心里说，她的眼中闪着一

丝坚定，转身走去。

叶玫瑰辛酸地望着那个脆弱的背影，心里愁苦道："我要怎样说，才能让你停止无休止的寻找，别再做傻事呢？"

九　玫瑰别墅里：谁的尸首？

这天在街上，穷困潦倒的叶飞舞迎面遇见了宋晓晨，她像见了救命稻草般一把抓住宋晓晨，急切道："晓晨，我现在走投无路了，听说你也当了老板，把冯威龙的办公室都买去了？请看在过去的份儿上，给我一份工作好么？"

宋晓晨扯开叶飞舞的拉扯，厌烦道："你不是又跟沈三在一起了吗？怎么又走投无路了？"

"沈三因为偷工减料导致了一起严重的质量事故，被勒令再不许涉足本市的建筑市场，又被讨债的材料供应商打成了残疾，自身都难保，回老家了。"叶飞舞道。

宋晓晨苦笑了下，指着叶飞舞道："我发现，你这个女人简直就是个扫帚星，只要靠近哪个男人，哪个男人很快就会倒霉完蛋。"

叶飞舞哭泣着乞怜道："看在我们过去有过一段的份儿上，你不会见死不救的，对吧，晓晨？我现在连吃饭的钱都没有了，你就可怜可怜我！"

宋晓晨痛苦地揪着自己的头发道："我现在哪还有力气可怜你？谁来可怜可怜我？为了给她疗伤，我把公司、车都卖了！千辛万苦地刚刚建立起来的事业和自信瞬间便消失得无影无踪，一夜之间我便又成了两手空空、一无所有的穷小子，除了玫瑰别墅。但我一点也不后悔，因为我深爱她！

"我是看她被冯威龙害得实在可怜，才倾几乎所有的积蓄付首付买了玫瑰别墅给她一个安身之处，而她，却用来构筑和冯威龙的安乐窝！冯威龙是谁？我平生最恨的男人啊！这世道人心，还有个起码的讲究么？"

叶飞舞的大眼睛瞬间便亮了，里面像有团鬼火一样闪啊闪的："你知道冯威龙藏身的地方？那不就是发一笔小财的机会吗？信息是可以变成钱的啊！"叶飞舞说着用手指做着哗哗数钱的动作。

而宋晓晨压根无心听叶飞舞的话，只是沉浸在自己的痛苦里："什么要捆住他的手脚？！是骗我的鬼话！明明是金屋藏'龙'，老天，这世上还有没有天理？！"

叶飞舞又想起了什么事，追问："你说了半天，到底是谁啊金屋藏'龙'？"

"还能有谁？叶玫瑰呀，我心疼她，把唯一的玫瑰别墅给她住，而我自己，像只流浪狗一样栖身在别墅外的雨布下，守护着她，看护着她，免得她犯不可挽回的错误，可她，却在里面偷偷地跟冯威龙同住！"宋晓晨依然痛苦地诉说着，并没有预料到，自己的诉说会带来什么可怕的后果。

"什么？这对狗男女藏身在玫瑰别墅？你把所有的钱都给了她？凭什么？"叶飞舞嫉恨道，气冲冲地走了。

而沉浸在痛苦中的宋晓晨压根儿无心留意叶飞舞的去向。

这个时候，奇丑的南一扁迈着他的罗圈腿一只手举着一瓶矿泉水，另一只手拿着手机，像一个要引爆炸药的战士那样雄赳赳、气昂昂地走进了玫瑰别墅。

"美人儿，我得了相思病了，夜不成眠，茶饭不思，不给我你的爱，我就要自杀成仁！"南一扁边走边冲着别墅内喊。

"我要用这个'野猫'牌手机的视频功能把我为情自杀的画面传到网上，争取被网友们评上本年度'情圣'！"说着，他把那个开了视频的手机放在了别墅的窗台上。

"这'野猫'牌，画面清晰度可是高得很哦！"南一扁还对着手机做了段广告。

南一扁对着窗台上的手机模仿记者道：

"亲爱的网民朋友们，现在现场直播'小王子'为情自杀的画面！这矿泉水里放了大量的安定。"

这时，那只叫"邪邪"的花猫蹿到了窗台上，玩起那个手机来。

南一扁并未在意，仰头咕咚咕咚地喝起矿泉水来。很快，南一扁便两眼模糊，倒在了一个不容易被发现的角落。

就在这个时候，另一个不速之客气冲冲地进了玫瑰别墅。竟是叶飞舞，虽然原来一头黄头发改成了披肩的黑头发，只是暴露的穿着与轻浮的神态能让人想起还是原来的叶飞舞。

这时，叶玫瑰神色憔悴地从外面回来了，抬头意外地看见了叶飞舞。

"叶飞舞，你怎么来了？"她问。

叶飞舞并不回答，只是跟着叶玫瑰进了别墅，羡慕地这里看看那里看看，嫉妒道：

"我落魄得都几乎流浪街头了，你们却有这么好的别墅住！凭什么？冯威龙呢？让他给我一笔封口费，不然，我就去告诉那些债主们他藏身在这里，让他们将他打得头破血流！"

而叶玫瑰却一副平和的样子道：

"最近发生了很多事，让我改变了很多。尤其是晓晨和郑小燕，让我自惭形秽。过去，我对这个世界有着太多的埋怨。反思自己，我也有着太多人性的弱点和劣性。如果想得到真爱，必须自己付出真爱。

"春风来了，才会有春花的开放。这几天我反复地想，如果这世上没有仇恨和

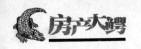

伤害，没有阴谋，都是善和美，该多好！你还这么年轻，以后的路还很长。我和晓晨会尽量帮你，供你上夜校，另外，再帮你开个小店，做一份正常的生意。毕竟，我们的骨子里，流着父亲的血。"

叶飞舞一下惊住了，困惑地看着叶玫瑰。

"其实，即便我们没有任何的血缘关系，面对这样年轻的一个生命，我也应该力所能及地帮助，这样一个青春美丽的女孩，如果再有一颗良善、上进的心，该会多么招人喜欢，也才能得到美好男人的爱情。你要珍惜这大好的年华和上苍赋予你的天生丽质。"叶玫瑰继续说。

"等等！你把刚才的话说透了！什么'我们的骨子里，流着父亲的血'？"叶飞舞道。

"这会儿把事实说出来，已经无所谓了。因为这张借用的脸并没有让我得到爱情，相反，却让我有了一段痛楚的经历，我后悔极了。我多么渴望做回原来的自己啊！我是原来的叶小篮，是按着你的模样整的容。因为家庭的原因虽然我们姊妹俩一直心存芥蒂，其实心底里我一直羡慕你的年轻美丽。"叶小篮诚恳地说。

"什么？你是叶小篮？那么，是你告诉父亲，让他找人把我抓回去关起来的是不是？我当按摩女的那段经历，也是你捅给媒体的，是吧？因为只有你知道我那段经历。"叶飞舞惊诧地睁大了眼睛，上前步步紧逼。

叶玫瑰默认了。

"这么说，你借用了我的一张脸，于是有了工作上的业绩、商场上的成功，还有冯威龙、宋晓晨的爱等一切的一切？！"

"你错了。冯威龙从来就没有爱过我，而晓晨，那原本就是属于我的。至于工作，那是通过我的努力得来的。"叶玫瑰说。

"你这个偷天大盗！是你窃取了原来可以属于我的一切！"叶飞舞气恼得鼻子都快歪了，"那么，这玫瑰别墅，这衣服、首饰，统统都应该是我的！"

说着，叶飞舞便疯了般噼噼啪啪地从桌上拿起首饰就戴，翻出衣服就穿，拿起口红便往自己的嘴唇上胡乱涂着，涂成了一张血盆大口，看起来像舞台上的小丑。

"这衣服、首饰你喜欢的话就给你吧。至于这别墅可不行，那是晓晨的！"叶玫瑰说。

"我跟宋晓晨也有过一腿，凭什么他把自己的所有都给了你，而不给我？"叶飞舞气道。

"把属于我的还给我！"叶飞舞拿起了一把刀，面目狰狞道："你这个《西游记》里的女妖精，《画皮》里的狐狸精！我要拿刀把你这张脸皮剥下来！"叶飞舞喊着追赶着叶玫瑰。

"你不要乱来啊！"叶玫瑰惊恐道，步步后退着，她跑到了楼梯上。

叶飞舞疯了般追赶着叶玫瑰，也上了楼梯。

"哈哈哈！要是让冯威龙和宋晓晨看到你那张血淋淋的面孔，不知会作何感想？"叶飞舞脸色扭曲道。

叶玫瑰步步后退，叶飞舞步步紧逼——

……

"啊！"忽然，别墅内发出一声女人的惨叫声，那惨叫声惊飞了树上的鸟，在玫瑰别墅的四周久久地回荡着。

同时，也惊着了那只叫"邪邪"的花猫！它嘴里叼着什么东西，从窗台上一跃而下，飞速逃离了玫瑰别墅，向外面跑去，矫捷的身影很快融入旷野……

南一扁缓缓醒来了。从窗外照进来些许朦胧的晨光。

他吃力地睁开眼睛，往四周打量着，发现自己躺在玫瑰别墅外的地上。"我怎么睡在地上呢？怎么这么渴啊？"

他赶紧爬了起来，欲进楼去喝点水。

他推开房门，别墅内特别安静，没有一丝声响。

"哎呀！"他忽然被地上的什么东西给绊倒了。

他爬起来回身摸了下，不禁失声道："是个人躺在这儿！"他惊得被蜇了一下般马上站了起来。

"谁？谁在那儿？"南一扁问。

没有一丝回音。

南一扁俯下身去摸，摸到了长长的头发——

"天啊，是天使姐姐！没气了！"他惊得再次被蜇了一下般马上站了起来，感动得一把鼻涕一把泪的，抽抽答答道：

"美人儿，原来，你是这样痴情的一个人儿，我为你殉情，你为我殉情，网友朋友们，当代梁祝新鲜出世啦！"

"这段感天地、泣鬼神的画面，我的手机上不知录下了没有？"他想起这点，磕磕绊绊地跑出楼去，来到了窗台下，"我的手机呢？我的手机怎么不见啦？"南一扁着急道。

他又跑回楼内，找到座机带着哭腔打电话："警察叔叔们，你们快来呀！抓偷我手机的小偷！天使姐姐为我殉情自杀啦。"

一辆救护车在路上呼啸着向前急驶着，最后在玫瑰别墅前戛然止住。

李警官和几个穿白大褂的人急急地从车上下来。

南一扁有些虚弱的样子迎过去："警察叔叔们，我的手机被人偷了！你们快去

找那个小偷啊。"

"自杀的人在哪儿？"男警官问。

南一扁指指楼内。

几个人小跑进楼。

其中一个法医模样的人走到躺在地上的女人跟前，往女人的鼻孔前伸了伸，又翻了翻女人的眼皮，对李警官说："李警官，没必要抢救了，这女人已经死了。"

李警官惊讶道："死了？"

法医说："从症状上看，是从楼梯上滚下来跌伤致死的。"

不远处的一丛植物后，有一双窥探着玫瑰别墅的眼睛。

一个女人从隐身的植物丛中走了出来，跌跌撞撞地，一只脚穿着鞋，另一只脚光着。竟然是郑小燕。

郑小燕向着玫瑰别墅走来。走近后见玫瑰别墅围了警戒线，又停着救护车、警车什么的，便问李警官："警察同志，怎么啦这是？"

李警官说："这别墅的女主人死了。"

郑小燕不以为然地笑了笑说："死了？跟我开玩笑呢。今天凌晨我还亲眼看见叶玫瑰离开的玫瑰别墅呢。"

李警官引领着郑小燕上前了几步说："她就躺在那儿呢。"

郑小燕失声道："这个也是她！那我是见了鬼啦？"

李警官马上警觉起来，问："你具体说说，到底是怎么回事？"

郑小燕说："前几天我来玫瑰别墅找我的儿子和他爸爸冯威龙，那个叫叶玫瑰的女人说他们早已走了，我不相信，离开后便埋伏在玫瑰别墅附近的一个隐蔽处，日夜监督着玫瑰别墅，夜里便睡在这附近的稻草垛里。结果今天凌晨的时候——"

郑小燕陷入了回忆：

夜色昏暗的乡间田野，四处空荡荡的，只有地上稀落地堆着的稻草垛。

其中一个稻草垛里窸窸窣窣地动了一阵，一个饱受风霜的女人的头钻了出来，是郑小燕。

郑小燕舒了舒酸疼的四肢，揉了揉干涩的睡眼，又扑了扑身上和头发里的草屑，正欲迈出稻草垛——

忽然，郑小燕看见一个女人的身影鬼鬼祟祟地刚好在附近经过，慌慌张张地向远处走去。郑小燕心想："这不是叶玫瑰吗？她急急忙忙地这是干什么去呢？"郑小燕赶紧缩回了自己的头。

待那女人走远后，郑小燕从稻草垛里钻了出来，心想："既然叶玫瑰离开了玫瑰别墅，我就可以进别墅内找威龙和儿子了。现在几点了？"

郑小燕吃力地看了眼腕上的表，然后扑了扑身上的草，向玫瑰别墅的方向走去。

风微微吹着郑小燕凌乱而枯黄的头发，她瘦削、虚飘的背影忽然就趔趄了一下，被什么绊了一脚，那情形让人心中兀地一阵心酸。

......

李警官问："你肯定那女人是叶玫瑰吗？当时夜色昏暗，并看不清楚人的脸。"

郑小燕说："绝对不会错。一个夺去我深爱男人的女人，我怎么能认错呢？她走路的姿势，她的身形——绝对是她。当时她还边走边回头向玫瑰别墅的方向眺望，非常留恋的样子——"

李警官说："真是见鬼了，怎么会有两个叶玫瑰呢？像聊斋里的故事，尸首留下了，魂跑了？"

郑小燕说："我有一种直觉，那个和我相处过的叶玫瑰还活着，我感觉到了她的存在，她的呼吸，她浓郁的香水气味。只有找着她，才能找到威龙和我的儿子，即便是追到天涯海角，我也要跟你们一起想法找到她！"郑小燕一副坚定的摸样。

两个人不由得走向窗口，向着远处望去。

似乎有一股阴风掠过，郑小燕下意识地抱了抱自己的双肩，道："可跟前的这个，明明是叶玫瑰啊，她穿的衣服，戴的首饰，也许这两人中有一个是叶飞舞？"

"叶飞舞是谁？"李警官马上警觉道。

"一个跟叶玫瑰长得很像的人，即便是身边的人，也经常把她们俩认错。"郑小燕说，她又上前扯住李警官的胳膊道，"你帮我把玫瑰别墅里那个总关着的房间打开好吗？"

李警官点点头。

一个开锁的工人被喊来了，那道紧闭的房门"砰"地一声被打开了，郑小燕等急奔了进去——

屋子里面是空的。

郑小燕怅然若失地四下打量着说："我一直怀疑这间屋子里藏着什么秘密，结果没有。他们父子俩到底去了哪里呢？在玫瑰别墅里，我处处发现他们待过的痕迹：威龙平时抽的那个牌子的香烟的烟蒂、他喜欢喝的咖啡，还有我儿子的玻璃球，还有叶玫瑰超大的饭量——我感觉到有另外的人存在，可我就是找不着他们，我的神经被折磨得就要绷断了——"

这时李警官忽然发现了一个写在桌子上的"叶玫瑰"，那个名字被圈在一个圈

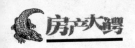

里，打上了一个红叉叉。

"现实生活里人们这样画，一般是表达对一个人的仇恨。"李警官说。

郑小燕仔细看了一眼说："这是我孩子他爸冯威龙的笔迹！这么说，他肯定在这间屋子里待过。"

郑小燕异样地向四周打量了一眼。

李警官说："这窗子上还安了防盗窗，玻璃也与其他房间的不同，像是早有预谋这间房子就是有特殊用途似的。我有一种直觉，这屋里曾发生过什么。对室内的每个角落都仔细检查一遍，不能放过任何蛛丝马迹！"

几个人便在屋里翻找起来。

"这墙上有血迹！"郑小燕忽然叫了一声，差点晕过去。

郑小燕这时忽然想起什么说："一个叫宋晓晨的男人，跟叶玫瑰来往比较多。我来玫瑰别墅，也是他给提供的线索，或者，我们去找他？他也许能知道些什么。"

李警官眼睛一亮："好，我们审讯完了南一扁便马上去找这个人！"

审讯室内，李警官和另一个警察坐在审讯桌的后边。李警官厉声问："南一扁，知道你为什么坐在这儿吗？"

南一扁抬起头，一副无辜的样子说："不知道，我没犯过什么事啊！"

李警官说："玫瑰别墅的女主人已经死了！你没有别的事？！人命关天！"

南一扁喊道："她是看见我为她殉情，于是为我殉情。你们放我出去！我的手机丢了，你们不去帮我抓偷手机的小偷，却在这里冤枉好人。"

南一扁忽然想起了什么："对了，我的手机视频里有我为情自杀的画面，可以证明我的清白。"

"手机呢？"

"我自杀前放在窗台上了，醒来后就不见了。"南一扁说。

李警官厉声问："你手里的那瓶纯净水里下了安定？"

南一扁跺着脚大喊着："下了啊，可那是我给自己喝的呀。"

李警官和那个警察走出了审讯室。

李警官说："看来在南一扁这里也审不出来什么了，暂时收押着，我们现在全力寻找下一个嫌疑人叶玫瑰或者叶飞舞！找到她，可能一切便水落石出了！"

十　宋晓晨：爱人呵，我等你回家

第一道障碍：她是否还活着？

黄昏里，宋晓晨正在一直住着的那个平房小院里的晾衣绳子上晾衣服。女人的衣服。

邻居刘嫂也过来晾衣服，吃惊道："晓晨啊，这不是叶小篮的衣服吗？你把一个死人的衣服挂在院子里，多瘆人啊。"她忌讳得往远处躲了躲。

"谁说她死了？"宋晓晨埋怨道，"她一直在我心底活着。我给她洗干净了，说不定什么时候她就回来穿。"

"晓晨啊，人死不能复生，你还是想开些吧。"刘嫂过来安慰。

宋晓晨蹲在地上，懊恼地擂着自己的头："当初，即便她的心里装着别的男人，我也该用心去暖她，挽回她的心，而不该报复她。我实在是太混了！她离开后，我才明白我对她的感情有多深。什么女人，也代替不了她在我心里的位置。"

在小院里的一个隐蔽处，一个女人听罢泪流满面，是戴墨镜、蒙纱巾的叶玫瑰。

郑小燕和李警官走进了一所平房小院，好奇地往四下里打量着。

只见院门外有一棵枝叶繁茂的大树。进院后，只有两户人家，房子残破不堪，院墙上荒草萋萋。

这时，从其中的一户人家里走出了一个中年妇女，问："你们找谁？"

郑小燕说："我来找一个叫宋晓晨的。"

中年妇女指了指院中一户破旧的小木门，说："宋晓晨？这会儿出去了。这几天老是忙活，为等一个人。唉，等一个死了的人。"女邻居叹息了声，摇了摇头。

郑小燕和李警官惊悸地面面相觑，郑小燕追问："你什么意思？宋晓晨在等谁？"

女邻居刘嫂再次摇了摇头："他原来的女友叶小篮。惨哪，原本和和美美的俩小青年，后来不知因为什么，叶小篮便跳河自杀了。这几天，宋晓晨好像想叶小篮想得特别厉害，老说她不定哪天就会回来。"

"叶小篮是跳河自杀的？不是跳崖？"郑小燕下意识道。

郑小燕又告诉李警官："这个叶小篮，原来在我家做过家政，爱过冯威龙。"

刘嫂神神秘秘地说："最近宋晓晨住的这间房子里好像闹鬼！"

李警官急切地说："闹鬼？什么年代了还有闹鬼说法。你说说，怎么个闹鬼法？"

刘嫂说："有时候半夜里会有灯光。我亲眼看见过的就有三次。我老是琢磨：是谁来了按亮的灯呢？如果是宋晓晨回来了，他干吗总是半夜里回来呢？回自己的住处，干吗还偷偷摸摸的？"

郑小燕问："有可能是小偷吗？"

刘嫂说："我也这样想过啊，可第二天早晨一看，门锁锁得好好的，哪有小偷走后还给锁好门的道理？再说，小偷哪来的钥匙？"

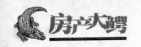

　　李警官说："这事还真有点蹊跷。"

　　刘嫂说："蹊跷的事还在后面哪。前几天，也就是这月的八号，半夜里这屋里又有灯光了。那天碰巧我半夜里起夜，从映在窗子上的那个人影看，你猜怎么着？像极了已跳河死了的叶小篮！我便出去了。"

　　郑小燕、李警官听到此言后惊骇不已。

　　原来，那天夜里，刘嫂从床上爬了起来，穿衣下床，到外面上厕所。忽然，她看见窗外宋晓晨家里有灯光，便好奇地凑到窗前看。一个女人的身影映在宋晓晨家的窗子上。刘嫂自言自语道："是叶小篮的魂回来啦？"

　　刘嫂来到那亮着灯光的窗前，在窗外喊："叶小篮，你死得委屈，所以回来看看，是吗？"

　　屋内的女人似乎惊了一下，快速离开窗口，屋内的灯忽地灭了。

　　刘嫂在窗外接着喊："叶小篮，你回来看自己的家，看看宋晓晨，是么？最近宋晓晨想你想得厉害着呢。"

　　刘嫂说着推开宋晓晨家的门，兀地打开了手中的手电。

　　手电所照的亮光处，一个女人用双手掩面瑟缩地躲在墙角。

　　"你是人还是鬼？"刘嫂惊问。

　　掩面女人往门口挪移着，欲夺路而逃。

　　刘嫂随即一把拽住了女人，说道："你到底是不是叶小篮？"说着就去拽那女人捂着的脸。

　　被拽开了，闪现在刘嫂面前的，是一张陌生而苍白的脸！

　　刘嫂一下惊住了，半天缓不过神来。

　　趁着这个节骨眼儿，那被喊作叶小篮的女人赶紧闪身跑了……

　　听罢这席话，郑小燕克制不住地问："你是说，那女人不是叶小篮？"

　　刘嫂说："当然不是啦。那女人那么漂亮，而叶小篮相貌平平，甚至说有些丑。可那女人映在窗子上的身影那么像叶小篮。再说，她半夜里来叶小篮家做什么？她怎么有叶小篮家的钥匙？"

　　就在这时，一个男人用三轮车推着一桶白涂料、刷子等进了小院，很疲惫的样子，是心事重重的宋晓晨。

　　"晓晨，找你的。"刘嫂指了指郑小燕和李警官。

　　宋晓晨看着郑小燕，惊讶道："咦，你怎么到我这贫民窟里来了？"

　　郑小燕苦笑道："我现在连这样的一处贫民窟也没有了。"

　　"你这是？"李警官指着那桶白涂料。

　　"哦，我想将这间小平房重新刷一遍。"宋晓晨憧憬道。

宋晓晨拿出钥匙开了门，郑小燕等跟了进去。

"你们坐。"宋晓晨让道。

李警官在墙上挂着的一幅画前站住了，凝神看着，惊道："郑小燕，你快看！这幅画里的欧洲小别墅，跟玫瑰别墅有些相似！"

宋晓晨解释："这是叶小篮最喜欢的一幅画。"

李警官思虑："一个住在这么简陋的房子里的人，这么喜爱这幅画，很可能表明了她对生活的某种向往。"

郑小燕惊道："甚至于连玫瑰别墅里窗帘的颜色、窗台上经常放着的盆花都跟这幅画里的相似！"

李警官从包里拿出一张照片给宋晓晨看，说道："这个女人，死了。"

宋晓晨看了眼照片后惊恐万状地一把抓住李警官："你说什么？"之后，便一下晕了过去。

李警官和郑小燕赶紧忙着掐人中，宋晓晨才缓缓醒了过来。

"小篮！"神志还未彻底清醒的宋晓晨伤心地叫道。

郑小燕等惊讶得面面相觑。

"怎么，你是说叶玫瑰是原来的叶小篮？"郑小燕有些难以置信地看着眼前的宋晓晨，"怪不得她一开始时对我充满恶意，而且我恍惚觉得，我和她似曾相识。可是，可是我还是不相信！叶玫瑰怎么就是叶小篮呢？"郑小燕将头摇得像拨浪鼓一样。

"她照着叶飞舞的模样整了容。"宋晓晨说。

"我要去看看她！"宋晓晨悲痛欲绝地一把拽住李警官的衣领道。

刘嫂在旁看了一眼照片惊道："天啊，这就是前几天半夜里来叶小篮家的那漂亮女人啊！"

其他几个人都惊讶不已。

李警官穿着白大褂领着宋晓晨进了停尸房。

李警官掀开了一具女尸身上盖着的白布。

宋晓晨看罢后放松地喘了一口粗气说："这是叶飞舞！不是叶玫瑰！叶飞舞的后背上有块胎记。"

"我就知道，我就知道她早晚得死于非命，谁让她跟男人那么随便！"宋晓晨又感慨。

李警官说："先别忙下结论，你有百分之百的把握确认她是叶飞舞吗？"

宋晓晨说："能确定。"

宋晓晨忽然起了一念，伸出双手叫道："是我！是我杀了叶飞舞！你们把我抓

313

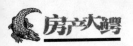

起来！"

李警官惊得眉毛兀地一挑。

但过后宋晓晨平静下来后说："我没有杀叶飞舞，也不会是叶玫瑰杀的，她已经没有杀人的理由。因为她已经明白了很多事情，内心充满了平和，不再有嫉恨，怎么会再杀人呢？"

李警官说："还是那句话，下一步我们全力以赴地找叶玫瑰！找到她，一切便水落石出了。"

多日后的一天，宋晓晨在自家的那所平房小院里站着，雨纷纷落在他的衣服上、头发上。他的背影像块石头般一动不动，久久地。

一双脚向他一步步走近。是叶玫瑰。

那双脚在他的身后停住了。两个幽远、伤感的声音在空中交织着：

"晓晨，我来了。"女人说。

"你是谁？"男人说。

"我是你的小篮啊。"女人说。

"你终于肯承认了？我曾经的小篮不是这个样子的。她虽然相貌平淡了些，但心地善良、朴实，那样一个叶小篮，才让人踏实、安宁。"男人说。

"你不喜欢现今的我吗？男人们认为这很美。"女人说。

"女人真正的美，是心地纯良，是对世界一切美好的善感、敏感，是通过社会规范所允许的途径自强自立，哪怕她贫寒、平淡。"男人说。

"你还要我吗？"女人说。

"当然，我一直在苦苦地等你回来。我要让你看看，我这样一个人，是否比一套房子更给人安全感？"

"经历了这么多，我才认识到，真正值得爱的，不是对方拥有什么，拥有多少，而是不管自己发生了什么，那个总是兜着自己的男人。"女人说。

这时，小院的门慢慢打开了，身着警服的李警官和几个警察正气凛然地走了出来。

叶玫瑰受了惊吓，迅速地顺着墙边的梯子爬上墙头，就要跳下去的一刻，转身充满伤感和痛楚地问宋晓晨："晓晨，连你也害我？我没有杀人！"

宋晓晨焦急地辩白："不是的！我不知道他们在这儿，我相信你没有杀人！"

叶玫瑰对着警察们又大喊了句："我没有杀人！"然后便跳墙逃跑了！

宋晓晨扑过去，顺着墙边的梯子上墙头，发出一声撕心裂肺地大喊："小篮！"

然而叶玫瑰早已经没影了！

爱是一条奔腾不息的河

爱是一条奔腾不息的河
胸怀宽广，一路激荡，
涤去你我心底的污迹
留存最晶莹清澈的人性光芒
在阳光雨露下，茁壮成长

爱是一条奔腾不息的河
一路撒播，浸润着沿途的每一处泥土
把长长的河岸孕育成最蓬勃的景观

爱是一条奔腾不息的河
有时也会泛滥成脱缰的烈马，被风吹乱了方向
回头是岸，历尽万般艰险也要再次奔向爱人的门前

爱是一条奔腾不息的河
生命不止，爱不停息

第二道障碍：爱人呵，你身在何方？

宋晓晨带着李警官来到一座破旧的平房前，见房子已经被雨淋塌了。

宋晓晨问旁边的邻居："这不是叶小篮父亲的家吗？他人呢？"

"前不久死了，"邻居说，"真可怜啊，死前死后身边连个亲人都没有，是邻居们帮忙给办的后事。"

"死了？"宋晓晨和李警官离开了那座破旧的房前。

"小篮，除了我，在这个世界上你再无投奔处，精神上又接二连三地受了这么多的创伤，你会去哪里啊？"宋晓晨含泪对着一片空茫大喊。

黄昏，小院里炊烟袅袅。

脸色苍白的宋晓晨又蹲在了那株玫瑰前，端着碗稀粥喝着，他忽然咳嗽起来。

一旁的刘嫂关切地劝道："晓晨啊，你刚过了一段好日子，这一眨眼的工夫，公司、车、工作都没了，近来看你经常吃咸菜喝稀粥的，日子过得这么紧巴，这样下去，身体怎么受得了？小篮还活着是天大的好事，只是你也悠着点，可千万别把

315

身体给拖垮了，不然怎么照顾她？"

躲在一棵老树后的叶玫瑰听到这里羞愧地匆匆离去了。

宋晓晨推着那辆破摩托车，车把上挂了个写有"寻人启事"的牌子，后座上驮了个被窝卷，驶出小院，开始了寻找叶玫瑰的漫漫征程。

目光在大街上攒动的人群中搜索，宋晓晨急得眼前直冒金星，不停地询问、打听，嗓子都喊哑了；饿了渴了，随便买个烧饼就着矿泉水便喝下去；晚上，他累得一头扎在公园的长椅上，身体软得像摊泥一样，就那么躺在长椅上过夜……

这天，宋晓晨在大街上寻找的时候，看到一个女乞丐瑟缩在路边的墙角处，蓬头垢面，他顿时心如刀绞，眼泪刷刷地往下掉着，蹲在街头抱着头失声痛哭道：

"小篮，你到底身在何方？靠什么生活？如果你是个正常人还好些，可你的精神有错乱的迹象，万一犯了病怎么办？这是我最担忧你的地方！"

……

多日后，几个民警用担架抬着一个人进了那个平房小院，喊道："谁是宋晓晨的家人？"

刘嫂跌跌撞撞地跑了出来，担忧地问："发生了什么事？"

民警指指担架上昏迷的人说："宋晓晨晕倒在大街上了！他口袋里装了自己的身份证和居住的地址，我们便把他送回来了！"

刘嫂反复打量着担架上的人说："这个胡子拉碴的脏人，是晓晨？他怎么变成这副模样了？"

"你是宋晓晨的家人？我们把他交给你了。"民警道。

"他一个人住在这里，没有家人。我是他的邻居，我来照顾他好了，谢谢你们把他送回来。"刘嫂道，将民警送出院门去。

这时，宋晓晨缓缓醒来了："小篮？你在哪里？我要去找你！"他口里喊着便又起身磕磕绊绊地往外走。

这时，不远处，有一双眼睛在看着宋晓晨的一举一动，她揪心地无声喊着：

"对不起，晓晨，我又连累你了！可长痛不如短痛，既然你那么爱我，人又那么好，我又曾对不起你，我又怎忍心再拖累你？就让我自生自灭吧。求求你，别再出去找我了！求求刘嫂，你快点劝住他啊！"

这时刘嫂回来了，将宋晓晨拉回来好心劝他："晓晨呀，在茫茫人海中找一个人，简直是大海里捞针啊！你别再折腾自己了，你自己的日子也得过下去啊。"

"我就这么一天天地找下去，我就不相信，我感动不了那个冥冥中的上苍！"宋晓晨辛酸道。

刘嫂忽然心生了个有效制止他的念头，劝道："晓晨，有句话不是说嘛，百动不如一静。你这样找下去，自己的身体会很快垮了的，哪天小篮回来了，你怎么照顾她？再说，你一天天地在外面无头苍蝇似的乱找，哪天小篮回来了，看见你不在家，她又走了，反倒会把相会机缘错过了，不如你就在家等！用你的心来唤她！人都有第六感的，绳锯木断，水滴石穿，反倒能等到她！"

宋晓晨的眼睛里出现了一丝亮光："真的吗？人真的有第六感？那我试试看，在家唤她？"

刘嫂点点头："快去洗个澡，吃点东西，养精蓄锐！"

一个余晖满天的黄昏。

宋晓晨倚在小院门口的那棵老树旁，望着外面长长的胡同，伤心道："小篮，我就这么天天等你，望穿秋水。"

这时，忽然有水珠滴到了他的脸上，他拭去脸上的水珠，望一眼远处的天空道："下雨啦？"

不禁又是一阵思念，他念叨着："小篮，你到底身在何方？可有避雨的屋顶？"

天刚露曙色的时候，一个黑影迅速从宋晓晨住的那个平房小院门口的老树上爬了下来。

当阳光普照大地，街上的人们行色匆匆地赶往自己的目标的时候，一个头发蓬乱但围着围巾、戴着墨镜的女人这里那里地捡着废品。

晚上，华灯初上的时候，胡同口的行人开始稀少，这时，突然一个黑影迅速蹿到了树下，她手里提着个塑料袋，抱着树就开始往上爬，不过身手并不敏捷，爬一会儿就开始喘气，抱着树干休息会儿，然后再往上爬，过了会儿，黑影便融入了黝黑的树冠，什么也看不见了。

此时，宋晓晨映在窗户上的身影出现了。

这是个下雨的晚上，捡废品的女人在一个偏僻的胡同里形单影只地走着，四周一片凄清烟雨，她瑟缩地抱住自己的肩。

一只白色的流浪猫耷拉着尾巴在后面跟着她。她停下了，流浪猫便停，她往前走，流浪猫也在后面跟着走。

"猫咪，你的家在哪里？也是无家可归的？"她停下脚步蹲下来抚着流浪猫。

流浪猫偎在她身边瑟瑟发抖。

"猫咪，你在发抖？你冷了？"女人将自己的外衣脱下来给流浪猫披上，自己冷得哆嗦起来。

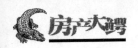

"猫咪，你饿了？"她从兜里拿出一根香肠来递给流浪猫，"这是我仅有的一根香肠了，给你吧。"

流浪猫香甜地吃着那根香肠。

"猫咪，你的腿受伤了？"女人惊道。

"那你跟着我回树下吧，我给你敷药和包扎。"

风雨越来越大，晓晨推开窗子望着外面的风雨，又发出了急切的呼唤："小篮，这连绵的雨季里，你住的地方是否漏雨？可穿够了御寒的衣衫？"

而此时，他住的小院门口的那棵老树剧烈地晃动着，几乎要将树冠摇掉了的感觉。偌大的雨点啪啪地拍打着大地上的一切，大树上的每一个叶片都瑟瑟地抖动不已。而栖身在树上的那个女人，是抖得最厉害的一枚叶片。

"晓晨，既然我爱你，就尤其不该再拖累你。虽然我此时是那么那么地需要你，离了你，我可能压根儿也活不了多久了。"树上的女人内心诉说着。

又一个黄昏的余晖洒在了那个平房小院里。

"又有一朵新的花开！小篮又有话语要对我说啦！"胡子拉碴、一脸憔悴的宋晓晨两眼含泪地蹲在那株玫瑰花前，用清水小心地浇灌着那株玫瑰。而今，那株玫瑰已枝繁叶茂，长成了硕大的一棵了。

"花开花落、岁岁荣枯，这株玫瑰从种下到现今，已开过三百六十五朵花了，每一朵花开的时辰都是我思绪万千、惆怅满腹的时刻。小篮，如果这朵朵花开真的是你托给我的话语，那么，你尤其该捎信给我，你现今到底身在何方？你如何忍心让我这样一天天、一月月，岁岁年年地苦苦将你找下去？"

说到这里，宋晓晨泪流满面。

黄昏的小院里，响起了邻居刘嫂准备做饭的声响。

刘嫂在点蜂窝煤。她用旧报纸点火，但老是点不着，拿着把破蒲扇不停地扇着炉膛，烟呛得她直咳嗽。

烟雾刚好顺风冲着宋晓晨的那株玫瑰花的方向飘过来。

"刘嫂，你看你家的烟，熏着我的花了！"宋晓晨板着脸不悦道。他不停地拿毛巾拂那些烟，后又干脆回屋拿了块大塑料布来挡着，自己也呛得直咳嗽。

"我没有本事，能管住风往哪个方向吹是不是？"刘嫂也不快地奚落道，"这小院，狭窄得像个鸟笼子般，活人命的空间都不够，还种什么花啊朵的，矫情！嫌烟熏，搬到高楼大厦里去住啊。"

"我就是不许你的炉子熏我的花！"宋晓晨的火气一下子窜了上来，一反常态地冲过去便用脚气恼地去踹那个不停地冒着黑烟的蜂窝煤炉，蜂窝煤炉倒在了地上，里面的煤块也滚出来碎了。

"什么意思呀你这是？掀别人家的屋顶，砸别人家的锅，向来是不让人过日子的行为！你这是存心不让我们一家老小活啦？我跟你拼了！"

刘嫂举着那把破蒲扇跺着脚叫道，又弯着腰用头向宋晓晨撞去！

没有防备的宋晓晨一下便倒在了地上，却又恰恰倒在了那些烫人的煤渣上！

"啊！"宋晓晨发出了一声惨叫。

刘嫂见状吓得赶紧上前拉起宋晓晨，忙不迭地帮他掸那些煤渣："这事闹的！我不是故意的！晓晨你也是，平时街坊邻居的，咱处得关系挺不错的，今儿怎么因为——"

宋晓晨眼中含着泪道："你不知道，那是小篮种下的花！"

过了会儿，宋晓晨拿来牙刷蘸着水小心地刷着那株玫瑰上每枚叶片上的灰尘。

一旁的刘嫂见状叹息一声摇摇头。

隐蔽处的叶玫瑰将这一切看在了眼里，她早已泪流满面。"对不起，对不起晓晨！"她懊悔万分道。

过了会儿，宋晓晨又倚坐在了小院门口的那棵老树旁，望着外面长长的胡同，伤心道："小篮，我就这么天天等你，望断天涯。"

这时，忽然又有水珠滴到了他的脸上，其中有一颗掉落在了他的嘴角。

"怎么这雨滴会是咸的呢？"他下意识到，拭去脸上的水珠，望着胡同的远处念叨，"难道真的是苍天有眼，苍天有泪？连老天爷都被我感动，为我掉眼泪了，小篮，你却听不见我对你的声声呼唤、日夜期盼？"

夜深人静的半夜时分，一个人影从那棵大树上爬了下来，悄悄走近了那个破旧的平房小院，来到了宋晓晨住的那间平房的窗外。

"晓晨，种下这株玫瑰原本是为了纪念与那个人的邂逅的，却成为你想念我的牵挂，这太不公平了！我将它铲除了，就能渐渐消除你对我的想念和爱，从而停止你无休止的苦苦寻找和等待！"

那个黑影心里说着，便拿着工具一阵忙活。

……

第二天早晨，宋晓晨推门出来，兀地看见了窗外的土坑，那棵玫瑰已不见了踪影！他气势汹汹地扭身便去砸刘嫂的门。

过了会儿，刘嫂揉着惺忪的睡眼推开门问："是你？这又怎么啦？大清早的。"

宋晓晨指着刘嫂道："你好狠的心！真是最毒莫过妇人心！"

"我什么时候又招你惹你啦？"刘嫂一脸困惑。

宋晓晨指着那个土坑道："我的花，是不是你给拔的？昨天你就看着它不顺眼！"

刘嫂一脸苦笑："我这么一大把年纪了，跟一株花怄什么气？再说我要是真想拔的话，也不会半夜里偷偷爬起来拔呀。"

看着刘嫂一脸无辜的样子，宋晓晨也困惑了："真的不是你？"

"真不是我。"刘嫂将头摇得拨浪鼓般。

"难道它会不翼而飞吗？"宋晓晨困惑地看看土坑，又看看门口，看看屋顶。

"会是小篮半夜里偷着回家拔掉的吗？因为她看见了昨天黄昏的情形？"宋晓晨忽然想到了这一点，"这么说，她可能就在这附近藏着？并能看见我的生活？她是故意不来见我的？"

想到这里，宋晓晨伤心欲绝地对着四周的天空大喊着：

"小篮，你以为拔掉了一株玫瑰，就能将你在我心里连根拔掉吗？你错啦！那些共同生活的点点滴滴、岁岁年年，已将我们俩的生命长成了一棵树，试问，一棵树的生命怎么能够分离？"

喊到这里，他不知忽然起了什么念头，急急地离开了小院。

过了会儿，宋晓晨用自行车驮了盆高高的玫瑰和背篓进了小院。他将那株盆栽的玫瑰放在背篓里，然后背着背篓蹬上梯子上了屋顶，将那盆玫瑰放到了屋顶上。

那株玫瑰上娇艳的花朵在风中轻轻地摇曳着，瞬时将荒芜的屋顶映亮了！

隐藏着的女人忽然回想起了很久很久以前发生在这个小院里的情景：

> 叶小篮环顾一眼狭窄的小院，发恨道：
>
> "这个狭窄的小地方！只够一株玫瑰的栖身……"
>
> 宋晓晨在旁一语双关地说："如果这一株玫瑰，只为你一个人开，又有什么不可呢？"

回想到这里，女人的眼里已噙满了泪水。

此时，宋晓晨久久地坐在屋顶上的那盆玫瑰旁念叨着：

"小篮，如果你躲在不远处的什么地方，能看见我，你就忍心看着我坐在屋顶上天天等你，直到把自己等成一块翘首的石头？"

这时，又有一连串的水珠滴落在树叶上的声音。

他抬头查看究竟，却又听见了哭泣的声音！女人的哭泣声，且是他熟悉的！

他兀地一惊，抬头顺着声音的来处寻去，那个繁茂无比的硕大树冠里，一阵枝叶婆娑，一个沙哑的声音在里面喊："晓晨，我在这儿！"

宋晓晨瞬间惊喜过望，但又疑似幻觉，他三下五除二地便向那棵树上爬去！

终于，在那棵树的一处高高的树杈上，他惊奇地发现了一个由雨衣、棉絮等东西搭成的大"鸟巢"！而一个蓬头垢面、神情呆滞的女人瑟缩在里面！

"小篮，这些日子，你一直住在这棵树上吗？"宋晓晨痛楚道。

"是的，晓晨，对不起。"那个沙哑而熟悉的声音再次响起。

多少寻寻觅觅的心焦，多少千丝万缕的牵挂，多少日夜无望的辛酸，在这一刻都如洪水般狂泻而出，而两人，竟只是无语凝噎，双泪长流。

……

当宋晓晨收拾起叶玫瑰的家当，要将她的"窝"搬下树来的时候，她神经质地紧紧抱住树枝，恐惧万分道："我不下去！地上有坏人！要把我送到疯人院去！要用刀剥我的脸！警察还冤枉我，要抓我！"

宋晓晨痛心地摇着她道："小篮，你醒醒啊！那姓冯的恶人已经破产失踪自身难保了，那一直对你有敌意的叶飞舞也已经死了。何况，现在又有我在你的身边，你现在很安全，再没人能伤害到你了！至于警察那里，我相信你没有杀人，只要到警察那里说清楚便可。这树上满是蚂蚁和蚊子，这些日子你住在这里，受了多少罪啊！走，下去，回咱们的家，那间小平房的家。"

叶玫瑰终于肯爬下树来。

在树下，她不舍地环顾左右："我现在可以回温暖的家了，可小白依然只能到处流浪。"

"小白是谁？"宋晓晨惊诧。

"是一只白色的流浪猫，我给它起名叫小白，这段时间我老喂它，它对我有依赖心了。"

……

第三道障碍：谁能证明你没有杀叶飞舞？

宋晓晨带着叶玫瑰来到了派出所，找到了李警官，她坐在那里向李警官详细诉说了当时的情形。

李警官听完后说："你现在的口供只是一面之词，你又有杀人的动机，所以要暂时收押一段时间，待查到有关的证据后再说。"

宋晓晨和叶玫瑰两人听罢都傻了眼。叶玫瑰道："晓晨，你一定要相信我，我没有杀叶飞舞！我记着你的话了，我要用以后的全部生命来爱你，所以我不会再犯一点错的！"

"我相信你！我相信你对我的爱，会远远超过你对其他人的怨恨，所以你不会冒触犯法律的危险去伤害任何人的！"宋晓晨道。

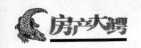

民警要将叶玫瑰带走了。

宋晓晨扑过去，发出一声撕心裂肺地大喊："小篮！"

叶玫瑰痛心疾首道："晓晨，我好后悔，好怀念我们俩在平房小院里过的那一段安宁的日子。"

宋晓晨痛心道："小篮！你为什么不早一点醒悟？"

两个人隔着阻拦的民警互相向对方伸着手臂，吃力地伸着，伸着，但不管怎样努力，终究，他们的手指还是无法握在一起。

叶玫瑰被民警拉着，她回了下头，向宋晓晨绽开了一个凄凉的微笑，然后回身拖着沉重的脚步向前走了。

一只大鸟在湛蓝的天空翱翔，叶玫瑰无限留恋地抬头遥望着。

这时，也不知哪个窗口里传来南一扁的喊声："你们关我有什么用？怎么还没找到偷我手机的小偷？我说了，那手机视频里有当时的录像，只要找着我的手机，就能证明我当时在玫瑰别墅里的情形，证明我没有杀人！"

"哦，我想起来啦！我自杀拍视频的时候，一只猫跑到窗台上动我的手机了！会不会是那只猫把我的手机叼走啦？"南一扁又叫。

宋晓晨不由自主地又来到玫瑰别墅。

他在别墅内外踱着步，久久地沉思着：

"当时的玫瑰别墅内，到底发生了什么？又是谁把南一扁的手机拿走了？难道真的是那只猫叼走了？猫这种动物天生好奇，对手机这种新鲜玩意儿产生兴趣也有可能。小篮这里还暂时找不着什么头绪，如果能找着那只猫，找着那个手机的话，起码能证明南一扁的清白，也是帮人一次。"

想到这里，宋晓晨开始了寻猫。"喵喵？"他喊，在别墅内外找了几遍，没有任何发现，便又去了外面，在田野、河边、树林里来来回回地到处走着喊着："喵喵？"

"无边无涯的苍茫大地，怎么去寻找一只猫？再说，即便真的是那只猫给叼走了，也许它只是玩一会儿，便将手机丢了，找到手机的概率实在太低，但只要有一线希望，我还是要找下去！"宋晓晨边找边想。

这天，在外面找猫找得精疲力竭的宋晓晨垂头丧气地回到平房小院里的时候，忽然发现一只白色的小猫在墙边的那棵老树下徘徊。"邪邪！"他惊喜地叫了一声。可上前后发现，那只猫是白色的，且猫的嘴里、身边压根没有手机的影子。他隐约记得，玫瑰别墅里的"邪邪"是一只花猫。

这时，他忽然响起了叶玫瑰的话："是一只白色的流浪猫，我给它起名叫小白，这段时间我老喂它，它对我有依赖心了。"

"很可能这只白猫就是小篮喂养的那只流浪猫，它来这棵大树下徘徊，是在等

小篮？"宋晓晨心说，

忽然一道灵光在他的脑子里闪过："听说猫也有圈子的，两只猫都被小篮喂养过，就像人类中的同班同学一样，是否它们凑在一起的机会多些？我跟着这只小白猫，说不定就有可能找到那只叫'邪邪'的花猫。"

主意已定，宋晓晨开始了对那只猫的苦苦跟随，猫停他停，猫跑他跑，一番辛苦言不能尽……

终于，这天傍晚的时候，宋晓晨疲惫不堪地跟随着小白猫来到一段残墙后面，那里，一只花猫正起劲地玩着个手机，像玩一个小皮球一样，正是"邪邪"！

宋晓晨跑过去从猫嘴里夺过那部手机，打开视频一看，眼泪顿时出来了，是喜悦的泪水。他看着那只猫，竟然吟出一句歪诗："众里寻它千百度，蓦然回首，那猫却在灯火阑珊处！"

宋晓晨气喘吁吁地跑来找李警官，兴奋难抑地说道：

"南一扁的手机视频里无意中录下了叶小篮和叶飞舞当时发生争执的画面！"

视频画面被转到了电脑屏幕上，南一扁的自杀画面先被播出来：

南一扁对着窗台上的手机模仿记者道：

"亲爱的网民朋友们，现在现场直播'小王子'为情自杀的画面！这矿泉水里放了大量的安定。"

说罢，南一扁仰头咕咚咕咚地喝起矿泉水来。很快，南一扁便两眼模糊，倒在了一个不容易被发现的角落。

接着，发生在玫瑰别墅内的一副场景又真实再现在警官们眼前：

"把属于我的还给我！"叶飞舞拿起了一把刀，面目狰狞道，"你这个《西游记》里的女妖精，《画皮》里的狐狸精！我要拿刀把你这张脸皮剥下来！"

叶飞舞喊着追赶着叶玫瑰。

"你不要乱来啊！"叶玫瑰惊恐道，步步后退着，她跑到了楼梯上。

叶飞舞疯了般追赶着叶玫瑰，也上了楼梯。

"哈哈哈！要是让冯威龙和宋晓晨看到你那张血淋淋的面孔，不知会作何感想？"叶飞舞脸色扭曲道。

叶玫瑰步步后退，叶飞舞步步紧逼——

忽然，叶飞舞自己将楼梯踩空了。"啊！"她发出一声惨叫声，骨碌碌地滚下了楼梯，然后不动了。

　　楼上的叶玫瑰惊吓得什么似的，面朝墙不敢看下面的事实。

　　但过了会儿，她轻轻地下了楼，向那个躺在地上的叶飞舞俯下身去，道："这样也好，你不是老喜欢冒充我吗？这次，你就再代替我一次。想象一下吧，你躺在这里，别人会认为那是我，没有丝毫的怀疑。而我，金蝉脱壳一样远走他乡，开始新的生活。你就像我的一件扔掉的灰黑的外衣，一个蝉蜕。你说，这件事情是不是很刺激，很有意思？"

　　叶玫瑰噼噼啪啪地连珠炮般说着，爆发出一阵得意的大笑："哈哈哈！"

　　笑够后，叶玫瑰便匆匆离开了玫瑰别墅……

　　"啪"地一声，两段视频的画面放完了。

　　李警官道："两段视频先后证明了南一扁和叶玫瑰的清白，想必是在录完南一扁的视频后，那只猫无意中把手机的画面扭转了个方向。那只猫！"

　　大家都一副哭笑不得的样子。

　　这时，另一个警察过来说："李警官，都市美人鱼美容院爆炸案的结果出来了，那确实是一场人为的爆炸，作案者是一个女人，因丈夫长期来这家美容院嫖娼，对这里心生怨恨，因而在丈夫又一次来这家美容院的当晚，引发了这场爆炸案。"

　　"好的，我知道了。"李警官道。

　　李警官走出办公室对宋晓晨说："视频资料我们都看了，证明了叶玫瑰的清白。"

　　"那么，我可以领她回家了吧？"宋晓晨急切道。

　　李警官并不回答，带着宋晓晨来到了关押叶玫瑰的地方。

　　第四道障碍：冯威龙到底在哪里？

　　问讯室内，李警官问："叶小篮，我们得到了证据，证明当时是叶飞舞执意追杀你，才使她自己失足跌下楼梯的，跟你无关。但是，冯威龙和小树呢？他们父子俩到底在哪儿？"

　　"小树失足掉进河里了。至于冯威龙，我不知道。"叶玫瑰坚持道。

　　神情憔悴的郑小燕来看叶玫瑰了。

　　她看着对面比自己还憔悴的叶玫瑰涩涩地道："叶小篮，你终究还是得到了他，你们终于还是在一起了，不是吗？你胜了。"

　　叶玫瑰苦笑了下道："得到？得到了他的恶毒、自私、谎言、欺骗、贪婪？他所有人性中最丑陋的东西都让我'得到'了，而我，为了能够'得到'，几乎丧失了所有的自我，包括换上这张我最憎恨的女人的脸！你说，这个世界上，还有比我更滑稽、更悲凉的小丑吗？"叶玫瑰神情怪异地指着自己的脸说。

过了会儿，叶玫瑰的情绪平复了些，道：

"好在所有的恩恩怨怨都已过去了。我曾爱过他，不过爱的是附着在他身上的东西，比如权力、地位、成功等等，一旦这些东西从他身上树叶般纷纷剥落了后，他在我眼里，瞬间变成了行尸走肉般的存在。女人们有时往往弄不清自己的感情。"

郑小燕赶紧接过话茬："而我，爱的、要的是他这个人！我当初爱他的时候，他一无所有。所以你把他还给我，你把他的人还给我！"郑小燕忽然一下跪在了叶玫瑰的面前，苦苦哀求道，"你在我家时，我说了几句刺激你的难听的话，伤害了你的尊严。过后很长时间内，其实我都处于一种自责之中，为此，我今天向你正式道歉，也请你谅解。其实，说起来，哪个女人在其他女人登堂入室地前来掠夺自己深爱的男人时，能冷静得了？我想都会急得口不择言的。"

叶玫瑰道："你别再找他了！离得他远远的，回去过自己的日子去吧，这个男人是个恶魔。"

"我求你了，威龙他是我唯一的男人，是我的命根子，失去他我活不成了呀！你告诉我他到底在哪儿？"郑小燕继续哀求道。

叶玫瑰见状硬了硬心道："已经晚了。"

郑小燕脸上的表情抽搐了一下，眼里有泪花闪现，喃喃着："晚了？"

叶玫瑰道："是的。他走了，远远离开你了，也让你别再找他，他说想一个人待在那暗无天日的地方。"

郑小燕听罢此言一下瘫在了地上。

而叶玫瑰，扭过头去再不说话。

一旁的李警官见状只得拉起郑小燕离开了。

李警官和宋晓晨等驱车来到了玫瑰别墅。

宋晓晨回想起他化装成华庄后的那个夜晚，叶玫瑰将他绑在玫瑰园的藤床上后，附在他的耳边忽然发出呓语："你去死！"

那声音像是一股来自坟地深处的寒气，掠过他的耳边，使他下意识地打了个寒战。

李警官的脑子里回响着郑小燕跟他说的叶玫瑰的话："他走了，远远离开你了，他说想一个人待在那暗无天日的地方。"

他在别墅内若有所思地踱着步看着地面，这里那里的，都是坚硬无比的水泥地，并没有刨过的痕迹。玫瑰园中，猩红的玫瑰花开得正盛，映入他的眼帘——

"只有玫瑰园中的土是刨翻过而没有明显的痕迹的！"一道灵光在李警官的脑子里闪过，他快步走向前去——

浓密的玫瑰园深处蹲着一个人！

是郑小燕。

几个回忆镜头正在郑小燕的脑中闪过——

"燕子!"黑夜的深处忽然传来冯威龙深沉的呼唤。

"燕子,只有你是真正爱我的。我明明已经拥有了最宝贵的,可我还是经不住其他的诱惑,我太欠缺自制力了。今天的一切也是咎由自取。我对不起你的地方太多了。"

冯威龙又喊。他的声音湿漉漉、阴森森的,似乎来自一座坟墓的深处。

再仔细看冯威龙,只见他脸色苍白,眼神里现出绝望,额头上不停地往下流着血——

"威龙!"郑小燕惊叫一声,在玫瑰别墅内一个房间的床上坐了起来。原来是一场噩梦。

她惊恐地喘息不已。

又是个大风的夜晚,风啪啪地拍打着窗子,天上一轮暗淡的月亮泛着惨白的光。

兀地,她听见外面的风声里似混有一个人急促的喘息声,没错,是叶玫瑰的喘息声。因为夜深人静,会把声音传得很远。

郑小燕急忙跑到窗口处去看,外面黑黝黝的一片,玫瑰园里隐约一个人影浮动,是叶玫瑰挥动着铁锹在园子里挖着什么埋着什么的身影。没错,是她!

"喵!"那只猫在玫瑰园里忽然发出一阵尖利的叫声。

郑小燕忽然惊慌地颤栗了一下,她轻推开自己的房门,脚在楼梯上轻轻地往下迈着,来到了楼下的客厅里,欲打开别墅的门,但门又被从外面反锁上了,她出不去。

她耳朵贴在门上想仔细听清些什么。

但门又忽然被从外面推开了,叶玫瑰神情憔悴、气喘吁吁地站在门口的黑暗里,惊慌地问:"小燕姐,你又站在这里做什么?"

只见叶玫瑰的手中拿着把铁锹!

"我……我又听见外面好像有响动,担心是小偷,便出来看看——"郑小燕道。

叶玫瑰神情恍惚道:"明天我便把你的工钱结了,你收拾收拾,离开玫瑰别墅吧!"

第二天早晨,一切看起来风平浪静。

郑小燕正在玫瑰园里摘花,身影在玫瑰丛里浮现。

"郑小燕,你在玫瑰园里干什么?!"忽然传来一声惊慌的喊叫。

郑小燕扭过头去，看见了站在玫瑰园边上的叶玫瑰惨白如纸的脸。

"摘花给你洗浴啊。"郑小燕随口答道。

"没必要了。"叶玫瑰道，心酸得眼泪一下子夺眶而出。

郑小燕看着园中的花随意地感慨："这些花开得真红呀，红得这么浓烈，一种血腥的红——"

"血腥的红——"叶玫瑰下意识地重复了一句。

"我，我想摘完花后再给玫瑰松一下土，浇点水——"郑小燕说。

"郑小燕，我昨晚不是说过了吗？今天你便离开玫瑰别墅，别干啦！"叶玫瑰的情绪忽然变得很恶劣，兀地爆起一声尖叫。

……

想到这里，一种朦胧的直觉兀地在郑小燕脑子里闪过，她猛地站了起来，正巧撞到了李警官、宋晓晨的目光，三个人心有灵犀般地相视了一眼，李警官果决地喊道："我拿铁锹往玫瑰园的深处挖挖看！"

郑小燕点头。一种不祥的预感忽然袭来，她虚弱得摇晃了下身体差点栽倒在地上。

李警官和宋晓晨等挥动着铁锹用力地挖着，挖着，挖得大汗淋漓，越挖越深。

先是发现了一双崭新的童鞋，郑小燕惊恐地扑过去："是小树的新鞋子！小树发生了不测了吗？"

接着往下挖，又挖出了小树的小木碗和望远镜、玻璃球。

"小树！"郑小燕发出一声撕心裂肺的大喊，她绝望得撕扯着自己的头发仰天大哭，"啊！"

那哭喊声在空中久久地打着旋儿，惊得一群栖在树上的鸟扑棱棱地乱飞。

土中出现了一层玫瑰花瓣，拂开那些花瓣，有衣角裸露了出来，越露越多——

"天啊，这是威龙的衣服！"郑小燕再次扑过去惊叫。

"啊！"郑小燕又发出一声撕心裂肺的惨叫，双手捂着耳朵向远处趔趔撞撞地跑去，疯了一般尖叫，"别告诉我！别告诉我里面埋着威龙！"

郑小燕瘫坐在地上，开始了一场撕心裂肺的大哭："威龙啊！为了找你们，我睡草垛，喝河水，谁知找到的却是这样的你啊——"

郑小燕的身体激灵了一下，眼神忽然就变得呆滞了——

郑小燕疯了！

"不好！小燕姐疯了！"宋晓晨叫。

其他人员神情凝重地加紧往下挖，越挖越深——

除了土，除了那件男式风衣，再也没有什么，只是一件空空的衣服而已！

大家长长地松了一口气，一颗悬着的心总算暂时落下了。

　　再看郑小燕，已经真的疯了，她笑着去扯冯威龙的那件衣服："威龙啊，别睡了！快起床吃饭了，给小树盛饭去！小树吃饭就喜欢用那个小木碗……"

　　李警官气冲冲地进了问讯室：

　　"叶小篮！冯威龙到底在哪里？郑小燕疯啦！因为她发现了玫瑰园的土中埋的衣服！快说实话！"

　　"什么？"叶玫瑰腾地一下站了起来，自责地用拳头擂着自己的头，"唉！"

　　"我原是在用心保护她！我之所以坚决不告诉她冯威龙在哪里，是怕她找到他后，会为了他东山再起实施她自杀的计划。另外，冯威龙潜意识里，一直想置小燕姐于死地，在不涉案的前提下，用各种方法加害于她。跟这样一个男人生活在一起，太可怕啦！万一哪天他再有翻身的机会，会对柔善的小燕姐再下毒手，这就是为什么我宁愿冒着被晓晨误会甚至抛弃的可能，冒着被长久关押在这里的可能，也不告诉你们冯威龙藏身在哪里的原因。"叶玫瑰解释。

　　"可是她找不着冯威龙的话，也会活活地被折磨死的！"李警官道。

　　"我过会儿就领你们去玫瑰别墅找他！"叶玫瑰终于说道。

　　叶玫瑰陷入了回忆之中："那天，在得知了冯威龙破产的真相之后——"

　　晚上，玫瑰别墅内的一个房间里，墙上映着一个女人张牙舞爪的影子。就像电影里女特务严刑拷打犯人的情状，叶玫瑰挽胳膊捋袖子地，举着一根鞭子啪啪地抽打着挂在挂衣杆上的一件男式黑风衣，边抽边恨恨地数落着：

　　"骗子！你还给我！那么多宝贵的岁月，那些殚精竭虑的劳顿奔波，还有被践踏的尊严、情感的浪费、精神的痛苦、时间的消耗……你让我付出了怎样的代价？半条命被你祸害掉了，却原来是一个对自己全无意义的大骗子！我抽死你！活活地抽死你也解不了我心中的恨！"

　　深夜时分，叶玫瑰用托盘托着食物再次来到了关着冯威龙的房外，拿钥匙打开门后，兀地发出一声惊恐尖叫："啊！"

　　手中的托盘掉在了地上——

　　只见冯威龙满头血污地倚墙坐着，头耷拉在了自己的右肩膀上。

　　叶玫瑰扑过去，惊恐地喊道："天啊，你的身体都已经凉了，血也凉了。你这是干吗？"

　　只见冯威龙手中有一张血书，叶玫瑰慌忙拿过来看，只见上面写着：

　　"燕子，如果唯有如此才能终止你的自杀计划和弥补我对你的愧疚，那么，我的死，便是我这一生最耀眼的亮点了。"

叶玫瑰满怀忧伤："事情怎么弄得这么糟呢？是我把他逼死了吗？我错了，一个男人，离了社会、人群，离了他赖以生存的事业，便丧失了活力，就像鱼离不开水一样，我怎么到这一刻才明白这一点呢！"

千种万种的情绪涌上心头，她忽然站起来噼噼啪啪地发泄着：

"冯威龙，你听着，我瞧不起你！死是很容易的事！你这样一了百了了，可你这样也会连累我！因为是我一念之差把你关在这个房间里的。你害我害得够惨的了！不该再连累我！我还有那么爱我的晓晨，我原本答应用我以后的所有生命、用我全部的爱来爱他、回报他的！"

这时，冯威龙的手忽然抽搐了一下，他缓缓睁开了眼睛，气息微弱地说："我感觉自己就要跌进一个无底的山洞里去了，隐约听到你在怒骂我，我便往回走了——"

叶玫瑰惊喜得眼里涌出了泪水："你还活着？这有多么好！不然，我怎么向小燕姐交代啊？死是最于事无补的，弥补对一个人愧疚的方式不是去死，而是用以后的生命来爱她啊！"

"对，我要用我以后的生命对她赎罪！有那么爱我的燕子，她需要我，我该为她活着，为她重新振作起来，"冯威龙道，"但这会儿，我是无颜面对她的，也无颜面对'大庇天下寒士'的股东、股民。我想恳求你一件事好吗？"

"什么事？"

"你能将无线上网的笔记本电脑借我一下吗？我想躲到地下室去，查阅大量的资料，以求时机东山再起。给我买些方便面和矿泉水行吗？我要学勾践卧薪尝胆，面壁思过，暂时先不要让任何人知道我待在那里好吗？直到有一天，我以另一种形象走到燕子面前。"

"行。为了小燕姐，我答应你。"

"另外我还想求你一件事，不要再跟郑小燕较劲，说什么因果报复，别让她再受伤害好吗？夫妻一场，我连累她、对不起她的地方，够多的了。"冯威龙平和地说。

"好。我答应你。"

当天夜里，叶玫瑰从挂衣钩上拿下那件黑风衣，来到门外拿了把锄头，到玫瑰园中将那件衣服深深地埋到土里了。

……

叶玫瑰从回忆中回到了现实，说道："那件衣服是和冯威龙初次邂逅时他送给我的，我将此深埋了，意味着我从此将这个人在心里深深地埋藏。虽然他当时说得好好的，但因为他一贯的谎话连篇，我对他已形成了信任危机，事后我又不相信

他会对小燕姐好了，尤其是小燕姐在离开玫瑰别墅之前见我晕倒为我输血的事，更让我产生了保护她的念头。我亏欠她太多，因而一直未告诉她冯威龙的藏身之处，再说，也是他本人要求我这么做的。"

一辆警车在公路上飞驰着，很快来到了玫瑰别墅。

叶玫瑰领着大家走下一段黝黑的楼梯，地下室的小门被打开了，胡子拉碴的冯威龙在里面下意识地用手遮住光线。"待在这里面的，是一个卧龙！"他强硬地对一群来人说。

第五道障碍：还给郑小燕一棵生机蓬勃的小树？

在精神病医院的院子里，穿着病号服的郑小燕表情痴呆地站在一棵树旁，道："小树，该洗脸了！妈妈给你洗脸。"说着，便拿毛巾给那棵树胡乱擦着，结果反把毛巾给擦脏了。

"小树的脸怎么会这么脏呢？"郑小燕伤心地示意给旁边精心照顾着她的冯威龙看。

"小树，该吃饭了！"郑小燕又拿着小饭勺往树干上喂，"你看，妈妈用你喜欢的小木碗、小木勺喂你。"

结果那些菜汁顺着树流淌下去了。

这时一个清洁工过来，训斥道："看看你们这素质低的！"

"对不起！对不起啊！"冯威龙赶紧道歉。

"小树他怎么不张嘴啊？"郑小燕急得哭了，"他不吃东西怎么长个儿啊？"

冯威龙的脸颊痛苦地抽搐着。

天越来越黑了，又下起了雨。冯威龙拉扯着郑小燕进病房楼去，但她拽着那棵树就是不进楼，一个嘶哑的声音在雨中幽幽地飘着：

"小树啊，天这么黑，你一个人待在这里不害怕吗？妈妈跟你做伴！"

"小树，下这么大的雨，还不把你的小身子骨给淋坏了啊，妈妈给你打着伞！"

"威龙，小树怎么长这么高了啊？我没法给他打伞！"郑小燕哭道。

冯威龙抱住那棵树失声痛哭起来："都是我！都是我把一个好好的家庭毁成这样的！燕子，是你的美好，唤醒了我被扭曲的灵魂。以后，不管你怎样，我都会精心地照顾你！"

如帘的雨雾里回荡着冯威龙和郑小燕撕心裂肺的哭喊声……

旁边的一座假山后面，一直站在那里看着的叶玫瑰与宋晓晨痛苦得已泪流满面。

"都是我！都是我把她害成这样的！"叶玫瑰痛苦地捶着石墙哭道。

"小树的落水，虽然不是我亲自把他推下去的，可潜意识里，我是隐隐盼着这种事发生的！因为郑小燕用麝香害我流产，并使我丧失了生育能力，因此我嫉妒她拥有小树，所以便引诱他去坐船。没想到，事情竟真的按我的期盼发生了。现在想来，小燕姐这样一个善良的人，怎么会用那样的毒计害我呢？这里面肯定有什么误会。"叶玫瑰说。

宋晓晨在旁劝道："事已如此，再悔恨也没用了，以后我们想法弥补就是了！"

"怎么弥补？除非我能还给她一个一模一样的小树！"叶玫瑰依然痛苦地哭道。

忽然，一线灵光在叶玫瑰的眼前兀地一亮，她一把抓住晓晨，眼睛熠熠闪光道："谁说小树就一定落水死了呢？谁也没见着他的尸首是不是？当初，你们不也单凭我留在河岸边的鞋子便断定我死了，可我现在依然好好地站在你身边，不是吗？"

"如果是那样，当然好，可出现奇迹的概率能有多大？"宋晓晨的眼前虽出现了一丝亮光，但又很快灭了。

"哪怕是亿分之一、十亿分之一的概率，我们也要找一找！"叶玫瑰坚定道，"现在天黑了，我们明天一早就去那个渡口找！"

第二天早晨，漫天的雨雾中，叶玫瑰和宋晓晨早早地踏着泥泞便来到了那个渡口边。

他们穿着雨衣，拿着块牌子站在渡口处，上面写着：寻找男孩。

这时，一对打鱼的夫妇刚好划着船路过。

叶玫瑰上前道："请问，很多天以前的一个黄昏里，你们在这里看见过一个落水的小男孩吗？"

其中的女船家赶紧说："没有！我们没看见！"夫妇俩眼神闪烁，一副心虚的样子，很快将船划过去了。

后面陆续又有人划着船过来了，他们上前挨个儿地问。

黄昏的时候，两人依然站在那里逢人便问。

第二天，第三天……天天如此。

后来他们干脆在渡口边搭了个简易帐篷，日夜守候在渡口边，逢人便问，逢船便问。

饿了，两人随便吃点带来的硬馒头，就着榨菜；渴了，带来的矿泉水喝光了，便到旁边的水洼里灌点水喝。

那对打鱼的夫妇划着船路过的时候，一次次躲过他们。

"难道，他们俩会像两块石头一样，这样一天天地等下去吗？"夫妇俩看着岸边的那两个顽强的身影愁闷道。

终于有一天，女船家扛不住了，对男船家说："他爸，我实在受不了啦！每天出门前便害怕遇见他们，每天回家前又怕遇见他们，一天里都被恐惧心和羞愧心折

磨着。"

"我也是。干脆把实情说了吧,不然,我们就无法在这条河里打鱼啦!这可是我们依仗一辈子的营生。"男船家说。

于是,夫妇俩将船划向叶玫瑰和宋晓晨,靠近他们后,比比划划地开始了回忆和诉说:

那天,暮霭笼罩的河里,一只打鱼的小木船慢慢划向了渡口边,上面载着一对中年夫妇。

忽然,他们看见一个小男孩趴在一只小木船的船沿上跌落了河中!

男人扑腾一下跳进了水里,很快将落水的男孩捞到了岸边。

"这小男孩只是昏迷了,还没有死!"男人叫道。

"是吗?我看看!"女人从船上跳下来奔过来看。

"哎呀,挺俊的个孩子!咱陕西窑洞的老舅家的大儿子不能生育,不是一直想买个小男孩吗?这下好了!咱白捡了一个!"女人惊喜地拍着大腿。

……

陕西窑洞前的一片黄土坡上,穿着当地衣服的小树正在拿着一条羊鞭放羊,看起来颇像一个乡村孩子了。

这时,在视野的远处,风尘仆仆的冯威龙、叶玫瑰、宋晓晨正向着小树跑来,在他们身后腾起了阵阵的黄土——

……

在精神病医院的院子里,小树从冯威龙的怀中扑向神情呆滞的郑小燕,大声喊着:"妈妈!"

冯威龙也走上前去,将母子俩紧拥在自己的怀里。

一旁的叶玫瑰与宋晓晨见状欣慰地相拥着离开了这尽享天伦的一家。

"我感觉这时的你,才慢慢做回了那个原来的自己。"宋晓晨深情地对怀中的叶玫瑰说。

叶玫瑰眼神闪烁着,有些不敢正视宋晓晨的眼睛。

第六道障碍:整容所致的心理疾病。

叶玫瑰和宋晓晨在街上亲密地走着,这时,忽然一个陌生男人走近了叶玫瑰,惊喜道:"是你!我在网上看了你登的征婚启事,正要前去应征呢,没想到在这里遇见了！"

宋晓晨听罢一下变了脸，将叶玫瑰拉到一个偏僻处，痛心道："你又在背着我偷偷地搞征婚骗术那种小伎俩？你实在太让我失望了！"

叶玫瑰面有愧色道："最近这段时间，你因为找我丢掉了工作，我们又一起找小树，实在没有经济来源了，所以我——再说，利用征婚骗人的压根儿不是我，是这张借来的叶飞舞的脸。"叶玫瑰又神情怪异地指着自己的脸说。

"不管你照着谁整的容，你的所有行为的责任人都是你！你这样跟一个骗子、窃贼有什么区别？"宋晓晨气愤不已道。

叶玫瑰的自尊心受了强烈的刺激，满脸羞愧地连忙解释："对不起，晓晨，你说的话我都明白，可是，可是我就是管不住自己。我默默地做了很多心理挣扎，可我发现，就像那长了第三只手的人，会老想去偷东西，只要我拥有这张脸，就老想做那些利用色相的事情，我再明白不过,要想彻底根除这种心理,只有毁掉这张脸！"说着，叶玫瑰忽然就疯狂地用自己的脸去撞旁边的墙，直撞得血痕斑斑的。

"小篮！"宋晓晨惊喊一声，猛扑上前去将叶玫瑰揽在胸前，心疼道,"对不起！我不该说那样的重话刺激你！我明白，你以前是个那么纯良的女人，是整容所致的心理后遗症，才使你萌发一些利用色相的斜的、歪的念头，而你，又觉得自己可以不承担道德的自责。"

"如果还能做回那个原来的我自己，该有多好啊！"叶玫瑰忍着剧烈的疼痛发出一声深深的呼喊。

忽然一道灵光闪现，叶玫瑰说道："医生说过，我精神上的轻度人格分裂也是整容造成的后遗症，或者，我可以重新再整一次容，恢复成原来的样子，种种心理隐患自然会消除了。"

"你真希望这么做吗，小篮？手术的风险、身体的疼痛，我怎忍心再让你承受一次身体的重创？"

"如果能重新做回那个纯良的自己，为了你，就是受再大的苦我也愿意。"叶玫瑰忽然又想起了一点，苦笑道，"即便我想整回去，又哪里有那么一大笔钱呢？有件事情我一直瞒着你没跟你说，最初，我是卖掉了自己的一个肾，才换来的整容费用，否则，那么昂贵的一大笔钱，我哪里有呢？"

"什么？你！"宋晓晨心疼道。

"人不能走错一步，否则，环环相扣，想刹也刹不住了。虽然我当初有自己的苦衷，可我走得实在太远了。"叶玫瑰悔恨道。

"如果你真想整回原来的模样的话，我可以将玫瑰别墅卖掉来付这笔费用。只是，手术的风险——"

"晓晨，我只问你一句，你真的喜欢原来的我吗？现今的模样，男人们认为很

美。"叶玫瑰说。

"我说过，女人真正的美，是心地纯良，是对世界一切美好的善感、敏感，是通过社会规范所允许的途径自强自立，哪怕她贫寒、平淡。"宋晓晨说。

"有你这句话，即便忍受再大的疼痛，这个风险，我也冒，就像越剧《追鱼》里的鲤鱼精，为了能和心爱的男人长相厮守，不惜忍剧痛拔掉身上的鱼鳞。只是，连累你又回到当初的赤贫状态了，害你白白奋斗了这么多年。"

"谁说我现今是赤贫状态了？我失而复得了那个纯良的你，是我最大的收获。"晓晨说。

"我终于可以做回我自己，再没必要顶着这张我最憎恨的女人的脸了！"叶玫瑰喃喃着，眼睛里闪出一丝希冀。

在南郊精神病医院内的一间医生办公室内，医生对叶小篮说："经过这段时间的治疗，你轻度的人格分裂症状已治愈了。"

"谢谢医生。"叶小篮道。此刻的她，已恢复成了整容前的模样，虽然没了妖冶的美，但看起来朴实、纯良。

医生指着旁边的宋晓晨说："该谢的是你这位男朋友，他费的心啊，比我们医护人员多多了！他起的作用啊，也比那些药的疗效大多了。"

叶小篮走过去，无言地和宋晓晨紧紧地拥抱在了一起。

太多的话语，全在这无言里了。

第七：回家。

叶小篮与宋晓晨手提着青菜、萝卜等走在那条长长的小胡同里。

"小篮，这条回家的路，你走得好艰辛啊。"

"是啊。为此还连累了你那么多。这个温暖的小家，其实是我原本就拥有的，而我并没有懂得珍惜，因一念之差便轻率地舍弃了它。原来，我还嫌弃日子平静，经过了狂风暴雨的摧残之后，才体会到，安宁平和的日子是一种怎样的美好。像两棵依偎在一起的树，每天承受阳光雨露，自然地生长，久而久之地，便长成了大树。"

"在我的感觉里，我们早已成了一棵树了。"宋晓晨说。

"晓晨，要我怎么感谢你？经过这么多的风风雨雨，你依然没有放弃我。"

"也许这些经历就是故意来考验我的，还是那句话，你看看，我这样一个人，是否比一套房子更有安全感？如果这场劫难使我们更清晰地看清了各自心底的真爱，所付出的种种代价不也是值得的吗？"宋晓晨语重心长道。

叶小篮重重地点了点头。

十一 郑小燕：爱人呵，我等你回家

深秋季节，一辆飞驰的火车上，里面坐着冯威龙、郑小燕和小树。

郑小燕的脸上一派幸福祥和，此刻还回想着出发前的情形：

"燕子，你的病好了，小树也回到了我们的中间，咱们一家三口真正团圆了，你不一再要求我回一趟老家，去看看我们结婚时的那间土房子吗？我这次带你们娘俩回去。"冯威龙说。

郑小燕深情道："威龙，为这句话，我苦苦地等了你多少年。这些年来，我们在城市里搬过那么多次家，可在我的心里，只有那里，才是我们俩真正的家。"

想到这里，郑小燕甜蜜地偎依在冯威龙的肩上。

爱人呵，我等你回家

爱人呵，你什么时候跟我回家
土房上的草已荒了
还有我们风雨飘摇的小村庄

两个从黄土地上走来的孩子
终于拥有了昔日的梦想
而你的人已变啦
万花筒般的花样
爱人呵，你到底想对我说什么呀

一年又一年
繁华的都市里你有那么多的放不下
步履匆匆，觥筹交错
我等你回家，望穿天涯

爱人呵，你什么时候跟我回家
太久的岁月里，我们相偎相倚着一块儿长
长成了一棵树啦，再也无法分呀

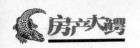

> 爱人呵，你什么时候跟我回家
> 姹紫嫣红迷乱了你的眼
> 只有我是追随你一生的柔韧青藤
>
> 一年又一年
> 繁华的都市里你有那么多的放不下
> 步履匆匆，觥筹交错
> 我等你回家，望穿天涯

火车在一个偏僻的小站停下了，冯威龙、郑小燕和小树提着包从车上走了下来，已是夜深时分。

出了出站口，只见小城火车站的广场上、候车室里，横七竖八地到处躺满了黑压压的人，都是带着被窝卷外出打工的民工，一张旧报纸铺在地上便睡在那里。

郑小燕和冯威龙以一种异样的眼神复杂地看着那些人。

"威龙，你还记得二十五年前那个冬天的夜晚吗？我们第一次离开家乡出远门闯世界，就是在这个小站上的火车，那是我们俩第一次坐火车。发往风城的火车只有早晨六点的一趟，我们也是头天晚上便赶到了这里，我们俩当时连张新报纸都舍不得买，捡了张旧报纸躺在水泥地上就过了一夜。"

"我当然还记得。我还记得，你把那张仅有的旧报纸让给了我铺着。"冯威龙道，他看着躺在地上的民工，恍惚看见了当初那个二十岁的自己和郑小燕——

年轻的冯威龙坐在广场路灯下自己的行李卷上，低头专注地在看着什么书。天很冷，他时不时地哈一口气暖暖手，旁边放着另一个装着被窝卷的尼龙袋。

扎着两条麻花辫的郑小燕去捡了几张旧报纸来，在地上铺开了做垫，却只够铺一床窄窄的被子。而四周再也没有更多的旧报纸了。

她让冯威龙躺在那床铺开的被子上睡，而她自己将被子盖在自己的腿上，就那么坐在那里头倚在自己的腿上休息。

"天当房，地当床。"郑小燕望着天上的星星乐观地吟道。她又从包里拿出一块地瓜来，自己却舍不得吃，只给冯威龙吃。

冯威龙很快睡着了。

冬天的风是那么冷。因为担心冯威龙冷，郑小燕将自己的那床被子也给冯威龙盖上了，而她自己，就那么倚在自己的腿上睡了。

"起来！起来！"两人在睡梦中被吵醒了，他们睁开惺忪的睡眼，见天已蒙蒙亮了，一个戴红袖章的男人站在他们面前，手中挥舞着一把大扫帚，"走开！别在这里影响市容！"

"刷！刷！"那把大扫帚又被抡起来了，扫起的尘土迷了他们的眼睛，呛得他们两个咳嗽不已。

两人赶紧爬起来，将自己的被窝卷重新装进那个尼龙塑料袋里，然后小跑着离开了那个地方进了候车室。候车室内已是人满为患。

"去风城的检票啦！"忽然爆起一声喊。人群马上潮水般涌向检票口。他们俩也慌乱地挤进了人潮，被检票的推搡、斥责，被窝卷被踢来踢去。

"排队！排队！挤什么挤？好像城里有金子等着你们捡似的。"检票员烦躁地大声叫着推搡着人群，边嚷边踢了恰巧涌到跟前的冯威龙的被窝卷一脚。

因为这一脚，背着被窝卷的冯威龙趔趄了下，很滑稽地转了一个圈，但终于没有倒下去，他稳了稳自己继续弓着身拼命地向前跑去。

跑得太过迅猛了，冯威龙忽然一个嘴啃泥跌在了水泥地上，嘴巴上跌满了血，郑小燕跑过来拽起他。

他顾不得擦拭，爬起来背起跌落的行李继续跑。两个年轻瘦弱的身体背着两个偌大的行李包拼命前跑的样子看起来很是悲怆……

回忆到这里，冯威龙的眼里已是盈满了泪水。郑小燕也是。

"往事真是不堪回首！"冯威龙道。

他走到一个地方，低头道："那天晚上我们好像就是躺在这个地方过的夜。"

"是啊，这么多年过去了，这路面都被磨亮了，"郑小燕蹲下去，用手抚摸着地面，"不知有多少乡亲离乡背井的前夜也在这个地方躺过。"

"今天晚上我们不去住旅馆了，就在这里坐着到天明，我想我真是遗忘了很多东西。"冯威龙道。

郑小燕重重地点头，去捡了几张别人扔弃的旧报纸铺在了地上，三个人挤坐着，互相偎依在一起。

第二天早晨，冯威龙、郑小燕和小树乘坐的长途汽车又颠簸在崎岖的山路上。一道曙光在远处渐渐闪现。

后来，他们又换乘了一辆拖拉机。

再后来，他们又换乘了一辆毛驴拉着的板车，才来到了一座小山村。一路上，小树一直好奇地看着路边的景色，听着父母的谈话。

三个人从那辆板车上下来后，冯威龙和郑小燕回头惆怅地望着来路。

"当初的这段长路，我们俩是徒步一直走到火车站去的。"冯威龙回忆说。

"是啊，仅仅为了省几毛钱的车费钱。"郑小燕感慨道。

这时，又有背着被窝卷外出打工模样的农人搭乘着他们来时乘坐的那辆毛驴板车向远处走去。

郑小燕望着他们的背影感慨道："可是现今的这些民工又重复着我们当年的路，我们遭受的屈辱和困苦他们也一样经历过。"

郑小燕动情地看着身旁一棵枝叶繁茂的老槐树，眼里又有泪花闪现。她抹去泪水，三个人一起向那座小山村走去。

终于，他们来到了一间废弃很久的土房子前，屋顶和墙头上都已长满了荒草。

"终于回到家啦！"冯威龙的泪水再次盈满了眼眶，深情道。

"是啊，终于回到家啦！"郑小燕的泪水也盈满了眼眶，深情道。

"快看这棵老柿子树，都长得这么高了，还结了这么多的柿子！"郑小燕惊喜地喊道，跑过去紧紧抱住那棵树，脸贴在树干上。

"这还是我们俩结婚那天晚上，我们一块儿种下的。"冯威龙深情道。

"你还记得，威龙？"

"当然记得。我挖的坑，你浇的水、培的土。"

"当时，我是有意种下的这棵树。我说，从今晚开始，我们俩，汇合成一棵树的生命，从此再也无法分离，这棵树就是我们俩的情感树。二十五年的悠悠岁月里，谁知道这棵树具体经历了什么？多少次的风吹雨打，虫咬病害、旱涝无常，无人知道它每一根枝条的疼痛，可它还葱茏地活着，并且结出了满树的果子。"郑小燕激动道。

冯威龙面露羞愧。他一把扯过郑小燕，将他们母子带到了村外庄稼地里的一堆坟冢前，那里已是荒草萋萋了。

"这是公公的坟，"郑小燕道，她拉过小树，"来，儿子，这里埋着你从未谋过面的爷爷，我们一块儿给他老人家磕头。"

三个人便在坟前跪下，拜了。

祭拜完后，三个人又拔着那坟上的草。

冯威龙想向郑小燕解释些什么，沉痛地说道：

"你只知道这里埋着我父亲，可并不知道他老人家死的详情，那是我们结婚前夕发生的事。我之所以自二十五年前离开家乡后就再也没有回来过，是因为在这里结下了一块我此生最屈辱的伤疤，我不愿去碰。甚至于连你，我也没告诉过。今天，我就把这块疤向你揭开吧——"

郑小燕惊异地看着他，不知道有什么秘密是自己不知道的。

冯威龙接着说："当年，从小青梅竹马的我们俩要结婚的时候，你父母提出条件，非要单独一个小院做婚房才肯同意你嫁过来。可我父亲长期卧病在床，家里除了那三间土房子，穷得家徒四壁，维持活着已是艰难，哪里还有能力再盖一座宅院呢？我父亲万般无奈之下，竟然——"

冯威龙极度痛楚地揪着自己的头发，陷入了回忆之中——

　　一农家简陋的土房内，光线昏暗，一双举着瓶子的手哆嗦着，瓶子盖是启开的，嘴唇抽动着的脸上老泪横流。看得出，那是长期劳作的手和脸，上面沟壑纵横，老树皮一般，都是泥土的颜色。

　　一个片段在他眼前闪现：

　　一双不停翕动着的年长女人的薄嘴唇："连间小两口的房子都没有，怎么成亲？"媒婆站在他家的屋内上下打量着四壁……

　　回忆似乎使老人更加坚定了决心，他一闭眼，一仰脖便将瓶子里的液体咕咚咕咚地喝了下去……

　　年轻时的冯威龙正扛着锄头拖着疲惫不堪的身体从地里回到自家的院子，他将锄头倚在墙边上，便向屋内走去。屋子里忽然爆起了冯威龙的一声惊叫："爸？爸你这是怎么啦？"

　　屋内，被揽在冯威龙怀里的老人吃力地说道：

　　"小龙，我早点回土里去，也好给你腾出房子来结婚——"说罢，奄奄一息的老人垂下了自己的手，永远地。

　　"爸！爸！"冯威龙撕心裂肺的哭叫声兀地响起，在小屋里，在山村的上空，久久地回荡着。

　　与此同时，在另一家简陋不堪的农家小院内，一声忽然而起的婴儿的啼哭声从屋内传出来，分外响亮。一根红布条被从门缝内递出来。"恭喜啦！是个带把的！"里面传来一个苍老的可能是接生婆的老太太报喜的声音。

　　焦急地在门外走来走去的张山听罢此话后一下激动得什么似的，接过那根红布条蹬着个凳子踮脚系在自家屋外的檐下。雨不知什么时候已停了，那根象征着吉祥和喜庆的红布条在风中呼呼地飘动着，映红了张山那张黝黑的脸。

　　村外的黄土地里，戴着重孝、满脸泪痕的冯威龙正跪在一座新坟前，用手抓着一把土给他父亲的坟上添土：

　　"爸，您老就入土为安吧，是我的不孝啊，竟眼睁睁地看着自己的父亲被穷逼死。人怎么能让穷给活活地逼死？"

　　这时，村长带着张山等几个人拿着铁锨等工具来到了跟前，看了眼冯威龙父亲的坟后着急地埋怨道："威龙啊，我刚从县里开会回来。你爸爸入土，也

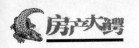

该跟我说一声。"

"村长，我原本想等你从县里回来后再办丧事的，只是这个节气，人死不能等啊。"冯威龙解释道，又引起了一阵哭。

村长过去给冯威龙父亲的坟鞠了一躬："老哥呀，你走得太早了啊！"哭了几声后，村长对冯威龙叹息了一声，"哎，按说我说这事真不是个时候，可谁让咱这儿地少人多呢！你家的地是你爷儿俩的，你爸去了，就得退回一半地再分给别人家，你怎么把你爸的坟坐在了地中央了呢。"村长着急地跺脚。

"村长，你的意思是？"冯威龙惊恐道。

"张山家新添了孙子，火上墙似的追在我的屁股后面跟我要地，把我的指甲盖里抠干净了也抠不出地来呀，只有村里死了人才能腾出地来，你说威龙，你干吗非把你爸的坟坐在地中央呢，还得费劲挪——"

"什么？你们？！"冯威龙手指着村长，原本伤心过度，再加上急火攻心，他竟然一下晕过去了……

也不知过了多久，躺在地上的冯威龙被什么声响给惊醒了，他睁开眼，只见浓黑的夜色里，几个黑黝黝的身影挥着铁锹在挖他父亲的坟！

"干什么呀，你们这是？"冯威龙匍匐过去趴在父亲的坟上，试图用自己的身体护住父亲的坟土，声嘶力竭地哭喊着："你们就让我爸先安安稳稳地睡一宿吧！"

"活人还顾不过来呢，哪有空管死人？"张山烦躁地去拉扯冯威龙。

"张大叔，大家乡里乡亲地住着，咱两家平时并无积怨，你怎好意思去搅这刚入土的人？！"冯威龙近乎哀求道。

这句话像是触动了张山，他试图解释什么地说：

"村西王家媳妇这几天也要生了，他家和村长的关系好，要是村长将这块地给了他家，我孙子不知什么时候才能轮上——村里哪就容易死个人啦？"张山意识到自己说了欠妥的话，往地上吐了口唾沫，扇了自己一个嘴巴子，"呸！我这张臭嘴！"但又继续诉苦，"我儿子小犊子长到十六岁时才分上的地呀！"说着一屁股蹲在地上竟然呜呜地哭起来。

冯威龙无力再坚持什么……

第二天早晨，冯威龙父亲的坟已被挪进了自家的那一半地里。冯威龙拿着把铁锹表情呆滞地给父亲修整着坟土。

张山也拿着把铁锹在培土修整着地沿，边培土边激动地念叨："孙子，你也有地啦！有了这块地，只要不遇大的水涝虫灾，这辈子你就至少饿不死了。"说着，张山竟喜悦地用衣服袖子抹起眼泪来。

……

郑小燕听到这里惊骇道："对不起威龙！我真不知道还有这事！早知道的话，我横竖不能让父母提那要求——"郑小燕擦着眼泪。

"我并没有怨你父母，哪家的父母都希望女儿嫁过去后有个较好的安顿处。我只是怨恨自家怎么会那么穷？！地少人多的这片土地，贫穷是那么可怕，让人的活和死都没有一点起码的尊严！我恨透了贫穷这种东西，也恨透了滋生贫穷的这个地方，所以在和你结婚后的第三天，我便带着你远远地离开了家乡，并且再也不愿回来。"冯威龙道。

"其实，你内心深处，多少还是有些怨痛的，不是么？你觉得我们俩最初的婚姻是构筑在你父亲的坟冢上的？虽然我们从小便两小无猜。"郑小燕问道。

冯威龙用沉默做了肯定的回答。

郑小燕说道："穷则思变。也恰恰是地少人多的状况，这片土地上才先后走出了那么多出类拔萃的私营企业家，创造出了一个又一个的商业神话、人间奇迹，成为中国乃至世界的一道令人瞩目的风景线。从这个角度上说，原先的穷，不一定是坏事。"

"是啊，正是贫穷的刺激给了我无穷的创业动力：以后，我一定要拥有很多很多的房产、地产，将被践踏的尊严一点点地捡回来！"冯威龙恨道。

"我们不能因为身处弱势时自身的尊严曾被百般蹂躏，成为强势后便再去蹂躏别人的尊严，来疗治自己的旧伤。冤冤相报何时了？只有你赠我一滴露水，我报你一捧清泉，才能拥有和谐社会的温馨。我不是在单说你，也是在说我自己，叶小篮在我们家做保姆时，我多少也做过伤害她尊严的事，过后，她便对我生了报复心理。其实每个人都处于自我完善、自我校正的过程中。"郑小燕道。

"正因为那块疤在我心里生了脓，我对贫穷的憎恨和恐惧更强于别人，所以很多时候，把利益看得高于一切，才一再做了伤害你的事，也伤害过别人——我无颜乞求你的原谅，只想用自己以后的生命、用心来爱你，来弥补。"冯威龙面有愧色地对郑小燕真诚说道。

"正因为每一步都是我们俩一路共同走过来的，我对你每一丝细微的情绪才都感同身受。既然你今天把那块疤揭开了，就有将脓水挤出来、从而得到治愈的可能。"郑小燕说。

两个人敞开心扉，做了一次最彻底的沟通。

这时，郑小燕看着冯威龙的眼睛道："威龙，你不觉得，我们还应该去看看什么人吗？"

"那当然！我们现在就去！"冯威龙道，马上牵起郑小燕的手，两个人心照不宣地拉着小树离开了父亲的坟冢，向村外的一条山路上走去。

在崎岖的羊肠小路上，两人边走边聊。

冯威龙说："当年，因为我父亲长年生病在床，家里穷得供不起我上学，我面临着成为文盲的可能。是李老师，从自己微薄的工资中拿出一部分来给我交了学费。这一供，就是长长的八年！我记得，他一个民办教师，当时每个月的工资只有六块钱，而且还经常不按时发。如果不是他，我绝不可能成就以前的那段人生传奇。"

郑小燕道："是啊，是因为有接受了教育的前提，我们才有了从众多农民工中脱颖而出的机会。否则，我们俩很可能就被淹没在芸芸的民工大潮中了。"

三个人在一条弯弯的山路上气喘吁吁地走着。

他们上了一个高处。"快看，咱们的母校！"冯威龙、郑小燕两人几乎异口同声地说。

只见在一个山坡处，几间简陋的校舍，一面鲜艳的五星红旗高高地迎风飘扬。

他们加快了脚步向前走去。

就要走到校舍的时候，忽然狂风大作，刮得教室屋顶上的茅草忽地被卷走了一些，有一些学生跑出教室，有往回捡茅草的，有从木梯上蹭蹭地爬到了屋顶上的，有往屋顶上递石块的，还有用塑料布堵窗子的。

冯威龙和郑小燕、小树也加入了学生们紧张忙碌的行列。

这时只听见一个激扬的声音从教室内传出来，大声给学生们鼓着劲：

"八月秋高风怒号，卷我屋上三重茅……安得广厦千万间，大庇天下寒士俱欢颜，风雨不动安如山。呜呼！何时眼前突兀见此屋，吾庐独破受冻死亦足！"

冯威龙和郑小燕面面相觑。"这分明正是我们前来看望的李老师的声音啊，却怎么只闻声音不见人呢？"郑小燕道。

总算将屋顶盖得差不多了，暴雨也随之哗哗地下起来了，冯威龙、郑小燕两人和小树及那些被淋得落汤鸡般的学生们赶紧跑进教室。

只见屋顶上有了几个锅盖大小的洞，可以看见乌云翻滚的天空，有学生从墙角处拿出几个塑料桶、脸盆放到漏雨处接着雨水，地上湿漉漉的，屋内的土讲台、土桌椅都成了泥。墙皮剥落得斑斑驳驳的，有的地方糊了些报纸，一帮穿着破烂的学生们，从六七岁到十四五岁，年龄差异很大。

这时忽然响起了一个惊喜而沙哑的声音："这不是小龙和燕子吗？"

那声音却是从地面上传来的。他们看去，是李老师，跪在地上搂着几个年龄小的学生蜷缩在墙角不漏雨的地方。

冯威龙和郑小燕扑上前去，深深地喊了声："老师！"两人的眼泪止不住出来了。

老师很见老，竟然满头的白头发了。小时候，李老师在他们的心目中总是高大、伟岸，无所不会、无所不能的；现在看来，李老师身体瘦削，衣履不整。最关键的，李老师的两腿竟然跪在两只小船般的特制鞋子里！

"你们终于回来了？我这不是在做梦吧？"李老师揉着眼角的泪水。

"老师，你的腿，这是怎么啦？"郑小燕痛心道。

"瘫了。"李老师淡然道。

"瘫了？怎么会发生这样的事？"冯威龙紧接着问。

"有一次我冒雨抢救用来维修校舍的砖坯时，累晕在了地上，被淋浇在大雨里多时。醒来后，发现这双腿再也站不起来了。"李老师说。

"这是什么时候发生的事？"郑小燕问。

"二十年前了。"李老师淡淡道，透露出一种什么都经历了的宁静与平和。

"二十年前？那么说我们离开家乡五年后就发生了这样的事？您怎么不捎信告诉我们呢？"郑小燕哭道。

"你们出去闯世界也不容易，我哪能再影响你们工作？"李老师道。

"那就该在家休息才好，怎么还教学呢？"冯威龙抹着眼角的泪水。

"休息？这所学校是我一个人撑着的，自从我病倒后，学校便停课了。我在家哪能待得住啊，便继续教学了。"

这时，一处挡住窗洞口的塑料布被吹得鼓鼓的，忽然，"啪"地一声，塑料布被吹破了，一股雨水猛地从没有窗玻璃的窗洞倾了进来。

李老师指指教室的窗户和屋顶："这里差一个窗子，那个窗户上差几块玻璃。每刮一回风，屋顶上就要刮跑一些茅草。"

"小时候校舍遭风雨蹂躏及您教我们杜甫的这首《茅屋为秋风所破歌》时的场景，是那么刻骨铭心，因而我成立公司时才取名'大庇天下寒士'。没想到事隔这么多年，我们的国家已发生了天翻地覆的变化，而在家乡这个偏僻的角落，竟然贫穷依旧。而我，在公司取得可观的赢利后，却都用于再投资再赢利了，忘了当初取这个名字时的初衷了。"冯威龙道。

"小龙，你怎么才回家来啊？我在报纸上看到了你成为房地产商的消息，把我高兴的呀，天天盼、夜夜盼，就盼着你回来给家乡的孩子们盖校舍，可这一盼，就是多少年啊！都快把大山望穿了！"李老师伤心道。

冯威龙一阵哽咽："老师，我回来得太晚啦！"

"小龙是我教过的学生中最有出息的一个。你们两个，是咱们这个小山村里飞出去的两只金凤凰啊！"

冯威龙又哽咽起来："老师，我真没出息，辜负了您。我这次回来，不是衣锦还乡，我破产了。"冯威龙羞愧地低下了头。

"破产怕什么？只是在人生的路上重重地跌了一跤而已，爬起来再走就是！一个人只要有勇气寻找自己的来路和故乡，他就有了再次出发的勇气。何况，像我这样一个双腿瘫痪的人还在往前爬呢，你跌了个跟头算什么大不了的事！"李老师道。

　　李老师这时才注意到了小树："这是你们的孩子？不会这么小吧？"

　　"他是我们的儿子，叫小树，因为忙事业，我在三十八岁的时候才要的孩子。小树，快喊爷爷，这是爸妈的恩师。"郑小燕道。

　　"爷爷！"小树清脆地喊了声。

　　"小树？一棵蓬勃健康的小树，将来的栋梁之材，好名字！"李老师亲昵地摸着小树的头。

　　这时外面的雨停了。

　　"快看，天上有一道彩虹！"李老师喊道，几个人走出了教室，而李老师，是跪着"走"出去的。

　　"你们看，这大山里的景色多美！"李老师道。

　　郑小燕无心观赏景色，辛酸道："老师，这二十年，你就这样走路的吗？"

　　"可不是？为了家访方便，便做了这双铁鞋。"

　　"这鞋子得多重啊，得有四五斤重吧？"郑小燕含泪道。

　　"最先没做鞋时，膝盖上每天都会有新伤，痛得难受极了，也不敢爬快。后来我试着将苦楝树木挖成膝盖的形状，再用篮球皮做鞋帮。鞋虽重，但能用两年左右。"李老师自得道。

　　这时，一个背着一捆湿柴禾的女人走近了校舍，在院外的柴堆前放下背着的柴禾，然后走近了来，抖落着身上、头上的雨滴。

　　"师母！"冯威龙和郑小燕异口同声道。女人面相朴实，满面风霜。

　　"是小龙和燕子？你们来啦！都快认不出啦！"师母道，"快到了放学的时间了，我来背他爸回家，顺便砍了捆柴给学生们预备冬天烤火。"

　　李老师看了眼腕上的表，拿起脖间挂着的哨子起劲地吹起来。

　　学生们纷纷出了教室，见来了新面孔，都好奇地想凑过来看，却又腼腆地你推我搡地不好意思靠前，像一群毛茸茸的小鸡一样可爱。

　　"只要看到孩子们的笑脸，我吃什么苦都值得了。"李老师欣慰道。

　　学生们随之喊着"老师再见"离开了学校。

　　"大的照顾小的，路上别滑着！"李老师在后面喊。

　　"小龙、燕子，你们一块儿回我家吧，炉子上还煮着山栗子哪，你们回家吃！"师母热情道。

　　"好的，我们去吃！"郑小燕道。

　　冯威龙背起了老师，大伙儿一块儿往村子的方向走。

　　即便冯威龙这个高大威猛的男人，路上也累得气喘吁吁的。

　　一行人蹚着水过了一条河。

"师母，你每天都背着老师往返于家中与学校之间？"冯威龙喘息着问，

"可不是？因为家里与学校间有这条河，还有一个很陡的山坡，我必须来回背着他。他去家访时都是自己爬着的。"

李老师深情地看着妻子道："这一背就是二十年啊，真难为她了。"

师母有些难过地说："背着他这么多年没少摔过，不是胳膊碰了，就是脸肿了，每次上坡、下坡，我们俩几乎都是连滚带爬地过来的。"

"为了不拖累她，我几次要求离婚。可这个傻女人，跟我耗上了。"李老师笑道。

"这话你说对了，我天天背着你，只有将你甩到河里的份儿，哪轮到你甩我？"师母佯装生气，两人打情骂俏起来。

大家都笑了。

总算进了李老师破旧的家，冯威龙将李老师放到了床上，累得气喘不已。冯威龙打量一下，老师家住的还是原来的那几间破房子，他心里一阵辛酸。

师母已端来了热腾腾的栗子，对客人喊着："快吃！赶了这么远的路——"

三个人便大口吃起来。"纯绿色食品！"小树喊着。

"哦，对了老师，你的儿子山壮现在怎样了？"冯威龙忽然想到了这一点。

"哎，早就夭折了。"李老师沉痛道。

"怎么会？我们走的时候他不都满地爬了吗？"郑小燕惊道。

"被狼叼了。后来我们又生了个儿子，取名叫小山，高考时只差了十分，他想复读一年再考，可家里没钱供他了，他便去草城打工了，说是挣够了复读费就回来复课考大学。"师母道。

郑小燕的心猛地一跳，这时，她忽然看见一张稚嫩而熟悉的照片挂在李老师家的墙上！

郑小燕意外得一下扑过去："这不是外号叫小竹子的李雄鹰的照片吗？怎么会在这儿？"

"这就是我们家小山啊！他大名就叫李雄鹰。怎么，你见过他？"李老师惊问。

"他原来就在我们经常合作的一个叫沈三的施工队里干活，他还帮过我呢！"郑小燕惊喜道，但又羞愧道，"我们欠了那个施工队一大笔工程款，施工队因此就无法给小山他们发工资——"

冯威龙也羞愧万分的样子道："小山去了风城打工？你怎么不让他去找我呢？"

"我不能让他打着我的旗号，去走后门给你添麻烦。因此连你们俩的大名和公司名称我都没告诉过他。"李老师道。

"不过小竹子好人有好报，他得到了另一个包工头的赏识，让他做小包工头去了。都是我们，耽搁了他考大学的机会。"郑小燕说。

345

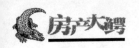

这时,从外面走进来两个人,竟然是草城薛家村的薛书记和一个大胡子的陌生人。

"冯总!郑总!总算找到你们了!"薛书记道。

"薛书记!你怎么来这儿了?"冯威龙道。

薛书记指指旁边的大胡子说:"我这位远房亲戚长年在国外闯荡,听说了冯总给我们薛家村盖回迁房的前后情况,对'大庇天下寒士'的企业信誉大为赞赏和信赖,决定往公司里融一大笔资金,使'大庇天下寒士'东山再起。我到处找你们找不着,打听到了你们的家乡,便千里迢迢地来了这里。又听村里人说,你若回家乡的话,肯定来看这位李老师,我们俩便一路打听着来了,没想到你们还真在这儿!"

冯威龙和郑小燕意外得面面相觑。

冯威龙上前紧握住大胡子的手道:"实在太好啦!谢谢!"

"那我们回到风城后详谈。"大胡子说。

临离开村庄前,冯威龙、郑小燕和小树又回到了自家那座破旧的土房前。薛书记和大胡子也在。

冯威龙推开那扇吱呀呀的破木门,心情复杂地打量着四周,已是满屋的蜘蛛网。

"燕子快看!我年轻时用过的那把瓦刀还在!"冯威龙忽然惊喜道,他扑过去从被尘土覆盖的墙角捡起那把瓦刀,感慨道,"这么多年过去,它已经锈迹斑斑了。"

冯威龙的脸上渐渐复苏了那久违了的光辉,异常坚毅地道:"只要有一把瓦刀,一切就可以从头开始!"

所有的斗志在瞬间恢复。

他来到院里,蹲在门槛处精心地擦拭着那把心爱的瓦刀,先用小石子,又用抹布,他眯着眼检视着,那把瓦刀被擦拭得锃光瓦亮,即便在昏暗的日光下也泛着亮晶晶的光。

郑小燕深情地凝望着冯威龙道:"威龙,我又看见了那个当初的你了!"

这时他们看见前面的山路上有一个移动的黑点,向他们挪来。看清了,是李老师双腿跪在地上用一根木棍拄着地艰难地往这儿爬着,爬着。

李老师来到了跟前,他紧咬住牙关,额头上都是汗水,啪嗒啪嗒地落在地上。

"小龙,燕子,我要去做家访,去劝一个想退学的孩子,不能送你们去火车站了。咱们这儿都是山,没几块平地,小孩子们如果连小学都不念,真是看不到什么希望,会一辈辈地穷下去。"李老师说。

冯威龙忽然升起了一阵强烈的冲动,含泪上前握住李老师的手说:"老师,我不走了,我要留下来照顾你!"

李老师强忍住心头的难以割舍之情,拍打着冯威龙的后背发自肺腑地大声说:

"傻孩子!你留在这里,只能照顾我一个瘫子,而回到城里,你的本事,可以帮助千千万万个贫困地区的乡村教师摆脱困境、完成夙愿；可以修复千千万万座风雨飘摇的乡村教室，让师生们不再遭受风吹日晒的蹂躏；可以让千千万万个乡村青年不再沦落到异地打工、栖身桥洞的飘零境地；可以让千千万万个城里人居者有其屋，安居乐业！来，我们一起高声背诵着杜甫的那首诗，各自去走自己的路吧！"

说着，李老师扭身向小路的高处、山的高处爬去，而冯威龙等毅然沿着下山的小路走去——

"八月秋高风怒号，卷我屋上三重茅……安得广厦千万间，大庇天下寒士俱欢颜，风雨不动安如山。呜呼！何时眼前突兀见此屋，吾庐独破受冻死亦足！"

两拨人一起激情洋溢地大声背诵着这首诗背向而行，各自走向自己的方向，那高亢的字字句句是那么感情充沛、震撼人心，像一股难以战胜的力量，飘过了大山、越过了溪流，在苍茫的大地间久久地回旋着、激荡着……

到了大路上，就要上毛驴车的时候，冯威龙和郑小燕又回头望了眼自家小院里的那棵柿子树，在秋日的夕阳下，满树黄澄澄的柿子，映亮了那个破旧的院落，也映亮了那个偏僻的小山村。

而在他们的远方，崎岖的山道上，一个四肢着地、艰难爬行的黑色身影，将整座大山，将无际的苍茫大地，都耀亮了。

冯威龙忽然起了一阵冲动，大声喊着："家乡！老师！等着我冯威龙再回来！"

小驴车驮着一行人在山路上走着，撒下一路清脆的铃铛响，也撒下了几个人的感慨。

"像老师这种情况都没有放弃，我更不应该放弃。"冯威龙说。

"我们两个都是被贫瘠的山村用血喂养大的孩子，也是从村庄崎岖的山路上蜿蜒爬出去的两滴血，可面对山村的贫穷，二十五年来我们连一袋粮也没有回报过他们。这些老师和那些农民工都是'孺子牛'，吃的是草，挤出来的是奶。可社会怎能从他们那里吸取了血与奶之后，连草料也不喂他们呢？"郑小燕道。

冯威龙羞愧地低下了头。

"威龙，你现在明白我为什么老是苦苦地劝你回一趟老家了吧？"郑小燕说。

"明白了。这些年我这一路走过去，抖落去一身的泥土，可也同时丢失了身上很多原初的美好，诸如朴实、善良、无私奉献、诚恳、知恩图报等等。你劝我回一趟这个家，是指望我将这一路丢失的东西再捡回来。"冯威龙说。

"这里不只是我们身体的家，也是我们心灵的故乡。"郑小燕说。

"小树，我的儿子，这一路上的一切你都看到了？也听到了？"冯威龙问。

"嗯！"小树响亮地回答。

"你都看到了，也听到了，将来就有可能长成一棵挺拔的参天大树。"冯威龙说。

十二 大结局

冯威龙亲昵地揽着郑小燕走向民政局，在大门口处，迎面碰见了叶小篮和宋晓晨各自手里拿了个红本喜气洋洋地从里面走了出来。

"你们？"冯威龙问。

"我们刚办了结婚证，"叶小篮说，"你们呢？"

冯威龙深情地看一眼郑小燕道："我们，是去办复婚。"

"那恭贺了！"叶小篮由衷道，跟冯威龙、郑小燕两人分别握了手。

"彼此彼此！"冯威龙说。

叶小篮挎起宋晓晨的胳膊向一个方向走去了。

"现在我们先开个二手房的网上店铺，攒够钱后再买个门面房开中介公司，一旦有足够的实力后，我们便开房地产公司——"叶小篮说。

宋晓晨点头。

过了会儿，冯威龙和郑小燕也各自手里拿了个红本喜气洋洋地从民政局里面走了出来，向另一个方向走去了。

"我三年内被吊销了法人资格，就以你的名字先注册公司，我们一切从零开始。"冯威龙说。

郑小燕点头。

两对伴侣渐行渐远——

爱人呵，我等你回家

爱人呵，你什么时候跟我回家
墙上的画已蒙了灰尘
你种下的花也长大啦

你向着那画里的幻影投奔而去
而我守着你留下的画
每一朵花开都是你对我说的话
我精心照顾着你种下的花

一年又一年
繁华的都市里你有那么多的放不下

步履匆匆，觥筹交错
我等你回家，望穿天涯

爱人呵，你什么时候跟我回家
原以为流水无情，谁知竟咫尺天涯
是什么绊住了你回家的路
我等你回家，望穿天涯

一年又一年
繁华的都市里你有那么多的放不下
步履匆匆，觥筹交错
我等你回家，望穿天涯